托爾斯泰小說全集

安娜・卡列尼娜（下）

列夫・托爾斯泰　著
草嬰　譯

托爾斯泰小說全集

安娜卡列尼娜（下冊）

作　　者　列夫・托爾斯泰（Л. Н. Толстой）
譯　　者　草嬰
社　　長　郭重興
發行人兼出版總監　曾大福
系列規劃　汪若蘭
責任編輯　許經緯
電腦排版　謝宜欣
出　　版　木馬文化
發　　行　遠足文化事業有限公司
　　　　　地址 231新北市新店區民權路108-3號8樓
　　　　　電話 02-22181417
　　　　　傳真 02-86671891
　　　　　E-mail:service@sinobooks.com.tw
　　　　　網址 www.sinobooks.com.tw
　　　　　劃撥帳號　19504465　遠足文化事業有限公司
客服專線　0800221029
法律顧問　北辰著作權事務所　蕭雄淋律師
印　　刷　成陽印刷股份有限公司
初　　版　2003年10月
初版九刷　2012年11月
ISBN　　平裝 986-12-0057-6

國家圖書館出版品預行編目資料

安娜・卡列尼娜／列夫・托爾斯泰（Leo Tolstoy）著；草嬰譯．— 初版．— 臺北縣新店市：
木馬文化，2002〔民91〕
面；　公分　.—（托爾斯泰全集）

ISBN 986-12-0056-8（上冊：平裝）
ISBN 986-12-0057-6（下冊：平裝）

880.57　　91004519

安娜・卡列尼娜 下

Анна Каренина

答案是生活本身給我的，

是由於我知道什麼是善、什麼是惡。

但這種知識我不是用什麼方式取得的，

它是天賦的，就像每個人都是天賦的一樣，

它是天賦的，因爲我從任何地方都得不到它。

——第八部・十二

本書插圖借用巴金先生提供的1916年俄文原版製作，特此致謝。

目錄

第四部（續）

16

公爵夫人默默地坐在扶手椅上，臉上露出微笑。公爵坐在她旁邊。吉娣站在父親的椅子旁，一直拉住他的手不放。大家都默不作聲。

公爵夫人首先說出她的想法，把她想到和感覺到的事組織成爲實際問題。最初一刹那，大家都覺得這事有點彆扭和苦惱。

「什麼時候哇？還得訂婚，發請帖。什麼時候舉行婚禮呀？你看怎麼樣，阿歷山大？」

「問他，」老公爵指指列文說，「這事他是主角。」

「什麼時候嗎？」列文紅著臉說。「明天。既然你們問我，那麼我說，今天訂婚，明天結婚。」

「噯，我的寶貝，別說傻話了！」

「那麼就過一星期。」

「他簡直瘋了。」

「不，怎麼見得？」

「啊呀，老天爺！」公爵夫人看到他這樣性急，高興地笑著說。「那麼嫁妝呢？」

「難道還要什麼嫁妝嗎？」列文恐懼地想。「不過，嫁妝也罷，訂婚也罷，這些東西總不會損害我的幸福吧？一定不會的！」他瞧了吉娣一眼，發現她一點也沒有因想到嫁妝而煩惱。「看來這是必要的。」他想。

「其實我什麼也不懂，我只是說說我的願望罷了。」列文表示歉意說。

「那就讓我們來商量商量吧。訂婚，發請帖，那些事現在就可以辦了。就是這樣。」

公爵夫人走到丈夫面前，吻了吻他，想走，但他把她留住了，擁抱她，而且像年輕的情人那樣，笑眯眯地熱烈地吻了好幾次。這對老夫婦一時間簡直有點糊塗，弄不清究竟是他們又在戀愛了，還是他們的女兒在戀愛。等公爵夫婦走了，列文走到未婚妻面前，拉住她的手。此刻他已鎮靜下來，能夠說話了。他有許多話要對她說，但他說的完全不是他所想說的。

「我早就知道會這樣！我從來不敢這樣希望，但心裡總是相信，」他說，「我相信這是命裡注定的。」

「至於我，」她說，「即使當時……」她停了停，用她那雙誠實的眼睛毅然望著他，又說下去，「即使當我推掉自己的幸福時，我也相信。我一直只愛您一個人，可那時我昏了頭。我應該說……您能忘記這事嗎？」

「也許這樣更好些。我有許多地方要請您原諒。我應該告訴您……」

他決定告訴她一些事。一開始他就決定告訴她兩件事：他不像她那樣純潔，他不信教。這在他是很苦惱的，但他認爲應該把這兩件事都告訴她。

「不，現在不談，以後告訴您！」他說。

「好的，那就以後說吧，但您一定要告訴我。我什麼也不怕。我需要知道一切。咱們講定了。」

他補充說：

「咱們講定了，不論我是個怎樣的人，您都要我，您都不會拋棄我，是嗎？」

「是的，是的。」

他們的談話被林儂小姐打斷了。林儂小姐雖然有點裝腔作勢，但是和藹地微笑著，走來向她心愛的學生祝賀。她還沒有走，僕人就一個個走來道喜。隨後，親戚紛紛來到。這樣大家就喜氣洋洋地忙碌了一陣，直到結婚後第二天，列文才空下來。列文一直感到窘困、厭煩，但幸福的程度不斷增長。他一直覺得人家對他的要求很多，但究竟要求什麼卻不知道。他只照人家的話去做，而這一切都給他帶來幸福。他原以為他的求婚將與眾不同，普通的求婚條件會損害他的特殊幸福；但結果他所做的同別人並沒有兩樣，而他的幸福不斷增加，變得越來越特殊，越來越與眾不同了。

「今天我們要吃糖了。」林儂小姐說。於是列文就坐車去買糖果。

「啊，我太高興了，」史維亞日斯基說，「我勸您到福明花店去買些鮮花來。」

「這個需要嗎？」於是列文就坐車到福明花店去。

哥哥對他說，得借些錢來，因為開銷很多，要買禮物……

「還要禮物嗎？」於是列文趕到傅爾達珠寶店去。

在糖果店、在福明花店、在傅爾達珠寶店，列文發現大家都在等候他，大家都為他高興，個個向他道喜，就像這幾天他所接觸到的人那樣。奇怪的是，不僅大家都喜歡他，而且以前對他沒有好感的、冷漠無情的人也都稱讚他，處處順著他，體貼入微地尊重他的感情，並且同他一樣相信，他是天下最幸福的人，因為他的未婚妻十全十美。吉娣也有同樣的感覺。當諾德斯頓伯爵夫人竟然暗示她希望有更好的未婚夫時，吉娣大為生氣，斷然說天下再沒有比列文更好的人了，弄得諾德斯頓伯爵夫人不得不同意，而在吉娣面前遇見列文的時候，總是露出讚賞的微笑。

他答應向她坦白他的祕密，這在當時是很痛苦的。他同老公爵商量了一下，徵得他的同意，把記錄著他的懺悔的日記交給吉娣。他當時寫這日記，就是爲了有朝一日給未婚妻看的。有兩件事使他苦惱：他喪失了童貞和他不信宗教。他不信宗教的自白沒有引起她的注意。她是信教的，對教義從沒有懷疑過；他形式上不信教，她卻毫不在意。她懷著滿腔愛情，了解他的整個心靈，在他的心靈裡發現她所需要的東西。至於他這種心靈狀態叫做「不信教」，在她是無所謂的。他坦白的另一件事卻使她傷心得流淚。

列文把日記交給她，不是沒有思想鬥爭的。他認爲在他和她之間不能也不該有什麼祕密，因此決定這樣做；但他沒有考慮過這事對她會有什麼影響，他沒有設身處地替她想一想。直到那天晚上，他去看戲以前來到她家裡，走進她的屋子，看見她那淚痕斑斑、由他一手造成的無法彌補的傷痕而引起的既可憐又可愛的臉時，他才看出在他可恥的往事和她鴿子般純潔的心靈之間的鴻溝，他對自己的行爲感到十分惶恐。

「拿去，把這些可怕的本子拿去！」她推開面前的日記本說。「您拿這些本子來給我看做什麼！……不，這樣也好。」她看到他那絕望的臉色，很憐憫他，補充說。「但這太可怕了，太可怕了！」

他垂下頭，一言不發。他什麼話也說不出來。

「您不會原諒我。」他喃喃地說。

「不，我原諒您，但這太可怕了！」

不過，他的幸福是那麼巨大，這種自白不僅沒有損害它，而且給它增添了一種新的色彩。她原諒了他，但從此以後他更覺得自己高攀不上她，在品德上比她卑下，因此也就更加珍惜自己不配享受的幸福。

17

卡列寧一面情不自禁地回憶著席間和飯店的談話，一面走進自己冷清清的房間。陶麗關於饒恕的話只有使他惱火。基督教的教義對他是不是適用，這是個很大的難題，簡直說不清楚，但卡列寧對這問題早就做了否定的回答。在大家說過的話裡，留給他印象最深的是愚蠢而善良的土羅甫春的那句話：「他做得像個男子漢！他去挑戰，並把對方打死了！」顯然，大家都同意他的話，儘管出於禮貌沒有說出口。

「不過，這事已經定了，想也沒意思。」卡列寧自言自語。他只想著當前的旅行和調查的事，走進房間，問那個送他進來的看門人，他的跟班到哪裡去了。看門人說他的跟班剛剛出去。卡列寧吩咐拿茶來，就在桌旁坐下，拿起旅行指南，開始考慮他的行程。

「有兩封電報。」跟班回來，走進房間說。「請您原諒，大人，我剛才出去了一下。」

卡列寧拿起電報，拆開來看。第一封電報是宣布斯特列莫夫擔任卡列寧所渴望的那個職位。卡列寧把電報一扔，漲紅了臉，在屋裡踱起步來。「上帝要毀滅誰，就使誰發瘋。」①他想起了這句拉丁文諺語。這裡的「誰」，他現在指的是那些促成這項任命的人。他惱恨的不是他沒有得到這個位置，不是人家故意忽視他，而是他弄不懂他們怎麼會看不出來，夸夸其談的斯特列莫夫擔任這個職位比誰都不合適。他們怎麼會看不出，提出這項任命是怎樣毀了他們自己，怎樣損害他們的威信哪！

「又是這一類事吧。」他一邊拆開第二封電報，一邊惱怒地自言自語。電報是妻子打來的。藍鉛筆寫的「安娜」這個名字首先映入他的眼簾。「我要死了，求你務必回來。如能得到饒恕，我死也瞑目。」他看完電文，冷笑了一聲，扔下電報。最初一剎那，他認爲這無疑是個騙局，是個詭計。

「她什麼欺騙的事做不出來呀！多半她要生孩子了。也許是生產上的什麼病吧。但他們要我去的目的是什麼呢？使生下來的孩子取得合法身分，破壞我的名譽，還是阻礙離婚？」他心裡捉摸著。「可是電報裡明明寫著：我要死了……」他重新讀了一遍，電文裡的字句突然使他吃驚。「萬一眞是這樣怎麼辦？」他自言自語。「萬一她眞的在臨終前的痛苦中懺悔了，我卻看作她又在欺騙，拒絕回去，那又怎麼樣？這樣不僅太不近人情，會叫人家都說我的不是，從我這方面來說，這樣做也未免太愚蠢了。」

「彼得，去叫一輛馬車來，我要到彼得堡去。」他吩咐跟班說。

卡列寧決定到彼得堡去看看妻子。如果她的病是假的，那他就一言不發走掉。如果她眞的病危，臨終前想看他一面，那他就饒恕她，只要她還活著；要是去晚了，那就最後一次盡他做丈夫的責任，給她料理後事。

一路上，他不再考慮他應該做些什麼。

卡列寧帶著乘一夜火車所產生的疲勞和風塵，在彼得堡的朝霧中，坐馬車經過空蕩蕩的涅瓦大街，眼睛望著前方，頭腦不去思考有什麼事在等著他。他不能思考這事，因爲一想到將要出現的局面，他無法排除一個念頭，就是只要她一死，就會立刻解除他的困境。麵包房、關著門的鋪子、夜間的馬車、打掃人行道的工人在他眼前掠過。他觀察著這一切，竭力不去想那將要出現的局面。他不敢希望有那樣的局面，但畢竟抱著很大的希望。他的馬車駛近大門口。大門口停著一輛出租馬車和一輛轎車，轎車上坐著的馬車夫在打瞌睡。卡列寧走進門去，彷彿從頭腦底裡掏出了主意，鎭定下來。這主意就是：「如果是騙局，那就泰然置之，加以蔑視，返身就走。如果是眞的，那就遵守禮節，照章辦事。」

不等卡列寧打鈴，門房早就把門打開了。門房彼得羅夫，又名卡比東諾奇，穿一件舊禮服，不打領帶，腳上套著一雙便鞋，模樣十分古怪。

「太太怎麼樣？」

「昨天平平安安生了個孩子。」

卡列寧站住了，臉色發白。現在他才明白，他是多麼希望她死啊。

「她身體好嗎？」

柯爾尼繫著早晨慣繫的圍裙，跑下樓來。

「很不好。」他回答。「昨天會診過了，此刻醫生還在。」

「把行李拿進來。」卡列寧聽到還有死的可能，鬆了一口氣，就一面吩咐僕人，一面走進前廳。

衣帽架上掛著一件軍大衣。卡列寧注意到了，就問：

「有誰在？」

「醫生、接生婆，還有伏倫斯基伯爵。」

卡列寧走到裡屋。

客廳裡一個人也沒有；接生婆頭戴紫色綢帶的軟帽，聽到他的腳步聲，從安娜的起居室裡走出來。

她走到卡列寧面前，由於產婦病危而不拘禮節，抓住他的手臂，把他拉到臥室裡。

「感謝上帝，您回來了！一直在問起您，一直在問起您哪！」她說。

「快拿冰來！」醫生在臥室裡用命令的口氣說。

卡列寧走進安娜的起居室。伏倫斯基側身坐在桌旁一把矮椅上，兩手摀住臉哭著。他一聽見醫生的聲音便霍地跳起來，放下手，這樣就看見了卡列寧。他一看見她的丈夫，尷尬極了，又坐下來，頭縮到肩膀裡，彷彿想躲到什麼地方去，但他還是竭力振作精神，站起來說：

「她快死了。醫生都說沒有希望了。我完全聽憑您的處置，但請您讓我留在這裡……不過我聽從您的吩咐，我……」

卡列寧看見伏倫斯基的眼淚，心慌意亂——他看見別人的痛苦總是這樣的——立即轉過臉去，不等他把話說完，就急忙向門裡走去。臥室裡傳出安娜的說話聲。她的聲音是愉快的，富有生氣，音調非常清楚。卡列寧走進臥室，走到床跟前。她臉朝他的方向躺著。她的雙頰緋紅，眼睛閃閃發亮，一雙雪白的小手從上衣袖口裡露出來，玩弄著毯子的一角，把它扭來扭去。她看上去不僅容光煥發，身體健康，而且情緒極好。她說話很快、很響，音調十分清楚，充滿感情。

「因爲阿歷克賽，我是指阿歷克賽·阿歷山德羅維奇（兩人的名字一樣，都叫阿歷克賽，命運眞是太奇怪太捉弄人了，是嗎？），阿歷克賽不會拒絕我。我可以忘記過去、他也會饒恕的……他怎麼還不來？他這人眞好，他自己也不知道他這人有多好。唉！我的上帝，我煩死啦！快給我一點水！嗐，我這樣對待小女兒可不好哇！好，那就把她交給奶媽吧。是的，我同意了，還是這樣好。他一回來，看見她會難受的。把她抱去吧！」

「安娜·阿爾卡迪耶夫娜，他來了。您看，他來了！」接生婆說，竭力把她的注意力引到卡列寧身上。

「嗐，胡說八道！」安娜沒有看見丈夫，繼續說。「把她給我，把小女兒給我！他還沒有來。您說他不會來，那是因爲您不了解他。誰也不了解他。只有我了解，所以我覺得難受。他的眼睛，說眞的，謝遼查的眼睛同他一模一樣，所以我不敢看謝遼查的眼睛……給謝遼查吃過飯沒有？我知道大家全會把他忘記的。他可不會忘記。得讓謝遼查搬到角房裡去，叫瑪麗愛特陪他睡。」

突然，她身子縮成一團，住了口，恐懼地把雙手舉到臉上，彷彿在等待打擊，實行自衛。她看見了丈夫。

「不，不，」她開口了，「我不怕他，我怕死。阿歷克賽，你過來。我急死了，我沒有時間了，我活不了多久，馬上又要發燒，又要什麼都不知道了。現在我還明白，什麼都明白，什麼都看得見。」

卡列寧皺起眉頭，現出痛苦的神色。他拉住她的手，想說些什麼，卻怎麼也說不出來。他的下唇打著哆嗦，他一直在克制自己的激動，只偶爾對她望望。每次他對她望的時候，總看見她那雙盯住他的眼睛流露出那麼溫柔而狂喜的神色，這是他從來沒有見過的。

「等一下，你不知道……等一等，等一等……」她停住了，彷彿在拚命集中思想。「對了，」她又說，「對了，對了，對了。我就是要說這個。你別以爲我怪。我還是同原來一樣……可是另外一個女人附在我身上，我怕她，因爲她愛上了那個男人，所以我恨你，可是我忘不了原來那個女人。那個女人不是我。現在的我才是眞正的我，才完完全全是我。我要死了，我知道我快要死了，你問問他吧。我現在覺得很沈，我的手，我的腳，我的手指都很沈。你瞧，我的手指有多大！不過這一切都快完了……我只有一個要求：你饒恕我，完完全全饒恕我吧！我這人壞，但奶媽告訴過我，那個殉難的聖人——她叫什麼呀？——她還要更壞。我要到羅馬去，那裡是一片荒野，這樣我就不會礙著誰了，我帶謝遼查去，還有小女兒……不，你不會饒恕我！我知道這是不可饒恕的！不，不，走吧，你這人太好了！」她用一隻火熱的手抓住他的手，另一隻手把他推開。

卡列寧的心越來越慌亂，此刻已經慌亂得不再去克制它了。他忽然覺得，他所謂心慌意亂其實是一種愉快的精神狀態，使他體會到一種從未體會過的幸福。他沒有想到，他終生竭力遵循的基督教教義要求他饒恕和愛他的仇敵，不過他的心裡充滿了饒恕和愛仇敵的快樂。他跪在床前，頭伏在她的臂肘上，她火熱的手臂透過上衣燒灼著他的臉，他像孩子般痛哭起來。她摟住他那半禿的頭，身子挨近他，挑戰似地傲然抬起眼睛。

「他來了，我知道！現在您饒恕我吧，饒恕我的一切吧！……他們又來了，他們爲什麼不走哇？……把這些個皮外套拿掉！」

醫生拿開她的手，小心翼翼地讓她躺到枕頭上，用毯子蓋住她的肩膀。她順從地仰天躺著，目光炯炯地望著前面。

「記住一點，我只要求饒恕，別的什麼也不要……他，怎麼還不來？」她接著對門外的伏倫斯基說。「來吧，來吧！把手給他。」

伏倫斯基走到床邊，一看見她，又用雙手摀住臉。

「把臉露出來，瞧瞧他。他是個聖人，」她說。「把臉露出來，露出來！」她怒氣沖沖地說。「阿歷克賽．阿歷山德羅維奇，讓他把臉露出來！我要看看他。」

卡列寧捉住伏倫斯基的雙手，把它們從臉上拉開。伏倫斯基的臉由於痛苦和羞愧顯得十分難看。

「把手給他！你饒恕他吧！」

卡列寧把手伸給他，眼淚忍不住滾滾而下。

「讚美上帝，讚美上帝，」她說，「現在一切都舒齊了。只要把我的腿稍微拉拉直就好了。對了，好極了。這些花畫得多難看，一點也不像紫羅蘭。」她指著糊牆的花紙說。「我的上帝！我的上帝！幾時才完結呀？給我點嗎啡。醫生！給我點嗎啡。啊，我的上帝，我的上帝！」

她在床上翻來覆去。

醫生們說這是產褥熱，死亡率達百分之九十九。她整天發高燒，說胡話，處於昏迷狀態。半夜裡，病人躺在床上，失去知覺，幾乎連脈搏都停止了。

每分鐘都有死亡的可能。

伏倫斯基回家去了，但一早又跑來探問病情。卡列寧在前廳遇見他說：

「您留著，她也許會問到您。」說著親自把他領到妻子的起居室裡。

到早晨，病人又興奮起來，思潮翻騰，胡言亂語，接著又昏迷了。第三天還是這樣，但醫生說有希望了。那天，卡列寧走進伏倫斯基坐著的房間，關上門，在他對面坐下來。

「阿歷克賽・阿歷山德羅維奇，」伏倫斯基感到是表態的時候了，「我沒有什麼話好說，我什麼也不明白。您饒恕我吧！不論您多麼痛苦，我還是請您相信，我比您更難受。」

他想站起身來，但卡列寧拉住他的手說：

「我請求您聽我說，這是必要的。我應當向您說明我的感情，那以前支配我、今後還將支配我的感情，免得您誤解我。您知道，我決定離婚，甚至已開始辦手續了。不瞞您說，開頭我拿不定主意，我很痛苦；我老實對您說，我有過對您和對她進行報復的慾望。收到電報的時候，我是抱著這樣的心情到這裡來的，說得更明白些：我但願她死。可是……」他沈默了一下，考慮著要不要向他坦白自己的感情。「可是一看見了她，我就饒恕她了。饒恕的幸福向我啓示了我的責任，我完全饒恕了她，我要把另一邊臉也給人打；有人奪我的外衣，我連裡衣也由他拿去。我懇求上帝，但願不要從我身上奪去饒恕的幸福！」他的眼睛裡飽含著淚水，他那明亮、安詳的目光使伏倫斯基感動。「這就是我的態度。您可以把我踩在污泥裡，使人家都取笑我，我可不會把她拋棄，也不會說一句責備您的話。」他說下去。「我的責任明白規定：我應當同她在一起，我將同她在一起。要是她想見您，我會通知您的，但現在，我想您還是離開的好。」

卡列寧站起身來，失聲痛哭，再也說不下去。伏倫斯基也站起來，彎著身子，皺著眉頭，仰望著他。他不理解卡列寧的感情，但他覺得這是一種崇高的、具有像他這種世界觀的人所無法理解的感情。

①這一句原文為拉丁文。

18

同卡列寧談過話以後，伏倫斯基走到卡列寧家門口的台階上，站住了，好容易才想起他在什麼地方，他要到哪兒去，他感到羞恥、屈辱、有罪，而且無法洗刷他的屈辱。他覺得自己被迫離開他一直輕鬆而自豪地走著的那條軌道。他所有的生活習慣和準則，以前看來是那麼堅定不移，如今突然顯得荒謬而不適用了。受騙的丈夫，以前一直是個可憐的人物，是他幸福的一個偶然而有點可笑的障礙，如今突然被她親自召來，並且推崇到凌駕一切的高度。這個丈夫處在這樣崇高的地位，並不奸刁，並不虛僞，並不可笑，而是善良、樸實而高尚。伏倫斯基情不自禁地有這樣的感覺。角色突然變了。伏倫斯基覺得他崇高，自己卑鄙：他正直，自己墮落。他覺得她的丈夫儘管痛苦，還是寬宏大量；而他自己公然騙人，顯得墮落渺小。不過，在這一向被他無理蔑視的人面前感到自己卑劣，這只是他痛苦的一小部分原因。他覺得無比痛苦的是，他認爲近來漸漸冷下去的對安娜的熱情，如今因爲意識到他將永遠失去她而變得空前強烈。他在她患病期間徹底認識了她，了解了她的心，他覺得以前他其實並不愛她。如今呢，他了解了她，眞正愛上了她，他卻在她面前受到屈辱，永遠失去她，只在她心裡留下一個可恥的回憶。最叫人受不了的是，當卡列寧拉開他蒙著羞愧的臉的雙手時，他現出那種又可笑又可恥的模樣。他站在卡列寧的家門口的台階上，像一個精神錯亂的人，茫然不知所措。

「您要叫輛馬車嗎？」門房問。

「好，叫一輛。」

伏倫斯基在三夜沒睡覺以後回到家裡。他不脫衣服，俯臥在沙發上，合攏兩手，枕在腦門下。他的腦袋很重。浮想、回憶和種種稀奇古怪的念頭，清晰地一個又一個在頭腦裡迅速交替起伏；忽兒是他給病人倒藥水，藥水溢出茶匙；忽兒是接生婆的一雙白手；忽兒是卡列寧跪在床前地板上的古怪姿勢。

「睡吧！別想啦！」他對自己說，像一般健康人那樣充滿平靜的信心，認爲只要想睡就會立刻睡著。果然，在同一剎那，他的頭腦昏昏沈沈，他跌進了忘川。恍恍惚惚的生命波濤剛襲上他的頭腦，就彷彿有一道強烈的電流突然貫串了他的全身，他猛地驚醒了，一骨碌從沙發上爬起來，兩手一撐，恐懼地跪了下來。他圓睜著兩眼，彷彿根本沒有睡過似的。一分鐘前腦袋沈重和四肢軟弱的感覺頓時消失了。

「您可以把我踩在污泥裡。」他聽見卡列寧的話。他看見他站在面前，他看見安娜熱辣辣的緋紅面頰和她那雙熱情地望著卡列寧而不望著他的水汪汪眼睛。他看見卡列寧拉開他蒙住臉的手時他那副愚憨可笑的模樣。他又伸直兩腿，照原來的姿勢一下子躺到沙發上，閉上眼睛。

「睡吧！睡吧！」他一再對自己說，但一閉起眼睛，卻更清楚地看見那難忘的賽馬前夕安娜的臉。

「這一切都完了，從此完了。她想把這些從記憶裡抹掉，可是我沒有她就活不下去。我們怎樣才能和好呢？怎樣才能和好呢？」他說出聲來，無意地重複著這句話。這樣重複著，使塞滿他腦子裡的種種形象和回憶無法翻騰起來。但這樣抑制他的胡思亂想並沒有多久。最美好的時光和他不久前所受的屈辱，一幕接著一幕，又飛快地在他頭腦裡掠過。「把他的手拉開。」這是安娜的聲音。他放下手，感到自己臉上那副羞愧愚憨的表情。

他一直躺著，竭力想睡著，雖然覺得毫無希望。他不斷地低聲重複著所想事情中的個別字句，希望藉此制止出現新的形象。他留神傾聽，只反覆聽見古怪的瘋狂低語：「我不會珍惜，不會享受；我不會珍惜，不會享受。」

「這是怎麼回事？我是不是瘋了？」他自言自語。「也許是吧。人們怎麼會發瘋，怎麼會開槍自殺？」他自己做著回答，接著睜開眼睛，驚奇地發現頭旁放著他嫂嫂華麗雅親手做的繡花靠枕。他摸摸靠枕的流蘇，竭力想著華麗雅，想著他最後一次看見她的情景。但要去想這種無關的事情是很痛苦的。「不，得睡覺了！」他推了推靠枕，把頭靠在上面，但要使眼睛閉住卻很費勁。他跳起來，又坐下了。「我完蛋了。」他自言自語。「得好好想想該怎麼辦。還有什麼呀？」他的思潮迅速地流遍他生活的各個方面，除了他同安娜的戀愛。

「功名心嗎？謝普霍夫斯科依嗎？社交界嗎？宮廷嗎？」什麼問題他都無法認眞思索。這一切以前覺得都很重要，現在卻覺得都無所謂了。他跳下沙發，站起身來，脫下上裝，解開皮帶，露出毛茸茸的胸脯，好呼吸得更舒暢些，然後在房間裡踱起步來。「人就是這樣發瘋的，」他反覆說，「就是這樣自殺的……免得受恥辱。」他慢吞吞地加了一句。

他走到門口，把門關上；然後，目光呆滯，咬緊牙關，走到桌旁，拿起手槍，察看了一下，轉動彈膛，沈思起來。他垂下頭，臉上露出冥思苦想的神氣，手裡拿著手槍，一動不動地站了兩分鐘光景。「當然。」他自言自語，彷彿長時間合乎邏輯的冷靜思索使他得到一個明確的結論。其實，他所深信的這個「當然」，只是他在這一小時裡兜了幾十個圈子的回憶和想像的又一次循環罷了。無非是重溫那些一去不復返的幸福往事，無非是想到毫無意義的茫茫的未來生活，無非是感到自己身受的屈辱，無非是這些思想感情的不斷重複出現。

「當然。」他第三次沿著那荒誕的回憶和思索的圈子打轉時，重複說。他整隻手使勁握住手槍，彷彿把它緊握在拳頭裡，槍口對住左胸，扳動了槍機。他沒有聽見槍聲，但胸口上猛烈的槍擊使他站不住腳跟。他丟掉手槍，想抓住桌子邊緣，但身子一晃，在地上坐下來。他驚奇地向周圍打量著，從地板上仰望桌子的曲腿、字紙簍和虎皮毯子，連自己的房間也不認得了。僕人急急忙忙地走過客廳，他的腳步聲使他清醒過來，他定神思索，才明白他坐在地上。他看見虎皮毯子和手上的血，才明白他開槍自殺了。

「笨蛋！沒有打中。」他用手摸索手槍，反覆說。手槍就在旁邊，他卻伸手到遠處去找。他繼續摸索，手伸到另一邊，但沒有力氣使身子保持平衡，又倒下了。血不斷地流出來。

那個留絡腮鬍子的文靜的僕人，經常向熟人訴說自己神經衰弱，這會兒看見老爺躺在地板上，嚇壞了，竟讓他留在血泊中，自己跑去求救。一小時後，嫂嫂華麗雅帶著她從各處請來而同時到達的三位醫生走進屋子，他們把傷者抬到床上，她自己留在旁邊照顧他。

19

卡列寧的錯誤在於他同妻子見面前沒有料到這樣的可能：妻子會誠心誠意懺悔，他會饒恕她，而結果她沒有死。這個錯誤的後果，在他從莫斯科回來兩個月後充分顯示出來了。不過他所以犯這個錯誤，不僅因爲他沒有料到這些可能，還因爲在那天他同垂死的妻子見面以前，他不了解自己的心。他在妻子的病榻旁生平第一次被憐憫心所支配。這種感情是由別人的痛苦引起的，以前他把它當作一種有害的缺點而羞於承認。對她的憐憫，對於希望她死這種心理的懺悔，尤其是饒恕的快樂，這一切不僅使他忽然覺得自己的痛苦減輕了，而且體會到以前從沒有體會過的內心的平靜。他忽然覺得，原來使他痛苦的事情，現在卻變成他精神上快樂的源泉；當他譴責、非難和憎恨人的時候，一切事情似乎是無法解決的，但當他饒恕人和愛人的時候，一切都顯得簡單明白，什麼事情都可以迎刃而解。

他饒恕了妻子，爲她的痛苦和懺悔而憐憫她。他饒恕了伏倫斯基，憐憫他，特別是在聽到他的絕望行爲以後。他比以前更加憐愛兒子，責備自己太不關心他。他對新生小女兒的感情更是特殊，不僅憐憫，而且充滿慈愛。開頭他只是出於憐憫而照顧這個柔弱的新生兒。她不是他的女兒，在她母親生病的時候被棄在一邊。要不是他關心，她準會死去。但他自己也沒有注意，他是多麼喜愛她呀。他每天總要到育兒室去好幾次，在那裡坐上好一陣，使得原來害怕他的奶媽和保姆見了他也不以爲意了。有時候，他一連半小時默默地瞧著睡熟的嬰兒毛茸茸的、皮膚鬆軟的番紅花般的小臉，觀察著她那起皺的前額，還有那雙握著拳頭用手背擦著小眼睛和鼻樑的胖鼓鼓的小手。在這樣的時刻，卡列寧心裡覺得特別平靜，看不出自己的處境有什麼異常，有什麼需要改變的地方。

但隨著時間的流逝，他越來越清楚地看到，他覺得心安理得的處境不可能長久保持下去。他感到，除了支配他心靈的善良的精神力量之外，還有一種粗暴的同樣強大、甚至更加強大的力量在支配他的生活，這種力量不讓他保持他所渴望的內心寬厚的平靜。他覺得大家都帶著疑惑不解的目光瞧著他，不了解他，期望他會有什麼行動。特別是他覺得他同妻子的關係是不穩固和不自然的。

當由於死亡臨近而產生的寬厚心情過去後，卡列寧發覺安娜怕他，看見他就覺得痛苦，不敢正視他的眼睛。她似乎有什麼話要對他說，卻又不敢說，似乎也感覺到他們的關係不可能維持下去，對他有所期待。

二月底，安娜新生的女兒，名字也叫安娜，忽然病了。早晨卡列寧走到育兒室，吩咐僕人去請醫生，自己到部裡去了。辦完公事回家已經三點多鐘。他走進門廳，看見一個漂亮的僕人，身穿飾金制服，頭戴熊皮帽子，手裡拿著一件白裘斗篷。

「誰來了？」卡列寧問。

「培特西公爵夫人。」僕人回答。卡列寧覺得他似乎在笑。

在這個痛苦的時期裡，卡列寧發現，他在上流社會的熟人，特別是婦女，對他和他的妻子特別關心。他發現所有的熟人都勉強掩飾著喜悅，也就是上次在律師眼裡、現在在這個僕人眼裡所看到的得意洋洋的神色。大家似乎都興高采烈，彷彿在辦喜事。人家遇見他，總是勉強掩飾住內心的喜悅，向他打聽他妻子的健康情況。

培特西公爵夫人的到來，同她有關的一些回憶，以及對她的反感，使卡列寧覺得不快，他一直往育兒室走去。在第一間育兒室裡，謝遼查伏在桌上，兩腳擱在椅子上，一面描著什麼，一面興致勃勃地說著話。英國女教師在安娜病中代替法國女教師，坐在他旁邊編織披肩，慌忙站起來，行了個屈膝禮，拉了拉謝遼查。

卡列寧摸摸兒子的頭髮，回答了女教師對太太健康的問候，又問嬰兒①的病，醫生是怎麼說的。

「醫生說沒有什麼危險，只要給她多洗洗澡，老爺。」

「可是她一直很不舒服哇！」卡列寧傾聽隔壁房裡嬰兒的哭聲。

「我想是那個奶媽不好，老爺。」英國女教師斷然地說。

「何以見得？」他站住問。

「同保羅伯爵夫人家一樣，老爺。他們給孩子看病，發現原來只是孩子餓了，奶媽沒有奶，老爺。」

卡列寧沈吟了一下。他站了幾秒鐘，走到隔壁房裡。女孩仰天躺著，在奶媽的懷裡扭動，不肯銜拉給她吃的豐滿的乳房，也不理睬奶媽和伏在她身上的保姆兩人的逗弄，哭個不停。

「還是沒有好嗎？」卡列寧問。

「很不安靜。」保姆低聲回答。

「愛德華小姐說，會不會是奶水不足。」他說。

「我也這樣想，阿歷克賽·阿歷山德羅維奇。」

「那您為什麼不說呀？」

一面搖著她。

「對誰說呢？安娜·阿爾卡迪耶夫娜一直不舒服。」保姆不滿意地說。

保姆是家裡的老僕人。從她這簡單的一句話裡，卡列寧聽出對他地位的暗示。

嬰兒哭得更響了，掙扎著、嗚咽著。保姆擺了擺手，走到她跟前，從奶媽手裡把她抱過來，一面走一面搖著她。

「得請醫生來給奶媽檢查一下。」卡列寧說。

樣子強壯、衣著整潔的奶媽唯恐被解雇，嘴裡嘀咕著，藏起豐滿的乳房，對人家懷疑她奶水不足，輕蔑地微微一笑。在她這個微笑裡，卡列寧也看出了對他地位的嘲弄。

「不幸的孩子！」保姆說，同時哄著嬰兒，繼續來回踱步。

卡列寧在椅子上坐下來，臉上露出痛苦頹喪的神情，望著來回踱步的保姆。

等到嬰兒安靜下來，被放到一張欄杆很高的小床裡，保姆把枕頭拉拉整齊，走開了，卡列寧這才站起來，吃力地踮著腳尖走到嬰兒旁邊。他默默地站了一會兒，頹喪地望著那嬰兒；但突然一個微笑牽動他的頭髮和額上的皮膚，浮現在他的臉上。接著他悄悄地走出屋子。

他在餐室裡打了鈴，吩咐進來的僕人再去請醫生。他生妻子的氣，因為她不關心這個可愛的嬰兒。在這種惱怒的心情下，他不願到妻子那兒去，也不願看到培特西公爵夫人，但妻子可能覺得奇怪，為什麼他不像平常那樣到她那裡去，因此他就勉強忍住怒氣，走到她的臥室裡。他踏著柔軟的地毯走到門口，無意中聽見了他不願聽見的談話。

「要是他不出門，那我能理解您的拒絕和他的拒絕。不過，您的丈夫應該大方些。」培特西說。

「我不願意這樣倒不是為了丈夫，是為了我自己。這事別提了！」安娜聲音激動地說。

「是的，但您總不會不願意同一個爲您自殺的人告別一下吧……」

「我就是因爲這個緣故不願意。」

卡列寧臉上露出惶恐和負疚的神色停住腳步，想悄悄地走開。但想了一想，覺得這樣有失體面，又回過來，咳嗽了一聲，向臥室走去。說話聲停止了，他走了進去。

安娜穿著一件灰色晨衣，圓圓的頭上蓋著剪得很短的濃密烏黑頭髮，坐在長沙發上。一看見丈夫，她臉上的活潑神氣照例頓時消失。她垂下頭，不安地對培特西望了一眼。培特西穿著十分時髦，帽子高聳在頭上，好像煤油燈上的燈罩，身穿一件青灰色連衫裙，連衫裙上的深色斜條花紋一半在上半身的一邊，一半在裙子的另一邊。她坐在安娜旁，高高的扁平身軀挺得筆直。她低下頭，露出嘲弄的微笑迎接卡列寧。

「啊！」她彷彿吃驚似地說。「您在家裡，我很高興。您哪兒也不露面。自從安娜生病以來，我沒有看到過您，您的種種操心，我都聽說了。是的，您眞是一位了不起的丈夫！」她帶著意味深長和親切可愛的神氣說，彷彿因爲他對待妻子的行爲，她要給他發一枚寬宏大量勳章似的。

卡列寧冷冷地點了點頭，吻了吻妻子的手，問了問她的健康情況。

「我覺得好一些了。」她說，避開他的目光。

「可是您的臉色像在發燒一樣。」他說，把「發燒」兩字說得特別響。

「我同她談話談得太多了，」培特西說，「我覺得這是出於我這一方面的自私。我要走了。」

她站起身，但安娜忽然漲紅了臉，急忙抓住她的手。

「不，請您等一等。我有話要對您說……不，是對您說。」她對卡列寧說，她的脖子和前額都漲紅了。「我不願意也不能向您隱瞞什麼事。」她說。

卡列寧把手指扳得格格響，低下頭。

「培特西說，伏倫斯基伯爵動身到塔什干以前，想到這裡來辭行。」她眼睛不望丈夫，顯然急於要把一切都說出來，不管這在她是多麼困難。「我說我不能接待他。」

「您說，我的朋友，這要看阿歷克賽·阿歷山德羅維奇的意思。」培特西糾正她的話。

「不，我不能接待他。這完全沒有……」她忽然停住，詢問似地對丈夫瞧了一眼（他沒有朝她看）。「總而言之，我不要……」

卡列寧上前一步，想拉住她的手。

她的第一個動作是縮回她的手，想避開他那隻青筋突出的濕潤的手，但她顯然竭力控制自己的感情，握住了他的手。

「我很感謝您對我的信任，可是……」他說，又困惑又惱怒地感到，他自己本來可以輕易做出決定的事，卻不能當著培特西的面來討論，因爲他認爲她就是當著世人的面主宰他的生活、並妨礙他表示愛和饒恕的暴力的化身。他望著培特西公爵夫人，住口了。

「哦，再見，我的寶貝。」培特西站起來說。她吻了吻安娜，走了。卡列寧送她出去。

「阿歷克賽·阿歷山德羅維奇！我知道您是一個眞正寬宏大量的人。」培特西在小客廳裡站住了說，又一次特別緊地握了握他的手。「我是個局外人，可是我實在愛她，也實在尊敬您，因此斗膽向您進一個忠告。您就接待他一次吧。阿歷克賽·伏倫斯基是個正直的人，他要到塔什干去了。」

「我謝謝您的關心和忠告，公爵夫人。至於妻子能不能接待什麼人，這問題可以由她自己決定。」

他照例神氣活現地揚起眉毛說，但立刻想到，不論他說什麼話，就他的處境來說都是不可能神氣的。

這一點，他從培特西聽了他最後一句話以後，臉上露出的那種抑制著的嘲弄的奸笑裡看出來了。

①原文為英文。

20

卡列寧在大廳裡向培特西鞠了一躬，走到妻子那裡。安娜躺在床上，但是一聽見他的腳步聲，連忙照原來的姿勢坐起來，惶恐地瞧著他。卡列寧看見她在哭。

「我很感謝你對我的信任。」他簡單地用俄語重複了一遍當著培特西的面用法語講過的話，在她旁邊坐下來。他用俄語稱呼她「你」，這種親暱的叫法使安娜怒不可遏。「我也很感謝你的決定。我也認爲伏倫斯基伯爵既然要走，那就毫無必要到這裡來。不過……」

「我已經這樣說了，還要重複做什麼？」安娜突然克制不住怒氣，打斷他的話。「哼，毫無必要，」她心想，「一個人爲了他所愛的女人情願毀滅自己，而且已經毀了自己，她沒有他也不能生活，如今他來同她告別，竟毫無必要！」她閉緊嘴唇，垂下閃閃發亮的眼睛，看著他那雙青筋畢露、慢慢地搓著的雙手。

「這事我們再也不要談了。」她鎮定地補充說。

「這個問題我讓你來決定。我很高興看到……」卡列寧又開口了。

「看到我和您的願望是一致的。」她迅速地替他把話說完，他說話的那種慢吞吞的樣子使她惱火，況且她又知道他要說什麼。

「是的，」他肯定說，「培特西公爵夫人干涉人家最複雜的家庭問題是很不妥當的。特別是她……」

「人家說她的閒話，我一句也不信，」安娜急急地說，「我知道她是眞心愛護我的。」

卡列寧嘆了一口氣，不作聲了。她煩躁地摸弄著晨衣的流蘇，帶著一種難堪的生理上的厭惡望著他。她爲這種情緒而責備自己，但無法加以克制。她現在唯一的願望是不要看見他，免得使她感到厭惡。

「我剛才吩咐他們去請醫生了。」卡列寧說。

「我身體很好，給我請醫生做什麼？」

「不是的，小寶寶老是哭，他們說奶媽的奶水不足。」

「爲什麼我當初要求餵奶您不答應？不管怎麼說（卡列寧明白，『不管怎麼說，是什麼意思』），她是個小娃娃，他們會把她折磨死的。」她打了打鈴，吩咐僕人把嬰兒抱來。「我要求餵奶，不讓我餵，現在又來責備我。」

「我並沒有責備……」

「有的，您在責備我！我的上帝！我爲什麼不死呀！」她哭了起來。「原諒我，我太激動了，是我不對，」她冷靜下來說，「你走吧……」

「不，這樣下去可不行。」卡列寧斷然地對自己說，走出妻子的房間。

他在世人眼中的難堪處境，妻子對他的憎恨，以及那種神祕的暴力——它違反他的心意，支配他的生活，強迫他服從它的意志並使他改變對妻子的態度——這一切從來沒有像現在這樣清楚地呈現在他的眼前。他分明看到，整個社會和妻子對他都有所求，但他不明白所求的究竟是什麼。他覺得他的內心正在滋長一種破壞他精神安寧和一生修養的憤恨感情。他認爲安娜最好割斷她同伏倫斯基的關係，但要是他們認爲辦不到，他甚至情願容許他們恢復這種關係，只要兩個孩子不受羞辱，他不失掉他們，也不改變自己的地位就行。不論這種情況多糟，總比決裂要好，因爲一旦決裂，她就會處於走投無路的可恥境地，他也將失去他所愛的一切。但他覺得自己無能爲力，他早知道大家都會反對他，不許他做他現在認爲合情合理的事，而要強迫他去做不合理的、但他們認爲正當的事。

21

培特西還沒有出大廳，就看見奧勃朗斯基走進了大門。奧勃朗斯基剛從葉里賽耶夫飯店來，那裡到了一批新鮮牡蠣。

「啊！公爵夫人！這可是一次愉快的見面哪！」他說。「我去拜訪過您了。」

「只能見個面，因爲我要走了。」培特西一面戴手套，一面笑瞇瞇地說。

「嗳，公爵夫人，您慢點兒戴手套，讓我吻吻您的小手。恢復舊習慣，沒有比吻手禮更稱我的心了。」他吻了吻培特西的手。「那麼我們什麼時候再見哪？」

「您才不配呢。」培特西笑嘻嘻地回答。

「不，我才配呢，因爲我已變成一個極其安分的人了。我不僅處理好自己的家庭關係，還在幫助別人解決家庭問題呢。」他煞有介事地說。

「喲，我太高興啦！」培特西回答，她立刻明白他說的是安娜。他們一起回到大廳，站在一個角落裡。「他在折磨她，」培特西意味深長地低聲說，「這樣可不行，這樣可不行……」

「您有這樣的想法，我很高興，」奧勃朗斯基搖搖頭，露出嚴肅、痛苦和同情的臉色說，「我就是爲這事到彼得堡來的。」

「城裡人人都在談論這件事，」她說，「這種局面是維持不下去的。她一天比一天瘦。他不了解，像她這樣的女人是不會把感情當兒戲的。出路只能從兩者中挑選一條：不是他拿出點魄力來把她帶走，就是同她離婚，要不然會把她活活悶死的。」

「是的，是的……就是這麼說……」奧勃朗斯基嘆息道。「我就是爲這事來的。也就是說不是專門爲了那件事……我當上了侍從官，嗯，我得來道謝。不過，主要是爲了解決這個問題。」

「啊，上帝保佑您！」培特西說。

奧勃朗斯基把培特西公爵夫人送到門廊，又一次在她手腕上吻了吻，也就是在手套以上、脈搏跳動的地方，對她說了一句極不體面的調戲話，弄得她又好氣又好笑。接著他就往妹妹那裡走去。他看見安娜正在流淚。

奧勃朗斯基剛才還興致勃勃，但一看見她，立刻就懷著滿腔憐憫，傷感起來，同她的心情很協調了。他問起她的健康情況，還問她早晨過得怎樣。

「壞透了，壞得不能再壞了。白天，早晨，過去，未來，都是這樣。」她說。

「我覺得你要給悲傷壓垮了。應該振作起來，應該正視人生。我知道這是很痛苦的，但是……」

「我聽說女人愛男人，往往連他們的缺點也愛，」安娜忽然開口說，「可是我恨就恨他的道德，我不能同他生活在一起。你要明白，我一看見他那副模樣就反感，就生氣。我不能，不能同他生活在一起。叫我怎麼辦呢？我一向很不幸，我常常想，沒有人比我更不幸了，可是我怎麼也沒想到會落到現在這樣可怕的處境。你也許不相信，我明明知道他是一個不多見的正派人，我抵不上他的一個小指頭，可我還是恨他。我恨就恨他的寬宏大量。我沒有別的出路，只有……」

她想說「死」，但奧勃朗斯基不讓她說下去。

「你有病，容易激動，」他說，「相信我，你言過其實了。事情並沒有這樣糟。」

奧勃朗斯基微微一笑。要是換了別人，談到這種絕望的事是絕不會笑的（這時笑會顯得粗魯無禮），但是在他的微笑裡包含著無限善良和近乎女性的溫柔，因此他的笑不但不使人感到屈辱，反而使人覺得親切、安慰。他那平心靜氣的勸慰和微笑像杏仁油一樣有舒鬆鎮定的作用。安娜立刻感覺到這一點。

「不，斯基華，」她說，「我完了，完了！比完了還要糟糕。不，我還沒有完，不能說一切都完了，相反地，我覺得一切都還沒有完。我好像一根繃緊的弦，快要斷了。但還沒有斷……結局一定很可怕。」

「不要緊，可以把弦慢慢放鬆。天無絕人之路。」

他又從她那驚懼的目光中看出，她認爲唯一的出路就是死。他不讓她把話說完。

「我想了又想。只有一條路……」

「完全不是，」他說，「聽我說。你對你的處境沒有我看得清楚。讓我把我的想法坦白告訴你。」他又小心翼翼地露出杏仁油一般滑膩的微笑。「我從頭說起：你嫁了一個比你大二十歲的丈夫。你沒有愛情，也不知道什麼叫愛情，卻結了婚。就算這是一個錯誤吧。」

「一個可怕的錯誤！」安娜說。

「但我要再說一遍：這事眞所謂木已成舟了。後來，我們不妨說，你愛上了一個不是你丈夫的男人。這事很不幸，但這也是木已成舟了。這事被你丈夫知道，他饒恕了你。」他每說一句停一停，等待她反駁，可是她什麼也沒回答。「就是這樣。現在的問題是：你能不能再跟你丈夫生活下去？你願不願意這樣？他願不願意這樣？」

「我什麼也不知道，什麼也不知道。」

「但你親口說過，你沒辦法跟他過下去。」

「不，我沒有說過。我否認這話。我什麼也不知道，什麼也不明白。」

「是的，但你讓我……」

「你無法理解。我覺得我是在一頭栽到深淵裡去，我不應該得救。我也無法得救。」

「不要緊，我們會想辦法把你拉住，把你救出來。我了解你，你無法把你的希望、你的感情說出來。」

「我什麼希望，什麼希望也沒有……但願一切都就此完結。」

「可他看到這一點，明白這一點。難道你以爲他沒有你痛苦嗎？你痛苦，他也痛苦，這樣有什麼好處呢？只有離婚才能解決一切。」奧勃朗斯基好容易才說出他的中心意思，意味深長地對她望了望。

她什麼也沒回答，只是否定地搖搖她頭髮剪得很短的頭。但從她那突然恢復本來的美麗的臉上，他看出她並沒有這樣的希望，因爲她認爲這種幸福是不可能得到的。

「我實在替你們難過！要是能辦成這事，我將多麼幸福哇！」奧勃朗斯基說，笑得大膽些了。「你不要說，什麼也不要說！但願上帝讓我說出心裡想說的話來。我現在就去找他。」

安娜用她那雙若有所思的亮晶晶的眼睛對他望了望，什麼話也沒有說。

22

奧勃朗斯基臉上帶著像進入會議主席座那樣莊重的神氣，走進卡列寧的書房。卡列寧背著手在房間裡踱步，想著奧勃朗斯基跟他妻子談的同一件事。

「我沒打擾你吧？」奧勃朗斯基說，一看見妹夫，突然產生一種他很少有的窘態。爲了掩飾這種窘態，他掏出剛買的新式開法的皮煙盒，聞了聞皮革，取出一支煙來。

「不。你有什麼事啊？」卡列寧不樂意地回答。

「是的，我要……我要……是的，我要同你談談。」奧勃朗斯基說，對自己身上很少出現的畏怯感到驚奇。

這種畏怯的心情很意外、很奇怪，奧勃朗斯基簡直不相信這是出於良心的呼聲，提醒他打算做的事是不對的。他振作精神，克服這種畏怯的心情。

「我希望你相信我對妹妹的友愛和對你的尊敬。」他紅著臉說。

卡列寧站住了，一言不發，但他臉上那種逆來順受的神色使奧勃朗斯基吃驚。

「我想，我要同你談談你們兩人關係的問題。」奧勃朗斯基說，還在竭力克制不習慣的羞怯感。

卡列寧苦笑了一聲，望望內兄。他沒有回答，走到桌子旁邊，拿起一封沒有寫完的信，交給內兄。

「我也一直在考慮這個問題。這是我正在寫的信，我想我還是用書面表達更清楚些，再說我在場也會使她激動的。」他把信交給他說。

奧勃朗斯基接了信，疑惑不解地望望那雙盯住他的黯淡無光的眼睛，開始讀信。

「我知道您看到我就感到厭惡。不管相信這一點在我是多麼痛苦，我看事實就是如此，無可奈何。我不責備您，當我在您病中看見您時，我誠心誠意決心忘記我們之間所發生的一切，重新生活。這一點，上帝可以爲我作證。我對我所做的，現在不懊悔，將來也永遠不會懊悔；我只有一個願望，那就是您的幸福，您靈魂的安寧，但現在我明白這是無法實現的。請您坦率告訴我，怎樣才能使您得到眞正的幸福和內心的平靜。我完全服從您的意志和您公正的感情。」

奧勃朗斯基把信交還給妹夫，又疑惑不解地對他望望，不知道說什麼才好。這樣的沈默對他們兩人都很難堪，因此，奧勃朗斯基嘴裡不作聲，嘴唇卻神經質地抽動不停，眼睛一直盯住卡列寧的臉。

「這就是我要對她說的話。」卡列寧轉過身去說。

「是的，是的……」奧勃朗斯基沒有辦法回答，眼淚哽住了他的喉嚨。「是的，是的。我了解您。」他終於這樣說。

「我希望知道她要求什麼。」卡列寧說。

「我怕她自己也不了解自己的處境。她沒有辦法判斷。」奧勃朗斯基鎮定下來說。「她被壓垮了，被您的寬宏大量壓垮了。要是讓她讀到這封信，她會說不出一句話來，她只會把頭埋得更低。」

「是的，既然這樣，那怎麼辦呢？怎樣說明……怎樣了解她的願望呢？」

「如果你允許我說出我的意見，那麼我想，要結束這種局面，該採取什麼措施，只能請你直率指點了。」

「這麼說來，你認爲一定要結束這樣的局面嗎？」卡列寧擰斷他的話說。「可是怎樣結束呢？」他雙手在眼前做了一個難得做的手勢，補充說，「我看不到任何出路。」

「不論什麼處境都是可以找到出路的。」奧勃朗斯基站起來，精神振奮地說。「你一度想同她斷絕……要是你現在相信你們彼此不能使對方幸福的話……」

「對幸福各人有各人的看法。就說我同意一切，一無所求吧。我們的處境究竟有什麼出路呢？」

「要是你願意知道我的意見。」奧勃朗斯基說，臉上露出同安娜談話時一樣使人心寬的杏仁油般滑膩的微笑。這善良的微笑具有那麼強大的說服力，以致卡列寧不由得感到自己無力反駁而受它的支配，願意聽信奧勃朗斯基的話。「那麼我要說，她絕不會說出這樣的話來。但有一件事是可能的，有一件事也許是她所希望的，」奧勃朗斯基說下去，「那就是斷絕你們之間的一切關係，排除一切同這種關係有聯繫的回憶。照我看來，你們之間必須確立新的關係。這種新的關係只有雙方獲得自由才能建立。」

「離婚。」卡列寧嫌惡地插嘴說。

「對，我認爲就是離婚。對，離婚。」奧勃朗斯基紅著臉重複說。「對於像你們這種關係的夫婦，不論怎麼說，這都是最明智的出路。既然夫婦雙方都覺得無法共同生活，還有什麼辦法呢？這種情況是常有的。」卡列寧長嘆一聲，閉上眼睛。「只有一點需要考慮：夫婦中是不是有一方想重新結婚？如果沒有，那就很簡單。」奧勃朗斯基說，越來越沒有拘束了。

卡列寧激動得皺起眉頭，嘴裡喃喃地說了些什麼，一句話也不回答。奧勃朗斯基覺得一切都很簡單，卡列寧卻反覆考慮了千百遍。這一切他覺得不僅不很簡單，甚至是根本辦不到的。離婚的詳細手續他已經知道，他覺得是辦不到的，因爲他的自尊心和宗教信仰不允許他隨便控告人家通姦，更不允許他已經得到饒恕的心愛的妻子遭到告發和羞辱。他認爲不可能離婚，還有更重大的原因。

要是離婚，兒子會怎麼樣？把他留給母親是不幸的。離了婚的母親將會有一個非法的家庭，在這種家庭裡，前夫兒子的處境和教育肯定會很糟。把他留在自己身邊嗎？他明白那將是出自他這一方面的報復，他可不願意這樣做。不過，除了這個原因之外，卡列寧覺得不可能離婚的主要原因是，如果他同意離婚，他將毀了安娜。他心裡牢記著陶麗在莫斯科說的話。她說，他決定離婚是只顧自己，而沒有考慮到他將無可挽回地把她毀掉。現在他把這話同他對她的饒恕和他對兩個孩子的熱愛聯繫起來，他對這話就有了不同的理解。同意離婚，給她自由，他認爲這就是剝奪成爲他生活最後依戀的他心愛的孩子，同時也是剝奪她走正路的最後依據，使她徹底毀滅。他知道，要是她離了婚，她將同伏倫斯基結合，這種結合是非法的、犯罪的，因爲照教會規矩，這樣的女人當丈夫在世的時候是不能再結婚的。「要是她同他結合，過了一兩年不是他把她拋棄，就是她同別的男人搞上關係。」卡列寧想。「我要是同意這種非法的離婚，我將成爲促使她毀滅的罪人。」這一點他反覆考慮了幾百遍，深信離婚不僅不像他內兄所說的那樣簡單，而且簡直是不可能的。奧勃朗斯基的話他一句也不信，每句話他都有千百條理由加以駁斥。卡列寧聽他說話的時候，覺得他的話正是表現了那種支配他生活、強迫他服從的強大的暴力。

「問題只在於你同意離婚有什麼條件。她毫無所求，也不敢向你要求什麼，完全聽憑你的寬宏大量。」

「天哪！天哪！這爲的是什麼呀？」卡列寧記起離婚的瑣碎手續，丈夫應該承擔的責任，就像伏倫斯基那樣羞愧得雙手蒙住了臉。

「你很激動，這我明白。但你要是好好考慮一下……」

「有人打你的右臉，連左臉也轉過來由他打；有人要拿你的裡衣，連外衣也由他拿去。」卡列寧想。

「對，對！」他尖聲嚷道，「我可以忍受恥辱，我甚至可以放棄兒子，但是……但是好不好不提這事呢？不過，你高興怎麼辦就怎麼辦吧……」

他說著轉過身去，使內兄看不見他的臉，接著在窗邊一把椅子上坐下來。他感到悲傷，他感到羞恥；但除了悲傷和羞恥，他又爲自己高尚的謙遜而高興和激動。

奧勃朗斯基被感動了。他沈默了一會兒。

「阿歷克賽・阿歷山德羅維奇，請你相信我，她很看重你的寬宏大量，」他說，「但顯然這是上帝的旨意。」他加了一句，但出口以後立刻覺得這話是愚蠢的。他好容易忍住對自己愚蠢的嘲笑。

卡列寧想回答些什麼，但是眼淚把他哽住了。

「這是命裡注定的不幸，只好逆來順受。我認爲這是既成事實，我願意盡我的力量來幫助你們兩人。」奧勃朗斯基說。

奧勃朗斯基從妹夫房裡出來，非常感動，但這並不影響他因爲順利辦妥這件事而產生的得意心情，他相信卡列寧是不會收回說過的話的。除了得意之外，他還有一個想法：等到這事辦成功了，他將問問妻子和好朋友：「我同皇帝有什麼差別？皇帝調動軍隊，誰也沒有好處；可是我拆散夫妻，三人皆大歡喜……①或者說：我同皇帝有什麼相同的地方？到那時……我會想出更妙的話來。」他笑嘻嘻地自言自語著。

①俄文「調動軍隊」和「離婚」、「拆散夫妻」是同一個詞，這裡是文字遊戲。

23

伏倫斯基的傷勢很危險，儘管沒有觸及心臟。有好幾天他處在死亡的邊緣。他第一次開口說話的時候，只有嫂嫂華麗雅一人在他房裡。

「華麗雅！」他一本正經地望著她說，「我無意間失手把自己打傷了。請你以後不要再提這件事，人家問起，你就這麼對他們說好了。要不然太惹人笑話了！」

華麗雅沒有回答，只彎身向著他，笑眯眯地望望他的臉。他的眼睛是明亮的，沒有發燒的樣子，但眼神很嚴肅。

「啊，讚美上帝！」她說。「你不痛嗎？」

「這裡稍微有一點。」他指指胸口。

「那麼讓我替你換換繃帶吧。」

他默默地咬緊寬闊的牙關，瞧著她替他換繃帶。等她換好了，他說：

「我不是在說胡話：請你設法不要讓人家說閒話，說我是有意開槍把自己打傷的。」

「沒有人會這樣說。我只希望你以後不要再無意間失手開槍了。」她帶著會意的微笑說。

「總該不會了，但最好是……」

他苦笑了一下。

他這些話和這種苦笑雖然使華麗雅吃驚，但是當他傷口的炎症消失，身體復元的時候，他覺得他的悲傷已減輕了。他彷彿以這個行動洗刷了他所蒙受的羞恥和屈辱。現在他可以心平氣和地想到卡列寧了。他承認他寬宏大量，但也不覺得自己卑微。同時，他又恢復了生活的常規。他覺得他可以問心無愧地正視人家的眼睛，又可以按照自己的習慣生活。只有一種心情他無法排遣，雖然他不斷設法加以克服：他將永遠失去她而抱恨終身。他在她丈夫面前贖了罪，現在就應該放棄她，不再成爲她同她的懺悔和她的丈夫之間的絆腳石，這一點他是下定決心了；但他無法從心裡驅除喪失她愛情的遺恨，無法從頭腦裡抹去同她一起度過幸福時刻的回憶。這些時刻他在當時並不那麼珍惜，現在卻覺得無限留戀，難以忘懷。

謝普霍夫斯科依建議他到塔什干去任職，他毫不猶豫地同意了。但離開出發的時間越近，他越覺得他無可奈何地做出的犧牲是多麼痛苦。

他的傷痊癒了。他各處奔走，準備動身去塔什干。

「再見她一面，然後隱居起來，一直到死。」他想。當他向培特西辭行的時候，就把這念頭告訴了她。培特西負著這項使命來到安娜家裡，又給他帶回否定的答覆。

「這樣也好，」伏倫斯基得到答覆，心想，「這是我的弱點，當面去向她告別會弄得我不能自制。」

第二天，培特西一早親自去看他，說她從奧勃朗斯基那裡聽到可靠消息，卡列寧同意離婚，因此他可以去看她。

伏倫斯基連培特西走都沒有送一送，忘記了他原來做出的決定，也沒有問一聲什麼時候可以去，她丈夫在什麼地方，就立刻動身到卡列寧家去。他一口氣跑上樓梯，什麼也不看，一個勁兒地衝進她的房間。他沒有考慮，也沒有注意屋裡還有沒有人，就摟住她，在她的臉上、手上和脖子上吻個不停。

安娜對這次見面已有準備，考慮過對他說些什麼，可是這會兒卻一句話也說不出來，因爲他的熱情支配了她。她想使他鎮靜，使自己鎮靜，但是已經遲了。他的感情傳染給了她。她的嘴唇直打哆嗦，好半天說不出一句話來。

「是的，你把我佔有了，我是你的人。」她把他的手緊貼在胸口，終於說。

「這個當然！」他說。「我們活一天，就應該這樣過一天，這一點我現在明白了。」

「這話很對，」她說，臉色越來越蒼白，抱住他的頭，「出了這麼些事情，想想畢竟可怕。」

「一切都會過去，一切都會過去，我們一定會很幸福的！我們的愛情，要是還能更強烈些，就因爲其中有些可怕的地方。」他抬起頭來，笑得露出堅固的牙齒。

她也不得不用微笑來回答他——不是回答他的話，而是回答他那雙含情脈脈的眼睛。她拿起他的一隻手，要他撫摸她那冷冷的面頰和剪短的頭髮。

「你的頭髮剪得這樣短，我簡直認不出了。你太美了。簡直像個男孩子。可是你的臉色多蒼白！」

「是的，我身體很虛弱。」她笑瞇瞇地說。她的嘴唇又哆嗦起來。

「我們到義大利去吧，你的身體會復元的。」他說。

「難道我同你眞能做夫妻，眞能成立家庭嗎？」她緊盯著他的眼睛說。

「我感到奇怪的只是這事爲什麼不早些實現。」

「斯基華說他什麼都同意，但我不能接受他的寬宏大量。」她不看伏倫斯基的臉，若有所思地說。「我不要離婚，現在我什麼都無所謂了。我只是不知道謝遼查的事他想怎樣決定。」

他怎麼也無法理解，在他們現在見面的時刻，她怎麼會想到兒子，想到離婚。這些有什麼要緊呢？

「別談這些，別去想它。」他說，用自己的手翻弄著她的手，竭力引她注意他，可是她一直不看他。

「唉，我爲什麼不死啊，還是死的好！」她說，無聲的眼淚沿著雙頰直往下流，但她還是強作歡笑，免得他難過。

拒絕那項到塔什干去的迷人而危險的任命，照伏倫斯基以前的看法，是可恥的、辦不到的。但現在他毫不猶豫地拒絕了這項任命，並且發覺上級對他這種做法很不滿意，就立刻辭職了。

一個月以後，留下卡列寧父子兩個，安娜沒有獲得離婚，並且斷然放棄這個要求，卻同伏倫斯基一起出國了。

第五部

1

謝爾巴茨基公爵夫人原來認爲，在大齋期之前不可能舉行婚禮，因爲現在離大齋期只有五個禮拜，要在這期間置辦嫁妝，連一半都來不及，但她又不能不同意列文的意見，就是公爵的一位老姑母病重，恐怕不久於人世，一旦服喪，婚期就會更往後推移。因此，公爵夫人終於同意在大齋期之前舉行婚禮，把嫁妝分成大小兩份，先辦齊一份小的，大的一份以後補送。列文一直沒有答覆是不是同意這樣做，這使她大爲生氣。新夫婦等婚禮完畢馬上就要到鄉下去，那裡根本不需要大的嫁妝。這樣，公爵夫人的打算就顯得更加妥當了。

列文依舊處在神魂顚倒之中。他覺得他和他的幸福就是整個生存的主要目的，也可以說是唯一目的。現在他不用做什麼考慮，也不必操什麼心，一切都有人替他料理。對未來的生活，他沒有任何計畫和打算。他聽任別人作主，相信一切都會得到妥善安排。哥哥柯茲尼雪夫、奧勃朗斯基和公爵夫人都會指點他應該做些什麼。他只要完全同意人家的一切建議就行了。哥哥替他籌款，公爵夫人要他結過婚就離開莫斯科，奧勃朗斯基勸他出國。他什麼都同意。「只要你們高興，要怎麼辦就怎麼辦好了。我很幸福，不論你們怎麼辦，我的幸福都不會受影響。」他想。他把奧勃朗斯基勸他們出國的主意告訴吉娣，她不同意，她對他們的未來生活有她自己的一套打算。這使他大爲吃驚。吉娣知道列文在鄉下有他心愛的事業。他知道她不僅不理解這事業，而且不想去理解。但這並不影響她認爲這事業是很重要的。她知道他們的家將安在鄉下，她不願到他們將來不準備長期生活的外國去，而要到他們安家的地方去。她這種明確的意圖使列文感到驚奇。但他覺得到哪兒去都一樣，就立刻要求奧勃朗斯基到鄉下去一次——彷彿這是他不容推諉的責任——憑他卓越的審美觀把那裡的一切都布置好。

「我倒要問你，」奧勃朗斯基爲新婚夫婦的來臨把鄉間的一切都安排好了，回來後有一天對列文說：「你有做過懺悔的證書嗎？」

「沒有。怎麼樣？」

「沒有這個證書就不能結婚。」

「啊呀呀呀！」列文叫道。「我恐怕有八、九年沒有領聖餐了。我根本就沒有想到。」

「太好啦！」奧勃朗斯基笑著說，「可你還說我是虛無主義者呢！這樣不行。你得去領聖餐。」

「什麼時候？只剩下四天了。」

這件事也由奧勃朗斯基替他做了安排。列文開始領聖餐。像列文這樣不信教但尊重別人信仰的人，參加各種宗教儀式是很痛苦的。現在，當他對一切都充滿感情，心腸很軟的時候，要他矯揉造作不僅很痛苦，簡直是不堪設想的。可是在這大喜的日子裡，他卻不得不撒謊或者褻瀆神明。這兩件事他都辦不到。他幾次三番問奧勃朗斯基不領聖餐能不能得到證書，奧勃朗斯基斬釘截鐵地說不行。

「兩天工夫，這在你算得了什麼？何況司祭是一位十分可愛懂事的老頭兒。他會不知不覺把你這顆病牙拔掉的。」

列文站著做第一遍禮拜時，竭力想恢復他十六、七歲時那種強烈的宗教感情。但他立刻相信這是完全不可能的。他試圖把它看成是毫無意義的風俗習慣，像禮節性訪問一樣，但覺得連這樣也絕對辦不到。列文對宗教的態度也像多數同時代人一樣搖擺不定。他不信教，但也不能肯定這一切都是荒謬的。因此，他既不能相信他所做的事的意義，也不能像例行公事那樣淡然處之。在這領聖餐的全部時間裡，他因爲做著他自己也不理解的事，做著如他內心所提示的虛僞不好的事而感到羞恥和不安。

在做禮拜的時候，他一會兒聽著祈禱，竭力用不違反他觀點的意義來理解它，一會兒覺得他不能理解，甚至不得不加以譴責，就竭力不去聽它，而沈湎於自己的思想、觀察和回憶中。他無聊地站在教堂裡，頭腦中浮想聯翩。

他做了日禱、晚禱和夜禱。第二天起得比平時早，也不喝茶，早晨八點鐘就上教堂做早禱和懺悔。

在教堂裡，除了一個求乞的兵士、兩個老婆子和幾個教堂執事外，什麼人也沒有。

年輕的助祭穿一件顯露出骨頭突出的長脊背的薄薄法衣，走過來迎接他，然後走到靠牆的小桌旁，開始唸祈禱文。當助祭唸祈禱文的時候，特別是迅速地重複著「上帝憐憫」——聽上去好像在說「饒恕，饒恕」——的時候，列文覺得他的思想彷彿被禁錮起來，貼上封條，不能活動，要不然就會引起混亂；因此他站在助祭後面，沒有去聽他，也不理會他，只管繼續想自己的心事。「她手上的表情眞是太豐富了！」他記起昨天他們坐在角落裡那張桌子旁的情景，心裡想。在這種時候，他們照例想不出什麼話說。她把一隻手放在桌上，不斷地張開又捏攏。她看著這動作，自己也笑了。他想起他怎樣吻了吻這隻手，然後仔細地看著這粉紅色手掌上錯綜的脈紋。「又是饒恕。」列文想，同時畫著十字，鞠著躬，望著正在行禮的助祭背部肌肉的活動。「她接著拿起我的手察看上面的脈紋。『你的手眞可愛。』她說。」他想到這裡看看自己的手，又看看助祭短小的手。「是的，這會兒快完了。」他想。「不，看來又從頭唸起了。」他聽著祈禱文想。「不，要結束了。瞧，他已經一躬到地。結束前總是這樣的。」

助祭從絨布袖口裡伸出一隻手，悄悄地接過一張三盧布鈔票，說他要把列文的名字記下來。接著就精神抖擻地用他的新靴子咯咯地踩響空曠的教堂的石板，走上祭壇。過了一會兒，他從那裡往外張望，招招手叫列文過去。到這時爲止，一直被壓抑著的思想又在列文頭腦裡活動起來，他連忙把它驅散。「總會了結的。」他想著向讀經台走去。他走上台階，向右轉彎，看見了司祭。司祭是個小老頭兒，留著稀疏的灰白大鬍子，生有一雙疲勞的和善眼睛，站在讀經台旁，翻著聖禮書。他向列文微微點點頭，立刻用慣常的腔調唸起祈禱文來。他唸完祈禱文，一躬到地，臉轉向列文。

「基督降臨，不顯形跡，正在聽取您的懺悔。」他指著釘在十字架上的耶穌像說。「您相信聖徒教會的全部教義嗎？」司祭繼續說，眼睛不看列文的臉，雙手在聖帶下面合攏來。

「我懷疑過一切，現在還是懷疑一切。」列文用他自己聽來都覺得討厭的聲音說，說完就住口了。

司祭等了幾秒鐘，看他還有沒有什麼說的，接著閉上眼睛，用弗拉基米爾口音急急地說：

「懷疑是人類天生的弱點，但我們應該祈求仁慈的上帝增強我們的信心。您有什麼特別的罪孽？」他一停不停地說，彷彿不肯浪費一點時間。

「我的主要罪孽是懷疑。我懷疑一切，大部分時間都在懷疑中。」

「懷疑是人類天生的弱點，」司祭重複說，「那麼您主要懷疑什麼呢？」

「我懷疑一切。我有時甚至懷疑上帝的存在。」列文情不自禁地說，接著又爲這樣的褻瀆而感到惶恐。但列文的話對司祭似乎沒有產生什麼不好的影響。

「怎麼可能懷疑上帝的存在呢？」他露出一絲笑意。

列文不作聲。

「您明明看見大地上創造出來的萬物，怎麼還能懷疑造物主的存在呢？」司祭用習慣成自然的腔調又急急地說。「是誰用星星來裝飾天空的？是誰把大地打扮得這樣美麗的？沒有造物主怎麼行呢？」他用詢問的目光對列文瞧了一眼。

列文覺得同司祭爭論哲學問題是不得體的，因此只就他的問話做了回答。

「我不知道。」他說。

「您不知道嗎？那您怎麼能懷疑上帝創造萬物呢？」司祭帶著快樂的困惑神氣說。

「我一點也不明白。」列文漲紅了臉說，覺得他的話很愚蠢，在這種場合說這樣的話實在愚蠢。

「禱告上帝，懇求上帝吧！就是神父也會有懷疑，也要懇求上帝加強他們的信心呢。魔鬼的力量大得很，我們一定要抵抗他。禱告上帝，懇求上帝吧！禱告上帝吧！」他匆匆地一再說。

司祭稍微停了一下，彷彿在沈思。

「我聽說您準備同我教區裡的教民和懺悔者謝爾巴茨基公爵的女兒結婚，是嗎？」他微笑著又說。「一位出色的姑娘！」

「是的。」列文回答，爲司祭臉紅，「在懺悔的時候他問這個幹什麼？」他想。

司祭彷彿知道他的心事，回答說：

「您準備結婚，上帝將賜給您子孫後代，是不是啊？啊，魔鬼誘使您不信神，要是您不能戰勝這種誘惑，您能給您的孩子什麼樣的教育呢？」他用婉轉的責難口氣說。「要是您愛您的孩子，那您作爲一個慈父，就不僅希望您的孩子榮華富貴，還希望他們得救，希望眞理的光芒能照耀到他們的心靈。是不是啊？要是天眞無知的孩子問您：『爸爸！土地、江河、太陽、花草，世界上這一切使我喜愛的東西是誰創造的？』那您怎麼回答他呢？難道就對他說『我不知道』嗎？既然上帝出於大恩大德向您展示了這一切，您

司祭稍微停了一下，彷彿在沈思。

又怎麼能不知道呢？也許您的孩子會問您：『在陰間有什麼在等著我呀？』如果您什麼也不知道，您怎麼對他說呢？您讓他去受塵世和魔鬼的誘惑嗎？這可不好哇！」他說著停住了，側著頭，用那雙和善的眼睛望著列文。

列文什麼也沒回答，倒不是因爲他不願同司祭爭論，而是因爲至今還沒有人問過他這樣的問題。到將來孩子們提出這些問題的時候，他還有充分時間可以考慮該怎樣回答呢。

「您踏進人生這一階段，」司祭繼續說，「您要選擇道路，堅定地走下去。禱告上帝，憑主的仁慈幫助您，憐憫您。」他結束道。「願我主上帝，耶穌基督，以其愛人的恩典饒恕這個兒子……」司祭唸完赦罪文，給他祝福了一番，就放他走了。

那天列文回到家裡，感到很高興，因爲結束了那種尷尬的局面，而且不用撒一句謊。他還模模糊糊地記得，這個和藹可親的小老頭說的話，並不像他起初所想像的那樣愚蠢，不過他的話裡還有一些地方需要弄個明白。

「當然不是現在，」列文想，「等將來有機會再說。」列文空前深切地感到，他的靈魂裡有些不明白、不乾淨的地方，他對待宗教的態度也像別人一樣，可是以前他就因此反對人家，還責備過他的朋友史維亞日斯基。

那天晚上，列文同未婚妻一起在陶麗家裡度過，感到特別高興。他把他的興奮心情告訴了奧勃朗斯基。他說他快活得像一頭受過訓練的狗，終於能領會人家要牠做的事，尖聲叫著，搖著尾巴，心花怒放地跳上桌子和窗台。

2

舉行婚禮那天，列文按照風俗（公爵夫人和陶麗堅持要嚴格遵守一切風俗），事先不跟未婚妻見面，卻同三個在旅館裡邂逅的單身朋友一起吃飯：一個是柯茲尼雪夫；一個是列文的大學同學卡塔瓦索夫，現在當上自然科學教授，列文在街上遇見他，就把他拉到旅館裡來；一個是男儐相契利科夫，現任莫斯科調解法官，也是列文的獵熊朋友。這頓飯吃得很快活。柯茲尼雪夫情緒極好，很欣賞卡塔瓦索夫別出心裁的玩笑。卡塔瓦索夫發覺他的玩笑得到重視和理解，便更加盡情發揮。契利科夫總是快樂而善意地參與各種談話。

「你們看，」卡塔瓦索夫由於講台上講課養成的習慣，拖長字句說，「我們的朋友康斯坦京·德米特里奇過去是個多麼能幹的人哪！我說的是過去的他，因爲現在他已經不是這樣的人了。大學畢業的時候，他愛好學術，通情達理。現在呢，他的一半才能都用來欺騙自己，另外一半爲這種欺騙進行辯解。」

「我從來沒有見過比您更堅決反對結婚的人了。」柯茲尼雪夫說。

「不，我並不反對。我贊成勞動分工。什麼事也不會做的人，只好做些人出來，其餘的人就得促進他們的教養和幸福。這就是我的看法。把這兩種行當混爲一談的大有人在，可我不在其內。」

「有朝一日我知道您也在戀愛了，我將多麼高興啊！」列文說。「您一定要請我吃喜酒。」

「我已經在戀愛了。」

「是的，你愛上墨魚了。你知道嗎，」列文轉過來對哥哥說，「米哈伊爾·謝苗諾奇在寫一本營養學著作……」

「噯，別胡扯了！寫什麼都無所謂。不過我倒確實愛上了墨魚。」

「可是牠不會妨礙您愛妻子。」

「是不會妨礙，可是妻子要妨礙我呀。」

「爲什麼？」

「您會明白的。您現在愛農業、愛打獵，可是您等著瞧吧！」

「阿爾希普今天來過了，他說塘村那邊有許多駝鹿，還有兩頭熊。」契利科夫說。

「噯，我不去，你們去打好了。」

「哦，這倒是眞的，」柯茲尼雪夫說，「今後打熊這件事就沒有你的份了，妻子不會讓你去的！」

列文微微一笑。一想到妻子不會讓他去打獵，他覺得很好玩，他情願從此放棄獵熊的樂趣。

「不過，您不參加打這兩頭熊，畢竟很可惜。您還記得上次在哈比洛夫的事嗎？那次打獵多有趣呀！」契利科夫說。

契利科夫認爲不結婚也很快活，列文不願打破他這種幻想，因此沒有說什麼。

「同單身生活告別的風俗可不是沒有道理的，」柯茲尼雪夫說，「不管你怎樣幸福，你總不能不爲喪失自由而惋惜吧？」

「您承認您有果戈理筆下新郎①那樣的心情，想從窗口跳下去嗎？」

「一定有的，就是不肯承認罷了！」卡塔瓦索夫說著哈哈大笑。

「好吧，窗子反正開著……我們現在就到特維爾去！有一頭母熊在，可以直搗牠的巢穴。眞的，坐五點鐘的班車去吧！這裡的事讓他們去辦。」契利科夫笑嘻嘻地說。

「啊，說句實話，」列文笑著說，「我心裡可沒有爲失去自由感到惋惜！」

「對，您現在心裡一片混亂，什麼感覺也不會有，」卡塔瓦索夫說，「等您稍微冷靜一點，您就會感覺到了！」

「不，儘管有了感情（他不好意思當著他們的面說愛情）和幸福，喪失自由畢竟是可惜的，我多少總應該有點感覺呀……可是正好相反，我還因爲失去自由而高興呢！」

「糟糕！您這人眞是不可救藥！」卡塔瓦索夫說。「來，讓我們乾一杯，祝他恢復健康，或者祝他實現他的夢想，哪怕只有百分之一。即使這樣也是天下最大的幸福了！」

吃完飯，客人們走了，大家趕回去換衣服參加婚禮。

列文獨自留下來，回想著這些單身漢的話，又一次問自己：他心裡是不是像他們所說的因爲喪失自由而感到惋惜？想到這問題，他微微一笑。「自由嗎？要自由幹什麼？幸福就在於愛情和希望，希望她所希望的，想她所想的，這就是幸福。根本用不著什麼自由！」

「可是我了解她的思想、她的希望、她的感情嗎？」彷彿有一個聲音突然低聲問自己。他的笑容消失了，他沈思起來。一種奇怪的感覺支配了他。他覺得恐怖和懷疑，懷疑一切。

「萬一她不愛我怎麼辦？萬一她只是爲結婚而同我結婚怎麼辦？萬一連她自己也不明白她的所作所爲怎麼辦？」他問著自己。「她也許會清醒過來，直到結了婚才明白她並不愛我，她不可能愛我。」於是，他心裡對她產生了一種古怪的惡劣想法。他像一年前那樣嫉妒她和伏倫斯基的關係，彷彿他看見她同伏倫斯基在一起還是昨天的事。他懷疑她沒有向他坦白一切。

他霍地跳起來。「不，這樣下去可不行！」他忘乎所以地自言自語。「我要到她那裡去，問問她，最後一次對她說：我們兩人都是自由的，我們的關係是不是到此爲止？不論怎樣總比一輩子的不幸、恥辱和不貞要好！」他懷著絕望的心情，懷著對一切人、對自己和對她的憤恨走出旅館，坐車到她家裡去。

他在後屋裡找到她。她正坐在箱子上，同侍女料理什麼，挑選著散滿椅背和地板上五顏六色的衣服。

「呀！」她一看見他，立刻容光煥發，叫了起來。「你怎麼來的，您怎麼來的（最近幾天她總是忽而稱呼他『你』，忽而稱呼他『您』）？眞沒想到！我在整理我姑娘時期的衣服，準備送給人家……」

「噢！太好啦！」他悶悶不樂地望著那侍女。

「杜尼雅，你出去一下，我回頭叫你。」吉娣說。「你怎麼了？」她等侍女一出去，就斷然地用「你」稱呼他。她發現他的臉色激動、陰鬱、異樣，感到恐懼。

「吉娣！我很苦惱。我一個人受不了這樣的苦惱。」他帶著絕望的語氣說，在她面前站住了，懇求般地望著她的眼睛。他從她那含情脈脈的誠懇的臉上看出，他想說的話是不會有任何結果的，但他還是要她親口來消除他的疑慮。「我是來說，現在還來得及。事情還可以取消、挽回。」

「什麼？我一點也不明白。你怎麼啦？」

「我說過一千遍，我不能不想的是……我配不上你。你不可能答應同我結婚。你想一想吧！你做了錯事。你好好想一想吧！你不可能愛我的……要是……你最好說出來。」他沒有望著她。「我會痛苦的。人家高興怎麼說，就怎麼說吧；不論怎樣總比不幸要好……趁現在還來得及……」

「我不明白，」她恐懼地回答，「你想取消……你不願意了，是嗎？」

「是的，要是你不愛我的話。」

「你瘋了！」她氣得滿臉通紅，叫起來。

但他的臉色是那麼可憐，她不由得忍住怒氣，扔掉扶手椅上的衣服，在他旁邊坐下。

「你在想些什麼？全都說出來。」

「我想你是不可能愛我的。你怎麼會愛我這樣的人呢？」

「天哪！叫我怎麼辦哪？……」她說著哭起來。

「唷，我在幹什麼呀！」他叫道，在她面前跪下來，吻著她的雙手。

過了五分鐘，公爵夫人走進屋裡，看見他們已經完全和好了。吉娣不僅使他相信她愛他，甚至解答了他的問題：她爲什麼愛他。她告訴他，她愛他是因爲完全了解他，因爲她知道他喜愛什麼，因爲他所喜愛的一切都是好的。他也覺得這一切都是十分清楚的。公爵夫人進來的時候，他們並肩坐在箱子上，理著衣服，並且爭論著。吉娣要把列文上次向她求婚時她穿的那件咖啡色連衫裙送給杜尼雅，他卻堅持這件衣服不能送給任何人，她可以把一件淺藍色連衫裙送給杜尼雅。

「你怎麼不明白？她是個黑頭髮的姑娘，穿藍衣服不合適……我什麼都考慮過了。」

公爵夫人聽說他來訪的原因，就半開玩笑半認眞地生起氣來，叫他立刻回家去換衣服，不要妨礙吉娣梳頭，因爲理髮師沙爾里馬上要來了。

「她這幾天本來就沒吃什麼，人也瘦了，可你還要拿你那些蠢話來使她煩惱。」她對他說。「走，走，我的寶貝。」

列文感到內疚和害臊，但心裡很踏實。他回到旅館。他哥哥、陶麗和奧勃朗斯基全都穿戴好了，正準備拿聖像給他祝福。再不能耽擱了。陶麗還得回家去接她那個捲過頭髮、擦過髮油的兒子，他將拿著聖像

「我想你是不可能愛我的。你怎麼會愛我這樣的人呢？」

伴送新娘一起走。還得派一輛馬車去接男儐相，另外一輛送走柯茲尼雪夫後再回來……總之，有大量瑣事需要處理。有一點是明確的，不能再拖延，已經六點半了。

聖像祝福儀式很不像樣。奧勃朗斯基同妻子並排站著，擺出煞有介事的可笑姿勢。他拿著聖像，叫列文一躬到地，帶著和善的嘲笑吻了他三次。陶麗也這樣做，接著又匆匆去調派馬車，這可是件麻煩事。

「嗯，現在我們就這麼辦：你坐我們的馬車去接他，謝爾蓋・伊凡諾維奇要是同意，請他到了以後把車打發回來。」

「好，一定照辦。」

「我們同他一起馬上就來。東西送去了嗎？」奧勃朗斯基說。

「送去了。」列文回答，接著吩咐顧士瑪把他的衣服拿來。

① 指果戈理劇本《結婚》中的主人翁七等文官波德科列辛，他通過媒婆和朋友的撮合，答應同商人女兒結婚，但患得患失，內心充滿恐懼，在舉行婚禮前一刻跳窗潛逃。

3

一大群人，其中多數是女人，圍住即將舉行婚禮的燈火輝煌的教堂。那些沒有能擠進教堂的人，都聚集在窗口，擁擠著、爭吵著，從窗欄杆外面往裡張望。

在憲兵指揮下，已經有二十多輛馬車排列在街上。一個警官不顧嚴寒，站在教堂入口處，身上的制服閃閃發亮。馬車絡繹不絕，一會兒是頭上戴花、手裡提著拖地長裙的太太，一會兒是脫下軍帽或黑色禮帽的男人，陸續走進教堂。教堂內部，兩盞枝形大吊燈光亮奪目，聖像前的蠟燭也全部點上了。聖像壁紅底上的鍍金、聖像的金色浮雕、枝形大吊燈和燭台上的銀飾、地上的石板、墊毯、唱詩班台上的神幡、讀經台的台階、陳舊發黑的聖經、司祭和助祭的法衣，一切都沐浴在燈光裡。在溫暖的教堂右邊，在燕尾服和白領帶、制服和花緞、天鵝絨、綢緞、頭髮、鮮花、裸露的肩膀手臂和戴長手套的人群中間，傳出壓低聲音的熱烈談話，談話聲在高高的圓屋頂下異樣地迴響著。每當教堂門打開發出尖銳的響聲時，人群就不再說話，大家回過頭去，希望看到新郎新娘進來。門開了差不多有十次以上，每次不是走到右邊來賓席的遲到客人，就是欺騙或者說服警官混到左邊人群裡的觀眾。親友和觀眾都等急了。

起初大家以為新郎新娘馬上就要來了，沒有去想他們為什麼遲到。接著越來越頻繁地向門口張望，談論著會不會出什麼事。後來，大家為新郎新娘的遲到越來越不安，但都裝作根本沒有想到他們的樣子，逕自談著話。

大輔祭似乎要讓人注意他的時間很寶貴，不耐煩地咳嗽著，咳得窗子的玻璃都震動了。唱詩台上的唱詩班等得有點厭煩，發出練嗓子和擤鼻涕的聲音。司祭一會兒派執事，一會兒差助祭去看新郎來了沒有。他自己穿著紫色法衣，束著寬腰帶，也不斷走到邊門去等待新郎。終於有一位太太看了看錶說：「這真是太奇怪了！」於是來賓個個感到不安，開始高聲表示驚奇和不滿。一個儐相乘車去探聽消息。這時候，吉娣身穿雪白連衫裙，披著長紗，頭戴香橙花冠，早已準備就緒，同一位女主婚人和二姊娜塔麗雅一起站在

馬車絡繹不絕，一會兒是頭上戴花、手裡提著拖地長裙的太太，
一會兒是脫下軍帽或黑色禮帽的男人，陸續走進教堂。

謝爾巴茨基家的客廳裡，眼睛望著窗外，等男儐相來通知新郎的到來，已經白白等了半個多小時了。

這當兒，列文穿好長褲，但沒有穿背心和燕尾服，在旅館房間裡踱來踱去，不斷地把頭伸到門外，向走廊裡張望。可是始終不見他所等待的人，只好絕望地回來，擺動雙手，同悠然自得地抽煙的奧勃朗斯基說話。

「有誰遇到過這樣尷尬的局面！」他說。

「是的，眞要命。」奧勃朗斯基溫和地微笑著表示同意。「不過你放心好了，馬上就會來的。」

「不，怎麼搞的！」列文克制著怒火說。「還有這種該死的敞胸背心！不行啊！」他望著身上襯衫揉皺的前襟，說。「要是行李已經送上火車怎麼辦！」他絕望地叫道。

「那你就穿我那件好了。」

「早就該這麼辦了。」

「招人笑話可不好哇……等一下！會解決的。」

事情是這樣的：當列文要換衣服的時候，他的老僕人顧士瑪拿來了燕尾服、背心和其他必要的東西。

「襯衫呢！」列文叫了起來。

「襯衫在您身上。」顧士瑪平靜地微笑著回答。

顧士瑪沒有想到應該留下一件乾淨的襯衫，他聽到吩咐要把全部行李收拾起來送到謝爾巴茨基家——新夫婦今晚就要從那裡出發到鄉下去——就把東西都收拾好了，只留下一套禮服。列文的襯衫從早晨穿起，已經弄皺了，他穿著時式的敞胸背心，簡直不像樣子。派人到謝爾巴茨基家去取，路又太遠。他就差人到鋪子裡去另外買一件。僕人回來說，鋪子都關門了，因爲今天是禮拜天。派人到奧勃朗斯基家去取，可是借來的襯衫又寬又短，不能穿。最後只得派人到謝爾巴茨基家去拆行李。大家都在教堂裡等新郎，他卻像籠子裡的野獸，在屋裡踱來踱去，不斷地向走廊張望，又恐懼、又絕望地回想著他對吉娣說過的話，不知道她現在有什麼想法。

最後，顧士瑪惶恐得上氣不接下氣，拿著襯衫衝進屋子裡。

「剛剛趕上。他們正在往大車上搬呢。」顧士瑪說。

過了三分鐘，列文不看一下錶——怕心裡難受——就拔腳穿過走廊跑去。

「用不著這麼急，」奧勃朗斯基不慌不忙地跟在他後面，笑瞇瞇地說，「會解決的，會解決的……我不是對你說過了嘛。」

4

「來了！」「就是他！」「哪一個？」「那個年紀輕些的，是嗎？」「瞧她，我的寶貝，可把她急壞啦！」

當列文在門口迎接新娘，同她一起走進教堂時，人群裡紛紛議論著。

奧勃朗斯基告訴妻子遲到的原因，客人們都交頭接耳，笑瞇瞇地低語著。列文什麼東西也沒有看見，什麼人也沒有看到，只是目不轉睛地望著他的新娘。

大家都說她最近幾天憔悴多了，戴著花冠遠沒有平時好看，但列文沒有這樣的感覺。他望著她那披著白色長紗、戴著潔白鮮花的梳得高高的頭髮，她那像少女一般遮住長脖子兩側和後頸、只露出前面部分的高聳的打褶領子，以及她那細得驚人的腰身，覺得她比什麼時候都迷人——並非因爲這些花、這襲長紗、這件從巴黎訂製的連衫裙增添了她的美，而是因爲她那可愛的臉蛋、她的眼神和她嘴唇的表情與眾不同，始終顯得十分純潔和誠摯。

「我還以爲你想逃走呢。」她說，對他嫣然一笑。

「我幹了一件傻事，簡直不好意思說呢！」他紅著臉說，看到柯茲尼雪夫走過來，只好去招呼他。

「你的襯衫事件眞有意思啊！」柯茲尼雪夫搖搖頭，笑嘻嘻地說。

「是的，是的。」列文隨口回答，沒聽清對他說的是什麼。

「喂，康斯坦京，現在得決定一下了，」奧勃朗斯基裝出驚惶的樣子說，「有個重大問題。這問題的重要性現在你才能理解。他們問我，要用點過的蠟燭、還是沒有點過的蠟燭？相差十個盧布。」他笑得噘起嘴唇，添加說。「我已經決定了，就是怕你不同意。」

列文懂得這是開玩笑，但他笑不出來。

「到底怎麼辦？用沒有點過的蠟燭、還是用點過的蠟燭？問題就在這裡。」

「對，對！用沒有點過的蠟燭。」

「啊，我很高興。問題決定了！」奧勃朗斯基笑嘻嘻地說。「一個人在這種時候什麼傻事都會做出來的！」當列文手足無措地對他瞧了瞧，向新娘走去時，奧勃朗斯基對契利科夫說。

「記住，吉娣，你要先踏到墊子上。」諾德斯頓伯爵夫人走過來說。「您這人眞好！」她對列文說。

「怎麼樣，不害怕嗎？」老姑母瑪麗雅·德米特里耶夫娜說。

「你不冷吧？你的臉色這樣白。等一下，把頭低下來！」吉娣的二姊娜塔麗雅說，她舉起她那豐滿美麗的手臂，笑盈盈地理了理吉娣頭上的鮮花。

陶麗走過來想說什麼，可是說不出，哭了起來，接著又勉強笑著。

吉娣也像列文一樣目光茫然地望著大家。不論人家對她說什麼，她總是只能報以幸福的微笑。這種微笑現在在她是很自然的。

這時候，神父們紛紛穿上法衣，司祭和助祭走到靠近教堂入口處的讀經台上。司祭轉身對列文說了一句話，列文卻沒有聽清楚。

「您拉住新娘的手，把她領過去。」儐相對列文說。

列文好一陣子弄不懂人家要他做什麼。他們糾正他好一會兒，幾乎想撒手不管了，因爲他不是伸錯了自己的手，就是拉錯了吉娣的手。最後他才明白，不要改變位置，用右手拉住吉娣的右手。等到他終於照規矩拉住新娘的手，司祭就在他們前面走了幾步，在讀經台旁站住了。一大批親友竊竊私語，衣服發出窸窣的響聲，向他們走去。有人彎下腰，把新娘的裙子拉拉挺。教堂裡一片肅靜，連蠟燭油滴落的聲音都聽得見。

小老頭司祭戴著法冠，銀光閃閃的鬈髮在耳後分成兩股，背上繫著金十字架。他從笨重的銀色法衣下伸出乾癟的小手，在讀經台旁翻弄著什麼。

奧勃朗斯基小心翼翼地走到他跟前，咬咬耳朵，對列文使了個眼色，又走回來。

司祭點著了兩支花燭，用左手斜拿著，使蠟燭油慢慢滴落下來，接著向新郎新娘轉過臉去。這就是聽列文懺悔的那個老司祭。他用疲勞的憂鬱眼神望望新郎新娘，嘆了一口氣，從法衣裡伸出右手給新郎祝福，又同樣地但格外溫柔地把他那疊起的手指放在吉娣頭上。然後他把蠟燭交給他們，拿起小香爐，慢悠悠地走開去。

「難道這是現實嗎？」列文想，回頭看了新娘一眼。他稍稍低下眼睛看著她的側影，從她嘴唇和睫毛依稀可辨的動作上他知道，她覺察到了他的目光。她沒有回過頭去，但那打褶的高領子碰到了粉紅色小耳朵，微微動了動。他看見她壓抑著胸膛裡的嘆息，她那戴長手套、拿著蠟燭的小手抖動起來。襯衫遲到所引起的麻煩，同親友的交談，他們的抱怨，他那尷尬的處境，這一切都突然消失了。他只覺得又快樂、又害怕。

身材魁偉、相貌堂堂的大輔祭穿著銀色法衣，鬈髮向兩邊分開，雄赳赳地走上前來，熟練地用兩個手指提起肩衣，在司祭對面站住了。

「上帝賜福！」莊嚴的聲音接二連三地慢慢傳開，把空氣都震動了。

「我主恩佑永存！」小老頭司祭繼續在讀經台上翻弄著什麼，恭順地像唱歌一般回答。於是，一個看不見的合唱隊的諧音整齊地擴散開來，越來越響，從窗子到圓頂，充滿了整個教堂。

大家照例為神賜的和平和拯救，為正教最高會議，為皇帝祈禱；為今天結婚的上帝的僕人康斯坦京和葉卡吉琳娜祈禱。

「我們祈求主賜給他們完全的愛和平安，幫助他們。」大輔祭的聲音響徹整個教堂。

列文聽著他的祈禱，感到驚奇，「他怎麼知道我需要的正是幫助呢？」他記起自己不久前的恐懼和疑慮，想道。「我知道什麼呢？沒有幫助我能做這樣可怕的事嗎？現在我需要的正是幫助。」

等助祭唸完祈禱文，司祭手拿聖書對新郎新娘說：

「永恆的上帝，你把分離的兩人合為一體，」他用溫柔的唱歌般的聲音唸道，「讓他們永結同心；你曾賜福以撒和利百加，並照聖約賜福他們的後裔，今求賜福你的僕人康斯坦京和葉卡吉琳娜，指引他們走上從善之路。上帝你愛世人，榮耀歸於聖父、聖子、聖靈，現在，將來，直到永世。」「阿門！」無形的合唱聲又在空中傳播開來。

「『把分離的兩人合爲一體，讓他們永結同心。』這句話這麼意味深長，同我現在的心情多麼吻合！」列文想。「她的心情是不是同我一樣呢？」

他回過頭去，遇到了她的目光。

他從這目光裡看出，她所理解的同他一樣。但事實並非如此，她幾乎一點也不懂得祈禱文中的字句，甚至連聽都不在聽。她無法聽，也無法理解，因爲心裡充滿了一種感情，而且越來越強烈。這就是一個半月來使她內心又快樂、又痛苦的那件事終於實現了，她感到無比高興。那天，在阿爾巴特街房子裡，她穿著咖啡色連衫裙默默地走到他面前，並且許身於他時，她心裡彷彿同過去的生活一刀兩斷了，一種對她來說陌生而又嶄新的生活開始了，儘管她依舊過著原來的生活。這六個禮拜是她一生中最幸福和最苦惱的時期。她的整個生活、全部希望、全部心願都集中在一個她還不理解的男人身上，而使她同他結合的卻是一種更加難以理解的感情。這種感情忽而吸引她，忽而使她反感，她卻繼續過著原來的生活。她一方面過著原來的生活，一方面對自己、對自己這樣完全漠視過去一切而感到吃驚。她對一切事物、習慣，對曾經愛她、現在還是愛她的人們，對由於她的冷淡而傷心的母親，對以前覺得世界上最可愛和藹的父親，都變得無法克服地冷淡。她有時因爲這種冷淡而感到吃驚，有時又因爲造成這種冷淡的原因而高興。除了同這個人一起生活以外，她沒有別的想法，沒有別的願望；可是這種新的生活還沒有來到，她甚至無法清楚地想像這樣的生活。她只是又驚又喜地期待著未知的新生活。現在這種期待，這種未知的狀態，這種拋棄舊生活的惋惜心情就都要結束，新的生活將要開始了。這種新的生活還不知道是什麼樣子，不能不使她感到害怕，但不管害怕不害怕，六個星期來，它已經在她心裡逐步形成，現在只不過正式加以肯定罷了。

司祭又轉向讀經台，好容易拿住吉娣小小的戒指，要列文伸出手來，把戒指套在他手指的第一個關節上。「上帝的僕人康斯坦京同上帝的僕人葉卡吉琳娜結成夫妻。」司祭把一只大戒指套在吉娣細得可憐的粉紅色小手指上，說了同樣的話。

新郎新娘幾次都竭力揣摩他們該做什麼，可是每次都弄錯了，司祭就低聲糾正他們。最後，他做完了各項應做的儀式，用他們的戒指畫了十字，又把大戒指給了吉娣，把小戒指給了列文。他們又搞錯了，把戒指傳來傳去傳了兩次，到頭來還是沒有做對。

陶麗、契利科夫和奧勃朗斯基走過來糾正他們。發生了一陣混亂、低語和微笑，但新郎新娘臉上那種莊嚴的表情並沒有改變，相反地，他們的手雖然弄錯了，他們的神氣卻更加莊重嚴肅。當奧勃朗斯基低聲提示他們，現在他們應當戴上各自的戒指時，他的微笑不禁在嘴唇上消失了。他覺得不論怎樣的微笑都會引起他們的不快。

「你起初創造男人和女人，」司祭在他們交換戒指後唸道，「你使他們結成夫妻，生兒育女。啊，我們的上帝，你把天上的福氣賞賜給你所選擇的僕人，世世代代，未曾中斷，今望你賜福給你的僕人康斯坦京和葉卡吉琳娜，使他們以信仰、思想、真理、愛情永結同心……」

列文越來越覺得，他關於結婚的一切想法，他關於安排生活的理想，都是很幼稚的，都是他至今不理解的，而且現在更加不理解了，雖然他正在親身參與這件事。他的胸膛起伏得越來越厲害，抑制不住的淚水奪眶而出。

5

兩家在莫斯科的親友都聚集在教堂裡了。在婚禮過程中，在燈火輝煌的教堂裡，服飾華麗的婦女和姑娘，繫白領帶、穿燕尾服和穿制服的男人，一直都彬彬有禮地低聲談著話。談話多半由男人開始，女人則聚精會神地觀察著十分吸引她們的宗教儀式的細節。

新娘身邊站著她的兩個姊姊：一個是陶麗，一個是剛從國外回來的二姊——嫺靜美麗的娜塔麗雅。

「瑪麗怎麼穿起紫得發黑的衣裳來參加婚禮？」科爾松斯卡雅夫人說。

「對她那種臉色，這是唯一的補救辦法……」德魯別茨卡雅夫人回答。「我眞弄不懂他們爲什麼要在傍晚舉行婚禮。這是商人的作風……」

「這樣更美些。我也是傍晚結婚的。」科爾松斯卡雅夫人回答，想起那天她多麼漂亮迷人，丈夫愛她愛得多麼可笑，現在事過境遷，一切都變了，她不禁嘆了一口氣。

「據說，做過十次以上儐相，自己就不想結婚了，我眞想做第十次儐相，好給自己保上險，可是這一次已被人家佔了位子了。」辛亞文伯爵向對他有意思的美麗的查爾斯卡雅公爵小姐說。

查爾斯卡雅小姐只報以微笑。她望著吉娣，心裡想，有朝一日她也處在吉娣的地位而站在辛亞文伯爵旁邊，她要向他提到他今天說的笑話。

謝爾巴茨基對上了年紀的宮廷女官尼古拉耶娃說，他想把花冠戴到吉娣的假髮上使她幸福①。

「她用不著戴假髮的。」尼古拉耶娃回答，她早就打定主意，要是她所追求的那個老鰥夫同她結婚，他們的婚禮將極其簡單。「我不喜歡這樣的鋪張。」

柯茲尼雪夫同達麗雅·德米特烈夫娜談著話。他開玩笑說，婚後旅行的風俗所以流行，是因爲新婚夫婦總未免有點害臊。

「令弟眞可以感到自豪。她實在太可愛了。您羨慕他嗎？」

「噯，這種心情在我早已過去，達麗雅·德米特烈夫娜。」他回答，臉上突然現出憂鬱而嚴肅的神色。

奧勃朗斯基正在給他的小姨子講一句關於離婚的俏皮話。

「花冠得理一理。」她沒有聽他的話，回答說。

「眞可惜，她變得那麼憔悴。」諾德斯頓伯爵夫人對娜塔麗雅說。「可他連一個手指都配不上她呢。對嗎？」

「不，我很喜歡他。倒不是因爲他是我未來的妹夫，」娜塔麗雅回答，「他的態度多麼大方！在這種場合要保持大方，不讓人見笑，可不容易呀。他一點也沒有惹人笑話的地方，也不緊張，但心情一定很激動。」

「您大概這樣希望吧？」

「差不多。她一直愛他的。」

「嗯，讓我們看看他們誰先踏上墊子。我提醒過吉娣了。」

「反正都一樣，」娜塔麗雅回答，「我們都是順從的妻子，我們生來就是這樣的。」

「我當年就故意搶在華西里前面踏上墊子。你們呢，陶麗？」

陶麗站在他們旁邊，聽著他們的談話，沒有回答。她十分感動。她的眼睛裡飽含著淚水，她不哭就什麼話也說不出來。她爲吉娣和列文高興。她回憶起自己結婚時的情景，不時望望容光煥發的奧勃朗斯基，忘記了當前的一切，一味回想著她那純潔無瑕的初戀。她不僅回憶自己的往事，而且回憶到所有女親友的往事。她想到她們一生中最莊嚴的時刻，想到她們也像吉娣一樣戴著花冠站著，心裡滿懷愛情、希望和恐懼，同過去訣別，踏進神祕莫測的未來。在這些新娘中，她也想到了她親愛的安娜。關於安娜將離婚的消息，她最近也聽到了。安娜當年也是那麼戴著香橙花冠，披著白紗，站在教堂裡，顯得那麼純潔。可是現在呢？

「這事眞是難以理解。」陶麗不由得說。

注視婚禮儀式的不限於新郎新娘的姊妹、女友和親戚。單純來看熱鬧的女人也都呼吸急促，激動地觀察著，唯恐漏掉新郎新娘的一個動作和一個表情。她們惱火地不理睬，甚至往往不聽那些說著不三不四戲謔話的冷淡男人。

「她怎麼滿面淚痕哪？莫非她自己不願意嗎？」

「嫁給這樣的好小子還有什麼不願意的？他是公爵嗎？」

「那個穿白緞子的是她的姊姊嗎？你聽那司祭在叫：『妻子應敬畏丈夫。』」

「這是邱多夫教堂的唱詩班嗎？」

「不，是西諾德教堂的。」

「我向跟班打聽過了。他說馬上就要把她帶到鄉下去。聽說新郎很有錢呢。所以才把她嫁給他。」

「不，他們是很好的一對。」

「哼，瑪麗雅・華西里耶夫娜，您還說她們穿裙子不用裙箍呢。你看那個穿紫褐色衣服的，據說是公使夫人，她的裙子多麼飄……蕩來蕩去的。」

「這位新娘眞可愛，就像一頭打扮得漂漂亮亮的小羊！不管怎麼說，我們女人家總是同情自己的姊妹。」

擠進教堂裡來看熱鬧的女人們就這樣議論紛紛。

①俄俗結婚時戴花冠預祝幸福。

6

結婚儀式第一部分結束時，助祭把一塊粉紅色綢子鋪在教堂中央的讀經台前，唱詩班唱起動聽的幾部合唱的讚美詩來，男低音和男高音互相呼應著。於是，司祭回過頭來，做手勢要新郎新娘踏上這塊粉紅色綢子。列文和吉娣都曾多次聽說，誰先踏上這墊子，誰將成爲一家之主，但當他們向前跨上兩三步時，誰也沒有想到這件事。他們也沒有聽見大聲的議論和爭吵。有些人說是新郎先踏上去的，又有些人說是兩人同時踏上去的。

在照例問過他們願不願意結成夫妻，他們有沒有同別人訂過親，而他們做了連他們自己都覺得奇怪的回答以後，第二部分儀式開始了。吉娣聽著祈禱文，想聽懂它的意思，可是聽不懂。歡樂興奮的情緒隨著儀式的進行越來越充滿她的心，使她喪失了注意的能力。

他們祈禱著：「你賜他們以貞潔與子女，使他們兒孫繞膝。」接著又提到上帝用亞當的肋骨造成他的妻子，「使人離開父母，與妻子連合，二人成爲一體」，「此乃一大神祕」。他們祈求上帝賜予他們多子多福，像賜福給以撒和利百加、約瑟、摩西和西坡拉一樣，使他們看到他們兒子的兒子。「這一切都很美，」吉娣聽著這些話想，「一切都理應如此。」於是，在她開朗的臉上煥發出幸福的微笑，並且感染了所有望著她的人。

「戴戴好！」當司祭給他們戴上花冠，謝爾巴茨基抖動他那戴著三顆鈕釦的長手套的手，又把花冠高高地舉在她的頭上時，有人這樣勸告說。

「戴上吧！」她笑瞇瞇地低聲說。

列文回頭對她瞧了瞧，被她臉上煥發的快樂光輝感動了。這種感情不覺也傳染給了他。他也變得像她一樣心花怒放。

他們聽著讀《使徒行傳》，聽著大輔祭聲音洪亮地讀著最後一節詩篇——那是觀眾急不可待地等待著的——覺得很快活。他們從淺杯裡喝著攙水的溫葡萄酒，覺得更快活了。當司祭一下脫掉法衣，拉住他們的手，在男低音激動的「榮耀歸主」聲中，領著他們繞過讀經台時，他們覺得更加興高采烈。小謝爾巴茨基和契利科夫扶著花冠，不時被新娘的裙裾絆住。他們也愉快地微笑著。司祭一站住，他們不是撞在新郎新娘身上，就是落在後面。吉娣身上燃起的幸福火花彷彿感染了教堂裡每一個人。列文彷彿覺得司祭、助祭也像他一樣都想笑。

司祭從他們頭上取下花冠，讀了最後一篇祈禱文，向他們祝賀。列文瞧了瞧吉娣，他從來沒有看到過她現在這個樣子。她臉上洋溢著新的幸福光輝，顯得格外嫵媚動人。列文想對她說些什麼，但他不知道儀式有沒有結束。司祭把他從困惑中解脫出來。他嘴上掛著慈祥的微笑，低聲說：

「吻您的妻子，吻您的丈夫。」說著接過他們手裡的蠟燭。

列文小心翼翼地吻了吻她那笑盈盈的嘴唇，伸出手臂讓她挽著，心裡產生一種新奇的親密感，走出教堂。他不相信，他不能相信這是真的。直到他們驚奇而羞怯的目光相遇時，他才相信，他覺得他們已經合成一體了。

當天夜裡，新郎新娘吃過晚飯就下鄉去了。

7

伏倫斯基同安娜一起在歐洲旅行已有三個月了。他們遊覽了威尼斯、羅馬和那不勒斯，剛來到義大利的一個小城，準備在那裡居住一個時期。

漂亮的茶房頭兒，一頭濃密的搽過油的頭髮從頸根分開，穿著燕尾服，胸口露出一大塊白麻紗襯衫，圓滾滾的大肚子上掛著一串吊滿飾物的鏈條，雙手插在口袋裡，輕蔑地眯縫著眼睛，嚴厲地回答著一個站在他面前的先生的問題。他一聽見另一邊入口處有人上樓，就回過頭去，看見是那個租用他們頭等房間的俄國伯爵，就恭恭敬敬地從口袋裡抽出手，鞠了一躬，報告說剛才有個信差來過，租用別墅的事已經辦好。經理準備簽訂合同了。

「啊！那太好了。」伏倫斯基說。「太太在家嗎？」

「太太出去散步已經回來了。」茶房回答。

伏倫斯基摘下頭上寬邊的軟禮帽，用手帕擦擦汗滋滋的前額和頭髮。他的頭髮長得遮住半個耳朵，往後梳，掩蓋著他的禿頂。他心不在焉地向那個還站在那裡向他凝視的先生望了望，正要走開。

「這位俄國先生也問起您呢。」茶房頭兒說。

伏倫斯基帶著一種又煩惱又期待的複雜心情——煩惱的是無論走到哪裡都逃避不了熟人，期待的是能找到什麼事來調劑一下單調的生活——回頭望望那個走開又站住的先生。就在這同一時刻，兩人的眼睛都發亮了。

「高列尼歇夫！」

「伏倫斯基！」

這眞的是伏倫斯基在貴冑軍官學校的同學高列尼歇夫。高列尼歇夫在學校裡是個自由派，以文官資格畢業，但哪裡也沒有供過職。兩個朋友畢業後就各奔前程，這以後只見過一次面。

那次見面，伏倫斯基知道高列尼歇夫選擇了一種自命不凡的自由派的活動，並且蔑視伏倫斯基的事業和地位。因此，伏倫斯基見到高列尼歇夫，就用他慣用的那種冷淡而高傲的態度來對待他，意思就是說：「您喜歡不喜歡我的生活方式，我都無所謂。您要了解我，就得尊敬我。」然而高列尼歇夫對伏倫斯基說話還是帶著輕蔑和冷淡的口氣。這次見面看來只會加深他們的隔閡。可是現在他們彼此一認出來，就容光煥發，高興得叫起來。伏倫斯基怎麼也沒有想到，他看見高列尼歇夫會那麼高興，但他自己恐怕也沒意識到他其實是多麼無聊。他忘記了上次見面時所留下的不愉快印象，臉上浮起開朗的微笑，向老同學伸出手去。高列尼歇夫臉上不安的神色也被同樣的喜悅神色所代替。

「看見你我眞高興！」伏倫斯基說，親切的微笑使他露出雪白的堅實牙齒。

「我聽說來了一位伏倫斯基，但不知道是哪一位。見到你眞是太高興了！」

「我們裡面坐。哦，你現在在幹什麼？」

「我在這裡已經住了一年多。我在寫東西。」

「噢！」伏倫斯基很感興趣地說。「我們進去吧。」

接著，他按照俄國人的習慣，凡是不願讓僕人聽懂的話不說俄語，卻說法語。

「你認識卡列寧夫人嗎？我們在一塊兒旅行。我現在正要去看她。」他一面用法語說，一面留神地打量著高列尼歇夫的臉色。

「哦！我倒不知道（其實他是知道的）。」高列尼歇夫若無其事地回答。「你來了很久了嗎？」他添上一句。

「我嗎？第四天。」伏倫斯基回答，又一次留神地打量著老同學的臉。

「是的，他是個正派人，看事通情達理。」伏倫斯基懂得高列尼歇夫臉上表情和轉變話題的意義，心裡想。「可以把他介紹給安娜，他會通情達理地看待這事的。」

伏倫斯基同安娜在國外度過了三個月時間，不論遇見什麼人，他總是暗暗自問，這個人將怎樣看待他同安娜的關係，他發現男人們看待這事多半都是通情達理的。但要是問問他或者問問那些「通情達理」地看待這事的人，究竟他們是怎樣看待的，他自己也好，他們也好，都會茫然不知所答。

事實上，伏倫斯基認爲有「通情達理」看法的人並沒有什麼看法，他們只是像一般有教養的人對付從四面八方包圍生活的複雜難解的問題那樣，抱著彬彬有禮的態度，避免做任何暗示和提出不愉快的問題罷了。他們裝出完全理解這種局面的神氣，承認它，甚至贊成它，但認爲解釋這一切是不得體的、多餘的。

伏倫斯基立刻看出高列尼歇夫就是這一類人，因此看見他特別高興。果然，當高列尼歇夫被領到卡列寧夫人面前時，他的態度正是伏倫斯基所希望的。顯然，他毫不費力地避開一切不愉快的話題。

他以前沒有見過安娜，這會兒見了，深深被她的美貌，尤其是她那種隨遇而安的落落大方態度所激動。當伏倫斯基帶著高列尼歇夫進去的時候，她的臉紅了。他非常喜歡她開朗而美麗的臉上這種孩子氣的紅暈。他特別喜歡她當著客人的面，彷彿怕人家誤會，有意親熱地叫伏倫斯基「阿歷克賽」，並且說他們將搬到這裡叫別墅的新租房子裡去。高列尼歇夫喜歡她這種對自己處境若無其事的大方態度。他認識伏倫斯基，也認識卡列寧，因此瞧著安娜這種誠懇快樂、生氣勃勃的模樣，覺得十分了解她。他覺得他理解這件她自己完全無法理解的事情：那就是她拋棄了丈夫和兒子，使丈夫遭到不幸，自己也壞了名譽，卻還能這樣生氣勃勃，感到如此幸福。

「這房子在旅行指南裡也有，」高列尼歇夫提到伏倫斯基租用的別墅說，「裡面有丁托列托①的傑作。是他晚期的作品。」

「我說，天氣這麼好，我們再到那裡去看一下吧。」伏倫斯基對安娜說。

「太好了，我去戴帽子，馬上就來。您說今天熱嗎？」她在門口站住，詢問地瞧著伏倫斯基。她的臉上又泛起一片紅暈。

伏倫斯基從她的目光中看出，她不知道該用什麼態度對待高列尼歇夫，她怕她的舉動不合他的心意。

他用溫柔的目光對她望了一陣。

「不，不太熱。」他說。

安娜覺得什麼都明白了，主要是明白他對她的舉動很滿意。接著，對他嫣然一笑，快步走出門去。

兩個朋友對望了一眼。兩人臉上都出現了遲疑的神色，高列尼歇夫顯然很欣賞她，想說句恭維話，可是想不出來。伏倫斯基呢，又希望又害怕他這樣說。

「那麼，」伏倫斯基爲了找點話說，便先開口，「那麼你在這裡定居嗎？你是不是還在幹那一行？」他繼續說，想到人家告訴他高列尼歇夫在寫作什麼……

「是的，我在寫《兩個原理》的第二部，」高列尼歇夫聽到這話，高興得漲紅了臉，說，「說得確切一些，我還沒有寫，但在做準備，在蒐集材料。第二部的內容將要廣泛得多，幾乎觸及一切問題。在我們俄國，大家不願意承認我們是拜占庭的後代。」他熱烈地滔滔不絕談起來。

高列尼歇夫像談什麼名著一樣談到的《兩個原理》第一部，伏倫斯基實在不知道，因此起初覺得很窘。後來，高列尼歇夫開始敘述他的見解，伏倫斯基雖然對《兩個原理》一無所知，但能聽懂他的意思，就津津有味地聽著，因爲高列尼歇夫講得很動聽。但高列尼歇夫在談到他所研究的題目時那種怒氣沖沖的激動模樣，卻使伏倫斯基感到驚奇和不快。高列尼歇夫越說眼睛越亮，越急於反駁他的假想敵人，臉上的神色也變得越發激動和憤慨。伏倫斯基回想起高列尼歇夫原是個瘦削、活潑、善良和高尚的孩子，在學校裡總是名列第一，也就怎麼也無法理解他現在爲什麼這樣憤怒，也不贊成他這樣急躁。他特別不高興的是，像高列尼歇夫這樣教養有素的人竟會變得像討厭的無聊文人一樣。犯得著這樣嗎？伏倫斯基不喜歡這樣，但他覺得高列尼歇夫是不幸的，他可憐他。他的不幸簡直像是精神錯亂，這可以從他激動、漂亮的臉上看出來，因爲連安娜進來他也沒有發覺，仍舊情緒激昂地急急忙忙談他那些事情。

當安娜戴好帽子，披上斗篷，用她纖細的手擺弄著陽傘，站在旁邊時，伏倫斯基鬆了一口氣，擺脫了高列尼歇夫緊盯住他的貪婪的眼睛，帶著新的愛意瞧了一眼他那迷人的生氣蓬勃的快樂女伴。高列尼歇夫好容易才鎮靜下來，開頭有點沮喪和憂鬱，但對誰都親切溫柔的安娜，很快就以她淳樸而快樂的態度使他活躍起來。她試用了各種不同的話題，然後引到繪畫上去。高列尼歇夫談得很精彩，她留神聽著。他們徒步走到他們所租的那座房子，進去觀看了一番。

「有一點我很高興，」回來的路上安娜對高列尼歇夫說，「阿歷克賽將有一間出色的畫室。你一定要使用那間屋子。」她用俄語對伏倫斯基說，並且親切地用「你」來稱呼他，因爲她懂得，高列尼歇夫將成爲他們隱居生活中的密友，在他面前不用顧忌。

「你畫畫嗎？」高列尼歇夫連忙轉身問伏倫斯基。

「是的，我早先學過，現在又開始畫了。」伏倫斯基紅著臉說。

「他很有才氣，」安娜快樂地笑著說，「當然，我不是行家！不過行家也這麼說過。」

---

①丁托列托（1516～1594），義大利文藝復興時期威尼斯畫派畫家，名作有《天堂》、《聖馬可的奇蹟》、《最後的晚餐》等。

8

安娜在她獲得自由和迅速復元的初期，覺得自己太幸福了，幸福得簡直不可饒恕。她渾身充滿生的歡樂。回憶丈夫的痛苦並沒有損害她的幸福。一方面，這種回憶太可怕了，她不願去想；另一方面，她丈夫的痛苦又使她太幸福了，因此她一點也不後悔。回想她病後發生的種種事情：同丈夫和解、決裂、伏倫斯基的負傷、他的重新出現、準備離婚、離開丈夫的家、同兒子訣別——這一切她覺得就像一個怪誕的夢。她同伏倫斯基到了國外，才從這場夢中清醒過來。回想到她對丈夫所犯的罪過，她產生了一種嫌惡的感覺，好像一個將要滅頂的人摔掉一個抱住他的人一樣。那個人就這樣淹死了。這樣做當然是卑鄙的，但卻是她唯一獲救的辦法。這些可怕的事還是不要去想的好。

在剛同丈夫決裂的時候，她對自己的行爲有過一種自我安慰的想法。如今記起種種往事，又產生了這樣的想法。「我使這個人痛苦是無可奈何的，」她想，「但我不願利用他的痛苦。我現在也很痛苦，今後也會痛苦的：我失去了最寶貴的東西——我的名譽和兒子。我做了壞事，因此我不指望幸福，不指望離婚，我將忍受恥辱，忍受離開兒子的痛苦。」但是，不論安娜怎樣眞心實意地願意受苦，她其實並不痛苦；她也不覺得有什麼羞恥。在國外，他們避免同俄國女人接觸，巧妙地避免撒謊作假，過虛僞的日子。他們在各地遇見的人，總是裝得很了解他們的關係，了解得甚至比他們自己更清楚。離開心愛的兒子，最初她也不覺得痛苦。女兒是他的孩子，長得十分可愛，深受安娜的寵愛，因爲只剩下她這樣一個孩子，安娜就格外寶貝，更難得想到兒子了。

隨著健康恢復而增長的生的慾望是那麼強烈，生活環境又是那麼新鮮，那麼使人愉快，安娜覺得自己幸福得不可饒恕。他對伏倫斯基越了解，就越愛他。她愛他，爲了他，也爲了他對她的愛情。能夠完全佔有他，這一直使她感到快樂。同他親近，她總覺得很快樂。她對他的性格特點越來越了解，覺得他無比親切可愛。他改穿便服後的翩翩風度格外迷惑她，就像迷惑著一個初戀的少女一樣。不論他說什麼，想什麼，做什麼，她都覺得特別崇高，特別美好。她對他的迷戀連她自己都感到吃驚：她竭力想在他身上找出一點不好的東西，可是怎麼也找不到。她不敢在他面前暴露自卑感，她覺得這種情緒萬一被他發覺，他可能不再愛她。現在她再沒有比失去他更可怕的事了，雖然毫無理由這樣害怕。她不能不感激他對她的情誼，不能不表示她多麼珍重這樣的情誼。照她看來，他顯然賦有從事政治活動的才能，理應擔任重要的職務，但他卻爲她犧牲了功名，並且從無怨言，他對她越來越寵愛，時刻留意不使她覺得所處的地位不光彩。像他這樣一個男子漢大丈夫，不僅從來不敢違抗她的心願，而且簡直毫無自己的意志，總是一味遷就她。她不能不珍惜這份情誼，雖然他對她的過分體貼和無微不至的照顧，有時使她覺得受不了。

不過，伏倫斯基實現了他的宿願，卻並不覺得特別幸福。不久他就覺得，這種慾望的滿足只是他所期望的幸福中的滄海一粟。他看到滿足於這種慾望，就是犯了人們常犯的那種無法挽救的錯誤，人們往往把慾望的滿足看成幸福。在他同她結合、改穿便服的初期，他嘗到了以前沒有嘗到過的自由的快樂，自由戀愛的快樂，因此感到很滿足，但這樣的感覺並沒有維持多久。他很快就覺得心靈裡產生了一種最難滿足的慾望，一種百無聊賴的情緒。他不由自主地抓住這種剎那間的怪念頭，把它當作願望和目的。每天都得設法消磨十六個小時，因爲在國外他們過的是無拘無束的生活，遠離彼得堡那種耗費時光的社交生活。至於以前在國外享受過的單身漢生活的樂趣，伏倫斯基現在連想都不敢想了，因爲他稍作這樣的嘗試，同幾個朋友晚餐回來得遲一些，就會引起安娜意料不到的憂鬱和煩惱。同當地人士和俄國僑民交際，又因他們的關係不明確而無法進行。遊覽名勝古蹟吧，且不說他們都已經遊覽遍了，一個俄國知識份子並不像英國人那樣把這事看得很重要。

這樣，伏倫斯基就像一頭飢不擇食的動物，不由自主地忽而研究政治，忽而閱覽新書，忽而從事繪畫。

他從小就有繪畫的才能，現在又不知道該往哪裡花錢，於是開始蒐集版畫，自己也畫起畫來，把要求消耗的過剩精力都放在這件事上。

他賦有鑑賞藝術和別具一格地模仿藝術品的才能。他自以為具備做一個藝術家的條件，但在選擇哪一類繪畫上費了一番躊躇：畫宗教畫呢、歷史畫呢、風俗畫呢，還是寫實畫。他懂得各類繪畫，不論畫哪一類都有靈感，但他根本沒有想到他對繪畫其實一無所知，他只是興之所至地畫著，不管畫出來的東西像哪一類。他不懂得這一點，他的靈感也不是直接來自生活，而是間接從藝術品中所體現的生活中得來的，因此他的靈感來得很快很容易，他畫出來的東西也同樣很快很容易就做到酷似他所模仿的那種繪畫。

在各種畫派中，他最喜歡優美動人的法國畫。他就模仿這種繪畫。給穿著義大利服裝的安娜畫肖像。這幅像他自己和看到的人都認為畫得很成功。

9

這座古老荒廢的宮殿式別墅有高高的雕花天花板和壁畫，鑲木地板，高大的窗門上掛著厚實的黃窗簾，花架和壁爐上擺著大花瓶，門上雕著花，陰暗的大廳裡掛著許多圖畫。他們搬進去以後，這座別墅的外表使伏倫斯基有一種愉快的錯覺，彷彿他並不是一個俄國地主，一個退職的軍官，而是一個開明的藝術愛好者和保護人，而且還是一名清高的藝術家，爲了心愛的女人放棄了社交活動、親友和功名。

伏倫斯基住進這棟別墅後，他安排的活動也很得體。他通過高列尼歇夫的關係認識了幾個有趣的人物，開頭一個時期生活得悠游自在。他在一位義大利美術教授的指導下練習寫生，並研究義大利中世紀生活。這種生活使伏倫斯基著了迷；他甚至按照中世紀的樣子戴帽子，把斗篷搭在一邊肩膀上。這種打扮對他倒是挺合適的。

「我們住在這裡，簡直什麼也不知道。」有一次，伏倫斯基對一早走來看他的高列尼歇夫說。「你見過米哈伊洛夫的畫嗎？」他遞給他一份早晨剛收到的俄國報紙，指著上面一篇文章說。這篇文章是寫一位也住在這個小城裡的俄國畫家的，他剛完成一幅傳說已久的畫，但這幅畫已被人家訂購去了。文章譴責政府和美術學院對這樣一位傑出的畫家不予獎勵和幫助。

「見過了。」高列尼歇夫回答。「當然，他不是沒有才能，但走的完全是邪路。他對待基督、對待宗教畫，還不是伊凡諾夫、施特勞斯、雷農①那一套？」

「他畫的是什麼？」安娜問。

「基督在彼拉多②面前。基督被新派現實主義畫成猶太人了。」

話題一轉到高列尼歇夫最喜愛的繪畫上，他就滔滔不絕地議論起來：

「我眞不明白他們怎麼會犯這樣大的錯誤。在藝術大師們的作品裡，基督的形象已經定型了。因此，如果他們不畫上帝，而要畫革命家或者聖賢，他們盡可以挑選歷史人物，如蘇格拉底、弗蘭克林、夏洛特・科爾德，又何必挑選基督呢？他們所挑選的基督恰恰是藝術上無法表現的人物，再說……」

「那位米哈伊洛夫眞的那麼窮嗎？」伏倫斯基問，他自以爲是個庇護文藝的俄國財主，因此不管他畫得怎樣，都應該幫助他。

「我看不見得。他是一位傑出的肖像畫家。他畫的華西里奇科娃像您見過嗎？不過，他可能不再畫肖像了，因此生活很拮据。我是說……」

「能請他給安娜・阿爾卡迪耶夫娜畫幅像嗎？」伏倫斯基問。

「給我畫像做什麼？」安娜說。「你已經替我畫了像，我再不要別人畫了。還不如給安妮（她這樣叫她的女兒）畫一張吧。啊，她來了。」她望了一眼窗外那個抱著嬰兒走進花園的漂亮的義大利奶媽。接著又偷偷地瞟了伏倫斯基一眼。這個漂亮的義大利奶媽，伏倫斯基替她畫過頭像，是安娜生活中唯一的隱患。伏倫斯基爲她寫生，很欣賞她的美麗和中世紀式的風韻。安娜心裡也不敢承認，她唯恐吃這個奶媽的醋，因此特別寵愛她和她的小兒子。

伏倫斯基也向窗外望了一眼，又望望安娜的眼睛，立刻又轉身對高列尼歇夫說：

「你認識那位米哈伊洛夫嗎？」

「我見到過他。他是個怪物，一點教養也沒有。說實在的，他是時下常見的那種野蠻的新派人，就是在沒有信仰、否定一切和唯物主義的思想直接影響下培養出來的自由思想家。從前，」高列尼歇夫說，沒有注意到或者是不顧安娜和伏倫斯基都想說話，「從前的自由思想家是用宗教、法律和道德觀念培養起來，經過自身的奮鬥和努力才領會自由思想的，現在卻出現了天生的新式自由思想家，他們甚至不知道世界上還有道德、宗教，還有權威，他們是在否定一切的思想中成長的，所以說他們是野蠻人。他就是這種人。他大概是莫斯科宮廷總管的兒子，沒有受過任何教育。後來進了美術學院，有了名氣，他也不是傻子，就想再受點教育。他開始閱讀他認爲是知識源泉的雜誌。我對您說，從前不管是誰，就說法國人吧，想受點教育總是先研究各種古典作品：神學啦、悲劇啦、歷史啦、哲學啦，那些擺在他面前的智慧成果。可是現在呢，人們一下子掉進否定主義的書堆裡，馬上沾染了否定主義的習氣，就是這樣。不僅如此，二十年前還能夠在這種書籍裡發現同權威抵觸、同幾世紀來的傳統觀念抵觸的地方，還能夠從這種抵觸中發現別的東西；可是現在呢，一下子就陷進這種書籍裡，甚至不屑同舊觀念爭論，明目張膽地說：除了進化、自然淘汰和生存競爭，什麼也沒有，就是這樣。我在我的文章裡……」

「我說。」安娜說，她早就偷偷同伏倫斯基交換著眼色，知道伏倫斯基對這位藝術家的教養不感興趣，他只是想幫助他，請他畫一幅肖像罷了。「我說，」她毅然打斷談得津津有味的高列尼歇夫，「我們去看看他！」

高列尼歇夫鎮靜下來，高興地同意了。這位畫家住得很遠，他們決定乘馬車去。

一小時後，安娜同高列尼歇夫並排，伏倫斯基坐在前座，一起來到遠處住宅區裡一座漂亮的新房子門前。出來迎接的看門人妻子告訴他們，米哈伊洛夫通常是在畫室裡見客的，但此刻他在幾步外的寓所裡。他們就請她把名片遞給他，要求讓他們看看他的畫。

①伊凡諾夫（1806～1858），俄國畫家，在一些宗教題材的作品中，能表現人物的性格特徵和自然色彩的複雜性。施特

勞斯（1808～1874），德國哲學家，認為耶穌是歷史上的人物而不是神。雷農（1823～1892），法國宗教史家，著有《耶穌傳》。

② 彼拉多是古羅馬巡撫，釘耶穌於十字架上，事見《新約全書·馬太福音》。

10

伏倫斯基伯爵和高列尼歇夫的名片送進來的時候，畫家米哈伊洛夫照例正在工作。早晨，他在畫室裡畫一張巨幅油畫。回到家裡，他對妻子大發雷霆，怨她不會對付前來討帳的房東太太。

「我對你說過二十回了，叫你不要多囉唆。你本來就很傻，再用義大利話囉唆，那就傻上加傻了。」爭論了好一陣以後，他這樣說。

「那你不該拖欠這麼久，這不能怪我。要是我有錢……」

「看在上帝份上，你讓我安靜點吧！」米哈伊洛夫帶著哭聲嚷道。接著他摀住耳朵，走到隔壁工作室裡，隨手把門鎖上。「傻婆娘！」他自言自語，在桌旁坐下來，打開畫夾，格外起勁地繼續畫那張開了頭的素描。

他平時工作，從來沒有像在生活困難，尤其是在同妻子吵嘴的時候那樣賣力，那樣順利。「唉，真想逃到什麼地方去呀！」他一面工作，一面想。他正在畫一個怒氣沖天的人物。這張畫是以前畫的，但他不滿意。「不，那一張好一點……放到哪兒去了？」他回到妻子那裡，皺著眉頭，眼睛沒有看她，卻問大女兒，他給她們的那張紙哪裡去了。這張被丟掉的畫稿找到了，但弄得很髒，沾滿了蠟燭油。他把畫稿放在桌上，身子退後一點，瞇起眼睛，打量它。他忽然微微一笑，快樂地擺了擺手。

「對啦，對啦！」他說，拿起鉛筆立刻迅速地畫起來。蠟燭的油污點反而使畫中人看上去別有風味。

他在畫這個人物的時候，忽然想起那個雪茄商剛毅的臉容和突出的下巴，他就照這張臉和這個下巴畫下去。他高興得笑起來。這畫像就從沒有生氣的虛構變得生氣勃勃，再也不能改了。這幅畫像有了生命，輪廓清楚，無疑已經定型。根據人物的需要，這幅畫還可以作些修改，兩腿的擺法可以而且應該改一改，左臂的姿勢可以重畫，頭髮可以向後梳，但這些改動已不會改變總的形象，只會再去掉一些掩蓋人物性格的東西，他彷彿把蓋著這像的一層遮布拉掉了；增加的每一筆只是使整個形象更加剛毅，就像蠟燭油滴上去後產生的效果一樣。僕人把名片遞交給他的時候，他正在小心地畫完這幅像。

「就來，就來！」

他走到妻子面前。

「夠了，薩沙，別生氣了！」他羞怯而溫柔地笑著對她說。「你錯了。我也錯了。一切我都會安排好的。」他同妻子言歸於好，穿上天鵝絨領子的橄欖色外套，戴上帽子，到畫室去。他已把那幅成功的畫像忘記了。這會兒，幾位俄國貴客乘四輪彈簧馬車來訪使他快樂和興奮。

關於畫架上的那幅畫，他只想到這樣的畫還從來沒有人畫過。他並不認爲他的畫比拉斐爾的畫還好，但他知道那幅畫裡所表現的內容至今沒有人表現過。這一點他知道得很清楚，而且在他開始畫的時候就知道了，但人家的意見，不管什麼意見，對他都很有價值，使他深爲感動。任何評語，哪怕是最微不足道的，哪怕評論的人只看到極微小的一點，都使他感激不盡。他總認爲評論家的理解比他自己深刻得多，因

「對啦，對啦！」他說，拿起鉛筆立刻迅速地畫起來。

此總希望聽到人家指出他自己沒有發覺的毛病。他常常從參觀者的意見中發現問題。

他大踏步向畫室走去，心情很激動，可是那站在門口陰影處的安娜的嫵媚形象仍使他大吃一驚。安娜正在聽高列尼歇夫滔滔不絕地談著什麼，顯然很想看看這位走攏來的畫家。他自己也沒有注意，當他走近他們時，就把這最初的印象一下子抓住，吞了下去，就像抓住那個雪茄商的下巴一樣，並且把它收藏好，一旦需要時再拿出來，伏倫斯基和安娜事先聽了高列尼歇夫對這位畫家的介紹已有點失望，現在看到他的外貌就更加失望了。米哈伊洛夫中等身材，體格強壯，步伐輕鬆，戴著咖啡色禮帽，穿著橄欖色外套和窄小的褲子——雖然當時已流行寬大的褲子——特別是他那張俗氣的闊臉，以及那種又畏怯、又想裝作威嚴的神情，都給人一種不愉快的印象。

「請進。」他竭力裝出若無其事的樣子說，接著走進門廊，從口袋裡掏出鑰匙開了門。

11

走進畫室，畫家米哈伊洛夫再次打量了一下客人們，把伏倫斯基的面部表情，特別是他的顴骨，記錄在頭腦裡。他的藝術家本能在不停地蒐集素材，他因爲即將聽到人家評論他的作品而越發激動，但還是敏捷細緻地通過一些不易察覺的特徵，構成了對這三個人的印象。那個男人（高列尼歇夫）是僑居當地的俄國人。米哈伊洛夫記不起他叫什麼名字，在什麼地方見過，同他談過什麼話；他只記得他的面孔，就像記得見過的一切人的面孔那樣。他還記得它屬於高傲自大和缺乏表情的那一類面孔：濃密的頭髮和十分開闊的前額使他的臉顯得很神氣，但臉上只有一種活潑天眞的表情，特別明顯地表現在狹窄的鼻樑上。伏倫斯基和安娜，在米哈伊洛夫看來，都是有錢有勢的俄國人，但也像一切有錢有勢的俄國人那樣，對藝術一竅不通，卻裝作藝術的愛好者和鑑賞家。「他們一家已看遍了古董，現在又在周遊現代畫家、德國江湖騙子、英國拉斐爾前派傻子的畫室，到我這兒來也只是爲了補齊他們的參觀罷了。」他想。他清楚地懂得，那些藝術上的半瓶子醋（他們越聰明越壞）巡視現代畫室只有一個目的，就是要斷定美術已經衰落，現代畫家的作品看得越多就越相信，古代大師們的作品是無法逾越的。這一點，他從他們的臉色上看得出來，從他們互相交談，觀看人體模型和胸像，無拘無束地走來走去，等待揭去畫上遮布那種滿不在乎的神氣上也看得出來。雖然如此，他翻開一張張畫稿，拉開窗簾，揭去遮布，還是感到非常興奮。雖然他認爲凡是有錢有勢的俄國人都是畜生和傻子，卻很喜歡伏倫斯基，尤其是安娜。

「啊，請看！」他步伐輕靈地退到一旁，指著一幅畫說。「這是彼拉多的訓誡。《馬太福音》第二十七章。」他說，自己覺得嘴唇都激動得哆嗦起來。他往後退了幾步，站到他們後面。

在來訪者默默觀看那幅畫的幾秒鐘裡，米哈伊洛夫也觀看著，用旁觀者的冷靜眼光觀看著。在這幾秒鐘裡，他相信，這幾位剛才還被他蔑視的來訪者將做出最高明、最公正的評判。他忘記了他在作這幅畫的三年裡對它的想法；他忘記了原以爲無可置疑的優點——他用旁觀者那種冷靜的新眼光看著這幅畫，看不出它有什麼優點。他看見前景中彼拉多惱恨的臉和基督鎭靜的臉，還看見後景中彼拉多的僕從和觀看動靜的約翰的臉。每一張臉都經過長期琢磨，反覆修改，都具有不同的性格。每一張臉都曾帶給他多少痛苦和歡樂呀，爲了全畫的協調不知修改過多少次，在處理色彩濃淡和明暗上都曾煞費苦心——這一切如今從旁觀者的眼光看來，都千篇一律，庸俗得很。那張成爲全畫中心的基督的臉，當初他最得意，畫成後感到十

在來訪者默默觀看那幅畫的幾秒鐘裡，米哈伊洛夫也觀看著，
用旁觀者的冷靜眼光觀看著。

分高興，如今他用旁觀者的眼光一看，卻覺得毫無價值。他看出他所畫的（根本談不上好，他清楚地看出許多缺點）只是模仿提香、拉斐爾、魯本斯的無數基督像，模仿他們的無數兵士和彼拉多罷了。這一切都很庸俗、貧乏、陳舊、色彩斑剝、筆力軟弱，簡直畫得很糟。客人們當著畫家的面說些虛僞的恭維話，背後卻在憐憫他、嘲笑他，但這可不能怪他們。

沈默持續了不到一分鐘，他卻覺得十分難受。爲了打破沈默而且表示他並不激動，他強作鎮定，對高列尼歇夫說起話來。

「我好像有幸見到過您。」他一面說，一面不安地望望安娜，又望望伏倫斯基，唯恐看漏他們的一絲表情。

「是啊！我們在露西家一次晚會上見過面，那天有位義大利小姐——一位新的拉契爾①朗誦劇本。」高列尼歇夫活潑地說，目光毫不留戀地離開那幅畫。

不過，他發現米哈伊洛夫在等待他對這幅畫發表評語，就說：

「您的畫比我上次看到的大有進步。不過，彼拉多的形象像上次那樣使我非常感動。你太了解這個人物了，他是個善良可愛的傢伙，但又是個徹頭徹尾的官僚，他不知道自己在幹什麼。不過我覺得……」

米哈伊洛夫活潑的臉頓時容光煥發，他的眼睛發亮了。他想說些什麼，可是激動得說不出話來，就假裝咳嗽，不管他多麼輕視高列尼歇夫的藝術鑑賞力，不管高列尼歇夫對彼拉多這個官僚面部表情的正確評語無足輕重，不管他的評語令人生氣地沒有接觸到要害，米哈伊洛夫還是十分高興。他自己對彼拉多這個人物的看法同高列尼歇夫一樣。這個看法只是米哈伊洛夫所堅信的無數正確看法之一，但他覺得這並沒有貶低高列尼歇夫的評語。這個評語使他對高列尼歇夫發生好感，他的心情頓時由沮喪變得興奮。整幅畫在他面前立刻顯得生氣勃勃，充滿豐富多彩得無法形容的生命特徵。米哈伊洛夫又想說他很了解彼拉多，可是嘴唇情不自禁地抽搐著，他說不出話來。伏倫斯基和安娜也低聲說了些什麼。他們故意壓低聲音，一方面是怕傷了畫家的感情，一方面是爲了避免大聲說出蠢話來。這種蠢話，人們在美術展覽會上談論藝術時，是很容易脫口而出的。米哈伊洛夫覺得這幅畫也給他們留下了印象。他走到他們面前。

「基督的神情多麼奇妙哇！」安娜說。在整幅畫中她最喜歡這表情。她認爲這是全畫的中心，對它的稱讚一定會使畫家高興。「顯然他很憐憫彼拉多。」

在他的畫裡，在基督的形象中，這只是可以提出的無數正確看法之一罷了。她說基督憐憫彼拉多。在基督的表情中應該有憐憫，因爲在他身上有愛，有天國的寧靜，有從容就義和不尚空談的表情。既然彼拉多是肉體生活的化身，基督是精神生活的化身，前者有官僚神氣，後者有憐憫之情，那是理所當然的。在米哈伊洛夫的頭腦裡，又掠過各種各樣的思想。他又高興得容光煥發了。

「嗯，這像是怎麼畫的，空氣多麼濃厚！人簡直像可以走進去呢。」高列尼歇夫這樣評論說，對這幅畫的內容和構思顯然並不欣賞。

「是的，功力眞了不起！」伏倫斯基說。「後景中的人物多麼突出！這才是眞正的技巧。」他對高列尼歇夫說，暗示他們上次的談話。那天伏倫斯基表示，他沒有希望達到這樣的技巧。

「是的，是的，眞了不起！」高列尼歇夫和安娜附和說。米哈伊洛夫雖然情緒很好，但評語中提到技巧還是傷了他的心。他怒氣沖沖地對伏倫斯基望了望，突然皺起眉頭。他常常聽到技巧這個名詞，但他實在不明白它的涵義。他知道這個名詞一般是指同內容無關的繪畫技術。他發覺人們往往把技巧和內在價值對立起來，就像現在這種稱讚，彷彿依靠技巧就可以把壞的內容畫好似的。他知道，要去掉表面的東西而不損害作品的價值，要把所有表面的東西都去掉，必須十分小心；而描繪藝術品是不能依靠技巧的。要是讓孩子或者廚娘看看他所看到的東西，他們也一定會把所有表面的東西剝掉。一個技巧嫻熟的老畫家，如果頭腦裡沒有內容，光憑技巧是什麼也畫不出來的。米哈伊洛夫也知道，即使談到技巧，他也沒有資格受到讚揚。在他完成和沒有完成的作品裡，他看到了刺眼的缺點。這些缺點就由於他在去掉表面東西時不愼重而出現的，現在再修改一定會損害整個作品。他看到，幾乎每個人的身體和面孔都留有損害繪畫的沒有去乾淨的表面東西。

「只有一點意見，要是您不見怪的話……」高列尼歇夫說。

「啊，那太好了，我正要請教。」米哈伊洛夫勉強笑著說。

「那就是您畫出來的是人化的神，而不是神化的人。不過我知道您是有意這樣畫的。」

「我畫不出那個我心裡不存在的基督。」米哈伊洛夫不快地說。

「是的，既然這樣，您要是讓我直說……您的畫是那麼完美無缺，我的意見是絲毫也不會損害它的。再說，這完全是我個人的意見。您有您的想法，您的動機不同。不過，就拿伊凡諾夫來說吧。我認爲，要是把基督貶低到歷史人物的地位，那麼伊凡諾夫還不如選擇沒有人畫過的其他歷史題材好。」

「但這不是擺在藝術面前最偉大的主題嗎？」

「存心去找，還是找得到其他題材的。問題在於藝術不能容忍爭吵和議論。看到伊凡諾夫的畫，不論信徒還是非信徒都會問：這是不是神哪？這樣就不能給人一個統一的印象。」

「這是爲什麼呀？我覺得，有教養的人是不會有什麼爭論的。」米哈伊洛夫說。

高列尼歇夫不同意這個意見，始終堅持統一的印象是藝術所不可缺少的，駁斥了米哈伊洛夫的話。

米哈伊洛夫很激動，但說不出一句話來爲自己的想法辯護。

①拉契爾，法國著名悲劇演員。

12

安娜同伏倫斯基早就在相互使眼色，對於這位朋友的能言善辯感到厭煩。伏倫斯基終於不等主人過來，就逕自走到另一幅不大的圖畫前面。

「啊，眞美呀，太美啦！眞是奇蹟！太美啦！」他們異口同聲地說。

「什麼東西他們那麼喜歡哪？」米哈伊洛夫想。他把那幅三年前作的畫完全忘記了。他忘記了他幾個月裡日日夜夜全神貫注地作這幅畫時的痛苦和歡樂，就像他平時總是把畫好的畫都忘記了那樣。他連看都不願看它，現在擺出來展覽，只是爲了等一個想買它的英國人。

「哦，那只是一幅舊的習作。」他說。

「眞美呀！」高列尼歇夫說，顯然也被這幅畫的美迷住了。

兩個男孩子在柳樹蔭下釣魚。大的一個剛拋下釣鉤，正在灌木叢後面全神貫注地收回浮子；小的一個躺在草地上，雙手托著淡黃色亂髮的腦袋，一雙若有所思的藍眼睛瞧著水面。他在想些什麼呢？

對這幅畫的讚賞喚起了米哈伊洛夫舊日的興奮，但他害怕並且不喜歡無謂的懷舊情緒，因此，他聽了這種讚賞雖然很高興，還是想讓來訪者觀看第三幅畫。

伏倫斯基問這幅畫賣不賣。米哈伊洛夫被來訪者的稱讚弄得很興奮，聽到有關金錢的話，覺得很不快。

「擺出來就是賣的。」他悶悶不樂地皺著眉頭回答。

等來訪者們走了，米哈伊洛夫在那幅彼拉多和基督的畫前坐下來，心裡重溫著他們說過的話，以及雖然沒有說過但是暗示過的話。說也奇怪，當他們在這裡的時候，當他按照他們的觀點看待問題的時候，有些意見他認為十分重要，可是這時這些意見忽然變得毫無意義了。他開始用純粹藝術家的目光來看待自己的畫，這才滿心相信它是完美的，因此也是有價值的。只有具備這樣的信心，才能排除一切干擾，集中精力作畫。只有這樣，他才能好好工作。

基督的一隻腳照透視學看來是畫得不正確的。他拿起調色板，工作起來。他一面修改那隻腳，一面不斷地注視著後景中約翰的像。這像來訪者們都沒有注意，但他覺得是完美無缺的。改好腳，他想把整個像再加工，但心情太激動了，無法再動筆。當他過分冷靜的時候，他無法工作；當他過分興奮，什麼都看得一清二楚的時候，同樣無法工作。只有從冷靜到產生靈感，在這個過渡階段，他才能工作。可是今天他太興奮了。他剛想把畫遮起來，卻又站住，手裡拿著遮布，得意洋洋地微笑著，對約翰的形象看了好一陣子。最後他才戀戀不捨地放下遮布，又疲勞、又幸福地走回家去。

伏倫斯基、安娜和高列尼歇夫回家途中特別興奮和快樂。他們談論著米哈伊洛夫和他的畫。「才氣」這個東西被他們看成是一種同智慧和感情無關、近乎生理的天賦能力。他們用這個詞來解釋畫家的一切感受。在他們的談話裡，這個詞用得特別多，因爲他們非用它來說明他們一竅不通而偏偏要談論的東西不可，他們說他的才氣是無可否認的，但他的才氣因爲缺乏教養——俄國畫家的通病——而不能發揮。但那幅表現兩個男孩子的畫卻深印在他們的頭腦裡，他們幾次三番談到它。

「眞是太美啦！他畫得多麼樸素，多麼成功，他自己還不知道這幅畫有多麼出色。是的，不能錯過機會，一定要把它買下來。」伏倫斯基說。

13

米哈伊洛夫把他的畫賣給伏倫斯基，答應替安娜畫一幅肖像。在約定的那一天，他來了，動手工作。這幅肖像連續畫了五次，結果使大家驚嘆不止，特別是伏倫斯基，因爲它不僅十分逼眞，而且具有一種特殊的美。眞奇怪，米哈伊洛夫怎麼能發現她那種特有的美。「要像我這樣了解她、愛她，才能抓住她那最可愛的靈魂的表現。」伏倫斯基想，雖然他自己也是通過這幅畫才眞正領略她最可愛的靈魂的表現。但這表情是那麼眞摯，使他和其他人都覺得他們早就熟悉了。

「我努力畫了那麼多時間，毫無成績，」他說到他自己替她畫的那幅像，「而他只看了看，就畫出來了。這就叫技巧。」

「不要急。」高列尼歇夫安慰他說。他認爲伏倫斯基既有才能，又有卓越的藝術素養。高列尼歇夫相信伏倫斯基的才能還有一原因，就是他需要伏倫斯基對他的文章和思想表示贊同和欣賞，他認爲讚賞和支持應該是相互的。

在別人家裡，特別是在伏倫斯基的別墅裡，米哈伊洛夫同在自己畫室裡完全不同，好像換了一個人。他彷彿害怕同他所不尊敬的人接近，總是抱著敬而遠之的態度。他對伏倫斯基稱「閣下」，並且不顧安娜和伏倫斯基的盛情邀請，從來不留下來吃飯，除了畫畫也從來不上他們家的門。安娜待他比待誰都親切，因爲畫像而很感激他。伏倫斯基對他更是畢恭畢敬，顯然很想聽聽這位畫家對他的畫的意見。高列尼歇夫從不放過機會向米哈伊洛夫灌輸眞正的藝術觀。但米哈伊洛夫對他們依舊十分冷淡。安娜從他的目光中察覺他很喜歡看她，但他避不同她談話。伏倫斯基談到他的畫，他總是固執地保持沈默。人家拿伏倫斯基的畫給他看，他也同樣固執地保持沈默。顯然，他討厭高列尼歇夫的談話，但也不去反駁他。

總之，當他們較深地了解了米哈伊洛夫的爲人以後，他們對他那種拘謹而不愉快、幾乎近於敵意的態度，都很反感。等到寫生完畢，他們拿到一幅優美的肖像，他就不再上門了，這時大家都如釋重負。

高列尼歇夫第一個說出了大家心裡的想法，就是米哈伊洛夫只是嫉妒伏倫斯基罷了。

「就算他因爲自己有才能並不嫉妒；但是一個宮廷官員、一個富家子弟，再說還是位伯爵（要知道他們一提到爵位都是深惡痛絕的），沒有經過勤學苦練，居然也能從事那種他米哈伊洛夫畢生獻身的工作，即使沒有超過他，也畢竟使他惱火。尤其因爲他缺乏那樣的教養。」

伏倫斯基嘴上替米哈伊洛夫辯護，心裡卻也相信高列尼歇夫的看法，因爲照他看來，一個屬於下層社會的人是不可能不嫉妒的。

伏倫斯基和米哈伊洛夫都替安娜寫生，他們的畫照理應該讓伏倫斯基看出他們兩人之間的差別，可是他卻看不出來。直到米哈伊洛夫的畫完成以後，他才決定停筆不再替安娜畫像，認爲沒有必要再畫下去了。至於那幅表現中世紀生活的畫，他卻繼續畫下去。他本人，還有高列尼歇夫，特別是安娜，都認爲他畫得不錯，因爲他的畫比米哈伊洛夫的畫更近似名畫。

至於米哈伊洛夫，他雖然熱中於替安娜畫像，但當寫生完畢，可以不再聽高列尼歇夫有關藝術問題的謬論，可以把伏倫斯基的繪畫忘記時，他就顯得比他們更高興。他知道不能禁止伏倫斯基對繪畫喋喋不休，也知道這些藝術上的半瓶子醋享有要畫什麼就畫什麼的權利，但他總覺得嫌惡。一個人用蠟塑造了一個大玩偶，並且去親吻她，你也不能禁止他呀！但要是這個人帶了玩偶走來，坐在一個正在談戀愛的人面前，並且動手撫愛這玩偶，就像談戀愛的人撫愛他的情人那樣，那就會使談戀愛的人覺得嫌惡了。米哈伊洛夫看見伏倫斯基的畫，他所感到的就是這種嫌惡。他覺得又好笑又好氣，又可憐又可恨。

伏倫斯基對繪畫和中世紀的迷戀並沒有持續多久。他對繪畫的滋味領略得夠了，再也無法把那幅畫畫完。畫到一半停止了。他模模糊糊地感覺到，它的缺陷開始時還不顯著，但要是繼續畫下去，就會叫人受不了。他和高列尼歇夫有同樣的感覺。高列尼歇夫覺得他沒有話可說，經常用構思還未成熟和正在蒐集材料來欺騙自己。高列尼歇夫痛恨這樣的情況，但伏倫斯基呢，他既不會欺騙自己，也不會折磨自己，更不會痛恨自己。他性格果斷，既不做解釋，也不進行辯護，就擱筆不畫了。

但是，不畫畫，伏倫斯基覺得他和安娜——她對他的灰心喪氣感到驚奇——在義大利的生活太乏味了，宮殿式別墅突然顯得那麼破舊骯髒，窗簾上的污點、地板的裂縫和簷板上剝落的灰泥又都那麼刺眼，老是高列尼歇夫、義大利教授和德國旅行家，又那麼叫人討厭，因此非改變一下生活不可。他們決定回國，住到鄉下去。在彼得堡，伏倫斯基打算同他哥哥分家，安娜則想看看兒子。他們打算在伏倫斯基家鄉的大莊園裡過夏天。

14

列文結婚有兩個多月了。他很幸福，但完全不像預期的那樣。他時刻感到以前的夢想破滅了，同時卻遇到新的意料不到的賞心樂事。列文很幸福，但開始家庭生活以後，他處處發現，事情同他原來的想法截然不同。他處處感到好像那種欣賞過別人在湖上平穩而幸福地泛舟的人，一旦自己坐到船上，感受就完全不同了。他發現，泛舟並非只是平平穩穩地坐著，沒有什麼搖擺，而是需要思考，片刻不能忘記該往哪兒航行，不能忘記腳下是水，必須不停地划槳，而沒有划慣槳，雙手是很痛的。這事看起來容易，做起來雖說有趣，卻很費勁。

在他獨身的時候，看到別人的夫婦生活，看到他們瑣碎的家務、爭吵、吃醋，他就在心裡嘲笑他們。照他看來，他未來的夫婦生活不僅不會產生這種情況，而且整個家庭生活方式也將與眾不同。沒想到他同妻子的生活不僅沒有什麼與眾不同，而且也充滿瑣碎的家務。這種瑣碎的家務以前他不屑一顧，如今卻顯得如此重要，無法迴避。列文看到，所有這些家務並不像以前所想的那麼容易處理。儘管列文自以爲對家庭生活持有最正確的觀點，但他也像一切男人那樣，不知不覺把家庭生活純粹看作愛情的享受，不應遇到任何阻礙，也不該受任何瑣事的干擾。他認爲他應該專心做他的工作，工作以後在愛情的幸福中得到休息；她應當被寵愛，此外再不能有別的要求了。他也同一切男人一樣，忘記她也需要工作。他感到驚奇的是，他那個像詩一樣美的吉娣，在婚後頭幾個星期，甚至開頭幾天，就在考慮和張羅著桌布、傢具、客房床墊、托盤、廚子、飯菜等家務。還在他們訂婚以後，她就拒絕出國旅行，決定回鄉生活，彷彿她知道什麼事該做，什麼事不該做。除了愛情，她還能考慮別的事。她的果斷使他吃驚。這種態度當時曾使他不愉快，如今她這樣操勞家務，又多次引起他的煩惱。他看出她需要這種操勞。他不明白她爲什麼這樣忙忙碌碌，並且嘲笑種種瑣事，但他愛她，不能不欣賞她的這些活動。他嘲笑她怎樣擺設從莫斯科運來的傢具，怎樣重新布置她自己的房間和他的房間，怎樣掛窗簾，怎樣爲來客和陶麗準備好客房，怎樣給她的新侍女安排房間，怎樣吩咐老廚子準備飯菜，怎樣同阿加菲雅吵嘴，從她手裡接管了食品貯藏室。他看到老廚子怎樣笑嘻嘻地欣賞她，聽著她那些缺乏經驗的、不切實際的吩咐。他看到阿加菲雅對這位年輕主婦就貯藏室做出的新安排，怎樣若有所思地慈祥地搖著頭。他看到吉娣又哭又笑地走來向他訴苦，說侍女瑪莎仍把她當小姐看待，因此誰也不聽她的話，他卻覺得她格外可愛。他覺得這很有趣，也很新奇。但他想，要是沒有這些事，那就更好了。

他不懂得她婚後心情的變化。她在娘家有時很想吃點捲心菜加克瓦斯或者糖果，可是吃不到。如今她可以隨意吩咐，要買多少糖果就買多少糖果，要花多少錢就花多少錢，要訂製什麼點心就訂製什麼點心。

現在她滿心希望陶麗帶孩子們來住一陣，尤其因爲她可以給孩子們訂製各人喜愛的點心，陶麗也準會讚揚她家務上的種種新安排。她自己也弄不懂是什麼道理，但家務對她確實有一種不可抗拒的吸引力。她憑本能感覺到春天臨近了，她也知道將會有春雨綿綿的日子，就加緊築巢，邊築邊學築巢的方法。

吉娣悉心操持瑣碎的家務，這同列文原先崇高的幸福觀極其格格不入。這也是他失望的一個原因。不過，他儘管不理解她這種操心的意義，卻覺得她很可愛，情不自禁地加以欣賞，把它看作一種新的賞心樂事。

另一種失望和賞心樂事就是吵嘴。列文從沒想到，他同妻子除了溫存、尊敬和恩愛之外，還可能有別的態度。婚後沒有幾天，他們竟突然吵嘴了。她說他並不愛她，只愛他自己，說著就哭起來，擺動雙手。

他們第一次吵嘴是因爲列文到一個新的田莊去，回家時想抄近路，結果迷了路，遲到半小時。他一路上都想著她，想著她的恩愛，想著自己的幸福；離家越近，對她的愛情也越熱烈。他懷著當初到吉娣家去求婚那樣熱烈、甚至比那時還要熱烈的感情衝進房裡，沒想到遇到的竟是他在她臉上從沒見過的一種憂鬱的表情。他想吻她，卻被她一把推開了。

「你怎麼啦？」

「你倒開心……」她開口說，竭力想裝得鎮定而刻毒。

但她一開口，責備、莫名其妙的醋意、剛才一動不動地呆坐窗前半小時所經受的折磨，就一股腦兒發洩出來。這當兒，他才清楚地明白了他在婚禮結束後、把她從教堂裡領出來時還沒有明白的事情；他明白了她不僅同他十分親近，而且明白了他們兩人之間的界線現在已分不清了。這一層，他是從刹那間出現的雙重心理中懂得的。他先是很生氣，但立刻又覺得他不能生她的氣，因爲她同他是兩位一體，不能分成你我的。他最初一刹那的感覺就像一個人背後突然受到一記沈重的打擊，但等到他怒氣沖沖地回過身去，想找到仇人報復，卻發現原來是他自己無意中打了自己一下，他不好對誰生氣，只得默默地忍受疼痛，自己安慰自己。

後來他再也沒有如此強烈地產生過這種感覺，但此刻他心裡久久不能平靜。他很自然地想替自己辯護，向她證明是她錯了；但證明她錯就會更加激怒她，就會擴大那條成爲一切痛苦根源的裂痕。照習慣他想把過錯加到她身上；但另一種更加強烈的情緒卻要他盡快消除裂痕，不讓它擴大。這種莫須有的責難確實使他很難過，但進行辯解，使她痛苦，那就更糟。好像一個在半睡不醒中感到一陣劇痛，想把身上的痛處挖掉、除去，等到甦醒過來，才明白原來全身都在作痛。除了默默忍受以外，沒有別的辦法，於是他就竭力克制自己。

他們和好了。她知道自己錯了，但嘴裡沒有承認，只是對他更加溫柔。他們加倍體會到愛情的幸福。但這並不等於說以後再不會發生類似的衝突；衝突甚至發生得更加頻繁，而且往往是由於一些意想不到的小事引起的。發生這一類衝突常由於彼此還不了解對方的脾氣，由於結婚初期兩人的情緒常常不正常。當一個情緒好，另一個情緒不好的時候，和睦還不會遭到破壞；但當兩人都情緒不好時，就會因一些微不足道的小事發生衝突，事後甚至記不起來，他們究竟為什麼吵嘴。不錯，當兩人都心情愉快的時候，他們的生活就加倍幸福。但結婚初期對他們來說，畢竟是一段不好過的日子。

在婚後最初一段日子裡，他們感到特別緊張，彷彿有一條鏈子把他們繫住，從兩端拉緊。總之，他們的蜜月，也就是婚後的第一個月，列文對它懷著滿腔希望，結果不但並不甜蜜，而且是他們一生中最委屈痛苦的日子。當時他們確實難得心平氣和，無法控制自己的情緒。他們後來卻竭力想把這段不愉快日子裡種種不正常的可恥情況，從記憶裡抹掉。

直到婚後第三個月，在莫斯科住了一個月回家以後，他們的生活才開始過得比較平穩。

15

他們剛從莫斯科回來，剩下兩人在一起，感到很高興。列文坐在書房的寫字台旁寫東西。吉娣穿著那件婚後最初幾天穿過、因此他特別喜愛、特別欣賞的深紫色連衫裙，坐在從列文的祖父起一直擺在書房裡的那張老式皮沙發上繡花。他一面想，一面寫，一直快樂地意識到她就坐在身邊。他沒有放棄他的農事，也沒有停止寫他那部要闡明他的新農業體制基本觀點的著作。過去，他覺得這些活動和思想同籠罩著他生活的陰影比較起來都是微不足道的，而現在，他覺得它們同未來生活的光輝燦爛的幸福比較起來同樣是無足輕重的。他繼續從事他的工作，但覺得他的注意重心轉移了，因此對工作也就有了更加明確的看法。以前，這些工作只是他逃避生活的手段；以前，他覺得沒有這些工作，他的生活就太無聊。而現在，他需要這些工作是爲了避免幸福的生活過分單調。他又拿起稿子，把寫好的東西重讀一遍。他高興地發現這工作還是值得做的。這是一項新鮮而有益的工作。他覺得以前許多想法未免有些偏激。他重新回顧全部事業，許多沒有解決的問題都變得明確了。他正在寫新的一章，論述俄國農業衰落的原因。他論證俄國貧窮的原因，不僅在於土地所有權分配的不合理和方針的錯誤，還由於俄國近來不合理地引進外來文明，特別是交通事業，鐵路，促使城市人口集中、奢侈成風，工業、信貸和隨之產生的交易所投機事業惡性發展，因而損害了農業。他認爲，只有當國家的財富正常發展，相當多的勞動力用在農業上，農業處於合理的、至少是穩定的狀態，眞正的文明才能出現。他認爲，國家財富應當按比例發展，尤其是其他領域的財富不應該超過農業。他認爲，交通事業應當同農業相適應，在我國土地使用不當的情況下，鐵路的修築不是由於經濟上的需要，而是出於政治上的原因，因此爲時過早，它不僅不能像預期那樣促進農業，反而阻礙了農業，促使工業和信貸發展。好像動物身體裡某種器官片面的早熟會妨礙身體的全面發育，信貸、交通事業、工廠企業的發展，在歐洲無疑是必要的，時機已經成熟了，可是從俄國財富總的發展上來說，它們只會擠掉整頓農業這個當前的主要課題，造成危害。

當他寫作的時候，她卻想著，在他們離開莫斯科的前夜，年輕的察爾斯基公爵怎樣笨拙地向她獻媚，引起丈夫的猜疑。「他吃醋了。」她想。「天哪！他這人眞可愛、眞傻。他在爲我吃醋！他不知道這些人在我心目中並不比廚子彼得高明呢。」她一面想，一面懷著一種她自己也覺得奇怪的佔有慾，瞧著他的後腦勺和紅脖子。「我捨不得妨礙他工作（但他有的是時間！），可是眞想看看他的臉。他會不會感覺到我在看他？我眞希望他回過頭來……啊，眞希望！」她把眼睛睜得老大，想這樣來加強視力。

「是的，他們吸去全部精華，造成一種虛假的繁榮。」他停下筆，喃喃地說，發覺她在笑盈盈地望著他，就回過頭來。

「怎麼？」他微笑著站起來問。

「他回過頭來了。」她想。

「沒什麼，我就是要你回過頭來。」她說，眼睛盯著他，想看出他有沒有因爲她打擾他而不高興。

「啊，我們倆單獨在一起眞是太好啦！我有這樣的感覺。」他走到她面前，臉上洋溢著幸福的微笑。

「我眞高興！我哪兒也不去了，特別是莫斯科。」

「那麼你在想什麼呀？」

「我嗎？我在想……不，不，寫你的吧，不要分心了，」她噘著嘴說，「現在我要剪這些小孔了，你看見嗎？」

她拿起剪刀，剪起來。

「不，你還是說說，你在想什麼？」他說著在她身邊坐下，注視著小剪子怎樣剪著圓孔。

「嗯，我在想什麼嗎？我在想莫斯科，想你的後腦勺。」

「我眞希望他回過頭來……啊，眞希望！」
她把眼睛睜得老大，想這樣來加強視力。

「爲什麼這樣的幸福正好落在我的頭上？眞奇怪。但太美了。」他吻著她的手說。

「我倒正好相反，我覺得越幸福，越自然。」

「啊，你有一綹頭髮鬆了，」他小心翼翼地把她的頭轉過來，「一綹頭髮。你瞧，可不是！不，不，我們正在工作呢。」

可是工作繼續不下去了。直到顧士瑪進來報告茶點已經準備好的時候，他們才像做了什麼錯事似地慌忙分開。

「他們從城裡回來了嗎？」列文問顧士瑪。

「剛回來，正在拆郵包。」

「你快來，」她一面走出書房，一面說，「要不我不等你就要讀信了。讓我們去彈個兩重奏吧。」

只剩下一個人，他把稿紙放進她買來的新文件夾裡，在那隨同她一起出現的配有精緻用具的新洗臉盆裡洗了洗手。列文嘲笑自己的一些想法，不以爲然地搖搖頭。一種近乎懺悔的心情苦惱著他。他現在的生活有一種可恥的、懶散的、貪圖享受的習氣。「這樣過生活可不好哇，」他想，「唉，將近三個月了，我幾乎什麼事也沒做。今天可以說還是第一次認眞工作，可是結果怎樣呢？剛一上手，就丟下了。連日常的事務差不多都丟下了。農田我也幾乎一直沒有去看過，我有時捨不得把她丟下，有時看見她寂寞。從前我以爲婚前生活很無聊，沒有意思，婚後會開始眞正的生活。如今結婚已近三個月，我可從來沒有這樣虛度過光陰。不，這樣可不行，得重新開始。當然，她沒有過錯，不能怪她。我自己應當振作起來，保持男子漢的獨立性。要不我會一直虛度光陰，把她也帶壞……當然，她是沒有過錯的。」他自言自語。

不過，要一個心懷不滿的人不責怪別人，特別是最親近的人，那是困難的。列文也模模糊糊地意識到，不能怪她（她不可能有任何過錯），卻要怪她所受的教育，過分庸俗無聊的教育。（「那個向她獻媚的傻瓜察爾斯基說過：我知道她想阻止他，可是無能爲力。」列文想。）「是的，除了對家務的興趣（這種興趣她是有的），除了打扮和繡花，沒有什麼事她眞正感興趣。對我的事業也好、對農莊也好、對農民也好、對她擅長的音樂也好、對讀書也好，她什麼都不感興趣。她什麼事也不做，卻心滿意足。」列文心裡這樣責備她，不了解她正在積極準備迎接今後繁重的家務，她是丈夫的妻子，一家的主婦，還將生產、撫養和教育孩子們。他根本沒有想到，她憑本能知道今後會有怎樣的生活，正在積極迎接這種繁重的勞動，並不因現在享受著無憂無慮的歲月和愛情的幸福而感到負疚，同時正興致勃勃地築著她未來的巢。

16

列文走到樓上，看見妻子坐在一把嶄新的銀茶炊旁邊，面前擺著一套嶄新的茶具。她讓老保姆阿加菲雅坐在一張小桌旁，給她倒了一杯茶，自己正在讀陶麗的來信。他們同陶麗經常有書信來往。

「您瞧，您這位太太要我坐著陪她呢。」阿加菲雅說，親切地對著吉娣微笑。

從阿加菲雅這句話裡，列文聽出她最近同吉娣發生的糾紛結束了。他看到新主婦儘管奪了阿加菲雅的權力而使她傷心，但還是征服了她，並且贏得了她的歡心。

「你瞧，我把你的信看過了。」吉娣說著把一封文理不通的信交給他。「這大概是你哥哥的那個女人寫來的……」她說。「我沒有看完。這是我家裡和陶麗的來信。你眞不會想到，陶麗把格里沙和塔尼雅帶

「你瞧，我把你的信看過了。」吉娣說著把一封文理不通的信交給他。

到薩瑪茨基家去參加兒童舞會，塔尼雅還扮演侯爵夫人呢！」

不過列文並沒有注意聽她的話；他漲紅了臉，接過哥哥舊情婦瑪麗雅·尼古拉耶夫娜的信，看了起來。這已是她第二次來信了。在第一封信裡，瑪麗雅·尼古拉耶夫娜寫道，哥哥無緣無故把她趕了出來，還眞摯動人地說，她雖然又落到很貧窮的地步，但她一無所求，一無所想，只是擔心尼古拉·德米特里耶維奇身體這樣虛弱，她不在旁邊他會死去。她要求做弟弟的照顧他。現在她又來信了。她找到了尼古拉·德米特里耶維奇，在莫斯科又和他同居，接著又一起遷到省城。他在那裡謀得了一個職位。但他在那邊又同長官鬧翻了，回到莫斯科，可是路上病得很厲害，恐怕再也起不來了——她這樣寫著。「他一直在掛念您；再說，一點兒錢也沒有了。」

「你看看，陶麗提到你了。」吉娣剛笑瞇瞇地開口說，發現丈夫臉色變了，就慌忙住口。

「你怎麼啦？出什麼事了？」

「她寫信來說，尼古拉哥哥快死了。我要去看看他。」

吉娣的臉色頓時變了。關於塔尼雅扮侯爵夫人、關於陶麗，這一切念頭全消失了。

「那你什麼時候走哇？」她問。

「明天。」

「我同你一起去，可以嗎？」她說。

「吉娣！你這是什麼意思？」他帶著責備的口氣說。

「什麼『什麼意思』？」她生氣了，因爲他似乎很生氣，不情願接受她的提議。「我爲什麼不可以去？我不會妨礙你的。我……」

「我去是因爲我哥哥快死了，」列文說，「可是你爲什麼要……」

「爲什麼嗎？爲了和你同樣的原因。」

「在這種緊要關頭，她只想到一個人待在家裡寂寞。」列文想。在這樣的緊要關頭，她還要強詞奪理，這可使他惱火了。

「這不行！」他嚴厲地說。

阿加菲雅眼看兩口子就要吵起來，悄悄把茶杯一放，走出去了。吉娣甚至沒有注意到她，丈夫說最後那句話時的口氣傷了她的心，特別因爲他顯然不相信她的話。

「我對你說，要是你去，我就同你一起去，我一定要去。」她急急忙忙、怒氣沖沖地說。「爲什麼不行？你爲什麼說不行？」

「因爲天知道這是往哪兒走，走的是什麼道路，住的又是怎樣的客店。你會妨礙我的。」列文說，竭力克制著自己。

「絕對不會。我沒有什麼要求。你能去的地方我也能去……」

「哼，不說別的，單說那個女人，你怎麼好去同她接近呢？」

「我不知道，也不想知道有誰在那邊，有些什麼。我只知道我丈夫的哥哥快死了，丈夫去看他，我同丈夫一起去，這樣好……」

「吉娣！別生氣。你倒想想，情況這麼嚴重，你還要任性，不願意一個人留在家裡，我想想也難受。唉，要是你一個人寂寞，那你就到莫斯科去吧。」

「哼，你總是把我想像得很壞、很卑鄙。」她含著委屈和憤怒的眼淚說。「我什麼也沒有，既沒有軟弱，也沒有……我只覺得丈夫有苦難，我有責任陪著他，可是你存心傷我的心，故意裝作不懂……」

「不，這太可怕了。簡直像做奴隸！」列文站起來，再也控制不住他的憤怒，大聲嚷道。但就在這同一剎那，他覺得他是在自己打自己。

「那你何必結婚？不結婚，不是很自由嗎？既然後悔，當初又何必急著結婚呢？」她說著霍地跳起來，往客廳裡跑去。

他追了上去，她不停地啜泣。

他開始說，竭力找些話，目的不是要說服她，而是要安慰她。但她不聽他的，說什麼也不肯罷休。他向她俯下身去，捉住那隻推開他的手。他吻吻她的手，吻吻她的頭髮，又吻吻她的手，她一直不吭聲。但當他雙手捧住她的臉，叫了聲「吉娣！」時，她頓時鎮靜下來，放聲痛哭，接著他們就和好了。

終於決定明天兩人一起去。列文對妻子說，他相信她要去是爲了幫他的忙，並且同意妻子的意見，認爲瑪麗雅・尼古拉耶夫娜待在哥哥身邊對他們並沒有什麼妨礙；但一路上，他心裡對她和對自己都很不滿意。他對她不滿意，因爲在需要的時候，她不肯放他走。（不久以前他還不敢相信他能享受被她愛的幸福，如今他又因爲她太愛他而覺得不幸，這種情況他想想也覺得太奇怪了！）他對自己不滿，因爲不能堅持自己的意見。他心裡特別不滿意的是，她並不把哥哥身邊那個女人放在眼裡。他提心吊膽，唯恐她們兩人發生衝突。一想到他的妻子，他的吉娣，將跟一個妓女同住一室，他就嫌惡和恐怖得哆嗦起來。

17

尼古拉·列文借宿的省城旅館是按照改良的新式省城旅館設計的，注重整潔、舒適，甚至優雅，但由於過往旅客的糟蹋，很快就變成裝潢時髦的骯髒酒館，而經過這樣的裝潢，它卻比老式骯髒的旅館更叫人噁心，這個旅館已變成了這種樣子：一個穿髒制服的士兵在門口抽著煙捲，充當看門人；一座陰暗難看的穿孔鐵梯子；一個身穿骯髒燕尾服的沒精打采的茶房；一間桌上擺著積滿灰塵和蠟製假花的公共食堂；到處都是骯髒、灰塵、凌亂，以及由現代鐵路帶來的喧囂忙亂——這一切都使新婚不久的列文夫婦產生一種極不愉快的感覺，特別是這座旅館的虛假豪華同他們即將看到的景象是多麼格格不入哇！

旅館老闆照例問了他們要什麼價錢的房間，他們這才知道上等房間已全部客滿：一間住著鐵路視察員，另一間住著莫斯科來的一位律師，還有一間住著鄉下來的阿斯塔菲耶娃公爵夫人。只剩下一個骯髒的房間，旅館老闆還告訴他，隔壁一個房間到傍晚也將空出來。列文生妻子的氣，因爲不出他所料，他一到就急於想去看望哥哥，好知道他的情況，卻不能立刻就去，而不得不先把妻子領到他們租用的那個房間。

「去吧，去吧！」她用怯生生的負疚目光瞧著他說。

他默默地走出房間，立刻就碰到瑪麗雅·尼古拉耶夫娜。她知道他來了，卻不敢走進去看他。她同他在莫斯科看見時一模一樣：還是穿著那件毛料連衫裙，光著雙臂和脖子，還是那張稍微有點發胖的善良而呆板的麻臉。

「嗯，怎麼樣？他怎麼樣？怎麼樣了？」

「病得很重。起不來了。他一直在盼您來。他……您……同您的夫人。」

列文最初一剎那不明白她爲什麼發窘，但她立刻對他做了解釋。

「我走了，要到廚房去一下。」她說。「他會高興的。他聽見了，他認得她，記得在國外看見過她。」

列文明白她是指他的妻子，但他不知道該怎樣回答。

「走吧，走吧！」他說。

但他剛一舉步，他的房門就打開，吉娣探出頭來望了一眼。列文臉紅了，因爲妻子弄得他們倆都很尷尬，又是害臊、又是氣憤。不過瑪麗雅·尼古拉耶夫娜的臉紅得更厲害。她身子縮成一團，臉紅得要哭出來，兩手抓住頭巾梢頭，用發紅的手指捻弄著，不知道說什麼和做什麼才好。

最初一剎那，列文發覺吉娣望著這個她覺得不可理解的可怕女人的目光中，有一種好奇的神情，但這只是一剎那的事。

「啊，怎麼樣？他怎麼樣了？」她先問丈夫，又問她。

「我們總不能站在走廊說話呀！」列文說，怒氣沖沖地望著一個抖動雙腿、逕自在走廊裡走動的男人。

「哦，那麼進來吧。」吉娣對鎮定下來的瑪麗雅·尼古拉耶夫娜說；但她一發現丈夫臉上驚惶的神色，就說：「你們去吧，回頭來叫我。」她說著獨自回到房間裡。列文就向哥哥的房間走去。

他在哥哥房間裡看到和感覺到的，完全出乎他的意料。他滿以爲哥哥還是同秋天來看他時一樣，處在自我欺騙的狀態。他聽說肺癆病人往往是這樣的。他預料會在他身上看到更接近死亡的症狀，看到他更加虛弱、更加消瘦，但大體上總還是原來的樣子。他預料他將再次感到喪失心愛的哥哥的悲傷和對死的恐懼，就像上次那樣，只是程度上更厲害罷了。他在思想上做了這樣的準備，卻發現情況完全不是那樣。

在一個骯髒的小房間裡，描花的四壁上布滿唾沫痕跡，透過薄薄的隔板聽得見隔壁說話的聲音。在令人窒息的惡濁空氣裡，在一張離牆放的床上，躺著一個蓋被子的人。一條手臂露在被子外面，像耙柄一樣粗大的手腕不可思議地連結在一根從一端到中間都很細很直的骨頭上。頭在枕頭上側躺著。列文看見兩鬢上汗濕的稀疏頭髮和瘦得皮包骨頭的前額。

「這個可怕的人不可能是我的尼古拉哥哥。」列文想。但走近一些，看見他的臉，就沒有懷疑的餘地了。儘管臉上有這樣可怕的變化，但列文只要瞧一瞧那雙抬起來望著走進房間的人的靈活眼睛，察覺到汗濕的小鬍子底下嘴巴的輕微抽動，就肯定了可怕的現實：這個死屍般的身體確實就是他還活著的哥哥。

一雙炯炯有光的眼睛嚴厲地、責備似地對進來的弟弟掃了一眼。這眼光頓時在兩個活人之間確立了活的關係。列文在向他射來的目光裡立刻察覺到責備的神色，並且因為自己的幸福而感到內疚。

列文拉住他的手，尼古拉微微一笑。這笑是輕微的，幾乎看不出來，而且儘管在微笑，嚴厲的眼神並沒有改變。

「你沒想到我會變成這個樣子吧？」尼古拉好容易說。

「是的……哦，不。」列文語無倫次了。「你怎麼不早一點通知我，就是說，當我結婚的時候？我到處打聽你的消息呢。」

要避免沈默，必須說話，可是列文不知道說什麼才好，尤其因為哥哥什麼也不回答，只是目不轉睛地盯著他，顯然在琢磨每一句話的意思。列文告訴哥哥，他的妻子跟他一起來了。尼古拉顯得很高興，但說他怕他現在這個模樣會使她吃驚。接著是一陣沈默。尼古拉忽然轉動身子，說起話來。列文從他面部的表情上猜想他會說出什麼特別重要的話來，可是尼古拉只談他的健康情況。他責怪醫生，抱怨本地沒有莫斯科的名醫。列文明白他還抱著希望。

等談話一停，列文立刻站起身來，想擺脫痛苦的感覺，哪怕只是片刻也好。他說他去把妻子帶來。

「嗯，好的，我叫他們弄弄乾淨。我想，這裡又髒又臭。瑪莎！把房間收拾一下。」病人費勁地說。「等收拾好了，你就走開。」他一面說，一面用詢問的眼光瞧著弟弟。

列文什麼也沒回答。他走到走廊裡，站住了。他說他去把妻子領來，但這會兒他回味自己的感受，決定竭力勸說她不要到病人房裡去。「何必讓她像我一樣受折磨呢？」他說。

「嗯，什麼？怎麼樣？」吉娣神色驚惶地問。

「唉，太可怕了，太可怕了！你何必來呢？」列文說。

吉娣沈默了幾秒鐘，膽怯而憐憫地瞧著丈夫；接著走近去，雙手抓住他的臂肘。

「康斯坦京！帶我到他那兒去吧，我們一起去要好受些。你只要把我帶去，把我帶去，然後你走開好了。」她說。「你要明白，我看見你，卻沒有看見他，我就更加難受。到那邊我對你、對他，也許都會有點用處的。請你答應我！」她懇求丈夫，彷彿她一生的幸福全在這件事上了。

列文只好答應她。他鎮定下來，把瑪麗雅·尼古拉耶夫娜完全忘記。他帶著吉娣回到哥哥的房裡。

吉娣邁著輕盈的步子，不斷地望著丈夫，向他露出勇敢和同情的臉色，走進病人的房間。然後不慌不忙地轉過身來，輕輕地關上門。她悄沒聲兒地迅速走到病人床前，又繞了過去，使病人不用轉過身來，接著就用她柔嫩的手握住他那皮包骨頭的大手，用女人所特有的充滿同情的溫柔而活潑的語氣同他說話。

「我們在索登見過面，但那時還不認識，」她說，「您沒想到我會做您的弟媳婦吧。」

「您恐怕不認得我了？」她一走進去，他臉上就泛起笑容說。

「不，我認得。您通知我們，眞是太好了！康斯坦京沒有一天不想起您，不掛念您呢。」

但病人的興致沒有持續多久。

不等她說完話，他的臉上就現出垂死的人羨慕健康的人那種嚴厲責難的神色。

「我怕您住在這裡不太舒服吧。」她說，避開他那盯著的目光，打量這房間。「得向老闆另外要一個房間，」她對丈夫說，「這樣我們可以靠近一點。」

18

列文無法平靜地望著哥哥，在他面前無法裝得自然和鎮定。他一走進病人的房間，他的眼睛和注意力就不由自主地模糊了。他看不見，也分不清哥哥身體的每個部分。他聞到的是難堪的臭味，看見的是骯髒、凌亂和痛苦的景象，聽見的是呻吟，但是他束手無策。他根本沒有想到分析分析病人的情況，想想他的身體怎樣躺在被子底下，他那皮包骨頭的膝蓋、大腿和脊背怎樣縮成一團，能不能使他躺得稍微舒服一點，即使不能使他好過一點，至少也不要讓他太難受。列文想到這些問題，他的背上不禁起了一陣寒顫。他十分清楚，沒有任何辦法能延長哥哥的生命，或者減輕他的痛苦。病人也覺察到了，自以爲完全沒有希望，因此脾氣更壞了。列文卻因此覺得更加難過。坐在病人房裡他覺得痛苦，但離開他卻更加難受。他不斷找藉口離開病房又回到病房，因爲他無法單獨待著。

但吉娣所想、所感覺和所做的完全不同。她看見病人，很可憐他。不過，憐憫在她女性的心靈裡喚起的絕不是恐怖和嫌惡，像在她丈夫心靈裡所喚起的那樣，而是一種積極行動、要弄清他的情況和幫助他的願望。她毫不懷疑她應該幫助他，也毫不懷疑她能夠幫助他。她立刻動手。那些瑣碎的事情她丈夫一想到就害怕，卻立刻吸引了她的注意。她派人去請醫生，到藥房去配藥，叫她帶來的侍女和瑪麗雅・尼古拉耶夫娜一起打掃，擦地板，洗東西，親自洗著什麼，把一件東西墊到病人褥子底下。按照她的吩咐，有些東西拿到病房裡來，有些東西從病房裡拿出去。她幾次回到自己房裡，毫不理睬遇見的男人，把被單、枕套、手巾和襯衫拿來。

正在公共食堂給幾個工程師開飯的茶房，一聽見她的召喚，露出憤怒的神色，卻不能不照她的吩咐去做，因為她的吩咐是那麼親切而執拗，使人無法拒絕。列文不贊成這一切，他不相信這樣做對病人有好處。他尤其怕病人因此生氣。但病人對這一切似乎並不在意，沒有生氣，只是感到害臊。總的說來，對她為他所做的事似乎感到新奇。列文被吉娣派去請醫生回來，推開房門，正碰上大家在照吉娣的吩咐給病人換襯衣。長長的皮包骨頭的白脊背，兩邊突出的巨大肩胛骨，根根可數的肋骨和椎骨，全都暴露無遺。瑪麗雅・尼古拉耶夫娜同茶房一起替他換襯衫，弄亂了袖子，怎麼也不能把他軟弱無力的長手臂穿進去。吉娣等列文一進來，就把門關上，沒有往病人那邊望，但病人一呻吟，她就連忙走過去。

「快一點。」她說。

「噯，你不要來，」病人怒氣沖沖地說，「我自己……」

「您說什麼？」瑪麗雅・尼古拉耶夫娜問。

但吉娣聽見他的話，明白他在她面前赤身露體，感到不好意思。

「我不看，我不看！」吉娣把他的手臂穿進去，說。「瑪麗雅・尼古拉耶夫娜，您到那邊去，把襯衫拉一拉。」她又說。

「請你去一下，我的手提包裡有一個瓶子，」她對丈夫說，「嗯，就在旁邊口袋裡，請你把它拿來。

這兒馬上就可以收拾好了。」

列文拿著瓶子回來，看到病人已經安頓好了，他周圍的一切全變了樣。難聞的臭氣已經換成了醋和香水的氣味。吉娣正噘著嘴，鼓起緋紅的雙頰，用一根小管子噴著香水。室內沒有一點灰塵，床底下鋪了地毯。桌上整整齊齊地擺著藥瓶和水瓶，還有必須的襯衣和吉娣的刺繡架。靠近病床的另一張桌上，放著飲料、蠟燭和藥粉。病人洗過臉，梳過頭髮，穿著乾淨的襯衫，雪白的領子圍著瘦得可怕的細脖子。他躺在乾淨的床單上，背後墊著高高的枕頭，臉上帶著新的希望的神色，眼睛緊盯著吉娣。

列文請來的醫生——這醫生是在俱樂部裡找到的——不是原來替尼古拉治過病、尼古拉對他很不滿意的那一個。這位新醫生拿出聽診器，替病人聽診了一下，搖搖頭，開了藥方，詳詳細細說明了藥的服法，然後規定了飲食。他勸病人吃生雞蛋或者半生不熟的雞蛋和溫度適當的礦泉水攙鮮牛奶。醫生走後，病人對弟弟說了幾句話。但列文只聽見「你的吉娣」幾個字。列文從他的眼神裡看出，他在讚美她。他像列文一樣叫她「吉娣」，把她喚到床前。

「我覺得好多了。」他說。「噯，我要是同你們在一起，早就好了。太好了！」他拉住她的手，把它拉到自己的嘴唇邊，但似乎怕她會不喜歡，就改了主意，又把它放下了，只撫摸了一下。吉娣雙手捉住他的手，緊緊地握著。

「現在把我翻到左邊，你們去睡吧。」他說。

誰也沒有聽清楚他的話，只有吉娣明白。她明白他的意思，因爲她一直在注意他需要什麼。

「翻到另外一邊，」她對丈夫說，「他總是朝那邊睡的。你給他翻個身，叫傭人來太麻煩。我不行，您能嗎？」她問瑪麗雅・尼古拉耶夫娜。

「我怕也不行。」瑪麗雅・尼古拉耶夫娜回答。

不管列文覺得雙手抱住這可怕的身體，接觸到被子底下他不願接觸的地方是多麼可怕，他還是聽從妻子的指使，臉上現出他妻子所熟悉的果斷神色，兩手伸進去抱住那身體。他的力氣雖然很大，但這虛弱的身體沈重得出奇，使他大爲吃驚。列文給他翻身，尼古拉那皮包骨頭的大手摟住他的脖子。這當兒吉娣就迅速地、悄悄地翻過枕頭，把它拍拍鬆，扶正病人的頭，又理理那黏住太陽穴的稀疏頭髮。

病人把弟弟的手握在自己手裡。列文覺得他要拿他的手做什麼，用力把它拉過去。列文一動不動地聽他擺弄。果然，他把它拉到自己嘴邊，吻了吻。列文嗚咽得身子直打哆嗦，一句話也說不出來，就走出了病房。

19

「你將這些事，向聰明通達人，就藏起來；向嬰孩，就顯出來。」①那天晚上列文同妻子談話時，對她有這樣的想法。

列文想到福音書裡的箴言，並非因爲他自認爲是聰明通達人。他並不自認爲是聰明通達人，但自信比他妻子和阿加菲雅聰明。他也相信，他是集中全部心力來思索死的問題的。他也知道，許多偉大的男思想家（他在書本裡讀過他們關於死的見解）思索過這個問題，可是他們這方面的知識，還不及他妻子和阿加菲雅的百分之一。不管這兩個女人，阿加菲雅和他的妻子，是多麼不同，她們在這方面倒是十分相似的。

她們無疑都知道，什麼叫生，什麼叫死。她們雖不能回答，甚至不能理解列文所思索的那些問題，但她們都不懷疑生死的意義。對這個問題，不僅她們兩人的觀點一致，她們同千百萬人的看法也一樣。她們明確知道死是怎麼一回事，所以她們一下子懂得該怎樣照顧臨死的人，對他們也不覺得害怕。像列文這一類人可以對死的問題發表許多高論，但其實一無所知，因爲他們害怕死，看到臨死的人就束手無策。要是現在只剩下列文同他哥哥兩人在一起，他準會恐懼地望著他，並且會更加恐懼地等待著，什麼事也不做。

不僅如此，他不知道該說些什麼，該怎樣看、怎樣走才好。談些不相干的事，他覺得不得體，不行；談死，談消極的事，也不行；沈默呢，也不行。「我要是看著他，他會以爲我在觀察他；要是不看他，他會以爲我在想別的事。要是我踮著腳尖走路，他會不高興；要是放開腳步走，我又覺得不好意思。」吉娣呢，她顯然沒有想到自己，也沒有時間想到自己。她只替他著想，她知道該做些什麼，因此一切都很順利。她把自己的一些事講給他聽，她講到她的婚禮，她向他微笑，同情他、安慰他，談到人家病癒的例子。一切都很順利，可見她知道該怎麼辦。她和阿加菲雅的行動不是出於本能，不是動物性的，不是沒有理性的，因爲除了肉體上的護理和減輕痛苦以外，阿加菲雅和吉娣都爲臨死的人操心比肉體上的護理更重要的事，同肉體完全無關的事。阿加菲雅談到一個死去的老人時說：「啊，讚美上帝，他受過聖餐，行過塗油禮，但願上帝讓人人都死得像他一樣。」吉娣也同她一樣，除了關心襯衣、褥瘡、飲料之外，第一天就說服病人必須領受聖餐和行塗油禮。

晚上，列文從病人那裡回到自己房裡，垂下頭，不知道做什麼好。不要說吃晚飯，睡覺，考慮他們應該怎麼辦，就是同妻子說話他都做不到，因爲他感到害臊。吉娣呢，正好相反，比平時更加能幹。她甚至比平時更加活躍。她吩咐開晚飯，親自打開行李，親自幫助鋪床，也沒有忘記撒除蟲藥粉。她精神抖擻，思想敏捷，好像一個面臨決戰的男子，在緊要關頭顯示出了男子漢大丈夫的氣概，說明他的一生並沒有虛度，而是一直在準備應付這場考驗。

什麼事到她手裡都得心應手。還不到十二點鐘，一切都已安排得整整齊齊，有條不紊。旅館變得像她家裡一樣：床鋪好了，刷子、梳子、鏡子都擺了出來，桌布也鋪好了。

列文覺得現在吃飯、睡覺，甚至說話都是不應該的，他覺得他的一舉一動都是不得體的。吉娣卻整理著刷子，而且做得一點也不使人覺得討厭。

不過，他們什麼東西都吃不下，很晚還沒有上床，上了床也好久睡不著覺。

「我眞高興，我已經說服他明天行塗油禮了。」她說，穿著短衫坐在折鏡前面，用一把細密的梳子梳理著她那芳香的柔髮。「我從來沒有見過這種情景，但我知道，媽媽告訴我，有一種禱告是專門祈求恢復健康的。」

「你眞以爲他還能復元嗎？」列文說，望著她那圓圓的小腦袋後面的一綹頭髮怎樣不時被梳子遮沒。

「我問過醫生，他說他活不滿三天了。可是醫生知道什麼呢？不論怎麼說，我說服了他行塗油禮，我還是很高興的。」她透過頭髮縫瞅著丈夫。「什麼事情都很難說。」她添上一句，臉上露出她談到宗教時所特有的調皮神態。

他們訂婚後談到過宗教問題，此後就沒有再談到過，不過她還是照舊上教堂，做禮拜，並且始終認爲這樣做是必要的。儘管他說著相反的話，她卻堅信他是一個比她更虔誠的基督徒，他嘴上這樣說，完全是一種可笑的怪脾氣，就像他談到刺繡時說，人家在補洞她卻在挖洞一樣。

「是的，那個女人，瑪麗雅・尼古拉耶夫娜，不會處理這種事。」列文說。「還有，我應該承認，你這次來，我眞高興，眞高興。你是這樣純潔……」他拉住她的手，但沒有吻它（他覺得在這死神臨近的時刻吻她的手是不適宜的），只是露出悔罪的表情，望著她那雙晶晶發亮的眼睛。

「要是你一個人來就更難受了。」她說，高高地舉起兩臂，遮住她那高興得發紅的面頰，把髮辮盤在腦後，用髮夾叉住。「要不，」她又說，「她不知道該怎麼辦……幸虧我在索登學到了不少。」

「難道那邊也有這樣的病人嗎？」

「還要厲害呢。」

「我特別難受的是，我不能不想到他年輕時的模樣……你眞不會相信，他從前是個多麼可愛的青年哪，可是我那時不了解他。」

「我完完全全相信。我覺得我們本來應該同他相處得很好。」她說過後，爲自己說了這樣的話嚇了一跳。她回頭望了望丈夫，眼淚簌落落地流了出來。

「是的，本來應該的。」他悲傷地說。「唉，他眞是個所謂不適合活在這個世界上的人！」

「可是我們還得挨好些日子，這會兒該睡覺了。」吉娣看了看她的小錶，說。

① 見《新約全書・馬太福音》第十一章第二十五節。

20

死

第二天，病人受了聖餐，行了塗油禮。儀式進行的時候，尼古拉熱烈地祈禱著。他那雙大眼睛緊盯著擺在鋪花布桌上的聖像，流露出那麼熱烈的祈求和希望，使列文簡直不敢看他。列文知道，這種熱烈的祈求和希望，只有使他更捨不得離開他那麼熱愛的生活。列文了解哥哥，也知道他的思路。他知道他不信教並非因爲不信教日子好過些，而是因爲現代科學對自然現象的解釋，把宗教信仰排擠掉了。因此他知道哥哥現在恢復信仰是不正常的，只是一種渴望痊癒的暫時的自私表現。列文也知道，吉娣對他講那種她聽來的起死回生的故事，增加了他的希望。這一切列文都知道，因此看到那種充滿生之希望的哀求目光，看到那隻勉強舉起來在神情緊張的前額上畫十字的皮包骨頭的手，看到那突出的肩膀和那再也不能容納病人所祈求的生命的呼嚕呼嚕喘氣的空虛胸膛，他覺得難受極了。在行聖禮的時候，列文也做著禱告，做了他這個不信教的人做過千百遍的事。他對上帝說：「要是你眞的存在，你就使他復元吧（這套話其實已經重複過許多遍了），你救救他，也救救我吧！」

塗過聖油以後，病人好多了。他整整一小時沒有咳嗽，微笑著，吻著吉娣的手，含著眼淚向她道謝，還說他覺得很好，哪兒也不痛，胃口也開了，力氣也有了。給他送湯來的時候，他甚至坐了起來，還討肉丸子吃。儘管他已病入膏肓，儘管一眼就看得出他是不會好的，列文和吉娣在這一小時裡還是感到很高興，戰戰兢兢地懷著一種唯恐喪失的希望。

「好一些嗎？」「是的，好多了。」「眞奇怪。」「一點也不奇怪。」「到底好一些了。」——他們這樣相互微笑著，低聲耳語著。

這種迷人的好景持續了沒有多久。病人安安靜靜地睡著了，但過了半小時，他又咳醒了。於是，他周圍的人和他本人的全部希望一下子消失了。痛苦的現實，無疑粉碎了列文和吉娣以及病人本人心裡的一切希望，甚至連以前的希望也蹤影全無了。

他不再想半小時前所相信的事，似乎想起來都感到害臊，卻要求把那隻蓋著鏤孔紙的碘酒瓶遞給他。列文把吸瓶遞給了他。他那受聖餐時出現過的充滿希望的眼睛現在盯住了弟弟，似乎要求他證實醫生說過的嗅碘酒能收奇效的話。

「怎麼，吉娣不在嗎？」列文勉強表示同意醫生的意見，尼古拉聽了，向四周環顧了一下，啞聲說。「唉，可以這麼說……我是爲了她才演這場喜劇的。她太可愛了，可咱們不能欺騙自己。這一層我是相信的。」他說著用骨瘦如柴的手握住瓶子，嗅著碘酒。

晚上七點多鐘，列文夫婦正在房裡喝茶，瑪麗雅・尼古拉耶夫娜上氣不接下氣地跑了進來。她臉色蒼白，嘴唇直打哆嗦。

「他要死了！」她喃喃地說。「我怕他馬上就要死了。」

夫婦倆一起跑到病人房裡。他用一隻臂肘撐著坐在床上，長長的脊背彎曲著，低垂著頭。

「你覺得怎麼樣？」列文沈默了一陣低聲問。

「我覺得我要去了。」尼古拉困難地、但異常清楚地從嘴裡慢慢吐出話來。他沒有抬起頭，只把眼睛往上望，避開弟弟的臉。「吉娣，你出去！」

列文跳起來，低聲吩咐她出去。

「我要去了。」他又說。

「你為什麼這樣想？」列文說，完全是沒話找話。

「因為我要去了。」他彷彿很欣賞這句話，重複說。「完了。」

瑪麗雅・尼古拉耶夫娜走到他面前。

「您還是躺下吧，躺下好過些。」她說。

「馬上就要安安靜靜躺下了，」他說，「死了。」他又嘲弄、又生氣地說。「好，既然你們要我躺下，那就扶我躺下吧。」

列文幫哥哥平躺下去，坐在他旁邊，摒息凝視著他的臉。垂死的人閉上眼睛躺著，只有前額上的肌肉偶爾還在抽動，好像在凝神深思。列文不由自主地思索著哥哥此刻在想什麼，但是不管他怎樣苦苦思索，他從那平靜而嚴肅的臉容和眉頭肌肉的抽動上看出，那對他還是漆黑一團的事，對垂死的人卻是越來越分明了。

「對，對，就是這樣。」垂死的人一字一頓地慢悠悠說著。「等一下。」他又沈默了。「就是這樣！」他忽然平心靜氣地拖長聲音說，彷彿一切事情在他都已了結。「啊，主哇！」他喃喃地說，接著長嘆一聲。

瑪麗雅・尼古拉耶夫娜摸摸他的腳。

「快涼了。」她低聲說。

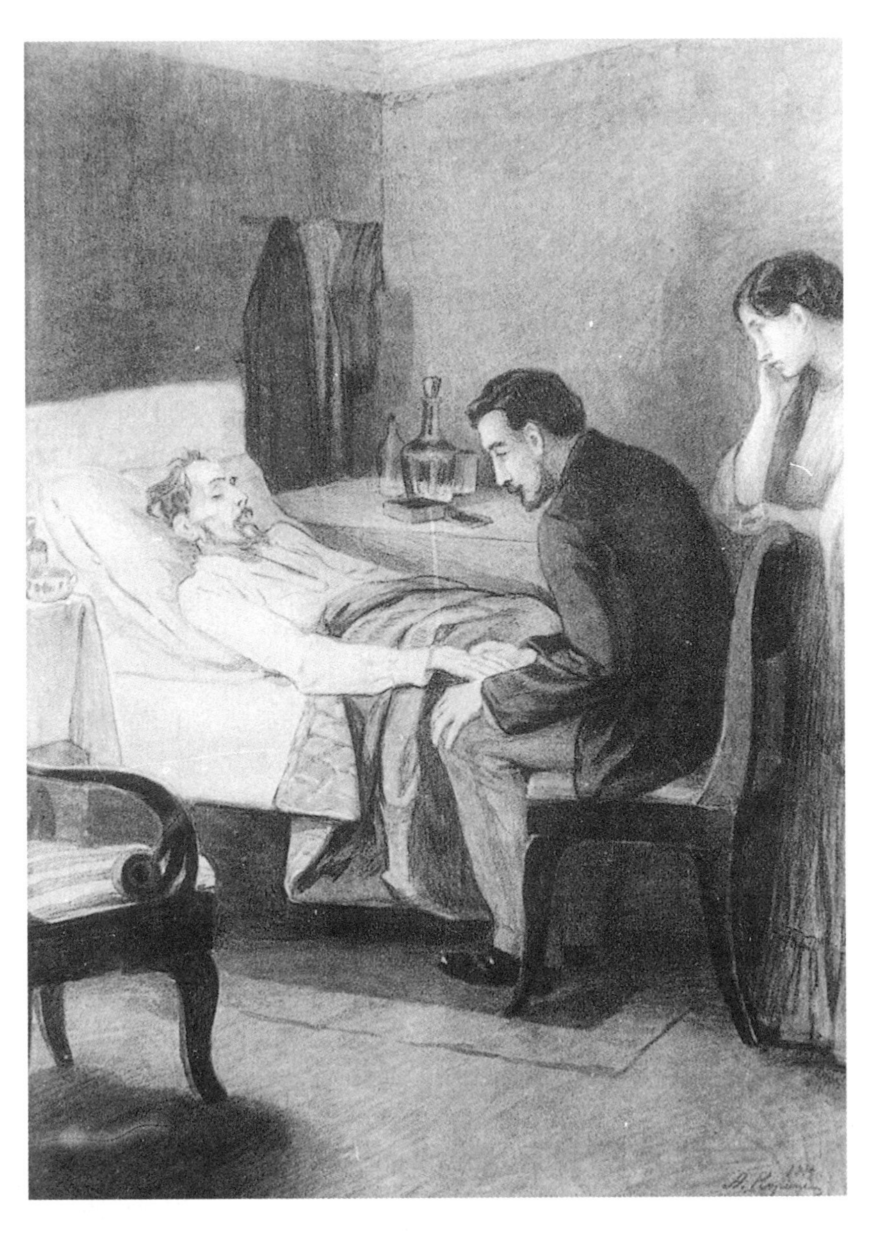

垂死的人閉上眼睛躺著，只有前額上的肌肉偶爾還在抽動。

很長一段時間，列文覺得很長很長一段時間，病人躺著一動不動。但他還活著，偶爾嘆著氣。列文的神經緊張得有點疲勞了。他覺得他雖然拚命思索，還是不能理解他說的「就是這樣」是什麼意思。他覺得他已經遠遠落在垂死的人後面了。他對死這個問題已經無法思考，只不由自主地想著現在他應該做些什麼：替死人闔上眼睛，穿好衣服，置辦棺材。說也奇怪，他覺得自己十分冷靜，沒有悲傷，沒有哀悼，對哥哥更沒有憐憫。如果說他有什麼感觸的話，那就是羨慕垂死的人懂得他所無法理解的事。

他在垂死的人旁邊又這樣坐了好一陣，一直等待著終結。但終結沒有到來。門開了，吉娣出現了。列文站起來想攔住她。但就在他站起來的時候，他聽見垂死的人動了動。

「別走。」尼古拉說，伸出一隻手。列文把一隻手伸給他，生氣地向妻子揮動另一隻手，要她走開。

他握著垂死的人的手坐了半小時，一小時，又一小時。他不再想到死了。他想著吉娣在做什麼，隔壁房裡住著什麼人，醫生住的是不是他自己的房子。他很想吃東西，很想睡覺。他小心翼翼地抽出手，摸了摸垂死的人的腳。腳涼了，但他還有呼吸。列文又踮著腳尖想走開，但病人又動了動，說：

「別走。」

……

天亮了；病人的情況沒有變。列文悄悄地抽出手，眼睛不看垂死的人，回到自己房裡去睡覺。他醒來的時候，沒有聽到他預期的哥哥死亡的消息，卻聽說病人又回復原來的狀態。他又坐起來，咳嗽，又開始吃東西，說話，又不再談到死，又表示希望恢復健康，變得更加暴躁、更加憂鬱了。不論做弟弟的、不論吉娣，誰也無法使他平靜。他生每個人的氣，對每個人都說不愉快的話，爲他的痛苦而責備每個人，要求給他從莫斯科請一位名醫來。人家問他覺得怎樣，他總是惡狠狠地抱怨說：

「我痛苦極了，受不了啦！」

病人的痛苦越來越厲害，特別是由於無法醫治的褥瘡。他對周圍的人也越來越惱火，動不動責備他們，特別是因爲沒有替他從莫斯科請醫生來。吉娣千方百計照顧他、安慰他，但一切都白費。列文看出她在體力上和精神上都疲勞不堪，雖然她自己並不承認。那天夜裡，病人喚弟弟來準備同生命告別，因而在大家心裡引起的死的感覺，現在被破壞了。大家知道，他很快就要死了，他已經死去一半了。大家只有一個希望——但願他快點死，可是又都隱瞞著這種念頭，給他服藥，替他找藥、找醫生，欺騙他，也欺騙自己，並且相互欺騙。這一切都是虛偽，都是侮辱人格、褻瀆神明的可惡的虛偽。列文出於他的本性和比誰都熱愛垂死的哥哥，特別強烈地感覺到這種虛偽。

列文早就想使兩位哥哥和解，哪怕在尼古拉臨死前的時刻，他寫信給柯茲尼雪夫哥哥，接著得到他的回信，他把這信讀給病人聽了。柯茲尼雪夫來信說，他不能來，但懇切地請求弟弟原諒。

病人一言不發。

「我該怎樣給他寫回信呢？」列文問。「我想你不生他的氣吧？」

「不，一點也不！」尼古拉聽到這問題，怒氣沖沖地回答。「你寫信去叫他替我請一個醫生來。」

又過了三天痛苦的日子，病人的情況還是這樣。現在凡是看見他的人，不論旅館茶房也好、旅館老闆也好、旅客也好、醫生也好、瑪麗雅．尼古拉耶夫娜也好、列文也好、吉娣也好，都覺得他還不如死的好。只有病人自己沒有這個願望，相反地，因爲沒有替他請醫生來而生氣，並且繼續服藥，談著生的問題。只有當鴉片使他暫時擺脫不停的痛苦時，他在迷糊中，才偶爾說出他心裡比誰都更強烈的眞情：「唉，但願快點完結！」或者：「什麼時候才結束哇！」

越來越厲害的痛苦起了作用，使他準備死。沒有一種姿勢他不覺得痛苦，沒有一分鐘他能擺脫這種感覺，身上沒有一處地方不疼痛，不在折磨他。甚至對這個身體的回憶、印象和思想都在他心裡喚起嫌惡，就像他嫌惡自己一樣。人家的模樣，人家的話，他自己的回憶，對他來說一切都只有痛苦。他周圍的人都覺察到這一點，在他面前都不知不覺地不讓自己隨便活動、談話、流露自己的願望。他的整個生命只剩下痛苦和希望解脫痛苦的慾望。

他身上顯然正在發生變化，使他把死看作慾望的滿足，看作幸福。以前，由痛苦或者貧乏而引起的各種慾望，例如飢餓、疲勞、口渴，總是由肉體機能上的滿足而得到快感；現在呢，貧乏和痛苦並沒有獲得滿足，而試圖滿足反而引起新的痛苦。因此全部慾望就匯合成一點：希望從一切痛苦和產生痛苦的根源——肉體中解脫出來。但他找不到適當的話來表達這種解脫的慾望，因此他不談這事，卻照例要求滿足那些無法滿足的慾望。「把我翻到那一邊。」他說，但立刻又要求讓他恢復原狀。「給我喝點肉湯……把肉湯拿走……給我講講什麼，你們怎麼不說話？」但人家一開口，他就閉上眼睛，顯出疲乏、冷淡和嫌惡的神氣。

在他們來到城裡的第十天，吉娣病了。她頭痛、噁心，一早晨都不能起床。

醫生說，她的病是疲勞、激動引起的，要她安心靜養。

但午飯以後吉娣起床了，照常帶著針線活到病人房裡去。她進去的時候，他嚴厲地對她瞧瞧，聽說她病了，又輕蔑地冷笑一聲。這一天，他不斷地擤鼻涕，沈重地呻吟著。

「您覺得怎麼樣？」她問他。

「更壞了，」他好容易說出來，「疼得很！」

「哪裡疼？」

「到處都疼。」

「今天要完結了，你們看吧。」瑪麗雅・尼古拉耶夫娜雖然說得很輕，但列文發覺病人的聽覺特別靈，這話他一定聽見了。列文對她低聲噓了一下，回頭望了望病人。尼古拉真的聽見了；但這些話對他並沒有起什麼作用。他的目光始終是責難的、緊張的。

「您爲什麼這樣想？」當她跟著列文來到走廊裡時，列文問她。

「他開始在自己身上亂抓。」瑪麗雅・尼古拉耶夫娜說。

「怎麼亂抓？」

「就是這樣，」她一面說，一面撕著自己身上羊毛連衫裙的皺襞。眞的，他發現病人這天整天都在自己身上亂抓，彷彿要撕掉什麼東西似的。

瑪麗雅・尼古拉耶夫娜的預言是對的。傍晚病人已沒有力氣舉起手來，只是眼睛直勾勾地瞪著前方，眼神呆滯不動。就連弟弟或者吉娣向他彎下身去，希望他能看見他們，他也還是那樣呆呆地望著。吉娣派人去請神父來做臨終禱告。

神父做臨終禱告時，垂死的人沒有流露任何生命的跡象，眼睛閉上了。列文、吉娣和瑪麗雅・尼古拉耶夫娜站在床邊。神父還沒有做完禱告，垂死的人就伸了伸身體，嘆了一口氣，睜開眼睛。神父唸完祈禱文，把十字架放在那冰涼的前額上，然後又慢條斯理地把十字架包在聖帶裡，又默默地站了兩分鐘，摸了摸那涼了的沒有血色的大手。

「他去了。」神父說著要走；但突然死人黏在一起的小鬍子微微動了動，在一片肅靜中，清楚地聽見從他胸膛深處發出清晰的聲音：

「還沒有……快了。」

過了一分鐘，臉色發白了，小鬍子底下露出一絲笑意。聚集在周圍的幾個女人就開始小心翼翼地收殮死人。

哥哥的模樣和死的臨近，使列文心裡重又出現了恐懼。這種情緒是那年秋天黃昏哥哥來看他時產生的，也就是對死的無法理解、對死的臨近和無可避免的恐懼。這種心情比上次更強烈了；他覺得他比以前更不理解死的意義，而對死的無可避免的恐懼也更厲害了。不過現在，虧得有妻子在身邊，這種心情還沒有使他絕望。雖然面對著哥哥的死，他還是覺得自己必須活下去，必須愛。他覺得是愛把他從絕望中救出來，在絕望的威脅下，這種愛就顯得更強烈、更純潔。

在他的眼前，不可思議的死的謎還沒有解開，另一個同樣不可思議的謎——號召人們去愛和生活的謎，又出現了。

醫生證實了他對吉娣的推測。她身體不舒服是因為懷孕了。

21

卡列寧自從同培特西和奧勃朗斯基談過話，知道對他的要求就是讓妻子安寧，不要去打擾她，而妻子本人也有這樣的願望以後，他心煩意亂，六神無主，自己也不知道想做什麼，一切都聽從那些樂於過問他事情的人的主意，什麼樣的意見他都同意。直到安娜離開他的家，英國女教師差人來問他，她該同他一起吃飯還是分開吃，他這才第一次徹底明白自己的處境，感到驚惶不安。

在這種處境裡，最使他痛苦的是，他怎麼也不能把往事和現實統一起來，加以調和。使他心裡難以平靜的倒不是他同妻子一起度過的幸福日子。從那時的生活到發覺妻子變心，這個變化他已痛苦地經歷過了。這種處境是痛苦的，但他能理解。要是妻子當時向他坦白自己的變心而離開他，他會覺得傷心，覺得不幸，但不會像現在這樣陷入莫名其妙的絕境。他怎麼也不能把不久前他對患病的妻子和對別人的孩子的饒恕、憐憫和愛，同他現在的處境調和起來。也就是說，他現在落得孤零零一個人，受盡屈辱嘲弄，誰也不需要他，人人都蔑視他，彷彿這一切就是他饒恕和疼愛妻子所得到的報答。

妻子走後頭兩天，卡列寧照常接見來訪者和秘書，出席會議，到餐廳吃飯。在這兩天裡，他竭力保持鎮定甚至冷淡的模樣，但自己也弄不懂爲什麼要這樣做。回答該怎樣處理安娜的東西和房間時，他拚命裝出一副神氣，似乎新近發生的事並不意外，也不是什麼異常的事。他的目的達到了，誰也看不出他心裡有絲毫的絕望。但在安娜走後第二天，當柯爾尼交給他安娜一張未付款的時裝店帳單，並報告說店員就在門口等著時，他吩咐叫那店員進來。

「對不起，大人，恕我打擾您。如果您要我們直接去問夫人的話，能不能請您把她的地址告訴我們。」

卡列寧沈思起來——店員有這樣的感覺——接著突然轉過身，在桌子旁坐下。他把頭埋在手裡，一動不動地坐了好一陣，幾次想開口，但又停止了。

柯爾尼懂得老爺的心情，請那個店員下次再來，剩下卡列寧一個人，他明白他再也不能故作鎮定了。他吩咐卸下那輛等著他的馬車，關照不接見任何人，自己也不下樓吃飯。

他覺得他再也受不住普遍的輕蔑和冷酷的壓力了。這種表情他在那店員的臉上，在柯爾尼的臉上，在這兩天裡他所遇見的一切人的臉上，都清清楚楚地看出來。他覺得他擺脫不了人家對他的憎惡，因爲這種憎惡不是由於他壞（要是這樣，他可以努力變得好一些），而是由於他不幸，可恥而又可恨的不幸。他知道就是因爲這一層，就是因爲他心碎腸斷，人家才對他這樣冷酷無情。他覺得大家在毀滅他，就像群狗咬死一隻受盡折磨、痛得汪汪直叫的狗那樣。他知道擺脫人們的唯一辦法就是把傷痕掩蓋起來。他勉強試了兩天，但現在他覺得已經無力繼續這場寡不敵眾的鬥爭了。

他意識到自己在悲痛中孤獨無告，越發絕望。不僅在彼得堡，他找不到一個人可以一訴衷腸，也找不到一個人不把他看作達官貴人和社會名流，而只是看作一個受苦受難的人那樣來同情他，事實上，他在哪兒都找不到這樣的人。

卡列寧從小就是個孤兒。他還有個哥哥。父親他們不記得了，母親死時卡列寧才十歲。財產很少。卡列寧的叔叔是一位大官，原是先皇的寵臣。他把他們撫養長大。

卡列寧在中學和大學畢業，成績優異。畢業後，靠叔叔的幫助，立刻踏上顯要的仕途，從此醉心於功名。不論在中學裡、大學裡，還是任官職時，卡列寧都沒有交上過一個知心朋友。哥哥是他最知心的人，但他在外交部任職，經常住在國外，卡列寧結婚後不久他就在國外去世了。

卡列寧做省長時，安娜的姑媽，當地一位有錢的貴婦人，把她的姪女介紹給他這個就年齡來說並不年輕，但就做省長來說卻很年輕的人。這弄得他的處境十分爲難：或者向她求婚，或者離開這個地方。卡列寧猶豫了很久。當時肯定這一步和否定這一步的理由勢均力敵，同時又缺乏充分理由使他改變遇到疑難問題要愼重處理的原則。但安娜的姑媽通過一個熟人向他暗示，既然他已影響到姑娘的名譽，他要是有責任心，就該向她求婚。他求了婚，並且把他可能傾注的感情都傾注到未婚妻身上，後來又傾注到妻子身上。他對安娜的迷戀徹底消除了他同別人親密交往的需要。現在，他在所有的熟人中間沒有一個知心朋友。他交遊廣闊，但沒有眞正的友誼。有許多人，卡列寧可以請他們到家裡來吃飯，請他們參與他關心的事，請他們聲援某個請願者，也可以同他們坦率地討論別人的事和最高當局的問題，但他同這些人的關係只遵照一般的禮儀和習慣，從不越雷池一步。他有一個大學裡的同學，畢業後彼此很親近，他本可以向他傾吐他的悲傷，但這個同學在一個遙遠的教育區當督學。在彼得堡的熟人中間，最親密最談得來的是他的辦公室主任和醫生。

辦公室主任史留丁是個樸實、聰明、善良和有道德的人，卡列寧對他很有好感，但五年來的同事關係在他們之間形成了一道鴻溝，妨礙他們推心置腹地交談。

卡列寧在公文上簽了字，沈默了好一陣，不時望望史留丁，幾次想開口，但又開不出口。他心裡準備好了這樣一句話：「您聽到我的不幸嗎？」但結果還是照例說了一句：「那就請您替我辦一辦吧。」說完就讓他走了。

另一個是醫生，他待卡列寧也很好，不過他們之間早有一種默契，就是兩人都非常忙碌，沒有工夫閒聊天。

至於他的女友，首先是李迪雅，卡列寧根本就沒有想到。女人畢竟是女人，對他說來都是又可怕又討厭的。

22

卡列寧忘記了李迪雅伯爵夫人，她卻沒有忘記他。在這孤獨絕望的痛苦時刻，她來看他，沒有經過通報，就闖進他的書房。她看見他還是像原來那樣雙手抱頭坐著。

「我破壞了禁律。」她快步走進來，由於興奮和急促的動作而氣喘吁吁，用法語說。「我什麼都聽說了！阿歷克賽・阿歷山德羅維奇！我的朋友！」她雙手緊緊握住他的手，她那雙美麗而若有所思的眼睛盯住他的眼睛，繼續說。

卡列寧皺著眉頭站起身來，從她的掌握裡抽出手，推給她一把椅子。

「您坐一下好嗎，伯爵夫人？我不會客，因為我病了，伯爵夫人。」他說著嘴唇哆嗦起來。

「我的朋友！」李迪雅伯爵夫人繼續盯著他，重複說。她突然倒豎雙眉，額上出現了一個三角形，她那難看的黃臉因而變得更難看了，但卡列寧察覺到她為他難過得幾乎要哭了。他深為感動，就抓住她那胖鼓鼓的手吻著。

「我的朋友！」她激動得結結巴巴地說。「您不該過分悲傷。您的悲傷確實不輕，但應該想開一點。」

「我垮了，我給毀了，我不能做人了！」卡列寧放下她的手，但繼續盯住她那淚水盈眶的眼睛。「我的處境太糟，我哪兒也找不到支持，連自己身上也找不到。」

「您會找到支持的，您不要在我身上找，雖然我請求您相信我對您的友誼。」她嘆了口氣說。「我們的支持就是愛，就是上帝賜給我們的愛。上帝要支持人是輕而易舉的，」她帶著卡列寧熟悉的欣喜若狂的眼神說，「上帝會支持您，幫助您的。」

這幾句話表明她陶醉於自己崇高的感情，並且表達了近來在彼得堡廣泛傳播而卡列寧認為無聊的神祕情緒，但現在聽起來，他卻覺得高興。

「我軟弱無力。我給毀了。我原來怎麼也沒料到，現在怎麼也弄不懂。」

「我的朋友。」李迪雅重複說。

「我不是爲現在失去的東西而難過，不是的，」卡列寧繼續說，「我並不爲這難過。但就我現在這樣的處境，見到人我不能不感到害臊。這很糟糕，但我沒有辦法，沒有辦法。」

「您那種饒恕人的崇高行爲，我和大家都讚嘆不止，但這不是您完成的，是您心中的上帝完成的，」李迪雅伯爵夫人十分激動地抬起眼睛說，「因此您不必爲您的行爲害臊。」

卡列寧皺起眉頭，交叉雙手，把手指弄得格格發響。

「什麼瑣碎的事情都得處理，」他尖聲說，「一個人的精力畢竟有限哪，伯爵夫人，我的精力已經用到極限了。現在我從早到晚整天都得處理，處理那些由於我孤獨的新處境而產生（他在「產生」兩個字上加強了語氣）的家務。傭人啦、家庭教師啦、帳目啦……種種瑣事耗盡了我的精力，我再也受不了啦。吃飯的時候……我昨天差一點吃到一半走掉。我兒子瞧著我的那副神氣，我眞受不了。他沒有問我這是怎麼一回事，但他分明想問，我眞受不了他那種眼神。他怕看我，但這還不算……」

卡列寧本想談一談給他送來的那張帳單，可是聲音發抖，就住口了。他一想到那張開著帽子和緞帶欠款的藍紙，就忍不住可憐起自己來。

「我了解，我的朋友，」李迪雅伯爵夫人說，「我全了解。您在我身上找不到幫助和安慰，但我來還是為了要幫助您，如果可能的話。要是我能給您解除這種種瑣碎無聊的操勞……我了解這方面需要女人家的主意，女人家的安排。您肯把這些事交託給我嗎？」

卡列寧一言不發，感激地握了握她的手。

「讓我們一起來照顧謝遼查吧。我不善於辦事，但我願意擔當起來，做您的管家。您不用感謝我。我這樣做不是出於自己的意思……」

「我不能不感謝您。」

「但是，我的朋友，不要向您所說的那種感情投降，不要為一個基督徒至高無上的精神害臊，也就是：『心裡謙遜的，必得尊榮。』①您不用感謝我，您應該感謝上帝，祈求上帝保佑。只有在上帝身上我們才能找到平靜、安慰、拯救和愛。」她說著抬起眼睛仰望蒼天，祈禱起來。卡列寧從她的沈默中看出這一點。

卡列寧此刻聽著她。她那些說教，他以前即使不覺得討厭，也覺得是多餘的，如今聽來卻覺得很自然，很使人寬慰。卡列寧原來不喜歡這種新的狂熱精神。他是個信徒，對宗教發生興趣主要是從政治需要出發，現在新教義對宗教做了一些新解釋，引起了爭論和分析，這樣就從原則上使他產生反感。他以前對這種新教義很冷淡，甚至有點敵視，但同醉心於這種新教義的李迪雅卻從來沒有爭論過，只是竭力用沈默來對付她的挑戰。這會兒他是第一次高高興興地聽著她的話，內心也不反對。

「我非常非常感謝您，感謝您的行為和您的話。」等她禱告完畢，他說。

李迪雅伯爵夫人又一次緊握她朋友的兩手。

「現在我要做點事了，」她沈默了一會兒，擦去臉上的淚痕，微笑著說，「我去看看謝遼查。非萬不得已我不來打擾您。」她說著站起身，走了出去。

李迪雅伯爵夫人走到謝遼查房裡，用淚水濡濕受驚的孩子的雙頰，還對他說，他的父親是個聖人，他的母親死了。

李迪雅伯爵夫人履行了她的諾言。她確實承擔起責任來安排和料理卡列寧的全部家務。不過，她說她不善於辦事，這倒不是謙虛。她對僕人的吩咐都需要修改，因爲都行不通。卡列寧的僕人柯爾尼就往往做這種修改。事實上，柯爾尼現在悄悄地在掌管著卡列寧的全部家務，他總是在替老爺穿衣服時，小心謹愼地向他報告凡是需要報告的事。但是李迪雅的幫助還是極其有用：她給了卡列寧精神上的支持，使他感覺到她對他的友愛和敬意，特別使她想起來都覺得快慰的是，她幾乎使他眞正皈依了基督教；也就是說，把他這個冷淡疏懶的信徒變成一個近來在彼得堡流行的基督教新教義堅決熱情的擁護者。卡列寧輕易地相信了這種新教義。也像李迪雅和其他具有同樣見解的人那樣，他完全缺乏深刻的想像力，缺乏心靈的力量——有了這種力量，由想像而產生的看法就會十分生動，勢必要求其他看法和現實去同它相適應。例如，死對不信教的人是存在的，對他卻是不存在的；因此他具有十足的信仰，而他自己又是判斷信仰的裁判員，在他的靈魂裡沒有罪惡，他在這個世界上已完全獲得拯救——他看不出這些看法有什麼問題，有什麼不現實的地方。

不錯，卡列寧也模模糊糊地感覺到，對信仰的這種看法是輕率謬誤的。他也知道，如果他根本沒有想到他的饒恕是出於神力的驅使，而純粹是憑感情行事，那就會比他現在想到基督活在心中，他簽發公文是在執行神旨，更加幸福。但是卡列寧不能不這樣想，他在他屈辱的處境中不能沒有一個崇高的、哪怕是假想的立足點，使他這個被人人鄙視的人也可以鄙視別人，因此他就死抱住這個虛假的救星，把它當做眞正的救星。

---

①見《舊約全書・箴言》第二十九章第二十三節。

23

李迪雅伯爵夫人還是個年輕熱情的姑娘時，就嫁給了一個有錢有勢、心地善良而耽於酒色的紈袴子弟。婚後不到兩個月，丈夫就把她拋棄了，對於她表示的熱烈愛情，他只用嘲笑甚至敵意來回答。這種情緒，凡是知道伯爵的善心而在多情的李迪雅身上又看不到什麼缺點的人，都無法解釋。從那時起，他們雖然沒有離婚，但是分居了。每當丈夫遇見妻子的時候，他總是莫名其妙地用刻毒的嘲笑來對待她。

李迪雅伯爵夫人早已不愛她的丈夫，從那時起，從沒有停止過同人家談情說愛。她一下子愛上了好幾個人，有男的，也有女的；凡是有什麼特點的人她幾乎全愛上了。她愛上了所有新訂婚的皇親國戚，愛上了一位總主教、一位助理主教和一位神父；她愛上了一個新聞記者、三個斯拉夫主義者和康米薩羅夫①；她愛上了一位大臣、一位醫生、一位英國傳教士，又愛上了卡列寧。這種朝三暮四的愛情，並不妨礙她同宮廷和社交界保持廣泛而錯綜的聯繫。但自從卡列寧遭到不幸，她對他實行特殊庇護以來；自從她關心卡列寧的幸福，在他家裡操勞以來，她覺得其他的愛都是虛假的，現在她眞正愛上的只有卡列寧一人。她覺得她現在對他的感情比以前對任何人的感情更強烈。分析自己的感情，拿這次感情同以前對別人的感情做比較，她清楚地看出要不是康米薩羅夫救了沙皇的性命，她是不會愛上他的；要是沒有斯拉夫問題，她也不會愛上李斯季奇．庫奇茨基。但她愛卡列寧是愛他這個人，愛他高深莫測的靈魂，愛他拖長音的尖細可愛的聲音，愛他疲倦的眼神，愛他的性格，愛他青筋畢露的又白又軟的手。她不僅高興看見他，而且總是在他臉上察看他對她的反應。她希望他不僅喜歡她說的話，而且喜歡她整個的人。為了他，她比以前任何時候更加注意修飾打扮。她常常幻想，如果她沒有結過婚，他也沒有妻子的話，那又會怎麼樣。他一走進房裡，她就興奮得滿臉通紅。他對她說些什麼愉快的話，她就克制不住由衷的微笑。

李迪雅伯爵夫人心神不寧已經有幾天了。她聽說安娜和伏倫斯基在彼得堡。一定要使卡列寧避免同她見面，甚至不能讓他知道這件痛苦的事：這個可怕的女人和他生活在同一個城市裡，他隨時都會遇見她。

李迪雅通過她的熟人去打聽這兩個「可惡的人」——她這樣稱呼安娜和伏倫斯基——在做什麼，在這幾天裡，竭力控制她這位朋友的行動，免得他同他們見面。一個年輕的副官，伏倫斯基的朋友——她通過他獲得消息，他希望通過她獲得某種特權——告訴她說，他們已經辦完事情，明天就要走了。李迪雅剛剛放下心，不料第二天早晨就收到一封信，她恐怖地從信封上認出了筆跡。這是安娜．卡列尼娜的筆跡。信封厚得像樹皮；在長方形的牛皮紙上寫有巨大的花體字母；信裡散發著芳香。

「是誰送來的？」

「旅館裡的聽差。」

李迪雅伯爵夫人好一陣都無法坐下來看信。她激動得氣喘病又發了。等她平靜下來，她讀了這樣一封法文信：

伯爵夫人！基督徒的感情充溢您的心，也使我敢於冒昧給您信。我不幸離開了兒子。我懇求您讓我在動身之前再見他一面。我打擾您，請您原諒。我寫信給您而不寫信給阿歷克賽·阿歷山德羅維奇，只是爲了我不願使這位寬宏大量的人因想到我而難過。我知道您對他的友誼，您一定會了解我的。您能不能把謝遼查送到我這裡來，或者約個時間讓我回家來看他，或者告訴我什麼時候在別的什麼地方我能看見他？我知道決定這件事的人的寬宏大量，我一定不會遭到拒絕。您準不能想像我是多麼渴望見到他，因此您也不能想像您的幫助將怎樣使我感激不盡。

安娜

這封信裡的一切都使李迪雅伯爵夫人生氣，不論信的內容，不論「寬宏大量」這四個字的涵義，特別是那種她認爲放肆的語氣。

「對來人說沒有回信。」李迪雅伯爵夫人說，接著立刻翻開信紙，寫信給卡列寧，說她希望中午在宮廷慶祝會上看見他。

「我需要同您談一件重大而痛苦的事。到那時我們再約個地方。最好在我家裡，我將準備您所喜歡的茶。務必要來。上帝給了人十字架，也給了人忍受的力量。」

李迪雅伯爵夫人通常每天都要給卡列寧寫兩、三封信。她喜歡這種聯絡方式，因爲寫信要比當面交談更具有風雅和神祕的色彩。

①康米薩羅夫曾打落兇手手槍，救了沙皇亞歷山大二世性命。

24

慶祝會結束了。散會後出來的人，大家見了面，交談著新聞，誰獲得了褒獎，誰提升要職。

「最好請瑪麗雅・波里索夫娜伯爵夫人負責陸軍部，再請華特科夫斯卡雅公爵夫人當參謀長。」一個穿金邊制服、頭髮花白的小老頭，對一個向他徵求提升意見的高大漂亮的女官說。

「還有讓我當副官。」女官笑嘻嘻地回答。

「您已經當上官了。您掌管教會部。卡列寧當您的助手。」

「您好，公爵！」小老頭向走過來的一個人握握手說。

「您說卡列寧什麼？」公爵問。

「他和普嘉托夫都獲得了聶夫斯基勳章。」

「我還以爲他原來就有了呢。」

「不。您看看他，」小老頭用他的金邊帽子指指卡列寧。他身穿朝服，佩著嶄新的紅色綬帶，同一個有勢力的議員一起站在門口。「他還挺神氣活現。」他加了一句，站住同一個體格魁梧、相貌堂堂的宮廷侍從握手。

「不，他老多了。」宮廷侍從說。

「操勞過度。他現在一直在起草計畫。現在他不把所有的條款都說清楚，是不肯放走這個可憐人的。」

「怎麼老了？他還在談戀愛呢。我想李迪雅伯爵夫人現在正在妒嫉他的妻子呢。」

「嗳！請您不要說李迪雅伯爵夫人的壞話。」

「她愛上了卡列寧，這有什麼不好呢？」

「聽說卡列寧夫人在這裡，這是眞的嗎？」

「嗳，不是在這宮廷裡，是在彼得堡。昨天我看見她和伏倫斯基在濱海街手挽著手走呢。」

「這種人沒有……」宮廷侍從剛一開口就停止了，他給一位皇親讓路，還向他鞠躬。

大家就這樣對卡列寧議論紛紛，責難他、嘲笑他。他呢，這時候正好攔住那個被他抓住的議員，一刻不停地向他說明他的財政計畫，唯恐他走掉。

差不多就在妻子離家出走的同時，卡列寧遇到了一個官場中人最傷心的事——晉升的路斷了。這件事大家都看得很清楚，但卡列寧自己卻沒有發覺他的前程已經完了。不論是由於同斯特列莫夫衝突，還是由於同妻子之間發生的悲劇，也不論是官位已達到命定的極限，今年大家都看得清清楚楚，卡列寧的前程已經完了。他還身居要職，他是許多委員會的委員，但他這個人已經過時，誰也不對他抱什麼希望了。不論他說什麼，不論他提什麼建議，大家都覺得是老生常談，完全沒有必要。

但是卡列寧並沒有發覺這一點，相反地，如今他不直接參加政府活動，卻比以前更清楚地看出別人工作中的缺點和錯誤，並且認爲指出糾正的辦法是他的責任。在同妻子分居後不久，他就動手寫新的審判規章，這是他必須寫而誰也不需要的無數小冊子中的第一本。

卡列寧不僅沒有注意到他在官場中的絕境，不僅不爲這事憂慮，而且對他自己的活動比以前任何時候更滿意了。

「沒有娶妻的，是爲主的事掛慮，想怎樣叫主喜悅；娶了妻的，是爲世上的事掛慮，想怎樣叫妻子喜悅。」①使徒保羅說。現在卡列寧的一舉一動都遵照《聖經》的教導，他常常想到這一段話。他覺得自從離開妻子以來，他就以這些行動來更好地侍奉上帝。

那位議員想擺脫他，臉上露出明顯的不耐煩神氣，卻沒有使他發窘。直到議員利用那位皇親經過的機會溜掉，卡列寧才住了口。

只剩下卡列寧一個人，他垂下頭，定了定神，這才漫不經心地回頭望了一眼，向門口走去，希望在那裡遇見李迪雅伯爵夫人。

「他們個個都那麼強壯結實。」卡列寧望著那體格魁偉、留著散發出香氣的絡腮鬍子的宮廷侍從和那個穿軍裝的公爵的紅色脖子，這樣想。他要從他們身邊走過去。「說得對，世間一切都是邪惡。」他又瞟了一眼宮廷侍從的小腿，心想。

卡列寧不慌不忙地走過去，照例帶著疲勞而不失威嚴的神氣，向那些剛才在議論他的先生鞠了個躬。接著，眼睛望著門口，找尋著李迪雅伯爵夫人。

「啊！阿歷克賽·阿歷山德羅維奇！」當卡列寧走到一個小老頭旁邊，冷冷地向他點了點頭時，小老頭惡狠狠地閃動眼睛說。「我還沒有向您道喜呢。」他指指卡列寧身上的新綬帶說。

「謝謝您。」卡列寧回答。「今天天氣眞好哇。」他加上一句，照例特別強調「好」字。

他們都在嘲笑他，這點他是知道的。不過除了敵意外，他並不期望從他們那裡得到別的什麼。這種情況他已經習慣了。

卡列寧看見李迪雅伯爵夫人走進門來，看見她那從緊身衣裡裸露出來的黃色肩膀和那雙若有所思的誘人的美麗眼睛，他露出發亮的牙齒微微一笑，走到她跟前。

李迪雅近來總是刻意打扮，今天的打扮也煞費苦心。她現在的服飾同她二十年前所追求的完全相反。當年她總是盡可能把自己打扮得漂亮些。現在呢，要是她過分打扮就會同她的年齡和相貌不相稱，因此她關心的只是怎樣使她的外表和裝飾不要太不相稱。對卡列寧，她達到了這個目的，他覺得她是迷人的。對他來說，她是他在一片包圍他的敵視和嘲笑的汪洋大海中的孤島，不僅是善意的、而且是愛的孤島。

他穿過嘲笑的目光的行列，自然地追求她那含情脈脈的眼神，就像植物追求陽光一樣。

「我向您祝賀。」她用眼睛示意他的綬帶，對他說。

他忍住得意的微笑，閉上眼睛，聳聳肩膀，彷彿這並不使他高興。李迪雅伯爵夫人很懂得，受勳得獎是他人生的主要樂趣，雖然他自己從不承認。

「我們的小天使怎樣了？」李迪雅伯爵夫人說，她指的是謝遼查。

「我不能說我對他完全滿意。」卡列寧揚起眉毛，睜開眼睛說。「西特尼科夫對他也不滿意（西特尼科夫是謝遼查的家庭教師，負責他的世俗教育②）。我對您說過，他對那些會感動每一個大人、每一個孩子心靈的重大問題有點冷淡。」卡列寧開始講到他除了公務之外唯一關心的問題——兒子的教育問題。

卡列寧依靠李迪雅的幫助恢復了原來的生活和活動以後，覺得關心身邊兒子的教育是他的義務。卡列寧以前從來沒有研究過教育問題，現在就花一些時間來研究教育理論。他看了幾本人類學、教育學和教學法的書，制訂了一個教育計畫，並且請彼得堡一位最卓越的教育家來指導，著手工作。這項工作是他經常關心的。

「是的，可是心呢？我看出他有一顆同父親一樣的心。一個孩子生有這樣的心是絕不會壞的。」李迪雅伯爵夫人激動地說。

「是的，也許是這樣……至於我呢，不過是盡我的責任罷了。我也只能這樣。」

「您到我家來，」李迪雅伯爵夫人沈默了一下說，「咱們要談一件使您傷心的事。我眞情願犧牲一切也不讓您再想起那件不愉快的事，可是別人不這樣考慮。我收到她的一封信。她在這裡，在彼得堡。」

卡列寧一聽到她提起妻子就渾身打了個哆嗦，臉上立刻現出死一般僵硬的神色，表示他對這件事束手無策。

「我早就料到了。」他說。

李迪雅伯爵夫人痴情地對他望了望，爲他靈魂的偉大而激動得熱淚盈眶。

---

①見《新約全書·哥林多前書》第七章第三十二節。

②指宗教以外的教育。

25

卡列寧走進李迪雅伯爵夫人那個陳列著古代瓷器、掛滿畫像的舒適小書房時，女主人自己還沒有來。她在換衣服。

圓桌上鋪著桌布，上面擺著中國茶具和一把燒酒精爐的銀茶壺。卡列寧漫不經心地環顧了一下無數裝飾著書房的畫像，在桌旁坐下，翻開桌上的《新約》。伯爵夫人身上綢衣服的窸窣聲分散了他的注意力。

「好，現在我們可以安安靜靜坐下來，」李迪雅伯爵夫人露出興奮的微笑，急急地走到桌子和沙發中間說，「一邊喝茶，一邊談談了。」

李迪雅伯爵夫人說了幾句開場白，就漲紅了臉，呼吸急促地把她收到的那封信遞給卡列寧。

他讀著信，沈默了好一陣。

「我想我沒有權利拒絕她。」他抬起眼睛，怯生生地說。

「我的朋友！您在誰身上都看不到邪惡！」

「相反，我看到世間一切都是邪惡。可是這樣做是不是合理？……」

他臉上顯現猶豫不決和尋求幫助的神色，希望在他所不理解的事情上得到人家的勸告、支持和指導。

「不，」李迪雅伯爵夫人打斷他的話說，「凡事都有個限度，我懂得什麼叫傷風敗俗，」她說得言不由衷，因爲她絕對不懂得是什麼引得女人傷風敗俗的，「可是我不懂得冷酷無情，何況這又是對誰呢？是對您！她怎麼可能待在您所在的城市裡？唉，眞是活到老，學到老。我正在研究您的崇高和她的卑鄙。」

「可是誰願意落井下石呢？」卡列寧說，對他扮演的角色顯然很滿意。「我饒恕了她的一切，因此我也不能剝奪她心中的愛，對兒子的愛……」

「但那說得上是愛嗎？我的朋友！那是出於眞心實意嗎？就算您已經饒恕了她，現在還在饒恕她……可是我們有權利去傷害這個小天使的心靈嗎？他以爲她已經死了。他爲她禱告，祈求上帝赦免她的罪孽……這樣倒好。他要是看見她，那會怎麼想呢？」

「這一點我倒沒有想到。」卡列寧說，顯然同意她的意見。

李迪雅伯爵夫人雙手摀住臉，一言不發。她在禱告。

「要是您徵求我的意見，」她祈禱完了，放下手說，「那我勸您不要這樣做。難道我看不出您是多麼痛苦，這事又揭開了您的創傷嗎？就算您像平時那樣不顧您自己吧，這又將造成什麼後果呢？不是會給您重新帶來痛苦，讓孩子也受折磨嗎？只要她稍微還有一點人心，她就不該提出這樣的要求。不，我毫不動搖，我勸您不要答應。要是您允許，我就寫信給她。」

卡列寧同意她的意見。於是李迪雅伯爵夫人就寫了這樣一封法文信：

親愛的夫人！

要是讓您的兒子想到您，這就會使他產生一系列問題，而要回答這些問題，就不可能不在孩子的心靈裡灌輸一種情緒，使他譴責他原來認爲神聖的東西。因此，我請求您以基督的愛的精神諒解您丈夫的拒絕。我祈求至高無上的神賜給您仁慈。

李迪雅伯爵夫人

這封信達到了李迪雅伯爵夫人連自己都不敢承認的陰險目的。它狠狠地刺痛了安娜的心。

在卡列寧方面呢，他從李迪雅家回來以後，整整一天都無法處理例行公事，也得不到他作爲一個靈魂得救的信徒最近所享有的內心平靜。

妻子對他犯了這樣的大罪，他自己又如李迪雅伯爵夫人公正地說過的那樣像個聖人，照理說，回想到妻子是不應該心煩意亂的，可是他卻不能平靜。他看書看不進去，頭腦裡驅除不掉痛苦的回憶。他想起他同她的關係，他現在才感覺到他對她做過的錯事。他想起從賽馬場回來，他怎樣聽取她坦白自己的不貞，好像聽取懺悔一樣（特別是想到他只要求她保持體面，並不要求決鬥），他感到十分痛苦。他想起他寫給她的信，也覺得很難過；特別是一想起他那種誰也不需要的饒恕和他對別人孩子的關心，他的心就被羞恥和悔恨燒灼著。

這種羞恥和悔恨，現在當他回想起他同她的全部往事，回想起他經過長久遲疑之後向她求婚所說的蠢話時，又湧上心來。

「可是我到底做錯了什麼事？」他自言自語。這個問題總是在他心裡引起另一個問題：要是換了別人，譬如說，伏倫斯基、奧勃朗斯基和那些腿肚發達的宮廷侍從，他們會有什麼不同的感覺，他們的戀愛和婚姻會有什麼不同呢？他想像著這些身強力壯、信心十足的人，他們總是隨時隨地吸引他的好奇心。他努力驅除這些思想，竭力使自己相信，他活著不是爲了今世暫時的生活，而是爲了永恆的生活，他心裡充滿了平靜和愛。但是在這暫時的無足輕重的生活裡，他認爲他犯了一些無足輕重的錯誤，這使他很痛苦，彷彿連他所信仰的永恆的得救都不存在了。不過，這種誘惑沒有持續多久，卡列寧心裡又恢復了平靜和崇高的境界。有了這種心境，他才忘記他不願想起的那些事情。

26

「怎麼樣，卡比東諾奇？」謝遼查在生日前一天散步回來，臉色紅潤，興高采烈，他把有褶的外套交給那俯身向他微笑的高個子老門房。「怎麼樣，今天那個紮繃帶的官來過嗎？爸爸接見他了？」

「接見了。辦公室主任一走，我就去通報了。」門房快樂地眨眨眼說。「讓我來爲您脫。」

「謝遼查！」斯拉夫家庭教師站在通裡屋的門口說。「你自己脫。」

謝遼查聽見家庭教師的微弱聲音，卻不理他。他一隻手抓住門房的肩帶站著，望著他的臉。

「怎麼樣，爸爸答應他的要求了？」

門房點點頭。

那個紮繃帶的小官吏已經來過七次，有什麼事來求卡列寧，引起謝遼查和門房的注意。有一次謝遼查在門廳裡遇見他，聽見他哀求門房給他通報，說他和他的孩子們都快餓死了。這以後，謝遼查在門廳裡又一次遇見這個小官吏，對他很關心。

「怎麼樣，他很高興嗎？」他問。

「怎麼能不高興呢！他走的時候簡直手舞足蹈了。」

「有人送東西來過嗎？」謝遼查沈默了一會兒，問。

「啊，少爺，」門房搖搖頭，低聲說，「伯爵夫人有東西送來。」

謝遼查立刻明白了，門房說的是李迪雅伯爵夫人爲他送來了生日禮物。

「真的嗎？在哪裡？」

「柯爾尼帶給你爸爸了。準是件好東西！」

「多大？有這樣大嗎？」

「小一點，但是件好東西。」

「是一本書嗎？」

「不，是樣東西。去吧，去吧，華西里・魯基奇在叫你呢。」門房聽見教師的腳步聲越來越近，就小心翼翼地把那隻抓住他肩帶、手套脫了一半的小手拉開，接著眨眨眼，向教師華西里・魯基奇走來的方向點點頭。

「華西里・魯基奇，馬上就來！」謝遼查帶著快活而親切的微笑說。這種笑容總是能制服一絲不苟的華西里・魯基奇。

謝遼查實在太高興了，太幸福了，他不能不讓他的朋友——老門房分享家裡的另一件喜事。這喜事他是在夏園散步時，聽李迪雅伯爵夫人的姪女說的。他覺得這喜事特別有意思，因爲是同那個小官的喜事以及他自己收到玩具這樣的樂事同時來臨的。謝遼查覺得今天是個大喜的日子，應該人人高興，個個快樂。

「你知道嗎，爸爸今天得了聶夫斯基勳章？」

「怎麼不知道！人家已經來道過喜了。」

「怎麼樣，他高興嗎？」

「皇上賜恩，他怎麼會不高興呢！這說明他是立了功的。」門房一本正經地說。

謝遼查沈思起來，凝視著他仔細研究過的門房的臉，特別是那夾在灰色絡腮鬍子中間的下巴。這下巴，除了總是向他仰視的謝遼查以外，誰也沒有看清楚過。

「哦，你的女兒在你家裡嗎？」

門房的女兒是一個芭蕾舞演員。

「不是禮拜天怎麼能來呢？她們也要上課。您也要上課了，少爺，去吧！」

謝遼查走進屋裡，不坐下來讀書，卻對教師說，送來的禮物一定是輛火車。「您看是什麼？」他問。

但華西里・魯基奇只想到要謝遼查預備語法，因爲語法教師再過兩小時就要來了。

「不，華西里・魯基奇，您只要告訴我，」他已經坐到書桌旁，兩手拿著書，忽然問，「什麼勳章比聶夫斯基更高？您知道嗎，爸爸得了聶夫斯基勳章了？」

華西里・魯基奇回答說，比聶夫斯基勳章更高的是弗拉基米爾勳章。

「再高些呢？」

「最高是安德烈勳章。」

「比安德烈再高呢？」

「我不知道。」

「怎麼，連您都不知道嗎？」謝遼查兩肘支著腦袋，沈思起來。

他的思想錯綜複雜，五花八門。他想像他的父親忽然同時得了弗拉基米爾勳章和安德烈勳章，這樣他今天來上課就會和氣得多。等到他長大了，他將得到所有的勳章，到那時，人家還會想出比安德烈更高的勳章。人家一想出來，他就得到。人家還會想出更高的勳章來，他也會立刻把它弄到手。

時間就在這樣胡思亂想中過去。教師來上課，他有關時間、地點和行爲方式的狀語沒有預備好。教師不但很不滿意，簡直很傷心。教師的傷心觸動了謝遼查。然而他覺得沒有預備好功課不能怪他；不管他怎樣用功，總是學不好。教師爲他解釋，他似乎懂了，但當剩下他一個人的時候，他簡直就想不起、弄不懂爲什麼「突然」這個常見的普通詞是行爲方式狀語。不過使教師傷心，他總覺得內疚，想去安慰安慰他。

他選擇了教師默默看書的時候，突然問：

「米哈伊爾·伊凡內奇，您幾時過命名日啊？」

「您最好還是想想你的功課，至於命名日，對一個明白事理的人是毫無意義的。命名日也像平時一樣，應該用功。」

謝遼查仔細望望教師，望望他稀疏的大鬍子，望望他那副滑到鼻樑下面的眼鏡，一心一意沈思起來，教師爲他做的解釋一句也沒有聽進去。他明白教師嘴上講的並不是他心裡想的，他是從他的語氣裡聽出來的。「可是爲什麼他們都一個調子講這種最乏味、最無用的東西呢？爲什麼他疏遠我，不喜歡我呢？」他憂鬱地問自己，可是回答不上來。

27

語文教師上課以後是父親的課。父親還沒有來，謝遼查就坐在桌旁玩弄一把小刀，同時想著心事。在謝遼查愛好的活動中，有一項就是散步時找尋母親。他不相信人會死，特別不相信母親會死，儘管李迪雅伯爵夫人告訴他，父親也加以證實，因此，即使在他們告訴他母親已死的消息以後，他還是在散步時找尋她。凡是身體豐滿、風度優美的黑頭髮女人都是他的母親。一看見這樣的女人，他的心頭就會湧上一股親切的暖流，使他激動得喘不過氣來，淚水也會奪眶而出。他就這樣懷著滿腔希望等待著，等著母親走到他面前，揭開面紗，露出整個面孔，向他微笑，把他緊緊抱住。他會聞到她的氣息，感覺到她手臂的柔軟。他會幸福得哭出來，就像那天晚上躺在她腳邊，她呵他的癢，他哈哈大笑，咬她那隻戴戒指的白手一樣。後來，他無意間從奶媽那裡知道，他的母親並沒有死，父親和李迪雅又向他解釋，說她對他來說等於死了，因為她不好（這話他怎麼也不能相信，因為他愛她），但他還是到處找尋她，等待她。今天在夏園裡，有一位戴紫色面紗的太太沿著小徑向他們走來，他克制住心悸注視著，滿心希望就是她。這位太太沒有走到他們面前，卻在哪裡消失了。今天謝遼查對母親的愛比平時更強烈。這會兒，他在等父親來上課，想得出了神，用小刀在舊桌子邊上刻滿刀痕，亮晶晶的眼睛望著前方，想念著她。

「爸爸來了！」華西里．魯基奇把他叫醒了。

謝遼查跳起來，跑到父親面前，吻了吻他的手，仔細望望他的臉，想看出他得了聶夫斯基動章高興的跡象。

「你散步得快活嗎？」卡列寧一面說，一面坐到他的扶手椅上，拉過《舊約》，把它翻開來。雖然卡列寧對謝遼查說過不止一次，凡是基督徒都應該熟悉聖史，但他自己上課卻常常查閱《聖經》。這一點謝遼查是注意到的。

「嘿，非常快活，爸爸。」謝遼查說著在椅子邊上坐下來，搖動著。這種行為是被禁止的。「我看見了娜金卡（娜金卡是李迪雅撫養長大的姪女）。她告訴我說您得了新動章。您高興嗎，爸爸？」

「第一，請你不要搖椅子；」卡列寧說，「第二，可貴的不是獎賞，而是勞動。這一點我希望你能理解。你瞧，如果你勞動、學習只是爲了得獎，你會覺得勞動是辛苦的；可是當你勞動的時候，」卡列寧想到，今天早晨他怎樣憑責任感簽發了一百一十八份公文，完成了這樣枯燥乏味的工作，「如果你愛勞動，就會在其中得到獎賞。」

謝遼查的熱情和快樂得晶晶發亮的眼睛變得黯淡無光，在父親的目光下垂下來。父親對謝遼查說話一向用這樣的口氣，他早就聽慣了，並且會模仿他。謝遼查覺得，父親對他說話，總是像對一個憑空想像出來、只有書本裡才有的孩子說話，完全不像對他說話。謝遼查也總是竭力裝得像書本裡那樣的孩子。

「我想你總該了解這個道理了吧？」父親說。

「是的，爸爸。」謝遼查竭力裝得像個模範孩子那樣回答。

功課包括背誦福音書裡的幾節經文和複習《舊約》的開頭部分。福音書裡的幾節經文謝遼查本來記得很熟，可是這會兒他在背誦時凝視著父親骨頭突出的前額，凝視得出了神，就在同一個字上把一節經文的結尾同另一節經文的開端混淆起來了。卡列寧認爲他顯然不了解他背誦的經文的意思，大爲惱火。

他皺起眉頭，開始解釋謝遼查聽過多次卻怎麼也記不住的經文，因爲他太熟悉了，反而記不住，就像「突然」是行爲方式狀語一樣。謝遼查怯生生地望著父親，心裡只想著一件事：父親會不會叫他複述他說過的話？這種情況有時候是有的。這個念頭使謝遼查很害怕，弄得他頭腦有點糊塗。但父親並沒有叫他複述，就改上《舊約》課了。謝遼查敘述《舊約》裡的事件敘述得很好，但要他回答某些事件說明什麼問題，他卻一無所知，雖然他爲這門功課已經受過處罰。使他啞口無言，坐立不安，用刀畫桌子，坐在椅上搖晃的，就是要他背誦洪水氾濫以前人類始祖的譜系。這些始祖他一個也不知道，只記得那個活著就被上帝帶到天上去的以諾。以前他記得他們的名字，可是現在全忘記了，特別是因爲在《舊約》中他只喜歡一個以諾，以諾活著升天這件事在他頭腦裡是同一連串思想活動聯繫著的。現在，當他眼睛盯住父親的錶鏈和背心上半解開的鈕釦時，他就沈湎在這一連串的思想中。

對於人家常常對他說起的死這件事，他並不完全相信。他不相信他所心愛的人會死，特別不相信他自己會死。死對他是完全不可能的，是無法理解的。但人家對他說凡人都要死。他問過他所信任的人，他們也都肯定這一點，就連他的奶媽也這樣說，雖然說的時候不太高興。但是以諾沒有死，可見不是人人都要死。「爲什麼不是每個人都可以博得上帝的恩寵，活著升天呢？」謝遼查想。壞人，也就是謝遼查所不喜歡的那些人，都會死，但是好人都可以像以諾一樣活著升天。

「那麼，有哪些祖先呢？」

「以諾，以諾。」

「這你已經說過了。這樣不好，謝遼查，太不好了。如果你不努力記住一個基督徒最重要的事，」父親站起身來說，「那還有什麼事能使你留意呢？我對你不滿意，彼得．伊格納基奇（他是首席教師）對你也不滿意……我得處罰你。」

父親和教師對謝遼查都不滿意，他學習得確實很糟。但絕不能說他是一個低能的孩子；相反地，他比教師舉出來給他做榜樣的孩子要聰明得多。照父親看來，他不肯學習教師給他上過的功課。其實他是不願學習；他所以不願學習，因爲在他的心裡存在著比父親和教師提出的更迫切的要求。這兩種要求是矛盾的，因此他同教育他的人發生了衝突。

他現在九歲，還是個孩子，但他知道自己的心靈，他愛護它，就像眼皮保護眼珠一樣。沒有愛的鑰匙，他就不讓任何人闖進他的心靈。教師抱怨他不肯學習，其實他的心靈洋溢著求知慾。他向卡比東諾奇、向奶媽、向娜金卡、向華西里・魯基奇學習，卻不向教師們學習。父親和教師的希望落空了，就像推動水車的水早就漏掉了，漏到別的地方去了。

父親罰謝遼查不准去找李迪雅的姪女娜金卡，這正是謝遼查求之不得的。華西里・魯基奇情緒很好，教他怎樣做風車。整個晚上謝遼查都在做玩具風車，同時夢想做一個人可以待在上面轉的大風車；或者雙手抓住風車的翅膀，或者把自己縛在上面轉。整個晚上謝遼查都沒有想到過母親，但是，上床以後，他忽然想到了她，就用他自己的話祈禱，懇求他母親明天他生日不再躲著他而回家來看他。

「華西里・魯基奇，您知道我另外還禱告什麼嗎？」

「是不是希望功課好一點哪？」

「不是。」

「玩具嗎？」

「不。您猜不著。美極了，這是個祕密！等到實現了，我再告訴您。您猜不著吧？」

「是的，我猜不著。你說出來吧。」華西里・魯基奇微笑著說，這在他是很難得的。「嗯，睡下，我要吹滅蠟燭了。」

「滅了蠟燭，我禱告的東西就看得更清楚。喲，我差點兒洩漏祕密了！」謝遼查快活地笑出聲來。

等到蠟燭拿走以後，謝遼查聽見和感覺到他的母親來了。她俯身站在他旁邊，用慈愛的目光撫慰著他。可是又出現了風車、小刀，一切都混淆起來，他就這樣睡著了。

28

伏倫斯基同安娜回到彼得堡，住在一家上等旅館裡。伏倫斯基單獨住在樓下，安娜帶著嬰孩、奶媽和侍女住在樓上有四間房的大套間裡。

他們到達那天，伏倫斯基就去看望他哥哥。他在那裡遇見因事從莫斯科來到的母親。母親和嫂嫂照常迎接他。她們問他國外旅行的情況，談到他們共同的熟人，但隻字不提他同安娜的關係。第二天一早，哥哥就來看望伏倫斯基，主動向他打聽她的情況。伏倫斯基坦率地告訴他，他把他同安娜的關係看得像結過婚一樣，他希望她能辦理離婚手續，到那時就可以同她正式結婚，而目前他也把她看作正式妻子。他請哥哥把他的意思轉告母親和嫂嫂。

「社會上贊成不贊成，我倒無所謂，」伏倫斯基說，「但我的親人如果要同我保持親屬關係，那他們就應該同我的妻子保持同樣的關係。」

哥哥一向尊重弟弟的見解，但在社會沒有判斷這件事以前，他不知道弟弟做得對還是不對。至於本人，他完全不反對這件事，因此就同伏倫斯基一起去看安娜。

伏倫斯基當著哥哥的面也像當著一切人的面那樣，對安娜用「您」稱呼，對待她就像對待一個知己朋友，但心照不宣，哥哥知道他們的眞實關係，他們也就談到安娜要到伏倫斯基莊園去的事。

伏倫斯基富於社會經驗，但由於他現在的特殊處境，頭腦十分糊塗。照說他應該明白，社交界的門對他和安娜是關著的，但他頭腦裡卻昏昏然，以爲那都是過去的情況，現在社會的發展一日千里（他不知不覺成了一切進步事物的擁護者），現在社會的輿論變了，他們能不能被社交界接納，這問題還很難說。「當然，」他想，「宮廷社會不會接待她，但是親戚朋友能夠而且應該理解他們。」

一個人可以用同一個姿勢盤腿坐上幾小時，如果他知道並沒有人強迫他這樣坐著；但一個人如果知道他非用這樣的姿勢盤腿坐上幾小時不可，他的腿就會麻木痙攣，而竭力想伸到他希望伸的地方去。伏倫斯基對社交界就有這樣的感覺。他心裡明明知道社交界的門對他們是關閉著的，但他還是在嘗試，看社交界的情況現在是不是有了改變，會不會接納他們。但他很快就發覺社交界的門對他個人是敞開的，但對安娜卻是關閉的。好像孩子們玩貓捉老鼠遊戲一樣，大家的手臂舉起來放他進去，但接著就放下來攔住安娜。

伏倫斯基在彼得堡最早遇見的女人之一是他的堂姊培特西。

「到底回來了！」她高興地迎接他。「安娜呢？見到你我眞高興啊！你們住在哪裡？我能想像，你們做了一次這樣愉快的旅行以後，我們這個彼得堡一定會使你們覺得討厭。我能想像你們怎樣在羅馬度蜜月。離婚怎麼樣了？手續都辦好了嗎？」

伏倫斯基發覺，培特西聽到離婚手續還沒有辦，她的熱情就冷下來。

「我知道人家會攻擊我，」她說，「但我要去看看安娜，是的，我一定要去。你們不會在這裡住很久吧？」

果然，她當天就去看安娜，但她的語氣和以前完全不同。她顯然爲自己的勇敢而洋洋得意，並且希望安娜珍重她的友誼。她待了不到十分鐘，談著社會新聞，臨走時說：

「你們還沒有告訴我什麼時候辦理離婚手續。就算我對人家的風言風語不加理會，可是你們不結婚，那些古板君子還是要冷淡你們的。這種情況現在一點也不稀奇。真是司空見慣了。那麼，你們禮拜五走嗎？眞可惜，我們沒有機會再見面了。」

伏倫斯基從培特西的語氣中已經聽出，社交界將怎樣對待他們，但在他的家庭裡，他又做了一番努力。他對母親不抱希望。他知道，母親最初見到安娜時，對她大爲讚賞，可是現在對她冷酷無情，因爲她斷送了兒子的前程。不過他對嫂嫂華麗雅還是抱著很大的希望。他認爲她不會攻擊他們，一定會毅然去看望安娜，並且在家裡接待她。

他們到後第二天，伏倫斯基就去看嫂嫂。他看到只她一人在家，就坦率地說出自己的希望。

「你要明白，阿歷克賽，」她聽完他的話，說，「我是多麼喜歡你，多麼願意爲你效勞，可是我不吭聲，因爲知道我對你和對安娜·阿爾卡迪耶夫娜幫不了什麼忙。」她說，在「安娜·阿爾卡迪耶夫娜」這個稱呼上特別加強語氣。「你不要以爲我對她有意見。絕不是的，也許我處在她的地位也會這樣做。我不想、也不能細談。」她怯生生地察看著他那陰鬱的臉。「但事實卻不能不正視。你要我去看她，在家裡接待她，好在社交界裡恢復她的名譽；可是你要明白，我不能這樣做。我兩個女兒都長大了，還有，爲了丈夫，我也不能不在社交界應酬應酬。好吧，我會去看望安娜·阿爾卡迪耶夫娜的；她會了解我爲什麼不能請她到家裡來，就是請她來了，也要使她避免遇見有不同看法的人，要不然只會使她生氣。我不能提高她的……」

「我認爲她不會比你們所接待的成百個女人墮落！」伏倫斯基繃著臉打斷她的話，知道嫂嫂的意見不可能改變，就一言不發地站起身來。

「阿歷克賽！你不要生我的氣。你要了解，這不能怪我。」華麗雅帶著膽怯的微笑望著他。

「我並不生你的氣，」他還是繃著臉說，「可是我心裡加倍難過。我還感到難過的是，這樣會損害我們的情誼。就算不是損害，至少也會削弱我們的感情。你要明白，我這是無可奈何。」

他說完這話，就從她家裡出來。

伏倫斯基明白，再做努力也是白費，他們在彼得堡只得像在一個陌生的城市裡那樣再挨上幾天，避開原來出入的社交界，免得遇到使他難堪的煩惱和屈辱。他在彼得堡極不愉快的一件事，就是卡列寧和他的名字無處不存在。不論談什麼事都會談到卡列寧，不論到什麼地方都會遇見他。至少伏倫斯基有這樣的感覺，好像一個手指受傷的人，動不動就會讓這個痛手指撞在什麼地方。

伏倫斯基感到他們待在彼得堡很痛苦，還因爲他看到，安娜心裡總有一種他難以理解的古怪情緒。她時而彷彿很愛他，時而變得很冷淡，脾氣暴躁，莫測高深。她因爲什麼事很苦惱，有什麼事瞞著他，彷彿並沒察覺毒害他生活的屈辱。這種屈辱因她的敏感一定使她覺得更難受。

29

安娜回國的目的之一就是看望兒子。自從她離開義大利那天起，同兒子見面的念頭一直使她激動。她離彼得堡越近，就覺得這次見面的快樂和意義越大。她沒有考慮過怎樣安排這次見面。她認爲，只要和兒子住在同一個城市裡，這事是很自然、很容易辦到的。但她一到彼得堡，就清楚地看到她現在的社會地位，她懂得要安排同兒子見面是很困難的。

她回到彼得堡已經兩天了。同兒子見面的念頭一刻也沒有離開過她，可是她還沒有見到兒子。直接到家裡去，可能遇見卡列寧，她覺得她沒有權利這樣做。可能不讓她進去，還要侮辱她。寫信去同丈夫交涉，這在她是痛苦的，因爲她一想到丈夫，心裡就不能平靜。打聽到兒子什麼時候出來散步，在什麼地方看看他，這在她是不夠的，因爲她爲這次見面做了那麼多的準備，她有多少話要對他說，她多麼想抱抱他、吻吻他呀。謝遼查的老保姆本來可以幫助她，教她怎麼辦。可是老保姆已經不在卡列寧家了。就這樣，一面猶豫不決，一面找尋老保姆，過了兩天。

安娜打聽到卡列寧同李迪雅伯爵夫人的親密關係，第三天就決定寫一封信給她。她煞費苦心寫成這封信，故意說允許不允許她看兒子，全憑丈夫的寬宏大量。她知道，只要這封信送到丈夫手裡，他一定又會裝得十分慷慨而不會拒絕她的要求。

信差給她帶回來最殘酷的意料不到的答覆，就是沒有回信。她把信差喚來，聽他詳細敘述他怎樣等了一陣，然後對他說：「沒有回信。」她聽了他的敘述，覺得自己受到空前未有的屈辱。安娜覺得自己受侮辱，被損害，但她認爲李迪雅伯爵夫人就她的觀點來說是正確的。她的痛苦因爲只能獨自忍受，就顯得特別厲害。她不能也不願讓伏倫斯基分擔這份痛苦。她知道，雖然他是造成她不幸的主要原因，她同兒子見面這件事在他看來卻是最無足輕重的。她知道，他絕不會理解她的痛苦有多深；她知道，一提到這件事，他那種冷淡的語氣就會惹得她恨他。這一點恰恰是她覺得天下最可怕的事，因此凡是牽涉到兒子的事，她總是瞞著他。

她在家裡坐了一整天，考慮著同兒子見面的辦法，終於決定寫信給丈夫。當李迪雅的信送來時，她已經寫好信了。伯爵夫人的沈默原來使她感到自卑，可是現在這封信，她在字裡行間所讀到的一切，卻使她大爲惱怒。她拿人家的惡毒用心同自己熱愛兒子的正當感情一對照，就憤恨起別人來，不再自怨自艾了。

「這種冷酷無情，虛情假意。」她自言自語。「他們就是要侮辱我，折磨孩子，我會順從他們嗎？絕不！她比我更壞。我至少不撒謊。」她當即決定明天，在謝遼查的生日，直接到丈夫家去，買通傭人，或者耍個花招，但無論如何要看到兒子，拆穿他們對不幸的孩子編造的無恥謊言。

她坐車到玩具店買了許多玩具，考慮好行動計畫。她將一早去，八點鐘就去，那時卡列寧一定還沒有起身。她手頭要準備好零錢給門房和僕人，這樣他們就會讓她進去。她將不揭開面紗，推說她是謝遼查的教父派她來祝賀的，她要把玩具放在孩子的床邊。她就是沒有考慮好對兒子說些什麼話。不管她怎樣反覆考慮，還是毫無主意。

第二天早晨八點鐘，安娜從一輛出租馬車裡下來，在她原來的家的大門口打了打鈴。

「你去看看什麼事。是一位太太。」門房卡比東諾奇還沒有穿好衣服，就披上大衣，趿著套鞋，從窗口看見門外站著一位戴面紗的太太。

門房的助手，一個安娜不認識的小伙子，剛一開門，她就走了進來，從手筒裡摸出一張三盧布鈔票，塞到他手裡。

「謝遼查……少爺，」她說著向前走去。門房助手看了看鈔票，在玻璃門前又把她攔住。

「您找誰呀？」他問。

她沒有聽見他的話，什麼也沒回答。

卡比東諾奇發現這位陌生太太神態慌張，就親自走到她面前，讓她進了門，問她有什麼事。

「斯科羅杜莫夫公爵派我來看少爺。」她說。

「他還沒有起來呢。」門房仔細打量著她說。

安娜怎麼也沒有想到，這棟她住過九年的房子，門廳裡的陳設雖依然如舊，竟會這樣使她激動。種種往事，有歡樂的，有痛苦的，在她頭腦裡翻騰著。剎那間，她竟忘記到這裡來做什麼。

「請您等一等，好嗎？」卡比東諾奇一面幫她脫外套，一面說。

卡比東諾奇幫她脫下外套，望了望她的臉，認出了她，就默默地向她鞠躬。

「夫人，請進。」他對她說。

她想說些什麼，可是喉嚨裡發不出一點聲音來。她用愧悔的懇求眼神望了望老頭兒，步態輕盈地快步走上樓去。卡比東諾奇彎下身子，套鞋絆著梯級，跟在她後面，拚命想趕上她。

「教師在那裡，說不定還沒有穿好衣服。我這就去通報。」

安娜繼續沿著熟悉的樓梯走上去，沒有聽清老頭兒在說些什麼。

「您請這邊走，往左走。對不起，地方沒收拾乾淨。少爺現在住到原來的會客室去了。」門房上氣不接下氣地說。「對不起，夫人，您等一下，我去看看。」他說著追過了她，打開一扇高高的門，消失在門裡。安娜站在門口等。「他剛醒來。」門房又從門裡走出來說。

就在門房說這話的時候，安娜聽見孩子打呵欠的聲音。光從這呵欠聲她就聽出是兒子，她彷彿看到兒子就在面前。

「讓我進去，讓我進去，你走吧！」她說，穿過那扇高高的門。門的右邊放著一張床，床上坐著一個男孩子。那孩子只穿一件敞開的襯衫，彎著小小的身子，伸著懶腰，還在打呵欠。他閉上嘴唇，嘴角上浮起一絲睡意未消的幸福微笑。他帶著這微笑，又愜意地慢慢躺下來。

「謝遼查！」她低聲叫著，同時悄悄走到他旁邊。

在她同他分離的時期，在最近她對他的母愛沸騰的時候，她總是把他想像成她最喜愛的四歲時的模樣。現在他跟她離開時不同了，和他四歲時的模樣更加不一樣，長得更高了，但是瘦了些。這是怎麼一回事！他的臉多麼消瘦，他的頭髮多麼短！一雙手又多麼長！自從她離開以後，他的模樣變得多厲害！但這分明是他，是他的頭型、他的嘴唇、他的柔軟的細脖子和寬闊的小肩膀。

「謝遼查！」她彎下身，在孩子耳邊又喚了一聲。

他又用臂肘支起身來，轉動亂髮蓬鬆的腦袋，彷彿在找尋什麼，接著睜開眼睛。他默默地用困惑的眼光對木然不動站在他面前的母親望了幾秒鐘，隨即幸福地微微一笑，又闔上睡意未消的眼睛，倒下來，但不是往後躺，而是倒在母親身上，倒在她的懷抱裡。

「謝遼查！我的好孩子！」她上氣不接下氣地叫道，雙臂摟住他那胖鼓鼓的身體。

「媽媽！」他一面喊，一面在她的懷抱裡扭動，使身體各部分都能接觸到她的手臂。

他睡意朦朧地微笑著，一直閉著眼睛，胖嘟嘟的小手從床邊舉起來，抓住她的肩膀，偎依著她，使她沈醉在孩子特有的可愛的睡意未消的香味和溫暖中，並且用他的臉蛋摩擦著她的脖子和肩膀。

「我早就知道了。」他一面睜開眼睛，一面說。「今天是我的生日。我知道你會來的。我這就起來。」

他這麼說著，又睡著了。

安娜貪婪地打量著他；她看到在她離家的這些日子裡，他長大了，模樣也變了。她又像認得、又像不認得他那雙露在被子外面的如今長得那麼大的光腿，他那消瘦的面頰，他那後腦勺上剪得短短的鬈髮——她以前常常吻他的後腦勺。她撫摩著他身上的每個部分，卻一句話也說不出來。眼淚把她哽住了。

「你哭什麼呀，媽媽？」他完全醒過來了。「媽媽，你哭什麼呀？」他用哭一樣的聲音叫道。

「我嗎？我不哭了……我是高興得哭了。我那麼久沒有看見你了。我不哭了，不哭了。」她一面咽著眼淚，一面背過臉去說。「哦，現在你該起來了。」她沈默了一會兒，收起哭臉，又說。接著沒有放開他的手，在床邊放著他衣服的椅子上坐下來。

「我不在，你是怎麼穿衣服的？你怎麼……」她想說得輕鬆些，可是辦不到，只得又背過身去。

「我不洗冷水澡了，爸爸不答應。你沒看見華西里·魯基奇嗎？他會來的。你坐在我的衣服上啦！」謝遼查哈哈大笑起來。

她對他望望，也笑了笑。

「媽媽，心肝，寶貝！」他又撲到她身上，摟抱著她，叫起來。彷彿直到現在，看見她的微笑，他才明白是怎麼一回事。「這個不要。」他一面說一面取下她的帽子。他看見她不戴帽子，就像重新看見她一般，又撲上去吻她。

「那麼你是怎樣想我的？你沒想過我死了吧？」

「我從來沒有相信過。」

「你不相信嗎，我的寶貝？」

「我知道的，我知道的！」他反覆說著這句喜愛的話，同時抓住她那撫摩著他頭髮的手，把她的手心緊貼在自己的嘴唇上吻著。

30

華西里·魯基奇起初不知道這位太太是誰，後來從他們的談話中聽出，她就是那個拋棄丈夫的母親（他到他們家來時她已經不在了），他遲疑不決，不知道進去好、還是不進去好，還是去報告卡列寧。最後，他考慮到他的職責就是叫謝遼查在規定的時間起床，因此誰在裡面，是母親、還是別人，不關他的事，他只要盡他的責任就是了。於是他穿上衣服，走到門口，打開房門。

但是，母子的親熱，他們的聲音和他們的談話，這一切使他改變了主意。他搖搖頭，嘆了一口氣，又把門關上。「再等十分鐘吧。」他自言自語，一面咳嗽幾聲，一面擦眼淚。

這時候，家裡的僕人也發生了劇烈的騷動。大家都知道太太來了，是卡比東諾奇放她進來的，她此刻在育兒室裡，而老爺八點鐘以後照例將到育兒室去。大家心裡都明白夫妻兩人不能見面，必須設法防止。侍僕柯爾尼去到門房，查問是誰放她進來，怎麼放她進來的。他知道是卡比東諾奇讓她進來，把她帶上樓去，就訓斥老頭兒。門房執拗地不吭聲，但當柯爾尼對他說因此要把他開除時，卡比東諾奇霍地跳到柯爾尼面前，對著他的臉揮動雙臂，大聲說：

「哼，換了你當然不會讓她進來！我在這裡幹了十年，只受到恩惠，沒有別的。你現在倒跑上去說：『走，滾開，』你這人真刁！就是這樣！你不要忘記你自己怎樣揩老爺的油，還偷他的皮外套！」

「你這王八蛋！」柯爾尼輕蔑地說，轉身對著進來的保姆。「嘿，您倒來評一評，瑪麗雅·葉斐莫夫娜，他對誰也不說一聲，就讓她進來了。」柯爾尼對她說。「阿歷克賽·阿歷山德羅維奇馬上就要出來了，就要到育兒室去了。」

「糟了，糟了！」保姆說，「柯爾尼・華西里耶維奇，你最好想辦法把他，就是把老爺攔一攔。我去想辦法叫她走。糟了糟了！」

保姆走進育兒室的時候，謝遼查正在講給母親聽，他同娜金卡一起怎樣從山上滑雪下來摔了跤，一連翻了三個筋斗。安娜聽著他的聲音，看著他的臉和臉上的神情，撫摩著他的手，但沒有聽進他的話。得走了，得離開他了——這就是她所想和所感覺到的唯一事情。她聽見走到門口咳嗽幾聲的華西里・魯基奇的腳步聲，聽見走近來的保姆的腳步聲；但是她卻像石頭人一樣坐著，一動不動，沒有力氣說話，也沒有力氣站起來。

「太太，我的好太太！」保姆走到安娜跟前，吻著她的手和肩膀說。「嗯，上帝賜給我們的小寶貝生日快樂。太太，您可一點兒也沒變哪！」

「啊，我的好保姆，我不知道你在家裡。」安娜暫時醒悟過來說。

「我不住在這裡，我住在女兒那裡，少爺今天生日，我是特地來祝賀的，安娜・阿爾卡迪耶夫娜，我的好太太！」

保姆突然哭出聲，又吻起她的手來。

謝遼查眼睛閃閃發亮，臉上洋溢著笑意，一手拉住母親，一手拉住保姆，一雙光著胖鼓鼓的小腳拚命跺著地毯。他心愛的保姆對他母親的親熱情意使他特別高興。

「媽媽！她常常來看我，來的時候總是……」他剛開始說話就停住了，因為發現保姆對母親咬了個耳朵，母親臉上就現出恐懼和羞愧的神色。這種表情跟母親是多麼不相稱哪！

她走到他面前。

「我的寶貝！」她說。

她沒有辦法說「再見」，但她臉上的表情說明了她要說的話，而他也明白了。「我的寶貝，我的小查查！」她喚著她從前叫慣的小名，「你不會忘記我吧？你……」她再也說不下去了。

以後她會想出多少話來對他說呀！可是此刻她卻什麼話也想不出來，什麼話也說不出口。但謝遼查懂得她要對他說的一切。他懂得她是不幸的，但她是愛他的。他甚至懂得保姆對她低聲說了些什麼話。他聽見她說：「他總是八點鐘以後來。」他懂得這是在說父親，母親同父親不能見面。這些他是懂的，只有一件事他弄不懂：爲什麼她臉上現出恐懼和羞愧的神色？……她沒有什麼過錯，可是她怕他，還爲什麼事害臊。他很想問一問，來解除心裡的疙瘩，可是他不敢問，因爲他看到她很痛苦，他爲她難過。他默默地緊偎著她，悄悄地說：

「你不要走。他不會馬上就來。」

母親把他推開一點，想看看他說這話是不是思考過的。她在他驚惶的神色中看出，他不僅在說他父親，而且彷彿在問她，他該怎樣看待父親。

「謝遼查，我的孩子，」她說，「你要愛他，他比我好，比我善良，是我對不起他。等你長大了，你會明白的。」

「天下沒有比你更好的人了！……」謝遼查含著眼淚不顧死活地叫起來。同時抓住她的肩膀，一個勁兒地用他那雙緊張得發抖的手臂把她緊緊抱住。

「我的孩子，我的心肝！」安娜喚著，也像他一樣天眞無邪地輕輕哭起來。

這時候，門開了，華西里·魯基奇走進來。從另一扇門裡傳來腳步聲，保姆驚慌失措地低聲說：

「來了。」說著把帽子遞給安娜。

謝遼查倒在床上，雙手捣住臉哭起來。安娜拉開他的手，再次吻了吻他那濕漉漉的臉，快步走出門去。卡列寧迎著她走來。他一看見她，立刻站住，低下了頭。

儘管她剛才說過他比她好、比她善良，但當她迅速對他掃了一眼，把他的整個身子和細小地方都看個清楚時，她心裡頓時充滿了對他的憎恨和因他獨佔兒子而產生的嫉妒。她連忙放下面紗，加快腳步，幾乎像跑步一般從房裡直奔出去。

她昨天懷著那麼深摯的愛和悲傷在鋪子裡挑選的玩具，竟沒有來得及拿出來，就這樣又原封不動地帶了回去。

31

安娜雖然那麼渴望見到兒子，那麼早就在思想上做好會面的準備，她可萬萬沒有料到，這次見面會使她如此激動。她回到旅館的單身房間，好半天弄不懂她怎麼會來到這裡。「是的，一切都完了，又剩下我孤零零一個人了。」她自言自語，帽子也不脫，就在壁爐旁的安樂椅上坐下。她眼睛緊盯著窗戶之間桌上擺著的青銅時鐘，沈思起來。

那個從國外帶回來的法國侍女走進來請她換衣服。她驚奇地對她瞧瞧說：

「等一下。」

男僕問她要不要喝咖啡。

「等一下。」她說。

義大利奶媽把小女孩打扮好了，抱進來交給安娜。養得胖鼓鼓的小女孩，一看見母親，伸出手腕胖得像有一根線紮著似的小手，手心向下，咧開沒有牙齒的小嘴微笑著，兩隻小手像魚鰭畫水一樣揮動，在漿硬的繡花小裙子上亂摸，發出颯颯的響聲。看到她這副模樣，誰也忍不住不微笑，不吻吻她；誰也忍不住不伸給她一個手指，好讓她抓住，讓她尖聲叫喊，扭動整個小身子；誰也忍不住不把嘴唇湊過去，讓她噘起小嘴，做出接吻的樣子。這一切安娜都做了，她抱她，逗她跳跳，吻吻她那鮮嫩的面頰和露出的小肘。但看見這嬰孩，她卻更加清楚地覺得，她對她的感情如果同她對謝遼查的感情相比較，那簡直說不上是愛了。這小女孩身上的一切都很可愛，但不知怎的，這一切都揪不住她的心。她把全部母愛都傾注在同她不愛的男人所生的頭生孩子身上，還覺得不滿足；這個小女孩是在最痛苦的境遇下生的，可是她傾注在她身上的感情還不如頭生孩子的百分之一。此外，小女孩還沒有成長，前途尚難以預料，可是謝遼查已經儼然像個成人了，而且是個可愛的人；各種思想感情已開始在他身上鬥爭；他了解她，愛她，評判她——當她回想到他的話和眼神時，她這樣想。可是她卻永遠同他分離了，不僅肉體上而且精神上永遠分離了，再也無法挽回了。

她把小女孩交給奶媽，讓她們出去，自己打開嵌有謝遼查照片的頸飾。當時謝遼查的年紀同這個小女孩差不多。她站起來，脫下帽子，從桌上拿起一本貼有謝遼查不同年齡照片的照相簿。她要拿這些照片進行比較，就把它們從照相簿上抽下來。她把所有的照片都拿了下來。只剩下一張，是最近的也是最好的一張。他穿著一件白襯衫，騎在一把椅子上，皺著眉頭，嘴上浮著微笑。這是他最有特色最可愛的表情。她用她那雙小巧玲瓏的手，用她那今天特別緊張的又白又細的手指，幾次剔這張照片的角，可是怎麼也剔不開來。桌上沒有小刀，她撕下旁邊一張照片（這是伏倫斯基在羅馬拍的照片，他頭戴圓禮帽，蓄著長頭髮），她就用這張照片把兒子的照片剔下來。「哦，是他！」她瞧了瞧伏倫斯基的照片說，接著突然想起誰是造成她今天不幸的罪魁禍首。整個早晨她都沒有想到過他。但是，這會兒她一看到這樣熟悉、這樣親切的儀表堂堂的臉，心頭不禁突然湧起一陣愛情的波濤。

「他現在在哪裡？他怎麼能把我一個人丟在這裡受苦呢？」她忽然帶著一種責備的心情想，卻忘記正是她自己對他隱瞞了有關兒子的一切。她派人請他立刻回來；苦苦思索著她要說些什麼，好把一切都告訴他，幻想著他將怎樣親熱地安慰她。她就這樣等待著他。僕人回來說，他現在有客人，過一會兒就來，還問她願不願意讓剛到彼得堡的雅希文公爵一起來。「他不是一個人來，而昨天午飯以後他就沒有看到過我了，」她想，「他一個人來，我可以把一切都告訴他，可是他要同雅希文一起來。」她心裡忽然起了一個古怪的念頭：要是他不再愛自己了怎麼辦？

她回顧這幾天裡發生的種種事情，覺得全都可以證實這個可怕的想法；他昨天沒有在家裡吃午飯，他堅持他們在彼得堡要分開住，甚至現在都不準備獨自到她這裡來，有意避免同她單獨見面。

「但他應該把這事告訴我。我需要知道真相。只要我知道真相，就知道該怎麼辦了。」她自言自語，簡直無法想像要是他真的對她冷淡了，她將落得個什麼下場。她想到他不愛自己了，覺得自己近乎絕望，因此特別焦急不安。她打鈴喚侍女，然後走到盥洗室。她梳妝的時候比平時更加著意打扮，彷彿只要她穿上最合適的衣服，梳了最適宜的髮式，他就會重新愛她。

鈴響了，她卻還沒有梳妝完畢。

她走到會客室裡，迎接她的不是他而是雅希文的目光。伏倫斯基正在觀看她遺忘在桌上的她兒子的照片，並沒有急於抬起頭來看她。

「我們認識的。」她把她的小手放在窘態畢露的雅希文的巨掌裡說。雅希文這副窘迫的神色同他魁偉的體格和粗魯的面孔很不相稱。「去年在賽馬場上就認識了。給我。」她說著，敏捷地從伏倫斯基手裡搶過他正在觀看的兒子的照片，她那雙閃閃發亮的眼睛意味深長地瞧著他。「今年賽馬賽得好嗎？我只在羅馬的科爾索看過賽馬。不過，您是不喜歡國外生活的。」她笑瞇瞇地說。「我知道您和您的一切愛好，雖然我們很少見面。」

「這眞使我慚愧，因爲我的愛好多半都是不好的。」雅希文咬著左邊的小鬍子說。

他們又談了一會兒，雅希文發現伏倫斯基看了看錶，就問她是不是還要在彼得堡住些日子，接著挺直他那魁梧的身子，拿起便帽。

「看來不會很久。」她瞟了一眼伏倫斯基，遲疑不決地說。

「那我們不能再見面了？」雅希文站起身來說，又轉身問伏倫斯基：「你在哪裡吃午飯？」

「您到我這兒來吃飯吧。」安娜斷然地說，彷彿對自己的窘態感到生氣，但照例因爲在生人面前暴露自己的處境而漲紅了臉。「這兒的飯菜並不好，但至少你們可以再見見面。在團裡的老朋友當中，阿歷克賽最喜歡您了。」

「那太榮幸了。」雅希文笑著說，伏倫斯基從他的微笑中看出，他很喜歡安娜。

雅希文鞠了個躬，走出去，伏倫斯基跟在他後面。

「你也走嗎？」她對他說。

「我已經遲了。」他回答。「你去吧！我這就趕上來。」他對雅希文叫道。

她拉住他的手，眼睛盯著他，竭力思索說些什麼才能把他留住。

「等一下，我還有話要說。」她拉起他那粗短的手，把它緊貼在自己的脖子上。「哦，我叫他來吃飯沒關係吧？」

「太好了。」他平靜地微笑著，露出一排整齊的牙齒，吻吻她的手。

「阿歷克賽，你對我沒有變心吧？」她雙手緊握住他的一隻手說。「阿歷克賽，我在這裡眞難受。我們什麼時候走哇？」

「快了，快了。你眞不會相信，我們在這裡過的生活使我多麼痛苦！」他說著抽回了手。

「嗯，走吧，走吧！」她委屈地說，從他身邊急急地走開了。

32

伏倫斯基回來的時候，安娜不在家裡。人家告訴他，他走後不久來了一位太太，安娜就同她一起出去了。她出去沒有說明到哪裡，至今沒有回來，她早晨還到什麼地方去過，對他也隻字不提——這一切，再加上今天早晨她那種興奮得出奇的神色，以及她當著雅希文的面，從他手裡搶過兒子照片時那副敵對的態度，使他沈思起來。他決定同她開誠布公談一談。他就在她的會客室裡等她。但是安娜不是一個人回來，而是帶著她那位沒有出嫁的老姑母奧勃朗斯基公爵小姐一起來。她就是早晨來看安娜，同她一起出去買東西的那位太太。安娜似乎沒有察覺伏倫斯基臉上那種焦慮和疑問的神色，興高采烈地告訴他今天早晨買了些什麼東西。他看出她內心有一種特殊的變化：她那雙閃閃發亮的眼睛，刹那間停留在他身上，顯得緊張不安；她的言語和動作帶有一種神經質的靈敏和嫵媚，這在他們親近的初期曾經使他神魂顚倒，現在卻使他惶惑恐懼。

四人用的飯菜已經擺好。人都到齊了，大家正要走進小餐室，土施凱維奇帶著培特西公爵夫人的口信來找安娜了。培特西公爵夫人說她不能來送行，請安娜原諒；她身體不好，但請安娜在六點半到九點之間到她家裡去一次。伏倫斯基聽到這個規定的時間——顯然有意不讓她遇見任何人——對安娜瞟了一眼，但安娜似乎沒有察覺。

「眞抱歉，六點半到九點我正好有事不能去。」她略帶笑意地說。

「公爵夫人會覺得很遺憾的。」

「我也是這樣。」

「您大概要去聽巴蒂的歌劇吧？」土施凱維奇說。

「巴蒂嗎？您給我出了一個好主意。要是訂得到包廂，我一定去。」

「我可以訂到。」土施凱維奇自告奮勇說。

「那眞太感謝您了，太感謝您了。」安娜說。「您要不要同我們一起吃飯哪？」

伏倫斯基微微聳了聳肩。他實在弄不懂安娜的用意。她爲什麼把這位老公爵小姐帶來，爲什麼留土施凱維奇吃飯，還有最叫人弄不懂的是，她爲什麼要他去訂包廂？就她現在的處境，居然想到要去看巴蒂的歌劇，在那裡肯定會遇到社交界的所有熟人，這難道是可以想像的嗎？他一本正經地對她瞧瞧，但她還是用又像快樂、又像絕望的莫測高深的挑戰目光來回答他。吃飯的時候，安娜興奮得好像在挑釁，又彷彿在向土施凱維奇和雅希文賣弄風情。吃完飯，大家站起來，土施凱維奇去訂包廂，雅希文出去吸煙，伏倫斯基就同他一起到自己的房裡去。他在樓下坐了一會兒，又跑上樓來。安娜已穿上她在巴黎訂製的袒胸天鵝絨鑲邊淺色絲綢連衫裙，頭上紮了一條富麗的鏤空白帶子，框住她的臉蛋，格外清楚地顯出她那光艷照人的美。

「您眞的要去看戲嗎？」他竭力不去看她。

「您到底爲什麼這樣大驚小怪呀？」她發現他沒有看她，又覺得委屈。「到底爲什麼我不能去呀？」

她彷彿沒有聽懂他的意思。

「當然沒有什麼理由。」他皺著眉頭說。

「嗯，我也這麼說呀。」她故意裝作不懂他語氣裡的諷刺味兒，若無其事地拉上灑過香水的長手套。

「安娜，看在上帝份上，您倒說說，您這是怎麼啦？」他說，像她丈夫以前對她說話那樣提醒她。

「我不明白您問的是什麼。」

「您要知道您可不能去呀！」

「爲什麼？我不是一個人去。華爾華拉公爵小姐同我一起去，她現在換衣服去了。」

他帶著困惑和絕望的神情聳聳肩膀。

「難道您還不知道……」他剛開始說。

「我可不想知道！」她差不多叫喊起來。「我不想。我對我所做的事後悔嗎？不，不，不！即使一切都得從頭來過，也不會有什麼改變。對我們，對你我來說，重要的只有一點：我們是不是彼此相愛。別的就用不著考慮。爲什麼我們在這裡要分開住，彼此不見面？爲什麼我不能去？我愛你，別的我都無所謂，」她帶著一種他無法捉摸的特殊眼神望了他一眼，用俄語說，「如果你沒有變心。到底爲什麼你不瞧著我？」

他對她望了望。他看見她相貌和總是裁剪得很合身的服裝的美。可是這會兒正是她的美麗和雅緻使他惱火。

「我的感情不可能變，這您是知道的，但我請您不要去，我求求您。」他帶著一種溫柔的懇求語氣又用法語說，但他的目光有點冷淡。

她沒有聽清他的話，但看見他冷淡的眼色，就怒氣沖沖地回答說：

「我倒要請您解釋解釋，爲什麼我不應該去。」

「因爲這會使您……」他猶豫了。

「我眞弄不懂。雅希文不會損害我什麼，華爾華拉也不比別人壞。啊，她來了。」

33

伏倫斯基因爲安娜有意對她的處境裝得滿不在乎，第一次對她感到惱怒，甚至怨恨。由於他無法向她發作，這種情緒變得更加強烈了。要是他能坦率向她說出他的想法，他準會說：「你這樣打扮，再同這位人人都認識的公爵小姐一起去看戲，這樣就不僅承認自己是個墮落的女人，而且等於向整個社交界挑戰，也就是說要從此同它決裂。」

他不能對她說這話。「可是她怎麼會不懂這個道理？她心裡有些什麼變化？」他自言自語。他覺得他對她的尊敬減少了，但卻感到她更美了。

他皺著眉頭回到房裡，坐在兩條長腿擱在椅上的雅希文旁邊。雅希文正在喝白蘭地和礦泉水，伏倫斯基吩咐僕人也給他送一份來。

「說到蘭科夫斯基的『大力士』，這可是匹好馬，我勸你買下來。」雅希文瞅了瞅朋友陰鬱的臉。「牠的臀部有點鬆弛，可是腿和腦袋好得不能再好。」

「我是想把牠買下來。」伏倫斯基回答。

他對談馬是感興趣的，但他一刻也沒有忘記安娜，情不自禁地留神聽著走廊裡的腳步聲，看看壁爐上的鐘。

「安娜·阿爾卡迪耶夫娜吩咐向您報告，她到戲院去了。」

雅希文又把一杯白蘭地倒進泡沫翻騰的礦泉水裡，喝乾了，這才站起身來，扣上鈕釦。

「怎麼樣？我們去吧。」他說，小鬍子底下露出一絲笑意，表示他明白伏倫斯基心情愁悶的原因，但並不把它當一回事。

「我不去。」伏倫斯基悶悶不樂地回答。

「我可要去，我同人家約好了。那麼再見。要不然你就到正廳來，你可以坐克拉辛斯基的座位。」雅希文走到門口又說。

「不，我有事。」

「有了妻子麻煩，有了情婦更糟。」雅希文走出旅館時想。

剩下伏倫斯基一個人，他站起身，在房裡踱起步來。

「今天演什麼？今天是第四場演出……葉戈爾夫婦一定在那邊，還有我的母親。這就是說，彼得堡的名流都會集中在那邊。這會兒她走進去，脫下皮大衣，走到燈光底下。土施凱維奇、雅希文、華爾華拉公爵小姐……」他想像著。「我這是怎麼啦？是不是害怕了，還是把保護她的權利讓給土施凱維奇了？不論從哪方面看，這都是愚蠢、愚蠢……爲什麼她要把我弄到這個地步？」他擺了擺手，自言自語。

他的手碰到放著礦泉水和白蘭地瓶的小桌子，差點兒把它碰翻。他想扶住它，但沒有扶住，就怒氣沖沖地把它踢了一腳，接著打了打鈴。

「要是你想在我這裡做事，」他對走進來的侍從說，「那就記住你的本分。這樣可不行。你應該把它收拾掉！」

侍從覺得這事不能怪他，想辯白幾句，但他瞟了主人一眼，從他的臉色上看出還是不要吭聲的好，就連忙彎下身子，趴在地毯上，動手收拾打碎的和沒打碎的酒杯和瓶子。「這可不是你的事，去叫茶房來收拾，你把我的燕尾服拿來。」

伏倫斯基八點鐘走進劇場。戲正演到高潮。包廂侍者，一個小老頭兒，幫伏倫斯基脫下皮大衣，認出是他，就叫他「大人」，並且說他不必領號牌，要衣服叫他菲多爾就行。在燈火輝煌的走廊裡，除了這包廂侍者和兩個手拿大衣在門口聽戲的僕人，一個人也沒有。從虛掩的門裡傳出樂隊小心翼翼地伴奏的弦樂斷奏和一個吐詞清晰的女歌手的歌聲。門開了，包廂侍者溜了進去，那句將近結尾的歌詞清楚地傳到伏倫斯基的耳鼓裡。但是門立刻又關上了，伏倫斯基沒有聽見歌詞的結尾和音樂的尾聲。從門裡傳出雷鳴般的掌聲，表明樂曲已經結束。當他走進蠟燭和煤氣燈照得光輝奪目的大廳時，喧鬧聲還沒有靜止。舞台上女歌手的光肩膀和鑽石首飾閃閃發亮。女歌手彎著腰，微笑著，在拉住她手的男高音歌手的幫助下，撿起雜亂地越過腳燈擲過來的花束，接著走到一位油光光的頭髮打當中分開的男人前面，那人正伸出長長的手臂從台下遞給她一件東西。這當兒，正廳和包廂的觀眾全都騷動起來，身子前衝著，鼓掌、喝彩。樂隊長坐在他的高椅上幫助遞送花束，又整整他的白領帶。伏倫斯基走到正廳中央，停住腳步，向周圍張望。今天晚上，他比平時更不注意司空見慣的環境、舞台、喧嘩，以及把劇場擠得水泄不通的熟悉而乏味的五光十色的觀眾。

包廂裡照例是那些有軍官奉陪的闊太太；照例是那些身分不明的穿著奇裝異服的女人，以及一些穿軍服的、穿燕尾服的男子；照例是頂樓上那些骯髒的觀眾；在包廂和前排大約有四十個體面的男女。伏倫斯基立刻注意到了這塊沙漠中的綠洲，同他們招呼起來。

他進去的時候，一幕戲剛完畢，因此他沒有到哥哥的包廂裡去，卻走到正廳的第一排，同謝普霍夫斯科依一起站在腳燈邊。謝普霍夫斯科依彎著一條腿，用靴跟敲敲腳燈，老遠一看見他，就向他笑笑，叫他過去。

伏倫斯基還沒有看見安娜，他故意不朝她那邊望。但他從人們視線的方向看出她在什麼地方。他若無其事地朝四周張望，但並不找尋她；他用眼睛找尋卡列寧，準備遇到最糟糕的局面。算他運氣，卡列寧今天沒有來看戲。

「啊，你身上剩下的軍人味道太少了！」謝普霍夫斯科依對他說。「一位外交官、一位演員，你就是這樣。」

「是啊，我一回家就穿上燕尾服。」伏倫斯基微笑著回答，慢悠悠地拿出望遠鏡。

「在這方面，說實在的，我眞羨慕你。我從國外回來穿上這衣服的時候，」謝普霍夫斯科依摸了摸他的肩章，「眞捨不得我的自由。」

謝普霍夫斯科依對伏倫斯基的前程早已不存什麼希望，但他照舊喜歡他，待他特別親切。

「你沒有趕上看第一幕，眞可惜。」

伏倫斯基心不在焉地聽著，把望遠鏡從樓下廂座移到二樓，然後又望著一個個包廂。在一位紮著高髻纏髮帶的太太和一個怒氣沖沖地轉動望遠鏡、眨著眼睛的禿頂老頭兒旁邊，伏倫斯基突然看到安娜傲慢而美艷驚人、圍著花邊的笑盈盈的臉。她坐在五號包廂，離開他只有二十步路。她坐在前面，稍稍回過頭來對雅希文說著什麼。她那美麗寬闊的肩膀托著她的頭，她的眼睛和整個臉上閃耀著抑制的興奮光輝，使他想起當初在莫斯科舞會上看見她的模樣。但現在他欣賞她的美，同以前完全不一樣。現在他對她的感情沒有絲毫神祕的成分，因此雖然她的美比以前更使他傾倒，卻使他感到不愉快。她沒有朝他的方向望，但伏倫斯基發覺她已經看到他了。

當伏倫斯基又拿望遠鏡對著那個方向的時候，他看到華爾華拉公爵小姐的臉顯得特別紅，她不自然地微笑著，也不斷往隔壁包廂張望；安娜摺攏扇子，拿它敲著包廂的紅絲絨欄杆，眼睛凝視著什麼地方，卻沒有看見，顯然也不願看見隔壁包廂裡所發生的事。雅希文臉上現出一副賭輸錢時的倒楣相。他皺起眉頭，把左邊小鬍子塞進嘴裡，越塞越深，同時也斜眼瞅著隔壁包廂。

左邊那個包廂裡是卡爾塔索夫夫婦。伏倫斯基認識他們，並且知道安娜同他們也認識。卡爾塔索夫夫人是個瘦小的女人，站在他們的包廂裡，背對安娜，正在穿丈夫遞給她的披肩。她臉色蒼白，怒氣沖沖，情緒激動地說著什麼。卡爾塔索夫是個禿頂的胖子，一面不斷地回過頭來看安娜，一面竭力安慰妻子。等妻子走了，丈夫遲疑了好一陣，用眼睛找尋安娜的目光，顯然想向她鞠躬。但安娜分明有意不理他，回過頭去對俯著身子、頭髮剪得短短的雅希文說話。卡爾塔索夫沒有鞠躬就走了，留下一個空包廂。

伏倫斯基不明白卡爾塔索夫夫婦和安娜究竟發生了什麼事，但他看出，一定有什麼事使安娜感到屈辱。從他看見的情景上，尤其是從安娜的神色上，他都看出了這一點。他知道安娜在竭力維護她所扮演的角色的體面。這種外表鎮定的角色她演得很成功，凡是不認識她，不知道她那個圈子，沒有聽到女人們說她膽敢在大庭廣眾中拋頭露面，並且紮著花邊頭帶賣俏的人，都會對她的落落大方和美艷魅人驚嘆不已，根本沒有想到她此刻的感受就像一個被釘在恥辱柱上示眾的人。

伏倫斯基知道出了事，但不知道到底是什麼事。他心裡十分焦慮，希望打聽一下，就向哥哥的包廂走去。他故意挑選安娜包廂對面的通道走去，正好看見老團長在跟兩個熟人說話。伏倫斯基聽見他們提到卡列寧夫婦，並且發覺團長急忙意味深長地對那兩個說話的人丟了個眼色，大聲叫著伏倫斯基的名字。

「嘿，伏倫斯基！你什麼時候回到團裡來？我們總不能不請你吃一頓飯就讓你走哇！你是我們最老的夥伴。」團長說。

「我沒有空了，眞抱歉，下一次吧。」伏倫斯基說著，就上樓跑到哥哥的包廂裡。

伏倫斯基的母親，鬈髮灰白的老伯爵夫人，坐在他哥哥的包廂裡。華麗雅同索羅金娜公爵夫人在二樓走廊裡遇見他。

華麗雅把索羅金娜公爵小姐送到母親那裡，伸了一隻手給小叔子，立刻同他談起他所關心的事來。他難得看見她這樣激動。

「我覺得這很卑鄙、很惡劣，卡爾塔索夫夫人沒有任何權利這樣做。卡列寧夫人……」她開始說。

「什麼事？我還不知道。」

「怎麼，你沒聽說嗎？」

「你要明白，這種事我總是最後才聽到的。」

「天下還有比卡爾塔索夫夫人更惡毒的人嗎？」

「她到底做了什麼事？」

「丈夫告訴我說……她侮辱了卡列寧夫人。她丈夫隔著包廂同卡列寧夫人說話，卡爾塔索夫夫人就鬧了起來。據說她說了一句侮辱的話就走了。」

「伯爵，您媽媽叫您去呢。」索羅金娜公爵小姐從包廂裡探出頭來說。

「我一直在等你，」母親嘲弄地笑著對他說，「可就是看不到你。」

兒子看出她高興得忍不住笑。

「您好，媽媽。我來看您了。」他冷冷地說。

「你怎麼不去巴結卡列寧夫人哪？」等到索羅金娜公爵小姐走到一邊，她用法語說。「她引得全場都轟動了。為了她，大家把巴蒂都給忘了。」

「媽媽，我請求過您，不要對我提這件事。」他皺著眉頭回答。

「我說的事大家都在說。」

伏倫斯基什麼也沒有回答。他對索羅金娜公爵小姐說了幾句就走了。他在門口遇見哥哥。

「啊，阿歷克賽！」哥哥說。「多麼討厭哪！一個十足的傻婆娘……我現在就到她那裡去。我們一起去吧。」

伏倫斯基沒有理他。他匆匆走下樓去。他覺得他應該做些什麼，但不知道做什麼才好。他恨她把她自己和他弄得這樣尷尬，同時又可憐她的痛苦遭遇。這種心情使他不安。他走到正廳，一直向安娜的包廂走去。斯特列莫夫站在包廂旁邊，同她談著話：

「沒有再好的男高音了。真是天下無敵。」

伏倫斯基向她鞠了個躬，站住向斯特列莫夫打招呼。

「您大概來遲了，錯過最精彩的詠嘆調。」安娜對伏倫斯基嘲弄地——他有這樣的感覺——瞟了一眼。

「我對音樂一竅不通。」他嚴厲地瞧著她說。

「就像雅希文公爵一樣，」她笑嘻嘻地說，「他認為巴蒂唱得太響了。」

「謝謝您。」她伸出戴著長手套的小手，從伏倫斯基手裡接過節目單，就在這一剎那，她那美麗的臉突然抽搐了一下。她站起來，走到包廂後面去了。

伏倫斯基發現下一幕開始時她的包廂空了。在觀眾剛安靜下來傾聽獨唱的當兒，他站起來，在一片輕微的噓聲中走出劇場，坐車回家。

安娜已經回到家裡。伏倫斯基走進她的房間，她仍穿著看戲時穿的那身衣服，一個人待著。她坐在靠牆的一把安樂椅上，眼睛瞪著前方。她對他望了望，立刻恢復原來的姿勢。

「安娜。」他說。

「你，你，全得怪你！」她含著絕望和怨恨的淚水叫著站起來。

「我要求過你，要求你不要去，我早知道你去了會不愉快的……」

「不愉快！」她叫起來。「太可怕了！只要我活一天，就一天不會忘記這件事。她竟說坐在我旁邊是一種恥辱。」

「一個傻婆娘的話，」他說，「可是你爲什麼要冒這個險，要去惹事呢……」

「我恨你的冷靜。你不應該使我落到這個地步。要是你愛我……」

「安娜！這事同我愛你有什麼相干……」

「啊，要是你愛我像我愛你一樣，要是你像我一樣痛苦……」她帶著恐懼的神色凝視著他說。

他可憐她，但還有點惱恨。他向她保證永遠愛她，因爲看到現在只有這一點才能安慰她，他嘴裡沒有再責備她什麼，但心裡還在怪她。

他向她保證永遠愛她，自己也覺得太庸俗，簡直不好意思出口，她卻如飢似渴地聽了進去，逐漸安靜下來。第二天，他們完全和好了，就一起動身到鄉下去。

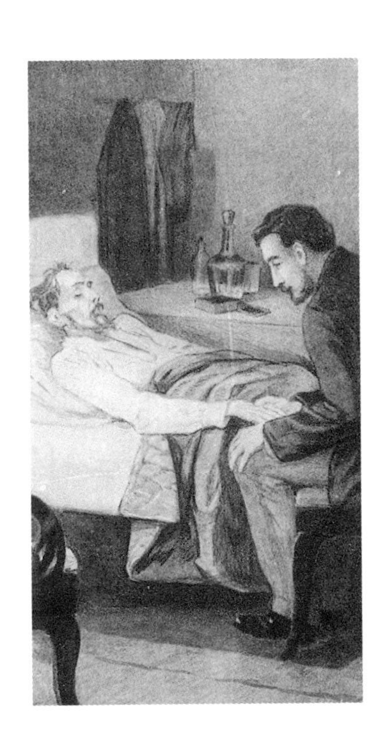

第六部

1

陶麗帶著孩子們在波克羅夫斯克妹妹吉娣家避暑。她自己莊園裡的房子全倒塌了，列文夫婦就請她到他們那裡去消夏。奧勃朗斯基很贊成這個計畫。他說可惜他因公務纏身，不能和家人一起到鄉下避暑，要不然這對他也是一大樂事。他留在莫斯科，只偶爾到鄉下來住上一兩天。除了奧勃朗斯基一家和他們的家庭女教師以外，今年夏天到列文家來作客的還有老公爵夫人——她認爲照顧缺乏經驗的有喜的女兒是她的責任。此外，吉娣在國外結交的朋友華倫加，履行在吉娣結婚後來看她的諾言，也住在她家裡。這些都是列文妻子方面的親友。列文雖然喜歡這些親友，但眼看他列文的小天地和生活秩序受到他所謂「謝爾巴茨基因素」的衝擊，不免有點遺憾。今年夏天，他這方面的親戚到他家來作客的只有一個柯茲尼雪夫，況且柯茲尼雪夫也不完全是列文家的人，他有他柯茲尼雪夫的特殊氣質，因此列文精神在家裡就完全湮沒了。

列文家空關很久的房子如今住了那麼多人，幾乎個個房間都住了人。老公爵夫人每天坐下來吃飯，總要點一點人數。如果正好是十三個，她就叫一個孫兒或孫女單獨坐到小桌上去吃。對精心料理家務的吉娣來說，採購母雞、火雞、鴨子等東西就夠她忙了，因爲夏天客人和孩子的胃口都很好，食品消耗量很大。

一家人坐下來吃飯。陶麗的孩子們、家庭女教師和華倫加打算到什麼地方去採蘑菇。柯茲尼雪夫的過人智慧和淵博學識使客人們個個折服。他談到有關蘑菇的事，尤其使大家感到驚訝。

「你們把我也帶去吧！我很喜歡採蘑菇，」他眼睛盯著華倫加說，「我覺得這活動挺有意思。」

「那我們太高興啦。」華倫加漲紅了臉回答。吉娣意味深長地同陶麗交換了一個眼色。博學多才的柯茲尼雪夫要同華侖加一起去採蘑菇，這就證實了吉娣最近頭腦裡縈迴著的猜想。她慌忙同母親說了一句話，免得人家注意她的目光。飯後，柯茲尼雪夫端著一杯咖啡，坐在客廳的窗邊，一面繼續同弟弟談話，一面望著孩子們採蘑菇去要經過的門。列文坐在哥哥旁邊的窗檻上。

吉娣站在丈夫旁邊，顯然在等待這場她不感興趣的談話結束，她好對他說句什麼話。

「你結婚以後許多地方都變了，變得更好了，」柯茲尼雪夫對列文說，同時對吉娣笑笑，他對這場談話顯然不感興趣，「不過你好發怪論的脾氣卻沒有變。」

「吉娣，你這樣站著不好。」做丈夫的推給她一把椅子，含情脈脈地瞧著她說。

「哦，對了，現在可沒工夫了。」柯茲尼雪夫看見孩子們跑進來，又說。

塔尼雅穿著長筒襪，揮舞著籃子和柯茲尼雪夫的帽子，側著身子一路領先，向他大步跑來。

她大膽地跑到柯茲尼雪夫面前，那雙酷似她父親的秀眼晶晶發亮。她把帽子送給他，彷彿要替他戴上，露出羞怯而親熱的微笑來沖淡她的放肆行為。

「華侖加等著呢。」她從柯茲尼雪夫的笑容上看出她可以這樣做，就一面小心翼翼地替他戴上帽子，一面說。

華侖加換了一件黃色印花布連衫裙，頭上包了一塊雪白的頭巾，站在門口。

「我來了，我來了，華爾華拉・安德烈夫娜。」柯茲尼雪夫說著喝完咖啡，把手帕和雪茄煙盒分放在兩個口袋裡。

「喲，我們的華侖加多美呀！呃？」吉娣等柯茲尼雪夫一站起來，就對丈夫說。她說得很響，使柯茲尼雪夫能夠聽見，顯然是有意的。「她多美，美得多有風度！華侖加！」吉娣叫道，「你們到磨坊的樹林那邊去嗎？我們回頭去找你們。」

「你簡直忘記自己的身子了，吉娣，」老公爵夫人急急地走到門口說，「你現在可不能這樣大喊大叫啊！」

華侖加聽見吉娣的聲音和她母親的訓斥，步態輕盈地向吉娣跑來。她動作敏捷，生氣勃勃的臉上的紅暈，都說明她心裡正起著不平凡的變化。吉娣知道是怎麼一回事，就留神她的一舉一動。她現在叫喚華侖加，就因爲她認爲今天飯後在樹林裡將發生一件重大的事情，她在心裡爲她祝福。

「華侖加，要是今天發生一件事，那我眞太高興了。」吉娣吻著她低聲說。

「您跟我們一起去嗎？」華侖加窘態畢露地問列文，假裝沒有聽見吉娣的話。

「我要去的，可是只到打穀場，我要留在那邊。」

「哦，你有什麼事嗎？」吉娣說。

「要去看看新買的貨車，算算帳。」列文說。「那你到哪裡去啊？」

「我到陽台上去。」

2

女人全聚集在陽台上。飯後她們一般喜歡在那裡坐坐，不過今天她們還有別的事情。除了人人都在縫製嬰兒罩衫和編織襁褓帶之外，今天那裡還在用不加水的方法煮果醬。這種方法對阿加菲雅來說是新鮮的。吉娣介紹過她娘家使用的這個方法，但這項工作一向由阿加菲雅負責，她認爲列文家的一切辦法都不會錯，因此煮草莓醬還是加了水，肯定說別的方法都行不通。這事被發覺了，現在就決定當眾煮果醬，使阿加菲雅相信，不加水照樣可以煮好果醬。

阿加菲雅怒氣沖沖，滿臉通紅，頭髮蓬亂，用她那雙露到肘部的瘦手轉動著炭爐上的鍋子，悶悶不樂地望著草莓，巴不得果醬燒糊，煮不成功。公爵夫人發覺阿加菲雅在生她的氣——因爲她是煮果醬的主要顧問——就竭力裝作在忙別的事，根本不注意果醬，嘴裡一直談著別的事，但不時斜眼望望炭爐。

「我總是親自給侍女們買些便宜的料子。」公爵夫人繼續剛才的談話……「現在是不是該把浮沫撇掉，我的好保姆？」她轉身對阿加菲雅說。「你說什麼也不要自己動手，那邊太熱了。」她阻止吉娣說。

「我來弄。」陶麗說著站起來，拿起勺子小心翼翼地在起泡的果醬面上撇著，時而把勺子在一隻盛著金黃色浮沫、底下積著一層血紅色果醬的盤子上敲敲，把黏在勺子上的浮沫敲下來。「他們喝茶的時候舔到這東西將會多高興啊！」她想到她的孩子們，同時記起她自己小時候對大人不吃這最好的東西——果醬浮沫感到奇怪。

「斯基華說，最好還是給她們錢，」這時陶麗又繼續談論賞給僕人什麼東西最合適這個有趣的問題，「但是……」

「怎麼能給錢！」公爵夫人和吉娣異口同聲地說。「她們是很看重送禮的。」

「拿我來說，去年就買給我們的馬特廖娜一塊假毛葛。」公爵夫人說。

「我記得她在您過命名日那天穿過。」

「花樣可愛極了，又樸素又大方。要不是她已經有了，我眞想給自己也做一件呢。有點像華侖加那一件。眞是價廉物美。」

「嘿，現在看來好了。」陶麗舀了一勺子果醬，把它滴下來。

「等拉得成絲就好了。再煮一會兒，阿加菲雅。」

「這些該死的蒼蠅！」阿加菲雅怒氣沖沖地說。「還不是一個樣。」她又說。

「啊，瞧牠多可愛，別把牠嚇飛了！」吉娣看見欄杆上一隻麻雀正翻著草莓梗，啄食著，突然說。

「是的，但你最好離開炭爐遠一點。」母親說。

「趁這機會來談談華倫加的事吧。」吉娣用法語說，每逢她們不願讓阿加菲雅聽懂時，總是說法語。「您知道，媽，我不知怎的，眞希望今天就能做出決定呢。您明白我說的是什麼。那該有多好哇！」

「瞧她眞是個做媒的好手！」陶麗說。「她多麼巧妙地把他們拉在一起呀……」

「不，告訴我，媽，您有什麼想法？」

「我會有什麼想法呢？他（「他」是指柯茲尼雪夫）什麼時候都可以在俄國找到最好的對象，雖然他年紀已經不輕了，但我知道還是有許多女人願意嫁給他……她是個好姑娘，但他可以……」

「不，您聽我說，媽，爲什麼不論對他或者對她來說，都沒有更美滿的婚姻了。第一，她實在迷人！」吉娣彎起一個手指說。

「他很喜歡她，這是眞的。」陶麗附和說。

「其次，他有這樣的社會地位，根本就不需要妻子的財產和勢力。他只需要一個賢慧嫻靜的妻子。」

「是的，同她在一起可以放心。」陶麗又附和說。

「第三，她會愛他的。就是說……就是說一切都會稱心如意！……我希望他們從樹林裡出來，事情就能決定了。我從他們的眼色裡一下子就能看出。那我眞會高興死了！你看怎麼樣，陶麗？」

「你不要激動，說什麼也不要激動！」母親說。

「我並沒有激動，媽。我想他今天就會求婚了。」

「啊，男人怎樣求婚，什麼時候求婚，這可眞有意思……彷彿原來有一道障礙，一下子給衝破了。」

陶麗回憶著她同奧勃朗斯基的往事，若有所思地微笑著說。

「媽，爸爸當年是怎樣向您求婚的？」吉娣忽然問。

「沒有什麼特別的，簡單得很。」公爵夫人回答，因爲想起這件往事而綻開了笑顏。

「不，到底是怎樣的？在你們開始交談以前，您是不是已經愛上他了？」

吉娣覺得特別高興的是，她現在可以平等地同母親談談女人一生中最重要的問題。

「當然愛上了。當年他常到我們鄉下來。」

「那麼是怎樣決定的呢，媽？」

「你一定以爲你們現在流行的是一套新花樣，對嗎？其實還不都是一個樣：眉來眼去，笑裡傳情……」

「您說得眞好哇，媽！就是眉來眼去，笑裡傳情。」陶麗附和說。

「可是他說了些什麼啦？」

「列文對你說了些什麼？」

「他是用粉筆寫的。這事眞怪……我彷彿覺得這是好久以前的事了！」吉娣說。

三個女人都想著同一件事。吉娣首先打破沈默。她想起婚前那個冬天，想起她對伏倫斯基的迷戀。

「有一件事……就是華侖加以前的對象。」吉娣自然而然地聯想到這事。「我要對謝爾蓋・伊凡諾維奇說一說，使他有個思想準備。他們男人對我們的過去總是挺會嫉妒的。」她又說。

「也不是個個都這樣，」陶麗說，「你是根據你丈夫的脾氣來判斷的。列文直到現在想到伏倫斯基還覺得不愉快呢。是嗎？是這樣嗎？」

「是的。」吉娣眼睛裡含著笑意，若有所思地回答。

「我可不知道，你過去有什麼事會使他煩惱？」公爵夫人出於做母親的對女兒的關懷，插嘴說。「是因爲伏倫斯基追求過你嗎？這種事哪一個姑娘沒有經歷過呀！」

「噯，我們不談這個。」吉娣漲紅了臉說。

「不，聽我說，」做母親的講下去，「當時是你自己不要我去同伏倫斯基談的呀。你記得嗎？」

「哎呀，媽！」吉娣露出痛苦的神色說。

「如今可沒有人攔著你們……你同他的關係也沒有什麼越軌的地方。我眞想找他當面談一談。不過，我的小寶貝，你可激動不得。請你記住這一點，安靜些！」

「我安靜得很呢，媽。」

「當時虧得來了個安娜，眞是吉娣運氣好，」陶麗說，「可安娜眞是倒楣呀！瞧，事情正好相反，」她不勝感慨地又說，「當時安娜多麼幸福，可吉娣還自以爲倒楣呢。眞是正好相反！我常常想到她。」

「虧你還想到她！這個不要臉的女人，眞沒有良心！」母親說，她不能忘記，吉娣沒有嫁給伏倫斯基，卻嫁給了列文。

「談這個事有什麼意思呢！」吉娣惱火地說。「這事我不想，也不願意想……我眞不願意想它。」她留神聽著從陽台台階上傳來丈夫熟悉的腳步聲，又說了一遍。

「嗨，什麼事啊，連想都不願意想？」列文走到陽台上說。

可是誰也沒有回答他，他也就不再問了。

「眞抱歉，我破壞了你們的婦女樂園。」列文不太樂意地向每個人掃了一眼，懂得她們在談不願當著他面談的事。

剎那間，列文覺得他產生了同阿加菲雅一樣的感情。她對煮果醬不加水很不滿意，總之，對外來的謝爾巴茨基家影響很反感。不過，他還是微微一笑，走到吉娣跟前。

「嗯，怎麼樣？」列文問她，他望著她的那種神情同別人望著她一樣。

「沒什麼，很好，」吉娣笑瞇瞇地說，「你的事情怎麼樣？」

「那輛新車比舊車可以多裝三倍東西呢。要不要去把孩子們接來？我已經吩咐他們套車了。」

「什麼，你要吉娣坐敞篷馬車嗎？」母親帶著責備的口吻說。

「是一步一步慢慢地走呀，公爵夫人。」

列文從來沒有叫過公爵夫人「媽媽」，像一般做女婿的稱呼丈母娘那樣。這使公爵夫人不高興。列文雖然很敬愛公爵夫人，卻不肯這樣叫她，因爲他覺得這樣會褻瀆他故世的母親。

「您跟我們一起去吧，媽。」吉娣說。

「我可不願意看到這樣的輕舉妄動。」

「嗯，我走著去好了。我身體好著呢。」吉娣站起來，走到丈夫跟前，挽住他的手臂。

「身體好，可什麼事都得有個分寸。」公爵夫人說。

「啊，阿加菲雅，果醬好了嗎？」列文笑著對阿加菲雅說，想逗她高興。「新辦法好嗎？」

「總該好了。可是照我們看來煮過頭了。」

「這樣更好些，阿加菲雅，不會變酸，要不然我們這兒冰已經化了，又沒有地方保存。」吉娣立刻懂得丈夫說話的意思，就帶著同樣的心情對老太婆說。「不過你醃的鹹菜眞好，媽說她哪兒也沒有吃到過這樣好的鹹菜。」她微笑著拉了拉頭巾，補充說。

阿加菲雅怒氣沖沖地對吉娣望了望。

「您用不著安慰我，少奶奶。我只要對你們倆瞧瞧，就高興了。」她說。這粗魯的「你們倆」三個字卻使吉娣感動了。

「跟我們一起去採蘑菇吧，您可以給我們帶路。」吉娣對阿加菲雅說。阿加菲雅微微一笑，搖搖頭，像是在說：「我眞想生您的氣，可是生不起來。」

「你們照我的話辦吧，」老夫人說，「在果醬面上蓋一張紙，上面滴幾滴蘭姆酒，這樣就是沒有冰也永遠不會發霉了。」

3

吉娣能有機會同丈夫單獨在一起，感到特別高興，因爲她發現，丈夫剛才走進陽台問她們在談些什麼，卻得不到回答時，他那善於流露感情的臉上掠過一種苦惱的神色。

他們走到別人前頭，走到看不見房子的地方，來到撒滿黑麥穗和麥粒、積有灰沙的踩得很平整的路上。這時候，她更緊地偎依著丈夫，把他的手臂貼住自己的身子。他已經忘記了剛才的不愉快，如今同她單獨在一起，一心想到她快做母親，體驗到一種同心愛的女人親近時超過肉體的純潔的快樂。沒有什麼要說的話，但列文渴望聽聽她的聲音，因爲自從她懷孕以來，她的聲音也同她眼神一樣變了。她彷彿一個人在專心致志地從事心愛的工作，聲音同眼神裡都充滿又溫柔、又嚴肅的調子。

「那麼你不累嗎？在我身上靠得舒服些吧！」列文說。

「不累，我眞高興同你單獨在一起。老實說，同他們在一起不管怎麼有趣，也不能使我忘記冬天晚上咱倆在一塊兒的快樂。」

「本來就不錯，但現在更好。這樣那樣都很好。」列文緊緊握住她的手說。

「你知道你進來的時候我們在談什麼嗎？」

「是談果醬吧？」

「不錯，也談過果醬，但還談到男人怎樣求婚。」

「哦！」列文說，他與其說是在聽她的話，不如說是在聽她的聲音，此刻他們正穿過林中的小路，他一直留神著，儘量避開那些她可能摔跤的地方。

「還談到謝爾蓋．伊凡諾維奇和華侖加呢。你沒有注意嗎？……我眞希望這事能成功。」吉娣繼續說。「你對這事有什麼看法？」她說著瞧了瞧他的臉。

「我不知道該怎麼看，」列文含笑回答，「我覺得謝爾蓋這人有點古怪。我不是對你說過嗎……」

「是的，他愛過那個死去的姑娘……」

「那還是我小時候的事，我後來聽別人講的。我記得他當時的模樣。他當時非常可愛。從那時起，我就一直在觀察他對待女人的態度：他很親切，有幾個女人他也喜歡，但我覺得她們對他來說只是人，並不是女人。」

「對，不過現在他跟華倫加……看來有點什麼……」

「也許有……但我們要知道他的爲人……他是一個與眾不同的怪人。他過的純粹是精神生活。他這人太純潔了，靈魂太高尙了。」

「怎麼？難道這樣會降低他的人格嗎？」

「不是的，他過慣純粹的精神生活，不會順從現實生活，可華倫加終究是現實生活中的人。」

如今列文已慣於大膽說出自己的想法，不再字斟句酌了。他知道妻子在這種情意綿綿的時刻，只要他稍做暗示，就能懂得他的意思。此刻她確實懂得他的意思。

「是的，但她不像我這樣講究實際，我明白他是絕不會喜歡我的。華倫加卻是一味追求精神生活的。」

「噯，不，他很喜歡你。我家的人喜歡你，這使我一直很高興……」

「對，他待我很親切，但是……」

「但是他不像已故的尼古拉……你們倒是很合得來。」列文替她把話說完。「您怎麼不說了？」他接下去說。「我有時責備我自己，到頭來總是把他給忘了。唉，他這人眞是又可怕、又可愛……是的，我們剛才在談什麼呀？」列文沈默了一陣說。

「你認爲他這人不會談戀愛，是嗎？」吉娣用她習慣的語言直率地說。

「不是說他不會談戀愛，」列文微笑著說，「但他沒有人類少不了的那種毛病……我總是很羨慕他，就是現在這麼幸福，我還是羨慕他。」

「你羨慕他不會談戀愛嗎？」

「我羨慕他比我強，」列文笑著說，「他活著不是爲了自己。他的全部生活都是爲了盡責任。因此他能夠心安理得，無所需求。」

「那麼你呢？」吉娣露出嘲弄而深情的微笑問。

她怎麼也不能表達促使她微笑的思緒，但她最後歸結爲一點，就是丈夫稱讚哥哥，貶低自己，並非完全出於眞心。吉娣知道他這樣做是因爲熱愛哥哥，因爲自己過分幸福而感到慚愧，特別是因爲這種追求幸福的慾望沒有止境。她愛他這種心情，所以笑了。

「那麼你呢？你到底還有什麼不滿意？」她還是那樣微笑著問。

吉娣不相信他還有什麼地方對自己不滿意，這使他覺得高興。他無意中逗她說出了不相信的理由。

「我感到幸福，但我對自己不滿意……」列文說。

「既然你感到幸福，怎麼還會對自己不滿意呢？」吉娣說。

「怎麼對你說好呢？……在我心裡，除了你不摔跤以外，沒有別的願望。啊呀，你可不能這樣跳哇！」列文中止原來的談話，責備她，因爲她越過橫在路上的一根樹枝時動作太快了。「但我捫心自問，拿自己同別人比較，特別是同我哥哥比較，就覺得自己太糟了。」

「到底糟在哪裡呀？」吉娣帶著同樣的微笑繼續說。「你不是也在爲別人工作嗎？你的田莊、你的農場、你的著作，都不能算數嗎？……」

「不，我現在更加感覺到你錯了，」列文握緊她的手說，「那些都算不了什麼。我做那一切都是不賣力的。要是我能像愛你那樣愛那些事就好了……事實上，我近來做工作就像應付差事一樣。」

「那麼，你說我的爸爸怎麼樣？」吉娣問。「他什麼公益事業也不做，是不是也很糟呢？」

「他嗎？——不。一個人應該像你父親那樣樸實、開朗、善良，可是這些我有嗎？我什麼事也不做，因此很痛苦。這一切都是你造成的。在沒有你和『這個』以前，」他說著望望她肚子，她明白了，「我把全部精力都放在工作上，可是現在辦不到，我感到慚愧。我做工作就像在應付差事那樣，我假裝……」

「那麼你現在願意同謝爾蓋·伊凡諾維奇對調嗎？」吉娣說。「你只要像他一樣從事公益事業，熱愛那非辦不可的差事，就心滿意足了嗎？」

「當然不是的，」列文說，「不過我太幸福，簡直什麼也不明白。那麼你想我哥哥今天會向她求婚嗎？」列文沈默了一會兒，又問。

「我又想，又不想。只是我眞希望他會求婚。啊，等一下。」吉娣彎下腰去，在路邊摘了一朵野菊花。「嗯，來數一數：他會求婚，他不會求婚。」吉娣說著把花遞給列文。

「他會，他不會。」列文一面撕下一片片狹長的白色花瓣，一面數著。

「不對，不對！」吉娣興奮地注視著他的手指，捉住他的手。「你撕了兩片了。」

「哦，那麼這片小的就不算了。」列文撕下一片還沒有長足的花瓣說。「你瞧，馬車追上來了。」

「你累不累呀，吉娣？」公爵夫人叫道。

「一點也不累。」

「既然馬很聽話，走得很慢，你就坐上來吧。」

但是已經用不著坐車了。目的地快到了，大家就步行過去。

4

華侖加的黑頭髮上包著一塊白頭巾，她在一群孩子的簇擁下，和藹而快樂地同他們玩著，顯然因爲有機會向她心愛的男人表白愛情而感到十分興奮，她的模樣也格外迷人。柯茲尼雪夫同她並肩走著，不斷地欣賞著她的美麗。他眼睛望著她，心裡回想著她說過的一切動聽的話，思索著她的種種優點。他越來越意識到，他對她的感情是很特殊的，這種特殊的感情他好久好久以前體驗過，而且只有一次，那是在他年輕的時候。同她接近的快樂越來越強烈，當他把採到的一個細株捲邊的大樺樹菌放進她的籃子裡時，他對她的眼睛瞟了一下，看見她臉上泛起又驚又喜的紅暈，他自己也窘態畢露，默默地對她微微一笑。這一笑可包含著多少情意呀。

「既然這樣，」柯茲尼雪夫自言自語著，「我就應該好好考慮一下，做出決定，可不能像孩子那樣熱情衝動，神魂顚倒哇。」

「這會兒我要自己一個人去採蘑菇了，要不然我的成績太差了。」他說著獨自離開大夥兒——他們正走在林邊稀落的老樺樹中間柔軟如絲的草地上——向那白樺樹中間雜生著銀灰樹幹的白楊和暗色榛樹叢的樹林深處走去。柯茲尼雪夫走了四十步光景，走進盛開的淺紅和深紅的衛矛花叢中。他知道人家看不見他，就站住了。周圍一片寂靜。只有他頭上的樺樹梢邊有一群蒼蠅像蜜蜂一樣嗡嗡地鬧個不停，偶爾還傳來孩子們的聲音。忽然從樹林邊上傳來華侖加呼喚格里沙的女低音，柯茲尼雪夫的臉上不禁浮起一片快樂的微笑。柯茲尼雪夫覺察到這微笑，對自己這種處境不以爲然地搖搖頭，掏出一支雪茄，動手點火。他拿火柴在樺樹幹上擦了好一陣，怎麼也擦不著。柔嫩的白色樹皮上黏了些磷粉，火就熄滅了。最後，有一根火柴點著了，香味濃烈的雪茄的煙像一塊飄蕩的桌布向前飛翔，冉冉上升，繚繞在樺樹低垂的枝葉之下和灌木上面。柯茲尼雪夫目送著這片煙雲，慢慢地向前走去，心裡考慮著自己的處境。

「爲什麼不行呢？」他想。「這會不會只是一時的感情衝動，會不會只是一種迷戀，一種相互的迷戀（我敢說是相互的），但我覺得這在我是反常的，要是我屈服於這種迷戀，我就會背離我的天職和責任……但情況並非如此。我說得出的反對理由只有一條，那就是當我喪失瑪麗的時候，我立誓對她永不變心……這一點很重要。」柯茲尼雪夫自言自語，同時又覺得這種顧慮是沒有多大意思的，在別人看來，他至多損害了自己那種詩人的氣質罷了。「除此以外，不論我怎樣找尋，也找不出一條違反自己感情的理由。要是單憑理智選擇的話，我可再也找不到比她更好的對象了。」

不論他回想多少認識的婦女和姑娘，也想不起哪一個具備他冷靜思考後認爲做他妻子應具備的全部優點。她具有少女的嬌媚和魅力，卻不是個不解事的孩子；她像一個成熟的女人自覺愛一個男人那樣愛他。這是一。其次，她不但一點也不俗氣，而且顯然很厭惡上流社會，但又懂得人情世故，還具備一個有教養的女人的優雅風度；缺乏這樣的風度，柯茲尼雪夫認爲是無法考慮做他終身伴侶的。第三，她的宗教信仰是虔誠的，但並不是像吉娣那樣孩子式的懵懵懂懂的虔誠和善良，她的生活是建立在宗教信仰的基礎上的。甚至在一些細節上，柯茲尼雪夫都覺得她是個理想的妻子：她貧窮而孤獨，這樣她就不會把一大堆親戚和他們的影響帶到夫家來，就像他看到的吉娣那樣，而是處處依靠丈夫，感激丈夫，這也是他一貫對未來的家庭生活的希望。這位姑娘正是集種種優點於一身，並且愛著他。他通情達理，不會看不到這一點，因此他也愛她。唯一的顧慮就是他的年齡。但他出生的家庭是長壽的，他沒有一根白髮，誰也看不出他是個四十歲的人。他還記得華倫加說過，只有在俄國大家把五十歲的人看作老頭兒，在法國五十歲的人往往自認爲年富力強，四十歲還是青年呢。再說，既然他覺得自己的心像二十年前一樣年輕，年齡又算得了什麼？現在他又來到樹林邊緣，看見燦爛的夕陽下華倫加優美動人的體態。她穿著一身淡黃的連衫裙，手裡挽著一隻籃子，步態輕盈地走過一棵老樺樹。當華倫加的形象，同他嘆賞不止的夕陽下黃澄澄的麥田、田野後面逐漸沒入蒼茫天際的遠方金黃色老樹林的美景融成一片時，湧上他心頭的不正是青春的感情嗎？他的心快樂地收縮著。一股柔情湧上心來。他覺得他已打定主意。華倫加剛蹲下身去採一朵蘑菇，立刻又輕盈地站起來，回頭一望。柯茲尼雪夫扔掉雪茄，毅然地大踏步向她走去。

5

「華爾華拉．安德烈夫娜，我年輕的時候，就想像我會愛上怎樣的女人，並且樂意把她稱爲我的妻子。我經歷了漫長的歲月，如今第一次發現您就是我心目中的理想女人。我愛您，向您求婚。」

柯茲尼雪夫離開華倫加十步遠時，這樣自言自語道。華倫加跪在地上，雙手保護著幾個蘑菇不讓格里沙搶去，同時呼喚著小瑪莎。

「到這兒來，到這兒來！孩子們！這兒多得很！」她用好聽的胸音叫道。

她看見柯茲尼雪夫走過來，並沒有起身，也沒有改變姿勢；但種種跡象都告訴他，她發覺他走近了，她很高興。

「怎麼樣，您找到什麼啦？」華侖加問，把白頭巾底下笑盈盈的美麗的臉向他轉過來。

「什麼也沒有。」柯茲尼雪夫說。「那麼您呢？」

她忙於應付身邊的孩子們，沒有回答他。

「這兒還有一個呢，在樹枝旁邊。」她對小瑪莎說，指給她看一個小小的紅蘑菇。這蘑菇富有彈性的粉紅色小帽子壓著一根乾草，它正從草底下生長出來。瑪莎把紅蘑菇撕成兩瓣，露出白色的肉身，撿起來。華侖加也站起來。「這使我想起了童年時代。」她離開孩子們同柯茲尼雪夫並肩走著，又說。

他們默默地走了幾步。華侖加看出他想說話；她猜到他想說什麼，興奮和恐懼得心都收縮了。他們走得離開孩子們很遠了，誰也聽不見他們說話，可是他還沒有開口。華侖加寧願沈默一下。剛剛談過蘑菇的事，最好還是沈默一會兒再談，這樣比較容易說出他們心裡想說的話。可是華侖加偏偏違反心意，彷彿脫口而出地說：

「那您眞的什麼也沒有找到嗎？其實樹林裡總要少一些。」

柯茲尼雪夫嘆了一口氣，什麼也沒有回答。他惱火的是她竟談起蘑菇來。他想回過去再談談她剛才講到的她童年的事；但他彷彿也違反自己的心意，沈默了一陣以後，就她最後那句話說出他的想法。

「我只聽說白蘑菇多年都生在樹林邊上，可是我也不會鑑別哪些是白蘑菇。」

又過了幾分鐘，他們離開孩子們更遠，只剩下他們兩人了。華侖加的心撲通撲通地跳得她自己都能聽見，她感到臉上一陣紅一陣白。

在施塔爾夫人家裡過了那麼些年寄人籬下的生活以後，華侖加覺得能做柯茲尼雪夫那樣的人的妻子眞是莫大的幸福。再說，她差不多確信她已經愛上他了。而這事此刻就得做出決定。她感到害怕。她又怕他說些什麼，又怕他什麼也不說。

或者現在說，或者永遠不說，這一層柯茲尼雪夫也感覺到了。在華侖加的目光裡，在她臉上的紅暈裡，在她低垂的眼睛裡，處處都流露出這種痛苦的期待。柯茲尼雪夫看出這一點，他爲她難過。他甚至覺得，現在什麼話也不說就是侮辱她。他在心裡反覆提出一切有助於做出決定的理由，同時在心裡重複著向她求婚的話，可是他沒有說出口，卻忽然心血來潮地問：

「白蘑菇和樺樹菌到底有什麼不同?」

華侖加回答的時候，激動得嘴唇都抖動起來：

「蘑菇帽上幾乎沒有什麼差別，差別在根上。」

這兩句話一出口，他和她都明白事情完了，原來想說的話不會再說，而在這以前，他們達到頂點的激情也平靜下來了。

「樺樹菌的根好像兩天沒有刮臉的男人的黑鬍子。」柯茲尼雪夫說話已經平靜了。

「是的，這倒是眞的。」華侖加微笑著回答。他們不由得改變了散步的方向。他們向孩子們走去。華侖加覺得又痛苦、又羞愧，但同時又感到輕鬆。

柯茲尼雪夫回到家裡，反覆思考著各種理由，覺得他原先的想法錯了。他實在忘不了瑪麗。

「輕一點兒，孩子們，輕一點兒!」列文站在妻子前面保護她，怒氣沖沖地對孩子們嚷道，當時一大群孩子高興得尖聲直叫，向他們衝來。

柯茲尼雪夫同華侖加跟著孩子們從樹林裡出來。吉娣用不著問華侖加，她從他們兩人平靜而略帶羞愧的臉色看出，她的計畫沒有成功。

「嗯，怎麼樣？」在他們回家的路上，丈夫問她。

「不成。」吉娣說，她微笑和說話的樣子很像她父親。列文常常滿意地注意到這一點。

「怎麼不成？」

「就是這樣子。」她抓住丈夫的一隻手拉到嘴邊，抿緊嘴唇吻了吻。「就像人家親主教的手一樣。」

「誰不幹？」他笑著問。

「兩個都不幹。喏，應該這樣……」

「莊稼漢來了……」

「不，他們看不見的。」

6

孩子們喝茶的時候，大人們都坐在陽台上若無其事地談天，雖然人人（特別是柯茲尼雪夫和華侖加）心裡都很明白，發生過一件不愉快而很重要的事。他們兩人共同的感受，就像考試不及格而留級或者永遠被開除的學生。在場的人也個個察覺出了什麼事，但都興致勃勃地談著別的問題。今天晚上，列文和吉娣覺得格外幸福和恩愛。他們在愛情上很幸福，這就使那些嚮往幸福而得不到幸福的人感到難受，他們因此甚至覺得害臊。

「我說阿歷山大不會來了，你們瞧著吧。」老公爵夫人說。

今天晚上大家在等奧勃朗斯基的火車。老公爵來信說，他可能同女婿一起來。

「我還知道爲什麼，」公爵夫人繼續說，「他常說應該讓新婚夫婦單獨住一陣。」

「爸爸眞的就這樣把我們扔下。我們好久沒看到他了，」吉娣說，「我們怎麼算得上新婚夫婦呢？我們早就是老夫老妻了。」

「要是他不來，我也要跟你們分手了，孩子們。」公爵夫人傷心地嘆了一口氣說。

「嗳，您這是怎麼啦，媽！」兩個女兒異口同聲地責怪她。

「你們想想，他心裡好受嗎？要知道現在……」

老夫人的聲音突然哆嗦起來。兩個女兒都不作聲，互相交換了一個眼色。「媽總是自尋煩惱。」她們的目光彷彿這樣說。她們不知道，儘管夫人在女兒家裡過得很好，儘管她覺得自己在這裡很有用，但自從心愛的小女兒出嫁，家裡變得冷冷清清以來，她就一直爲自己傷心，也爲丈夫傷心。

「您有什麼事，阿加菲雅？」吉娣忽然對那站在面前的樣子神祕、臉色莊重的阿加菲雅說。

「晚飯吃點什麼？」

「哦，你去安排吧，」陶麗說，「我要去幫格里沙溫習功課了。他自己還什麼也沒有做呢。」

「這是我的事！不，陶麗，我去幫他做。」列文霍地跳起來說。

格里沙已進了中學，夏天照理應該溫習功課。陶麗在莫斯科的時候，就陪同兒子一起學習拉丁文，到了列文家以後，規定每天至少一次同他複習算術和拉丁文中最困難的部分。列文自告奮勇來代替陶麗；但是做母親的有一次聽列文上課，不像莫斯科教師那樣給他輔導，感到很爲難，竭力想不得罪列文，但還是毅然對他說，要像老師那樣照課本複習，並且表示最好還是讓她自己來教。列文對奧勃朗斯基很有意見，因爲他玩世不恭，逃避責任，把管教兒子的責任讓不懂教育的母親承擔。列文對教師也很有意見，因爲他們教孩子教得那麼糟糕，但他答應大姨子遵照她的意思教課。他就不按照自己原來的想法，卻照著課本替格里沙上課，因此沒精打采，常常忘記上課的時間。今天也是這樣。

「不，我去，陶麗，你坐著。」列文說。「我們會照章辦事，根據課本教的，只不過等斯基華來了，我們要去打獵，那時要停一下課。」

列文說著找格里沙去了。

華倫加也對吉娣說了類似的話。就是在列文設備完善的幸福家庭裡，華倫加也能出一份力。

「晚飯我去安排，您坐著吧。」華倫加說著站起來向阿加菲雅走去。

「好的，好的，他們買不到小雞，那就用我們自己養的……」吉娣說。

「這事讓我同阿加菲雅去安排吧。」華倫加說著同她一起走了。

「多麼可愛的姑娘！」公爵夫人說。

「不是可愛，媽，簡直是個迷人的姑娘，這樣的姑娘哪兒也找不到。」

「那麼今天你們在等斯吉邦·阿爾卡迪奇嗎？」柯茲尼雪夫說，顯然不願意再談華倫加的事。「很難找到像他們兩位這樣不相像的連襟了，」他調皮地微笑著說，「一個活潑好動，在交際場中如魚得水；另一個，我們的列文，機警靈活，可是一到交際場所就呆若木雞，或像魚到了地上，亂蹦亂跳，死命掙扎。」

「是的，他這人粗心大意。」公爵夫人對柯茲尼雪夫說。「我正想求您對他說說，她（她指的是吉娣）

絕對不能留在這裡，一定要到莫斯科去。他說去請位醫生來……」

「媽，他什麼都會辦到，什麼都會答應的。」吉娣說，她對母親要柯茲尼雪夫過問這事感到不高興。

她們談到一半，聽見林蔭道上傳來馬嘶聲和沙礫路上車輪滾動的聲音。

陶麗還來不及站起來迎接丈夫，列文就從格里沙上課房間的窗口跳出去，並且把格里沙也抱了出去。

「斯基華來了！」列文在陽台下面叫道。「我們的課已經上完了，陶麗，不要怕！」他又說，同時像孩子似的跑下去迎接馬車。

「他，她，它；他的，她的，它的。」格里沙一面大聲背著拉丁文代詞，一面沿著林蔭道連蹦帶跳地跑去。

「還有個什麼人。對了，是爸爸！」列文在林蔭道入口處站住，叫道。「吉娣，你不要走那麼陡的台階，你繞個圈子過來。」

列文以爲車上坐著的是老公爵，可是他錯了。他走近馬車，才看清坐在奧勃朗斯基旁邊的不是公爵，而是一個頭戴後面有長飄帶的蘇格蘭便帽的漂亮肥胖青年。原來是謝爾巴茨基的表兄弟維斯洛夫斯基，聞名彼得堡和莫斯科的年輕人，並且像奧勃朗斯基介紹時說的，「是位傑出的人物和熱中打獵的好手」。

維斯洛夫斯基毫不計較人家因錯把他當作老公爵而產生的懊喪，興致勃勃地同列文寒暄，說他們以前見過面，接著又抱起格里沙，越過奧勃朗斯基帶來的獵狗，把他抱進馬車裡。

列文沒有上馬車，卻跟在後面走。他心裡有點不高興，因爲他越是了解越是喜愛的老公爵沒有來，卻來了這個完全多餘的生人維斯洛夫斯基。列文走到聚集了一大群鬧烘烘的大人孩子的台階邊，看見維斯洛夫斯基露出特別親暱殷勤的樣子吻著吉娣的手，越發覺得他是個多餘的生人。

「我同尊夫人是表兄妹，又是老朋友。」維斯洛夫斯基再次緊握著列文的手說。

「哦，怎麼樣，有野味嗎？」奧勃朗斯基剛同每個人打過招呼，就問列文說。「我們兩人野心可大了。哦，媽，他們結婚以後還沒有到莫斯科去過呢。哦，塔尼雅，這給你！你到馬車後面去拿吧。」他面面俱到地應付著。「你氣色眞好啊，我的陶麗。」他一面對妻子說，一面再次吻著她的手，又用一隻手拉住她的手，另一隻手在上面撫摩著。

列文剛才還興高采烈，這會兒卻悶悶不樂地望著大夥兒，他覺得一切都不順心。

「昨天他這兩片嘴唇才吻過誰呀？」他望著奧勃朗斯基對妻子那種親熱的樣子，暗自思忖。他望望陶麗，對她也沒有好感。

「她明明不相信他會眞心愛她，爲什麼還那樣快活呢？眞噁心！」列文想。

他望望公爵夫人，一分鐘以前他還覺得她很可愛，但此刻他也不喜歡她像在自己家裡那樣熱情地招待這個帽帶飄飄的維斯洛夫斯基。

他甚至不喜歡柯茲尼雪夫，因爲他也走到台階上，裝出友好的樣子歡迎奧勃朗斯基。列文知道他哥哥一向不喜歡也瞧不起奧勃朗斯基。

列文覺得連華侖加都很討厭，她裝出一副無比聖潔的模樣同這位城裡人認識，其實卻一心想嫁人。但最使人反感的吉娣，她竟然同這個自以爲下鄉旅行對人對己都是一大樂事的城裡人又說又笑，興高采烈，特別使他嫌惡的是她回報他微笑時那種異樣的笑容。

大家鬧烘烘地談著話，走進屋去。列文等大家一坐下，轉身就出去了。

吉娣看出丈夫有些異樣。她想找個機會同他單獨談談，可是他說有事要到帳房去，就匆匆走掉了。他好久沒有像今天這樣關心農莊的事了。「他們老是像過節一樣歡天喜地，」列文想，「現在又不是過節，工作不等人，不工作就不能生活呀。」

7

列文直到僕人請他吃晚飯，才回家去。吉娣同阿加菲雅站在樓梯上商量晚飯喝什麼酒。

「你們忙①什麼呀？像平常一樣就行了。」

「不，斯基華是不喝酒的……康斯坦京，等一下，你怎麼了？」吉娣一面說，一面連忙跟在他後面，可是他並不等她，冷冰冰地大踏步向餐室走去，立刻加入那邊以維斯洛夫斯基和奧勃朗斯基爲中心的熱鬧的談話。

「嗯，我們明天就去打獵，怎麼樣？」奧勃朗斯基說。

「好的，去吧。」維斯洛夫斯基說，同時換到另一把椅子上側身坐下，把一條胖腿擱在另一條上面。

「我很高興陪你們去。您今年打過獵嗎？」列文對維斯洛夫斯基說，注視著他的腿，但裝出高興的樣子。吉娣心裡很明白這種高興是假裝的，而且同他的爲人極不相稱。「不知能不能找到大鷸，但山鷸很多。不過得起個早。你們不累嗎？斯基華，你不累嗎？」

「我累？我從來不覺得累。我們來它個通宵！出去散散步。」

「眞的，我們不要睡覺！太有意思了！」維斯洛夫斯基響應說。

「赫，你自己可以不睡，也不讓別人睡，這一點我們倒是相信的。」陶麗用含嘲帶諷的口氣對丈夫說，現在她對他說話總是用這樣的口氣。「不過照我看來現在是時候了……我走了，我不吃晚飯了。」

「不，你坐一會兒，我的陶麗。」奧勃朗斯基一面說，一面轉到他們正在吃飯的大飯桌後面陶麗的身邊。「我還有多少話要對你說呀！」

「我看不見得。」

「你知道嗎，維斯洛夫斯基到安娜那裡去過了。他還要到他們那裡去。要知道，他們離這裡只有七十里路。我也要去一次。維斯洛夫斯基，你過來！」

維斯洛夫斯基轉移到太太們那裡，到吉娣身邊坐下。

「嗯，您倒說說，您到她那兒去過嗎？她怎麼樣？」陶麗問他。

列文留在桌子另一頭，不停地同公爵夫人和華侖加談話，看見奧勃朗斯基、陶麗、吉娣和維斯洛夫斯基正興高采烈而又神祕地談著話。不僅如此，他還看見妻子睜大眼睛望著夸夸其談的維斯洛夫斯基俊俏的面孔，臉上露出全神貫注的表情。

「他們那裡很好。」維斯洛夫斯基談起伏倫斯基和安娜的情況。「我當然不敢妄加評判，但在他們那裡就像在自己家裡一樣舒服。」

「那麼，他們有什麼打算嗎？」

「大概想到莫斯科去過冬。」

「咱們一起到他們那裡去該多好哇！你什麼時候去？」奧勃朗斯基問維斯洛夫斯基。

「我打算在他們那裡過七月。」

「那麼你去不去？」奧勃朗斯基問妻子。

「我早就想去了，我一定要去一次。」陶麗說。「我替她難過，我了解她。她是個出色的女人。等你走了，我一個人去，免得給人家添麻煩。你不去更好。」

「好極了。」奧勃朗斯基說。「那麼你呢，吉娣？」

「我？我去做什麼？」吉娣滿臉通紅地說，她回頭看了丈夫一眼。

「您同安娜·阿爾卡迪耶夫娜也熟嗎？」維斯洛夫斯基問她說。「她眞是個迷人的女人。」

「是的。」吉娣回答維斯洛夫斯基，臉漲得更紅了。她站起來，走到丈夫身邊。

「那麼你明天去打獵嗎？」她問丈夫。

在這幾分鐘裡，列文妒意發作，特別是他看到吉娣同維斯洛夫斯基談話時雙頰緋紅的那副嬌態。這會兒，他又照自己的意思來理解她這句話。儘管後來想起這事感到很荒唐，但現在他滿心以爲，她問他去不去打獵，只是想知道他肯不肯讓維斯洛夫斯基快樂一番，因爲照他看來，吉娣已經愛上他了。

「是的，我要去的。」列文用一種連他自己都覺得討厭的極不自然的聲音回答。

「不，明天你們最好在家裡待一天，要不然陶麗就沒有機會看到丈夫了，你們後天去吧。」吉娣說。

吉娣這番話又被列文曲解成這樣：「不要把我同他拆散。你去不去我無所謂，但讓我享受享受同這位可愛的年輕人交際的快樂吧。」

「好，要是你希望這樣，那我們明天就待在家裡。」列文特別殷勤地回答。

維斯洛夫斯基萬萬沒有想到，他的到來竟會造成別人那麼大的痛苦，他隨著吉娣從桌旁站起身，又用含笑的親切目光望著她，跟著她走過來。

列文看見他的目光，頓時臉色發白，好一陣喘不過氣來。「他怎麼能這樣盯住我的妻子瞧！」他怒氣衝天地想。

「明天就這樣過嗎？讓我們一起去吧。」維斯洛夫斯基說，坐在椅子上照例又架起腿來。

列文的妒意越發厲害了。他已把自己看成是個受騙的丈夫，妻子和情夫正利用他替他們提供的舒服生活在享樂……雖然如此，他還是彬彬有禮地問維斯洛夫斯基有關打獵、獵槍和皮靴的事，並且同意明天去打獵。幸虧老夫人站起來，還勸吉娣去睡覺，才使列文不再受罪。不過，列文還是不能避免新的苦惱。維斯洛夫斯基同女主人告別的時候，又想吻吻她的手，但是吉娣臉漲得通紅，縮回手去，用事後受她母親責備的憨直口氣說：

「我們這裡不興這一套。」

列文認爲，她縱容維斯洛夫斯基做出這種輕浮的舉動，是她的過錯，她又這樣拙劣地表示不愛這一套，更是錯上加錯。

「嗳，何必這樣忙著去睡覺！」奧勃朗斯基說。他晚飯時喝了幾大杯葡萄酒，情緒特別好，心裡充滿了詩意。「你瞧，吉娣，」他指指菩提樹後升起的一輪明月說，「多美呀！維斯洛夫斯基，這可是唱小夜曲的時候了。你知道他有一副好嗓子，我們一路上都在唱歌。他隨身帶來兩首優美的抒情歌譜，都是新出的。最好讓他同華爾華拉・安德列夫娜來個兩重唱。」

等大家都走散了，奧勃朗斯基同維斯洛夫斯基又在林蔭道上散步了好一陣。可以聽到他們在合唱一首新的抒情歌曲。

列文聽見他們唱歌，皺著眉頭坐在妻子臥室的安樂椅上。吉娣問他有什麼事，他始終不開口，直到最後地主動怯生生地微笑著問：「是不是維斯洛夫斯基有什麼地方使你不高興？」列文這才打破沈默，把心裡話和盤托出。但他說的話使他自己感到慚愧，因此越發惱火了。

他站在她面前，皺緊眉頭，眉頭底下那雙眼睛可怕地閃閃發亮，一雙強壯有力的手臂抱住胸膛，彷彿在竭力克制自己的感情。要不是臉上露出使她感動的痛苦神色，他的表情是很嚴厲的，簡直是冷酷的。他的下顎在抽搐，聲音也不連貫。

「你要明白，我不是吃醋。吃醋是個卑鄙的字眼。我不會吃醋，我不相信……我說不出我的感情，但這是可怕的……我不吃醋，但我感到委屈，感到受侮辱，居然有人敢動腦筋，敢用這樣的眼光瞧你……」

「是怎樣的眼光啊？」吉娣說，竭力回憶當天晚上的每句話和每個行動，分析它們的涵義。

當維斯洛夫斯基跟著她走到桌子另一頭時，她在內心深處是感覺到有點什麼的，但這一點連她自己都不敢承認，更不敢告訴他，來增加他的痛苦。

「我現在這個模樣，還有什麼吸引人的地方呢？……」

「唉！」列文雙手抱住頭，叫了一聲。「你還是不要說的好！……那麼，要是你還能吸引人呢？……」

「不，康斯坦京，等一下，你聽我說！」吉娣帶著痛苦的同情神色瞧著他。「嗐，你還能有什麼想法呢？對我來說，除了你再沒有別的人，再沒有別的人！……你是不是要我不見任何人哪？」

他的妒嫉起初使她生氣。她覺得難過的是，連這樣極其純潔的交際的快樂他都不許她享受。不過，現在她不僅情願犧牲這種小事，而且情願犧牲一切，只要能使他放心，能使他擺脫痛苦。

「你要了解我這種又可怕、又可笑的處境，」列文繼續用絕望的口吻低聲說，「他到我家來作客，除了他那種放肆的態度和擱腿的姿勢，確實沒有什麼不成體統的地方。他還很自命不凡，我也只好對他客客氣氣。」

「不過，康斯坦京，你說得也太過分了。」吉娣嘴上這樣說，看到他從妒嫉中反映出來的對她的愛，心裡倒很高興。

「最可怕的是，你一向是那麼純潔，我現在覺得還是那麼純潔，我們是那麼幸福，那麼異常幸福，可是忽然來了這樣一個壞蛋……不，不是壞蛋，我何必咒罵他呢？他根本不關我的事。可現在我的幸福和你的幸福又怎樣啦？……」

「我明白這是什麼緣故。」吉娣開口說。

「什麼緣故？什麼緣故？」

「吃晚飯時我們在談話，我看到你怎麼在看我們。」

「是啊，是啊！」列文害怕地說。

吉娣講給他聽他們談了些什麼。她講的時候激動得喘不過氣來。列文不作聲，接著偷偷看了看她那蒼白的恐懼臉色，突然雙手抱住了頭。

「吉娣，我把你害苦了！親愛的，原諒我！這簡直是發瘋！吉娣，全是我錯了。我怎麼可以為這種蠢事自尋煩惱呢？」

「不，我眞替你難過。」

「替我？替我難過？我算得了什麼？我是個瘋子！……可是為什麼要害得你痛苦呢？想起來眞可怕，我們的幸福竟會隨便被人家破壞。」

「當然，這事叫人感到委屈……」

「好吧，我要留他在我們這裡過夏天，我要客客氣氣對待他。」列文吻著她的手說。「你看好了。明天……對，明天我同他們一起去。」

①原文為英文。

8

第二天，太太們還沒有起身，打獵用的輕便馬車，有四輪的，有雙輪的，已經停在門口了。拉斯卡一早知道要去打獵，就一直狂吠濫叫，歡蹦亂跳，接著又坐在車夫的馭座旁，因爲獵人們遲遲不出來，牠緊張而不滿地望著大門——他們應該從那裡出來。第一個出來的是維斯洛夫斯基，他腳蹬一雙靴筒高到他的胖腿肚的嶄新大皮靴，身穿一件綠色上裝，腰裡束著一條散發著皮革味的新子彈帶，頭戴那頂有飄帶的蘇格蘭帽，手裡拿著一支沒有背帶的英國新獵槍。拉斯卡竄到他跟前，跳起來向他致意，汪汪地叫著，彷彿在問，其餘的人是不是快出來了，但沒有得到回答，只好又回到原地等候，歪著頭，豎起一隻耳朵，又不作聲了。大門終於格格響著打開了，奧勃朗斯基的黃斑獵狗克拉克飛了出來，在空地上奔突了幾圈。接著，奧勃朗斯基手裡拿著獵槍，嘴裡咬著雪茄，走了出來。「別動，別動，克拉克！」他親切地對那在他腹部和胸部亂撲亂抓、鉤住他獵袋的狗叫道。奧勃朗斯基腳蹬軟皮鞋，裹著包腳布，身穿一條破舊的馬褲和一件短大衣。他頭上戴著一頂破爛不堪的帽子，但那支新式獵槍卻漂亮得像個玩具，子彈帶和獵袋雖舊，材料倒是挺講究的。

維斯洛夫斯基以前不懂得眞正的獵人風度：衣服要穿得破爛，但獵具必須是最講究的。如今他看到奧勃朗斯基優雅、肥壯而生氣勃勃的身體穿上破爛的衣衫，別有一種風度，他才懂得了這一點，決定下次打獵也要這樣打扮。

「咦，我們的主人怎麼搞的？」維斯洛夫斯基問。

「有了年輕的太太嘛。」奧勃朗斯基笑嘻嘻地說。

「是啊，而且又是那麼迷人。」

「他已經穿戴好了。大概又跑回她那裡去了。」

奧勃朗斯基猜對了。列文又跑回妻子那裡，再次問她是不是原諒他昨天的蠢事，還懇求她看在基督份上格外保重。最要緊的是要她留神孩子們，因爲他們總是亂衝亂撞。然後又要她再次保證，他出門兩天，她絕不生氣，而且明天一早就派人騎馬送一個條子給他，哪怕只寫上兩個字，也好讓他知道她平安無事。

吉娣要同丈夫分別兩天，照例感到很難過，但是看到他穿著獵靴和雪白的短衫，顯得格外魁梧，以及她所不理解的那種興致勃勃的打獵勁頭，她就因他的快樂而忘記了自己的難受，高高興興地同他告別了。

「對不起，各位先生！」列文跑到門口說。「午飯帶上了嗎？爲什麼把棗紅馬套在右邊？嗳，沒有關係。拉斯卡，安分點兒，躺下！」

「把牠們放到沒有配過種的羊群裡去吧。」他對站在門口問他怎樣安排閹羊的牧人說。「對不起，又來了一個搗蛋鬼。」

列文又從馬車上跳下來，向手拿量尺朝台階走來的木匠走去。

「唷，昨天你不到帳房來，現在又要來耽誤我的時間了。那麼有什麼事？」

「您讓我們再做一個轉彎吧。只要再加三級就行了。我們一定把它配好。這樣就穩當多了。」

「你早就該聽我的話了。」列文惱火地回答。「我說過，先裝側板，再配上樓梯。現在可無法補救了。照我的話辦，再做一副新的吧。」

事情是這樣的：木匠在廂房裡做樓梯，沒有算準高度。結果裝上去的踏級都是傾斜的，把活兒搞壞了。現在木匠仍想把這座樓梯裝上去，只另外增加三級。

「這樣就會好多了。」

「再增加三級，你要把樓梯通到哪兒去？」

「您別見怪，老爺，」木匠神氣活現地笑著說。「不高不低，剛剛好。就是說，從下面走起，」他做著滿有把握的手勢說，「一級，一級，一級走上去。」

「要知道加三級就得增加長度……叫它通到哪兒去呢？」

「就是這樣從下面一級一級上去。」木匠固執地說。

「那它就會通到天花板，穿破牆壁了。」

「您別見怪。就是從下面上去。一級，一級，一級走上去。」

列文拉出獵槍通條，動手在沙土上畫樓梯的圖樣給他看。

「來，看見嗎？」

「隨您的便吧。」木匠說，他的眼睛頓時炯炯發亮，顯然領會了他的意思。「看來得重新做一個了。」

「對，就是要照我的話辦！」列文一面坐上馬車，一面吆喝道。「走了！把狗拉住，菲利浦！」

現在列文把家務和農事全拋開，深深體會到生活和希望的快樂，連話都不想說了。此外，他還產生了獵人在接近目的地時常有的聚精會神的緊張心情。要是說他現在還有什麼操心的話，那也只是他們能在柯爾本沼地找到什麼野味？拉斯卡同克拉克比起來哪一個強？他自己今天打獵順利不順利？他在這位新客人面前怎樣才能不丟臉？怎樣使奧勃朗斯基打獵的成績不超過他？——這些思想也在他的頭腦裡掠過。

奧勃朗斯基也有這樣的感覺，同樣很少說話。只有維斯洛夫斯基興致勃勃地說個不停。列文現在聽著他說話，想到昨天對他的誤解，感到害臊。維斯洛夫斯基確實是個好小子，單純、善良、樂天。列文要是在結婚以前遇見他，他們準會成為好朋友的。列文本來不太喜歡他那種玩世不恭的態度和放蕩不羈的神氣。他留著長指甲，戴著蘇格蘭便帽，打扮得不倫不類，還自以為超群脫俗；但由於他心地善良，舉動文雅，這一切是可以得到人家原諒的。他博得列文的歡心，是因為教養好，能說一口漂亮的法語和英語，而且出身和列文一樣。

維斯洛夫斯基非常喜歡左邊那匹頓河草原馬，對牠讚不絕口。

「騎著草原馬在草原上兜風，該多美呀！您說是不是？呃？」他說。

他把騎草原馬奔馳看作是一種富有詩意的浪漫行為，其實完全不是那麼一回事。不過他那天真爛漫的神氣，再加上英俊的相貌、可愛的微笑和優雅的舉動，確實很招人喜愛，不知是他的天性博得列文的好感呢，還是列文想補償昨天的唐突，他看到他身上的種種優點，同他在一起覺得很高興。

他們走了三里路，維斯洛夫斯基忽然發覺雪茄煙和皮夾子都不見了。他不知道是丟了，還是放在桌上。皮夾子裡裝有三百七十盧布，不能就此算了。

「我說，列文，我想騎這匹頓河馬回家去一下。這太有意思了。好不好？」維斯洛夫斯基一面說，一面準備上馬。

「不，何必呢？」列文估計維斯洛夫斯基的體重約有一百公斤，回答說。「我派車夫去就行。」

車夫騎著那匹驂馬跑了，列文就親自駕馭剩下的一對馬。

9

「嗯，我們的路線到底怎樣？你好好給我們講講。」奧勃朗斯基說。

「計畫是這樣的：現在我們先到格伏茲吉夫。在格伏茲吉夫這一邊是山鷸出沒的地方，過了格伏茲吉夫就是大鷸聚居的沼地，那兒也有山鷸。此刻天太熱，我們傍晚可以到達（大概有二十里路），晚上就在那裡打獵；在那裡住一夜，明天再去大沼地。」

「難道一路上什麼也沒有嗎？」

「有是有的，可是要耽擱時間，天又這麼熱。有兩個小地方還不錯，但現在不見得會有什麼東西。」

列文自己也想拐到那兩個地方去一下，可是那兩個地方離家近，隨時可以去，再說地方又小，三個人不能同時打。這樣，他就故意說沒有什麼東西。他們經過小沼地時，列文想把車子一直趕過去，可是奧勃朗斯基那雙經驗豐富的眼睛從路上就看見那裡有一塊沼澤。

「我們不到那裡去一下嗎？」他指著沼地說。

「列文，讓我們去一下吧！多麼出色的地方！」維斯洛夫斯基懇求說。列文只好答應。

不等他們停下車來，兩條獵狗就爭先恐後向沼澤飛奔過去。

「克拉克！拉斯卡！……」

兩條獵狗又回來了。

「三個人一起打太擠了。我留在這裡。」列文說，滿心以爲除了那些被獵狗驚起、在沼澤上空盤旋哀鳴的麥雞以外，什麼也不會有了。

「不！一起去，列文，咱們一起去！」維斯洛夫斯基大聲說。

「眞的，太擠了。拉斯卡，回來！拉斯卡！你們不需要兩條狗吧？」

列文留在馬車旁邊，妒嫉地望著那兩個獵人。他們走遍了整個沼地。除了野雞和麥雞（維斯洛夫斯基打死了一隻），沼地上什麼也沒有。

「哎，這會兒你們也該明白了，爲什麼我不喜歡這沼地，」列文說，「還不是白白浪費時間。」

「不，還是挺有意思的。您看見嗎？」維斯洛夫斯基手裡拿著獵槍和麥雞，笨手笨腳地爬上馬車。「這一隻我打得多漂亮！是不是？哦，我們快到正式獵場了吧？」

突然，馬向前猛衝了一下，列文的腦袋撞在誰的獵槍上，發出一聲槍響。其實槍是先響的，但列文還以爲是他撞響的。事情是這樣的：維斯洛夫斯基在開雙筒槍的時候只扳動了一個槍機，而把另一個槍機按住了。子彈打進地裡，沒有傷害什麼人。奧勃朗斯基搖搖頭，不以爲然地對維斯洛夫斯基笑笑。但是列文無意責備他。第一，不論怎樣的責備顯然都是由於剛才經歷了那樣的危險和列文額上隆起了疙瘩；第二，維斯洛夫斯基開頭天真地感到很難過，後來看到大家一片驚慌，就誠心誠意地笑起來，弄得列文也忍不住笑了。

他們來到另一片沼地，面積相當大，打一次獵得花許多時間，因此列文勸他們不要下車。可是維斯洛夫斯基堅決要求他停車。其實沼地上可以打獵的地方比較狹窄，列文這個殷勤的主人就又留在馬車旁。

克拉克一到沼澤就一個勁兒往土墩衝去。維斯洛夫斯基首先跟著狗跑去。不等奧勃朗斯基走近，一隻大鷸就飛了起來。維斯洛夫斯基沒有打中，那大鷸就往沒有割過的草地上飛去了。這隻鳥還是留給維斯洛夫斯基解決。克拉克又把牠找到，自己站住了，維斯洛夫斯基就開槍把牠打死，然後回到馬車旁邊。

「現在該您去了，我留下來看馬。」他說。

獵人的妒嫉心在列文身上發作了。他把韁繩交給維斯洛夫斯基，自己往沼澤走去。

拉斯卡早就在憤憤不平地尖聲叫著，抱怨這樣的不平等待遇，這會兒就一個勁兒向列文很熟悉、克拉克卻沒有到過的草墩那兒衝去。

「你怎麼不把牠叫住？」奧勃朗斯基嚷道。

「牠不會把鳥兒嚇跑的。」列文回答，他以他的獵狗自豪，匆匆地跟著牠跑去。

拉斯卡在搜索中越接近熟悉的草墩，越發專心致志。沼地上的一隻小鳥只吸引牠一剎那的注意。牠在草墩前面兜了一個圈子，剛開始兜第二圈，突然周身打了個哆嗦，站住了。

「來呀，來呀，斯基華！」列文喊道，覺得他的心劇烈地跳動起來。突然，他緊張的聽覺彷彿除去了一層障礙，各種聲音分不出遠近，亂糟糟地衝進耳朵，使他驚慌失措。他聽見奧勃朗斯基的腳步聲，卻錯把它當作遙遠的馬蹄聲；他聽見他腳下小草墩裂開的鬆脆聲音，卻錯把它當作大鷸在展翅飛翔。還聽見後面有拍水的聲音，可是聽不出究竟是什麼聲音。

列文選擇著落腳的地方，走到狗的旁邊。

「抓住牠！」

在獵狗前面飛起來的不是大鷸，而是一隻山鷸。列文舉起獵槍，但正當他瞄準的時候，拍水聲越來越大，越來越近，還夾雜著維斯洛夫斯基的怪聲尖叫。列文看到他的槍落在山鷸後面，但他還是開了槍。

列文確信他沒有打中，回頭一望，看見馬和車已經不在大路上，而陷在沼澤裡了。

維斯洛夫斯基想看看打獵，把車趕到沼地，弄得兩匹馬都陷在泥沼裡。

「眞見他的鬼！」列文一面暗自罵著，一面往陷住的馬車那邊走去。「您把車趕到這裡來做什麼？」他冷冷地說，接著召喚車夫，動手把馬拉起來。

列文很惱火，因爲他們妨礙了他打獵，又弄得他的馬陷在泥沼裡，尤其因爲要把馬拉起來，解下套子，而奧勃朗斯基和維斯洛夫斯基兩人誰也不能幫他和車夫一點忙，他們對這事一竅不通。維斯洛夫斯基斷定這地方很乾燥，列文不理他，只默默地同車夫忙著把馬拉出來。後來，在緊張的工作中，列文看見維斯洛夫斯基一個勁兒抓住馬車的擋泥板，甚至把它折斷了。他責備自己沒有克服昨天的情緒，對維斯洛夫斯基太冷淡了。於是他故意顯得格外殷勤來彌補自己的冷淡。等馬車又拉到大路上，一切都安排妥當了，列文就吩咐開飯。

「誰有好良心，誰就有好胃口！這隻小雞會全部化成我的血肉。」維斯洛夫斯基吃完第二隻小雞，又興高采烈，說了句法國俏皮話。「啊，我們的災難結束，往後就會萬事大吉了。但爲了我的罪孽，我應該來駕車。對不起？呃？不，不，我是個頂呱呱的馬車夫。瞧我怎樣把你們送到目的地！」列文要求他讓車夫趕車，他抓住韁繩不放，回答說。「不，我應當將功贖罪，再說我覺得坐在馭座上挺好。」他說著趕動了馬車。

列文有點擔心，怕他把馬趕壞，特別是他不懂該怎樣駕馭左邊那匹棗紅馬；但他不知不覺受到維斯洛夫斯基快樂情緒的感染，一路上聽著他坐在馭座上唱抒情歌曲，或者看他邊講邊表演英國人怎樣駕駛駟馬車①。午飯以後，他們全都興高采烈地趕到了格伏茲吉夫沼地。

①原文為英文。

10

維斯洛夫斯基拚命趕馬，結果太早到達了沼澤地，天氣還很熱。

列文來到他們的主要目的地大沼澤，不由得想擺脫維斯洛夫斯基，自己好自由行動。奧勃朗斯基顯然也有這樣的願望，列文從他臉上看到一個眞正的獵人在打獵以前全神貫注的表情，以及他特有的溫厚而調皮的神氣。

「我們怎麼走法？這沼澤眞不錯，我還看見鷂鷹呢。」奧勃朗斯基指著盤旋在薹草上空的大鳥說。「有鷂鷹的地方準有野味。」

「我說，先生們。」列文一面露出悶悶不樂的神色，拉了拉靴筒，看了看獵槍上的彈帽，一面說。「你們看見這片薹草嗎？」他指著河右岸一大片割過一半的濕草地，那裡有一個暗綠色的小島。「喏，沼澤就從這裡開始，就在我們面前，那邊顏色深一點，看見嗎？沼澤從這裡往右，那邊有馬群的地方，有草叢，常常有大鷸；在這叢薹草周圍，到赤楊樹叢，直到磨坊，都是沼地。喏，你們看，那邊有個河灣。這是最好的地方。有一次我在那邊打到過十七隻山鷸。我們分開走，各人帶一條狗，在磨坊那邊會合。」

「那麼，誰往右，誰往左呢？」奧勃朗斯基問。「右邊地方寬敞些，你們兩個人去吧，我到左邊去。」他彷彿隨口說著。

「太好了！我們會比他打得多的！那麼，走吧，走吧！」維斯洛夫斯基同意說。

列文只得同意。他們分手了。

一走進沼澤，兩條狗就一起開始搜索，往鏽鐵色的水塘衝去。列文知道拉斯卡的搜索方式：小心翼翼，但遲疑不決。他也知道那個地方，希望能看見一群山鷸。

「維斯洛夫斯基，同我並排走，並排走！」他低聲對那在他後面嘩嘩地蹚水的同伴說。自從在柯爾本沼地獵槍走火以後，列文一直很注意槍口的方向。

「不，我不會妨礙您的，您不用為我操心。」

但是列文不禁想起了動身前吉娣對他說的話：「留神哪，不要打在人家身上。」兩條狗離目的地越走越近，相互迴避著，各走各的路。列文一心想找到山鷸，甚至把腳下靴子從泥沼裡拔出來的咕唧聲都當作山鷸的叫聲。他抓住槍托，使勁把它握住。

「砰！砰！」他聽見耳邊響起了槍聲。這是維斯洛夫斯基在射擊沼澤上空飛翔著的一群野鴨，可是野鴨還遠沒有飛到他們頭上。列文沒來得及回頭看，就聽見一隻山鷸啪地一聲飛起來，接著第二隻、第三隻，總共有八隻都飛了起來。

有一隻山鷸忽左忽右亂飛起來，奧勃朗斯基舉槍把牠打中了。那隻山鷸像一塊石子似的掉到泥沼裡。他不慌不忙地又瞄準向薹草叢低低飛來的另一隻，槍聲一響，這隻鳥也應聲掉下；接著看到牠又從割過的薹草叢裡竄出來，用牠那隻沒有受傷的白色翅膀拚命掙扎。

列文不很走運：第一隻山鷸在他開槍時已飛得太近，沒有打中；當牠再次飛起來，他又向牠瞄準，可是這當兒另一隻在他腳邊飛起，分散了他的注意，結果又沒有打中。

他們正在裝子彈的時候，又有一隻山鷸飛起來。維斯洛夫斯基已裝好子彈，向水面上開了兩槍。奧勃朗斯基撿起打中的兩隻山鷸，眼神裡閃出得意的光芒，瞧了列文一眼。

「好，現在我們分開吧。」奧勃朗斯基說。他瘸著左腿，拿好獵槍，向狗吹了幾聲口哨，往一邊走去。列文同維斯洛夫斯基走往另一個方向。

列文有個習慣，要是頭幾槍打不中，就發脾氣，鬧情緒，這樣整天就打不好獵。今天也是這樣。山鷸多得很，不斷從獵狗和獵人腳下飛起。列文本可以定下心，可是他開槍的次數越多，在維斯洛夫斯基面前丟臉的次數也越多。維斯洛夫斯基呢，不管在射程之內還是之外，總是興致勃勃地瞎打一陣，結果一無所得，但他若無其事，一點也不害臊。列文心慌意亂，沈不住氣，越來越煩躁，雖然開槍，卻根本不存打中什麼的希望。看來，拉斯卡也懂得這一點。牠搜尋獵物，越來越沒精打采，彷彿帶著懷疑和責備的目光望著獵人們。槍聲一下接著一下，獵人周圍硝煙瀰漫，可是在寬敞的大獵袋裡只有三隻小小的山鷸。而且其中一隻還是維斯洛夫斯基打中的，還有一隻是他們兩人共同打下的。然而，在沼澤的另一邊，卻陸續傳來並不頻繁、但列文覺得很有道理的槍聲，而且槍聲每響一下，就聽到喊聲：「克拉克，克拉克，叼來！」這就使列文更加激動。山鷸成群地不斷在薹草上空盤旋飛翔。地面上的噗噗聲和空中的嘎嘎聲從四面八方傳來；山鷸紛紛飛起，在空中翱翔一陣，又在獵人面前落下。在沼澤上空盤旋尖叫的鷂鷹已不止兩隻，而是有幾十隻了。

列文同維斯洛夫斯基走過了一大半沼地，來到農民們的草場上。這些草場一長條一長條地直通薹草叢生的地方，各戶草場的分界線，有些是踐踏過的草地，有些是割過的草地。草場已割過一半了。

在沒有割過的草地上找到獵物的希望並不比割過的草地上多，但列文答應過奧勃朗斯基同他會合，就只好帶著同伴，踏著割過和沒有割過的草地繼續前進。

「喂，打獵的先生們！」一個坐在卸掉馬的大車旁的農民叫道，「來同我們一起吃東西！喝點酒！」

列文回頭望了望。

「來吧，不要緊！」一個大鬍子農民喜氣洋洋，滿臉通紅，露出雪白的牙齒，舉起一個在陽光下閃閃發亮的綠幽幽酒瓶叫道。

「他們在說些什麼呀？」維斯洛夫斯基用法語問列文。

「叫我們去喝伏特加。他們大概把草地分好了。我倒想去喝一杯。」列文別有用意地說，他希望維斯洛夫斯基會被伏特加吸引到他們那邊去。

「他們爲什麼請客？」

「不爲什麼，就是大家快活快活。眞的，您去吧。您會高興的。」

「咱們去吧，這倒挺有意思。」

「去吧，去吧，您找得到通磨坊那條路的！」列文大聲叫道。他回頭一望，高興地看到維斯洛夫斯基彎著腰，伸出一隻手舉著獵槍，拖著兩條疲勞的腿磕磕絆絆地走出沼澤，向農民那邊走去。

「你也來吧！」一個農民對列文叫道。「不要怕！你也來吃點餡餅吧！」

列文很想喝點伏特加，吃一塊麵包。他渾身乏力，覺得好容易把兩條搖搖晃晃的腿一步又一步地從泥塘裡拔出來。他猶豫了一會兒。那獵狗突然停下來。列文全身的疲勞頓時消失，又精神抖擻地踩著泥漿向獵狗走去。一隻山鷸從他腳邊飛起，他開槍把牠打死，可是那狗又站住不走了。「叼來！」這時獵狗前面又有一隻山鷸飛起來。列文開了槍。可是今天眞不走運，他又沒有打中。他再去找那隻打死的鳥，也沒有找到。他踏遍整個薹草叢，可是拉斯卡不相信他打死了什麼。他打發牠去找尋，牠卻只裝出找尋的樣子，其實並沒有眞正在找。

列文打獵失利本來都怪維斯洛夫斯基，現在維斯洛夫斯基走開了，情況並沒有好轉。這裡的山鷸也很多，但列文一次一次都沒有打中。

夕陽的光芒還很熱。列文的衣服被汗濕透，黏在身上；左靴筒裡灌滿了水，走起路來很重，發出咕唧咕唧的聲音；沾滿火藥的臉上滾動著大顆大顆的汗珠；嘴裡發苦，鼻子裡滿是火藥和鐵鏽的味兒，耳朵裡不斷地響著山鷸的啼聲；槍筒熱得燙手，碰也不能碰；他的心跳得又急又快；雙手緊張得發抖；疲勞的雙腿在草墩和泥沼地裡磕磕絆絆，搖搖晃晃；但他還是一邊走，一邊開槍。最後，他又一次丟了臉，沒有打中，就把獵槍和帽子扔在地上。

「不，得冷靜點兒！」他對自己說。他撿起獵槍和帽子，喊拉斯卡跟住他，走出沼澤。他走到乾燥的地方，在草墩上坐下來，脫下靴子，把靴子裡的水倒掉，接著又走到水塘邊，喝了點帶鏽鐵味的水，把發燙的槍筒浸在水裡，洗了洗臉和手。他覺得神清氣爽，又向山鷸落下的地方走去，下決心再不焦躁了。

他想沈住氣，但還是老樣子。他還沒有瞄準鳥兒，手指就扳動槍機。情況越來越糟。

他離開沼澤，往他同奧勃朗斯基約定會合的赤楊林走去，他的獵袋裡只有五隻鳥兒。

他還沒有看見奧勃朗斯基，卻看見了他的獵狗。克拉克從赤楊暴露的樹根下竄出來，渾身上下沾滿發臭的泥漿，像個黑炭。牠擺出一副勝利者的姿態，同拉斯卡相互嗅著。在克拉克之後，奧勃朗斯基的魁梧身子出現在赤楊樹蔭下。他迎面走過來，滿臉通紅，汗水淋漓，敞開衣領，還是瘸著腿。

「喂，怎麼樣？你們打了很多吧！」他樂呵呵地笑著說。

「你怎麼樣？」列文問。不過根本用不著問，因爲他看到奧勃朗斯基的獵袋裝得滿滿的。

「還不錯。」

他有十四隻鳥。

「這沼地眞不錯！準是維斯洛夫斯基礙了你的事。兩個人合用一條狗不方便。」奧勃朗斯基說這話來沖淡他的得意神氣。

11

當列文同奧勃朗斯基來到列文經常停留的那個農民家裡時，維斯洛夫斯基已在那邊了。他坐在農舍屋子的中央，兩手撐住長凳，讓女主人的兄弟——一個兵士替他脫沾滿泥漿的靴子，同時發出一陣有傳染性的歡笑。

「我剛來不多一會兒。他們真有意思，又請我吃、又請我喝。多麼出色的麵包！可口極了！還有伏特加，我可從來沒有喝過這樣的好酒！他們說什麼也不肯收我的錢。還連連不斷地說：『別見怪，別見怪。』」

「怎麼會收錢呢？他們是願意請您這位貴客的呀！難道他們是賣酒的嗎？」那兵士終於把那隻濕淋淋的皮靴連同發黑的襪子脫下來。

農舍被獵人們的泥污靴子和兩條正在舔身子的塗滿泥漿的獵狗弄得骯髒不堪，屋子裡又充滿沼澤和火藥的味兒，而且沒有刀叉，但獵人們卻津津有味地喝了茶，吃了晚飯。這種獨特的風味只有打獵的時候才能嘗到。他們梳洗完畢，來到打掃乾淨的乾草棚裡。車夫已在那裡替老爺們鋪好床了。

天色黑了，可是獵人們誰也不想睡覺。

他們海闊天空地談了一通打獵、獵狗和打獵軼事，接著談話就轉到大家都感興趣的題目上來。由於維斯洛夫斯基再三稱讚這種迷人的過夜方式、芬芳的乾草和那輛破馬車（他把這輛卸下前輪的馬車當作破馬車）的獨特風味、招待他喝伏特加的農民的慷慨好客，以及各自躺在主人腳邊的獵狗的忠心耿耿，奧勃朗斯基就講起去年夏天他在馬爾杜斯家打獵的趣事來。馬爾杜斯是著名的鐵路大王。奧勃朗斯基講到這位馬爾杜斯在特維爾省租了多麼好的沼地，而且保護得多麼周到，獵人們坐的馬車和狗車多麼講究，搭在沼澤旁邊吃早飯用的帳篷又多麼有氣派。

「我眞不了解你，」列文在草堆上站起來說，「你同這些人一起，怎麼不覺得討厭。我知道早飯時喝點法國紅葡萄酒是挺愉快的，但是這樣的窮奢極侈，你難道不反感嗎？這些傢伙就像從前的酒類專賣商一樣，靠發橫財致富，大家都瞧不起他們，可是他們滿不在乎，還用發橫財得來的錢去收買人心。」

「一點兒也不錯！」維斯洛夫斯基附和說。「一點兒也不錯！當然奧勃朗斯基去是出於好意，可是人家會說：『奧勃朗斯基也去了』……」

「完全不是那麼回事，」列文聽見奧勃朗斯基笑著這樣說，「我根本就不認為他比任何富商或者貴族更不要臉。他們這些人都是靠勞動和智慧發財的。」

「是的，但靠的是什麼樣的勞動啊？難道霸佔土地、投機倒把也算是勞動嗎？」

「當然是勞動。要是沒有他這一類人，也就不會有鐵路了，這難道不是勞動嗎？」

「但這種勞動同農民或學者的勞動不一樣。」

「就算這樣吧，但他的活動創造了成果——鐵路。你卻認為鐵路毫無用處。」

「不，這是另一個問題。我可以承認鐵路是有用的。但任何不符合所付勞動的收益都是不合理的。」

「那麼，誰來判斷符合不符合呢？」

「凡是用不合理手段，用巧取豪奪得來的利益，」列文覺得無法畫清合理和不合理的界線，「譬如銀行的收益，」他繼續說，「大量財富不勞而獲，這是罪惡。這同酒類專賣一樣，只是換了方式。正像法國俗話說的：『國王死了，國王萬歲！』酒類專賣業剛消滅，就出現鐵路、銀行，這些也都是不勞而獲。」

「是的，你這些話也許是對的，也挺俏皮……躺下，克拉克！」奧勃朗斯基對在草堆裡亂鑽擦癢的獵狗喝道，顯然深信自己的立論是正確的，因此鎮定自若。「但你沒有畫清正當勞動和不正當勞動之間的界線。我拿的薪金比我的科長多，雖然他比我更熟悉業務，這難道是合理的嗎？」

「我說不上來。」

「那就讓我來告訴你吧：你從事農業勞動，得到的利益就說有五千盧布吧，可是我們這位種田的農民主人，不論他怎樣拚著命幹，收入絕不會超過五十盧布，這種情況就像我的收入超過科長，馬爾杜斯的收入超過鐵路工人一樣不合理。反過來，我看到社會上對他們抱著一種不該有的敵視態度，我覺得這裡有妒嫉的成分……」

「不，這話不對，」維斯洛夫斯基說，「妒嫉不至於，但這裡是有點不乾不淨的地方。」

「不，聽我說，」列文繼續說，「你說我獲得五千盧布而一個農民只有五十盧布是不公平的，這話很對。這是不公平的，我也感覺到，可是……」

「的確是這樣。爲什麼我們吃吃喝喝、打獵玩樂，什麼事也不做，可是農民一年到頭都要勞動呢？」維斯洛夫斯基說，顯然有生以來第一次想到這問題，因此語氣十分眞誠。

「是的，你感覺到這點，可你又不肯把自己的產業讓給他。」奧勃朗斯基說，彷彿有意向列文挑釁。

在這兩位連襟之間近來似乎產生了對立情緒：自從他們同兩姊妹結婚以後，彷彿就展開了競爭，看誰把自己的生活安排得更好。這種對立情緒，此刻就從帶有個人意氣的談話中反映出來了。

「我不讓給人，因爲沒有人向我要。即使我想讓，也不能讓，也沒有人可讓。」列文回答。

「就讓給這位農民吧，他不會拒絕的。」

「好吧，叫我怎樣讓給他呢？同他去辦個地契過戶手續嗎？」

「我說不上來，但是如果你相信你沒有權利……」

「我根本不相信。相反地，我覺得我沒有權利出讓，我對土地、對家庭都有責任。」

「不，聽我說：如果你認爲這種不平等是不合理的，那你爲什麼不採取行動呢……」

「我是在行動，不過是消極的，我只是竭力防止擴大我同他們之間的差別。」

「不，對不起，這可是奇談怪論。」

「對，這有點強詞奪理。」維斯洛夫斯基附和說。「喂，當家人！」他對推開嘎嘎響的倉門走進來的農民說。「怎麼，你還沒有睡嗎？」

「不，哪裡睡得著！我還以爲老爺們睡了，忽然聽見你們在說話。我來拿把鉤鐮。那狗不咬人吧？」他問了一句，光著腳小心翼翼地走進來。

「那你睡在哪裡呀？」

「我們夜裡要去放馬。」

「啊，夜晚多美呀！」維斯洛夫斯基一面說，一面從打開的倉房門裡張望著蒼茫暮色下農舍的一角和卸掉馬的馬車。「你們聽，這是女人唱歌的聲音。說實在的，唱得不壞。這是誰在唱啊，當家人？」

「是丫頭們在唱，就在這附近。」

「咱們去玩玩吧！反正睡不著。奧勃朗斯基，走吧！」

「最好是又能躺下來又能出去玩，」奧勃朗斯基伸著懶腰回答，「躺著眞舒服。」

「那麼，我就自己一個人去。」維斯洛夫斯基一骨碌爬起來，一面穿靴，一面說。「再見，先生們。如果有趣，我再來叫你們。你們請我來打野味，我不會忘記你們的。」

「這小子不是挺可愛嗎？」等維斯洛夫斯基走了，房東隨手關上門，奧勃朗斯基說。

「是的，很可愛。」列文一面回答，一面繼續思考剛才談到的問題。他覺得他已經盡可能把自己的思想和感覺說清楚，可是這兩位並不愚笨而且誠懇的朋友，卻異口同聲地說他強詞奪理。這使他感到難過。

「事情就是這樣的，我的朋友。你或者斷定現存的社會制度合理，那你就維護自己的權利；或者承認你在享受不合理的特權，並且在像我這樣盡情享受。二者必居其一。」奧勃朗斯基說。

「不，如果這是不合理的，你就不能盡情享受這些特權，至少我就辦不到。我最要緊的是要做到問心無愧。」列文說。

「那麼，咱們眞的不出去走走嗎？」奧勃朗斯基說，顯然由於思考這種嚴肅的問題而感到厭煩了。「反正睡不著覺，咱們還是去走走吧！」

列文沒有回答。他們剛才談話時談到他的公正行動是消極的，這問題一直縈迴在他的心頭。「難道公正行動只能是消極的嗎？」他問自己。

「啊，新鮮乾草多香啊！」奧勃朗斯基微微支起身子說。「我說什麼也睡不著。維斯洛夫斯基不知在那邊搞些什麼。你聽見笑聲和他的說話聲嗎？咱們去不去？去吧！」

「不，我不去。」列文回答。

「難道你這也有規定嗎？」奧勃朗斯基在黑暗中摸索著帽子，笑嘻嘻地說。

「這談不到什麼規定，可是叫我去幹什麼呢？」

「要知道你這是在自討苦吃。」奧勃朗斯基找到帽子，站起來說。

「怎麼會？」

「難道我看不出你同你太太是怎樣相處的嗎？我聽見你們談到你可不可以去打兩天獵，彷彿這是什麼不得了的大事。作爲一段閨房佳話，這當然不錯，可是一輩子就這麼過，那可不行啊。男人應該獨立自主，男人有男人的興趣，男人應該像個男人。」奧勃朗斯基打開門說。

「你這是什麼意思？去逗丫頭們玩嗎？」列文問。

「如果有興趣，爲什麼不去呢？這是不會有什麼後果的。對我的妻子不會有什麼損害，我樂得快活快活。最要緊的是在家裡要維護神聖的秩序，在家裡可不能搞這一類事；但也不要把自己的手腳束縛起來。」奧勃朗斯基夾著法語說。

「也許是這樣。」列文冷冷地回答，轉過身去側著睡。「明天一早就得走。我不叫醒什麼人，天一亮就走。」

「先生們，快來呀！」傳來維斯洛夫斯基的法國話。「真迷人！這是我的一大發現。真迷人，是個十足的甘淚卿①式的女人。我同她已經認識了。說實在的，太妙啦！」他說時讚不絕口，彷彿她是特地爲他而造得如此美妙的，因此對造物主十分感激。

列文假裝睡著了，奧勃朗斯基穿上鞋子，點著一支雪茄，走出倉房。不多一會兒，他們的聲音就聽不見了。

列文好一陣睡不著覺。他聽見他的馬在嚼乾草，接著房東帶著大兒子出去放馬，然後聽見那兵士同姪兒——房東的小兒子在倉房另一頭安頓下來睡覺；後來聽見那孩子用尖細的聲音告訴叔叔他對狗的印象，聽來他覺得那兩條獵狗又大又可怕；後來那孩子又問那兩條狗要去捕什麼，那兵士就睡意朦朧地啞著嗓子告訴他，明天獵人們要到沼澤地去打獵，後來爲了擺脫孩子的問題就說：「睡吧，華西卡，睡吧，不然你留點兒神。」不多一會兒，他自己就打起鼾來，接著周圍一片寂靜，只聽見馬的嘶鳴和山鷸的啼聲。「難道只能是消極的嗎？」他自言自語道。「那又怎麼樣？又不是我的過錯。」他考慮起明天的活動來了。

「明天一早就出發，我一定不能發脾氣。山鷸多得很。大鷸也有。等我回來，就可以看到吉娣的條子了。是的，斯基華說得也對：我在她面前缺乏男子氣，有點婆婆媽媽……可是有什麼辦法呢！又是消極的態度！」

他在朦朧的睡意中聽見維斯洛夫斯基和奧勃朗斯基的笑聲和興致勃勃的說話聲。他驀地睜開眼睛；月亮升起來了，他們兩人正站在月光溶溶的倉房門口說話。奧勃朗斯基講到姑娘的新鮮嬌嫩，把她比作剛剝出的核桃肉；維斯洛夫斯基呢，發出富有傳染性的笑聲，重複著大概是哪個農民對他說的話：「你還是趕快去討個老婆吧！」列文半睡半醒地說：「先生們，明天天一亮就出發！」說完又睡著了。

①德國作家歌德名著《浮士德》裡的女主人翁。

12

列文大清早醒來，試圖喚醒兩位朋友。維斯洛夫斯基俯臥在床上，伸出一隻穿著襪子的腿，睡得那麼熟，不可能回答他什麼。奧勃朗斯基睡意朦朧中拒絕那麼早出發。就連那身子縮成一團，睡在乾草堆旁的拉斯卡，也勉勉強強爬起來，先懶洋洋地伸出一條後腿，然後再伸出另一條後腿。列文穿上靴子，拿了獵槍，小心翼翼地打開吱嘎發響的倉房門，走到街上。車夫們睡在馬車旁邊，馬群打著瞌睡。只有一匹馬沒精打采地嚼著燕麥，把麥子撒得滿槽都是。天色還是灰濛濛的。

「你怎麼起得這樣早哇，好人兒？」女主人從屋裡出來，像對老朋友那樣親切地招呼他。

「我去打獵，大嬸。這裡到沼澤地走得通嗎？」

「從院子後面一直走，經過我們的打穀場，再穿過大麻地，老爺，那裡有一條小路。」

上了年紀的女主人光著曬黑的腳，小心翼翼地領著列文，給他打開打穀場的柵欄門。

「從這裡一直走，就可以走到沼澤地。我們家的幾個昨天夜裡都到那裡放馬去了。」

拉斯卡興高采烈地沿著小徑跑在前頭；列文邁著輕快的步子跟在後面，不時觀察天色。他希望在太陽升起之前能到達沼澤地。但是太陽並不懈怠。月亮在他出門的時候還很明亮，此刻卻變得像水銀一樣發出微弱的白光；原來十分清楚的曙光，此刻要用心搜索才能看出；原來遠方田野上一個個朦朧的斑點，此刻可以看得一清二楚。那是一堆堆黑麥。在芬芳的高高的大麻地裡，雄麻已經被剔除了。大麻上的露珠沒有照到陽光，還看不見，但把列文的腿和衣服，直到腰部以上的地方都沾濕了。在這萬籟俱寂的清晨，連最微細的聲音也可以聽得一清二楚。一隻小蜜蜂在列文耳邊飛過，發出子彈般的嘯聲。他定睛一看，又看見第二隻、第三隻。牠們從籬笆後面的蜂巢裡飛出來，飛過大麻田，在沼澤那邊消失了。小路一直通到沼澤。沼澤可以從瀰漫在上面的霧氣上辨認出來，霧氣有些地方濃，有些地方淡，蘆草和柳樹叢像小島嶼似的在這濛濛霧海中浮沈。在沼澤和大路邊上，躺著夜裡放牧馬群的孩子和農民，他們在黎明前蓋著外套睡著了。離他們不遠的地方，有三匹被繩子絆住腿的馬在徘徊。其中一匹把腳上的鏈子弄得叮噹作響。拉斯卡在主人旁邊走著，東張西望，要求跑到前面去。列文從睡著的農民們身邊走過，走到第一個水塘邊。他檢查了一下彈筒帽，放了那獵狗。一匹餵養得很肥壯的三歲栗色馬，一看見獵狗，嚇得往邊上一跳，揚起尾巴，打了個響鼻。其餘的馬匹也受驚了，牠們用絆著繩子的腳踩著水塘，把蹄子從黏稠的泥漿裡拔出來，發出嘩嘩的響聲，接著又跳出沼澤，拉斯卡嘲笑地望望馬匹，又詢問般地望望列文，站住了。列文撫摩撫摩拉斯卡，吹了個口哨，表示可以行動了。

拉斯卡又高興、又擔心地在軟綿綿的泥沼地上跑著。

拉斯卡跑進沼澤，在熟悉的樹根、水草、鐵鏽和不熟悉的馬糞味中，立刻嗅出了鳥腥氣，那種最使牠銷魂的鳥腥氣。在苔蘚和酸模中間，這種腥味兒特別強烈，但弄不清哪個方向更濃、哪個方向淡些。要確定方向，必須順著風走得更遠些。拉斯卡飛跑著，彷彿不覺得腿在移動，但在這樣的飛跑中，只要有必要，牠還是能隨時停下的。牠向右方跑去，避開從東方吹來的黎明前的微風，接著又逆風前進。牠張大鼻孔深深地吸了一口氣，立刻發覺不是遺留的足跡，是牠們本身就在這裡，而且不只一隻，有許多隻。拉斯卡放慢腳步。鳥兒就在這一帶，但究竟在什麼地方，牠還不能確定。爲了找到那地方，牠開始兜圈子，但忽然聽見主人召喚的聲音。「拉斯卡！這裡！」列文給牠指指另一個方向。牠站住了，彷彿在問，是不是仍照牠原來的主意行動。但主人還是怒氣沖沖地重複他的命令，同時指著一個不可能有什麼東西的浸水小草墩。拉斯卡聽從了主人，裝出找尋的樣子來討他的歡心，跑遍草墩，又回到原地。牠立刻又聞到了鳥兒的腥味。這會兒，主人不再干涉牠，牠知道該怎麼辦。牠不看自己的腳下，懊惱地在隆起的草墩上絆著跤，掉到水裡，但立刻又用牠那矯捷靈活的腿站穩，兜起圈子來，進行搜索。鳥兒的腥味越來越濃烈、越來越分明地衝進牠的鼻孔。牠一下子完全清楚了，其中一隻就在這裡，就在這個草墩後面，離牠只有五步。拉斯卡站住了，整個身子一動不動。牠的腿短，站著什麼也看不見，但從氣味上聞出那東西離牠不出五步。牠站住不動，越來越強烈地感覺到那東西，心裡充滿期待的快樂。牠的尾巴緊張得直豎，只有尾巴尖在微微抖動。牠的嘴稍稍張開，兩隻耳朵豎起。牠在奔跑時一隻耳朵向後倒下，沈重而留神地喘著氣，但對主人更留神地打量了一下，與其說是回過頭去，不如說是斜著眼睛。列文帶著拉斯卡看慣的臉色和可怕的眼神，磕磕絆絆，慢得異乎尋常地在草墩上走著。拉斯卡覺得主人走得很慢，其實他已在跑步了。

列文注意到拉斯卡搜尋獵物時的獨特姿勢，牠的整個身子貼在地上，彷彿只用後腿大步趴著地面，微微張開嘴。列文明白牠被大鷸吸引住了，就在心裡禱告上帝，保佑牠成功，因爲這是今天看見的第一隻鳥。他向牠跑去。他走到牠旁邊，居高臨下地向前眺望。他看到了牠用鼻子嗅到的東西。在兩步開外的草墩中間，他看見了一隻大鷸。那鳥兒側著腦袋，留神傾聽。接著牠稍稍展開翅膀又收攏來，笨拙地擺了擺尾巴，躲進草墩的一個角落消失了。

「抓住牠，抓住牠。」列文推推拉斯卡的屁股，叫道。

「我可不去，」拉斯卡想，「叫我到哪兒去呢？我在這兒聞到牠們，可是一往前跑，我就不知道牠們在哪裡、牠們是些什麼東西了。」可是主人又用膝蓋把牠撞了撞，用壓低的激動聲音說：「抓住牠，拉斯卡，抓住牠！」

「好吧，既然他要這樣，我就照辦，但現在我可不能負責了。」拉斯卡暗自想，一個勁兒地往草墩中間衝去。現在牠什麼也聞不到了，只是茫然地看著和聽著。

在離原地十步遠的地方，一隻大鷸發出大鷸特有的粗壯啼聲和鼓翼聲，飛了起來。槍聲一響，雪白的胸脯朝下，啪嗒一聲落在泥淖裡。另外一隻不等獵狗驚動，就在列文身後飛起來。

等列文回過身去，牠已經飛得很遠了。但是子彈還是把牠打中了。這隻大鷸飛了二十步光景，像皮球似地畫了個拋物線，沈重地落在乾燥地上。

「哈，這才像話！」列文把暖烘烘的肥壯大鷸放到獵袋裡，心想。「啊，我的拉斯卡，你說行嗎？」

列文裝上子彈，繼續前進。這時候太陽雖然還被烏雲遮著，但已經升起來了。月亮失去了光輝，好像一小塊白雲浮在空中；星星一顆也看不見了。露珠滾滾的水草原來現出銀白色，如今已變成金黃色了。鏽黃的水塘變得像一大塊琥珀。青蔥的野草都染上了黃綠色。沼澤的鳥兒，在露珠翻滾、長長的影子投在小河邊上的樹叢裡喧鬧起來。一頭鷂鷹醒來了，棲在一堆乾草上，腦袋一會兒扭到這邊，一會兒扭到那邊，不滿意地瞪著那沼澤。穴鳥飛到田野裡，一個赤腳的男孩把馬群趕到老頭兒旁邊，老頭兒已經揭開外套，正坐著搔癢。火藥的硝煙像牛奶一樣白濛濛地瀰漫在青草上。

一個孩子跑到列文跟前。

「叔叔，昨天這裡還有野鴨子呢！」他大聲對他叫道，老遠跟著他走來。

列文當著這個連聲喝彩的孩子的面又接連打中三隻大鷸，感到特別高興。

13

要是第一隻走獸或飛禽能打中，這天打獵就會走運。獵人的這種說法是有道理的。

列文走了三十里地，獵袋裡裝著十九隻血淋淋的野味，腰裡掛著一隻野鴨（因爲獵袋裡裝不下了），早晨九點多鐘，又疲勞、又飢餓、又快樂地回到借宿的地方。兩位朋友早已醒了，而且感到飢餓，吃過早飯了。

「等一下，等一下，我記得是十九隻。」列文一面說，一面又數了一遍大鷸和山鷸。那些鳥兒縮成一團，乾癟了，血跡斑斑，腦袋歪在一邊，完全失去了飛翔時的那副神氣。

數目沒有錯。奧勃朗斯基的妒嫉使列文高興。還有一件使他高興的事是，他回到借宿處，吉娣派來的信差已給他送信來了。

「我完全健康，十分快樂。如果你爲我擔心，那麼現在可以放心了。我有了新的保鏢，就是瑪麗雅·符拉西耶夫娜（這是個接生婆，是列文家庭生活中一位新的重要人物）。她來看望我，檢查下來說我完全健康。我們留她住到你回來再走。大家都快樂、健康，請你不用著急。如果打獵順利，你可以再待一天。」

打獵順利和妻子來信這兩件喜事實在了不起，使得列文對後來遇到的兩件煞風景的事也不以爲意了。一件是那匹拉邊套的棗紅馬昨天準是累壞了，不吃草料，垂頭喪氣。車夫說牠勞累過度了。

「昨天趕得過頭了，康斯坦京·德米特里奇，」車夫說，「可不是，拚命趕了十里路！」

另一件煞風景的事起初破壞了列文的好心情，後來又使他感到好笑，那就是吉娣給他們準備的食物，原以爲一星期也吃不完，如今已吃得一點也不剩了。列文打獵回來，又累又餓，一心想吃餡餅。他走近房子就聞到那股香味，嘴裡就感覺到那個滋味，好像拉斯卡嗅到野味一樣。他立刻吩咐菲利浦給他拿出來。誰知不但沒有餡餅，連小雞也沒有了。

「嚇，他的胃口眞大！」奧勃朗斯基指著維斯洛夫斯基笑道，「我的胃口也不算錯，可是他的胃口實在驚人……」

「唁，有什麼辦法！」列文悶悶不樂地望著維斯洛夫斯基說。「菲利浦，那麼給我弄點牛肉來。」

「牛肉都吃光了，我把骨頭餵了狗了。」菲利浦回答。

列文很不高興，生氣地說：「多少也該留一點給我呀！」他說著差點兒哭出來。

「那麼就收拾點野味，放上點大麻，燒來吃吧。」列文聲音哆嗦地對菲利浦說，眼睛竭力避開維斯洛夫斯基。「再想辦法給我弄點牛奶來。」

後來，等吃飽了牛奶，列文想到對不太熟的客人發脾氣，覺得有點不好意思，就嘲笑自己飢餓時的那種兇相。

黃昏，他們又去打了一次獵，連維斯洛夫斯基也打中了幾隻鳥。他們就連夜動身回家。

歸途也像出來時一樣高興。維斯洛夫斯基一會兒唱歌，一會兒津津有味地回憶農民們怎樣請他喝酒，還對他說：「別見怪，別見怪。」一會兒又想起昨夜的獵艷和那個迷人的姑娘，還有那個農民問他有沒有結過婚。而當他知道他還沒有妻子，就對他說：「你可別去追求人家的老婆，最好還是自己娶一個。」這兩句話維斯洛夫斯基覺得特別好玩。

「總之，我對這次旅行十分滿意。您呢，列文？」

「我也很滿意。」列文真心誠意地說。他對維斯洛夫斯基不僅沒有像在家裡時那樣的對立情緒，而且覺得他十分親切可愛。

14

第二天早晨十點鐘，列文巡視過農莊，去敲維斯洛夫斯基的房門。

「請進！」維斯洛夫斯基用法語大聲答應。「對不起，我剛淋過浴呢。」他穿著一件襯衣站在列文面前，笑嘻嘻地說。

「您不用拘禮。」列文在窗口坐下。「您睡得好嗎？」

「睡得像死去一樣。今天這天氣打獵眞好哇！」

「您喝茶、還是喝咖啡？」

「都不要。我只要吃早飯。眞不好意思。我想太太們該都起來了吧？現在出去散散步多好。您讓我看看您的馬。」

列文陪著客人在花園裡走了一圈，參觀了馬廄，還一起練了一會兒雙槓，這才回家，走到客廳裡。

「打獵打得眞愜意，增長了多少見識！」維斯洛夫斯基向坐在茶炊旁的吉娣走去。「可惜太太們享受不到這種樂趣！」

「嗐，這有什麼呢，他總得同女主人應酬幾句。」列文自言自語說。他又覺得這位客人同吉娣說話時的微笑和得意洋洋的神氣有點不是滋味……

公爵夫人同瑪麗雅·符拉西耶夫娜和奧勃朗斯基坐在桌子的另一頭。她喚列文過去，同他談吉娣到莫斯科去生產和準備房子的事。他們結婚時，列文覺得種種瑣事只會損害婚禮的莊嚴；如今爲了即將到來的生產而做種種準備，他也覺得不勝其煩。他總是竭力避免聽他們談論未來嬰兒的襁褓式樣，避免看到陶麗特別重視的神祕莫測的編織不完的帶子和麻布三角巾，以及諸如此類的事。對於兒子降生這件事（他認爲將是個兒子）他充滿希望，但畢竟還不能完全肯定。在他看來，這事非同尋常，因此，一方面，是種莫大的、因而也是無法到手的幸福；另一方面，既然這事神祕莫測，可人們偏偏自作聰明，把它當作一種平凡的、人爲的事來迎接，這就使他感到氣憤和委屈。

但是公爵夫人不了解他的心情，認爲他對這事不聞不問是粗心和冷淡的表示，因此不讓他安寧。她委託奧勃朗斯基看房子，此刻又把列文叫到跟前來。

「我什麼也不懂，公爵夫人。您想怎麼辦就怎麼辦好了。」列文說。

「要決定一下你們什麼時候搬過去。」

「我實在不懂。我知道千百萬孩子不去莫斯科，不請醫生，也照樣生下來……那麼何必……」

「萬一有什麼……」

「哦，不，那就照吉娣的意思辦吧。」

「這事可不能同吉娣談！難道你要我把她嚇壞嗎？你聽我說，今年春天娜塔麗・戈里岑娜就死在不好的接生婆手裡。」

「您要怎麼樣，我一定照辦。」列文悶悶不樂地說。

公爵夫人開始向他解釋，可是他並沒留神聽她。公爵夫人的談話搞亂了他的心境，不過他悶悶不樂倒不是由於這場談話，而是由於他看到茶炊旁的情景。

「不，這是不會的。」列文偶爾望望身子側向吉娣、笑容迷人地對她說著什麼的維斯洛夫斯基，又望望滿臉緋紅、情緒激動的吉娣，心裡這樣想。

在維斯洛夫斯基的姿態裡，在他的眼神和笑意裡，有一種不純潔的東西。甚至在吉娣的姿態和眼神裡，列文也看出有不純潔的地方。他又覺得天昏地暗，眼睛發黑。他又像昨天那樣覺得自己一下子從幸福、安寧和尊嚴的頂峰掉到絕望、憤恨和屈辱的深淵。他又討厭一切人，討厭一切事了。

「那麼就照您的意思辦吧，公爵夫人。」列文說著又回頭看了一眼。

「獨裁者的王冠沈得很！」①奧勃朗斯基同他開玩笑說，顯然不僅影射公爵夫人的談話，而且挖苦他所發現的列文激動的原因。「你今天怎麼這樣晚，陶麗！」

大家都站起來迎接陶麗。維斯洛夫斯基只站了站，並像現代青年對婦女缺乏禮貌的通病那樣，只微微點了點頭，接著又嘻嘻哈哈地說下去。「瑪莎把我弄得好苦。她睡得不好，今天脾氣壞透了。」陶麗說。

維斯洛夫斯基同吉娣又談到昨天的題目，談到安娜，以及愛情是不是可以超然於社會環境的問題。吉娣不喜歡談這事，因爲這件事本身和他說話的腔調使她不安，特別是因爲她知道這會引起丈夫什麼反應。但是她實在太天眞淳樸了，不會打斷這樣的談話，甚至不會掩飾由於這位青年公然向她獻媚而產生的快樂。吉娣想中斷這談話，但她不知道該怎麼辦。不論她做什麼，她知道都會被丈夫察覺，丈夫都會往壞處想。果然，她問陶麗瑪莎怎麼了，而維斯洛夫斯基卻希望她們之間乏味的談話快點結束，冷冷地望著陶麗。列文認爲吉娣問這個是裝腔作勢，可惡地耍弄手段。

「我們今天去採蘑菇好不好？」陶麗說。

「去吧，我也去。」吉娣說著臉紅了。她出於禮貌想問問維斯洛夫斯基去不去，可是沒有問。「你到哪兒去，列文？」當丈夫大踏步從她旁邊走過時，她露出歉疚的神色問道。她這種羞愧的神情正好證實了他的疑心。

「我不在的時候有個技工來找我，我還沒見到他。」列文眼睛不看她，嘴裡這樣說。

他走下樓去，但還沒有走出書房，就聽見妻子急急忙忙地跟著他走來的熟悉腳步聲。

「你有什麼事？」列文冷冷地對她說。「我們有事。」

「對不起，」吉娣對德國技工說，「我要同我丈夫說一句話。」

德國人想走開，可是列文對他說：

「您放心好了。」

「是三點鐘的火車嗎？」德國人問，「可別誤了車。」

列文沒有理他，同妻子走了出去。

「嗯，您有什麼話要同我說？」列文用法語問。

他不望她的臉。他不想看到她懷著孕，整個臉都在抽搐的那副極爲傷心的模樣。

「我……我要說，再不能這樣過下去了，這簡直是受罪……」吉娣喃喃地說。

「飯廳裡有僕人，」列文怒氣沖沖地說，「不要哭哭啼啼的。」

「那我們到那邊去！」

他們在過道裡站住了。吉娣想到隔壁房裡去，可是英國女教師在那裡教塔尼雅功課。

「嗯，我們到花園裡去吧！」

在花園裡，他們遇見一個正在掃地的農民。他們不顧那農民會看見吉娣滿面的淚痕和列文激動的神色，也不顧他們活像兩個逃避災難的人，就一個勁兒快步向前走去，都想把心裡話說個痛快，消除對方的誤會。他們單獨待在一起，好擺脫兩人都忍受著的痛苦。

「再不能這樣過下去了！簡直是活受罪！我痛苦，你也痛苦。可這是爲了什麼呀？」當他們終於來到菩提樹小徑頭上一個單獨的長凳旁邊時，吉娣這樣說。

「你只要告訴我一件事：他的口氣裡有沒有不成體統、不乾不淨、下流無恥的地方？」列文又像那天夜裡那樣，兩隻拳頭緊按住胸口，站在吉娣面前。

「有的，」吉娣聲音哆嗦著說，「但是，列文，難道你看不出這不是我的過錯嗎？我從早晨起就想換一種態度，可是這些人……他到這兒來幹什麼？我們原來多麼幸福哇！」她放聲痛哭，哭得整個懷孕的身子直打哆嗦，說不出話來。

雖然沒有什麼東西追逐過他們，他們也不需要逃避什麼，坐在長凳上也不會有什麼意外的樂事，但是園丁卻驚奇地看到，他們臉上洋溢著安詳而幸福的光輝，從他身旁走過，回到屋子裡去。

---

①引用普希金作品《鮑里斯・戈東諾夫》中的話。

15

列文把妻子送到樓上，自己就走到陶麗房裡。今天陶麗也很苦惱。她在房裡走來走去，怒氣沖沖地對號啕大哭的小女孩說：

「罰你站一天牆角，讓你一個人吃飯，一個洋娃娃也不給你玩，一件新衣服也不給你做！」陶麗訓斥著，不知道該怎樣處罰她才好。

「哼，這丫頭眞壞！」陶麗對列文說。「她這種壞習慣是從哪裡學來的？」

「她到底做了什麼事？」列文冷冷地問。他本想同她商量自己的事，因此懊惱地感到來得不是時候。

「她同格里沙到草莓叢裡，在那裡……我簡直說不出口她在那裡做了什麼。愛里奧小姐也眞叫人遺憾。她就是什麼也不管，像機器一樣……您倒想想，一個女孩子……」

於是陶麗講了瑪莎的罪狀。

「那算得了什麼，根本不是什麼壞習慣，那只是淘氣罷了。」列文安慰她說。

「那麼你有什麼事不開心哪？你來做什麼？」陶麗問。「那邊出了什麼事？」

列文從她的語氣中聽出，他可以痛痛快快地把心裡話說出來。

「那邊我沒有去過，我同吉娣到花園裡去了。自從……斯基華來了以後，我們這是第二次吵嘴了。」

陶麗用她那雙聰明懂事的眼睛望著他。

「嗯，你憑良心說一句，在……不是在吉娣方面，而是在這位先生的腔調裡，有沒有什麼使做丈夫的感到不愉快，不是不愉快，是感到可怕、甚至受侮辱的地方？」

「怎麼對你說好呢……站著，站著，站在角落裡！」陶麗對瑪莎說，瑪莎看見母親臉上一絲笑意，剛想轉過身來。「上流社會的人們會說，他的行動同一般青年人一樣。他向年輕美麗的女人獻殷勤，一個上流社會的丈夫是應該引以爲榮的。」她夾雜著法語說。

「是的，是的，」列文陰沈沈地說，「那麼你察覺了？」

「不光是我，連斯基華也察覺了。喝完茶，他就坦率地對我說：『我看，維斯洛夫斯基有點在追求吉娣呢。』」

「那太好了，這下子我可定心了。我要把他趕走。」列文說。

「你怎麼，瘋了嗎？」陶麗恐懼地叫起來。「你怎麼了，列文，快冷靜些！」她笑著說。「喂，你現在可以到芳尼那裡去了。」她對瑪莎說。「不行，如果你真要這樣做的話，那我告訴斯基華。讓他來把他帶走。可以對他說，你這裡還有客人要來。總之，他待在我們這裡不合適。」

「不，不，我自己去。」

「那你會吵架嗎？……」

「絕對不會。我會高高興興地去辦的。」列文眞的眉飛色舞地說。「哦，你就饒了她吧，陶麗！她下次不會了。」列文是指那個小罪犯。瑪莎沒有到芳尼那裡去，卻遲疑地站在母親面前，皺著眉頭等待著，竭力想捉住母親的目光。

母親對她瞧了一眼。女孩子哇地一聲哭出來，臉埋在媽媽膝蓋中間。陶麗把自己纖細柔軟的手放在她的頭上。

「他同我們有什麼共同之處呢？」列文一面想，一面去找維斯洛夫斯基。

列文穿過前廳，吩付僕人備好轎車去車站。

「車上的彈簧昨天斷了。」僕人回答。

「那麼就備輕便車吧，可是要快。客人在哪裡？」

「他回自己屋裡去了。」

列文找到維斯洛夫斯基的時候，維斯洛夫斯基正拿出箱子裡的東西，攤開新的抒情歌譜，試穿皮綁腿，準備去騎馬。

是列文的臉色有點異樣呢，還是維斯洛夫斯基意識到他對女主人略施殷勤在這個家庭裡是不合適的，他看到列文進來有點兒（一個上流社會的人士所能達到的程度）不好意思。

「你穿綁腿騎馬去嗎？」

「是的，這樣要乾淨多了。」維斯洛夫斯基一面說，一面把一條肥腿擱在椅子上，搭上綁腿最下面的鉤子，快樂而溫厚地微笑著。

維斯洛夫斯基無疑是個好小子。列文發現他的眼睛裡有一種羞怯的神色，不禁替他難過，並且因爲自己是主人而害臊。

桌上放著半截手杖，那是今天早晨他們一起試圖糾正傾斜的雙槓而折斷的。列文拿起這半截手杖，動手撕去頭上的斷片，不知道怎樣開口才好。

「我要……」他說不下去，但一想到吉娣和種種情景，立刻毅然盯住維斯洛夫斯基的眼睛說：「我吩咐他們給您備馬車了。」

「您這是什麼意思？」維斯洛夫斯基驚奇地問。「到哪兒去呀？」

「把您送到火車站去。」列文撕著手杖頭上的斷片，陰沈沈地說。

「您要出門去，還是出了什麼事？」

「我家裡不巧有客人要來。」列文一面說，一面越來越迅速地用粗壯的手指撕著手杖的斷片。「不，沒有客人來，什麼事也沒有，但我請求您離開。我這樣不講禮貌，您要怎麼解釋，就怎麼解釋吧。」

維斯洛夫斯基挺直身子。

「我請求您給我解釋……」他終於恍然大悟，不失身分地說。

「我不能向您解釋。」列文慢慢地低聲說，竭力掩飾下顎的顫動。「您最好別問。」

手杖頭上的斷片撕光了，列文抓住手杖粗大的兩端，把它折斷，留神接住折下來的一頭。

大概是列文那雙有力的手，今天早晨做體操時摸到的肌肉，兩隻炯炯有光的眼睛，低低的聲音和顫動的下顎，這些比任何語言更有力地使維斯洛夫斯基服從了。他聳聳肩，輕蔑地微微一笑，點了點頭。

「我可不可以見一見奧勃朗斯基？」

聳肩和冷笑並沒有使列文生氣。「他還要幹什麼？」他心裡想。

「我馬上去叫他來。」

「這眞是太荒唐了！」奧勃朗斯基聽朋友說他被驅逐，在花園裡找到正在那裡踱步等客人離開的列文，這樣對他說。「這簡直可笑！什麼毒蚊子把你叮了？簡直可笑到極點了！要是一個青年人……你就認爲……」

列文被毒蚊子叮過的地方顯然還很疼，奧勃朗斯基剛想說出來，列文就臉色發白，慌忙打斷他的話：

「請你不要問原因！我沒有別的辦法！我對你、對他都感到很不好意思。不過，我認爲他離開這裡是不會太難受的，可他在這裡我和我妻子都覺得不愉快。」

「他會感到委屈的！再說，這實在太可笑了。」

「可是我覺得又委屈、又痛苦！我沒有任何過錯，我沒有理由應該受罪！」

「赫，眞沒想到你會這樣！吃醋也可以，但達到這樣的程度，簡直可笑之至！」奧勃朗斯基又夾著法語說。

列文迅速地轉過身去，離開他走到林蔭路深處，繼續獨自在那裡踱步。不多一會兒，他聽見馬車的轆轆聲，看見樹木後面維斯洛夫斯基坐在乾草上（倒楣的是馬車裡沒有座墊），戴著他那頂蘇格蘭帽，順著林蔭道顚簸著離去。

「又有什麼事？」列文看見僕人從房子裡跑出來，攔住馬車，心想。原來是那個德國技工，列文已完全把他忘了。那個德國人一面鞠躬，一面對維斯洛夫斯基說著什麼，接著爬上馬車。他們就一起坐車走了。

奧勃朗斯基和公爵夫人對列文的行爲感到氣憤。列文覺得自己不僅可笑到了極點，而且罪孽深重，無臉見人；但是一想到他和他妻子所受的罪，他自問下次要是又遇到這樣的事他將怎樣處理，接著回答說，還是這樣辦。

雖然如此，到了晚上，除了公爵夫人不能饒恕列文的行爲以外，大家又都顯得非常輕鬆愉快，好像孩子受過了處分，大人結束了一次難堪的官場應酬一樣。到了晚上，公爵夫人一走，他們談到維斯洛夫斯基被驅逐的事，就像在談一件久遠的往事。陶麗從父親身上繼承了說笑話的才能，把個華侖加笑得前仰後合。她一次又一次地講著，每次都添油加醋，增加些新的笑料。她講到她剛準備繫上新的蝴蝶結迎接客人，剛走到客廳，忽然聽見一輛老爺馬車的轆轆聲。是誰坐在馬車上啊？一看，原來是維斯洛夫斯基，頭上戴著蘇格蘭帽，手裡拿著抒情歌譜，腳上打著皮綁腿，坐在乾草上。

「你至少也該弄輛轎車讓他坐坐啊！沒有，後來我又聽見：『站住！』喲，我想，準是大發善心了。我一看，原來是讓那個德國胖子坐在他旁邊，把他們一起送走……我這個新蝴蝶結就這樣白繫了！……」

16

陶麗實現了自己的心願，動身去訪問安娜。她感到抱歉，因爲這事使妹妹傷心，使妹夫不愉快。她明白，列文一家不願同伏倫斯基有任何來往，是理所當然的，但她認爲有責任去看望安娜，表示安娜的處境雖然起了變化，她對她的感情並沒有改變。

陶麗這次旅行不願依賴列文家，自己派人到鄉下去租馬。列文一知道這事，就走來責備她。

「你爲什麼以爲你去我會不高興？如果說這事使我不高興，那你不用我的馬，我就更加不高興了。」列文說。「你從沒對我說過一定要去。至於到鄉下租馬，這事首先使我不高興，而主要的是他們會租給你，但不會把你送到目的地。馬，我有的是。如果你不想使我難堪，你就用我的馬。」

陶麗只好同意。到了約定的日子，列文爲大姨子準備好四匹馬，還有替換的馬，都是從耕馬和騎馬中湊起來的，外表不太好看，但能當天把她送到目的地。當前，要送走公爵夫人和送走接生婆都需要馬匹，這對列文來說是有爲難之處，但從責任心出發，列文不能讓陶麗租用馬匹從他家動身，再說租一次馬要花二十盧布，對她來說也是一大筆開支。陶麗手頭拮据，列文是很同情她的。

陶麗聽從列文的勸告，天沒亮就動身了。道路平坦，馬車舒服，馬也跑得很起勁。駁座上除了車夫以外，還坐著帳房，那是列文派來代替男僕護送陶麗的。陶麗在車上打起瞌睡來，直到換馬的客店才醒。

陶麗在列文那次去史維亞日斯基家途中逗留過的富裕農民家喝了茶，同農婦們談了一會兒孩子的問題，又同那老農談到他很稱讚的伏倫斯基伯爵的事，到十點鐘才繼續上路。她在家裡忙於照顧孩子，從來沒有時間思索。這會兒，在這四小時的旅途中，以前被壓在心裡的種種想法一下子都浮現出來了。她從各個不同的方面回顧自己的一生，這是從來沒有過的事。她自己都覺得她的思想很怪。開頭她想念孩子們，儘管公爵夫人，主要是吉娣（陶麗更相信她）答應照顧他們，她還是不放心。「但願瑪莎不再淘氣，格里沙別讓馬給踢了，莉麗不再鬧肚子。」接著，現實問題被即將發生的問題代替了。她開始想到，今年冬天要在莫斯科租一個新寓所，客廳傢具要換一套新的，還要給大女兒做一件皮大衣。然後又想到較遠的未來的問題：怎樣把孩子們撫養成人。「女孩子倒沒什麼，」她想，「可是男孩子怎麼辦？」

「現在還好，我可以自己管教格里沙，因爲我現在沒有懷孕，有的是時間。要斯基華管教，當然是靠不住的。我依靠人家的幫助，可以把他們撫養成人，但要是又懷孕呢……」她忽然想起一句俗話：「生兒育女是對女人的詛咒。」她覺得這話沒有道理。「分娩倒無所謂，懷孕可眞是件苦事。」她回憶最後一次懷孕和最小一個孩子的死亡，這樣想。她又想到剛才在歇腳的地方同那個青年農婦的談話。對有沒有孩子這個問題，那個漂亮的年輕農婦快樂地回答說：

「有過一個小姑娘，但上帝把她接走了，過四旬齋時把她給埋了。」

「你是不是很捨不得她？」陶麗問。

「有什麼捨不得的？老頭兒的兒孫多的是。有了兒女就是麻煩，弄得你不能幹活，什麼事也不能做。只會束縛你的手腳。」

陶麗當時聽了這回答很反感，儘管那個農婦待人和藹可親，現在她不由得想起這句話來。在這句不近人情的話裡倒有一點道理。

「總而言之，」陶麗回顧她婚後十五年來的生活，「懷孕、嘔吐、腦子遲鈍、無所作爲，主要是模樣醜惡。吉娣，年輕美麗的吉娣，連她都變得那麼難看了，我一懷孕就更醜。生產，痛苦，說不出的痛苦，最後關頭……然後是餵奶、通宵不眠，這種可怕的痛苦……」

陶麗給每個孩子餵奶幾乎都生奶癬，一想到這種苦，她渾身打了個哆嗦。「然後是孩子生病，無窮無盡地擔驚受怕；還有教育，孩子的種種壞習慣（她想到瑪莎在草莓叢裡的過錯），學習拉丁文——這一切都那麼麻煩，不好應付。最可怕的是孩子的夭折。」於是，永遠揪住做母親的心的慘痛回憶又浮上她的腦海：那個最小的嬰兒患喉炎夭折，他的葬禮，大家對那口粉紅色小棺材的冷漠，以及那蓋上帶有金邊十字架的粉紅色棺材蓋的一剎那，她面對生著鬈曲鬢髮的蒼白小腦門，感到肝腸撕裂的痛楚。

「這一切都是為了什麼？這一切會有什麼結果？結果只是：我得不到片刻安寧，一會兒懷孕，一會兒餵奶，老是鬧脾氣，發牢騷，苦了自己，也苦了別人，使丈夫討厭，就這樣過上一輩子，撫養出一批缺乏教養的不幸的小叫化子。這會兒，要不是在列文家過夏，我眞不知道怎樣對付過去呢。當然，列文和吉娣很體貼人，使我們不覺得有什麼不愉快，但總不能一直住下去呀。等他們有了孩子，他們就不能再幫助我們了。事實上，現在他們手頭也並不寬裕。至於爸爸，他幾乎沒有給自己留下什麼財產，又怎麼能照顧我們呢？這樣，我自己連孩子都養不起，也不能低聲下氣去求人家接濟呀。哦，就算最如意的打算吧，往後不再有孩子夭折，我也勉強把他們培養成人。他們最好也不過是不成為壞蛋。我所能希望的不過如此。可就是為了這個，我得吃多少苦，花多少心血呀……我這輩子也就完了！」陶麗又想到了青年農婦的話。想到這些，她又感到難過，但她不能不同意她的話還有一點粗魯的道理。

「怎麼樣，還遠嗎，米哈伊拉？」陶麗問帳房，想擺脫使她感到恐懼的思想。

「聽說離這個村子還有七里地。」

馬車沿著村道駛到一座小橋上。橋上走著一群快樂的農婦，她們肩上掛著一圈圈草繩，嘰哩呱啦地有說有笑，十分熱鬧。她們在橋上站住了，好奇地打量著馬車。陶麗覺得她們的臉張張都是健康快樂的，都在用生的歡樂挑逗她。「人人都在生活，人人都在享受生的歡樂。」陶麗經過農婦們身邊，往小山上駛去，身子又在老式馬車柔軟的彈簧上愜意地搖晃，心裡這樣想。「可是我像一個剛出獄的囚犯，心事重重，此刻總算有片刻的安寧。人人都在快快活活地過日子，不論是這些農婦、妹妹娜塔麗雅，還是華侖加，或者我現在去訪問的安娜，可就是沒有我的份。」

「他們攻擊安娜。爲了什麼？難道我比她好嗎？至少我還有一個心愛的丈夫。雖說不上稱心如意，我還是愛他的，可是安娜不愛她的丈夫。她到底有什麼過錯？她要生活。上帝賦予我們心靈這樣的慾望。要是我處在她的地位，也很可能這樣做。在那可怕的日子裡，她到莫斯科來看我。我至今不知道，我當時做得對不對。我當時應該拋棄丈夫，重新開始生活。我也可能眞正去愛上一個人，眞正被人家所愛。也許還是現在這樣好？我不尊重他，不需要他，」她想到了丈夫，「但我容忍了他。這樣是不是好？那時還會有人喜歡我，我還有幾分姿色呢。」陶麗繼續想，很想照照鏡子。手提包裡有一面旅行鏡子，她很想取出來，但回頭看看背後的車夫和那搖搖晃晃的帳房，想到萬一被他們看見，那可難爲情了，結果沒有把鏡子拿出來。

但不照鏡子，她心裡還是在琢磨，她的年紀也不算太老，也還來得及。於是她想起了丈夫的朋友土羅甫春，他待她特別殷勤，在她孩子患猩紅熱的時候同她一起照顧他們，他愛上了她。還有一個年紀很小的青年——丈夫曾開玩笑地告訴她——認爲她是三姊妹中最美的。於是陶麗頭腦裡幻想著最熱烈、最荒唐的風流韻事來。「安娜的行動了不起，我說什麼也不能責備她。她自己幸福，也使別人幸福，不像我這樣逆來順受。她一定還是像以往那樣鮮艷、聰明和開朗。」陶麗心裡這樣想，嘴上浮起狡猾的微笑，特別是想到安娜的風流韻事。陶麗同時幻想自己也有了這樣的風流韻事。一個她想像中的集種種優點於一身的男子被她迷住了。她也像安娜一樣，把私情向丈夫和盤托出。奥勃朗斯基一聽到這消息，又驚奇又窘困，使她禁不住笑了。

就在這樣的胡思亂想中，陶麗的馬車離開大路，轉彎向伏茲德維任斯克村馳去。

17

車夫勒住四匹馬，向右邊黑麥田望了一眼，看見幾個農民坐在那裡的大車旁。帳房本想跳下車去，但後來改變了主意，向一個農民命令似地吆喝了一聲，招招手叫他過來。馬車奔馳時吹拂著的微風，等車一停就靜止了；汗淋淋的馬身上落滿了牛虻，馬怒氣沖沖地想把牠們驅散。大車旁錘子敲擊鐮刀的鏗鏘聲停止了。一個農民站起身，向馬車走來。

「瞧你這麼磨磨蹭蹭的！」帳房向那個赤腳踩著留有車轍的坎坷道路慢慢走來的農民怒斥道。「快一點！」

這個鬈髮的老農頭上紮著樹皮繩子，彎著被汗水濕透的背，加快步子，走到馬車旁邊，伸出一隻黧黑的手，抓住馬車擋泥板。

「到伏茲德維任斯克去嗎？到伯爵老爺的莊院去嗎？」老農反覆問。「走完這條坡路，向左拐，順著大路一直往前就到了。你們要找誰呀？伯爵本人嗎？」

「嗯，他們在家嗎，老爺子？」陶麗含糊其詞地說，她甚至不知道該怎樣向農民打聽安娜的情況。

「多半在家。」老農兩腳交替踩著泥地，清清楚楚地留下五個腳趾印。「多半在家，」他重複說，顯然很想聊聊。「昨天還來了客人。客人多極了……你要什麼呀？」他轉身對在大車旁向他喊叫的小伙子說。「噢，對了！他們剛才騎馬打這兒過，去看收割機。現在該回家了。你們是打哪兒來的？……」

「我們是遠道來的。」車夫爬上馭座說。「那麼不遠了？」

「跟你說就在這裡。你一走到路口……」老農摸著馬車的擋泥板說。

一個年輕矮壯的小伙子也走了過來。

「怎麼樣，收割缺少人手嗎？」小伙子問。

「我不知道，老弟。」

「喏，你向左邊一拐，就到了。」老農說，顯然還想談談，不願放他們走。

車夫催動了馬，他們剛轉彎，那個老農就叫道：

「站住！喂，朋友，站住！」兩個聲音同時叫起來。

車夫停下來。

「他們來了！瞧，這不是他們！」老農叫道。「瞧，大隊人馬！」他指著大路上四個騎馬和兩個坐敞篷馬車的人說。

原來騎馬的是伏倫斯基、賽馬騎師、維斯洛夫斯基和安娜，坐在敞篷馬車上的是華爾華拉和史維亞日斯基。他們出去兜風，還觀看了正在開動的新收割機。

馬車停下了，騎馬的人也慢步走過來。安娜同維斯洛夫斯基並肩走在前頭。安娜慢悠悠地騎著一匹鬃毛剪過的短尾英國矮腳馬。她那戴著一頂高帽露出一綹綹烏黑頭髮的漂亮腦袋，她那豐滿的肩膀，她那穿著黑色騎裝的苗條身段，以及端莊優美的騎馬姿勢，這一切都使陶麗感到驚訝。

最初一剎那，她覺得安娜騎馬有點不成體統。在陶麗的心目中，女人騎馬是同年少輕浮、賣弄風情分不開的，因此就安娜的處境來說，騎馬是不合適的；但當她走近仔細一看，就覺得她騎馬也不錯。何況安娜的優雅風度，她的姿態、服飾和舉止都樸素文靜，落落大方，十分自然。

在安娜旁邊，維斯洛夫斯基騎著一匹灰色烈性的騎兵軍馬。他頭戴一頂緞帶飄動的蘇格蘭帽，向前伸著兩條粗大的腿，洋洋自得。陶麗一認出是他，忍不住快活地笑了。他們後面是伏倫斯基。伏倫斯基騎著一匹純種的深色棗紅馬，那馬跑得渾身冒熱氣。他拉緊韁繩把牠勒住。

伏倫斯基後面是一個穿騎裝的矮個子。史維亞日斯基同公爵小姐坐著一輛嶄新的敞篷馬車，車上套著一匹高大的驪馬，追趕著騎馬的人。

安娜一認出那輛舊馬車角落裡蜷縮著的瘦小的人就是陶麗，頓時笑逐顏開。她尖叫一聲，身子在鞍座上抖動了一下，催馬奔馳起來。她馳到馬車跟前，不用人家攙扶就跳下馬，提起騎裝，迎著陶麗跑去。

「我一直盼望你來，但又怕這是痴心妄想。嘿，我太高興啦！你真不知道我有多高興！」安娜一面說，一面把臉貼住陶麗的臉，吻著她，接著又把她推開，笑盈盈地打量著她。

「啊呀，我太高興啦，阿歷克賽！」安娜回頭望了望那跳下馬、向她們走來的伏倫斯基。

伏倫斯基脫下灰色高帽，走到陶麗跟前。

「您真不能想像，您來，我們有多高興。」伏倫斯基特別加重語氣說，笑瞇瞇地露出一排結實的雪白牙齒。

維斯洛夫斯基沒有下馬，只摘下帽子向客人致禮，喜氣洋洋地在頭上揮動帽子的飄帶。

「這位是華爾華拉公爵小姐。」當敞篷馬車駛近時，安娜這樣回答陶麗詢問的目光。

「哦！」陶麗說，她的臉上不禁露出不滿的神色。

華爾華拉公爵小姐是她丈夫的姑媽。陶麗早就認識她，並且瞧不起她。陶麗知道，這位老小姐一輩子都在闊親戚家裡當食客；但她現在竟住在陌生的伏倫斯基家裡，而她又是丈夫名下的親戚，就使陶麗覺得很丟臉。安娜察覺陶麗臉上的表情，感到很尷尬，臉漲得緋紅，兩手一鬆，騎裝往下滑，把她絆了一跤。

陶麗走到停下的敞篷馬車跟前，冷冷地同華爾華拉公爵小姐打了個招呼。她同史維亞日斯基也是認識的。史維亞日斯基問起他那位怪癖的朋友和年輕妻子的情況，接著掃了一眼那幾匹拼湊起來的雜牌馬和那輛擋泥板打過補釘的老爺馬車，就邀請太太們改坐他的敞篷馬車。

「讓我坐那輛老爺馬車去吧，」史維亞日斯基說，「這匹馬很聽話，公爵小姐的駕馭本領也挺出色。」

「不，你們還是坐你們的，」安娜走攏去說，「我們坐那一輛。」說著挽住陶麗的手臂，把她帶走。

陶麗看到這輛從沒見過的豪華馬車，這幾匹雄赳赳的駿馬和周圍這批風度翩翩的貴人，不禁眼花繚亂。但最使她驚奇的，還是她熟悉而喜愛的安娜身上所發生的變化。要是換了別的女人，觀察不像陶麗那樣細緻，不那麼熟悉安娜，特別是沒有像陶麗那樣一路上產生過那些想法，她就看不出安娜身上有什麼異樣的地方。但這會兒，陶麗卻在安娜臉上發現那種只有當女人在熱戀時才會出現的曇花一現的美，因而感到十分驚訝。一切都在她的臉上表現出來：雙頰和下巴上分明的酒窩，嘴唇的優美線條，蕩漾在整個臉上的笑意，眼睛裡閃爍的光芒，動作的優美和靈活，說話聲音的甜美和圓潤，就連她回答維斯洛夫斯基（他要求騎她的馬，好讓他教會那馬用右腳起步）時半是嗔怪、半是撒嬌的媚態——這一切都使人神魂顛倒。

看來安娜自己也意識到這一層，因此洋洋得意。

她們同坐一輛馬車，兩人都有點不好意思。安娜感到不好意思，因爲陶麗用那麼專注的疑問目光打量著她；陶麗呢，因爲史維亞日斯基說到老爺馬車，而現在她同安娜就坐在這輛破舊的馬車裡，覺得不好意思。車夫菲利浦和帳房也有同感。帳房爲了掩飾窘態，手忙腳亂地扶太太們上車；可是車夫菲利浦悶悶不樂，決心不因人家車子外表的華麗而低聲下氣。他看了一眼那匹驪馬，心裡就斷定牠只配拉敞篷車「兜兜風」，這樣大熱天一口氣是跑不了四十里路的，因此冷笑了一聲。

農民們都從大車旁站起來，好奇而又津津有味地望著客人們的會晤，品頭評足。

「他們可高興呢，好久沒見面了。」那個頭上紮著樹皮繩子的鬈髮老頭兒說。

「我說，蓋拉西姆大叔，要是讓那匹黑烏鴉來運麥子，那就快了！」

「嗨，看哪！那個穿馬褲的是女人嗎？」一個農民指著那坐到女用馬鞍上的維斯洛夫斯基說。

「不，是個男的。瞧，騎上去多利索！」

「喂，弟兄們，今天我們不睡一會兒嗎？」

「這會兒哪能再睡覺！」老農斜眼望望太陽說。「過了晌午了！大家拿起鐮刀來幹吧！」

18

安娜望著陶麗消瘦、憔悴、皺紋裡落滿塵土的臉，本想直率地說，她覺得陶麗瘦了，但是一想到自己卻變得更加豐滿艷麗，陶麗的眼神也有這樣的表現，她就嘆了一口氣，說起她自己的情況來。

「你望著我，一定在想，」安娜說，「我現在這樣的處境，是不是覺得幸福？嗯，好吧！說出來眞有點不好意思，我……我實在太幸福了。我身上發生了奇蹟。我好像做了一場噩夢，嚇得死去活來，突然醒過來，卻又覺得什麼可怕的事也沒有。我清醒過來了。我經歷痛苦和恐懼，如今這一切都過去了，特別是自從我們來到這兒以後，我實在是太幸福了！……」安娜一面說，一面帶著羞怯和探詢的微笑瞧著陶麗。

「我太高興了！」陶麗微笑著說，語氣不禁變得冷淡了一些。「我眞爲你高興。你爲什麼不寫信給我？」

「爲什麼？……因爲我不敢……你忘記我的處境了……」

「給我寫信？你不敢？你眞不知道我……我認爲……」

陶麗很想說出她今天早晨的想法，但不知怎地這會兒又覺得不合適。

「不過，這事以後再談。哦，這是些什麼建築物？」陶麗想轉變話題，就指著刺槐和丁香構成的天然籬笆後面紅綠相間的屋頂問。「簡直像一座小城。」

但安娜沒有回答。

「不，不！你怎樣看待我的處境，你有什麼想法？」安娜問。

「我認爲……」陶麗剛開始說，不料這時維斯洛夫斯基已教會馬用右腳起步，他那穿著短上衣的身子笨重地在女用馬鞍上一起一伏，在她們旁邊馳過。

「行了，安娜·阿爾卡迪耶夫娜！」維斯洛夫斯基叫道。

安娜連一眼都沒有瞧他，可是陶麗覺得在馬車裡不便長談，就這樣簡單地回答。

「我沒有什麼想法，」陶麗說，「我一向都很喜歡你。我覺得要喜歡一個人，就該喜歡他這個實在的人，而不是喜歡憑空想像中的人。」

安娜不看朋友的臉，瞇縫起眼睛（這是她的一個新習慣，陶麗以前沒有見過），沈思起來，想領會這話的意思。接著顯然按照自己的想法領會了，就對陶麗看了一眼。

「就算你有什麼過錯，」安娜說，「現在你一來，又說了這一番話，那就什麼都可以饒恕了。」

陶麗看見安娜的淚水奪眶而出，默默地握了握她的手。

「那麼這到底是些什麼建築物？這麼多房子！」陶麗沈默了一會兒，又重新問道。

「這是傭人的下房、養馬場和馬廄。」安娜回答。「從這裡開始是花園。原來全荒蕪了，但阿歷克賽把它修好了。他很喜歡這莊園，我怎麼也沒想到，他搞經濟竟那麼起勁。不過，他的天分也眞高！不論什麼事，他做起來都很出色。他不但不覺得乏味，而且勁道十足。我現在才知道，他確實是個精明能幹的好當家，在農業上處處精打細算。不過也只限於農業。遇到幾萬盧布進出的事，他倒不會打算盤了。」安娜說時，臉上露出得意而調皮的微笑，女人談到只有她們才知道的愛人的優點時，往往會流露出這樣的表情。「你看見這個大建築物嗎？這是一座新醫院。我想總要花十萬以上吧。這是他的得意傑作。你知道這是怎麼搞起來的？農民們要求他減少草地的租金，大概就是那麼一回事，可是被他拒絕了。我責備他太小氣。當然並不完全爲了這事，還有其他各種原因加在一起，他就著手造這座醫院，來證明他這人並不小氣。說實在的，這都是些小事，可我卻因此更加愛他。啊，你馬上可以看到住宅了。那還是祖父手裡傳下來的房子，外表一點也沒有變。」

「好漂亮！」陶麗露出情不自禁的驚訝目光，望著那座聳立在綠蔭蔽天的古樹叢中帶圓柱的美麗住宅，讚嘆說。

「確實很漂亮，是嗎？從樓上望出去，景色也挺美。」

她們的馬車駛進鋪有碎石的院子，在大門口停下。院子裡有兩個工人正在用粗糙多孔的石頭砌花壇，壇裡的泥土已耙鬆了。

「哦，他們已經到了！」安娜望著剛從台階邊牽走的坐騎。「這匹馬很出色，你說是嗎？這是匹矮腳馬，我挺喜歡。牽到這裡來，給我點兒砂糖。伯爵在哪裡？」她問兩個從房子裡奔出來的服裝體面的僕人。「啊，他來了！」安娜看見伏倫斯基和維斯洛夫斯基出來迎接她。

「您把公爵夫人安頓到哪裡呀？」伏倫斯基用法語問安娜，不等她回答，就再次向陶麗問好，還吻了吻她的手。「我看是不是住那個有陽台的大房間？」

「噯，不，太遠了！還是住轉角的那一間，我們倆見面方便些。好，我們去吧。」安娜一面把僕人拿來的砂糖餵給她的愛馬，一面說。

「您忘記您的責任了。」安娜對同時走到台階上來的維斯洛夫斯基說了一句法語。

「對不起，我的責任有滿滿幾口袋呢。」維斯洛夫斯基把手指插到背心口袋裡，笑嘻嘻地也用法語回答。

「可是您來得太遲了。」安娜用手絹擦擦被馬舔濕的手，又用法語說。接著她轉身問陶麗：「你可以住一陣子吧？只住一天嗎？這可不行！」

「我答應過他們的，再說孩子們……」陶麗說，模樣有點狼狽，因爲她得從馬車上取出手提包，而且知道自己一定是滿面風塵。

「不，陶麗，我的好人……那麼，咱們瞧著辦好了。來吧，來吧！」安娜說著把陶麗領到她的房裡。這不是伏倫斯基提出的富麗堂皇的大房間，而是安娜要陶麗將就住住的那個房間。但就連這個房間也十分豪華，陶麗從來沒有住過這樣的房子，她覺得簡直像國外最講究的旅館。

「嘿，我的好人，我太幸福了！」安娜穿著騎裝在陶麗旁邊坐了一會兒。「告訴我你家裡人的情況。我匆匆見過斯基華一面。可是他不會把孩子們的情況講給我聽。我的寶貝兒塔尼雅怎麼樣？我想該已經長成個大姑娘了吧？」

「是的，長得很大了。」陶麗簡單地回答，她自己也弄不懂，有關孩子的事她竟回答得這樣冷淡。「我們在列文家裡過得很好。」她加了一句。

「嗐，要是我早知道你並沒有瞧不起我……」安娜說，「那就應該請你們一家都來。要知道，斯基華是阿歷克賽很老的朋友哇。」她補充說，頓時臉紅了。

「是的，不過我們過得很好……」陶麗不好意思地回答。

「說實在的，我簡直高興得語無倫次了。總之，我的好人，我見到你太高興了！」安娜一面說，一面又吻她。「你還沒告訴我，你對我有什麼想法，我什麼都想知道。不過我很高興，你會看到我究竟是個什麼樣子的。你不要以為我想自我表白什麼。我不想表白什麼，我只要生活；我不想傷害任何人，除了我自己。我有這樣的權利，是不是？不過，這事說來話長。我們以後再好好談吧。現在我要去換衣服了，我去給你派個侍女來。」

19

當剩下陶麗一個人時，她就以主婦的目光仔細打量這個房間。她來到這座房子，在房子裡面走過，此刻又住到這個房間裡。她目睹的一切，都給她留下富麗堂皇和充滿現代歐洲奢侈生活的印象。這種豪華氣派她只有在英國小說裡讀到過，在俄國可從來沒有見過，更不要說在鄉下了。從花紋新穎的法國糊牆紙到鋪滿整個房間的大地毯，一切都是嶄新的。彈簧床上鋪著厚墊子，床頭放著別緻的靠墊和套有緞子枕套的小枕頭。大理石的洗臉盆、梳妝台、長沙發、桌子、壁爐上的青銅座鐘、窗簾和門簾，一切都是貴重的、嶄新的。

派來的侍女梳著時髦的髮式，服裝比陶麗還要摩登。這個漂亮的女僕打扮得像這個房間一樣新穎華麗。陶麗對她的彬彬有禮、整齊清潔和殷勤周到很滿意，但同她在一起又覺得侷促不安，不好意思讓她看到她那件打過補釘的短襖。那短襖是她錯放在行李包裡的。在家裡，她以這些東補西綴的樸素衣著自豪，這會兒卻感到害臊。在家裡，她很清楚，做六件短襖需要二十四碼①棉布，每碼棉布值六十五戈比，總共得花十五盧布以上，花邊和人工還不算在內。這樣修修補補，她就可以節省十五個盧布。這會兒在侍女面前，她並不覺得羞恥，但有點兒不自在。

陶麗早就認識的安奴施卡走進房裡來的時候，她覺得輕鬆多了。女主人把那個打扮得漂漂亮亮的侍女召回去，叫安奴施卡留在陶麗房裡。

安奴施卡對這位夫人光臨顯然很高興，不停地跟她說話。陶麗發覺她很想就女主人的處境，特別是伯爵對她的愛情和忠心，發表意見，可是陶麗一聽她談這事，就竭力制止她。

「我同安娜・阿爾卡迪耶夫娜從小在一起長大，她對我來說比什麼都寶貴。當然，我們沒資格評判這事。不過，看樣子，愛情……」

「哦，方便的話，請你把這拿去洗一洗。」陶麗打斷她的話。

「是，夫人！我們這裡有兩個專門洗衣服的女工，不過被單那種大東西是用機器洗的。什麼事伯爵都親自過問。眞是個好當家……」

陶麗看見安娜進來，打斷了安奴施卡的嘮叨，感到很高興。

安娜換了一件十分素淨的麻紗連衫裙。陶麗仔細察看這件衣服。她懂得這種素淨是怎麼一回事，得付出多少代價。

「這是我的老朋友。」安娜指著安奴施卡說。

安娜已不再覺得侷促了。她落落大方，鎭定自若。陶麗看到她完全克服了由於她來臨而產生的激動，說話客客氣氣，從容不迫，似乎把那通向她眞實感情和內心思想的門關閉起來了。

「哦，安娜，你的女兒怎樣了？」陶麗問。

「安妮（她這樣稱呼她的女兒）嗎？好了，完全復元了。你想看看她嗎？來吧，我陪你去看。爲了保姆的事，眞是傷透腦筋了，」安娜講了起來，「我們用了一個義大利奶媽。人很好，可是蠢得要命！我們想把她辭掉，可是孩子跟她過慣了，所以還用著。」

「那麼，你們是怎樣處理那個問題的？……」陶麗剛要問那女孩子用誰的姓，但發覺安娜突然皺起眉頭，就改變話題。「你們怎樣……已經給她斷奶了嗎？」

但是安娜已經懂得了她的意思。

「你要問的不是這個吧？你是不是要問她姓什麼？是嗎？這事使阿歷克賽苦惱。她沒有姓。或者說她姓卡列寧。」安娜說，瞇縫起眼睛，瞇得只見合在一起的睫毛。「不過，」她的臉色突然又開朗起來，「這事我們以後再談吧。來，我帶你去看看她。這孩子可愛極了。她已經會爬了。」

整個房子裡窮奢極侈的氣派已使陶麗感到驚異，而育兒室裡的豪華景象更使她咋舌。這裡有從英國訂購來的童車、有學步用的坐車、有專門爲嬰兒爬行用的像彈子台那樣的沙發、有搖椅、有嶄新的特種澡盆。一切都是英國貨，結實、耐用，看得出都很貴重。房間高大寬敞，光線很好。

她們進去的時候，小女孩穿著一件襯衣，坐在桌旁的小扶手椅上，正在吃肉湯。她衣服的前襟全被湯濕透了。那個專門照顧孩子的俄國侍女，一邊餵給她吃，一邊顯然也在分享她的食物。奶媽和保姆都不在，她們在隔壁房裡。那裡傳來她們用蹩腳法語說話的聲音，這是她們唯一能夠相互懂得的語言。

一個漂亮的高個子英國女人，臉上現出不愉快的神色和放浪的表情，一聽見安娜的聲音，就抖動淺黃色鬈髮，急急地走進門來，立刻替自己辯解，雖然安娜一句話也沒有責備她。安娜每說一句話，那英國女人就連聲用英語說：「是，夫人。」

這個黑頭髮、黑眉毛的小女孩，面色紅潤，強壯的粉紅色小身體上起著雞皮疙瘩。她看見陌生人露出不高興的神色，卻逗得陶麗十分喜愛，她甚至有點羨慕這孩子的健康模樣。小女孩爬行的樣子她也很喜愛。她的孩子中就沒有一個會像她這樣爬的。這個小女孩穿上一件後面束住的衣服，被放到地毯上，模樣可愛極了。她好像一隻小動物，用她那雙烏黑發亮的大眼睛打量著大人，顯然對人家欣賞她感到很高興，笑瞇瞇地伸出兩腳，使勁用雙手撐起她的小身體，接著敏捷地收縮兩腿，又用勁往前爬了一步。

但是，陶麗很不喜歡育兒室裡的整個氣氛，特別是那個英國女人。一個好女人是不肯到安娜這種不正常的家庭裡來工作的——陶麗只能用這種理由來解釋，爲什麼像安娜這樣能幹的人竟會雇用這樣一個不可愛、不穩重的英國女人。此外，陶麗從幾句話裡立刻聽出，安娜、奶媽、保姆和嬰兒之間很少接觸，母親難得到育兒室來。安娜想給孩子找一件玩具，可是找不到。

最使人驚奇的是，問到嬰孩有幾顆牙，安娜竟回答錯了，她根本不知道她最近長出的兩顆牙。

「我有時覺得很難受，我在這裡好像一個多餘的人。」安娜一面說，一面走出育兒室，拉起裙子下擺，免得絆到門口的玩具。「生第一個孩子不是這樣的。」

「我看正好相反。」陶麗怯生生地說。

「噯，不是的！告訴你吧，我看到過他了，看到過謝遼查了。」安娜一面說，一面眯細眼睛，彷彿在凝視遠處的什麼東西。「不過，這事我們以後再談。你眞不會相信，我好像一個餓壞的人，忽然面前擺出一桌豐盛的飯菜，不知道從哪裡下手。這桌豐盛的飯菜就是你提供的，就是我不能同任何別人談而只能同你談的話。我眞不知道該從哪裡談起，可我絕不會放過你的。我要把心裡話統統說出來。對了，我先要給你介紹一下你在這裡可能見到的那幾個人。」安娜繼續說。「先從太太們談起。華爾華拉公爵小姐。你知道她，我也知道你和斯基華對她的看法。斯基華說，她爲人在世的唯一目的，就是要證明她比卡吉琳娜·巴甫洛夫娜姑媽高明。這話是眞的。不過她心地善良，我對她十分感激。在彼得堡，我一度非常需要一個女伴。就在這時候，我遇見了她。說實在的，她心地很好。在當時的處境下，她使我大大減輕了痛苦。我看你不會了解我當時的處境有多麼痛苦……在彼得堡，」她添了一句，「我十分安靜，十分幸福。哦，這事以後再說。我得一個個說下去，然後是史維亞日斯基，他是首席貴族，是個很正派的人，但他有什麼事要向阿歷克賽求教。你要明白，阿歷克賽有這樣一筆財產，自從我們搬到鄉下來住以後，他就有了一定的影響。然後是土施凱維奇，你見到過他，他以前常到培特西家去。如今他被拋棄了，就到我們這裡來。他這人正像阿歷克賽說的那樣，他喜歡裝成什麼樣子，你就只能把他當成什麼樣的人。這樣，他倒很討人喜歡。再者，據華爾華拉公爵小姐說，他這人很規矩。還有就是維斯洛夫斯基……這個人你是認識的。一個挺可愛的小伙子。」安娜說著嘴唇上又浮起調皮的微笑。「他同列文究竟搞了些什麼鬼名堂？維斯洛夫斯基講給阿歷克賽聽，我們都不相信。他這人倒是挺天真可愛的。」她夾雜著法語說，又露出了同樣的微笑。「男人都需要消遣。阿歷克賽需要客人，我也很看重他們。我們這裡就是要熱熱鬧鬧，快快活活，這樣阿歷克賽就不會有別的心思了。你還會看到我們的管家。是個德國人，人品很好，也很能幹。阿歷克賽很器重他。還有醫生，是個年輕人，未必是個虛無主義者，可是吃飯用刀子……但他是個很出色的醫生。還有建築師……這裡簡直像個小宮廷！」

①原文是阿爾申，此處譯作碼，每阿爾申等於○・七一公尺。

20

「啊，我把陶麗給您請來了，公爵小姐，您不是很想見到她嗎？」安娜陪著陶麗走到石砌的大陽台上說，華爾華拉公爵小姐正坐在刺繡架旁替伏倫斯基伯爵繡沙發套。「她說晚飯以前不想吃東西，您吩咐僕人給她弄些點心來，我去找阿歷克賽，把他們全都帶到這裡來。」

華爾華拉公爵小姐接待陶麗很親切，但多少有點長輩的架子。她一見面就向陶麗解釋，她住在安娜這裡，是因為她一向比那個把安娜扶養長大的姊姊卡吉琳娜更愛她，現在大家都把安娜拋棄了，她覺得自己有責任幫助她度過這最痛苦的日子。

「等她丈夫同意離婚了，我就回去過隱居生活，但現在我還有用，我要盡我的責任，不管這事有多麻煩，我可不像別人。你眞可愛，你來眞是太好了！他們過得活像一對恩愛夫妻；可以裁判他們的只有上帝，不是我們凡人。難道比留卓夫斯基和阿文尼耶娃……還有尼康德羅夫，還有華西里耶夫和瑪蒙諾娃，還有李莎・尼普東諾娃……難道沒有人說過他們的壞話嗎？到頭來大家還不是照樣接待他們？再說，這是個可愛的上等家庭，他們過得和英國人一模一樣。早晨在一吃起早飯，吃完早飯各人做各人的事。晚飯以前，各人想做什麼就做什麼。七點鐘吃晚飯。斯基華叫你來這兒，眞是太好了。伏倫斯基需要同大家來往。不瞞你說，他通過母親和哥哥的關係什麼事都辦得到。他們確實做了許多好事。他沒有向你談到他那所醫院嗎？眞是太美了，什麼都是從巴黎運來的。」

安娜在彈子房裡找到那些男人，把他們帶到陽台上，這樣就把華爾華拉公爵小姐同陶麗的談話打斷了。離開吃晚飯還有不少時間，天氣又很好，大家提出了幾種辦法來消磨這剩下的兩個小時。在伏茲德維任斯克消磨時間的方法很多，同波克羅夫斯克截然不同。

「讓我們來一場草地網球吧。」維斯洛夫斯基笑容可掬地用法語說。「我再同您搭檔，安娜・阿爾卡迪耶夫娜。」

「不，太熱了；還不如到花園裡去散散步，划划船，讓陶麗看看兩岸的風光。」伏倫斯基提議說。

「我什麼都行。」史維亞日斯基說。

「我想陶麗更喜歡散步，是嗎？待會兒再去划船。」安娜說。

於是就這樣決定了。維斯洛夫斯基和土施凱維奇到游泳場去，答應在那裡準備好船隻等著。

安娜同史維亞日斯基，陶麗同伏倫斯基，他們兩對在花園小徑上散步。陶麗處身在這個陌生環境裡，多少有點拘束。在理論上，她對安娜的行爲不僅諒解，而且贊成。就像那些在品德操守上無可非議，但又對單調的正經生活感到厭倦的婦女那樣，對待非法的愛情，她不僅不以爲意，甚至還羨慕不止呢。何況她又是從心底裡喜愛安娜的。但是在實際生活中，陶麗看見安娜處身在這樣一群同她格格不入的人中間，看見她自己感到新奇的那種時髦風尚，覺得很不是滋味。特別是看到華爾華拉公爵小姐因爲在這裡享受著舒服的生活，就縱容他們，陶麗覺得特別反感。

總之，陶麗抽象地贊成安娜的行爲，可是一看見她爲他這樣做的那個男人，她就覺得很不愉快。再說，她一向不喜歡伏倫斯基。她認爲伏倫斯基驕傲自大，除了財富沒有什麼值得自豪的。伏倫斯基在自己家裡想使陶麗愉快，但陶麗同他在一起卻覺得侷促不安。這種感覺就像被那個侍女看到她的短褸一樣。好像由於衣服上的補釘，她在侍女面前感到的不是羞恥而是尷尬一樣，她爲自己的拮据在伏倫斯基面前感到的也不是羞恥，而是侷促不安。

陶麗感到很不自在，竭力搜索話題。她認爲像他這樣高傲的人，未必愛聽人家對他住宅和花園的讚揚，但又想不出別的話題，只好說說她很喜歡他的房子了。

「是的，這建築是很漂亮，風格也很古雅。」伏倫斯基說。

「我很喜歡門前這個院子。原來就是這樣的嗎？」

「噯，不是的！」伏倫斯基回答說，臉上洋溢著得意的神色。「可惜今年春天您沒有看見這個院子！」伏倫斯基開始有點拘束，接著越來越眉飛色舞地引她注意房子和花園裡的種種裝飾品。顯然他在裝飾美化住宅上花了不少心血，覺得非在新來的客人面前誇耀一番不可。他對陶麗的讚揚從心底裡感到高興。

「要是您不覺得累，還想看看醫院的話，那麼，路不遠，我們去看看吧。」伏倫斯基察看了一下陶麗的臉色，好判斷她是不是眞的不覺得累，然後這樣說。

「你去不去，安娜？」伏倫斯基問她說。

「我們一起去。好不好？」安娜對史維亞日斯基說。「但可不能讓可憐的維斯洛夫斯基和土施凱維奇在船上等太久啊。得派一個人去跟他們說一聲。是的，那個醫院是他在這裡造的一個紀念碑。」安娜又帶著原先談到醫院時那種調皮而懂事的微笑，對陶麗說。

「嘿，這可是個宏偉的工程！」史維亞日斯基說。但爲了不讓人家覺得他是在討好伏倫斯基，立刻又補了一句略帶批評的話。「不過，我弄不懂，伯爵，您在衛生方面爲老百姓做了不少事，爲什麼對學校卻這樣漠不關心呢。」

「如今辦學校沒什麼稀奇了。」伏倫斯基用法語說。「您要明白，問題不在這裡，主要是我對辦醫院太感興趣了。上醫院往這兒走。」他指著林蔭道旁一條小徑，對陶麗說。

太太們打開陽傘，拐到小徑上。轉了幾個彎，穿過一道柵欄門，陶麗看見前面高地上聳立著一座即將完工的式樣別緻的紅色大建築物。還沒有漆過的鐵皮屋頂在強烈的陽光下亮得耀眼。在這座快完工的建築物旁邊，另一座建築物搭著腳手架，也已經動工了。工人們繫著圍裙站在腳手架上砌磚，從泥桶裡倒著灰泥，用泥刀抹平。

「你們的工程進行得眞快！」史維亞日斯基說。「我上次來，屋頂還沒有蓋好呢。」

「到秋天就可以全部完工。裡面差不多都裝潢好了。」安娜說。

「這座新房子是做什麼用的？」

「這是醫生的治療室和藥房。」伏倫斯基回答，他看見穿短外套的建築師向他走來，便向太太們道歉了一下，迎著他走去。

伏倫斯基繞過工人們正在拌石灰的坑，同建築師一起站住，興致勃勃地談論著什麼。

「正面山牆還是太低。」安娜問他談什麼，他這樣回答。

「我說，地基得再墊高一些。」安娜說。

「是的，再高一些當然更好，安娜·阿爾卡迪耶夫娜，」建築師說，「可惜來不及了。」

「是的，這事我很感興趣。」史維亞日斯基對安娜在建築方面的知識表示驚訝，安娜就這樣回答他。「新建築必須合乎醫院的要求。不過，有些地方是事後才考慮到的，開頭並沒有什麼計畫。」

伏倫斯基同建築師談好話，就加入太太們一夥，領她們到醫院裡參觀。

儘管房子外面還在做飛簷，底層還在油漆，樓上差不多已完工了。他們沿著寬大的鐵樓梯上去，走進第一個大房間。牆壁用灰泥做成大理石花紋，高大的玻璃窗已經裝好，只有鑲木地板還沒有完工。那些正在刨鑲木地板的木匠，放下活兒，解下紮頭髮的帶子，向老爺們致意。

「這是候診室，」伏倫斯基說，「將來放一張寫字台、一個桌子和一個書架，不再放別的東西了。」

「來，打這兒過去。不要靠近窗子，」安娜一面說，一面摸摸油漆有沒有乾。「阿歷克賽，油漆已經乾了。」她又說。

他們從候診室來到走廊。在這裡，伏倫斯基指給大家看新式通風設備。然後他領大家參觀大理石浴室和安有特種彈簧的病床。接著又逐一參觀病房、儲藏室和洗衣室，觀看了新式鍋爐，然後又觀看了運送物品的無聲手推車，以及其他許多東西。史維亞日斯基擺出一副新式東西行家的架式，對一切都讚不絕口。陶麗對沒有見過的東西感到新奇，很想知道個清楚，就詳細詢問著，這使伏倫斯基很得意。

「是的，我看這是全俄國唯一設備完善的醫院。」史維亞日斯基說。

「你們設不設產科呀？」陶麗問。「這在鄉下是非常需要的。我常常……」

伏倫斯基一向講究禮貌，但這會兒還是把她的話打斷了。

「這又不是產院，這是醫院哪！專門治療各種疾病，除了傳染病以外。」他說。「哦，您瞧瞧這個……」他說著把一輛新近從國外訂購來的輪椅推到陶麗面前。「一個病人，要是身體虛弱或者腿有毛病，不能走路，可是他需要新鮮空氣，就可以坐這種輪椅出去……」

陶麗對什麼都感興趣，什麼東西都喜歡，特別喜歡這個天眞無邪、興致勃勃的伏倫斯基。「是的，他是一個挺善良可愛的人。」她有時沒有聽他說話，而是盯著他瞧，琢磨著他的表情，設身處地替安娜考慮，同時心裡這樣想。他這種生氣勃勃的英姿如今很使陶麗喜歡，也使她明白，安娜怎麼會愛上他。

21

「不，我想公爵夫人一定累了，她對馬也不會感興趣的。」安娜建議去參觀養馬場，史維亞日斯基也想去看看那匹新到的種馬，伏倫斯基就這樣對他們說。「你們去吧，我送公爵夫人回家。我想同您談談，要是您願意的話。」他對陶麗說。

「我對馬一竅不通，可是同您談談，倒是高興的。」陶麗感到有點突兀，這樣回答。

她從伏倫斯基的臉色上看出，他有事要她幫忙。她沒有猜錯。他們剛穿過柵門回到花園裡，伏倫斯基就朝安娜走去的方向望了望，確信她既聽不見他們的談話，也看不見他們，就開口了：

「您沒想到我有話要同您談吧？」伏倫斯基眼睛笑盈盈地望著陶麗說。「我很明白，您是安娜的好朋友。」他摘下帽子，掏出手帕擦擦開始禿頂的腦袋。

陶麗什麼也沒有回答，只是怯生生地對他瞧了瞧。當她同他單獨在一起的時候，她突然感到害怕：那雙含笑的眼睛和嚴厲的神氣使她吃驚。

他要同她談什麼事？各種各樣的猜測一下子掠過她的腦際：「他會要求我帶著孩子到他們家來住一陣，那我只好拒絕了；也許是要我替安娜在莫斯科組織交際活動……會不會是維斯洛夫斯基同安娜之間的關係問題？也許是有關吉娣的事，會不會他覺得對不起吉娣？」陶麗盡是猜想各種不愉快的事，可怎麼也沒猜到他要同她談的話。

「安娜很聽您的話，她很喜歡您，」伏倫斯基說，「您要幫幫我的忙。」

陶麗帶著疑惑和畏怯的神情望著他那生氣勃勃的臉。這臉忽而被菩提樹林漏下的陽光整個照亮，忽而被照到一部分，忽而又被陰影遮住。她期待著他再說些什麼，可是他拿手杖在石子路上戳戳，在她旁邊默默地走著。

「在安娜的老朋友中，您是唯一來看望我們的女人——我不把華爾華拉公爵小姐算在裡面——我認爲您來看望我們，並不是因爲您認爲我們的處境是正常的，而是因爲您充分懂得這種處境的痛苦，您仍然那麼喜歡她，您很想幫助她，我這樣了解您，對不對？」伏倫斯基打量了陶麗一眼。

「嗯，是的，」陶麗收攏陽傘，回答，「不過……」

「不，」伏倫斯基打斷她的話，沒有意識到他這樣做會使對方覺得尷尬，突然站住，弄得她也只好停下來。「安娜處境的困難，誰也沒有我體會得深。只要您把我看作是個有良心的人，您準能明白這一點。是我造成她這樣的處境，因此我有體會。」

「我明白，」陶麗說，很欣賞他這種坦率而肯定的語氣，「但正因爲您自認爲是您造成了這樣的局面，所以您未免有點言過其實。」她說。「她在社交界的處境很爲難，這我明白。」

「她在社交界簡直像在地獄裡！」伏倫斯基陰鬱地皺起眉頭，急急地說。「她在彼得堡兩個禮拜，精神上眞是受盡了折磨……我對您說的是實話。」

「是的，但在這兒，安娜也好……您也好，都不需要什麼社交界……」

「社交界！」伏倫斯基輕蔑地說。「我要社交界做什麼？」

「直到現在，也許是永遠，你們是安定幸福的。我看安娜是幸福的，十分幸福。她對我也這樣說過。」陶麗笑眯眯地說。此刻她一面這樣說，一面不禁懷疑安娜是不是眞的幸福。

但看來伏倫斯基對這一層並不懷疑。

「是的，是的，」他說，「我知道她飽經痛苦後又恢復平靜了。她是幸福的，眞正幸福的。可是我呢？……我擔心我們的前途……對不起，您想走嗎？」

「不，沒關係。」

「那我們就在這兒坐一會兒吧。」

陶麗在花園小徑轉角的長凳上坐下來。伏倫斯基站在她的面前。

「我看到她是幸福的。」伏倫斯基重複說，但陶麗越來越懷疑她是不是眞正幸福。「可是這樣的局面能不能維持下去？至於我們做得對不對，這是另一個問題。如今木已成舟，」他改用法語說，「我同她這輩子的命運已經聯繫在一起了。我們是由我們認爲最神聖的愛情結合在一起的。我們已經有了一個孩子，今後還可能再有孩子。可是法律和我們的處境都十分複雜，一言難盡。現在，在她經歷了種種痛苦和磨難，精神上恢復平靜以後，她卻看不到這情況，她也不願看到。這是可以理解的。但我卻不能不看到。我的女兒，在法律上不是我的女兒，而是卡列寧的女兒。我受不了這樣的作弄！」伏倫斯基使勁擺了擺手，用憂鬱和詢問的目光對陶麗望了望。

陶麗一句話也沒回答，只是瞧著他。伏倫斯基又說下去：

「要是明天再生一個兒子，我的兒子，可是在法律上他是屬於卡列寧的。他既不能用我的姓，也不能繼承我的財產。不論我們在家裡過得多幸福，不論我們有多少孩子，我同他們都沒有關係。他們是卡列寧的孩子。您想想，這樣的局面多麼痛苦，多麼可怕！我幾次想同安娜談談這件事，可是一開口，她就發脾氣！她不理解，我也不能對她把話說到底。再從另一方面來看。我有了她的愛情感到幸福，但我還得有我的事業。我找到了這樣的事業，我以此自豪，認爲它比我在宮廷和軍隊裡的同僚們幹的要高尙得多。我當然也不願拿我的事業來換取他們的事業。我在家鄉安頓下來，在這裡工作，我感到幸福、滿足，我們再也不需要別的什麼了。我愛我的工作，倒並非因為沒有更合適的事可做，正好相反……」

陶麗發覺他講到這裡有點含糊其詞。她不明白他爲什麼把話岔開去，但是感覺到，既然談起不能同安娜談的心事，他一定會把事情和盤托出。他在鄉下的活動，也像他跟安娜的關係一樣，是他的一件心事。

「嗯，我再說下去，」他定了定神說，「主要的問題是，當我工作的時候，必須有一種信心，就是我的事業不會隨著我死去，我將有繼承人。可是現在我卻沒有。一個人預先知道，他和他心愛的女人生的孩子都不歸他所有，而是屬於一個憎恨他們、根本不關心他們的人所有。請您想想，這樣的處境是多麼難堪哪！實在太可怕了！」

伏倫斯基說不下去，他太激動了。

「當然，這一層我是理解的。可是叫安娜有什麼辦法呢？」陶麗問。

「是的，這就要接觸到我這次談話的目的了。」伏倫斯基竭力克制感情說。「安娜是有辦法的，這事全在她……就算請求皇上恩准我立嗣，也必須先辦理離婚手續。而這事全在安娜。她的丈夫本來同意離婚，您的丈夫當時也做好了安排。我知道他現在也不會拒絕解決這問題。只要給他寫一封信就行了。當時他就直截了當地回答說，如果她表示有這樣的願望，他絕不拒絕。當然，」伏倫斯基陰沈沈地說，「這是只有這種沒有心肝的人才幹得出來的法利賽人的殘酷。他明明知道，她一想到他是多麼痛苦，卻偏偏要她寫這樣的信。我知道這在她是很痛苦的。但是，辦理離婚手續太重要了，因此非克服這樣的感情不可。這事關係到安娜和她孩子們的幸福和前途。至於我，那就不用說了，雖然我也痛苦，十分痛苦。」伏倫斯基露出一種彷彿在威脅一個使他痛苦的人的神情，夾雜著法語說。「因此您看，公爵夫人，我不怕難爲情，像抓住救生圈那樣把您抓住了。請您幫助我，叫她寫一封信他，要求離婚！」

「當然可以。」陶麗生動地回想起最後一次同卡列寧的見面，若有所思地說。「當然可以。」她一想到安娜，就毅然地又說了一遍。

「請您利用您對她的影響，讓她寫封信。這事我不想同她談，簡直也無法同她談。」

「好的，我去同她說說。可是她自己怎麼會不考慮呀？」陶麗說，不知怎地突然想到安娜那種瞇縫眼睛的古怪的新習慣。她也想到，安娜總是在接觸到她的私生活問題時瞇縫起眼睛。「她瞇縫起眼睛，彷彿不願看到生活的全貌。」陶麗心裡這樣想，同時爲了回答伏倫斯基那種感激的表情，她說：「爲了我自己，也爲了她，我一定要同她談一談。」

他們站起身來，向房子裡走去。

22

安娜發現陶麗已經回來，仔細望望她的眼睛，彷彿在問她同伏倫斯基談了些什麼，但沒有問出口。

「看來該吃飯了，」安娜說，「我們還沒有好好談過呢。我希望晚上能有機會談談。現在該去換衣服了，我想你也該換一換；在建築工地上，我們把衣服都弄髒了。」

陶麗走到房裡，覺得好笑。她沒有什麼衣服可換，因爲已經把最好的穿在身上了；但爲了表示她對參加晚餐有所準備，她叫侍女刷乾淨衣服，換了一副袖口和蝴蝶結，頭上繫了一條花邊帶子。

「你瞧，我只能這樣打扮。」陶麗看見安娜已換上第三套樸素大方的衣服走過來，含笑對她說。

「是的，我們這裡太講究禮節了。」安娜說，彷彿在爲自己的漂亮服飾表示歉意。「你來，阿歷克賽很高興，這在他是難得的。他肯定很喜歡你，」她又說，「可你不累嗎？」

飯前沒有時間談論什麼。她們走進客廳，看見華爾華拉公爵小姐和幾個穿黑禮服的男人已經在那裡了。建築師穿著燕尾服。伏倫斯基把醫生和男管家介紹給客人。建築師在醫院裡已經介紹過了。

肥胖的餐廳侍僕，滾圓的臉刮得精光，繫著漿得畢挺的雪白領帶，進來通報晚餐已準備好了。太太們都站起身來。伏倫斯基請史維亞日斯基陪安娜走進餐廳，自己走到陶麗跟前。維斯洛夫斯基搶在土施凱維奇前頭，挽住華爾華拉公爵小姐，這樣土施凱維奇同管家和同醫生就只好單獨走了。

晚餐、餐廳、餐具、僕人和酒菜不僅同現代豪華住宅的氣派相稱，而且顯得更加豪華，更加時髦。陶麗眼看著這種對她來說特別新鮮的豪華排場，並且作爲一個善於治家的主婦，不由得仔細研究各種細節——雖然她並不希望在自己家裡使用這樣的東西，因爲這些奢侈品是遠遠超過她家的生活水平的——同時心裡琢磨著這一切都是誰安排的，怎樣安排的。維斯洛夫斯基、她的丈夫，甚至史維亞日斯基和她所知道的許多人，他們從來不考慮這些事，並且輕易相信，凡是講究禮節的主人總是希望客人們覺得，他家裡安排得如此完美，並沒費什麼力氣，而是本來就有的。但陶麗知道，即使孩子們當早餐吃的牛奶糊也不是天上掉下來，因此像這樣豪華而複雜的家庭生活一定是由誰苦心安排的。陶麗從伏倫斯基打量餐桌的目光，他對餐廳侍僕點頭示意的姿態，以及他徵求她吃冷湯還是熱湯的口氣上看出，一切都出自這位男主人的精心安排。安娜在這方面花的力氣就同維斯洛夫斯基一樣。安娜、史維亞日斯基、公爵小姐和維斯洛夫斯基全都是客人，都快活地坐享現成。

安娜只有在主持談話上像個女主人。這種人數不多的宴會，有男管家和建築師這樣身分不同的人參加，他們面對這種叫人眼花繚亂的豪華氣派竭力裝得大方，但在大家的談話中卻又插不上幾句嘴。要主持這種宴會上的談話是不容易的，但陶麗發覺安娜憑著她圓熟的交際手腕主持這種困難的談話是那麼從容自如，簡直可以說是勝任愉快。

談話轉到土施凱維奇同維斯洛夫斯基兩人單獨划船的事，土施凱維奇講到彼得堡遊艇俱樂部最近舉行的划船比賽。但是安娜等到談話一停下，立刻就同建築師說起話來，讓他也有機會說說話。

「尼古拉・伊凡諾維奇感到大爲驚奇，」她指史維亞日斯基說，「自從他上次來到這裡後，新的建築工程進展得快極了。我天天都到那裡去，對工程進展的速度總是感到吃驚。」

「同伯爵閣下一起工作很順利，」建築師含笑說（他是個自尊心很強的人，彬彬有禮，鎭定自若），「不比同地方當局打交道。那裡動不動就得寫公文請示，可這裡只要向伯爵當面報告一下，幾句話，問題就解決了。」

「這是美國人的作風。」史維亞日斯基微笑著說。

「是的，那裡蓋房子總是很合理的……」

談話轉到美國當局濫用權力的問題，但安娜立刻又轉移話題，讓管家有機會說話。

「你看到過收割機嗎？」她問陶麗。「我們遇見你的時候，剛好參觀回來。我也是第一次看到呢。」

「這種機器究竟是怎樣收割的？」陶麗問。

「同剪刀一模一樣。一塊板，加上許多小剪刀。就像這個樣子。」

安娜用她那戴滿戒指的白嫩好看的手拿起刀叉，比畫起來。她顯然看出自己的講解誰也聽不懂，但知道她講得很動聽，她的手又美，因此繼續講下去。

「還不如說像削鉛筆刀。」維斯洛夫斯基目不轉睛地盯著她，討好說。

安娜隱隱約約地微微一笑，但沒有回答他。

「是不是像剪刀一樣啊，卡爾・菲多雷奇？」她問管家說。

「是的，」德國人用德語說。「這個簡單得很。」接著就開始解釋機器的構造。

「可惜它不會捆莊稼。我在維也納展覽會上看見過一架，能用鉛絲捆莊稼，」史維亞日斯基說，「那一種用起來就更方便了。」

「一切都要看……，必須把鉛絲的價格計算一下。」那德國人被引得開了口，用德語對伏倫斯基說：「這是算得出來的，閣下。」德國人剛伸手到口袋裡去掏隨身必備的鉛筆和筆記本，但一想到他坐在餐桌旁，又注意到伏倫斯基冷淡的眼色，就不動了。「太複雜了，一定會有許多麻煩的。」他歸結說。

「誰要想賺錢，就不能怕麻煩。」維斯洛夫斯基用德語嘲弄地對德國人說。「我真喜歡德國話。」他又微笑著用法語對安娜說。

「得了吧。」安娜也用法語半開玩笑、半認眞地說。

「我們還以爲會在田野上遇見您呢，華西里・謝苗諾奇，」她對病容滿面的醫生說，「您到那裡去過嗎？」

「去過，但又溜了。」醫生用憂鬱的戲謔口吻回答。

「這麼說，您又好好運動過了。」

「太好了！」

「那個老太婆的病怎麼樣？總不至於是傷寒吧？」

「傷寒倒不是，但病情惡化了。」

「眞可憐！」安娜說。她和門客們應酬一通以後，就轉身同親友們攀談起來。

「安娜·阿爾卡迪耶夫娜，照您說來，製造機器可眞是不容易呀。」史維亞日斯基開玩笑說。

「不，怎見得？」安娜說話時滿臉春風，表示她知道，在她描寫機器操作時，一定有什麼動人的地方被史維亞日斯基發現了。她這種少女般賣弄風情的新作風使陶麗感到很不舒服。

「不過安娜·阿爾卡迪耶夫娜在建築方面的知識實在叫人欽佩。」土施凱維奇說。

「可不是，安娜·阿爾卡迪耶夫娜昨天還談到什麼防濕層和踢腳板呢。」維斯洛夫斯基說。「我說得對嗎？」

「那有什麼稀奇，我看得多了，也聽得多了。」安娜說。「您恐怕連房子是用什麼造的都不知道吧？」

陶麗看出，安娜對自己同維斯洛夫斯基的戲謔並不滿意，但又情不自禁地使用這樣的腔調。

在這種場合，伏倫斯基同列文的態度截然不同。伏倫斯基對維斯洛夫斯基的胡調顯然毫不介意，相反還鼓勵他這樣做。

「您倒說說，維斯洛夫斯基，石頭是用什麼砌起來的？」

「當然是用水泥。」

「不錯！那麼水泥是什麼呢？」

「嗯，有點像稀泥……不，像灰泥。」維斯洛夫斯基這樣回答，引得哄堂大笑。

除了醫生、建築師和男管家嚴肅地保持著沈默外，其餘用餐的人都滔滔不絕地談個不停，時而海闊天空，漫無邊際；時而糾纏什麼問題，爭論不休；時而嘲弄揶揄，挖苦什麼人。有一次，陶麗被刺痛了，大爲惱火，甚至臉漲得通紅，事後想起，還擔心當時說了什麼不得體的話。史維亞日斯基提到列文，說他有一種怪論，認爲機器對俄國農業是有害的。

「我沒有認識這位列文先生的榮幸，」伏倫斯基微笑著說，「但是他恐怕從來沒有見過他所指摘的那種機器吧。就算他見過也試用過，也一定是老爺機器，不是進口貨，是俄國土造的。這樣還談得上什麼觀點呢？」

「總之，是土耳其人的觀點。」維斯洛夫斯基笑嘻嘻地對安娜說。

「我不能爲他的意見辯護，」陶麗氣得滿臉通紅說，「但我可以說，他是一個很有學問的人。要是他在這裡，他一定知道怎樣回答你們，可是我說不出。」

「我很喜歡他這個人，我同他也是老朋友了。」史維亞日斯基和藹地微笑著說。「但是，恕我說句實話，他這個人多少有點怪，譬如他硬說地方自治會和調解法官毫無用處，說什麼也不願參加。」

「這是我們俄國式的冷淡，」伏倫斯基把玻璃瓶裡的冰水倒進一隻高腳杯裡，「沒有感覺到我們的權利加在我們身上的責任，因此把它推卸掉。」

「我不知道有誰比他責任心更強的了。」陶麗被伏倫斯基妄自尊大的語氣激怒了，這樣說。

「我恰恰相反，」伏倫斯基不知怎地顯然被這場談話刺痛了，繼續說，「我恰恰相反，像我這樣的人，靠了尼古拉・伊凡諾奇（他指指史維亞日斯基）的大力支持，當選爲名譽調解法官，我很感激給了我這樣的榮譽。我認爲出席地方自治會和調解農民的馬匹糾紛，同我所能擔任的其他工作同樣重要。要是選舉我正式當地方自治會議員，我認爲這是一種光榮。也只有這樣，我才能償還我作爲地主所享受的利益。可惜大家都不理解大地主對國家的作用。」

陶麗感到奇怪的是，伏倫斯基在自己家裡的餐桌旁竟那麼自以爲是。她想起，列文雖然見解不同，但在自己家裡吃飯，往往也是那麼過分自信。但她喜歡列文，因此站在他一邊。

「那麼，伯爵，下次開會能指望您參加囉？」史維亞日斯基說。「但是得早一些去，最好八點以前到那裡。您能賞光到我家去嗎？」

「我倒是有點同意你妹夫的看法的，」安娜說，「只是不像他那樣激烈。」她笑瞇瞇地說下去。「我擔心現在我們的社會公職太多了。就像從前官僚太多，什麼事都要有個官到場，如今什麼事都得有社會活動家參加。阿歷克賽來到這裡才六個月，已經擔任五、六個社會團體的職務了：什麼慈善救濟委員啦、調解法官啦、地方自治會議員啦、陪審員啦，還有什麼馬匹委員會啦。照這樣生活下去，全部時間都要抛在這上面了。我怕事情太多，難免流於形式。尼古拉·伊凡諾奇，您有多少個公職啊？」她問史維亞日斯基。「總有二十來個吧？」

安娜開玩笑說，但從她的語氣裡聽得出惱怒的成分。陶麗仔細觀察安娜和伏倫斯基，立刻察覺到這一點。她還發覺在談這問題時，伏倫斯基臉上現出嚴肅而固執的神氣。陶麗注意到這一點，還察覺華爾華拉公爵小姐爲了改變話題，慌忙談起彼得堡的熟人來，同時她又回想到伏倫斯基怎樣在花園裡不倫不類地談到他的活動。她明白了，在社會活動這個問題上，安娜同伏倫斯基暗地裡有爭吵。

飯菜、酒類、餐具，一切都很精美，但一切也同陶麗在她已好久沒有參加的同類宴會和舞會上看到過的那樣，千篇一律，而且使人感到緊張。在日常交際活動和朋友交往中，這一切也都給了她一種不愉快的印象。

飯後，大家坐在陽台上。過了一會兒，開始打網球。球員分成兩組，分別站在碾得十分平整的槌球場上，中間的網掛在金色的柱子上。陶麗試打了一會兒，但不懂怎樣打法，等到懂了一點，已經精疲力竭，只能同華爾華拉公爵小姐一起坐著看人家打了。她的搭檔土施凱維奇也打不動了，其餘的人又繼續打了好一陣。史維亞日斯基和伏倫斯基兩人都打得很好很認眞。他們機靈地注視著向他們打來的球，不慌不忙，又毫不遲疑地及時跑過去，等球一跳起來，就準確地把球打過網去。維斯洛夫斯基打得最差。他過分急躁，但他的快樂心情卻鼓舞了所有打球的人。他的笑聲和叫聲沒有停過。他也像其他男人一樣，徵得了女士們的許可，脫去上裝。他那穿著雪白襯衫的健美身體、汗珠滾滾的紅潤臉龐和矯捷靈敏的動作給大家留下深刻的印象。

當天夜裡，陶麗躺下來睡覺，一閉上眼睛就看見維斯洛夫斯基在槌球場上奔跑的身影。

打球的時候，陶麗有點不高興。她不喜歡維斯洛夫斯基同安娜打球時連續不斷的戲謔，也不喜歡孩子們不在時、成年人玩孩子遊戲的那種彆扭勁兒。不過，爲了不掃別人的興，消磨消磨時間，她休息了一會兒，又參加打球，並且裝出興致勃勃的樣子。這一天她老是覺得，好像在跟一批比她高明的演員同台演出，她的拙劣演技把整台好戲都糟蹋了。

陶麗來的時候原打算住上兩天，要是住得慣的話。但是傍晚打球的時候，她決定第二天就回去。對那種做母親的牽掛心情，她到這兒來的一路上還十分厭惡，此刻在離開兒女們一天以後，想法就完全不同，她又一心想起家來了。

在用過晚茶和划過夜船以後，陶麗獨自回到房裡，脫了衣服，鬆開她那稀疏的頭髮準備睡覺，她覺得輕鬆多了。

想到安娜馬上就要來看她，她都覺得不愉快。她很想獨自想想心事。

23

安娜穿著晨衣進來的時候，陶麗已想躺下睡覺了。

這一天，安娜幾次想談談自己的心事，但每次總是談了幾句就不談了。「等一下吧，等剩下我們兩人時再談。我有許多話要對你說呢。」她說。

這會兒，只剩下她們兩人，安娜卻不知道說什麼才好。她坐在窗口眼睛望著陶麗，頭腦裡拚命搜索原以爲傾吐不盡的知心話，結果卻一句也想不出來。這會兒，她彷彿覺得一切都已說過了。

「那麼，吉娣怎麼樣？」她深深地嘆了一口氣，負疚地望著陶麗說。「你老實告訴我，陶麗，她是不是在生我的氣。」

「生氣？不。」陶麗微笑著說。

「那麼她恨我嗎？瞧不起我嗎？」

「嗳，不！不過你要知道，這種事人家是不會原諒的。」

「是的，是的，」安娜轉過身去，望著打開的窗子，「可是我沒有錯。那麼是誰的錯呢？錯在哪裡呢？難道有別的辦法嗎？嗯，你有什麼想法？你不做斯基華的妻子行嗎？」

「我實在說不上來。那麼你要告訴我的是……」

「是的，是的，不過吉娣的事我們還沒有談完。她現在幸福嗎？聽說他這人挺不錯。」

「說挺不錯還不夠。我不知道還有沒有比他更好的好人了。」

「啊，我眞高興！我眞是太高興啦！說他挺不錯還不夠。」安娜重複陶麗的話說。

陶麗微微一笑。

「那麼，你給我說說你自己的事吧。我要同你好好談一談。我已經同……」陶麗不知道該怎樣稱呼伏倫斯基。她覺得不好意思稱他「伯爵」，也不好意思叫他「阿歷克賽·基里洛維奇」。

「我知道你同阿歷克賽談過了，」安娜說，「但我要坦率地問你一句：你對我、對我的生活有什麼看法？」

「一下子怎麼說得清呢？我實在說不上來。」

「不，你還是對我說說……你現在看到我的生活了。不過你不要忘記，現在已是夏天了，現在也不是光我們兩人在這裡了……但我們是早春來的，當時冷清清只有我們兩個人，今後也只有我們兩個人，其實我也沒有什麼別的願望。可是你想像一下，他不在，只剩下我孤零零一個人，這樣的日子是要來的……我從各方面看得出，這種情況今後會常常發生，他會有一半時間不在家。」她說著站起來，坐得更靠近陶麗一些。

「當然，」陶麗想勸勸安娜，安娜卻打斷她說，「當然，我不會勉強要他留在家裡。我也不會拖住他。哪天賽馬，他的馬要參加比賽，他都可以去。那很好。可是你替我想想，設身處地替我想想……唉，這有什麼可談的！」她微微一笑。「那麼他到底同你談了些什麼？」

「他談的正是我想說的，因此我很容易當他的辯護人。他談到能不能……有沒有可能……」陶麗木訥起來，「補救、改善你的處境……你知道我是怎麼看的……還是那一句話，要是可能，你們應該結婚……」

「你是說離婚嗎？」安娜問。「你知道嗎，在彼得堡唯一來看我的女人是培特西？你不是認識她嗎？

其實她是一個最放蕩的女人。她同土施凱維奇有關係，用最惡劣的方式欺騙丈夫。可是她居然對我說，要是我這不合法的地位一天不改變，她就一天不願理我。你別以為我在同人家比較……我是了解你的，我的好朋友。可是我不由得想起……那麼，他到底對你說了些什麼？」安娜又問。

「他說，他爲你也爲他自己感到很痛苦。你也許會說，這是自私自利，但這樣的自私自利是合情合理的，是高尚的！他首先要使他的女兒合法化，他要你做他的妻子，對你享有合法的權利。」

「什麼妻子？是奴隸，還不是像我現在這樣當個十足的奴隸？」安娜悶悶不樂地打斷陶麗的話說。

「主要的是他希望……希望你不再受苦。」

「這是辦不到的！還有呢？」

「還有，最合情合理的是，他希望你們的孩子都有個合法的姓。」

「什麼孩子啊？」安娜眼睛不看陶麗，皺起眉頭說。

「安妮和未來的孩子……」

「這一點他可以放心，我不會再有孩子了。」

「你憑什麼說不會再有了？……」

「不會有了，因爲我不要了。」

安娜雖然很激動，但發現陶麗臉上現出好奇、驚訝和恐懼的神色，不禁噗哧一聲笑了。

「上次病後醫生對我說的……」

……

「不可能的！」陶麗睜大眼睛說。對她來說，這是一個十分重大的發現，最初一剎那，她只覺得無法完全領會，需要再三想想。

這個發現一下子向她解釋了她以前弄不懂的一件事，就是爲什麼有的家庭只生一、兩個孩子。這個發現還引起她許多思想、感觸和感情上的矛盾，弄得她一句話也說不出，只是驚訝地睜大眼睛望著安娜。這正是她今天一路上所幻想的事，如今一知道這是可能的，她又感到害怕了。她覺得這個複雜的問題解決得太方便了。

「這樣是不是不道德呢？」她沈默了一陣，用法語問。

「怎麼會呢？你要知道，我只能在兩條路中挑選一條：或者懷孕，也就是害病，或者做我丈夫——事實上他等於丈夫——做我丈夫的朋友和伴侶。」安娜故意用一種輕浮的語氣說。

「對呀，對呀。」陶麗說，聽著她自己原來用過的論證，但覺得已經不像以前那樣有說服力了。

「對你，對別人來說，」安娜說，彷彿猜度著她的思想，「也許還有懷疑，可是對我來說……你要知道，我不是他的妻子，他高興愛我多久就愛我多久。這樣叫我怎樣維持他的愛情呢？就用這個嗎？」

她伸出一雙雪白的手臂，在肚子前面圍成半圓形。

種種想法和回憶，像平日心情激動時那樣，一下子湧上陶麗的心頭。「我總是不能把斯基華吸引住，」她想，「他拋下我去追求別的女人，但他爲她而第一次對我變心的那個女人，雖然長得又漂亮又活潑，也沒能長期迷住他。他把她拋棄了，又搞上另一個。難道安娜眞能憑色相把伏倫斯基伯爵一直迷住嗎？如果他追求的就是這個，那他總有一天會找到打扮得更漂亮、風度更迷人的女人的。不管她那雙光著的手臂多白多美，她那豐滿的身段多麼好看，她那襯托著烏黑頭髮的紅潤臉蛋多麼標致，他也會找到更美的女人，就像我那個又可惡、又可憐、又可愛的丈夫那樣。」

陶麗什麼也沒有回答，只是嘆了一口氣。安娜發覺這種嘆息是表示不同意，就又說下去。她心裡還有不少論證，而且有力得叫人無從反駁。

「你說這樣做不好嗎？可是得仔細想想，」安娜繼續說，「你忘記我的處境了。我怎麼能希望再有孩子呢？倒不是說痛苦，痛苦我不怕。請你想想，我的孩子將成爲什麼樣的人呢？將成爲用別人姓的不幸孩子。就因爲他們的身分，他們不得不在父母和出生這些問題上蒙受恥辱。」

「就因爲這個緣故，你們必須離婚。」

但是安娜沒有聽她。她很想把那幾次三番說服自己的論點說完。

「如果我不運用我的智慧，少生幾個不幸的人，那上帝何必賦予我智慧呢？」

她對陶麗望了望，但不等回答又說下去：

「面對這樣一些不幸的孩子，我將永遠覺得有罪。」她說。「如果沒有他們，也就不會有他們的不幸；他們如果不幸，那都是我一個人的罪過。」

其實這也就是陶麗自己用過的論點，可是這會兒她聽著，卻不懂是什麼意思。「怎麼會在不存在的人面前覺得罪過呢？」她想。她心裡突然產生一個問題：如果她的愛兒格里沙根本不存在，那還談得上什麼對他好不好呢？她覺得這問題實在太荒唐、太怪誕了，就搖搖頭，想把這叫人頭暈目眩的狂想驅除掉。

「不，我不知道，但這樣可不好。」陶麗臉上露出厭惡的神色，只說了這樣一句。

「是的，但是你不要忘記，你是什麼人，我是什麼人……還有，」安娜接著說，似乎承認這樣做是不好的，儘管她的論點理由充足，陶麗的論點卻顯得理由不足，「主要的是你不要忘記，我現在的處境同你不一樣。你的問題是：你是不是希望不再有孩子；可我的問題是：我是不希望有孩子。這是很大的差別。

你要明白，就我的處境來說，不能存這樣的希望。」

陶麗沒有反駁。她忽然覺得，她同安娜之間的距離是那麼遙遠，對有些問題的看法永遠不會統一，還是不談的好。

24

「這樣就更需要解決你的處境問題了，要是可能的話。」陶麗說。

「是的，要是可能的話。」安娜突然改用一種溫和而悲傷的語氣說。

「難道就不能離婚嗎？聽說你丈夫已經同意了。」

「陶麗！我不願意談這事。」

「好，不談就不談吧。」陶麗發現安娜臉上痛苦的神色，慌忙說。「我只覺得你看事情太悲觀了。」

「我？一點兒也不。我很高興，也很滿足。你也看到，還有人在追求我呢，維斯洛夫斯基……」

「是啊，說句實話，我可不喜歡維斯洛夫斯基的腔調。」陶麗想改變話題，這樣說。

「哼，一點兒也不！這只會使阿歷克賽感到有趣罷了。其實他還是個孩子，完全掌握在我手裡。老實說，我可以隨意擺布他。他等於你的格里沙……陶麗，」她突然改變話題，「你說我看事情悲觀。你不理解。這事實在太可怕了。我儘量不去想它。」

「但我認爲你必須處理。必須盡一切力量去處理。」

「可是我能做什麼呢？什麼也不能。你說我應該同阿歷克賽結婚，你說我不考慮這問題!!」安娜重複說，臉漲得通紅。她站起身來，挺起胸。長嘆一聲，邁開輕盈的步子在屋裡走來走去，偶爾停一下。「我不考慮嗎？我沒有一天，沒有一小時不在考慮，不在責備自己考慮個不停……因爲這樣想個不停會叫人發瘋的，會叫人發瘋的，」她反覆說，「我一想到這問題，不吃嗎啡就睡不著覺。好吧，讓我們平心靜氣地談一談吧。人家都要我離婚。第一，他不肯答應。現在李迪雅伯爵夫人把他控制住了。」

陶麗挺直身子坐在椅子上，臉上露出痛苦的同情神色，轉動腦袋注視著來回踱步的安娜。

「應該試一試。」陶麗低聲說。

「就算我去試一試。可這意味著什麼呢？」安娜說出了反覆想過千百遍、背都背得出來的心事。「這意味著我雖然恨他，卻不得不在他面前低頭認錯，我只好承認他寬宏大量，低聲下氣地寫信給他……好吧，就算我努力去辦，去把它辦了。我也許會得到一個侮辱性的答覆，也許會取得他的同意。好吧，就算我取得了他的同意……」安娜這時已走到屋子的另一頭，站在那裡擺弄著窗簾。「我取得了同意，可是兒……兒子呢？要知道他們是不肯把他給我的。要知道他將在被我拋棄的父親家裡長大，他將來會看不起我。你要明白，他們兩個，謝遼查和阿歷克賽，我可以說是一樣愛，都超過愛我自己。」

她走到屋子中央，兩手緊抱胸膛，站在陶麗面前。她穿著雪白的晨衣，顯得格外高大健美。她低下頭，皺著眉，用淚光閃閃的眼睛，望著那激動得渾身哆嗦、穿著打過補丁短襖、戴著睡帽瘦小可憐的陶麗。

「世界上我只愛這兩個人，可是他們互相排斥。我不能把他們兩個連結在一起。可是把他們連結在一起卻是我唯一的願望。這一點要是辦不到，一切也就都無所謂了。一切、一切都無所謂了。反正隨便怎樣總會了結的，就因爲這個緣故我不能也不喜歡談這件事。你也不要責備我，不要非難我。你太單純了，不可能了解我的全部痛苦。」

安娜走過去，坐在陶麗身邊，負疚地凝視著她的臉，拉住她的手。

「你有什麼想法？你對我有什麼想法？你不要歧視我。我不應該被歧視。我這人就是不幸。如果天下眞有不幸的人，那就是我。」安娜說著扭過頭去，哭了。

等剩下陶麗一個人，她做了禱告，躺到床上。剛才安娜同她說話，她滿心可憐她，但這會兒她卻不再想她了。對家庭和孩子的思念，特別迷人特別鮮明地在她心頭翻騰。這會兒，她覺得她的小天地是那麼寶貴、那麼可愛，她在外面簡直一天也待不下去了，她決定明天回家。

就在這時候，安娜回到自己房裡，拿起一隻酒杯，倒了幾滴嗎啡，喝了下去，木然不動地坐了一會兒，帶著平靜而愉快的心情走進臥室。

她走進臥室，伏倫斯基仔細對她瞧瞧。他知道她在陶麗房裡待了這麼久，她們一定談過話了，他就在安娜臉上找尋談話的痕跡。但從她那激動而又抑制地隱瞞著什麼事的臉色上，他什麼也看不出來，只看到那雖然已經見慣但仍使他銷魂的美，她對自己美的矜持，以及想使他動心的願望。他不願向她打聽她們談了些什麼，但希望她自動說出些什麼來。可是她只說：

「你喜歡陶麗，我很高興。你喜歡她，是嗎？」

「其實我早就認識她了。我看她這人很善良，但有點庸俗。不過她來了，我還是很高興。」

他捉住安娜的手，詢問似地對她的眼睛望了望。

安娜把他的眼色理解成別的意思，向他嫣然一笑。

第二天早晨，不管主人倆再三挽留，陶麗還是要回去。列文的車夫穿著他那件舊外套，戴著類似驛站馬車夫戴的制帽，駕著一輛由幾匹拼湊起來的雜色馬拖拉的擋泥板補過的老爺馬車，神色陰鬱，斷然地把車駛到鋪滿沙礫的大門口。

同華爾華拉公爵小姐和那些男人告辭，陶麗覺得不痛快。待了一天，她也好，主人們也好，都覺得他們合不來，還不如不見面的好。只有安娜一人覺得傷心。她知道，陶麗一走，就再不會有人來觸動那潛藏在她心底、因這次見面而翻騰起來的感情。觸動這種感情很痛苦，但她知道這是她心靈中最美好的部分，它將很快在她的現實生活中泯滅。

陶麗乘馬車來到田野上，頓時感到神清氣爽。她剛想問問僕人，他們喜不喜歡伏倫斯基家，車夫菲利浦卻出其不意地說：

「有錢人就是有錢人，但他們只給了我們三斗燕麥。天沒亮就被馬吃得精光。三斗燕麥頂什麼用？只能當頓點心吃。如今燕麥也不過四十五戈比一斗。要是到我們家作客，要吃多少，就給多少。」

「他家老爺太小氣。」帳房附和說。

「那麼，你喜歡他們的馬嗎？」陶麗問。

「馬嗎，沒話說的。伙食也挺好。可是我覺得怪氣悶的，達麗雅．阿歷山德羅夫娜，我不知道您覺得怎樣。」帳房轉過漂亮而和善的臉，對陶麗說。

「我也有這樣的感覺。怎麼樣，傍晚到得了家嗎？」

「準能到。」

陶麗回到家，大家平安無事，特別親切，就興致勃勃地給家人講了這次旅行的經過，他們怎樣熱情接待她，伏倫斯基家的生活多麼闊綽，格調多麼高雅，講到他們怎樣消遣，並且不讓誰說他們半句壞話。

「你應該多了解安娜和伏倫斯基——我現在對他們比較了解了——才能知道他們爲人多麼可愛，多麼叫人感動。」陶麗十分懇切地說，把她在那裡感覺到的不滿和侷促忘記得乾乾淨淨。

25

伏倫斯基和安娜還是沒有想出任何解決安娜離婚問題的辦法，他們就這樣在鄉下過了一個夏天和部分秋天。他們決定哪兒也不去，但兩人離群索居得越久，特別是秋天沒有客人來，就越覺得這樣的日子不好過，非改變一下不可。

乍看來，他們的日子似乎不能更美滿了；有足夠的財產、有健康的身體、有孩子，各人都有自己的活動。沒有客人來，安娜照樣修飾打扮，還閱讀大量圖書，都是風行一時的小說和論著。凡是外國報刊推薦過的書籍她都訂購，並像單身讀書時那樣聚精會神地閱讀著。此外，她還通過書籍和專業刊物研究伏倫斯基所從事的各項事業，因此伏倫斯基常常就農業、建築，甚至養馬、運動等方面的問題向她請教。伏倫斯基對她的知識和記憶力感到驚訝，開頭還不很相信她，要她提出證據。於是她就從書本裡找出他需要的地方，指給他看。

她對醫院的建設也很感興趣，不僅幫了許多忙，而且親自作了安排，出了點子。不過，她最關心的畢竟還是她自己，關心怎樣博得伏倫斯基的歡心，怎樣補償伏倫斯基爲她犧牲的一切。她生活的唯一目的就是不僅討他歡心，而且曲意奉承他。伏倫斯基對此很欣賞。不過，他對她竭力用情網來束縛他，又感到苦惱。日子一天天過去，他越來越清楚地看到自己被這情網所束縛，越來越想——倒不一定要掙脫——試試，看它究竟是不是妨礙他的自由。要不是這種日益增長的獲得自由的願望，要不是每次到城裡開會或賽馬都要發生一場爭吵，伏倫斯基對自己的生活眞可以說是稱心如意了。他現在的身分——構成俄國貴族核心的富裕大地主的身分——不僅完全符合他的願望，而且在過了半年這樣的生活以後，給他帶來的樂趣也越來越大。他爲事業耗費的精力和時間越來越多，事業也發展得越好。儘管醫院、農業機器和從瑞士訂購來的奶牛和其他許多東西花費了大量資金，但是他相信並沒有浪費，而且增加了他的財富。凡是事關他的收入的，不論出賣森林、糧食或者羊毛，或者出租土地，伏倫斯基總是鐵面無情，咬定價錢不放。不論在哪個田莊，凡是遇到數目較大的業務，他總是採用最穩當可靠的辦法，即使遇到進出不大的經濟問題，他也精打細算，那個德國管家詭計多端，引誘他買進什麼，或者在制訂預算時耍弄手法，先把數字定得很高，然後又說經過一番考慮可以低價買進，這樣立刻就有利可圖，但是伏倫斯基從不輕易聽從他。只有遇到訂購或者建設的東西是最新式的，在俄國還聞所未聞，可以引起轟動的，他才聽從那管家的話，同他商量洽購。除此以外，只有當他手頭有餘款的時候，他才肯大筆支出，而在支付時更是精打細算，竭力做到一本萬利。因此從他經營業務上可以清楚地看出，他沒有浪費而是增加了財產。

十月裡，卡辛省舉行貴族大選。伏倫斯基、史維亞日斯基、柯茲尼雪夫、奧勃朗斯基的田莊和列文的一小部分產業就在這個省裡。

這次選舉由於種種原因和參加的人物，引起社會上的注意。大家議論紛紛，積極籌備。莫斯科、彼得堡和國外的僑民，以前從沒參加過選舉，這次也都聚集到這裡。

伏倫斯基早就答應史維亞日斯基去參加了。

大選以前，常來伏茲德維任斯克的史維亞日斯基順路跑來邀請伏倫斯基。

前一天，爲了這次預定的旅行，伏倫斯基和安娜幾乎發生爭吵。現在是秋季，正是鄉下最寂寞無聊的時節，伏倫斯基思想上做好準備，要同安娜爭吵一次，就板著臉，冷冷地——這是從來沒有過的——向她宣布要出門了。但是，使他感到驚奇的是，安娜聽到這消息竟若無其事，只問他什麼時候回來。他仔細對她打量了一下，弄不懂她怎麼能這樣泰然自若。她看到他的注視，微微一笑。伏倫斯基知道她有不動聲色的本領，還知道只有當她暗地決定什麼事卻不告訴他時才會這樣。他有點擔心，但他很想避免糾紛，就裝出一副深信不疑的神氣（其實他多少也有點相信），相信她是通情達理的。

「我想你不至於感到寂寞吧？」

「我想不至於，」安娜說，「我昨天收到戈締耶書店①寄來的一箱書。不，我不會感到寂寞的。」

「她想裝得毫不在乎，這樣也好，」伏倫斯基想，「要不然又會來那一套。」

他沒有要她坦白她的心事，就去參加選舉。他沒有同她說個明白就同她分手了，這在他們同居以來還是第一次。這一方面使他感到不安，另一方面又使他覺得這樣倒更好些。「開頭這樣有點彆扭，但以後她會習慣的。總之，我什麼都可以爲她犧牲，就是不能犧牲我男子漢的獨立性。」他心裡這樣想。

①當時開設在莫斯科的一家法國書店。

26

九月間，列文爲了準備吉娣生孩子搬到莫斯科去住。當柯茲尼雪夫——他在卡辛省擁有田產，很關心當前的選舉——動身去參加選舉時，列文在莫斯科已經閒居整整一個月了。柯茲尼雪夫邀請弟弟一起去，而列文在謝列茲聶夫斯克縣是享有選舉權的。此外，列文還要在卡辛省替僑居國外的姊姊辦理一件有關託管和收取土地押金的要事。

列文一直猶豫不決，但吉娣看到他在莫斯科無聊，就勸他去，並且替他訂製了一套價值八十盧布的貴族禮服。這筆訂製禮服的八十盧布是促使列文決心去的主要原因。他就這樣到卡辛去了。

列文來到卡辛已經六天了，天天出席會議，爲姊姊的事到處奔走，但毫無結果。貴族領袖們都忙於選舉，弄得一件同託管有關的普通事也無法解決。另外一件事——收取土地押金，同樣遇到了困難。在經過一番奔走後，禁令取消了，押金準備付了，可是那位熱心的公證人卻不能簽發支票，因爲需要會長的簽名，而會長正忙於開會，又沒有指定人代理公務。這樣東奔西走，同那些完全理解申請人的苦惱卻又愛莫能助的好心人談話，眼看各種麻煩事都是白費力氣，毫無結果，列文覺得十分痛苦，好像一個人在噩夢中掙扎，卻不能動彈一樣。他同那位心地善良的律師談話，就有這樣的感覺。這位律師看來已經絞盡腦汁，竭盡所能，想幫助列文解決困難。「嗯，您這樣試試，」他說過不止一次，「到某某地方去一次。」律師說著制訂了一整套計畫，怎樣避開礙事的主要阻力。但他立刻又補充說：「恐怕還有留難，但不妨一試。」於是列文就去試了，又是四處奔走。遇到的人個個和藹可親，可是避開的阻力最後又冒了出來，又妨礙了事情的解決。特別使人惱火的是，列文怎麼也不明白他在同誰衝突，他的事情遲遲不得解決究竟對誰有利。這一點看來誰也說不出，就連那律師也不知道。火車站買票必須排隊，列文要是懂得這原因，他也就不會覺得委屈和惱火了。同樣，他在事務上遇到障礙，也沒有一個人能向他說明原因。

不過，列文結婚以後人變了很多，他變得有耐心了。每逢他不明白事情的原因時，就對自己說，不了解情況不要隨便判斷，大概非這樣不可，就竭力忍耐著不生氣。

現在，他出席會議，參加選舉，也盡可能不指摘人家，不同人家爭論，對他所尊敬的正直善良的人認眞做著的工作，總是竭力去理解。結婚以後，列文發現許多重要的新事物，那些事物他以前由於輕率而不加重視，忽略了。對選舉這件事，他現在也很重視，並且探究它的重大意義。

柯茲尼雪夫向他解釋，通過這次選舉將引起的變革的重大意義。省首席貴族按照法律規定掌管許多重要公務：又是負責託管機關（列文現在就由於這種機關在受罪），又是保管貴族的大量基金，又是主持男女中學和軍事學校，又是負責新式國民教育，最後還有地方自治會。現在的省首席貴族斯涅特科夫是個老派貴族，揮霍光了巨額家產，爲人正直，心地善良，但是對新時代的要求一竅不通。他處處站在貴族立場，公然反對普及國民教育，並且使應該具有廣泛代表性的地方自治會受階級的局限。因此，必須選舉一位具有現代思想、精明能幹的新人來代替他，以便憑貴族（不是作爲貴族，而是作爲地方自治會的成員）的特權充分發揮對自治有利的作用。在這事事領先的富饒的卡辛省，如今集中了一大批優秀人士。這裡的事情辦得好，就可以成爲其他各省和全國的典範。因此，這次選舉具有重大的意義。代替斯涅特科夫當首席貴族的，已提出的候選人是史維亞日斯基，或者更恰當一些，聶維多夫斯基。聶維多夫斯基是位退休教授，絕頂聰明，也是柯茲尼雪夫的好朋友。

選舉大會由省長致開幕詞，他在講話中對貴族們說，選舉公職人員不能講情面，應該以功績和造福祖國爲出發點。他希望卡辛省尊貴的貴族像歷屆選舉一樣，神聖地執行自己的義務，以不負君主的願望。

省長講完話就離開會場。貴族們鬧烘烘地、生氣勃勃地、甚至歡天喜地跟著他走出去。當他穿上外套、同首席貴族親切交談的時候，大家又把他團團圍住。列文想知道細節，什麼事也不願放過，因此也站在人群裡。他聽見省長說：「請您轉告瑪麗雅・伊凡諾夫娜，很抱歉，我妻子不能來，她到孤兒院去了。」接著，貴族們快快活活地接過各人的外套，坐車到大教堂去了。

在大教堂裡，列文和大家一起舉起手來，跟著大祭司唸禱詞，莊嚴地宣誓，願意執行省長的一切要求。宗教儀式對列文總是影響很大，他嘴裡說著：「我吻十字架」，眼睛掃視說著同樣話的老老少少，心裡十分感動。

第二天和第三天討論貴族基金和女子中學的問題，這些事正像柯茲尼雪夫說的，無關緊要。列文就四出奔走，去處理私事，沒注意那些事。第四天，在省會上公開審查本省的基金。新舊兩派第一次正式發生衝突。負責審查帳目的委員會向大會報告，帳目分毫不差。首席貴族站起身來，感謝貴族們對他的信任，激動得流淚。貴族們向他高聲歡呼，一個個同他握手。但這時候，柯茲尼雪夫一派裡有個貴族說，他聽說委員會並沒有查過帳，他們認爲查帳是對首席貴族的侮辱。委員會裡有個成員魯莽地證實了這一點。然後，一個個兒矮小、樣子年輕、說話尖刻的紳士站起來說，首席貴族本來很願意報告帳目，說明公款用途，可是由於委員會過分客氣，使他無法如願。於是委員會就收回了這個報告。柯茲尼雪夫開始條理清楚地論述，他們或者宣布查過帳目，或者承認沒有查過帳目，並且詳細說明這種二者必居其一的論點。反對派中一個口若懸河的人反駁了柯茲尼雪夫。接著史維亞日斯基發言，然後又是那個說話尖刻的紳士發表意見。辯論進行了好久，但毫無結果。列文感到驚奇的是，這事他們竟能辯論這許多工夫，特別是當他問柯茲尼雪夫，他是不是認爲公款被盜用了，柯茲尼雪夫回答說：

「嘜，不！他是一個規矩人。不過，這種管理貴族事務的家長作風必須改變。」

第五天選舉各縣的首席貴族。這天有幾個縣裡特別熱鬧。在謝列茲涅夫斯克縣，史維亞日斯基經全體一致同意當選爲縣首席代表。當天晚上在他家裡大擺酒席慶祝。

27

第六天開始選舉省首席貴族。大大小小的廳堂擠滿身穿各種制服的貴族。有許多人是爲了這天的選舉特地趕來的。久未晤面的熟人，有的從克里米亞，有的從彼得堡，有的從國外來到這裡，大家歡聚一堂。首席貴族的桌子上方掛著沙皇像，人們圍著桌子進行熱烈的討論。

在大小廳堂裡，貴族們三五成群，從他們含有敵意和猜疑的目光中，從外人走近時就停止談話，以及其中有些人甚至避到走廊遠處去交頭接耳這些跡象上可以看出，每一方都有不可告人的祕密。表面上看來，貴族分成兩派，老派和新派。老派多半穿著老式的緊身貴族服，佩著長劍，戴著禮帽，或者按照各人的身分穿著海軍、騎兵、步兵等軍服。老派貴族的制服式樣很老，帶有高聳的肩章，衣服又短又小，肩膀很窄，彷彿穿的人身子長得高大了。新派穿著低腰身、闊肩膀的寬大貴族制服，裡面襯著白背心，或者穿著黑領子的有桂葉標誌的司法官制服。穿宮廷制服的也屬於新派，在人群中很顯眼。

不過，年齡上老與少的區別並不完全符合政治上的派別。據列文觀察，有些年輕人屬於老派；反過來，有些年紀很老的貴族卻在同史維亞日斯基低聲說話，顯然是熱烈贊同新派的。

在吸煙和小吃的小廳裡，列文站在朋友們旁邊，傾聽他們的談話。他全神貫注，但還是聽不懂他們在談些什麼。柯茲尼雪夫是他們一堆人的中心人物。這會兒，他在聽史維亞日斯基同赫留斯托夫談話。赫留斯托夫是另一個縣的首席貴族，也屬於他們一派。他不同意他一縣的人去要求斯涅特科夫當候選人，但史維亞日斯基在勸他這麼辦，柯茲尼雪夫也贊成這個計畫。列文不明白為什麼他們要讓一個希望他落選的反對派首席貴族再當候選人。

奧勃朗斯基穿著宮廷侍從制服，剛吃過點心，喝過酒，用灑過香水的鑲邊麻紗手帕擦著嘴，走過來。

「我們擺開陣勢了，」他撫平絡腮鬍子說，「謝爾蓋·伊凡諾維奇！」

奧勃朗斯基聽他們談話，支持史維亞日斯基的意見。

「一個縣就夠了，史維亞日斯基分明已成了反對派。」奧勃朗斯基這樣說，除了列文以外，大家都懂得他的意思。

「啊，列文，看來你也懂得箇中奧妙了，是嗎？」他轉身對列文說，同時挽住他的手臂。列文也很願意懂得其中奧妙，可是他不明白究竟是怎麼一回事。他稍稍離開人群，告訴奧勃朗斯基，他弄不懂為什麼要請首席貴族再當候選人。

「嘿，你太天真了！」①奧勃朗斯基用拉丁語說，接著就扼要地對列文做了一番解釋。

如果像歷屆選舉那樣，所有的縣都提名省首席貴族當候選人，那麼他不用選舉就可以當選。這樣可不行。現在有八個縣同意提名，但要是有兩個縣反對，那麼斯涅特科夫就可以拒絕當候選人。這樣老派就可能推選別人，他們的計畫就會完全落空。但要是只有史維亞日斯基的一個縣提名，斯涅特科夫就可以當候選人。他們甚至還要選舉他，設法使他增加票數，這樣就把反對派的計畫打亂。當人家提出我們一派的候選人時，他們就會投他的票。

列文有點懂，但還沒完全清楚。他正想再提幾個問題，突然大家都說起話來，鬧烘烘地向大廳走去。「什麼？什麼？誰呀？」「委託書嗎？委託誰？什麼？」「被否決了？」「沒有委託書。」「不讓弗列羅夫進來。」「受到審判有什麼關係？」「這樣誰也不讓進去了。這太卑鄙了。」「遵守法律嘛！」列文聽見四面八方傳來的叫聲，他跟著慌慌張張唯恐錯過什麼的人群向大廳擠去。他夾在貴族中間，走近首席貴族的桌子。首席貴族、史維亞日斯基和其他領袖正在那邊起勁地爭論著什麼。

① 這一句原文為拉丁文。

28

列文站得相當遠。他旁邊有一位貴族呼嚕呼嚕地拚命喘氣，另一位貴族穿著厚底皮靴，發出咔嚓咔嚓的聲音，弄得他聽不清楚。他只遠遠地聽見首席貴族的溫柔聲音，接著是那個說話尖刻的貴族的尖細聲音，然後是史維亞日斯基的聲音。他從聽得懂的話中聽出，他們正在爭論對一條法律的解釋，以及對「在偵訊中」這個術語的理解。

人群散開來，讓柯茲尼雪夫走到桌子旁邊。柯茲尼雪夫等說話尖刻的貴族講完就說，他認為最可靠的辦法是查一查法律條文，並請書記把那一條找出來。原來法律條文規定，遇到意見分歧，必須投票表決。

柯茲尼雪夫唸了一下法律條文，開始解釋它的涵義，但這當兒一個個兒高大、背有點駝、小鬍子染過色的地主，穿著一身高領子夾住後頸的狹窄禮服，打斷了他的話。他走到桌子旁，用手上戴著的戒指敲敲桌子，大聲叫道：

「投票！投票表決！不必多費口舌！投票表決！」

這時，突然有幾個人同時說起話來。戴戒指的高個子貴族火氣越來越大，叫得越來越響，但聽不出在叫些什麼。

他說的其實就是柯茲尼雪夫所建議的；不過，他顯然很恨柯茲尼雪夫和他的一派，這種憤恨情緒影響了他一派的人，這樣也就引起了對方的反擊，雖然這種情緒表現得比較溫和。大家叫嚷起來，剎時間亂成一團，省首席貴族不得不要求大家遵守秩序。

「投票表決，投票表決！凡是貴族都會明白的。我們流血犧牲……皇上信任的……不准審查首席貴族，他又不是夥計……問題不在這裡……讓我們投票表決！真卑鄙！……」四面八方傳出憤怒粗暴的吶喊聲。每個人的眼神和臉色都比聲音更憤怒粗暴。大家都現出不共戴天的仇恨。列文看到大家的情緒為弗列羅夫的問題要不要表決而這樣激動，感到驚訝，弄不懂是怎麼一回事。他忘記了柯茲尼雪夫後來向他解釋的三段論法：爲了公共福利，必須撤換省首席貴族；要撤換省首席貴族，必須獲得多數票；爲了獲得多數票，必須讓弗列羅夫有選舉權；爲了使弗列羅夫取得選舉權，必須解釋法律條文。

「一票就可以決定全局，因此如果眞願爲公共事業著想，必須嚴肅認眞，貫徹始終。」柯茲尼雪夫這樣歸結說。

但是列文忘記了這一點。看到這些他所尊敬的好人情緒這樣激憤，他覺得很難過。爲了擺脫這種痛苦的心情，他不等辯論結束就來到大廳。那裡除了茶座旁邊有幾個茶房外，不見一個人影子。列文看見茶房正忙著擦餐具，擺盤子和酒杯，看見他們鎭定自若而生氣勃勃的臉，頓時覺得神清氣爽，彷彿從一個烏煙瘴氣的屋子裡來到空氣清新的地方。他高興地走來走去，望著這些茶房。他特別高興的是看到一個留灰白絡腮鬍子的茶房，對那些正在取笑他的年輕人露出鄙夷不屑的神氣，同時教他們怎樣摺疊餐巾。列文剛要同老茶房攀談，貴族託管委員會秘書，一個具有熟悉全省貴族姓名和父名這一特長的小老頭，叫他過去。

「康斯坦京・德米特里奇，請過來，」小老頭對他說，「令兄正在找您。要投票了。」

列文走進大廳，領到一個白球，就跟著哥哥柯茲尼雪夫走到主席台旁邊。史維亞日斯基擺出煞有介事而又含嘲帶諷的神氣站在那裡，把大鬍子握在拳頭裡嗅著。柯茲尼雪夫把手伸向投票箱，把一個白球投進去。他站在一旁，給列文讓出地位。列文走了過去，但是驚惶失措，問柯茲尼雪夫說：「往哪兒投？」他悄悄地問。當時旁邊正好有人在說話，他希望沒有人會聽見他的問題。但是，談話的人住口了，大家都聽見了他這個可笑的問題。柯茲尼雪夫皺起眉頭。

「這要看各人的信仰了。」他嚴厲地說。

有幾個人笑了。列文漲紅了臉，慌忙把手伸到票箱罩布下，投在右邊，因爲那球在他的右手。等投好票，他才記起左手也該伸進去，又連忙伸進去，但已經晚了，這樣就更加窘態畢露，他慌忙往後排走去。

「贊成的一百二十六票！反對的九十八票！」口齒不清的秘書喊道。接著傳出一陣笑聲：票箱裡發現一個鈕釦，兩個核桃。弗列羅夫獲得了選舉權，新派勝利了。

但老派並不服輸。列文聽見有人要求斯涅特科夫當候選人，並且看見一群貴族圍住這位正在說話的首席貴族。列文走近去。斯涅特科夫在回答貴族們的話時，說到貴族對他的信任，說到他們對他的愛戴使他受之有愧，他雖爲貴族服務了十二年，但這是他的本分。他幾次三番重複說：「我盡心盡力，效忠君王，承蒙各位信任，感激不盡。」他突然被眼淚哽住，說不下去，就離開會場。他的眼淚不知是由於想到他所受的委屈，還是由於對貴族的滿腔熱情，或者是由於他所處的四面楚歌的困境，但這種激動情緒影響了大家，多數貴族都很感動。列文對斯涅特科夫也發生了同情。

省首席貴族在門口同列文撞了個滿懷。

「對不起！請您原諒！」他像對陌生人那樣說，但一認出是列文，便怯生生地微微笑了一笑。列文覺得他想說些什麼，但由於激動而說不出來。當他匆匆走過時，他臉上的神色以及穿著制服和鑲金邊白褲、掛著十字勳章的姿態，使列文覺得他好像一頭被逼得走投無路的野獸，意識到大難臨頭了。他臉上的神色使列文特別感動，因爲昨天剛爲託管的事到他家裡去過，看到他是一個相貌堂堂、和藹可親的人。一座擺設著古色古香舊傢具的大房子；幾個衣冠不講究而且有點骯髒的畢恭畢敬的老僕人——顯然是留在主人家裡的農奴；他那位和藹的胖太太，頭戴一頂有花邊的睡帽，身披一塊土耳其式大披肩，正在撫愛她的小外孫女；他那個在念六年級的兒子，剛放學回家，吻了吻父親的大手，向他致敬；主人威嚴而又親切的語言和手勢——這一切昨天都使列文肅然起敬，產生好感。這會兒，列文很憐憫和同情這位老人，很想安慰他幾句。

「看來您還是我們的首席貴族。」他說。

「未必見得，」老頭兒怯生生地環顧了一下，「我累了，老了。有人比我合適，比我年輕，讓他們擔任吧。」

首席貴族說完就往邊門走去。

最莊嚴的時刻到了。馬上要開始正式選舉。這派和那派領袖都在掐著指頭估計白球和黑球的數目。

辯論弗列羅夫選舉資格的問題，不僅使新派獲得了弗列羅夫的一票，而且使他們贏得時間，爭取三個由於老派的陰謀而不能參加選舉的貴族前來投票。兩個貴族嗜酒成癖，被斯涅特科夫的黨羽灌醉了；另外一個貴族的制服不翼而飛了。

新派得知這個情況，就趁辯論弗列羅夫資格問題的機會，派人乘馬車給那個貴族送去一套制服，又把兩個灌醉的人中的一個接來投票。

「一個接了來，用冷水把他沖醒了。」那個乘車去接的地主走到史維亞日斯基跟前說。「不要緊，能頂用。」

「醉得不太厲害吧，不會倒下吧？」史維亞日斯基搖搖頭說。

「不要緊，他行的。只要不再給他喝酒就是了……我對茶房領班說過，說什麼也不要再讓他喝了。」

29

在供吸煙和小吃的小廳裡擠滿了貴族。大家的情緒越來越激動，每個人的臉色都顯得焦慮不安。情緒特別激動的是兩派貴族的領袖，他們知道全部底細，算得出票數。他們是一場將要展開的戰鬥的指揮官。其餘的人就像交戰前的士兵，做好了戰鬥準備，但此刻還在尋歡作樂。有些站著或者坐在桌旁吃點心；有些在狹長的屋子裡來回踱步，一面吸煙，一面同久未晤面的朋友談話。

列文不想吃東西，也不吸煙。他不願加入自己人的一夥，也就是柯茲尼雪夫、奧勃朗斯基、史維亞日斯基等人的一夥，因為那身穿宮廷武官制服的伏倫斯基正在興致勃勃地同他們談話。列文昨天在選舉大會上看到他，就竭力避開他，不願同他見面。列文走到窗口坐下，打量著周圍的人群，聽聽他們在談些什麼，他覺得非常傷心，因為看到周圍人人生氣勃勃，奔走忙碌，只有他一人同旁邊坐著的那個身穿海軍服、沒有牙齒、喃喃地說個不停的老頭，對選舉漠不關心，無事可做。

「他是個十足的騙子手！我對他說過，那樣不行。可不是！他收了三年都收不齊。」一個個兒不高、背有點駝的地主，搽過油的頭髮耷拉在制服的繡花領子上，他使勁踩響那雙因為參加選舉才穿的新皮靴後跟，精神抖擻地說。那地主不滿地向列文瞥了一眼，猛地轉過身去。

「是的，這事可不體面，沒話說的。」小個兒地主聲音尖細地說。

一大群地主簇擁著一個胖將軍，緊跟著他們，匆匆地走近列文。地主們顯然在找尋一個人家聽不到的地方談話。

「他居然敢說是我指使人偷了他的褲子！我看他是把褲子當掉買酒喝了。我才不管他什麼公爵不公爵呢！他不該說這話，這個豬！」

「對不起，聽我說！他們有條文做根據，」另外一夥中有人說，「太太應該登記成為貴族家屬。」

「我他媽的才不管什麼條文不條文！我說的是心裡話。高尚的貴族就應該這樣。要有信心。」

「閣下，來吧，喝一杯好香檳。」

還有一群人緊跟著一個大聲叫嚷的貴族；他是三個被灌醉的人中的一個。

「我總是勸瑪麗雅・謝苗諾夫娜把地租出去，因為不租出去沒有好處。」一個留灰白小鬍子、穿舊參謀部上校軍服的地主聲音悅耳地說。這就是列文在史維亞日斯基家遇見的那個地主。列文立刻認出了他。那地主也打量了一下列文。他們相互問好。

「看到你真高興，可不是！我記得很清楚。去年在首席貴族尼古拉・伊凡諾維奇家裡見到過您。」

「那麼您的農莊弄得怎麼樣了？」列文問。

「還是那個樣子，總是虧本。」那地主露出聽天由命的苦笑和無可奈何的冷靜神氣回答，在列文旁邊站住。「那您怎麼會到我們省裡來的？」他問。「來參加我們這裡的政變嗎？」他用咬音不準的法語著重說了「政變」兩個字。「俄國文武百官都集中在這裡了：又是宮廷侍從，又是各部大臣。」他指指身穿白褲和宮廷侍從服、儀表堂堂的奧勃朗斯基說。

「不瞞您說，我很不了解貴族選舉的意義。」列文說。

那個地主對他望了望。

「這有什麼好了解的？沒有絲毫意義。這是一種沒落的制度，完全靠慣性活動。您只要看看這些制服就明白了：都是些調解法官、終身官僚，以及諸如此類的人，可就是沒有貴族。」

「那您何必來呢？」列文問。

「按照習慣，這是一。再者，關係還得維持。而且也有道義上的責任。另外，說句實話，也有個人的利害關係。我女婿想弄個終身官職。他們沒有錢，得提拔提拔他們。可是這些老爺跑來做什麼呢？」他指指那個在主席台上發過言的說話尖刻的紳士說。

「他是新一代貴族。」

「新是新的，但不是貴族。他們是地主，我們可是鄉紳。他們這些貴族在自取滅亡。」

「您不是說這是一種沒落的制度嗎？」

「沒落儘管沒落，但對他們還得客客氣氣。就拿斯涅特科夫來說吧……好也罷，歹也罷，我們畢竟有一千年歷史了。譬如說，我們要在房子前面造個花園，要設計一下，可是這地方長著一棵百年老樹……它儘管長得節節疤疤，老態龍鍾，但我們可不會因爲造花壇而把老樹砍掉，我們將利用這棵樹重新布置花壇。樹不是一年長得起來的。」那個地主小心翼翼地說，接著立刻改變話題。「您的農場弄得怎麼樣了？」

「不好。只有五厘利潤。」

「是的，但您還沒有把您的勞動算進去。您的勞動不是也得花代價嗎？就拿我來說吧。我在沒有搞農場以前，每年有三千盧布官俸。如今我幹得比當差還賣力，可是像您一樣也只有五厘利潤，而且還算走運呢。我自己的勞動還不算在裡面。」

「既然是純粹虧本的買賣，您何必還要幹呢？」

「就這樣幹下去！您說有什麼辦法？習慣了，不得不這樣。我還要對您說，」那個地主臂肘擱在窗口，滔滔不絕地說下去，「我兒子對農業毫無興趣。看來他要做個有學問的人。這樣，我的事業就沒有人繼續了。可我還是照樣幹。最近我又辦了個果園。」

「是的，是的，」列文說，「您說得很對。我總覺得搞農場沒有實利，可我還是照樣幹……總覺得對土地有一種義務。」

「讓我來講件事給您聽吧，」那個地主繼續說，「有一個做買賣的鄰居來看我。我們在農場裡繞了一圈。還參觀了果園。他說：『啊，斯吉邦·華西里奇，您這兒什麼都好，可就是果園荒蕪了。』其實我的果園弄得很好。他還說：『要是換了我，我早就把這些菩提樹都砍掉了，不過要等到茂盛的時候砍。您這裡有上千棵菩提樹，每棵樹可以鋸兩塊厚板。如今厚板很值錢，還可以砍下來蓋房子。』

「他就可以用這筆錢去買牲口，或者低價買進土地，再分租給農民。」列文含笑替他把話說完，顯然不止一次遇見過打這種如意算盤的人。「他就會大發其財。可是咱們能保住自己的產業，再能留些給孩子們，就算上上大吉了。」

「聽說您結婚了，是嗎？」那地主問。

「是的，」列文得意洋洋地回答，「說起來也眞有點怪，我們就是這樣毫無算計地過日子，好像命裡注定了，只能跟灶王奶奶那樣一輩子守著家。」

那地主在灰白的小鬍子底下冷笑了一聲。

「我們中間也有這樣的人，譬如我們的朋友尼古拉·伊凡諾奇，或者最近在這裡定居下來的伏倫斯基伯爵，他們都想搞現代化農場，可是至今除了虧本，毫無結果。」

「可是爲什麼我們不能像商人那樣辦呢？爲什麼我們不能把樹木砍成木材呢？」列文又回到吸引他的

那個問題上來。

「就像您說的那樣，我們守著家，那可不是貴族的事。我們貴族的事不是在這裡選舉大會上，而是在我們各自的角落裡。什麼該做，什麼不該做，也是根據我們的階級本能。在農民身上我也看到這樣的情況：一個好農民總是竭力想多租些地種種。不管地多糟，還是一樣種。結果也沒有好處。總是淨虧本。」

「我們也是這個樣子。」列文說。「見到您眞是太高興了。」他看見史維亞日斯基向他走來。

「自從上次在府上見面以來，我們這還是第一次碰頭，」那個地主說，「可是已談得很痛快了。」

「噢，是不是在罵新制度哇？」史維亞日斯基微笑著說。

「我們不否認。」

「我們談了個痛快。」

30

史維亞日斯基挽住列文的手臂，把他帶到他那一派人那裡。

如今列文要避開伏倫斯基已不可能。伏倫斯基同奧勃朗斯基和柯茲尼雪夫站在一起，眼睜睜地望著走近來的列文。

「見到您很高興。我好像在……在謝爾巴茨基公爵夫人家見到過您。」伏倫斯基一面說，一面把手伸給列文。

「是的，那次見面我記得很清楚。」列文說著漲紅了臉，立刻轉過身去同哥哥談話。

伏倫斯基微微一笑，繼續同史維亞日斯基說話，顯然不想同列文攀談；但是列文一面同哥哥談話，一面卻不斷打量伏倫斯基，心裡考慮著同他說些什麼話，來彌補剛才的失禮。

「現在問題究竟在哪裡？」列文一面問，一面打量著史維亞日斯基和伏倫斯基。

「在於斯維特科夫。他或者放棄，或者答應。」史維亞日斯基回答。

「他怎麼樣，答應了沒有？」

「問題就在於他既不放棄、又不答應。」伏倫斯基說。

「要是他放棄了，那麼誰當候選人呢？」列文瞧瞧伏倫斯基問。

「誰都可以。」史維亞日斯基說。

「那您願意嗎？」列文問。

「只有我除外。」史維亞日斯基窘了，怯生生地瞧了一眼站在柯茲尼雪夫旁邊那個說話尖刻的紳士。

「那麼誰呢？聶維多夫斯基嗎？」列文問，覺得自己有點語無倫次了。

但他這樣一說就更尷尬了。聶維多夫斯基和史維亞日斯基兩個本來就都是候選人。

「我可說什麼也不幹。」那個說話尖刻的紳士回答。

原來他就是聶維多夫斯基。史維亞日斯基替他同列文做了介紹。

「怎麼，連你也動心了？」奧勃朗斯基對伏倫斯基使了個眼色。「這好比賽馬。可以賭輸贏。」

「是的，這確實叫人動心，」伏倫斯基說，「既然上了手，就想幹到底。這可是一場鬥爭！」他皺起眉頭，繃緊剛毅的臉說。

「史維亞日斯基眞是個幹練的人！什麼事到他手裡都乾淨俐落。」

「嗯，是的。」伏倫斯基心不在焉地說。

接著是一陣沈默。這時伏倫斯基對列文望望（他總得望望什麼），望望他的腳和他的制服，又望望他的臉，發現他眼神憂鬱地望著自己，就敷衍著說：

「您長期住在鄉下，怎麼不當調解法官呢？您沒有穿調解法官的制服。」

「因爲我認爲調解法庭是一種愚蠢的機構。」列文一直在找機會同伏倫斯基談談，好沖淡剛才見面時的魯莽。

「我的看法正好相反。」伏倫斯基略帶驚訝地說。

「那簡直開玩笑，」列文打斷他的話說，「我們用不著調解法官。八年來我沒有遇到過一件糾紛。有了事，判得也是顚三倒四的。調解法庭離開我有四十里路。爲了解決兩個盧布的糾紛，我得花十五盧布請一位律師。」

於是他就講到，一個農民怎樣偷了磨坊主的麵粉，磨坊主向他提出，那農民反而控告他誹謗。這些話說得很不得體、很愚蠢。列文說的時候自己也感覺到了。

「唷，他可眞是個怪人！」奧勃朗斯基帶著甜膩膩的微笑說。「我們去吧，大概要投票了……」

他們就走散了。

「我眞不懂，」柯茲尼雪夫注意到弟弟的笨拙行爲，「我眞不懂，一個人怎麼會這樣缺乏政治手腕。對，我們俄國人就是缺乏政治手腕。現任首席貴族是我們的對頭，你卻同他熱乎，還請他當候選人。伏倫斯基伯爵呢……我不會同他交朋友的；他請我去吃飯，我就不去；但他是我們方面的人，我們怎麼能把他當作敵人呢？還有，你還問聶維多夫斯基當不當候選人。這太不成體統了。」

「咳，我眞是什麼也不明白！這一切都是小事。」列文悶悶不樂地說。

「你說這一切都是小事，可是你一插手，總是壞事。」

列文不作聲。他們一起走進大廳。

現任首席貴族雖然感覺到有一種反對他的陰謀氣氛，也不是個個人要求他當候選人，他還是決定參加競選。大廳裡一片肅靜，秘書大聲宣布，近衛軍大尉斯涅特科夫被提名爲省首席貴族候選人。

幾個縣首席貴族端著盛有選舉球的小盤子，從自己的席位走到主席台，選舉就這樣開始了。

「投在右邊。」當列文同哥哥跟著一位縣首席貴族走近主席台時，奧勃朗斯基悄悄對他說。可是，列文此刻忘記了原先向他說明過的辦法，唯恐奧勃朗斯基說「投在右邊」說錯了。因爲斯涅特科夫是他們的對頭。他右手拿著球走近票箱，可是想了想，以爲弄錯了，在投入票箱前一瞬間把球換到左手。這樣自然就投到左邊去了。站在票箱旁邊的一個老手，只要每個人的手臂一動，就知道球投到哪裡了，這會兒不禁皺起眉頭。他沒有機會試一試他那明察秋毫的眼力。

一切又都歸於沈寂，但聽得數球的聲音。接著就有一個人宣布贊成和反對的票數。

現任首席貴族獲得相當多的票數。人群又喧嘩起來，爭先恐後地向門口走去。斯涅特科夫走進來，貴族們把他團團圍住，向他祝賀。

「那麼，現在結束了嗎？」列文問哥哥說。

「才開始呢。」史維亞日斯基笑著替柯茲尼雪夫回答。「另外兩個候選人可能獲得更多的票數。」

這事列文又忘記得乾乾淨淨了。他現在只記得其中有些奧妙的地方，但他極不願意去回想究竟奧妙在哪裡。他覺得悶悶不樂，很想離開這一夥人。

因爲誰也不注意他，而且他認爲誰也不需要他，他就悄悄地走到吃茶點的小廳裡。他又看到那幾個茶房，覺得輕鬆多了。那個小個兒老茶房請他吃點東西，他同意了。列文吃了一客青豆牛肉餅，同那老茶房談談他以前的主人。他不願回到那乏味的大廳裡，就往旁聽席走去。

旁聽席上擠滿了衣飾華麗的貴婦人，她們伏在欄杆上，竭力不漏掉下面說的每一句話。貴婦人旁邊坐著和站著一些風度翩翩的律師、戴眼鏡的中學教師和軍官。到處都在議論選舉的事，談到首席貴族臉色多麼憔悴，爭論多麼有趣。列文聽見有人在稱讚他的哥哥。一位貴婦人對律師說：

「我聽見柯茲尼雪夫的演講，眞是太高興了！即使餓著肚子也値得一聽。漂亮極了！一切都講得那麼清楚明白！你們的法庭裡沒有一個說得像他那樣好。只有馬伊台爾還可以，但就是他的口才也差遠了。」

列文在欄杆邊上找到一個空位子，就伏在欄杆上觀察和傾聽。

貴族們全都按縣份坐在各自的席位上。大廳中央站著一個穿制服的人，正用尖細響亮的聲音宣布：

「現在表決騎兵上尉阿普赫金當首席貴族候選人！」

接著是一片死一般的寂靜，然後聽見一個老頭兒有氣無力的聲音：

「沒有人同意！」

「現在表決七等文官波爾當首席貴族候選人。」一個人宣布。

「沒有人同意！」一個青年的尖嗓子叫道。

於是又從頭來起，又是「沒有人同意」。這樣過了一小時光景。列文伏在欄杆上，一面觀察，一面傾聽。開頭他覺得奇怪，想弄明白究竟是怎麼一回事，後來相信這種事他是無法理解的，開始感到無聊。後來他想起他在人人臉上看到的那種激動和凶狠的神氣，他又覺得悲哀。他決定離開這地方，就往樓下走去。在旁聽席外的走廊裡，他遇見一個來回踱步的垂頭喪氣、眼睛紅腫的中學生。在樓梯上，他又遇見一對人：一個穿高跟鞋匆匆跑上樓來的貴婦人和一個輕浮的副檢察官。

「我對您說過不會遲到的。」當列文閃在一旁給貴婦人讓路時，那副檢察官說。

當秘書抓住列文的時候，列文已經走到出口的樓梯上，正在背心口袋裡掏著外套的號牌，「請您快些來，康斯坦京·德米特里奇，在選舉了。」

正在表決那位堅決不肯當候選人的聶維多夫斯基。

列文走到大廳門口，門已經鎖上了。秘書敲了敲門，門開了，兩個面紅耳赤的地主迎著列文溜出來。

「我受不了啦。」一個地主說。

緊接著露出了省首席貴族的臉。他的臉由於疲勞和恐懼顯得很難看。

「我對你說過不要放任何人出去！」他斥責看門人。

「我是讓人家進來，大人！」

「老天爺！」省首席貴族長嘆一聲，垂下頭，無力地拖著他那穿白褲的腿，向大廳中央的大桌旁走去。

果然不出所料，聶維多夫斯基得票最多，當選爲省首席貴族。不少人喜笑顏開，不少人心滿意足，不少人歡天喜地，但也有不少人垂頭喪氣，悶悶不樂。原來的省首席貴族掩飾不住內心的失望。當聶維多夫斯基離開大廳的時候，人群圍住他，興高采烈地緊跟著他，那情況就像第一天大家簇擁著致開幕詞的省長，也像簇擁著上次當選的斯涅特科夫一樣。

31

新當選的省首席貴族和獲得勝利的新派中的許多人，當天晚上都在伏倫斯基的住處聚餐。

伏倫斯基來參加選舉，是因爲待在鄉下覺得無聊，同時表明他在安娜面前仍享有自由行動的權利，還有是爲了支持史維亞日斯基的競選，報答史維亞日斯基爲他在地方自治會選舉上的奔走。而最重要的原因是，要嚴格履行他所選定的貴族兼地主這個身分的全部義務。但他怎麼也沒有想到，選舉這件事竟那麼使他感興趣，那麼打動他的心，而他幹這種事又是那麼得心應手。在貴族圈子裡，他是一個嶄新的人物，但顯然已獲得成功，並且自信在貴族中間有一定的勢力，這也是事實。他所以擁有這種勢力是由於他擁有財富和爵位，由於他在城裡擁有豪華的住宅——這是從事財政工作、在卡辛開有生意興隆的銀行的老朋友席爾科夫讓給他的——以及由於他有一個從鄉下帶來的出色的廚子，再者就是由於他同省長（他是伏倫斯基的同學，又曾得到伏倫斯基的庇護）交誼深厚，而最主要的是由於伏倫斯基平易近人，很快就使多數貴族改變成見，不再認爲他高傲無禮了。伏倫斯基自己覺得，除了那個娶吉娣的狂妄自大的傢伙，無緣無故懷著瘋狂的仇恨對他胡言亂語了一通以外，他所認識的貴族個個都支持他。他清楚地看到，別人也都承認，聶維多夫斯基的成功是藉助於他的大力支持。這會兒，伏倫斯基坐在他舉辦的宴席上，慶祝聶維多夫斯基當選，感到很得意。他對選舉這件事大感興趣，竟想到三年後下屆選舉前他要是結了婚，就要參加競選，好像一個騎師爲他贏了一筆賭注以後，就想親自參加賽馬一樣。

現在正在慶祝騎師的勝利。伏倫斯基坐在主位上，他的右首坐著年輕的省長——一位侍從將軍。對大家來說，他是一省之主，他在選舉大會上鄭重其事地致了開幕詞，正像伏倫斯基親眼目睹的，使許多人對他卑躬屈節，肅然起敬。但對伏倫斯基來說，他還是小馬斯洛夫・卡吉卡（他在貴冑軍官學校裡的綽號），他看見伏倫斯基便張皇失措，伏倫斯基卻總是竭力給他鼓氣。伏倫斯基左首坐著年少氣盛、相貌陰險的聶維多夫斯基，伏倫斯基對他卻坦率而有禮。

史維亞日斯基高高興興地接受了自己的失敗。對他來說，這甚至不是什麼失敗，正像他舉杯向聶維多夫斯基祝賀時說的那樣，再也找不到比他更能代表貴族所應遵循的新方向的合適人選了。因此，他說，凡是正直的人都擁護今天的勝利並且感到慶幸。

奧勃朗斯基也很高興，因爲這幾天過得很愉快。大家都感到滿意。在豐盛的宴席上，大家又提到了選舉中的種種插曲。史維亞日斯基滑稽地模仿前任首席貴族聲淚俱下的講話，並且對聶維多夫斯基說，「閣下應該採取一種比眼淚複雜的審核基金的辦法。」另一個愛說俏皮話的貴族說，前任首席貴族爲了舉行舞會，特地招聘了一批穿長襪的僕人，如今新任首席貴族要是不舉行由穿長襪的僕人侍候的舞會，那就只好打發他們回家了。

在宴會中間，大家不斷地稱呼聶維多夫斯基「我們的省首席」，「閣下」。

這種稱呼使聶維多夫斯基心花怒放，好像人家把新娘稱作「夫人」，並且對她用了夫家的姓一樣。聶維多夫斯基裝作無所謂，甚至蔑視這些稱呼，不過顯然很得意。他竭力克制感情，免得流露在座全體自由主義新派人物所不欣賞的輕狂態度。

席間發了幾份電報給關心這次選舉的人。奧勃朗斯基興致勃勃地發了一份電報給陶麗，全文是：「聶維多夫斯基以十二票優勢當選。特此報喜。請轉告。」他說：「要讓他們高興一下。」接著就口述了電文。不過，陶麗收到這份電報，只嘆息又浪費了一個盧布的電報費，並且明白這又是宴會結束時的餘興節目。她知道斯基華一向有在宴會結束時「亂發電報」的毛病。

宴席上的食品包括上等菜肴和進口的各種美酒，都是名貴、純粹和可口的。這一夥大約有二十個人，都是由史維亞日斯基從志同道合的自由主義新派人物中挑選出來的，個個都舉止文雅，談吐風趣。大家都半戲謔、半認眞地爲新當選的首席貴族、爲省長、爲銀行行長、爲「我們親切可愛的主人」的健康乾杯。

伏倫斯基十分滿意。他怎麼也沒有料到外省會有這樣親切的氣氛。

到宴會結束時，大家越發歡暢了。省長邀請伏倫斯基參加義演音樂會，那是由省長夫人舉辦的，她又很想同伏倫斯基認識。

「那裡要開個舞會，你可以看到我們的美人。那確實，是很出色的。」

「我可是個門外漢。」①伏倫斯基說了這句他很欣賞的英國話，微微一笑，但答應參加。

大家已經離開餐桌，開始抽煙。這時候伏倫斯基的侍僕端著放有一封信的托盤，走到他跟前。

「是專差從伏茲德維任斯克送來的。」他使了個眼色說。

「奇怪，他眞像副檢察官史文吉斯基。」當伏倫斯基皺著眉頭看信時，一位客人品評他的侍僕說。

信是安娜寫來的。他沒有看信，就知道內容了。他原以爲選舉五天就可以結束，因此答應星期五回家。今天是星期六了。他知道信的內容準是責備他沒有準時回去。他昨天晚上發出的信大概還沒有送到。

信的內容果然不出他所料，但形式出乎意料，使他格外不愉快。「安妮病得很厲害，醫生說可能是肺炎。我一個人手足無措。華爾華拉公爵小姐不會幫忙，反而礙事。我前天、昨天一直等你來，現在派人探問：你在哪裡？你怎麼啦？我本想親自跑一趟，但知道你會不高興的，因此改了主意。不論怎樣給我寫個回信，我好知道該怎麼辦。」

孩子病了，她卻想親自跑一趟。又是女兒生病，又是這樣不客氣的口氣！選舉是這麼歡欣愉快，而逼得他非回去不可的愛情卻又是那麼沈重難受，這兩者竟形成這麼強烈的對照，伏倫斯基不禁感到驚訝。可是不能不回去。於是他就搭下一班火車連夜趕回家。

①這一句原文為英文。

32

伏倫斯基動身去參加選舉以前，安娜想到他每次出門他們總要發生爭吵，這樣只會影響他對她的感情而不能繫住他的心，就決定竭力克制自己的情緒，平靜地忍受這次離別。但是，伏倫斯基來告訴她出門消息時那種冷淡而嚴厲的目光可傷了她的心。他還沒有動身，安娜平靜的心情就已被破壞了。

後來剩下一個人，她又反覆琢磨他那種表示享有自由行動權利的目光，她照例感到屈辱。「他有權利什麼時候走，就什麼時候走；想去哪裡，就去哪裡。不但可以走，而且可以把我丟下。他享有一切權利，可我什麼權利也沒有。他明明知道這情況，就不應該這樣做。不過，他究竟做了什麼啦？……他用那麼冷淡而嚴厲的目光瞧了瞧我。當然，他這種神氣很難捉摸，但以前是沒有的。他這目光包含著許多意思，」她想，「這目光表示他對我開始冷淡了。」

儘管她相信他對她開始冷淡了，她還是毫無辦法，說什麼也不能改變同他的關係。她還是像以前那樣，只能用愛情和姿色來籠絡他。也像以前那樣，她白天用工作、夜裡用嗎啡來擺脫那種可能失寵的憂慮。不錯，還有一個辦法，不是去籠絡他——別的她什麼也不需要，她要的就是他的愛情——而是進一步密切同他的關係，使他無法拋棄她。這辦法就是先離婚，再結婚。現在她願意辦手續了，並且下了決心，只要他或者斯基華一提出，她立刻同意。

安娜懷著這樣的思想單獨過了五天，也就是伏倫斯基預定去參加選舉的五天。

散步、同華爾華拉小姐聊天、參觀醫院，主要是看書，一本又一本地看——她就這樣消磨時間。但到了第六天，當車夫空車回來時，她覺得再也無法擺脫對他的思念，急於想知道他在那邊做些什麼。就在這時女兒病了。安娜親自照顧她，但即使這樣也不能使她分心，何況女兒的病並沒有危險。不論安娜怎樣勉強自己，也無法愛這個女孩，而她又不會裝出愛她的樣子。當天傍晚，安娜剩下一個人，爲他惶惶不安，決定到城裡去找他，但仔細考慮了一下，就改了主意，寫了伏倫斯基收到的那封前後矛盾的信，寫好後也沒有再看一遍，就派人送去。第二天早晨，安娜接到他的信，後悔自己不該寫那封信。她擔心又會看到他臨走時向她投來的那種嚴厲目光，特別是當他知道女孩病情並不嚴重的時候。但她寫了信給他，還是感到高興。現在安娜心裡已經肯定他討厭她了。他戀戀不捨地放棄自由回家，但她看到他歸來，還是很高興。讓他去討厭吧，只要能回到她身邊，讓她看著他，知道他的一舉一動就好了。

安娜坐在客廳裡，手裡拿著丹納①的新作在燈下閱讀，同時傾聽門外的風聲，時刻等待馬車的來到。有好幾次，她似乎聽到了轆轆的車輪聲，但每次都錯了；最後她不僅聽到了車輪聲，而且聽到了車夫的吆喝聲和門廊下重濁的響聲。就連正在獨自擺牌陣的華爾華拉公爵小姐也證實了這一點。安娜立刻漲紅了臉，站起來，但不像前兩次那樣下樓去，而是站住不動。她突然因爲欺騙了他而害臊，但更擔心的是不知他將怎樣對待她。屈辱的感覺過去了；她現在害怕的只是他不高興的神色。她想起女兒的病昨天就完全好了。她剛發出信，女兒的病就好了，她簡直生起女兒的氣來。然後她想起了他，想起了他的手、他的眼睛、他整個的人。她聽到他的聲音。她忘記了一切，歡天喜地地跑下樓去迎接他。

「啊，安妮怎麼樣？」他望著向他跑來的安娜，在下面提心吊膽地問。

他坐在椅子上，一個僕人正在替他脫暖靴。

「沒什麼，她好一些了，」

「你呢？」他身子抖動了一下，說。

安娜雙手抓住他的一隻手，把它拉過來搭住她的腰，同時盯住他的眼睛。

「噢，那太好了。」伏倫斯基說，冷冷地打量著她，打量著她的髮式和服裝。他知道她是特地爲他而打扮的。

這一切他都很欣賞，但已欣賞過多少次了！這時他臉上又出現她十分害怕的那種冷若冰霜的神色。

「噢，那太好了。那麼你身體好嗎？」他用手帕擦了擦潮濕的鬍子，吻吻她的手說。

「不要緊，」她心裡想，「只要他在這裡就好了，他在這裡就不會不愛我，不敢不愛我。」

他們同華爾華拉公爵小姐一起快快活活地度過了黃昏。華爾華拉公爵小姐抱怨說，他一走，害得安娜又服了嗎啡。

「那有什麼辦法？我睡不著……一個人東想西想的。他在，我從來不吃。幾乎從來不吃。」

伏倫斯基講著選舉的情況。安娜善於提問題引他談到他最高興的事——他的成功。她告訴他家裡一切使他感興趣的事。她講的各種消息都是最令人高興的。

深夜，當只剩下他們兩人時，安娜看出她又完全控制了他的心，就想消除由那封信所造成的不愉快印象。她說：

「你倒坦白一下，收到我的信，你有沒有氣？你是不是不相信我了？」

話剛一出口，她就明白，不管他現在對她怎樣滿懷熱情，這件事他可不會原諒她。

「是啊，」他說，「那封信眞是太嚇人了。一會兒說安妮病了，一會兒又說你要親自來。」

「這一切都是實話。」

「我並沒有懷疑。」

「不，你懷疑了。你不高興了，我看得出來。」

「我一刻也沒有懷疑過。我有點不高興，這是眞的，我不高興的只是你不肯承認，我還有義務……」

「參加音樂會的義務……」

「好，我們不談了。」他說。

「爲什麼不談呢？」她說。

「我只是想說，有時候會遇到一些非辦不可的事。譬如說，現在我爲了房產的事要到莫斯科去一次……嗐，安娜，你爲什麼這樣容易生氣？難道你不知道我沒有你就活不成嗎？」

「如果是這樣，」安娜突然改變語氣說，「那你是討厭這種生活了……哼，你回來一天又要走了，就要那些……」

「安娜，你太不講道理了。我願意獻出整個生命……」

但是她不聽他的話。

「要是你去莫斯科，那我也去。我不願一個人留在這裡。我們或者分手，或者生活在一起。」

「你要知道，這就是我唯一的願望。但爲了這個……」

「必須離婚，是嗎？我來寫信給他。我再也不能這樣過下去了……不過，我要同你一起去莫斯科。」

「你簡直是在威脅我。其實，我要同你永遠不分離，沒有比這更大的願望了。」伏倫斯基微笑著說。

不過，他嘴裡說著這樣溫柔的話，眼睛裡卻閃出又冷又兇的目光，就像一個被逼得走投無路、不顧死活的人。

她看到這目光，正確地猜到了它的涵義。

「如果這樣，那可太不幸了！」他的目光似乎這樣說。這只是一剎那的印象，但她卻永遠不會忘記。

安娜寫了一封信給丈夫，要求離婚。十一月底，她同要到彼得堡去的華爾華拉公爵小姐分了手，和伏倫斯基一起遷居莫斯科。現在，他們一面天天等待卡列寧的回信，好接著辦離婚手續，一面像正式夫妻那樣定居下來。

---

①丹納（1828~1893），法國文藝理論家、史學家、哲學家。主要著作有《英國文學史》、《藝術哲學》、《十九世紀法國哲學家研究》、《論智力》等。

第七部

1

列文夫婦在莫斯科已住了兩個多月。根據有經驗的人的可靠計算，吉娣的預產期已經過了，但還沒有分娩，也沒有任何徵象表明現在比兩個月前更接近產期。醫生也罷、產婆也罷、陶麗也罷、母親也罷，特別是一想到分娩臨近就膽戰心驚的列文，都開始感到焦慮；只有吉娣自己覺得十分平靜和幸福。

她現在清楚地意識到，內心產生了一種對未來的——對她來說多少已是現實的——嬰兒的愛，並且快樂地體味著這種新奇的感情。這嬰兒已不是她身體的一部分，有時已開始獨立生活。她因此覺得苦惱，同時又為這種新奇的快樂，簡直要笑出聲來。

她喜愛的人，個個都在她身邊，個個都待她很親切，個個都十分體貼她，處處都使她稱心滿意，因此，要是她知道這一切不久都將結束，她也不會想望更美好的生活了。使她感到美中不足的是，丈夫不像她以前所愛的那樣，不像在鄉下那樣了。

在鄉下，吉娣愛他那種親切溫和、殷勤好客的風度。在城裡，他總是顯得惶惶不安，彷彿怕人家欺負他，尤其是怕欺負吉娣。在鄉下，列文感到得其所哉，不用緊張地趕時間，但也從來沒有空閒。在城裡，他總是匆匆忙忙，唯恐錯過什麼，但其實無所事事。吉娣覺得他很可憐。她知道，在別人看來他並不可憐，正好相反，在交際場中——就像一般女人有時觀察心愛的人那樣，故意冷眼旁觀，以便看出他給人什麼印象——她甚至帶著妒意察覺到，他不僅並不可憐，而且由於他那良好的教養、對待婦女略帶拘謹、靦腆而文雅的態度，他那強壯的體格，特別是她覺得他那富有表情的臉，他簡直是十分迷人的。不過，她不是看他的外表，而是看他的內心。她看出他在這裡有點反常，但不懂是什麼原因。有時她在心裡責怪他不會在城裡過日子，有時又承認，他確實很難在城裡把生活安排得使她滿意。

眞的，他有什麼辦法呢？他不愛打牌，也不上俱樂部。同奧勃朗斯基那樣的男人一起過花天酒地的生活，她現在可知道是怎麼一回事……那就是狂飲濫喝，然後到哪兒去尋歡作樂。她一想到男人們在這種時候會到什麼地方去，就感到不寒而慄。叫他去交際場所嗎？她知道，那裡只有同年輕女人接近才有樂趣，可她又不願他這樣。叫他同她、同母親和姊妹們一起坐在家裡嗎？可是，不管那種「東家長西家短」的談話——老公爵這樣稱呼她們姊妹之間的談話——她覺得多麼有趣，對他畢竟是索然無味的。這樣，他還有什麼事可做呢？繼續寫他的書嗎？他也這樣試過，還爲寫作到圖書館去蒐集過資料，但正如他所說的那樣，越沒有事做，時間就越少。他還向她訴苦，關於他的著作這裡談得太多了，反而搞亂他的思想，損害他的興致。

城市生活的唯一優點是，他們倆一次也沒有吵過嘴。不知是由於城市的生活環境不同呢，還是由於他們在這方面都變得更謹愼理智了，總之，他們在莫斯科沒有因妒嫉而吵過嘴。這一點，他們剛來的時候是很擔心的。

這方面還發生過一件對兩人來說都非同小可的事，就是吉娣同伏倫斯基的見面。

吉娣的教母，上了年紀的瑪麗雅・波里索夫娜公爵夫人，一向很鍾愛吉娣，一定要看看她。吉娣由於懷孕哪兒也不去，這次也只得隨著父親去拜訪這位德高望重的老夫人，結果就在她那裡遇見了伏倫斯基。

這次見面，吉娣唯一可以自責的是，當她一認出原來很熟識的穿便服的人時，頓時呼吸急促，血往心臟裡直湧，還感覺到臉漲得通紅。但這種情況只持續了幾秒鐘。父親故意提高嗓子同伏倫斯基攀談，使吉

吉娣的教母，上了年紀的瑪麗雅·波里索夫娜公爵夫人。

娣不等他們談話完畢，就做好精神準備，可以落落大方地面對伏倫斯基，必要時還可以平心靜氣地同他談話，就像同瑪麗雅·波里索夫娜公爵夫人談話一樣。不過，最重要的是她的一舉一動，包括最細微的語氣和笑容，都能得到丈夫的贊許——她彷彿覺得丈夫此刻就在身邊。

吉娣同伏倫斯基談了幾句話。他把選舉戲稱爲「我們的國會」，吉娣聽了甚至平靜地笑了一笑（這時一定要微微一笑，表示她懂得這個玩笑），但接著她就向瑪麗雅·波里索夫娜公爵夫人轉過身去，再也不看他一眼，直到他起身告別。這時，她才對他瞧了瞧，但顯然只是因爲人家向她鞠躬告別，不瞧瞧他是失禮的。

她很感激父親，因爲父親在她面前隻字不提這次同伏倫斯基的邂逅。但她看出，從此以後，在日常散步的時候，父親待她特別親切，說明對她的行爲是滿意的。她對自己也很滿意。她怎麼也沒有想到，居然有力量把自己對伏倫斯基的舊情全部禁錮在心裡，在他面前顯得落落大方，鎮定自若。

她告訴列文在瑪麗雅·波里索夫娜公爵夫人家遇見伏倫斯基，列文聽了臉漲得比她更紅。要把這事告訴他，她覺得很難啓齒；要講述這次見面的細節，那就更加狼狽，因爲他雖沒向她提什麼問題，卻一直皺著眉頭盯住她。

「可惜你當時不在，」吉娣說，「不是說你不在房間裡……要是你在場，我就不會那麼自然了……我現在的臉比那時要紅得多，紅得多了。」她說這話時臉紅得簡直要掉眼淚。「可惜你沒在門縫裡張望。」

她那雙真誠的眼睛使列文相信，她對自己的行爲是滿意的。他雖然看到她臉紅，但立刻放心了，開始向她詢問她願意講的情況。列文知道了詳細經過，甚至知道，在開頭一刹那她情不自禁地漲紅了臉，但接著就像萍水相逢一樣若無其事，他十分高興，對吉娣的態度很滿意。他說以後再不會像選舉大會上那樣魯莽行事，下次再遇見伏倫斯基，一定待他客客氣氣。

「以前我想到世界上有個莫須有的對頭，心裡就覺得難受，」列文說，「如今可高興了，十分高興了。」

2

「那你就去看望一下保爾夫婦吧。」十一點鐘，列文出門前進來看吉娣，吉娣對他說。「我知道你要在俱樂部吃晚飯，爸爸已給你預定好了。上午你打算做些什麼呢？」

「我只想去看看卡塔瓦索夫。」列文回答。

「怎麼這樣早就去？」

「他答應給我介紹梅特羅夫。我很想同他談談我的著作，他是彼得堡有名的學者。」列文說。

「噢，你上次大爲稱讚的就是他的文章吧？嗯，那麼以後呢？」吉娣問。

「可能還要到法院去一下，爲了我姊姊的事。」

「那麼，音樂會去不去？」吉娣問。

「嗐，我一個人去有什麼意思！」

「不，你去一下，那邊要演奏一些新作……你一向很感興趣。要是換了我，一定去。」

「嗯，無論如何晚飯前我一定回家。」列文看看錶說。

「那你穿上禮服，好直接去拜訪保爾伯爵夫人。」

「非去不可嗎？」

「啊呀，非去不可！她來拜訪過我們。那又費得了你什麼事？你拐過去坐一會兒，談上五分鐘天氣什麼的，就走好了。」

「唉，不瞞你說，這一套我已經不習慣了，我覺得彆扭。這算什麼呢？一個人陌陌生生地跑去，無緣無故坐上一會兒，既打擾人家，又挺不自在，坐這麼一會兒又走了。」

吉娣笑了。

「你單身的時候不也常去拜訪人家嗎？」

「拜訪過，但總覺得彆扭，如今可完全不習慣了。說實在的，我寧可兩天不吃飯，也不願去做這樣的訪問。眞彆扭！我總覺得人家會惱火，會說：『你沒有事跑來幹什麼？』」

「不，人家不會惱火的。我可以向你擔保。」吉娣笑盈盈地盯著他的臉說。她拉住他的手。「嗯，再見……你就去一下吧。」

他吻了吻妻子的手，剛要走，她卻把他攔住了。

「康斯坦京，告訴你，我手頭只有五十盧布了。」

「噢，那我到銀行裡去取。要多少？」列文現出那種她熟悉的不高興神氣說。

「不，你等一下，」吉娣拉住他的手說，「我們來談一談，這事使我發愁。我好像並沒有什麼浪費，可是錢就像水一樣流走了。我們總有什麼地方安排得不得當。」

「一點也沒有。」列文咳清喉嚨，皺起眉頭瞧著她說。

她懂得這種咳嗽的意思。這表示他非常不高興，不是對她，是對他自己。他確實很不高興，倒不是因爲錢花得太多，而是因爲想起一件他明知不對卻想忘卻的事。

「我吩咐過索科洛夫賣掉小麥，把磨坊的租金先收一收。錢會有的。」

「不，可我總擔心花得太多了……」

「一點也不多，一點也不多。」列文一再說。「嗯，再見了，我的心肝。」

「不，說實話，我有時後悔不該聽媽的話。我們要是留在鄉下多好！這會兒可把你們都害苦了，錢又花得……」

「一點也不，一點也不。自從結婚以來，我從沒說過希望比現在過得更好這一類話……」

「眞的嗎？」吉娣瞧著他的眼睛說。

列文說這話根本沒有經過考慮，只是隨口安慰安慰她罷了。但當他對她望了望，看見她那雙懇切的可愛的眼睛詢問地盯著他時，他又誠心誠意地重複了一遍。「我壓根兒把她給忘了。」他心裡想。於是他想起了不久即將發生的事。

「那麼快了嗎？你自己覺得怎麼樣？」列文握住她的雙手，低聲問。

「我原來想得太多，現在反而不想了，也不知道究竟怎樣。」

「你不害怕嗎？」

吉娣輕蔑地微微一笑。

「一點兒也不。」她說。

「萬一有什麼事，可以到卡塔瓦索夫家來找我。」

「不，不會有什麼事的，你放心好了。我同爸爸到林蔭道上去散一回步。我們要到陶麗家去看看。晚飯前等你回來。哦，對了！你知道嗎，陶麗的情況簡直糟透了。她一身是債，一個錢也沒有。我們昨天跟媽媽和阿爾謝尼（她這樣稱呼她的姊夫李伏夫）談過了，決定讓你同他去教訓教訓斯基華。簡直太不像話了。這事可不能告訴爸爸……但要是你和他……」

「可是，我們有什麼辦法呢？」列文說。

「不論怎麼說，你到阿爾謝尼家去同他談談，他會把我們的決定告訴你的。」

「好，阿爾謝尼的意見我都能同意。我會拐到他那裡去的。還有，要是赴音樂會，那我就同娜塔麗雅一起去。好，再見。」

在門口的台階上，列文的老僕顧士瑪——結婚前侍候過他，目前在管理他城裡的產業——把他攔住了。

「美人兒（從鄉下帶來的左轅馬）換了馬蹄鐵，可走起來還是一跛一跛。」顧士瑪說。「您說怎麼辦？」

剛到莫斯科的時候，列文很關心鄉下帶來的幾匹馬。他想把這事盡可能安排得好些，錢花得少些。哪裡知道用自己的馬比租馬更貴，他們還得雇馬車坐。

「去請一位獸醫來，說不定是挫傷。」

「嗯，那麼卡吉琳娜·阿歷山德羅夫娜怎麼辦？」顧士瑪問。

據說，雇一輛雙馬大轎車，從城市這一頭到那一頭，在融雪的泥地裡跑四分之一里，中間停留四小時，就得五個盧布。對這種情況，列文現在已經不像初到莫斯時那樣感到吃驚。現在他已經習慣了。

「叫車夫租兩匹馬來，套上我們自己的車。」列文說。

「是，老爺。」

就這樣多虧城市生活的便利，列文輕而易舉地解決了在鄉下不知要花費多少手腳的麻煩事，走到大門口，喊了一輛馬車，向尼基塔街駛去。一路上他不再想到錢的問題，卻考慮怎樣同彼得堡一位社會學家見面，同他談談自己的著作。

只有剛到莫斯科的時候，鄉下人所無法理解的種種開支——既是非生產性的，又是不可避免的——使列文大爲驚奇。現在他已經習慣了。他的情況就像俗話說的醉漢那樣，「第一杯像木頭梗喉嚨，第二杯像老鷹升天空，第三杯以後像小鳥飛西又飛東。」當列文兌開一張一百盧布鈔票讓僕人和門房購買制服時，他不由得計算了一下。這些毫無意義但又必不可省（他只是暗示了一下這種制服並沒有必要，公爵夫人和吉娣就十分驚訝）的制服，抵得上整個夏季雇兩個工人的代價，也就是說從復活節到四旬齋之間的三百個勞動日，而且每天從早到晚都幹重活，因此花這一百盧布鈔票，就同喝第一杯酒一樣難受。但是兌開第二張一百盧布鈔票——爲了請親戚吃飯，買了二十八盧布的酒菜——雖然也使列文想到，二十八盧布等於農民千辛萬苦刈割、捆紮、脫粒、簸揚，包裝好的九石①燕麥的代價，但畢竟要容易些了。如今兌散一張鈔票早已不加思索，輕鬆得眞像小鳥飛西又飛東了。花錢換來的樂趣是不是抵得上掙錢付出的勞動，也早就不再計較。某種穀物賣出去不能低於某種價格，這樣的經濟核算也被置諸腦後。長期以來他咬定價格的黑麥，每石也比一個月前少賣了五十戈比。照這樣過下去，過不了一年就非負債不可——就連這樣的盤算也起不了什麼作用。只要銀行裡有存款，也不必問是從哪裡來的，只要明天有錢買牛肉就行。他至少保持這樣的觀念：他在銀行裡總有錢存著。如今銀行裡的錢用光了，他又不知道到哪裡去弄錢。因此，當吉娣提到錢的時候，他刹那間感到很煩惱，但他沒有工夫考慮這問題。他一路上只是想著卡塔瓦索夫和即將同梅特羅夫見面的事。

①這裡指俄石，每俄石等於二〇九・九一升。

3

列文這次來莫斯科，同大學裡的老同學、結婚後還未見過面的卡塔瓦索夫教授往還密切。卡塔瓦索夫使列文喜歡的是他樸實明朗的世界觀。列文認爲卡塔瓦索夫的世界觀明朗是由於他智力貧乏，卡塔瓦索夫則認爲列文思想矛盾是由於他的頭腦缺乏鍛鍊；但是列文喜歡卡塔瓦索夫的開朗，卡塔瓦索夫也喜歡列文豐富而純樸的思想。因此他們願意常常見面，爭論一番。

列文曾把自己著作中的幾段唸給卡塔瓦索夫聽，卡塔瓦索夫很喜歡。昨天卡塔瓦索夫在演講會上遇見列文，告訴他大名鼎鼎的梅特羅夫——列文很喜歡他的文章——目前在莫斯科，卡塔瓦索夫同他談起過列文的著作，他很感興趣。梅特羅夫明天十一點鐘將去他家，卡塔瓦索夫很願意替列文介紹一下。

「您確實大有進步，老弟，我很高興。」卡塔瓦索夫在小客廳裡遇見列文說。「我聽見門鈴聲，心裡想，他不會準時到的……您說，黑山人怎麼樣？他們是天生的軍人。」

「您問這個幹什麼?」列文問。

卡塔瓦索夫給他扼要講了最新消息。接著走進書房，他把列文介紹給一個身材矮壯、模樣可愛的人。這就是梅特羅夫。他們談了一會兒時事，談到彼得堡上層對一些時事的看法。梅特羅夫轉述可靠方面傳來的意見，據說那是沙皇和某位大臣的話。卡塔瓦索夫也從可靠方面聽到沙皇的意見，說法卻截然不同。列文竭力捉摸，這兩種意見哪一種可能性大。這個問題談到這裡就結束了。

「您瞧，他幾乎完成了一部論述勞動者同土地關係的著作。」卡塔瓦索夫說。「我不是專家，但我作為一個自然科學家覺得很高興，因為他沒有把人類看作超然於動物學規律之外的東西，恰恰相反，他認為人類受環境支配，並且在這種從屬關係中探索發展的規律。」

「這倒挺有意思。」梅特羅夫說。

「我在寫一部有關農業的著作，我研究了一下農業的主要手段——勞動者，」列文漲紅了臉說，「卻得出了完全意想不到的結論。」

列文像摸索道路一般開始小心翼翼地闡述他的觀點。他知道梅特羅夫寫了一篇文章反對流行的政治經濟學，但列文不知道他對自己的新觀點能支持到什麼程度，也無法從這位學者沈著聰明的臉色上看出來。

「但您究竟從哪方面看出俄國勞動者的特點呢?」梅特羅夫說。「從動物的本性呢，還是從所處的環境?」

列文覺得提這樣的問題就是表示不同意他的觀點，但他仍繼續闡述他的想法，認為俄國人民對土地的看法與其他民族截然不同。為了說明這個論點，他連忙補充說，俄國人民這種觀點是由於他們認識到，他們有義務移居到荒無人煙的遼闊東方去。

「要就人民的共同義務下一個結論，是很容易誤入歧途的，」梅特羅夫打斷列文的說話，「勞動者的狀況總是由他同土地和資本的關係決定的。」

梅特羅夫不讓列文把想法說完，就向他闡述自己學說的特點。

梅特羅夫學說究竟有什麼特點，列文並不了解，他沒有用心去思考。他認爲梅特羅夫也像其他學者一樣，雖然在文章中批駁一般經濟學理論，但還是從資本、工資和地租的觀點來看俄國勞動者的狀況。雖然他不得不承認，在俄國面積最大的東部，基本上還沒有實行地租制；對八千萬俄國人口中的十分之九來說，工資只夠勉強維持自己的生活；資本除了最原始的工具以外還不存在——他卻只從這個觀點來看待一切勞動者，儘管他有許多地方不同意一般經濟學家的觀點，並有他自己的新工資理論，也就是此刻他向列文闡述的那些觀點。

列文勉強聽著，開始還表示些不同意見。他很想打斷梅特羅夫的話，說說自己的觀點，來證明梅特羅夫繼續闡述是多餘的。後來，他覺得他們的意見太分歧，不可能相互了解，就不再反駁，只是聽聽罷了。他對梅特羅夫的觀點雖然毫無興趣，但仍高興地聽著。這樣一位有學問的人，居然甘願詳細向他說明自己的觀點，並且認爲列文在這方面懂得很多，有時只要暗示一下就能把整個問題說清楚。這使列文的自尊心得到了滿足。他滿以爲這是人家特別看得起他，殊不知梅特羅夫已同他的朋友們反覆談了不知多少次，因此特別高興同每個陌生人談這個題目，其實他同誰都高興談談他正在研究、但自己還不清楚的問題。

「我們恐怕要遲到了。」卡塔瓦索夫等梅特羅夫一結束長篇大論，看了看錶說。

「是的，今天業餘愛好者協會要紀念斯文基奇學術活動五十周年。」卡塔瓦索夫回答列文說。「我約好同彼得・伊凡諾奇（梅特羅夫）一起去。我答應宣讀一篇論文，來介紹他的動物學著作。您同我們一起去吧，挺有意思的。」

「眞的，是時候了，」梅特羅夫說，「要是方便，您跟我們一起去吧，請您到舍間去坐坐。我很想聽聽您的大作呢。」

「不，不行。還沒有寫完。不過，我很高興去參加紀念會。」

「哦，老兄，您聽說了嗎。我寫了一份個人意見送上去了。」卡塔瓦索夫在另一個房裡穿禮服。

大家開始談論大學的問題。

有關大學問題的爭論，是今冬莫斯科的一件大事。委員會裡的三位老教授拒不接受青年教授的意見，青年教授就單獨提出了一份建議。這個建議，一部分人認爲是荒唐的，另一部分人卻認爲是合理的。於是教授分成了兩派。

卡塔瓦索夫一派認爲對方有告密和欺詐的卑劣行爲；另一派則認爲對方幼稚無知，不尊重權威。列文雖不在大學工作，但他來到莫斯科後就聽到和談論過這件事，並且有他自己的見解；到那所古老大學的一路上，他們一直談論著這件事，列文也參加了談話。

會議已經開始了。在卡塔瓦索夫和梅特羅夫就座的鋪著桌布的主席台上坐著六個人，其中一個正低著頭湊近稿紙，唸著什麼。列文在主席台旁的空位子上坐下來，低聲問旁邊一個大學生，那人在唸什麼。那個大學生不高興地打量了一下列文，說：「傳記。」

列文對那位科學家的傳記並不感興趣，但他不由自主地聽著，並且知道了這位著名科學家生平的一些趣聞軼事。

等傳記宣讀完畢，主席向宣讀者道了謝，又朗誦了詩人孟特專門寄來的賀詩，並對那位詩人表示謝意。然後卡塔瓦索夫用他響亮而尖細的聲音宣讀了他自己評介這位科學家著作的文章。

等卡塔瓦索夫讀完，列文看了看錶，才知道已經一點多了。在赴音樂會前給梅特羅夫唸自己的著作已經來不及，再說他現在也沒有這個興致。他一面聽人家宣讀論文，一面在思索剛才的談話。他恍然大悟，覺得就算梅特羅夫的想法有意思，他自己的想法也有道理。這兩種思想只有分頭進行研究，才能弄個明白，得出結論。要是混淆兩種思想，那就不會有什麼結果。列文決定辭謝梅特羅夫的邀請，於是等會議一結束，就走到他跟前。梅特羅夫正在同主席談論時事，就把列文介紹給他。梅特羅夫順便對主席說了他對列文說過的話，列文也發表了今天早晨發表過的意見，但為了換個方式，他講了剛想到的新意見。隨後他們又談到大學問題。因為這一套列文都已聽過了，他就對梅特羅夫說，他很抱歉，不能接受他的邀請，接著同大家點頭告別，坐車到李伏夫家去了。

4

李伏夫是吉娣姊姊娜塔麗雅的丈夫，長期待在國外，大部分時間是在各國首都度過的。他在那裡受教育，又在那裡任外交官。

去年他辭去外交官職務，並非由於什麼不愉快的事（他從沒同人家鬧過糾紛），而是調到莫斯科御前侍從廳，這樣就可以讓他的兩個兒子受到最良好的教育。

儘管他們的習慣和觀點截然不同，李伏夫比列文的年紀也要大好幾歲，這個冬天他們卻過得很投契，很友好。

李伏夫在家，列文不經通報就進去了。

李伏夫身穿一件束腰帶的便服，腳蹬一雙半筒麂皮靴，戴一副藍玻璃夾鼻眼鏡，坐在安樂椅上讀著一本擱在面前讀書台上的書。他那隻好看的手夾著一支燒掉一半的雪茄，小心地伸得離開身子遠遠的。

他一看見列文，他那張還相當年輕俊美、在銀光閃閃的鬈髮襯托下顯得格外威儀的臉現出了笑容。

「太好了！我正要派人到您那裡去呢。哦，吉娣怎麼樣？這裡坐，舒服點兒……」他站起來，挪了挪搖椅。「您看到最近一期《聖彼得堡雜誌》嗎？我覺得很精彩。」他帶著一點法國腔說。

列文把從卡塔瓦索夫那裡聽來的彼得堡人們的言論講了講，又談了些時事，還講了他同梅特羅夫的認識和出席會議的情況。李伏夫對這些都很感興趣。

「啊，我眞羨慕您，您能進入這有趣的學術界。」李伏夫說。他談得一起勁，照例就改用他講得更流利的法語。「我沒有空，這是事實。處理公務和教育孩子佔掉了我的全部時間；再者，說出來我也不怕難爲情，我的教養太差了。」

「我倒不這樣看。」列文笑瞇瞇地說，對李伏夫這種不是做作，也不是有意裝得謙遜，而是完全出於眞誠的虛心，覺得很感動。

「嗯，的確是這樣！我現在覺得我受的教育太少了。爲了教育孩子，我甚至得溫習功課，簡直得重新學習。因爲不僅需要教師，還需要督學，就像您搞農業，既需要勞動者、又需要監工一樣。您看我在讀這個，」李伏夫指指讀書台上的布斯拉耶夫語法課本說，「他們要米沙學，可是難得很……來，您給我解釋解釋。這裡說到……」

列文說這無法解釋，只能靠死記，可是李伏夫不同意他的意見。

「噯，您這是在笑話我！」

「正好相反，不瞞您說，我一看到您，就考慮到擺在我面前的任務——將來怎樣教育孩子。」

「嗐，這又沒有什麼好學習的。」李伏夫說。

「我只知道，」列文說，「我沒有見過比您的孩子更有教養的孩子，也不希望有比他們更好的孩子。」

李伏夫顯然竭力克制著高興的心情，但臉上還是洋溢出笑意。

「但願他們比我強。我希望不過如此，您眞不知道，」李伏夫說，「對付像我那兩個在國外放縱慣了的孩子有多費力。」

「這些都可以彌補。他們都是很有天分的孩子。最重要的是品德教育。我看到您的孩子，就有這樣的想法。」

「說到品德教育，您眞不能想像這事有多難！您剛剛克服這種毛病，那種毛病又冒出來，又得抓緊教育。要不是借助宗教——您記得我們以前談過這事——做父親的光靠自己的力量，誰也無法教育孩子。」

列文很感興趣的這場談話，被打扮好準備出門的美人娜塔麗雅闖進來打斷了。

「嘿，我不知道您來了。」娜塔麗雅說，對打斷這種她早就熟悉並且覺得無聊的談話，不但不道歉，反而高興。「哦，吉娣怎麼樣？我今天要到你們家去吃飯。我說，阿爾謝尼，」她對丈夫說，「你坐轎車去吧……」

於是夫婦兩人開始商量一天的活動。丈夫因公事得去會見一個人，而妻子要赴音樂會，參加東南委員會的大會。總之，他們有許多事要商量並做出決定。列文既是自己人，也應該參與這種商量。最後決定，列文同娜塔麗雅一起乘車去參加音樂會和大會，從那裡打發馬車到辦公室去接李伏夫。然後他再去接妻子，把她送到吉娣家。要是他還沒有辦完公事，那就派馬車來，讓列文送她去。

「你瞧，他對我過獎了，」李伏夫對妻子說，「他硬說我們的孩子好，可我看他們身上的缺點眞不少。」

「阿爾謝尼總是走極端，我一向這麼說。」妻子說。「要是追求十全十美，那就永遠不會滿足。爸爸說得對，他們教養我們的時候走了極端，把我們關在閣樓裡，自己住正房；現在正好相反，做父母的住貯藏室，孩子們倒住正房。如今做父母的不用活了，什麼都爲了孩子。」

「要是願意，那又有什麼呢？」李伏夫露出可愛的微笑，摸摸她的手說。「不認識你的人還以爲你不是親娘，而是後媽呢。」

「不，走極端總是不好的。」娜塔麗雅一面鎭定地說，一面把裁紙刀放回桌上原來的地方。

「啊，過來吧，十全十美的孩子。」李伏夫對走進來的兩個漂亮男孩說。他們向列文行了個禮，走到父親跟前，顯然想問他什麼事。

列文很想同他們談談，聽聽他們對父親說些什麼，但是娜塔麗雅同他說起話來，同時李伏夫的同事馬霍京，穿著一身御前侍從服，來接李伏夫一起去會見什麼人。他們就滔滔不絕地談論赫爾采戈文、柯爾靜斯卡雅公爵夫人、議會，以及阿普拉克辛娜伯爵夫人的暴卒。

列文把交給他的使命忘記了。他走到前廳才想起來。

「哦，吉娣囑咐我同您談談奧勃朗斯基的事。」當李伏夫在樓梯上送妻子和列文出門時，列文說。

「是的，是的，媽媽要我們教訓教訓他。」李伏夫漲紅了臉，笑著說。「可是爲什麼要我去呢？」

「那就由我去教訓他吧。」娜塔麗雅披了一件雪白的斗篷，等他們談完話，笑眯眯地說。「來，我們走吧。」

5

上午的音樂會演出了兩個精彩節目。一個是《荒野裡的李爾王》幻想曲①，另一個是紀念巴哈的四重奏。這兩個都是新作，具有新風格，列文很想對它們做出評價。他把大姨子送到她的座位上，自己就站在一根圓柱旁，聚精會神，用心細聽。他望著繫白領帶的樂隊指揮雙手的揮舞──這總是分散人們對音樂的注意，叫人討厭──望著那些爲了來赴音樂會戴上帽子、卻把帽帶結在耳朵上的太太，以及那些或者對什麼都無動於衷或者對什麼都感興趣、唯獨對音樂不感興趣的人。他望著這些，竭力不分散自己的注意，不破壞音樂給他的印象。同時竭力避開音樂行家和饒舌的人，站在那裡俯視舞台，用心聽著。

他越往下聽《李爾王》幻想曲，越覺得難以形成明確的概念。樂曲不斷重複開頭部分，彷彿在積聚某種感情，用音樂來表現，但接著又分裂開來，變成許多支離破碎的樂句，有時甚至變成作曲者隨心所欲創作出來的毫無聯繫的複雜聲音。這種支離破碎的樂句，即使有時還不錯，但聽來也很不舒服，因爲都是突如其來，使人毫無精神準備。歡樂也好，悲哀也好，絕望也好，柔情也好，高興也好，都是無緣無故出現的，像瘋子一樣。而且，也像瘋子一樣，這種種感情又突然消逝了。

在演奏過程中，列文一直覺得好像聾子在看跳舞。樂曲演奏完畢，他覺得簡直莫名其妙，由於注意力過分集中反而毫無所得，只感到特別疲勞。四面八方響起了雷鳴般的掌聲。只聽得紛紛起立，開始走動、說話。列文想聽聽別人的意見，好解答自己的疑問，就去找尋行家。他看見一位著名音樂家正在同他熟識的彼斯卓夫談話，感到很高興。

「太妙了！」彼斯卓夫用深沈的低音說。「啊，您好，康斯坦京・德米特里奇。我覺得特別生動明快、色彩豐富的，就是科苔莉雅的來臨，這女人，這位永恆的女性②，同命運展開搏鬥。您說是不是？」

「怎麼會出現科苔莉雅呢？」列文怯生生地問，完全忘記了幻想曲是描寫荒野裡的李爾王的。

「有科苔莉雅……你看！」彼斯卓夫說，手指彈了彈那份像緞子一樣光滑的節目單，把它遞給列文。

這時列文才想起幻想曲的標題，連忙唸了唸節目單背面印著的譯成俄文的莎士比亞詩句。

「不看這個就聽不懂了。」彼斯卓夫對列文說，因爲那位著名音樂家已經走開了，他沒有談伴了。

幕間休息時，列文同彼斯卓夫爭論起華格納③樂派的優缺點來。列文認爲華格納和他門生們的錯誤，就在於企圖把音樂引到其他藝術領域，這就同詩企圖描寫應該由圖畫來描繪的形象一樣。爲了說明這種謬誤，他舉了一個雕塑家作爲例子。這位雕塑家企圖在詩人塑像的大理石台座上雕刻出詩的形象的陰影。「雕塑家手下的陰影簡直不像陰影，它彷彿纏繞在梯子上。」列文說。他很欣賞這句話，但他不記得以前有沒有說過，更不記得有沒有對彼斯卓夫說過。他說了這句話，覺得很不好意思。

彼斯卓夫則認爲藝術是統一的，只有把各種藝術揉合在一起，才能達到最高境界。

音樂會的第二個節目列文就聽不下去了。彼斯卓夫站在他旁邊，幾乎不停地同他說話，批判這個樂曲過分追求形式的樸素，拿它比作拉斐爾前派的繪畫。離開音樂會的時候，列文又遇到許多熟人。他同他們談論政治，談論音樂，也談論共同的朋友，他也遇到了保爾伯爵，可是他把訪問他的事忘記得一乾二淨。

「好，那您現在就去吧，」娜塔麗雅對他說，因爲他對她講過這事，「也許他們不接見您，那麼您就到會場裡來找我。您可以在那裡找到我。」

①俄國作曲家A·M·瓦拉基列夫的音樂組曲《李爾王》中的一首插曲。

②原文為德文。

③華格納（1813～1883），德國著名作曲家、文學家。主要作品有管弦樂《浮士德序曲》，歌劇《黎恩濟》、《漂泊的荷蘭人》、《唐懷瑟》、《羅恩格林》等。

6

「也許現在不見客吧？」列文走進保爾伯爵夫人的大門問。

「見的，請進來。」門房說著，隨即毫不猶豫地幫他脫下外套。

「眞倒楣。」列文嘆著氣，脫下一隻手套，整了整帽子，暗自想。「唉，我來做什麼？嗨，我同他們有什麼好談的？」

列文穿過前客廳，在客廳門口遇見保爾伯爵夫人。她正板著臉，心事重重地對女僕吩咐著什麼。她一看見列文，微微一笑，請他到隔壁小客廳裡坐——那裡有說話聲傳來。在小客廳裡，伯爵夫人的兩個女兒和列文認識的一位莫斯科上校坐在安樂椅上。列文走過去，同他們打了招呼，在長沙發旁坐下來，把帽子擱在膝蓋上。

「夫人身體好嗎？您去聽音樂了沒有？我們沒能去。媽媽參加喪事去了。」

「是的，我聽說了……眞沒想到這麼快。」列文說。

伯爵夫人走過來，坐到沙發上，也問了問他妻子的健康，打聽了一下音樂會的情況。

列文回答了她，又一次問起阿普拉克辛娜的暴卒。

「她的身體一向很弱。」

「您昨晚去聽歌劇了嗎？」

「去了。」

「露卡唱得太漂亮了。」

「是的，漂亮極了。」列文重複大家對這位歌星才華的讚詞，根本不考慮人家對他會有什麼想法。保爾伯爵夫人裝出在聽的樣子。等到列文說夠了，不再作聲了，一直保持沈默的上校才開口。上校也說了些有關歌劇和歌劇院燈光之類的事。最後，他談到即將在玖林家舉行的狂歡節舞會，笑呵呵地站起身來走了。列文也站了起來，但他從伯爵夫人臉色上看出，還沒有到走的時候，還得再待兩分鐘。他又坐下了。

但他一直覺得十分無聊，再也想不出話題，只好不作聲。

「您不去參加大會嗎？據說很有意思呢。」伯爵夫人開口了。

「不，我答應去接我的大姨子。」列文說。

接著出現了冷場。母女倆又交換了一下眼色。

「哦，看來現在是時候了。」列文想了想站起來。太太們同他握手，再三要他向夫人致意。

門房一邊幫他穿外套，一邊問：

「請問老爺哪裡下榻？」接著就把他的住址登記到一個裝幀精美的大本子裡。

「當然，我倒沒什麼，但是多麼可恥，多麼無聊哇！」列文心裡想，拿大家都這樣幹的想法聊以自慰。接著他就到大會場上去，好在那裡找到大姨子，把她接回家。

參加委員會公開大會的人很多，上流社會的人幾乎都到了。列文正好趕上被公認為非常精彩的時事評述。等到評述結束，人們三五成群聚集在一起。列文遇見史維亞日斯基。史維亞日斯基請他今晚一定去參加農業會議，那裡將宣讀一份精彩報告，他還遇見剛從賽馬場回來的奧勃朗斯基和其他許多熟人。列文又同人談到大會、新的樂曲和公審等事，聽到各種意見。大概由於他精神上過分疲勞，在談到公審時說錯了話，事後想起一直很懊悔。大家還談到一個外國人在俄國受處分的事，都認為把他驅逐出境是不妥當的，列文就把昨天從朋友那裡聽來的話說了一遍。

「我覺得把他驅逐出境，就像處分梭魚，把牠放到河裡去一樣。」列文說。事後他才想到，他把朋友的話當作自己的想法說出來，其實是引用了克雷洛夫的寓言，那位朋友又是從報上一篇小品文裡看來的。

列文陪著大姨子回到家裡，看見吉娣身體健康，心情愉快，他就到俱樂部去了。

7

列文到俱樂部，來得正是時候。來賓和會員跟他同時到達。列文好久沒有到俱樂部來了，自從他離開大學，住在莫斯科，進入社交界以來，一直沒有來過。他記得俱樂部，記得裡面的種種設備，但當年俱樂部留給他的印象已消失了。直到馬車駛進半圓形的院子，他下了馬車，走上台階，那個佩肩帶的門房悄悄地拉開門，向他鞠躬的時候；直到他在門廳裡看見一大堆套鞋和外套（大家認爲在樓下脫掉套鞋比穿著上樓省事）；直到他聽見通報他上樓的神祕鈴聲，沿著緩斜的樓梯上去，看見樓梯口的雕像，又在樓上房門口看見第三個熟識的門房，穿著俱樂部制服，老態龍鍾，不急不慢地打開門，打量著他這位客人時——直到這裡，俱樂部的印象，那種悠閒、舒適和華麗的印象，才重新浮上他的腦海。

「請把帽子給我，老爺。」門房對列文說，他已把帽子留在門廳裡的規矩忘記了。「您好久沒來了。老公爵昨天給您預定過位子了。奧勃朗斯基公爵還沒有來。」

這個門房不僅認得列文，還知道他的親友，立刻提到他的幾位老朋友。

列文走過第一個擺有許多屏風的大廳，向右經過一個坐著水果商人的房間，趕過一個慢吞吞地走著的老頭兒，這才進入人聲喧鬧的餐廳。

他穿過一排幾乎坐滿人的桌子，打量著來賓們。這裡，那裡，到處都看見形形色色的人，有年老的，有年輕的，有面熟的，有知己的。沒有一個臉上帶著憤怒和焦慮的神色。彷彿大家都把煩惱和憂慮連同帽子一起留在門廳裡，準備逍遙自在地享受一番快樂的物質生活。來到這裡的有史維亞日斯基、謝爾巴茨基、聶維多夫斯基、老公爵、伏倫斯基和柯茲尼雪夫。

「啊！你怎麼遲到了？」老公爵含笑說，把手從肩膀上方伸給他。「吉娣怎麼樣？」他拉拉好塞在背心鈕釦縫裡的餐巾，又問。

「沒什麼，她身體很好。她們三個在家裡吃飯。」

「啊，又在談東家長西家短了。我們這裡沒有位子了。你到那張桌上去，趕快佔個座位。」老公爵說，小心翼翼地接過一盤子鱈魚湯。

「列文，這裡來！」較遠的地方有個親切的聲音叫道。這是土羅甫春。他同一個青年軍人坐在一起，旁邊有兩隻倒翻過來的空椅子。列文高興地走到他們跟前。他一向喜歡那個吃喝玩樂、心地善良的土羅甫春——看到他就會想起向吉娣求婚的事——而今天，經過緊張的談話以後，他覺得土羅甫春忠厚的模樣格外可愛。

「這兩個位子是留給您和奧勃朗斯基的。他馬上就來。」

這位腰骨筆挺，眼睛總是含笑的快樂軍人是彼得堡人加金。土羅甫春爲他們做了介紹。

「奧勃朗斯基總是遲到。」

「啊，他來了。」

「你剛來嗎？」奧勃朗斯基迅速地走到他們跟前，對列文說。「好極了。你喝過伏特加嗎？好，來吧。」

列文站起來，跟他走到擺著各種伏特加和各色冷盤的大桌子旁。從二、三十種冷盤裡，照理總可以挑到合乎口味的東西，但奧勃朗斯基又點了一種特殊的冷盤，那個站在旁邊穿制服的侍者立刻把點的冷盤端了來。他們各喝了一杯伏特加，這才回到桌旁。

他們還在喝湯，加金就叫了一瓶香檳酒，吩咐侍者斟滿四個玻璃杯。列文沒有拒絕人家請他喝的酒，自己又要了一瓶。他肚子餓了，津津有味地又吃又喝，但更加津津有味地參加大家放肆的愉快談話，加金壓低聲音，講了彼得堡一個新鮮的趣聞。這個趣聞不成體統，也很無聊，但是十分可笑。列文聽了忍不住放聲大笑，引得鄰座的人都回過頭來看他。

「這件事有點像：『這我可實在受不了啦！』你聽說過嗎？」奧勃朗斯基問。「嘿，簡直妙透了！再來一瓶！」他吩咐侍者，接著就講起那故事來。

「彼得・伊里奇・維諾夫斯基敬你們兩位的酒。」一個老侍者端來兩杯盛在精緻玻璃杯裡的泡沫翻騰的香檳酒，打斷奧勃朗斯基的話，對他和列文說。奧勃朗斯基拿起酒杯，同桌子另一頭那個留褐色小鬍子的禿頭男人交換了個眼色，笑眯眯地向他點點頭。

「這是誰？」列文問。

「你在我那裡見過他一次，記得嗎？是個好小子。」

列文也像奧勃朗斯基那樣，舉起酒杯來。

奧勃朗斯基講的趣聞也很可笑。列文也講了一件有趣的事，大家也很欣賞。然後大家談到了馬匹，談到了今天的賽馬，以及伏倫斯基的那匹「緞子」怎樣勇猛地贏得了冠軍。列文簡直沒注意這頓晚餐是怎麼過去的。

「嘿！他們來了！」晚餐結束的時候，奧勃朗斯基一面說，一面從椅背上伸出手去，同那伴著一位高個子近衛軍上校向他走來的伏倫斯基握手。伏倫斯基臉上洋溢著俱樂部裡人人都有的輕鬆愉快的神色。他興高采烈地把臂肘擱在奧勃朗斯基的肩膀上，在他耳邊悄悄地說了些什麼，又帶著同樣快樂的微笑把手伸給列文。

「見到您很高興，」伏倫斯基說，「我那天在選舉大會上找過您，他們說您已經走了。」

「是的，我當天就走了。我們剛才談到您的馬，我向您道喜，」列文說，「您那匹馬跑得快極了。」

「您不是也養馬的嗎？」

「不，是我父親從前養過，我還記得，還懂得一點。」

「你在哪裡吃了飯？」奧勃朗斯基問。

「我們坐二號桌，在圓柱後面。」

「大家都在向他祝賀，」高個子上校說，「他第二次獲得皇帝的獎賞，要是我打牌能像他賽馬那樣走運就好了。」

「唔，何必浪費大好光陰呢。我要到『地獄』去了。」上校說完就走了。

「這是雅希文。」伏倫斯基回答土羅甫春的詢問，在他們旁邊的空位子上坐下。他喝乾了敬他的一杯酒，又叫了一瓶。不知是受俱樂部氣氛的影響呢，還是喝了幾杯酒，列文興致勃勃地同伏倫斯基談著良種牲口，由於對他沒有絲毫芥蒂而感到高興。列文甚至還提到聽他妻子說，她在瑪麗雅・波里索夫娜公爵夫人家裡遇見過他。

「嘿，瑪麗雅・波里索夫娜公爵夫人，眞是個妙人！」奧勃朗斯基說，接著講了她的一件趣事，引得大家都笑了。伏倫斯基笑得特別眞誠歡暢，使列文覺得他們已完全言歸於好了。

「怎麼樣，結束了吧？」奧勃朗斯基站起身，笑著說。「我們走吧！」

8

列文離開餐桌，覺得走起路來兩臂擺動得特別精神，特別輕鬆。他同加金一起經過一個個高大的房間，向彈子房走去。穿過大廳時，他同岳父碰上了。

「嗯，怎麼樣？你喜歡我們這座逍遙宮嗎？」老公爵挽住他的手臂說。「讓我們去走走。」

「我是想到處走一走，看一看。這裡太有趣了。」

「是的，你覺得有趣。可是我的興趣同你不一樣。你瞧瞧這些老頭兒，」老公爵指著一個腳穿軟靴、蹣跚地向他們走來的駝背癟嘴的老頭兒說，「你以爲他們生下來就是這樣的老渾蛋嗎？」

「怎麼是老渾蛋？」

「對了，你就不知道這個名稱。這是我們俱樂部裡的行話。你知道滾雞蛋遊戲吧？一個熟雞蛋滾得次數多了，就變成不中用的老渾蛋了。我們也是這樣，俱樂部裡天天來、月月來、年年來，終於變成老渾蛋了。嗬，你笑了，可我們只想到自己都快變成老渾蛋了。你認識契青斯基公爵嗎？」老公爵問。列文從他的臉色上看出，他準備講什麼可笑的事了。

「不，我不認識。」

「喲，怎麼會！契青斯基公爵可是個赫赫有名的人物。哦，那也不要緊。他這個人就是喜歡打彈子。三年以前他還不是老渾蛋，還精神得很呢。他自己也叫別人老渾蛋。最近，他有一次到這裡來，可是我們的門房……你知道華西里嗎？喏，就是那個胖子。他是個說俏皮話的好手。嘿，契青斯基公爵問他說：『喂，華西里，有哪些人來了？有沒有老渾蛋？』不料他回答說：『您是第三名。』嗨，老弟，你說可笑不可笑！」

列文和老公爵一邊談天，同遇見的熟人打招呼，一邊周遊各個房間：大房間裡擺著一張張桌子，老牌迷們正在打輸贏不大的紙牌；休息室裡，人們正在下棋，柯茲尼雪夫坐在那裡同一個人談話；彈子房裡，在房間轉角處的大沙發旁聚集了一群人，他們喝著香檳酒，有說有笑，加金也在裡面；他們也參觀了一下「地獄」，那裡的一張桌子旁聚集了一群賭徒，雅希文也坐在那裡。他們走進光線很暗的閱覽室，竭力不弄出聲音來，看見一個青年坐在燈下，怒氣沖沖地翻閱著一本本雜誌，另外有個禿頭將軍在埋頭看書。他們還走進被老公爵稱爲「智囊室」的房間裡，有三位先生正在那裡起勁地談論時事。

「公爵，您請過來，都準備好了。」老公爵的一位老搭檔找到他。於是老公爵就走了。列文坐下來聽了一會兒，可是一想到今天早晨的全部談話，感到無聊極了。他連忙站起來去找奧勃朗斯基和土羅甫春，只有同他們在一起才有趣。

土羅甫春坐在彈子房的高背沙發上，手裡端著一大杯酒。奧勃朗斯基同伏倫斯基坐在房間一側的門邊。

「她倒並不覺得寂寞，不過這種關係未定的尷尬處境……」列文一聽見這樣的談話，想趕快走開，可是奧勃朗斯基把他叫住了。

「列文！」奧勃朗斯基叫道。列文發現他的眼睛裡雖沒有淚水，卻是潮潤的。他喝了點酒，或者動了感情，總是這樣的。這會兒，他既喝了酒，又有點動感情。「列文，不要走。」他說著一把抓住他的臂肘，說什麼也不肯放他走。

「這是我忠實的朋友，簡直可以說是最最知心的了。」奧勃朗斯基對伏倫斯基說。「你當然也是我最親密、最可貴的朋友。我希望，我也相信，你們也會成爲好朋友，因爲你們都是好人。」

「好吧，那我們非親嘴不可了。」伏倫基一面和藹可親地開著玩笑，一面伸出手來。

他連忙抓住對方伸出來的手，緊緊地握了握。

「我太高興了，太高興了。」列文一面說，一面握著伏倫斯基的手。

「喂，來一瓶香檳。」奧勃朗斯基吩咐道。

「我也高興得很呢。」伏倫斯基說。

不過，儘管奧勃朗斯基抱著希望，他們兩人也抱著希望，他們卻無話可談，而且兩人都感覺到這點。

「你知不知道，他不認識安娜？」奧勃朗斯基對伏倫斯基說。「我一定要帶他去見見她。我們去吧，列文！」

「眞的嗎？」伏倫斯基說。「她一定會很高興的。我眞想立刻回家，」他繼續說，「可是我不放心雅希文，我要等他賭完再走。」

「什麼，他賭得很糟嗎？」

「他總是輸錢，只有我才管得住他。」

「我們來打三角怎麼樣？列文，你打嗎？嗯，好極了，」奧勃朗斯基說，「擺好三角。」他吩咐記分員說。

「早就準備好了。」記分員早已把彈子擺成三角形，正滾著紅彈子玩，回答說。

「好，來吧。」

打完一盤以後，伏倫斯基和列文就坐到加金桌旁。列文應奧勃朗斯基的邀請也打起紙牌來。伏倫斯基

彈子房

一會兒坐在桌旁，被不斷走來找他的熟人所包圍，一會兒走到「地獄」裡去看看雅希文輸得怎樣了。列文消除了精神上的疲勞，感到心曠神怡。結束同伏倫斯基的敵對關係，他感到高興。他心裡一直充滿安寧、體面和滿足的感覺。

打完牌，奧勃期斯基挽住列文的手臂。

「嗯，那麼我們去看看安娜吧。現在就去嗎？呃？她現在在家裡。我早就答應她帶你去了。今天晚上你打算到哪裡去？」

「哦，沒有什麼特別的地方要去。我答應過史維亞日斯基去參加農業會議。好吧，我們就去一下。」列文說。

「太好了，我們去吧！去看看，我的馬車來了沒有。」奧勃朗斯基吩咐侍者說。

列文走到牌桌旁，付清了他輸掉的四十盧布，又把俱樂部裡的全部花銷付給門口那個不知憑著什麼法術知道帳目的老侍者。接著他就大模大樣地擺動雙臂，穿過一個個房間，向出口處走去。

9

「奧勃朗斯基老爺的馬車！」門房用憤怒的低音喊道。馬車駛過來，奧勃朗斯基和列文上了車。馬車跑出俱樂部大門的一剎那，列文頭腦裡還充滿俱樂部那種悠閒、舒適和人人彬彬有禮的印象，但一到街上，他就感覺到馬車在高低不平的路上顛簸，聽見迎面而來的馬車夫的怒喝聲，看見朦朧燈光下一家酒館和一個小鋪子的紅色招牌，原來的印象頓時消失了。他開始思考他的行爲，自問他去看安娜是否妥當。吉娣會說什麼？但奧勃朗斯基不讓他胡思亂想，彷彿猜透他的心事，驅除了他的疑慮。

「你能同她認識，我眞是太高興了。」他說。「你要知道，陶麗早就有這個心願了。李伏夫也常去她家。她雖是我的妹妹，」奧勃朗斯基說下去，「但我敢說她是個了不起的女人。你會看到的。她的處境十分痛苦，特別是現在。」

「爲什麼現在特別痛苦呢？」

「我們正在同她丈夫交涉離婚的事。他也同意了，可是在兒子問題上卡住了。這件事早該解決，卻拖了三個月。只要一離婚，她就同伏倫斯基結婚。那種古老的結婚規矩實在無聊，其實誰也不相信，卻妨礙人家的幸福！」奧勃朗斯基又說。「嗯，只要一離婚，他們的處境就同我們一樣了。」

「那麼困難到底在哪裡呢？」列文問。

「唉，這事說來話長，也實在無聊！我們這裡什麼事都莫名其妙。事實上，她在這裡，在莫斯科，等待離婚已經等了三個月，這裡人人都認識他，也都認識她；她哪裡也不去，除了陶麗，不接見任何女客，因爲她不要人家憐憫她。就連華爾華拉公爵小姐那個傻女人也認爲待在她那裡不體面，走掉了。老實說，要是換了別的女人，早就垂頭喪氣了。可是她呢，你可以看到，她多麼會安排生活，多麼沈著，多麼自重……向左拐彎，就在教堂對面的巷子裡！」奧勃朗斯基從車窗口探出身來，對車夫喊道。「嚯，好熱呀！」他說，雖然氣溫才零下十二度，他卻把解開鈕釦的皮大衣敞得更開些。

「她不是有個女兒嗎，一定在忙著照顧吧？」列文說。

「你大概把所有的女人都看成抱窩的母雞了。」奧勃朗斯基說。「女人忙，就一定是忙孩子。不，她撫養女兒大概挺認眞，不過沒聽到她提起。她首先在忙寫作。嗐，你在譏笑了，可你不要笑。她寫了一本兒童讀物，但沒向誰說起，只念給我聽過。我把原稿交給伏爾古耶夫了……就是那個出版商……他自己大概也是個作家。他很內行，據他說這部作品寫得很好。你以爲她是位女作家嗎？根本不是。她首先是個感情豐富的女人，你會看到的。她收養了一個英國小姑娘，老實說，整個家庭都需要她照顧。」

「怎麼，她在做慈善事業嗎？」

「瞧你的，馬上就往壞處想了。不是什麼慈善事業，是出於同情心。他們，就是說伏倫斯基，有個專門訓練馬的英國人，技術是有的，可是個酒鬼。他得了酒精中毒症①，丟下一家人不管。安娜看到了，幫助他們，對他們十分關心，如今一家人都由她負擔。她也不是高高在上，光賜給他們一點錢。她親自替兩個男孩補習俄語，好讓他們進中學，又把女孩接到身邊。回頭你會看到她的。」

馬車駛進院子裡，門口停著一輛雪橇。奧勃朗斯基下了車，使勁打了打鈴。

他沒問開門的僕人安娜在不在家，就逕自走進門廳。列文跟著他進去，心裡卻越來越懷疑他這樣做是不是合適。

列文照了照鏡子，發現自己臉漲得通紅，但他自信並沒有喝醉，就跟在奧勃朗斯基後面沿著鋪有地毯的樓梯走上去。到了樓上，一個僕人像對老朋友那樣向他們鞠躬致意，奧勃朗斯基就問安娜有什麼客人，那僕人回答就是伏爾古耶夫先生。

「他們在哪裡？」

「在書房裡。」

奧勃朗斯基同列文一起穿過有深色護壁板的小餐廳，踏著柔軟的地毯，走進光線黯淡的書房，房裡點著一盞有暗色大燈罩的油燈。壁上還有一盞反光燈，照亮了一個巨幅的女人全身像，不由得吸引了列文的注意。這是安娜的像，是在義大利時由米哈伊洛夫畫的。奧勃朗斯基走到屛風後面，正在說話的那個男人住了口。這當兒，列文正凝視著這個在燈光照耀下彷彿要從畫框裡走出來的人，怎麼也捨不得離開。他甚至忘記自己在什麼地方，也沒有聽見人家在說些什麼，一直目不轉睛地盯著這幅美妙的肖像。這不是畫像，是一個活生生的迷人的女人，披著一頭烏黑的鬈髮，光著肩膀和胳膊，長有柔軟毫毛的嘴唇上掛著若有所思的微微笑意，並且用那雙使人銷魂的眼睛揚揚得意而又脈脈含情地望著他。如果說她不是活的，那只是因爲任何活著的女人都不可能有她那麼美麗動人。

「我太高興了。」他突然聽見身邊有個聲音，顯然是對他而發的，原來就是他嘆賞不止的畫裡那個女人的聲音。安娜從屛風後面走出來迎接他。列文在書房黯淡的光線下看見了畫裡的女人，她穿著一件花紋斑駁的深藍連衫裙，姿勢不同，表情兩樣，但也像畫家在畫裡所表現的那樣，達到了美的頂峰。她本人不像畫裡那樣光彩奪目，卻有畫裡所沒有的另一種使人心醉的風韻。

---

①原文為拉丁文。

10

安娜站起來迎接他，並不掩飾看到他的喜悅。她伸出強健有力的小手同他握，為他介紹伏爾古耶夫，又指指那個坐著做針線的漂亮紅髮小姑娘，說是她的養女。她這些舉動具有列文所熟悉和喜愛的上流社會婦女的氣派：穩重端莊，落落大方。

「眞是太高興了，太高興了。」她重複說，這句普通的應酬話從她嘴裡說出來，列文覺得具有特別的意義。「我早就知道您並且喜歡您了，由於您同斯基華的友誼，以及您太太的關係……我認識她時間不久，可是她留給我的印象簡直像一朵美麗的鮮花，眞是一朵鮮花呀！聽說她不久就要做母親了！」

她說話從容不迫，毫無拘束，偶爾把視線從列文身上移到哥哥身上。列文覺得他給人家的印象是好的，同她在一起也就變得輕鬆愉快、沒有拘束，彷彿他從小就認識她似的。

「我同伊凡·彼得羅維奇坐到阿歷克賽的書房裡來，」奧勃朗斯基問她可不可以吸煙，她這樣回答，「就是為了好抽抽煙。」接著瞟了一眼列文，意思是問：他抽不抽煙？又把那個玳瑁煙盒拉過來，掏出一支煙。

「你今天身體好嗎？」做哥哥的問她。

「沒什麼。像往常一樣神經有點兒亢奮。」

「畫得挺精彩，是嗎？」奧勃朗斯基發覺列文望著安娜的肖像。

「我可從沒見過這樣好的肖像。」

「像極了，是不是？」伏爾古耶夫說。

列文的視線從畫像移到本人身上。當安娜感覺到他的目光落到自己身上時，她臉上煥發出一種異樣的光輝。列文臉紅了，爲了掩飾自己的窘態，他剛想問她是不是好久沒有看見陶麗了，但安娜搶先開了口：

「我剛才同伊凡・彼得羅維奇談到華辛科夫最近的一些畫。您看到了嗎？」

「我看到了。」列文回答。

「對不起，我把您的話打斷了，您想說……」

列文問她是不是好久沒見到陶麗了。

「昨天她在我這裡，她爲格里沙很生學校的氣。拉丁文教師對他似乎不講道理。」

「是的，我見到那些畫了。我不太喜歡。」列文回到她剛才開了頭的話題。

列文現在不像早晨那樣光說說客套話了。同她說話一字一句都有特殊意義。同她說話很愉快，聽她說話就更愉快。

安娜說話不僅毫不做作，而且聰明直爽；她不堅持自己的意見，卻很尊重對方的想法。

談話轉到新藝術流派和一位法國畫家新近給《聖經》做的插圖上。伏爾古耶夫非難那位畫家把現實主義發展到俗不堪耐的地步。列文說，法國人在藝術上總是最墨守成規，因此他們認爲回到現實主義就是做了特殊貢獻。他們認爲不撒謊就是詩。

列文還沒有說過一句比這更使他洋洋自得的俏皮話。安娜突然聽到這個想法，大爲欣賞，她的臉頓時容光煥發。她笑了。

「我笑，就像人家看見一幅唯妙唯肖的畫像一樣，高興極了。」她說。「您的話一針見血，道破今天法國藝術的特點，包括繪畫，甚至包括文學：左拉也好，都德也好。但也許通常就是這樣的；先從千篇一律的虛構形象中產生概念，然後進行綜合，等虛構的形象用膩了，這時就會想出一些比較自然比較合理的形象來。」

「嗯，這話一點兒也不錯！」伏爾古耶夫說。

「那麼，您到俱樂部去過了？」安娜問哥哥說。

「啊呀呀，真是個了不起的女人！」列文一面想，一面出神地盯住她那表情豐富的美麗臉蛋，發現它一下子就變了樣。列文沒聽見她探過身去對哥哥說了些什麼，但她面部表情的變化使他吃驚。原來那麼嫻靜端莊的臉，突然顯出一種異常好奇、生氣和矜持的神色。但這只是一剎那的事。接著她就眯縫起眼睛，彷彿在回憶什麼。

「是的，不過這可誰也不感興趣。」她說，接著又對那個英國女孩說了一句英語：

「請吩咐他們在客廳裡擺茶。」①

女孩子站起身，出去了。

「怎麼樣，她考試及格嗎？」奧勃朗斯基問。

「好極了。這姑娘很能幹，脾氣也挺好。」

「到頭來你會比親生孩子更疼她的。」

「瞧你們男人說的。愛是不能分多少的。我愛女兒和愛她是兩種不同的愛。」

「我剛對安娜·阿爾卡迪耶夫娜說過，」伏爾古耶夫說，「要是她能把花在這個英國小姑娘身上百分之一的精力，用到教育俄國兒童的共同事業上，她就會做出重大貢獻。」

「唉，隨便您怎麼說，我可辦不到。伏倫斯基伯爵很鼓勵我（她說『伏倫斯基伯爵』幾個字時，用懇求和畏怯的目光望了列文一眼，他不由得也用尊敬和認可的目光回答她），鼓勵我在鄉下辦好學校。我去過幾次。孩子們都很可愛，可是我對這工作不感興趣。至於精力，那是由愛產生的。愛不能勉強，不能依靠命令。嗯，就說我愛這個女孩子吧，我自己也說不出是什麼緣故。」

她又對列文瞧了一眼。她的微笑和眼神都告訴他，她這話是說給他聽的，她尊重他的意見，並且預先知道他們是能互相理解的。

「這一點我完全理解，」列文回答，「我們不可能把全部心血放在學校和這一類機關上，我想就因爲這個緣故吧，慈善事業總是不大有成效。」

她沈默了一會兒，微微一笑。

「是的，是的，」她證實說，「我可永遠辦不到。我沒有那麼開闊的胸襟，不能愛孤兒院裡所有那些討厭的小姑娘。這一點我可永遠辦不到。有多少婦女就靠這個手法獵取社會地位，這種情況如今越發厲害了。」她帶著憂鬱和信任的神氣夾著法語說，表面上彷彿是對哥哥說的，其實顯然是講給列文聽的。「現在我很需要做些什麼，可就是不能做。」她忽然皺起眉頭（列文明白她皺眉頭是因爲談到了她自己的事），接著就改變話題。「我知道人家議論過您，」她對列文說，「說您是個不好的公民。我總是竭力替您辯護。」

「您怎樣爲我辯護呢？」

「那要看人家怎樣攻擊您了。來，大家喝點茶好嗎？」她站起身，拿起一本皮面精裝的本子。

「交給我吧，安娜·阿爾卡迪耶夫娜，」伏爾古耶夫指著書說，「這挺有價値。」

「噯，不，這還只是草稿。」

「我告訴過他了。」奧勃朗斯基指著列文對妹妹說。

「你這又何必呢！我寫的東西有點像麗莎・梅爾察洛娃向我兜售的囚犯做的雕花小籃子。她在主持慈善會的監獄部，」她對列文說，「那些不幸的人在耐心上表現了奇蹟。」

列文在這個他十分喜愛的女人身上又發現了一個特點。除了智慧、文雅和美麗以外，她還具有誠實的美德。她不想在他面前掩飾自己艱難苦澀的處境。她說了這話，嘆了一口氣，面部表情變得像石頭一樣呆板。這樣也就顯得格外美麗動人，但這是一種新的表情，完全超出畫家在肖像中所表現的那種洋溢著幸福的光輝、並且把幸福散發給別人的神態。列文又望望肖像和她本人，看她怎樣同哥哥手挽著手走進高大的門裡，不禁對她產生了一種他自己都感到驚奇的憐愛之情。

她請列文和伏爾古耶夫先去客廳，自己同哥哥留下來說話。「他們在談論離婚，談論伏倫斯基，談論他在俱樂部裡做些什麼，還是在談論我？」列文暗自猜想。安娜同哥哥在談些什麼？這問題使他忐忑不安，他簡直沒聽見伏爾古耶夫告訴他安娜這部兒童讀物的優點。

喝茶的時候，又繼續這種富有內容的愉快談話。不僅沒有一分鐘需要找尋話題，相反，大家總覺得來不及把想說的話說個暢快。為了聽別人說話，情願自己克制著不說。不論他們說些什麼，也不僅是她說的，就是伏爾古耶夫和奧勃朗斯基的話，由於她的注意和評論，列文覺得也都別有涵義。

列文一面傾聽這場有趣的談話，一面欣賞她，欣賞她的美麗、聰明和教養，欣賞她的淳樸和真摯。他邊聽邊說，又不斷地思索，思索她的精神生活，竭力捉摸她的感情。他以前曾經嚴厲地譴責她，如今卻以古怪的邏輯替她辯護，為她難過，並且唯恐伏倫斯基不能充分理解她。十點多鐘，奧勃朗斯基起身要走

（伏爾古耶夫走得更早），列文卻覺得彷彿才來了不久。他無可奈何，也只好站起來，心裡卻還捨不得走。

「再見。」安娜握著他的手，用迷人的目光盯住他的眼睛說。「我真高興，冰塊融化了。」她用法語加了一句。

她放了他的手，瞇縫著眼睛。

「請您轉告尊夫人，我仍舊喜愛她。要是她不能饒恕我現在的處境，那就希望她永遠不要饒恕我。要饒恕，就得經歷我經歷過的這種生活，但願上帝保佑她別受這個罪。」

「好，我一定轉告……」列文漲紅了臉說。

---

①這一句原文是英文。

11

「一個多麼奇妙、可愛和可憐的女人！」列文同奧勃朗斯基走到嚴寒的戶外，心裡想。

「嘿，怎麼樣？我不是對你說過嗎？」奧勃朗斯基看到列文完全被征服了，對他說。

「是的，」列文若有所思地回答，「真是個非同尋常的女人！不但聰明，而且極其真摯。我真替她難過！」

「上帝保佑，如今一切都快解決了。我說，凡事都不要太早下結論。」奧勃朗斯基打開車門說。「再見，我們不是同路。」

列文不斷地想著安娜，想著同她交談的每句話。同時回憶著她臉部的各種表情，越來越同情她的處境，越來越替她難過——他就這樣回到了家裡。

到家以後，顧士瑪告訴他吉娣平安無事，她的幾位姊姊剛走，又交給他兩封信。列文在前廳看了信，免得以後分心。一封是帳房索科洛夫寫來的。索科洛夫說小麥不能脫手，因爲每石人家只肯出五個半盧布，可是錢又沒有別的來路。另一封信是他姊姊寄來的。她怪他至今沒有把她的事情辦好。

「好吧，既然不肯多出錢，那就五個半盧布賣掉吧。」列文立刻果斷地就第一件事做了決定，這在以前他會覺得很棘手的。「眞奇怪，在這裡怎麼老是這樣忙啊。」他想到第二封信。他覺得對不起姊姊，因爲她託他辦的事至今沒有辦好。「今天我又沒有去法庭，但今天實在沒有空。」他決定明天去辦，就往妻子房裡走去。他一邊走，一邊迅速地回顧這一天的活動。這一整天就是談話：聽人家談，自己也參加談。他們談的事，他在鄉下是絕不會談到的，可是在這裡，卻談得很有趣。他談的話都沒有錯，只有兩件事不太妥當。一件是他談到梭魚，另一件是他對安娜產生的愛憐之情。

列文看到妻子有點悶悶不樂。三姊妹一起吃飯本來很開心，但左等右等都不見他回來，大家都覺得無聊，兩位姊姊便先走了，剩下吉娣一個人。

「嗯，那麼你在做些什麼呀？」她盯著他那雙形跡可疑的眼睛問。但爲了不影響他講出全部眞相，她藏住關注的神色，和顏悅色地聽他講述怎樣消磨黃昏。

「啊，我遇見了伏倫斯基，眞是高興。同他在一起我一點也沒有感到拘束。說實在的，從今以後我決心再也不同他見面了，不過以前那種尷尬局面已經不存在了。」他說了這話，想到自己「決心再也不同他見面了」，卻又立刻去看望安娜，不禁臉紅起來。「你瞧，我們總是說老百姓愛喝酒，我不知道究竟誰喝得更多：是老百姓、還是我們這個階級的人。老百姓只有逢年過節才喝一點，可是我們……」

但是吉娣對議論老百姓喝酒的問題毫無興趣。她看到他臉紅了，很想知道是什麼緣故。

「那麼，你後來又到哪裡去了？」

「斯基華拚命拉我去看望安娜·阿爾卡迪耶夫娜。」

列文說了這話，臉漲得更紅了。他去看望安娜是不是妥當，這問題終於明確了：他不該去。

一聽到安娜的名字，吉娣便睜大眼睛，眼裡閃閃發光，但她竭力克制自己的感情，掩飾內心的激動，不讓他發覺。

「哦！」她只叫了一聲。

「我去過了，你總不會生氣吧？斯基華勸我去，陶麗也希望我去。」列文繼續說。

「嗯，不。」吉娣嘴裡這樣說，但從她的眼神裡可以看出，她在竭力克制自己的感情。這不是什麼好兆頭。

「她是個非常可愛又非常可憐的好女人。」列文講到安娜，講到她的活動，以及她要他轉達的問候。

「是的，她自然非常可憐。」當他講完了，吉娣說。「你接到誰的信了？」

列文告訴她，被她平靜的語氣哄過去，就去換衣服。

他回來時，看見吉娣仍舊坐在那把椅子上。他走到她面前，她對他望了一眼，便哇地一聲哭了起來。

「怎麼回事？怎麼回事？」列文嘴裡這樣問，心裡已明白是怎麼一回事了。

「你愛上這個可惡的女人了，她把你迷住了！我從你的眼神裡看得出來。對，對！這會有什麼結果呢？你在俱樂部喝酒，拚命喝酒，還賭錢，然後又到……到誰那裡去了？不，我們走吧……我明天就走。」

列文勸慰妻子，勸了半天都沒有結果。最後他承認，憐憫的感情加上酒，就使他忘乎所以，因而受到安娜狡猾的誘惑，今後他一定迴避她。他誠懇地承認，在莫斯科待得太久，老是吃喝玩樂，成天空談，他變得糊塗了。夫妻倆一直談到深夜三點鐘。直到三點鐘，他們才言歸於好，安心睡覺。

12

安娜送走客人，沒有坐下，卻在屋子裡走來走去。整個晚上，她都無意識地竭力使列文拜倒在她的腳下（近來她對年輕男人都是這樣）。她知道，她使一個已婚的正派男人，在一個晚上對她傾倒的程度達到了頂峰，而且她也很喜歡他（儘管從男人看來，伏倫斯基同列文截然不同，但她是個女人，看出伏倫斯基和列文的共同之處，也就是吉娣能同時愛他們兩人的原因），但是等他一離開屋子，她就不再想他了。

一個思想，只有一個思想，以各種不同方式一直執拗地糾纏著她。「既然我對別人，對那個結過婚熱愛妻子的人，都那麼有魅力，為什麼他卻待我這樣冷淡？……也不能說是冷淡，他是愛我的，這一點我知道。但如今一種新的因素使我們之間有了隔閡。為什麼整個晚上都不見他的人影子？他叫斯基華帶口信，說他不能讓雅希文獨自留下，他得看住他賭錢，雅希文又不是個小孩子！就算這是實話吧——他倒是從來不說假話的——這句話也別有用意。他趁機向我表示，他還有別的義務。其實這一點我是知道的，我沒有意見。但何必做給我看呢？他要向我證明，他對我的愛情不應妨礙他的自由。可是我不需要證明，我需要愛情。他應該了解我在這裡莫斯科生活是多麼痛苦。難道這樣也能算生活嗎？我這不是在生活，而是在等待一拖再拖的結局。又沒有回信！斯基華說他不能去找阿歷克賽・阿歷山德羅維奇。我又不能再寫信。我毫無辦法，無從下手，無法改變，我只能忍耐，只能等待，自己找點消遣——模仿英國家庭的生活方式、寫作、讀書。但這一切都只是自欺欺人，都只是嗎啡罷了。他應該可憐可憐我呀。」她一面自言自語，一面感覺到眼睛裡湧上自愛自憐的淚水。

她聽見伏倫斯基急促的打鈴聲，慌忙擦去眼淚，不僅擦去眼淚，而且坐到燈下，翻開一本書，裝出若無其事的樣子。要讓他明白，他沒有如期回來，她很不滿意，但只是不滿意罷了，絕不能讓他看出她很傷心，看出她這種自愛自憐的心情。她可以自愛自憐，卻不能叫他來憐愛她。她不願吵嘴，還曾責備他想吵嘴，可是這會兒自己卻不由得擺出吵嘴的姿態。

「嗨，你不覺得寂寞吧？」伏倫斯基興致勃勃地走到她跟前說。「賭博眞是一種可怕的嗜好！」

「不，我不覺得寂寞，我早就習慣了。斯基華來過了，還有列文。」

「是的，他們要來看看你。那麼，你喜歡列文嗎？」他在她旁邊坐下來說。

「很喜歡。他們才走了沒多久。雅希文怎麼了？」

「他贏過錢，贏了一萬七。我招呼他走。他剛打算走，可是又回去，結果還是輸了。」

「那你何必留在那裡呢？」她突然白了他一眼。她面部的表情冷淡而帶有敵意。「你對斯基華說，你留下來是要把雅希文帶走。可你還是讓他留了下來。」

他的臉上同樣現出準備吵架的冷酷表情。

「第一，我沒有請他給你帶什麼口信；第二，我從來不撒謊。主要是我想留下就留下了。」他皺著眉頭說。「安娜，何必這樣，何必這樣呢？」他停了停，向她探過身去說。接著張開手，希望她會把手放在他手裡。

這種愛情的挑逗使她高興。但是一種古怪的邪惡力量卻不讓她屈服於愛情的誘惑，彷彿爭吵的條件不允許她就此投降。

「當然，你想留下就留下。反正你想幹什麼就可以幹什麼。可是爲什麼你要對我說這話呢？爲什麼呢？」她越說越激動。「難道有誰要剝奪你的權利嗎？可是你總要表示你有理，那就有你的理去吧！」

他捏攏拳頭，轉過身去，臉上現出比原來更加頑固的神氣。

「你眞是頑固不化，」她對他凝視了一會兒，突然想出適當的字眼，來說明他那種使她惱怒的神情，「的確是頑固不化。對你來說，這只是能不能在我面前保持勝利者姿態的問題，可是對我來說……」她又爲自己傷心，差點兒哭起來。「你眞不知道這對我是個什麼問題！我覺得你對我抱著敵意……就是抱著敵意，你眞不知道這對我意味著什麼！你眞不知道我在這種時刻是多麼悲觀絕望，我眞害怕，害怕我自己！」她說著轉過身去，掩飾她的哭泣。

「嗐，我們這是在幹什麼呀？」他看到她那種絕望的神色，大吃一驚，又探過身去，拉住她的手吻了吻。「這是爲什麼呀？難道我在外面尋歡作樂嗎？我不是竭力避免同別的女人來往嗎？」

「但願如此！」她說。

「嗯，你倒說說，我該怎樣才能使你放心呢？只要你幸福，我什麼都願意做，」他被她的絕望神情所感動，這樣說，「只要你不像現在這樣難受，我什麼都願意做，安娜！」

「沒什麼，沒什麼！」她說。「我自己也不知道，是由於孤獨的生活，還是神經……好吧，我們不說了。這次賽馬怎麼樣？你還沒有講給我聽過呢。」她問，竭力掩飾得意的神色——勝利畢竟在她一方面。

他吩咐擺晚飯，接著就給她講賽馬的詳細情況；但從他的語氣裡，從他變得越來越冷的眼神裡，她看出他沒有原諒她的勝利，她反對過的那種頑固不化的神氣又在他身上出現了。他待她比以前冷淡些，彷彿後悔向她屈服。她忽然想到使她獲得勝利的那句話：「我是多麼悲觀絕望，我真害怕我自己。」——她懂得這種武器是危險的，下次不能再用了。她覺得除了使他們結合在一起的愛情，他們之間還出現了敵對的魔鬼，她無法把它從他身上趕走，更不能把它從自己心裡驅除。

13

沒有一種環境人不能適應，特別是他看到周圍的人都在這樣生活。要是在三個月以前，列文絕不會相信他能在今天這樣的環境裡高枕無憂；能這樣漫無目的、毫無意義地過日子，而且入不敷出，縱酒狂飲（他對俱樂部裡的行爲想不出別的說法），還同妻子一度愛戀過的男人保持不三不四的友誼，又去拜訪那個除了蕩婦之外沒有其他叫法的女人，甚至受到這個女人的誘惑，弄得妻子很傷心——在這樣的環境裡，他居然能高枕無憂。而且在疲勞、通宵不眠和狂飲濫喝以後睡得十分酣暢。

早晨五點鐘，開門聲把他吵醒了。他霍地跳起來，向四下裡張望了一下。吉娣不在床上，但隔壁屋子裡有搖曳的燈光，他聽見她的腳步聲。

「什麼事？……什麼事？」他睡意惺忪地問。「吉娣！什麼事？」

「沒什麼，」吉娣手拿蠟燭從隔壁走過來說，「我覺得有點不舒服。」她說時露出一種特別可愛和古怪的微笑。

「什麼？開始了？開始了？」列文恐懼地說。「得派人去請……」他慌忙穿衣服。

「不，不，」吉娣微笑著用手攔住他說，「大概沒什麼。我只是稍微有點不舒服，現在過去了。」

她說著走到床邊，熄了蠟燭，躺下來，安靜了。雖然她的摒息靜氣，尤其是當她從隔壁屋子過來，對他說「沒什麼」時，那種溫柔而興奮的神色使他覺得古怪，可是他睡意正濃，立刻又呼呼睡著了。事後他才回想到她那種摒息靜氣的模樣，懂得當她躺在他身邊，一動不動地等待著女人一生中最重大的事件時，她那高貴可愛的心靈有些什麼感受。七點鐘，她用手輕輕推推他的肩膀，低聲喚他，把他叫醒了。她彷彿在進行思想鬥爭：又想同他說話，又捨不得把他叫醒。

「康斯坦京，不要害怕，沒什麼，不過看樣子……得派人去請麗莎維塔。」

蠟燭又點著了。吉娣坐在床上，手裡拿著編織的活計。近來她常常做這活兒。

「你千萬不要緊張，不要緊的。我一點兒也不怕。」吉娣看到他那驚慌失色的臉說，把他的手按在自己的胸口，又把它貼在自己的嘴唇上。

列文喪魂落魄地一骨碌爬起來，盯住她的眼睛，穿上晨衣站住，但一直望著她。他應該走出去，可是捨不得離開她的目光。難道他還不喜愛她的臉，不熟悉她的表情和眼色嗎？可是他從沒看到過她現在這種模樣。想起昨天她那種痛苦的樣子，他覺得自己在她面前，此刻在她面前是多麼卑鄙可恥啊！她那張紅噴噴的臉，圍著從睡帽裡散出的柔髮，煥發出快樂和堅毅的光輝。

儘管吉娣的性格一般很少矯揉造作和虛情假意，但列文看到她的心靈此刻揭去了一切掩蓋，赤裸裸地暴露在他面前，他還是為她的單純真摯而深深感動。他熱愛的這個女人，這樣單純真摯，越發顯出她的本色。吉娣含笑望著他，突然她的雙眉抖動了一下，她抬起頭來，迅速走到他面前，抓住他的手，整個身子依偎著他，使他沐浴在她火熱的氣息裡。她很痛苦，並且彷彿在向他訴說她的痛苦。起初一剎那，他照例覺得這都是他的過錯。但她的眼睛含情脈脈，說明她不但不怪他，還因此更愛他。「如果不是我的過錯，那又是誰的過錯呢？」列文情不自禁地想，找尋著造成這痛苦的罪人，好去懲罰他，可是找不到。她覺得痛苦，訴著苦，但又為這痛苦而得意、高興，甚至歡天喜地。他看出在她的心靈裡起著一種高尚的變化，但究竟是什麼？他無法理解。這是超出他的理解能力的。

「我派人接媽媽去了。你快去請麗莎維塔來……康斯坦京！……沒有關係，已經過去了。」

吉娣從他身邊走開去打鈴。

「嗯，現在你去吧，巴莎要來了。我不要緊。」

列文驚奇地看到她拿起夜間帶來的編織物，又動手編織。

列文從一扇門裡出去，聽見侍女從另一扇門進來。他站在門口，聽見吉娣在給侍女詳細布置家務，還親自同她一起移動床鋪。

他穿好衣服，趁僕人套馬的時候——因為還沒有出租雪橇——又跑回臥室，但不是踮著腳尖，卻像插上了翅膀。兩個侍女正在臥室裡小心翼翼地搬動東西。吉娣走來走去，一邊敏捷地編織，一邊吩咐侍女做什麼事。

「我馬上去請醫生。已經派人去接麗莎維塔了，我現在再去一下。還需要什麼嗎？對了，要到陶麗家去一下，是嗎？」

吉娣對他望望，顯然沒有把他的話聽進去。

「是的，是的，去一下，去一下。」她皺著眉頭，對他揮揮手，急急地說。

他剛走到客廳，突然聽見臥室裡傳出一聲淒慘的呻吟，接著又靜止了。他站住，好一陣弄不懂是怎麼一回事。

「是的，這是她。」列文自言自語，抱著頭奔下樓去。

「啊，上帝賜恩！饒恕我們，救救我們吧！」他反覆叨唸著這突然湧到嘴邊的話。他這個不信教的人，此刻不光是嘴裡這樣叨唸著，他明白，別說他心裡的種種懷疑，就是他憑理性根本無法相信的東西，也絲毫不妨礙他向上帝求救。一切懷疑和理性此刻都從他的心靈裡消失了。試問：他不向支配他生命、靈魂和愛情的上帝求救，又能向誰求救呢？

馬還沒有套好，但由於準備當前要處理的事，他覺得體力上和精神上特別緊張，就不等套好馬，先步行出發，並吩咐顧士瑪隨後追上來。

在轉角處，他遇見一輛飛馳過來的出租雪橇。麗莎維塔身穿舊絲絨外套，頭上包著一塊頭巾，坐在一輛小雪橇上。「讚美上帝，讚美上帝！」列文認出她那張配著淡黃頭髮、此刻顯得特別嚴肅認眞的瘦臉，興奮得不斷地叨唸著。他沒有吩咐雪橇停下來，卻在旁邊護送她往回跑。

「那麼，已經有兩個鐘頭了嗎？不會再多吧？」麗莎維塔問。「您去接彼得·德米特里奇，可不用催他。再到藥房裡去買點鴉片來。」

「這麼說，您看會很順利嗎？啊，上帝賜恩，救救我們吧！」列文看見自己家的馬從大門裡跑出來，這樣說。他跳上雪橇，坐在顧士瑪旁邊，吩咐到醫生家去。

14

醫生還沒有起床，僕人說他「睡得很晚，吩咐過不要叫醒他，不久自己就會起來的。」僕人正在擦燈罩，看上去十分專心。他擦燈罩那麼認眞而對列文家的事卻那麼冷淡，使列文開頭覺得驚訝，但他仔細一想，立刻明白，人家不了解也沒有必要了解他的心情，因此他的行動要格外鎭定、愼重和果斷，好打破這堵冷淡的牆壁，達到自己的目的。「要不慌不忙，不放過任何機會。」列文自言自語，覺得應付當前事務的體力和精神越來越充沛了。

列文聽說醫生還沒起床，就考慮各種辦法，最後決定：讓顧士瑪拿條子去請另一位醫生，他自己到藥房去買鴉片，要是等他回來醫生還沒起床，那就賄賂僕人，要是對方再不答應，那就強迫他把醫生叫醒。

在藥房裡，一個形容消瘦的藥劑師正在爲等候的馬車夫貼藥瓶上的標籤，像那個擦燈罩的僕人一樣冷淡，拒絕賣鴉片給列文。列文竭力不動聲色，不發脾氣，說出醫生和接生婆的名字，講明鴉片的用途，竭力說服藥劑師賣一些給他。藥劑師用德語問了問賣不賣，聽見隔壁有人表示同意，就拿出瓶子和漏斗，慢條斯理地從大瓶裡灌一點到小瓶裡，貼上標籤，封上瓶口——儘管列文求他不用這樣做——還要把它包紮

在藥房裡，一個形容消瘦的藥劑師正在爲等候的馬車夫貼藥瓶上的標籤，像那個擦燈罩的僕人一樣冷淡，拒絕賣給列文鴉片。

起來。這下子列文可忍不住了，他斷然從對方手裡奪過瓶子，拔腳從巨大的玻璃門裡衝出去。醫生還沒起床，那個僕人這會兒正忙著鋪地毯，不肯去把他叫醒。列文不慌不忙地掏出一張十盧布鈔票，慢悠悠地但又不浪費時間，一面把鈔票遞給他，一面解釋說，彼得．德米特里奇（以前在列文心目中毫不足道的彼得．德米特里奇，此刻變得多麼重要哇！）答應過他隨時可以出診，因此此刻把他叫醒，他絕不會生氣。

那僕人同意了，走上樓去，請列文到候診室等待。

列文聽見醫生在隔壁咳嗽，走動，漱洗，說話。這樣過了三分鐘，列文覺得簡直像過了一個多小時。他再也等不住了。

「彼得．德米特里奇，彼得．德米特里奇！」他用哀求的聲音對著那打開的門說。「看在上帝份上，請您不要見怪。您就這樣接待我好了。已經有兩個多小時了。」

「馬上就來，馬上就來！」醫生在隔壁回答。列文聽見醫生說這話時還在笑，不禁感到驚異。

「一會兒就好……」

「馬上就來。」

又過了兩分鐘，醫生還在穿靴子；又過了兩分鐘，醫生還在穿衣服，梳頭髮。

「彼得．德米特里奇！」列文又可憐巴巴地叫起來，這當兒醫生穿好衣服，梳好頭髮，走出來了。

「這種人眞沒有心肝，」列文想，「人家快沒命了，他還梳頭髮！」

「您早！」醫生一面同他握手，一面若無其事地說，彷彿存心逗逗他。「不要忙。怎麼樣？」

列文竭力把妻子的狀況講得很詳細、很周到，同時不斷要求醫生立刻就同他一起回去。

「您不用忙。這事您沒有經驗。其實我沒有必要去，但既然答應您了，那就去一下。不過用不著急。

您請坐，要不要喝杯咖啡？」

列文對他望了一眼，彷彿在問他是不是在作弄他。其實醫生並沒有作弄他的意思。

「這我知道，我知道，」醫生微笑著說，「我也是一個成了家的人，不過我們男人在這種時刻總是最可憐的。我有一個女病人，她丈夫在這種關頭總是直往馬廄裡跑。」

「那麼您看怎麼樣，彼得・德米特里奇！您看會順利嗎？」

「各種徵象都表明是順產。」

「那麼您現在就去嗎？」列文憤怒地瞧著端咖啡進來的僕人。

「再過一小時。」

「不，看在上帝份上您行行好吧！」

「好，那麼讓我把咖啡喝了。」

醫生動手喝咖啡。兩人都不作聲。

「這下子可把土耳其人打得落花流水了。您看到昨天的電訊了嗎？」醫生嚼著麵包說。

「不，我不能再等啦！」列文跳起來說。「那麼您過一刻鐘來嗎？」

「再過半小時。」

「眞的嗎？」

列文回到家裡，正好和公爵夫人同時到達。他們一起走到臥室門口。公爵夫人眼睛裡含著淚水，雙手直打哆嗦。她一看見列文，抱住他哭起來。

「啊，怎麼樣，我的寶貝麗莎維塔？」她一把抓住喜氣洋洋而又心事重重走過來的接生婆的手。

「情況良好，」接生婆回答，「您勸她躺下來。這樣會好過些。」

列文自從早晨醒來明白是怎麼一回事後，就下定決心不胡思亂想，不隨便猜測，堅決克制感情，免得擾亂妻子的心。他還要安慰她，鼓勵她，這樣來熬過當前這一時刻。列文打聽到這種事通常要持續多久，精神上準備忍受五小時。他覺得可以控制情緒，甚至不讓自己想到將發生什麼事，將有怎樣的結局。可是當他從醫生那裡回來，看到她痛苦的模樣時，他就越來越頻繁地仰起頭，不斷嘆息，一再叨唸：「啊呀，上帝呀，饒恕我們，救救我們吧！」他感到恐懼，唯恐自己受不住，會失聲痛哭或者跑出門去。他是這麼痛苦，而時間卻只過了一小時。

這樣過了一小時、兩小時、三小時，直到他預定的忍耐極限——五小時，情況依然如故。他一直忍耐著，因爲除了忍耐沒有別的辦法。同時，每分鐘他都覺得已達到忍耐的極限，他的心馬上就要痛苦得碎裂了。

時間一分鐘又一分鐘，一小時又一小時地過去，他的痛苦和恐懼卻不斷增長，越來越厲害了。

生活中一切必不可少的習慣對列文來說都不再存在。他失去了時間觀念。當吉娣把他叫到身邊，他抓住她那忽而異常使勁地握緊他的手，忽而又把他推開的汗滋滋小手時，他覺得幾分鐘簡直像幾小時那麼長，而有時幾小時卻又像只有幾分鐘那麼短。麗莎維塔請他到屏風後面去點蠟燭，他感到驚奇，才知道已是傍晚五時了。要是人家告訴他現在才上午十點鐘，他倒不會感到那麼驚奇。他不太清楚他在什麼地方，現在是什麼時候，在發生什麼事情。他看見她熱得發紅的臉，時而不知所措，痛苦萬狀；時而嫣然微笑，使他得到寬慰。他看見公爵夫人，滿臉通紅，神情緊張，灰白的鬈髮蓬亂不堪，她咬住嘴唇，勉強忍住眼淚。他看見陶麗，看見吸著很粗煙捲的醫生。他還看見臉色堅定、果斷和使人寬慰的接生婆，還看見皺著眉頭在大廳裡來回踱步的老公爵。他們從哪裡來又到哪裡去，他們在什麼地方，他一概不知道。公爵夫人一會兒同醫生一起在臥室裡，一會兒在擺好飯桌的書房裡，一會兒又不是她，而是陶麗。後來列文記得人家派他到什麼地方去。有一次又叫他搬桌子和沙發。他幹得很賣力，滿心以爲是爲她而幹的，後來才知道是爲他自己安排過夜的地方。後來又爲什麼事派他到書房裡去問醫生。醫生回答了他，接著又談到議會裡的混亂情況。後來又派他到公爵夫人臥室去取一個鍍金的銀聖像。他同公爵夫人的老女僕爬到一個櫃子上去取，竟把一盞神燈打碎了，那個老僕人安慰他不要爲妻子和神燈的事難過。他把聖像拿來放在吉娣的床頭，竭力把它塞在枕頭後面。但這一切是在什麼地方，什麼時候，爲什麼做的，他都不知道。他也不明白爲什麼公爵夫人拉住他的手，憐憫地瞧著他，請求他放心；陶麗勸他吃點東西，把他從房裡領出去；就連醫生都嚴肅而同情地望著他，給他吃了點藥水。

他只知道和感覺到，現在發生的事同一年前在省城醫院裡尼古拉哥哥臨死時的情況有點相似。所不同的只是，那次是喪事，這次是喜事。但是，那次喪事和這次喜事同樣都越出生活的常軌，彷彿是生活裡的窟窿，通過這些窟窿看到了一種崇高的境界。當前正在發生的事同樣痛苦，同樣折磨人；在觀察這種崇高的境界時，靈魂同樣不可思議地達到了空前的高度，那是理性所不能達到的。

「啊，上帝呀，饒恕我們，救救我們吧！」他不斷地叨唸著，雖然長期疏遠宗教，此刻卻像兒童時代和青年時代一樣虔誠一樣單純地祈求著上帝。

在這段時間裡，他有兩種截然不同的心情。當他不在她面前時，他同一支接一支地吸著粗煙捲、又把煙頭在積滿煙灰的煙缸邊上捻滅的醫生，同陶麗和老公爵在一起，談論正餐、談論政治、談論瑪麗雅·彼得羅夫娜的病。在這種時候，列文暫時忘記了一切，彷彿好夢初醒。但當他在她面前，在她床頭時，他的心就痛苦得幾乎要裂開來，他就不停地禱告上帝。每當臥室裡傳來慘叫聲，他從忘卻的境界中醒悟過來時，他又回到最初的懵懂狀態。他一聽到呻吟，就跳起來，跑去替自己辯護，但一路上又想到他並沒有過錯，他眞想保護她，幫助她呢。但一看到她，他又明白他幫不了忙，於是感到恐懼，就禱告起來，「啊，上帝呀，饒恕我們，救救我們吧！」隨著時間的消逝，這兩種心情都變得越來越強烈；不在她面前，他把她完全給忘了，心裡就越來越平靜；在她面前時，她的痛苦和他那種愛莫能助的心情也越來越沈重。他跳起來，想逃到什麼地方去，結果卻又跑回到她身邊。

有時候，她接二連三地召喚他，他就責怪她。可是一看見她那溫柔的笑臉，聽見她說：「我眞把你折磨苦了。」他就責怪上帝，可是一提到上帝，他立刻又祈求饒恕和施恩。

15

列文不知時間早晚。蠟燭已經燒光。陶麗來到書房，請醫生躺一會兒。列文坐著聽醫生講一個會催眠術的江湖騙子的故事，眼睛望著他煙捲上的灰燼。這是一段無事可做的空閒時間，他的頭腦昏昏沈沈，完全忘記了當前的事。他聽醫生講故事，聽得很清楚。突然傳來一聲不同尋常的尖叫。這叫聲太可怕了，列文甚至不敢跳起來，他摒住呼吸，用恐懼而疑問的目光對醫生望了望。醫生側著頭留神傾聽，讚許地微微一笑。這一切都太不尋常，列文反而一點也不驚訝。「這是理所當然的。」他想，依舊坐著不動。「這是誰在叫哇？」他跳起來，踮著腳尖跑進臥室，繞過麗莎維塔和公爵夫人，走到床頭旁邊他的老位子。叫聲停止了，但發生了什麼變化。究竟是什麼變化，他沒有看到，也不明白，其實他也不想看到，不想明白。但他看見麗莎維塔的臉色嚴肅、蒼白，依舊那麼堅毅，雖然她的下顎在微微抖動，她的眼睛緊盯著吉娣。吉娣的臉發燒，顯得很痛苦，汗涔涔的額上黏著一綹頭髮。她向他轉過臉來，找尋著他的目光。她伸出雙手要抓住他的手。她用濕滋滋的手捉住他冰涼的雙手，把它們貼在自己的臉上。

「不要走開，不要走開！我不怕，我不怕！」她急急地說。「媽媽，替我把耳環摘下來，戴著礙事呢。你不害怕吧？快了，快了，麗莎維塔……」

她說得非常快，非常快，還想笑一笑。可是她的臉色突然變了，她將他一把推開。

「哎喲，不得了啦！我要死了，我要死了！快去，快去！」吉娣叫起來。於是他又聽到了那種不同尋常的尖叫。

列文雙手抱住頭，從屋子裡衝出去。

「沒有什麼，沒有什麼，一切都很好！」陶麗在後面對他叫道。

不過，不管人家怎麼說，列文認爲這下子一切全完了。他站在隔壁屋子裡，頭靠在門楣上，聽著從沒聽到過的慘叫和哀號。他知道這聲音不是別人而是他的吉娣發出來的。他早已不希望有什麼孩子了。如今他簡直恨那個孩子。他甚至並不珍惜她的生命，但願能停止這種揪心的痛苦。

「醫生！這是怎麼啦？這是怎麼啦？啊，我的上帝！」他一把抓住走進來的醫生的手。

「快完了。」醫生說。醫生說這話時板著臉，列文還以爲「快完了」就是說她快死了。

他忘乎所以地衝進臥室，首先映入眼簾的是麗莎維塔的臉。她的眉頭皺得更緊，臉繃得更厲害了。看不到吉娣的臉。在原來是她的臉的地方，有一個樣子緊張得嚇人、有慘叫聲發出來的東西。他把頭靠在床欄杆上，覺得心都快碎了。恐怖的叫聲沒有停止，越來越可怕，並且達到了頂點，接著突然安靜下來。列文不相信自己的耳朵，但又無法懷疑：叫聲停止了，只聽得低低的奔忙聲、衣服的窸窣聲和急促的喘息聲，以及她那斷斷續續、富有生氣的溫柔而幸福的聲音，低低地說：「全完了。」

他抬起頭。她的雙臂軟綿綿地落在被子上，她的模樣異常嫵媚嫻靜，默默地望著他，想笑又笑不出來。

列文驀地覺得他從度過二十二小時的那個神祕、恐怖和怪誕的世界一下子回到了人世間。人世間是他熟悉的，如今可閃耀著簡直難以習慣的新的幸福光輝。繃緊的弦全斷了。意外的狂喜的嗚咽和淚水湧上他的心頭，他激動得渾身發抖，半晌說不出話來。

他在床前跪下來，把妻子的手放在嘴唇上吻著。她那隻手微微動著手指來回答他的親吻。就在這時候，床腳邊，在麗莎維塔靈巧的手裡像燈上的火花一樣跳動著一個生命，那是以前沒有的，但從今以後他就有權利活下去，並且懂得自身的價值，還要生兒育女，傳宗接代。

「活的！活的！還是個男孩呢！大家都放心吧！」列文聽見麗莎維塔用顫抖的手拍拍嬰兒的背說。

「媽媽，是眞的嗎？」吉娣問。

公爵夫人只用啜泣來回答。

在一片寂靜中，響起了一個同屋裡所有壓抑的說話聲截然不同的聲音，像是肯定地回答做母親的問題。這是一個不知從哪裡降生的新人大膽、潑辣、肆無忌憚的啼叫。

以前，要是有人對列文說，吉娣死了，他也同她一起死了，他們的孩子都是天使，上帝就在他們面前，他是不會感到絲毫驚訝的。現在呢，他回到了現實世界，好容易才明白她平安無事，而那個拚命啼哭的小東西就是他的兒子。吉娣活著，痛苦過去了，他感到無比幸福。這一點他是明白的，並因此感到幸福。可是那孩子呢？他從哪裡來？來幹什麼？他是誰？……這一點他怎麼也無法理解，並且感到很彆扭。他總覺得這是一種不必要的多餘的東西，弄不懂究竟是怎麼一回事。

16

早晨九點多鐘，老公爵、柯茲尼雪夫和奧勃朗斯基一起坐在列文屋子裡，談了一會兒產婦的情況，接著就談起別的事來。列文一邊聽他們談話，一邊不由自主地回顧往事。他回想今天早晨以前的事，還有昨天這事發生以前他自己的情況，簡直像過了一百年。他彷彿覺得自己處在一個高不可攀的地方，因此竭力往下沈，免得那幾個一起聊天的人感到不快。他嘴上說著話，心裡卻不斷地想著妻子，想著她現在的情況，也想著兒子——他竭力使自己習慣他有了個兒子。婚後，女性的天地對於他來說，增添了一種嶄新的意義，如今卻達到了無法想像的高度。他聽他們談論昨天俱樂部裡的宴會，心裡卻在記掛：「這會兒她怎樣了？睡著了嗎？她好嗎？她在想什麼？兒子德米特里是不是在哭？」在談話時，話說到一半，他突然跳起來，從屋子裡跑了出去。

「可不可以去看她，你叫人來告訴我。」老公爵說。

「好的，馬上就來。」列文回答，一個勁兒地往她屋子裡奔去。

吉娣沒有睡著，正同母親低聲商量著給孩子施洗的事。

她仰天躺著，梳洗得整整齊齊，頭上戴著一頂漂亮的藍邊睡帽，雙手伸在被窩外面。她用目光迎接他，把他吸引過去。她的眼睛本來就炯炯有神，他走得越近，就越發明亮。她臉上的表情從塵世變爲天堂，好像臨死的人那樣，不過一種表示訣別，一種卻表示歡迎。一陣激動又襲上他的心頭，同嬰兒降生的一剎那所體驗到的一樣。吉娣拉住他的手，問他有沒有睡過覺。他回答不上來，知道自己感情的脆弱，就轉過頭去。

「我倒迷糊了一下，康斯坦京！」她對他說。「現在我覺得挺好。」

她瞧著他，但她臉上的表情忽然變了。

「把他抱來給我。」她聽見嬰兒的尖叫聲說。「給我，麗莎維塔，也讓他看一看。」

「好，讓爸爸看看。」麗莎維塔抱起一個奇怪的蠕動著的粉紅色東西，走過來說。「等一等，讓我們先來打扮一下。」麗莎維塔說著，把這個蠕動的粉紅色東西放在床上，解開襁褓，用一個手指把他托起，翻了個身，補上些粉，重新包紮起來。

列文望著這個可憐的小東西，竭力想在自己心裡喚起做父親的感情。他對他只覺得厭惡。但是，當接生婆解開襁褓，列文看見番紅花色的小手臂和小腿，上面也長著手指和腳趾，大拇指同其他手指也顯然不同，還看見接生婆把那雙張開的小手臂像柔軟的彈簧一樣夾攏來用襁褓包住時，他忽然憐恤起這個小東西來，唯恐接生婆把他弄傷，竟一把拉住她的手。

麗莎維塔笑了。

「您別怕，別怕！」

等到嬰兒打扮好了，變得像個結實的布娃娃，麗莎維塔把他搖晃了一下，彷彿在賣弄自己的手藝，接著身子閃到一旁，讓列文看到兒子的整個俊俏模樣。

吉娣也斜著眼睛往那個方向望。

「給我，給我！」她說著甚至抬起身來。

「哎呀，卡吉琳娜·阿歷山德羅夫娜，您可不能這樣亂動啊！等一下，我這就給您。先讓爸爸看看我們長得有多俊！」

麗莎維塔一手托住這個把頭藏在襁褓裡的奇怪的粉紅色小東西，另一隻手只用幾個手指捉住晃動的腦袋，把他送到列文面前。這個粉紅色的小東西也有鼻子，還斜著眼睛看人，咂著嘴唇。

「眞是個漂亮的小娃娃！」麗莎維塔說。

列文傷心地嘆了口氣。這漂亮的小娃娃在他心裡只引起厭惡和憐憫。這可完全不是他所預期的感情。

當麗莎塔維把嬰兒放到沒有餵過奶的胸脯上時，列文別轉身去。

突然一陣笑聲逗得他抬起頭來。這是吉娣笑了。嬰兒吃起奶來了。

「嗳，夠了，夠了！」麗莎維塔說，但是吉娣不肯放開他。他在她的懷裡睡著了。

「現在你看看吧。」吉娣說，把嬰兒轉過來讓他看個清楚。那張皮膚鬆得像小老頭的臉皺得更厲害了，接著他打了個噴嚏。

列文帶著微笑勉強忍住感動的淚水，吻了吻妻子，離開陰暗的屋子。

他對這個小東西所產生的感情完全出乎他的意料。這感情沒有絲毫歡樂，相反只有一種難堪的恐懼：他意識到自己又一方面的軟弱無能。這種意識最初十分強烈，他唯恐這個嬌嫩脆弱的小東西將來吃苦，因此看見嬰兒打噴嚏時，油然而生的莫名其妙的欣慰和自豪，都沒能使他感到輕鬆。

17

奧勃朗斯基的境況很窘迫。

賣樹林所得的錢已花去三分之二，其餘三分之一以九折向商人預支現款，也幾乎預支光了。那商人再不肯多付一文錢，陶麗去年冬天又曾公開聲明，她享有產權，拒絕在出售最後三分之一樹林而領得款項的協議書上簽字。他的薪水全部用作家裡日常開支和償還無法拖延的零星欠款，現在他確實囊空如洗了。

這種境況使人覺得很不痛快，很不體面，奧勃朗斯基再也無法容忍了。他知道造成這種局面的原因是他的年俸太少。他的官職在五年前還算不錯，如今卻不足道了。彼得羅夫任銀行行長，年俸一萬二；史文吉茨基當公司董事，年俸一萬七；米丁是創辦銀行的董事長，年俸五萬。「看來是我自己睡大覺，人家也把我給忘了。」奧勃朗斯基自怨自艾地想。他開始時時留意，處處打聽，到冬末就窺查到了一個肥缺。他通過親戚朋友先從莫斯科發動攻勢，到春天時機成熟，又親自出馬，直闖彼得堡。這一類差事，年俸多少不一，從一千到五萬，既安閒舒適，油水又足。近年來這種位置增加了幾倍。這就是「南方鐵路銀行信貸聯合公司」理事的職務。這項差事，也像其他類似的差事一樣，需要淵博的知識和強大的活動能力，因此很難找到兼有這兩種長處的人才。既然找不到這種理想人物，那麼物色一位正派人來擔任總比一個不正派人要好些。奧勃朗斯基不僅是個一般所謂正派人，而且是個名符其實的正派人。這裡所謂正派，也就是當時莫斯科上層流行的說法：正派的事業家啦、正派的作家啦、正派的雜誌啦、正派的機關啦、正派的流派啦，意思是說人或者機關不僅正派，有時還敢於頂撞政府。奧勃朗斯基出入於流行這種說法的上流社會，被公認爲是個正派人，因此他弄到這個差事的希望比別人大。

這個差事年俸有七千到一萬盧布，還可以不放棄原來的官職而兼任。奧勃朗斯基謀得這個差事的關鍵在於兩位部長、一位貴婦人和兩個猶太人。這些人都已疏通好了，但奧勃朗斯基還得親自到彼得堡去走訪一下。此外，奧勃朗斯基還答應妹妹安娜從卡列寧那裡取得離婚的明確答覆。他向陶麗要了五十盧布，就動身到彼得堡去了。

奧勃朗斯基坐在卡列寧的書房裡，聽他宣讀《俄國財政衰落的原因》的報告，一心希望他早些結束，好談談他自己和安娜的事。

「是的，意思很正確。」當卡列寧摘下他那副看書非戴不可的夾鼻眼鏡，詢問地望了望原來的內兄時，奧勃朗斯基說，「這些細節也都很正確，不過現在的要旨畢竟還是自由。」

「是的，但我要提出另一個要旨，包括自由在內。」卡列寧說，特別強調「包括」兩字，接著又戴上夾鼻眼鏡，想再讀一讀報告中有關的段落。

卡列寧翻著字跡清秀、兩邊空白很寬的手稿，又讀了那個說服力很強的段落。

「我不贊成關稅保護政策，倒不是爲了個人利益，而是爲了集體福利——對下層階級和上層階級一視同仁，」他說，從夾鼻眼鏡上面瞧著奧勃朗斯基，「可是他們不理解這道理，他們只關心個人利益，愛說空話。」

奧勃朗斯基明白，卡列寧一談到他們——就是那些不願意接受他的計畫，造成俄國一切災難的罪魁禍首——的思想和行爲，他的話就快結束了，因此情願放棄他提出的自由的重要性，表示完全同意他的意見。卡列寧住了口，若有所思地翻閱著手稿。

「哦，順便說一下，」奧勃朗斯基說，「你若順便見到波莫爾斯基，請你對他說說，我很願意擔任『南方鐵路銀行信貸聯合公司』理事的職務。」

奧勃朗斯基對這個垂涎已久的差事說得多了，因此講得十分俐落，毫無差錯。

卡列寧向他詳細打聽了這個新成立的理事會的業務，沈思起來。他在考慮這個理事會的業務同他的計畫有沒有牴觸。但是，由於這個新機構的業務很繁雜，他的計畫涉及面又廣，他無法一下子做出判斷，就摘下夾鼻眼鏡說：「當然，我可以對他說，不過，你究竟爲什麼要謀這個差事啊？」

「年俸優厚，差不多有九千盧布，而我的經濟……」

「九千盧布。」卡列寧重複說了一遍，皺起眉頭。這筆數目可觀的年俸使他想到，奧勃朗斯基所謀求的職位，在這方面就違反他計畫中強調精簡節約的宗旨。

「我認爲並且寫過一篇文章說明，現代的高薪制是我們政府錯誤的經濟政策的表現。」

「那麼，照你說應該怎麼辦呢？」奧勃朗斯基說。「假定一位銀行行長年俸一萬盧布，那是因爲他的工作值這麼多錢。或者說，一位工程師年俸兩萬盧布，那是因爲他的事業是有前途的！」

「我認爲薪俸是一種商品的代價，應該受供需法則的支配。規定薪俸時，如果忽視這個法則，譬如說有兩位同一學院畢業的工程師，學問和能力不相上下，一個年俸四萬，另一個只要兩千就心滿意足了；或者重金禮聘毫無專長的律師或驃騎兵去當銀行行長，那我可以斷定，這種薪俸不是遵照供需法則，而是徇私枉法。這種舞弊行爲情節惡劣，對政府工作十分有害。我認爲……」

奧勃朗斯基連忙打斷妹夫的話。

「是的，不過你得承認，現在開辦的是一種肯定對國家有益的新機構。不論怎麼說，這可是一項前途遠大的事業！現在特別重要的是一定要辦得正派。」奧勃朗斯基特別強調「正派」兩字。

不過，「正派」兩字在莫斯科流行的涵義卡列寧並不知道。

「正派只是一種消極的因素。」他說。

「但你還是給我幫個大忙吧，對波莫爾斯基說說，如果有機會……」奧勃朗斯基說。

「不過，我看這事關鍵在於波爾加林諾夫。」卡列寧說。

「波爾加林諾夫那方面完全同意了。」奧勃朗斯基紅著臉說。

一提到波爾加林諾夫，奧勃朗斯基的臉刷地紅了，那是因為今天早晨他剛到這個猶太人家裡去過，並且留下不愉快的印象。奧勃朗斯基深信他想望的工作是一項有發展前途的正派的新事業，但今天早晨波爾加林諾夫分明是有意叫他同其他來訪者在接待室裡坐等兩小時。他一想起這事，就覺得渾身不自在。

他覺得不自在，也許是因為他奧勃朗斯基公爵，身為留利克王族的後裔，竟在一個猶太佬的接待室裡等了兩小時；也許是因為他有生以來第一次不遵照祖先的榜樣為政府效忠，卻自己另找出路。總之，他覺得非常不自在。在波爾加林諾夫家等待的兩小時裡，奧勃朗斯基勉強打起精神在接待室裡踱步，撫摩著絡腮鬍子，同其他來訪者隨便攀談，還想出一句俏皮話聊以自嘲：「登門求告猶太佬，冷板凳上坐到老！」——就這樣竭力想不讓人家甚至包括他自己察覺當時的苦惱心情。

但他始終覺得很不自在、很煩惱，自己也不知道是什麼緣故：是由於那句俏皮話：「登門求告猶太佬，冷板凳上坐到老」呢，還是別的什麼原因。最後，波爾加林諾夫接見他時客氣得有點異乎尋常，顯然是由於屈辱了他而洋洋自得，並且幾乎拒絕了他的要求。奧勃朗斯基想盡快把這事忘掉，如今一提起，不禁臉紅了。

18

「現在我還有一件事要同你商量，就是安娜的事。」奧勃朗斯基沈吟了一會兒，抖掉頭腦裡不愉快的印象。

奧勃朗斯基一提到安娜的名字，卡列寧的臉色頓時變了：原來那種生氣勃勃的神氣消失了，出現了憔悴和死灰的顏色。

「您究竟要我怎麼樣？」他在安樂椅上轉過身來，嗒地一聲合攏夾鼻眼鏡。

「做個決定，不論怎樣的決定，阿歷克賽．阿歷山德羅維奇。我現在向你要求，不是把你當做（他本想說『一個受侮辱的丈夫』，但唯恐因此壞事，就改了口）一位政治家（這種說法也不妥當），只是當作一個人，一個心地善良的人，一個基督徒。你應該憐恤她。」奧勃朗斯基說。

「你究竟要說什麼？」卡列寧低聲問。

「是的，應該憐恤她。你要是像我這樣看見她——我同她一起過了一冬——你就會可憐她了。她的處境實在糟，糟得很呢。」

「照我看，」卡列寧聲音尖得刺耳地回答，「安娜．阿爾卡迪耶夫娜已經萬事如意了。」

「噯，阿歷克賽．阿歷山德羅維奇，看在上帝份上，我們不要互相責備吧！過去的事已經過去了。你也知道，她所希望和期待的就是離婚。」

「但我想，要是我提出把兒子留給我作爲條件，安娜．阿爾卡迪耶夫娜會拒絕離婚的。我原來就是這樣答覆的，並且認爲這事已經了啦。我認爲這事已經結束了。」卡列寧尖聲叫道。

「啊，看在上帝份上，你別激動，」奧勃朗斯基拍拍妹夫的膝蓋說，「事情並沒有結束。請你讓我再把這事的經過扼要說一說：當你們分開的時候，你眞了不起，眞是再寬宏大量也沒有了；你答應給她一切——自由，甚至離婚。她因此十分感激你。不，你聽我說。她確實很感激，最初覺得對不起你，她什麼也不考慮，她無法考慮。她放棄了一切。可是現實生活和時間表明，她的處境很痛苦，簡直無法忍受。」

「我對安娜・阿爾卡迪耶夫娜的生活毫無興趣。」卡列寧揚起眉毛，打斷他的話說。

「對不起，這話我可不信，」奧勃朗斯基婉轉反駁說，「她的處境使她自己覺得很痛苦，對別人也沒有絲毫好處。你說她自作自受。這一層她明白，她對你沒有什麼要求；她坦率地說不敢對你有什麼要求。但是我，我們一家人，凡是愛她的人，都要求你，懇求你。她爲什麼要受這個罪？這樣對誰有利呢？」

「對不起，看來您把我放在被告地位了。」卡列寧喃喃地說。

「不，不，絕對不是，你要明白我的意思。」奧勃朗斯基說，又碰碰他的手，彷彿這樣可以使妹夫心軟。「我只想說一點：她的處境很痛苦，只有你能減輕她的痛苦，這在你毫無損失。一切都由我來替你安排，不用你費神。其實你已經答應過了。」

「以前是答應過的。我原以爲兒子的問題可以使這事了結。此外，我希望安娜・阿爾卡迪耶夫娜能慷慨……」卡列寧臉色發白，嘴唇哆嗦，好容易才說了出來。

「一切全看你的寬宏大量了。她只有一件事請求你，懇求你——幫她擺脫當前難堪的處境。兒子，她不再要求了。阿歷克賽・阿歷山德羅維奇，你是一位心地善良的人。你設身處地替她想一想吧。離婚這件事目前對她來說是個生死攸關的問題。要不是你以前答應過她，她也就安心住在鄉下了。你答應了她，她寫信給你，這樣就來到了莫斯科。可是，在莫斯科不論遇見什麼人，她的心窩就像挨了一刀子。她住了六個月，天天都在盼你的決定。老實說，好比一個判了死刑的人，脖子套上絞索有幾個月了，隨時可能處決，也可能遇赦。你就憐恤憐恤她吧，一切都由我來安排……你這人挺認真……」

「我不是說這個，不是說這個……」卡列寧嫌惡地打斷他的話。「也許我答應過我沒有權利答應的事。」

「那麼你對答應過的事反悔了？」

「凡是辦得到的事我從不拒絕，但希望有時間讓我考慮一下，這事能辦到什麼程度。」

「不，阿歷克賽・阿歷山德羅維奇！」奧勃朗斯基跳起來說，「這話我可不願相信！即使在女人中間也沒有比她更可憐的了，你不能拒絕這樣一個……」

「我答應過的事只要辦得到就行。你是以自由思想出名的。我可是個信徒，遇到這麼重大的事，我不能違反基督教教義。」

「不過就我所知，我們基督教是允許離婚的，」奧勃朗斯基說，「我們的教會也允許離婚。我們也看到……」

「允許是允許的，但不是這個意思。」

「阿歷克賽・阿歷山德羅維奇，我簡直不認得你了。」奧勃朗斯基沈默了一陣說。「你不是出於基督教的精神饒恕一切並且不惜犧牲一切嗎？我們大家不是都十分欽佩這種精神嗎？你親口說過：有人要拿你的外衣，連裡衣也由他拿去。可是現在……」

「我請求您，」卡列寧突然站起來，臉色蒼白，下顎哆嗦，聲音尖得刺耳地說，「我請求您不要……

不要再說了。」

「哦，不！我要是傷了你的心，那就請你……請你原諒，」奧勃朗斯基尷尬地微笑著說，同時伸出手，「不過我只是奉命傳個口信罷了。」

卡列寧也伸出手來，沈思了一下，說：

「我得考慮一下，向人請教請教。後天我給您正式答覆。」

19

奧勃朗斯基剛要走，柯爾尼進來通報說：

「謝爾蓋·阿歷克賽伊奇來了！」

「謝爾蓋·阿歷克賽伊奇是誰呀？」奧勃朗斯基剛要問，但立刻明白了。

「噢，是謝遼查！」他說。「我還以爲謝爾蓋·阿歷克賽伊奇是哪位部長呢。」他立刻想起來：「安娜還要我去看看他呢。」

他還想起臨別時，安娜帶著一種羞怯可憐的神氣對他說：「你總會看見他的。你詳細打聽一下，他在哪裡，誰在照料他。還有，斯基華……要是能辦到的話！你看是不是能辦到哇？」奧勃朗斯基明白，所謂「要是能辦到的話」，意思就是說，要是能辦理離婚手續而把兒子歸她的話……如今奧勃朗斯基看出這事想也別想了，但能看到外甥還是很高興。

卡列寧提醒內兄他們從不向兒子提到他母親，並要求他也隻字不提。

「上次同他母親見面後，他大病了一場，這是我們沒有料到的，」卡列寧說，「我們甚至擔心他會送命。幸虧合理的治療和一夏的海水浴使他恢復了健康。現在遵照醫生的意見，我把他送到學校裡去了。果然，同學們對他起了良好的影響，他現在身體十分健康，書也念得很好。」

「嘿，多漂亮的小伙子！已經不是什麼謝遼查，而是體體面面的謝爾蓋・阿歷克賽伊奇了！」奧勃朗斯基瞧著那個穿藍上裝和長褲、肩膀寬闊的漂亮男孩矯健而瀟脫地走進來，含笑說。這孩子看上去又健壯、又快活。他像對一般客人那樣對舅舅鞠了個躬，但一認出是舅舅就臉紅了，連忙轉過身去，彷彿受了什麼委屈，生氣了。他走到父親面前，把學校發下來的成績單交給他。

「噢，還不錯，」做父親的說，「你去吧。」

「他瘦了，長高了，不再是小娃娃，而是個大孩子了。我很高興。」奧勃朗斯基說。「你還記得我嗎？」

孩子飛快地對父親瞟了一眼。

「記得，舅舅。」他望了望舅舅回答，接著又垂下眼睛。

舅舅叫他過去，拉住他的手。

「啊，你怎麼樣？」他想同他談談，但不知道說什麼好。

孩子紅著臉沒有回答，小心地從舅舅手裡抽出手。奧勃朗斯基一鬆手，他詢問地對父親瞧了一眼，就像一隻獲釋的小鳥，飛快地跑出了屋子。

謝遼查上次見到母親，離現在已經有一年了。從那時起，他再也沒有聽到過她的消息。就在這期間他被送進學校，結識了許多同學，並且喜歡他們。那次母子見面後，害得他生了一場病的對母親的種種幻想和回憶，如今已不再盤踞在他的心頭了。每當這種思緒襲上心來的時候，他總是竭力把它驅散，認爲這是丟臉的，只有女孩子才會動感情，一個男孩或男同學是不該這樣的。他知道父母因爭吵而分居，知道他命定要留在父親這裡，就竭力使自己適應這樣的局面。

一看見相貌酷似母親的舅舅，他感到很不愉快，因爲引起了他認爲可恥的回憶。使他更不愉快的是，當他在書房門外等候時聽見了幾句話，尤其是看到父親和舅舅的臉色，他知道他們談到了母親。謝遼查爲了不責怪住在一起並且賴以生活的父親，特別是不受他認爲有失面子的那種感情所支配，竭力不望這位跑來破壞他內心平靜的舅舅，並且避免因他勾起這方面的思緒。

不過，當奧勃朗斯基跟著他出去，在樓梯上看見他，把他喚到跟前，問他在學校裡課餘玩些什麼時，謝遼查看見父親不在，就同他暢談起來。

「現在流行開火車，」他回答舅舅說，「你知道怎麼搞的嗎？兩個人坐一條長凳，算是乘客。另外一個站在長凳上。其餘的人都來拉車。可以用手拉，也可以用皮帶拉，拉著穿過一間間屋子。我們預先把門都打開。嗬，列車員可難當了！」

「就是站著的那一個嗎？」奧勃朗斯基笑著問。

「對，幹這個要又勇敢、又靈活，特別是遇到急剎車，或者有人掉下來。」

「是的，這可不是鬧著玩的。」奧勃朗斯基感慨地凝視著這雙酷似母親、但不再有絲毫孩子氣的靈活眼睛。雖然他答應卡列寧不在謝遼查面前提到安娜，但他還是忍不住。

「你還記得媽媽嗎？」他出其不意地問。

「不，不記得。」謝遼查急急地說，臉漲得通紅，垂下了眼睛。做舅舅的就再也無法從他嘴裡問出什麼來了。

半小時以後，斯拉夫家庭教師發現他的學生在樓梯上，他怎麼也弄不明白，他的學生是在發脾氣、還是在哭。

「喔唷，怎麼了，你準是跌傷了，是嗎？」家庭教師說。「我對你說過，這種遊戲很危險。得去告訴校長。」

「我要是跌傷了，誰也不會發覺的。這不成問題。」

「那麼到底什麼事啊？」

「別管我！我記得不記得……這干他什麼事？我爲什麼要記得？別管我！」這會兒他已經不是對家庭教師而是在對全世界說話了。

20

奧勃朗斯基在彼得堡照例沒有虛度光陰。到了彼得堡，除了妹妹離婚和給自己謀職這些事以外，他在莫斯科——正如他所說的——過了一陣發霉的生活以後，照例需要換換空氣提提神。

莫斯科雖然也有音樂雜耍咖啡館和公共馬車，但畢竟是死水一潭。奧勃朗斯基經常有這樣的感覺。他在莫斯科住了一陣，特別是同家屬生活在一起，總覺得提不起精神，愁悶得很。長期守在莫斯科家裡，他常由於妻子的心情惡劣和責難埋怨，孩子們的健康和教育，以及工作上的種種瑣事甚至債務而心煩意亂。但只要一到彼得堡，在他經常出入的上流社會——那裡人人都在生活，的的確確是生活，而不像在莫斯科那樣混日子——過上一陣，一切憂慮煩惱自然就煙消雲散了。

妻子嗎？……今天他剛同契青斯基公爵談過這事。契青斯基公爵已有家室，孩子都已長大，當上了貴冑軍官學校學生，但他還有一個非法的家庭，也生了孩子。雖然第一個家也滿不錯，但契青斯基公爵覺得第二個家更使他快樂。他把長子領到第二個家裡，對奧勃朗斯基說，他認爲這樣對兒子更有好處，更能增長他的見識。要是在莫斯科人家會怎麼說呢？

孩子嗎？在彼得堡，孩子們並不妨礙父親的生活。孩子們都在學校裡讀書，這裡也沒有莫斯科流行的——例如李伏夫家——那種謬論，認爲孩子們理應過窮奢極侈的生活，做父母的只能常年操勞和憂慮。這裡大家都懂得，一個人活著應該爲自己，凡是有教養的人都應該如此。

當差嗎？在這裡當差也不像在莫斯科那樣，只是毫無目的地服苦役；在這裡當差很有意思，可以見到各種權貴，抓住機會爲他們效勞，說說聰明得體的話，對不同的人施展不同的手腕。這樣，一個人轉瞬之間就會飛黃騰達，像奧勃朗斯基昨天遇見的如今已成了達官貴人的勃良采夫那樣。這樣當差才有意思啊。

彼得堡對金錢的看法特別使奧勃朗斯基寬心。巴特尼央斯基——照他的生活方式每年得花五萬盧布——昨天就這事向他發了一通妙論。

午飯前，奧勃朗斯基談得很起勁，對巴特尼央斯基說：

「你同莫爾德文斯基一定很熟吧？你能不能幫我個忙，替我向他說句話。有一個位子我很想要，就是南方鐵路……」

「唉，別提了，我反正記不住的……可你何苦爲了這種鐵路公司的事去同猶太佬打交道呢？……不論怎麼說，總是很骯髒的！」

奧勃朗斯基沒有告訴他這事業有發展前途。這一點巴特尼央斯基是無法理解的。

「我需要錢，沒錢可活不下去。」

「你不是活著嗎？」

「活著，可是負債。」

「眞的嗎？負了很多債嗎？」巴特尼央斯基同情地問。

「很多，大約有兩萬呢。」

巴特尼央斯基呵呵大笑。

「啊，你眞是個幸運兒！」他說。「我欠了一百五十萬債，手頭一無所有，可是你看，我還不是照樣活著！」

奧勃朗斯基知道這是實話，他不僅聽人家這樣說，而且親眼目睹。齊瓦霍夫負債三十萬，手頭不名一文，可是他照樣生活，而且過得多麼闊氣！克利夫卓夫伯爵早被認爲山窮水盡了，他卻還養著兩個情婦。彼得羅夫斯基揮霍掉五百萬家產，依舊過著奢侈的生活，甚至還負責財政部工作，每年有兩萬盧布收入。除此以外，彼得堡對奧勃朗斯基的身體也很有好處。彼得堡使他恢復了青春。在莫斯科，他發現鬢上有幾根白髮，午飯後要打瞌睡，伸懶腰，走樓梯上氣不接下氣，對年輕女人不感興趣，舞會上不愛跳舞。在彼得堡，他覺得年輕了十歲。

他在彼得堡的感受，正如剛從國外歸來的六十歲的彼得・奧勃朗斯基公爵昨天對他說的那樣。

「我們在這裡不會過日子。」彼得·奧勃朗斯基說。「不瞞你說，我在巴登避暑；嚯，覺得自己完全像個年輕人。一看見年輕女人，就想入非非……吃點東西，稍微喝一點，就覺得精神抖擻，渾身是勁。一回到俄國，就得陪著妻子，還得住到鄉下去，唉，說來你也不會相信，這樣過上兩個禮拜，就連衣服都懶得換，乾脆穿著睡衣吃飯。哪裡還有興致去想年輕女人！變成十足的老頭兒，想的也無非是靈魂得救之類的事。一到巴黎，可又恢復青春了。」

斯吉邦的體會同彼得完全一樣。在莫斯科，他精神委靡，要是再住下去，難保不弄到只考慮靈魂得救之類的事；可是在彼得堡，他覺得自己又是一個精力充沛的人了。

在培特西公爵夫人和奧勃朗斯基之間早就存在一種古怪的關係。奧勃朗斯基總是輕浮地向她獻殷勤，輕浮地對她說些不成體統的話，他知道她最愛聽這類話。在同卡列寧談話後的第二天，奧勃朗斯基乘車去看她，覺得自己青春煥發，調情撒謊簡直到了肆無忌憚的地步，但他其實並不喜歡她，甚至討厭她。他們無法改變談話的腔調，因為她很喜歡他。因此，米雅赫基公爵夫人一到，打斷了他們的談話，他倒覺得很高興。

「啊，您也在這兒，」米雅赫基公爵夫人一看見奧勃朗斯基就說。「請問，您那位可憐的妹妹現在怎樣了？您別這樣看著我，」她補充說，「自從所有的人，所有比她壞千百倍的人，紛紛攻擊她的時候起，我就認為她做得很漂亮。我不能饒恕伏倫斯基，因為上次她來彼得堡，他竟沒讓我知道。不然我一定去看望她，陪她到處走走。請您務必替我向她問好。現在您給我講講她的情況吧。」

「是的，她的處境很痛苦，她……」奧勃朗斯基太老實，把米雅赫基公爵夫人說的「講講您妹妹的情況吧」當作真心話，就講起安娜的情況。米雅赫基公爵夫人照例立刻打斷他，自己滔滔不絕地講起來。

「她做的同所有的人……除了我以外——做的都一樣，不過人家偷偷摸摸，她不願欺騙，她做得漂亮極了。她拋棄了您那位性情乖僻的妹夫，眞是再好也沒有了。請您不要見怪。人人都說他聰明、聰明，只有我說他愚蠢。如今他同李迪雅還有蘭道打得火熱，大家都說他是傻子，我眞不想同意他們的說法，可是這一次我不能不同意。」

「有一件事我要向您請教，」奧勃朗斯基說，「昨天我爲妹妹的事去找他，要求他給我一個明確的答覆。他當時沒有給我答覆，說是要想一想。今天早晨我沒有收到回答，卻收到他的請柬，邀請我今晚到李迪雅伯爵夫人家去。」

「噢，對了，對了！」米雅赫基公爵夫人高興地說。「他們一定去請教蘭道，聽取他的意見。」

「向蘭道請教？這是什麼意思？蘭道是誰？」

「怎麼，您不知道裘利・蘭道，大名鼎鼎的裘利・蘭道，那個未卜先知的人嗎？他也是個傻子，可是你妹妹的命運就掌握在他手裡。唉，您什麼都不知道，這就是住在外省的結果。不瞞您說，蘭道原是巴黎一家鋪子的夥計，他有一次去看病，在候診室裡睡著了，卻在睡眠狀態中給每個病人治病，治法眞是稀奇古怪。後來密列丁斯基——您認識這位病人嗎？——夫人知道了，就請他去替她丈夫治病。照我看是毫無效果，因爲他仍舊很虛弱，可是他們相信他，把他隨身帶著。後來又把他帶到俄國來。到了這裡，大家一窩蜂地去找他，他開始替大家治病。他治好了別蘇波夫伯爵夫人的病，她對他寵愛得不得了，還收他當乾兒子。」

「怎麼收他當乾兒子？」

「是的，收了他當乾兒子。如今他不再叫蘭道，他成了別蘇波夫伯爵了。但問題不在這裡，李迪雅

——她這人我很喜歡，可是她的頭腦有毛病——就一個勁兒拜倒在蘭道腳下。現在離開他，她也好，阿歷克賽・阿歷山德羅維奇也好，簡直寸步難行。因爲這個緣故，你妹妹的命運如今就掌握在這位蘭道，或者說別蘇波夫伯爵的手裡。」

21

奧勃朗斯基在巴特尼央斯基家吃得酒醉飯飽，走進李迪雅伯爵夫人家，比約定的時間稍微晚了一點。

「伯爵夫人那裡還有誰呀？那個法國人在嗎？」奧勃朗斯基打量著熟識的卡列寧的外套和一件樣子古怪的、有釦子的樸素大衣，問門房說。

「阿歷克賽・阿歷山德羅維奇・卡列寧和別蘇波夫伯爵。」門房一本正經地回答。

「米雅赫基公爵夫人猜對了。」奧勃朗斯基一面上樓一面想。「眞是怪事！不過同她接近接近倒也不錯。她很有點勢力呢。要是她能對波莫爾斯基說句把話，事情就十拿九穩了。」

天色還很亮，可是李迪雅伯爵夫人的小客廳裡已放下窗簾，燈火輝煌了。

伯爵夫人和卡列寧坐在一盞吊燈下的圓桌旁，低聲談著話。一個相貌漂亮的瘦小男人，臀部像女人一樣寬，羅圈腿，臉色蒼白，一雙好看的眼睛炯炯有神，長頭髮直垂到禮服領子上。他站在另外一頭，觀看壁上的畫像。奧勃朗斯基同女主人和卡列寧打過招呼後，不由得又瞧了一眼這位陌生人。

「蘭道先生！」伯爵夫人聲音溫柔和謹愼得使奧勃朗斯基驚訝地招呼他，接著就給他們做了介紹。

蘭道匆匆回頭一望，走了過來，含笑把他那僵硬出汗的手放在奧勃朗斯基伸出的手裡，接著又立刻走開去，繼續觀看畫像。伯爵夫人和卡列寧會意地交換了一下眼色。

「我看到您很高興，特別是今天。」李迪雅伯爵夫人爲奧勃朗斯基指指卡列寧旁邊的座位。

「我給您介紹的這位蘭道，」她望望法國人，又望望卡列寧，低聲說，「其實是別蘇波夫伯爵，您一定也知道了。只是他不喜歡這個稱號。」

「是的，我聽說了，」奧勃朗斯基回答，「據說，他把別蘇波夫伯爵夫人的病完全治好了。」

「她今天到我這裡來過，樣子怪可憐的！」李迪雅伯爵夫人對卡列寧說。「這次分別使她傷心極了。對她眞是一大打擊！」

「他一定要走嗎？」卡列寧問。

「是的，他要到巴黎去。他昨天聽見了一個聲音。」李迪雅伯爵夫人望著奧勃朗斯基說。

「噢，一個聲音！」奧勃朗斯基跟著說了一遍，覺得在這幫人中間正在發生或將要發生他還摸不著頭緒的怪事，他必須保持警惕。

沈默了一會兒以後，李迪雅伯爵夫人彷彿言歸正傳，微妙地笑著對奧勃朗斯基說：

「我早就認識您了，今天有機會同您再次見面，眞是太榮幸了。俗話說：『朋友的朋友就是朋友。』不過，要成爲朋友，必須理解對方的心情，可您對阿歷克賽・阿歷山德羅維奇怕未必能做到這一點吧。我的意思您一定明白。」她抬起她那雙若有所思的美麗眼睛。

「多少知道一點，伯爵夫人，我明白阿歷克賽・阿歷山德羅維奇的處境……」奧勃朗斯基說，不太清楚她究竟指的是什麼，就含糊其詞地隨口應和著。

「變化不在於表面處境，」李迪雅伯爵夫人嚴厲地說，同時含情脈脈地望著站起來走到蘭道跟前的卡列寧，「他的心變了，他獲得了一顆新的心，您不見得能完全理解他內心發生的變化。」

「不，我大致能想像這種變化。我們一向很要好，如今又……」奧勃朗斯基說，也用多情的目光回答伯爵夫人的目光，同時心裡琢磨著，兩位部長中她同誰更接近，好請她向誰說說情。

「他內心的變化不會削弱他對人的愛，相反地，只會加強他的愛。不過您怕未必能了解我。您不喝點茶嗎？」她用眼睛指指端著一盤茶走過來的僕人說。

「不完全了解，伯爵夫人。當然，他的不幸……」

「是的，他的心一旦起了變化，不幸就成了大幸。」她滿懷情意地望著奧勃朗斯基說。

「看來可以請她對兩個人都說說情。」奧勃朗斯基心裡想。

「哦，當然，伯爵夫人，」他說，「不過我想這種變化十分隱祕，即使最親近的人也不願說出口來。」

「正好相反！我們應該說，還應該互相幫助。」

「是的，這毫無疑問，不過人的信仰千差萬別，何況……」奧勃朗斯基溫柔地笑著說。

「在神聖的眞理上是不可能有差別的。」

「噢，是的，這個當然，不過……」奧勃朗斯基尷尬地住了口。他明白他們談到宗教問題上來了。

「我看他馬上就要睡著了。」卡列寧走到李迪雅跟前，意味深長地低聲說。

奧勃朗斯基回頭望了望。蘭道雙臂擱在安樂椅扶手和椅背上，垂下頭，坐在窗口。他一察覺大家都在望他，抬起頭來，像孩子一般天眞地微微一笑。

「別去注意他。」李迪雅說，輕巧地推過一把椅子給卡列寧。「我發覺……」她剛開口，就有一個僕人拿著一封信進來。李迪雅匆匆看了看信，道歉了一聲，就飛快地寫了封回信交給那僕人，回到桌子旁。

「我發覺，」她繼續把話說下去，「莫斯科人，特別是男人，最不關心宗教了。」

「哦，不，伯爵夫人，莫斯科人是以信心堅定聞名的。」奧勃朗斯基回答。

「是的，不過就我所知，您就是個不關心宗教的人。」卡列寧懶洋洋地笑著對他說。

「怎麼可以不關心呢！」李迪雅說。

「我在這方面不是不關心，我是在等待時機。」奧勃朗斯基露出最招人喜愛的微笑說。「我覺得對我來說，考慮這些問題的時候還沒有到。」

卡列寧和李迪雅交換了一下眼色。

「我們永遠無法知道我們的時候是不是到了，」卡列寧嚴厲地說，「我們不應該考慮我們有沒有準備，因爲上帝的恩惠不受人的支配，有時它並不降臨到苦苦追求的人身上，卻降臨到毫無準備的人身上，就像降臨到掃羅身上那樣。」

「不，看來時候還沒有到。」李迪雅注視著那個法國人的一舉一動。

蘭道站起來，走到他們面前。

「我可以聽聽嗎？」他問。

「當然可以，我原來不想打擾您，」李迪雅溫柔地瞧著他說，「跟我們一起坐吧。」

「只要不閉目迴避上帝的光就好了。」卡列寧繼續說。

「啊，但願您像我們一樣幸福，能感到永恆的上帝存在於我們心中！」李迪雅伯爵夫人怡然自得地微笑著說。

「不過，一個人也許覺得自己不可能達到這樣崇高的境界。」奧勃朗斯基嘴上這樣說，心裡卻覺得他這是昧著良心承認宗教的崇高，但在一個對波莫爾斯基說一句話就能使他獲得垂涎已久的職位的人面前，又不敢吐露他的自由思想。

「您是說罪惡妨礙了他嗎？」李迪雅說。「但這是個荒謬的說法。對信徒來說，罪惡是不存在的，他們贖了罪。對不起！」她看見僕人又拿了一封信進來。她看完信，回答道，「告訴他明天在王妃那裡。……對信徒來說罪惡是不存在的。」她接著又說。

「是的，信心若沒有行為就是死的。」奧勃朗斯基想起教義問答上這句話說，微微一笑，表示他堅持自己的看法。

「噢，這是《雅各書》裡的話。」卡列寧帶點責備的口吻對李迪雅說，這個問題他們顯然已談過多次了。「曲解這句話眞是爲害不淺！再沒有比這種曲解更使人喪失信心的了。『我沒有行爲，我就不能有信心。』哪裡也找不到這樣的話。有的正好相反。」

「爲上帝辛勤操勞，守齋戒拯救靈魂，」李迪雅伯爵夫人鄙夷不屑地說，「這是我們的修士們的謬論……其實哪裡也沒有說過這樣的話。照他們那一套倒要好辦多了。」她說著，眼睛盯著奧勃朗斯基，臉上露出那種她在皇宮裡撫慰驚惶失措的年輕新宮女的笑容。

「我們靠爲我們受難的基督得救，我們靠信心得救。」卡列寧露出讚賞的目光，附和說。

「您懂英文嗎？」李迪雅問，在得到肯定的答覆後站起身來，到書架上去找一本書。

「我唸一段《平安和幸福》①或者《庇護》②，好嗎？」她用詢問的眼光瞧了瞧卡列寧。她找到書，又坐下來，打開了書。「這一段很短。是描寫獲得信心的途徑，以及因此充滿心靈的、超越塵世一切的幸福。一個信徒不會不幸福，因爲他不是孤獨的。好吧，你們會明白的。」她剛要開始唸，僕人又進來了。

「是波羅茲金娜嗎?告訴她明天兩點鐘。……是的。」她指著書裡那個地方，用若有所思的美麗眼睛望了望前方，嘆口氣說。「瞧，眞正的信心就是這樣的作用。您認識薩寧娜嗎?您知道她的不幸嗎?她喪失了獨生子。她絕望了。嗯，結果怎麼樣?她找到了這位朋友，如今她爲孩子的夭折感謝上帝呢。瞧，這就是信心所賜予的幸福!」

「噢，這確實很……」奧勃朗斯基說，高興的是她要唸書了，這樣可以讓他稍微定定神。「不，看來今天還是不要開口的好，」他想，「只要不壞事，能從這裡脫身就好了。」

「您會覺得無聊的，」李迪雅伯爵夫人對蘭道說，「您不懂英文，但這一段很短。」

「嗳，我懂的。」蘭道帶著同樣的微笑回答，閉上眼睛。

卡列寧同李迪雅會意地交換了一下眼色，她就唸了起來。

① 原文為英文。

② 原文為英文。

22

奧勃朗斯基聽了這些聞所未聞的怪論，覺得莫名其妙，不知所云。五光十色的彼得堡生活把他從莫斯科的一潭死水中拯救出來，使他歡欣鼓舞。不過，這種五光十色的繁華景象，只有在熟悉的親友中間才能欣賞和領略到。如今在這個陌生的環境裡，他感到困惑，目瞪口呆，摸不著頭緒。奧勃朗斯基聽著李迪雅伯爵夫人朗誦，察覺蘭道那雙不知是天眞還是狡猾的漂亮眼睛緊盯著他，他的頭腦感到有說不出的沈重。

五花八門的思想在他頭腦裡攪成一團：「薩寧娜死了孩子反而高興……現在最好能抽支煙……要得救，必須有信心，修士不知該怎麼辦，可李迪雅伯爵夫人知道……我的頭腦怎麼這樣沈哪？是白蘭地喝多了，還是因爲這一切太離奇了？直到此刻，看來我還沒做過什麼有失體統的事。不過現在請她幫忙總不是時候。據說，他們強迫人家做禱告。但願他們不要來強迫我。那實在太無聊了。她這是在唸什麼鬼話呀？但她的聲音倒很好聽。蘭道就是別蘇波夫。爲什麼他就是別蘇波夫？」奧勃朗斯基忽然覺得他的嘴忍不住打起呵欠來。他摸摸絡腮鬍子，不讓人家看見他打呵欠，身子晃動了一下。緊接著他迷迷糊糊地覺得睡著了，要打鼾了，聽見李迪雅伯爵夫人說：「他睡著了。」他才猛地驚醒過來。

奧勃朗斯基驚醒過來，彷彿做了什麼錯事，被人家揭發了。不過，他立刻看出「他睡著了」這句話不是在說他而是在說蘭道，就放心了。那個法國人像奧勃朗斯基一樣睡著了。不過，奧勃朗斯基認爲，他打瞌睡一定得罪了他們（其實他也沒有認眞考慮，因爲周圍的一切實在太離奇了），而蘭道的瞌睡卻使他們異常高興，特別是李迪雅伯爵夫人。

「我的朋友，」李迪雅說，小心翼翼地提著絲綢連衫裙，免得發出窸窣聲，她有點得意忘形，對卡列寧不用「阿歷克賽·阿歷山德羅維奇」，卻用「我的朋友」，「把手給他。您看見嗎？……噓！」她對又走進來的僕人發出噓聲。「我現在不接見。」

法國人頭靠在安樂椅背上睡著了，也許是假裝睡著了。他那隻擱在膝蓋上的汗濕的手微微抽動著，彷彿在抓什麼東西。卡列寧站起來，小心翼翼地（但還是在桌上撞了一下）走過去，把他的手放在法國人手裡。奧勃朗斯基也站起身來，拚命睜大眼睛，想消除睡意，一會兒望望這個，一會兒望望那個。一切都是現實，不是做夢。奧勃朗斯基覺得他的頭腦越來越不舒服了。

「叫最後來的那個人，那個有所企求的人滾出去！叫他滾出去。」法國人用法語說，沒有睜開眼睛。

「對不起，不過您也看見……您十點鐘再來吧，最好是明天來。」

「叫他滾出去！」法國人不耐煩地重複說。

「他這是不是指我呀？」

奧勃朗斯基得到肯定的回答後，忘記了他想求李迪雅的事，忘記了妹妹的事，一心想盡快離開這地方，就踮著腳尖走出去，然後像逃離傳染病房那樣一口氣跑到街上。他同馬車夫攀談了好一陣，說著笑話，想盡快使自己的情緒恢復正常。

他在法國劇院裡趕上最後一場戲，然後到韃靼飯店喝了點酒，在這種熟悉的氣氛中稍微定下心來，不過這天晚上他總覺得很不自在。

斯吉邦·奧勃朗斯基回到他在彼得堡借宿的彼得·奧勃朗斯基家裡，發現培特西來的一封短信。她在信裡說，很想把那場開了頭的談話談個完，請他明天去一次。他剛讀完信，皺著眉頭想著這件事，忽然聽見樓下傳來沈重的腳步聲，彷彿有誰背著什麼重東西在走路。

斯吉邦・奧勃朗斯基走出去看看，原來是模樣變得年輕的彼得・奧勃朗斯基。彼得喝得酩酊大醉，樓梯也不會走了；但他一看見斯吉邦・奧勃朗斯基，就吩咐僕人把他扶起來，接著一把摟住斯吉邦・奧勃朗斯基，同他一起走到房裡，講他怎樣度過這個黃昏，但一講就睡著了。

斯吉邦・奧勃朗斯基垂頭喪氣，這在他是很難得的。他好久不能入睡。他記起的一切都是討厭的，但最討厭的，簡直可以說是丟臉的，就是想到他在李迪雅伯爵夫人家度過的黃昏。

第二天，他收到卡列寧斬釘截鐵拒絕同安娜離婚的答覆。他明白這個決定的依據，就是那法國人昨天的夢囈或者假裝做夢，信口開河。

23

在家庭生活中要採取什麼行動，或者夫婦感情破裂，或者美滿和諧。如果既不屬於前者，也不屬於後者，夫婦關係不好不壞，那就不會有什麼行動。

許多家庭長年累月毫無變化，夫婦雙方對生活都感到厭倦，就因爲他們的感情既沒有破裂，也談不上美滿和諧。

當陽光已不像春天那樣和煦而像夏天那樣炎熱，林蔭道上的樹木早已綠葉成蔭，樹葉上也落滿灰塵時，伏倫斯基和安娜覺得，莫斯科這種塵土飛揚的炎夏生活簡直難以忍受。不過，他們並沒像早先決定的那樣搬到伏茲德維任斯克去，卻仍留在兩人都感到厭惡的莫斯科，因爲近來他們的生活已不美滿和諧了。

使他們隔閡的惱恨情緒，不是任何外來原因造成的。一切嘗試不僅不能消除這種情緒，反而使它加劇了。這種惱恨產生在各人自己心裡，就她來說，是因爲他的愛情日漸衰退；在他，卻是由於後悔他爲了她而陷入苦惱的處境，如今她不僅不來減輕他的苦惱，反而火上加油，使他更加難受。他們誰也不提心情惡劣的原因，但都認爲錯在對方，並且一有機會就竭力指責對方。

對她來說，他整個的人，包括他的習慣、思想、願望，以及他的全部心理和生理特點，可以歸結爲一點，就是愛女人，而這種愛她認爲應該全部集中在她一個人身上。可是現在這種愛日漸減少了，因此她斷定，他準是把一部分愛移到別的女人身上，或者某一個女人身上，她因此吃醋了。其實她不是吃別的女人的醋，她是因爲他的愛情衰退而惱恨。她還沒有吃醋的對象，她正在找尋。她往往憑蛛絲馬跡，從妒嫉一個女人轉爲妒嫉另一個女人。時而她妒嫉他過獨身生活時結交的下流女人，他很容易同她們重修舊好；時而她妒嫉他可能遇見的社交界女人；時而她妒嫉一個憑空想出來的姑娘，認爲他可能拋棄她而去同她結婚。這最後一種妒嫉使她最痛苦，尤其因爲有一次他無意中向她說起，他的母親很不了解他，竟然勸他同索羅金娜公爵小姐結婚。

安娜對他發生猜疑，生他的氣，找尋種種理由發洩。她處境的一切痛苦，她都怪在他頭上。她在莫斯科上不沾天，下不沾地，在遙遙無期的等待中忍受痛苦，卡列寧處理問題遲疑不決，她孤獨地生活——一切她都算在他的帳上。他要是愛她，能體諒她處境的痛苦，一定會把她營救出來。她住在莫斯科而不住在鄉下，也是他的過錯。他不能像她希望的那樣在鄉下過田園生活。他需要交際，害她落到這種可怕的境地，可他又不願了解她這種處境的痛苦。她同她的兒子永遠分離，也是他的過錯。

就連他們難得的片刻溫存，也不能使她感到寬慰，因為她在他的溫存中看到他心安理得的神氣，這是以前沒有的，因此引起她的惱怒。

天色已經黑了。安娜獨自等待他從男人們的宴會上歸來。她在他的書房裡（那裡最少聽到街上的喧鬧）來回踱步，仔細回想昨天吵嘴的那些話。她從使人難堪的話想起，想到他們爭吵的原因，最後才想到那場談話是怎樣開始的。她怎麼也無法相信，這場糾紛是由如此無傷大雅的話引起的。但事情確實是這樣，起因就是他嘲笑女子中學，認為辦這種中學沒有必要，而她卻為女子中學辯護。他根本不尊重女子教育，說什麼安娜撫養的英國女孩甘娜就不需要懂得物理學。

這話激怒了安娜。她認為這是對她的活動蔑視的暗示。她就反唇相譏，進行報復。

「我不指望您能像情人那樣把我和我的感情放在心上，但希望您說話留點情面。」她說。

他氣得滿臉通紅，說出一些難聽的話。她不記得用什麼話回答他，只記得他顯然有意刺痛她，說：

「您對那個女孩子的寵愛我確實不感興趣，因為我看有點不自然。」

她千辛萬苦為自己建立了一個小天地，以度過她的痛苦生活，卻被他殘酷地摧毀了。他還蠻不講理地責備她裝腔作勢，不自然。他的殘酷和蠻不講理可把她激怒了。

「我覺得很遺憾，只有那種粗俗的物質的東西您才能理解，才覺得自然。」她說完就走出屋去。

昨天晚上，他到她屋裡去，他們沒有提這場爭吵，覺得氣氛緩和了，但問題並沒有解決。

今天，他整天都不在家，她覺得非常孤獨。一想到同他的爭吵就很難受，她情願忘記一切，饒恕他，同他言歸於好，情願責備自己，替他辯護。

「都怪我自己不好。我脾氣暴躁，無緣無故吃醋。我要同他和好，我們到鄉下去，到了那裡我就放心了。」她自言自語道。

「不自然！」她忽然想起最傷她心的這幾個字。其實使她傷心的與其說是這幾個字，不如說是他有意弄得她難堪。

「我知道他想說什麼。他想說：不愛自己的女兒，卻愛人家的孩子，這不自然。他怎麼能懂得我對孩子們的愛，懂得我爲他而犧牲對謝遼查的愛？可是他還要傷我的心！不，他一定是愛上別的女人了，一定的。」

她看到，爲了安慰自己，思想上又兜了一次不知已兜過多少次的圈子，到頭來還是那樣惱怒，她不禁對自己感到害怕。「難道我眞的不能控制自己嗎？眞的不能嗎？」她自言自語，在思想上又回到原地。「他這人誠實、眞摯，他愛我，我也愛他。這幾天就可以辦好離婚手續。我還需要什麼呢？我需要安寧，需要信任，我來承擔責任好了。好吧，等他一來，我就說都是我錯，儘管我並沒什麼錯。我們這就一起走。」

爲了不再胡思亂想，不再任意發怒，她吩咐僕人把箱子搬來，準備整理下鄉的行裝。

晚上十點鐘，伏倫斯基回來了。

24

「怎麼樣，過得快活嗎？」安娜帶著悔罪的溫順神情出來迎接他，問道。

「還是老樣子。」伏倫斯基一眼看出她的情緒很好，回答說。他對她的喜怒無常早已習慣了，但今天他特別高興，因爲他自己的情緒也很好。

「啊，都準備好了！那太好了！」他指指前廳裡的皮箱說。

「是啊，得走了。我乘車去兜一回風，天氣太好了，我眞想到鄉下去呢。沒什麼事攔著你吧？」

「我也這樣希望呢。我去換換衣服，馬上就來，我們再談談。你吩咐他們擺茶。」

他說完就到書房裡去了。

他說「那太好了」的口氣，帶有幾分侮辱人的味道，好像大人讚揚小孩子不再淘氣那樣。特別叫人難受的是，她悔罪的語氣同他那種趾高氣揚的音調正好形成強烈的對照。剎那間，她眞想再跟他吵一場，但她竭力克制，還是高高興興地迎接他。

伏倫斯基一進來，她就告訴他今天是怎麼過的，以及下鄉的計畫。這些話她多半早就準備好了。

「不瞞你說，我這簡直是心血來潮。」她說。「何必坐在這裡等離婚呢？鄉下還不是一樣？我再也待不下去了。我對離婚再不抱希望，再不願聽人家提到這件事。我決定不再讓這事影響我的生活。你同意嗎？」

「嗯！」他不安地望了望她那激動的臉色。

「您在那裡究竟做些什麼？有些什麼人？」她沈默了一下。

伏倫斯基說了客人們的名字。

「酒席很精緻，還有划船比賽，一切都滿不錯，不過莫斯科總免不了有些荒唐事。來了一位女人，據說是瑞典皇后的游泳教師，她表演了一番游泳技術。」

「怎麼？她游泳了？」安娜皺著眉頭問。

「穿著一件紅色的游泳衣，又老又醜。那麼，我們什麼時候動身哪？」

「眞荒唐！怎麼，她游泳有什麼特別嗎？」安娜沒有回答他的問題，逕自說。

「根本沒什麼特別。我說，眞是無聊透了。那麼，你想什麼時候走哇？」

安娜搖搖頭，彷彿想搖掉什麼不愉快的思想。

「什麼時候走嗎？越早越好。明天來不及了。後天吧。」

「嗯……不，等一下。後天是禮拜天，我要到媽媽那裡去一下。」伏倫斯基說著，露出尷尬的樣子，因爲一提到母親，就發覺安娜狐疑的目光緊緊盯住他。他的窘態證實了她的猜疑。她頓時漲紅臉，竭力躲開他。現在浮現在安娜眼前的已不是瑞典皇后的教師，而是那個同伏倫斯基母親一起住在莫斯科近郊的索羅金娜公爵小姐了。

「明天你能走嗎？」她問。

「不行！我要辦的那件事的委託書和錢，明天都還拿不到。」他回答。

「既然如此，那我們索性不去了。」

「那又爲什麼呢？」

「再晚我就不去了。要走禮拜一走，不然就不走了！」

「這究竟是爲什麼呀？」伏倫斯基彷彿摸不著頭緒地說。「簡直沒有道理！」

「對你來說是沒有道理，因爲你根本就不把我放在心上。你不想了解我的生活。我在這裡只有一件事，就是照顧甘娜。你卻說這是裝腔作勢，你昨天還說，我不愛女兒，卻假裝愛這個英國女孩，說什麼這是不自然的；我倒很想知道，我在這裡怎樣生活才算自然！」

她猛地醒悟過來，對自己違反原來的主意感到大吃一驚。她明明知道這樣會斷送自己，但還是克制不住感情，不能不向他指出，他是多麼錯誤，她不能對他讓步。

「這話我從沒說過，我只是說，我不贊成你突然喜歡起人家的孩子來。」

「你既然自命直爽，爲什麼不說實話呢？」

「我從來不自吹自擂，也從來不撒謊。」他竭力壓制著冒上心來的怒火，低聲說。「那太遺憾了，要是你不尊重……」

「尊重兩字只是用來掩蓋失去愛情的心。您要是不再愛我，那還不如直說。」

「不，簡直叫人受不了！」伏倫斯基站起身來，大聲叫道。他站在她面前，慢吞吞地說：「你爲什麼要試驗我的耐性呢？」他說話的神氣彷彿有許多話要說，但是克制著。「凡事總有個限度。」

「您這話是什麼意思？」她嚷道，恐怖地凝視著他整個臉上、特別是那雙冷酷無情的眼睛裡憎恨的光芒。

「我的意思是……」他剛開口，又停住了。「我倒想問問：您要我怎麼樣？」

「我能要您怎麼樣？我只能求您不要拋棄我，像您想的那樣。」她說，明白他沒有說出口來的話是什麼。「不過這並不是我所要的，這是次要的。我要的是愛情，可是沒有愛情。因此全完了！」

她向門口走去。

「等一下！你……等一下！」伏倫斯基仍舊皺著眉頭，但拉住她的手。「這是怎麼一回事？我說我們要推遲三天動身，你卻說這是胡說，我這人不老實。」

「是的，我再說一遍：一個爲我不惜犧牲一切的人竟然責備我，」她想起上次爭吵時的話，「那就比一個不老實的人更壞，這種人沒有心肝。」

「不，忍耐是有限度的！」他大聲嚷道，立刻把她的手放掉。

「他恨我，這很明顯。」她想，接著就默默地頭也不回，踉踉蹌蹌走出房去。

「他愛上別的女人了，這一點越發明顯了。」她走到自己房裡，自言自語。「我需要愛情，可是沒有愛情，因此一切全完了，」她重複說過的話，「也應該完了。」

「可是怎麼辦？」她問自己，在鏡子前面的安樂椅上坐下。

如今她到哪裡去；到把她撫養成人的姑媽家去呢，還是到陶麗家去，或者獨自出國？他此刻一個人在書房裡做什麼？這場爭吵是決裂呢，還是又會言歸於好？她在彼得堡的熟人會怎樣談論她呢？卡列寧對這事會有什麼看法？他們的關係破裂以後將會怎樣？形形色色的思想湧上心頭，但她還沒有完全沈浸在這些思想中。她心裡還有一種模模糊糊的意識，她對它很感興趣，但究竟是什麼，她還不明確。她又想到卡列寧，想到她產後的那場病，以及當時盤踞在頭腦裡的念頭。「我爲什麼不死掉！」——她忽然想到她當時說過的話和當時的心情。她恍然大悟，她心裡藏著一個念頭。是的，這是解決一切煩惱的唯一辦法。「是的，死！……」

「阿歷克賽・阿歷山德羅維奇的恥辱，謝遼查的恥辱，還有我自己的難堪的恥辱——只要我一死，就都解決了。我一死，他就會後悔，就會可憐我，就會愛我，就會爲我而悲痛。」她嘴角上掛著一絲自憐自愛的慘笑，坐在安樂椅上，把左手上的戒指取下又戴上，從不同角度生動地想像著她死後他的心情。

越來越近的腳步聲，他的腳步聲，攪亂了她的沈思。她假裝在收拾戒指，沒有回過頭去。

他走到她跟前，拉住她的手，低聲說：

「安娜，你想走，我們後天就走。我什麼都同意。」

她沒有作聲。

「怎麼樣？」他問。

「你自己知道。」她說，這當兒她再也忍不住，放聲痛哭起來。

「拋棄我，拋棄我吧！」她邊哭邊訴。「我明天就走……我還要做出別的事來。我是什麼人？我是個墮落的女人，是你身上的包袱。我不再折磨你，不再折磨你！我要讓你自由。你不愛我，你愛上別的女人了！」

伏倫斯基請求她安靜，向她擔保她的妒嫉毫無根據，他對她的愛情從沒消失，今後也永遠不會消失，他比以前更加愛她。

「安娜，你爲什麼要這樣折磨自己和折磨我呢？」他吻著她的手說。這會兒，他臉上洋溢著一片柔情，她聽出他的聲音裡攙和著眼淚，她手裡也感覺到濕潤。安娜不顧死活的妒意一轉眼就變成不顧死活的狂戀，她摟住他，在他的頭上、脖子上和雙手上印滿數不清的熱吻。

25

第二天早晨，安娜覺得他們已完全言歸於好，就興致勃勃地動手收拾行裝。他們究竟星期一走還是星期二走，還沒有最後確定，因爲昨天雙方互相謙讓，但安娜還是積極準備動身，雖然她覺得早一天走還是晚一天走，現在都沒有關係。當他穿戴好了，比平日早來到她的房裡時，她正站在一個打開的箱子前面，挑選著衣服用品。

「我現在到媽媽那裡去一下，讓她把錢託葉戈羅夫轉給我。明天就可以動身了。」他說。

儘管她的情緒很好，但一提到上他母親別墅去，她的心又被刺痛了。

「不，我也來不及收拾呢。」她嘴上這樣說，心裡卻想：「這樣看來，可以按我的意圖辦了。」接著又說：「不，隨你的便好了。你到餐廳去吧，我馬上就來，我把那些用不著的東西挑出來。」她說著，把一些東西放到安奴施卡手臂裡，而安奴施卡身上已經堆了一大堆衣服了。

安娜走進餐廳的時候，伏倫斯基正在吃牛排。

「說來你也不會相信，這些房間使我膩煩透了。」她在旁邊坐下來喝咖啡。「再沒有比這種有擺設的房間更叫人討厭的了，既沒有表情，又沒有靈魂。這掛鐘、窗簾，特別是糊牆紙，簡直像噩夢。我想念伏茲德維任斯克，就像想念天堂一樣。你還沒把馬匹打發走嗎？」

「沒有，等我們走了再走。你要上哪兒去嗎？」

「我要到威爾遜那兒去一下。我要給她送些衣服去，那麼肯定明天走嘍？」她喜氣洋洋地說，但接著她的臉色突然變了。

伏倫斯基的侍僕進來要彼得堡來電的收據。伏倫斯基收到一份電報，原是不稀奇的，但他彷彿有什麼事要瞞過她，說到書房裡去拿收據，接著就慌慌張張地對她說：

「明天我一定把事情都辦好。」

「誰的電報？」她不理他，問道。

「斯基華打來的。」他勉強回答。

「那你爲什麼不讓我看看？難道斯基華對我還有什麼事要隱瞞嗎？」

伏倫斯基叫住僕人，要他把電報拿來。

「我不高興給你看，因爲斯基華是個電報迷。事情還沒有眉目，何必來電報呢？」

「是離婚的事嗎？」

「是的，但他說還毫無進展。答應一兩天內給明確答覆。喏，你拿去看吧？」

安娜雙手哆嗦地接過電報，看到了伏倫斯基所說的內容。電文後面又加了一句：「希望甚微，當盡力而爲。」

「我昨天說過，什麼時候離婚，甚至離得成離不成，我都不在乎。」她漲紅了臉說。「完全沒有必要瞞著我。」接著她暗自想：「看來，他要是同別的女人通信，照樣可以瞞著我。」

「雅希文同伏伊托夫今天早晨要來，」伏倫斯基說，「他看來贏了錢，弄得彼夫卓夫傾家蕩產，簡直無法償還了。大約有六萬盧布。」

「不，」她惱怒地說，因爲他這樣明顯地改變話題，表示看出她在發脾氣，「你怎麼認爲我對這消息會感興趣，非得瞞過我不可呢？我說過，這事我連想都不願意想，但願你也同我一樣。」

「我是關心的，因爲我喜歡把事情弄明確。」他說。

「明確不在乎形式，在乎愛情。」她越說越惱火，倒不是因爲他的話，而是因爲他說話的語氣那麼冷靜。「你爲什麼希望這樣呢？」

「天哪，又是愛情。」他皺著眉頭想。

「你不會不知道爲什麼：爲了你，也爲了未來的孩子們。」他說。

「不會再有孩子了。」

「那未免太遺憾了。」他說。

「你只想到孩子們，可是爲什麼不替我想想呢？」她完全忘記了或者根本沒聽見他說的「爲了你，也爲了孩子們」，這樣責問他。

能不能再有孩子，早就成了他們爭論並使她惱怒的問題。她認爲，他希望再有孩子，就是不珍惜她的美。

「唉，我明明說過：爲了你，主要是爲了你，」他彷彿忍痛皺著眉頭，重複說，「我認爲你心情煩躁主要是由於身分不明。」

「是的，他不再裝模作樣了。他分明對我懷著冷酷的仇恨。」她不聽他的話，暗自尋思，但心驚膽戰地凝視著他那像法官一樣冷酷無情的挑戰目光。

「那可不是理由，」她說，「我簡直不明白，既然我現在完全聽你擺布，怎麼還會成爲心情煩躁的原因呢？還有什麼身分不明的呢？正好相反。」

「我覺得遺憾，你不想明白我的意思，」他執拗地想把自己的想法說出來，打斷她的話，「你覺得身分不明，就在於你以爲我是自由自在的。」

「這一點你可以完全放心。」她說著背過身去喝咖啡。

她翹起小指，端起咖啡杯，舉到嘴邊。她喝了幾小口，瞟了他一眼，從他的面部表情上清楚地看出，他討厭她的手、她的姿勢和她的聲音。

「你母親有什麼想法，她要給你娶誰做媳婦，都不關我的事。」她用顫動的手放下杯子說。

「我們又不是談這個。」

「不，就是談這個。老實對你說，一個沒有心肝的女人，不論她年老年輕，不論是你母親還是別的什麼女人，我都毫無興趣，我根本不願聽到她的事。」

「安娜，我請求你談到我的母親時要尊重她。」

「一個女人不懂得什麼是兒子的幸福和名譽，就是沒有心肝。」

「我再一次請求你，談到我所尊敬的母親時要尊重她。」他提高嗓門，嚴厲地望著她說。

她沒有回答。她凝視著他，凝視著他的臉和手，想起昨天他們和好時的種種景象，想起他熱烈的愛撫。「他在別的女人身上一定也這樣熱烈地愛撫過，今後也還會這樣的！」她暗自想。

「你並不愛你母親。你這都是嘴上一套，嘴上一套，嘴上一套！」她恨恨地望著他說。

「既然如此，那麼就得……」

「就得決定一下，我已經決定了。」她說完要走，這當兒雅希文正好走進來。安娜同他招呼一下，站住了。

爲什麼當她思潮翻騰，感覺到可能會有可怕下場的生死關頭，她要在一個早晚會知道一切的陌生人面前裝模作樣呢？她說不上來，但立刻克制住內心的激動，坐下來，同客人攀談。

「嗯，您近來怎麼樣？欠帳都收齊了嗎？」她問雅希文。

「還好，我看收齊是不可能的，禮拜三我就得走了。你們呢？」雅希文瞇縫著眼睛望著伏倫斯基說，顯然猜到他們剛才吵過嘴了。

「大概後天吧。」伏倫斯基說。

「你們不是早就想走嗎？」

「現在已經決定了。」安娜說，她望著伏倫斯基的那種眼神表示，他別想再言歸於好了。

「難道您就不可憐可憐倒楣的彼夫卓夫嗎？」她繼續同雅希文談話。

「我從來不問我自己是不是可憐他，安娜・阿爾卡迪耶夫娜。您看，我的全部財產都在這裡了，」他指指側面的口袋，「現在我是個有錢人，可是今晚我到俱樂部去，說不定出來的時候就變成叫花子了。老實說，誰同我坐下來一起賭錢，誰就想叫我輸個精光，我對他也是這樣。嗐，我們就是這樣賭個你死我活，樂趣也就在這裡。」

「噢，要是您結過婚，」安娜說，「您太太會怎麼樣呢？」

雅希文笑了。

「看來就因爲這個緣故我沒有結婚，也永遠不打算結婚。」

「那麼赫爾辛基的事呢？」伏倫斯基加入談話說，接著瞧了一眼笑瞇瞇的安娜。

一遇到他的目光，安娜臉上立刻現出冷酷嚴厲的神情，彷彿對他說：「沒有忘記呢。還是老樣子。」

「難道您眞的談過戀愛嗎？」她問雅希文。

「嚯，老天爺，談過多少次了！不過，您要明白，有的人可以坐下來打牌，但只要幽會時間一到，站起來就跑。談情說愛我也行，但不能耽誤晚上的牌局。我就是這樣安排的。」

「不，我不是問這個，是說眞正的戀愛。」她本想說赫爾辛基的事，但不願重複伏倫斯基說過的話。

那個向伏倫斯基買馬駒的伏伊托夫來了，安娜站起身來，走了出去。臨走以前，伏倫斯基走到她房裡。她想假裝在桌上找尋什麼東西，但覺得裝假是可恥的，就對住他的臉冷冷地瞧了一眼。

「您要什麼？」她用法語問。

「甘必塔的證書，我把它給賣了。」他說話的語氣比語言更清楚地表示：「我沒有工夫解釋，解釋也沒有用。」

「我沒有什麼地方對不起她。」他想。「如果她自討苦吃，那是她自作自受。」不過，當他出去的時候，他彷彿覺得她說了一句什麼話，他的心突然因爲憐憫她而揪緊了。

「什麼，安娜？」他問。

「沒什麼。」她依舊那麼冷淡而鎮靜地回答。

「沒什麼，那你就自作自受去吧。」他暗自想，又冷了心，轉身就走。出門的時候，他在鏡子裡看見她臉色蒼白，嘴唇發抖。他想站住，說句話安慰安慰她，可是話還沒有想好，兩腳已出了房門。這天他整天都不在家。晚上回來，侍女對他說安娜·阿爾卡迪耶夫娜頭疼，請他不要到她房裡去。

26

他們從來不曾鬧過一整天彆扭，今天是破題兒第一遭。其實也不是什麼鬧彆扭，而是公開承認感情冷淡了。他在房裡拿證書，冷冰冰地瞅了她一眼。他怎麼能用這樣的眼光瞅她呢？瞅了一眼，明明看見她絕望、心碎，怎能不吭一聲，若無其事地走掉？他不僅對她冷淡，而且恨她，因爲他顯然愛上別的女人了。

安娜一面回想著他全部冷酷無情的話，同時想像著一些他顯然想說而說不出口的冷言冷語，越來越惱火了。

「我不留您。」他會這樣說。「您要去哪兒可以去哪兒。您不願同您丈夫離婚，大概是想回到他那裡去吧？您回去得了。您要是需要錢，我可以給您。您要多少盧布？」

在她的想像中，他說了只有粗漢才說得出口的種種最殘酷的話，她不能饒恕他，彷彿他眞的說過。

「他這個忠厚老實人，昨天不是還發誓眞心愛我嗎？以前我不是也多次感到絕望，其實都沒有必要嗎？」她緊接著又自言自語。

除了訪問威爾遜花去兩小時外，安娜整天都沈溺在猜疑中：是一切全完了，還是有希望言歸於好；是馬上就走，還是再見他一面。她等了他一整天又一個黃昏，最後吩咐侍女轉告他她頭疼，自己走進臥室，同時心裡合計著：「要是他聽了侍女的話仍來看我，說明他還是愛我的。要是不來，那就是說一切全完了。我就得決定該怎麼辦！……」

晚上，她聽見他的馬車停下的聲音、他的打鈴聲、他的腳步聲和同侍女談話的聲音。他聽了侍女的話，信以爲眞，不再探問什麼，就到自己房裡去了。可見一切全完了。

死，現在是促使他恢復對她的愛情，懲罰他，讓她心裡的惡魔在同他搏鬥中取得勝利的唯一手段，這種死的情景生動地出現在她的眼前。

去不去伏茲德維任斯克，同丈夫離不離婚，如今都是小事，都是不重要的。只有一件事非做不可，那就是懲罰他。

她倒出通常服用的一劑量鴉片，並且想到只要把這整瓶藥一飲而盡就可以死去，實在容易得很。她不禁又津津有味地想像著他將多麼痛苦，悔恨和追憶對她的愛情，可是已來不及的情景。她睜著眼睛躺在床上，在一支殘燭的微光中，望著天花板的雕花牆冠和屏風投上去的一小片陰影，腦子裡生動地想像著，當她不在人間而只給他留下一個回憶的時候，他會有什麼感觸。「我怎能對她說出那麼冷酷的話來呢？」他會這樣自怨自艾。「我怎能一言不發就離開她的房間？如今她已經沒有了。她永遠離開我們了。她在那裡……」屏風的陰影突然搖曳起來，籠罩了整個天花板和周圍的牆冠；同時有些陰影從另一個方向朝她襲來；剎那間陰影消失了，然後又飛快地從四面八方湧來，搖曳著，融成一片。於是周圍變得一團漆黑。「死！」她想。滅亡的恐懼攫住了她，她好半天弄不清她在什麼地方。她想再點亮一支蠟燭來代替那支熄滅的殘燭，可是雙手哆嗦，怎麼也找不著火柴。「不，什麼都不要緊，只要活下去就行！因為我愛他，他也愛我！那些都是往事，什麼都會過去的。」她一面說，一面感覺到歡慶復活的淚水沿著面頰滾滾而下。為了擺脫恐懼，她慌忙往他書房走去。

他在書房裡睡得很熟。她走到他跟前，舉起蠟燭照著他的臉，好一陣望著他。這會兒，他睡著了，她實在愛他，一看見他的模樣，就忍不住流出愛的熱淚。不過她知道，他一醒來，就會用自以為是的冷酷目光看她；她要向他傾訴愛情，首先非得向他證明是他負她不可。她沒有弄醒他，回到自己房裡，又服了一劑量鴉片，到天快亮時才睡去。但噩夢聯篇，不斷驚醒，始終沒有完全失去意識進入睡鄉。

早晨，她又做了同伏倫斯基結合前做過多次的那種噩夢，並且被嚇醒了。一個鬍子蓬亂的小老頭，彎著腰擺弄一樣鐵器，嘴裡喃喃地說著莫名其妙的法國話。每次做這種噩夢，她總是恐怖地發覺那鄉下人並不理會她，卻用鐵器在她身上亂捅。她驚醒過來，一身冷汗。

她起床的時候，回想昨天的往事，好像隔著一片迷霧。

「吵過一次嘴。這種事發生過多次了。我說我頭疼，他沒有進來。我們明天就動身，我得去看看他，做好準備。」她自言自語道。聽說他在書房裡，她就去找他。她穿過客廳的時候，聽見門口有輛馬車停下來。她往窗外一望，看見一個戴紫帽的年輕姑娘從車窗裡探出頭來，對那個打門鈴的僕人吩咐著什麼。有人在前廳談了幾句話，走上樓去。接著就聽見客廳外面傳來伏倫斯基的腳步聲。他快步走下樓去。安娜又走到窗前。她看見他沒有戴帽子，走到台階上，向馬車走去，那戴紫帽的年輕姑娘交給他一包東西。伏倫斯基笑瞇瞇地對她說了一句什麼。馬車走了，他又急急地跑上樓來。

籠罩著她整個心靈的迷霧突然消散了。昨天的種種感受重又刺痛著她那顆受傷的心。她怎麼也無法理解，自己怎麼會不顧屈辱，在他房裡待上一整天。她走進他的書房，去向他表明自己的決心。

「剛才索羅金娜母女路過這裡，從媽媽那裡給我帶來錢和證件。我昨天沒有弄到。你的頭怎麼樣？好些嗎？」他若無其事地說，不願看到也不願探究她那陰鬱而得意的神色。

她站在房間中央，默默地凝望著他。他對她瞧了一眼，皺了皺眉頭，繼續看信。她轉過身，慢吞吞地走出房去。他還來得及把她喚回來，但她走到門口，他還是不作聲。只聽見他翻閱信件的颯颯聲。

「喂，我問你，」她已經走到門口，他這才開口了，「我們明天一定走，是不是？」

「您走，我不走。」她轉身對他說。

「安娜，這種日子叫人怎麼過呀……」

「您走，我不走。」她重複說。

「這簡直叫人受不了！」

「您……您會後悔的。」她說著走了出去。

他被她說這話時的絕望語氣嚇壞了，霍地跳起來，想去追她，但定了定神，又坐下，咬緊牙關，皺起眉頭。這種他認爲無禮的威脅使他大爲惱火。「我什麼都試過了。」他想：「只剩下一個辦法，就是置之不理。」於是他就準備進城，再到母親那裡去一次，請她在委託書上簽個字。

她聽見他在書房和餐廳裡走動的腳步聲。他在客廳門口站住了。但他沒有拐到她的屋裡來，他只關照僕人，他不在的時候可以讓伏伊托夫把馬駒帶走。隨後她聽見馬車駛過來，大門打開了，他又走到門外。接著他又回到門廳裡，有人跑上樓來。原來是侍僕上樓拿主人忘記的手套。她走到窗口，看見他看也不看地接過手套，拍拍車夫的背，對他說了些什麼。然後，他沒有抬頭望望窗口，同平常一樣瀟脫地坐上馬車，一條腿擱在另一條腿上，戴上手套，就在轉角處消失了。

27

「他走了！全完了！」安娜站在窗前自言自語。回答她的只有蠟燭熄滅後的黑暗同噩夢留下的印象，她心裡充滿了冷徹骨髓的恐懼。

「不，這是不可能的！」她大聲叫道，穿過房間，拚命打鈴。這會兒，她眞的害怕獨個兒待著，不等人來，就走去迎接。

「去打聽一下，伯爵上哪兒去了。」她說。

僕人回答說，伯爵到馬廄去了。

「伯爵讓我稟告您，您要是想出門，馬車就會回來的。」

「好的。等一下。我這就寫一張條子。叫米哈伊爾把條子送到馬廄裡去。快一點兒。」

她坐下來寫道：

是我錯了。快回家，有話面談。看在上帝份上快回來，我害怕極了。

她把信封好交給僕人。

現在她害怕獨個兒等著，就隨著僕人走出房間，往育兒室走去。

「嗐，怎麼搞的，這不是他，不是他！他那雙藍眼睛和他那怯生生的可愛笑容在哪裡？」她精神恍惚，原希望在育兒室裡看到謝遼查，卻看到了胖鼓鼓、紅噴噴、長著一頭烏黑鬈髮的小女孩，禁不住這樣想。女孩子坐在桌旁，拿一個瓶塞子在桌上亂敲，一雙烏溜溜的眼睛茫然地瞪著母親。安娜回答英國保姆說，她身體很好，明天下鄉去，接著就在女孩旁邊坐下，拿瓶塞子在她面前旋轉著。但孩子響亮的笑聲和眉毛一揚的姿勢太像伏倫斯基了，她好容易忍住嗚咽，慌忙站起身來，走了出去。「難道眞的一切全完了？不，這是不可能的。」她想。「他會回來的。他將怎樣向我解釋他和她談話後的笑容和興奮勁兒呢？但即使不解釋，我也相信他。我要是不相信他，那就只剩下一條路了……我可不願意。」

她看了看錶。才過了十二分鐘。「這會兒他接到條子，一定回家來了。要不了多少工夫，再過十分鐘……萬一他不回來怎麼辦？不，不會的。可不能讓他看出我的眼睛哭過了。我去洗個臉。咦，我頭髮梳過了沒有？沒梳過？」她問自己，但是記不起來。她摸摸頭。「哦，對，梳過了，可是什麼時候梳的，一點也記不起了。」她甚至不相信自己的手，走到鏡子前面照照，看是不是眞的梳過了。頭髮是梳過了，但她記不起什麼時候梳的。「這是誰呀？」她望著鏡子裡那個臉上發燒、兩隻異樣地閃閃發亮的眼睛盯住她的女人。「對了，這就是我。」她恍然大悟，從頭到腳打量著自己，突然覺得他在吻她的全身，她打了個哆嗦，聳聳肩膀。然後把手舉到嘴邊吻了吻。

「怎麼啦，我瘋了！」她走進臥室，安奴施卡正在收拾屋子。

「安奴施卡。」她喚了一聲，在侍女面前站住了，眼睛瞪著她，不知道對她說什麼好。

「您得去看望達麗雅·阿歷山德羅夫娜。」侍女懂事地說。

「去看望達麗雅·阿歷山德羅夫娜嗎？是的，我要去的。」

「十五分鐘去，十五分鐘來。他已經動身回來了，馬上就要到了。」她摸出錶，看了看。「可他怎麼能這樣撇下我自己跑掉呢？他不同我和好怎麼能過日子呢？」她走到窗口，望望大街。算時間他該回來了。但也可能計算得不正確，她就重新回憶他什麼時候走的，一分鐘一分鐘地計算著時間。

她剛走到掛鐘前面去對錶，就有人乘車來了。她往窗外一望，看見他的馬車。但沒有人上樓來，只聽得樓下說話的聲音。這是派去的僕人坐馬車回來了。她下樓去迎接。

「伯爵沒有碰到。他到下城車站去了。」

「你怎麼啦？什麼？……」她問那個把字條交還給她的紅光滿面、喜氣洋洋的米哈伊爾。

「原來他並沒有接到字條。」她恍然大悟。

「把這個條子送到伏倫斯基伯爵夫人的鄉下去，你知道嗎？立刻帶回信來。」她對送信的人說。

「那麼我自己……我自己做什麼呢？」她想。「對了，我去看看陶麗，要不我會瘋的。對了，我再打個電報去。」她拿起筆來寫電文：

我有話要談，即來。

她發了電報，去換衣服。穿好衣服，戴上帽子，她又望了望身子發胖、樣子文靜的安奴施卡的眼睛。她這雙善良的灰色小眼睛，顯然露出同情的神色。

「安奴施卡，好朋友，叫我怎麼辦哪？」安娜邊哭邊說，頹然倒在安樂椅上。

「您不要這樣難過，安娜．阿爾卡迪耶夫娜！這種事總是難免的。您出去走走，散散心吧。」侍女說。

「是的，我這就去。」安娜打起精神，站起來說。「要是我不在家有電報來，就送到達麗雅．阿歷山德羅夫娜那裡去……不，我會回來的。」

「是的，不要東想西想了，得做些事，出去，主要是離開這座房子。」她自言自語，恐怖地聽著自己心臟的卜卜跳動，急忙走出大門，坐上馬車。

「您上哪兒，夫人？」彼得還沒有跳上馭座就問。

「到茲納敏卡街，奧勃朗斯基家。」

28

天氣晴朗了。下了一早上的濛濛細雨，剛剛放晴。鐵皮屋頂、人行道石板、馬路上的鵝卵石、馬車上的車輪、皮件、銅器和白鐵，一切都在五月的陽光下閃閃發亮。下午三點鐘正是街上最熱鬧的時候。

套著一對灰馬的舒適的彈簧馬車在飛馳中微微搖晃，安娜坐在車上的一角，在一刻不停的轔轔聲中，眼望著窗外瞬息萬變的景象，重新回顧這幾天來的事件，對自己處境的看法同在家裡時完全不同了。死的念頭現在對她已不那麼可怕、那麼肯定，死也不再是不可避免的了。現在她責備自己竟這樣妄自菲薄。「我求他饒恕。我向他屈服，主動認了錯。何必呢？難道沒有他我就不能過嗎？」她沒有解答這個問題，卻看起商店的招牌來。「公司和倉庫……牙科醫生……是的，我要把一切全告訴陶麗。她不喜歡伏倫斯基。這是丟人的、痛苦的，但我要把一切全告訴她。她愛我，我願意聽她的話。我對他不再讓步，我不許他教訓我……菲里波夫，精白麵包。據說他們是把發好的麵團送到彼得堡來的。莫斯科的水眞好哇。還有梅基興的礦泉和薄餅。」她回想起好久好久以前，她十七歲那年，同姑媽一起去朝拜三聖修道院。「當時是坐馬車去的。難道一雙手凍得紅紅的姑娘就是我嗎？有多少東西，當時覺得高尙美好，如今卻變得一錢不值，過去的東西再也要不回來了。當時我能相信自己有一天會落到如此可恥的下場嗎？他收到我的條子準會得意忘形了！但我會給他點顏色瞧瞧……這油漆味好難聞哪！他們怎麼老是造個沒完、漆個沒了的？……時裝店和女帽店，」她又看看招牌。有個男人向她鞠躬。這是安奴施卡的丈夫，「是我們的寄生蟲。」她想起伏倫斯基說過的話。「我們的？爲什麼是我們的？可怕的是不能把往事連根拔掉。不能拔掉，但可以忘卻。我要把它忘卻。」這時她想起同卡列寧的往事，想起她怎樣把它從記憶中抹掉。「陶麗會以為我拋棄了第二個丈夫，因此當然是我的不是。我何必要人家說我是呢！我辦不到！」她自言自語，傷心得想哭。但她立刻想，那兩個姑娘什麼事笑得那麼開心。「大概是想到愛情了吧？她們不知道這事有多麼痛苦，多麼卑鄙……林蔭道和孩子們。三個男孩在奔跑，玩著賽馬遊戲。唉，謝遼查！我失去一切，也不能使他再回來了。是的，他要是不回來，我就失去了一切了。說不定他趕不上火車，這會兒已經回家。我又要低三下四了！」她責備自己。「不，我要去找陶麗，向她坦白：我不幸，我自作自受，全是我不是，可我確實很不幸，你幫幫我忙吧……這兩匹馬，這輛馬車——我坐著有多難受——都是他的，可我以後再也看不到它們了。」

安娜思考著她要向陶麗把心裡的話都講出來，不惜觸痛自己的心，走上樓去。

「有客人嗎？」她在前廳問。

「卡吉琳娜·阿歷山德羅夫娜·列文來了。」僕人回答。

「吉娣！就是伏倫斯基戀愛過的那個吉娣，」安娜想，「他對她總是念念不忘。他後悔沒有同她結婚。可他一想到我，總是懷恨在心，後悔同我結合。」

安娜到的時候，姊妹倆正在談論哺育嬰兒的事。陶麗單獨出來迎接這位打斷她們談話的客人。

「哦，你還沒有走嗎？我正要去看你吶，」陶麗說，「我今天收到斯基華的信。」

「我們也收到他的電報了。」安娜一面回答，一面回頭張望，找尋吉娣。

「他來信說，他不明白阿歷克賽·阿歷山德羅維奇究竟存什麼心，但他得不到答覆是不走的。」

「我想你有客人吧。可以讓我看看信嗎？」

「是的，吉娣在，」陶麗尷尬地說，「她在育兒室裡。她生了一場大病。」

「我聽說了。可以讓我看看信嗎？」

「我這就去拿。不過他並沒有拒絕，相反地，斯基華覺得滿有希望呢。」陶麗站在門口說。

「我可不抱希望，我也沒有這個要求。」安娜說。

「噢，吉娣是不是認爲同我見面會辱沒她的身分？」安娜剩下獨自一人時想。「也許她是對的。但她不該……她這個同伏倫斯基戀愛過的人不該這樣對待我，雖然這是事實。我知道，凡是正派女人都因我的身分不願接見我。我知道，自從我爲他犧牲一切的最初一剎那起，情況就是這樣！這是報應！唁，我眞恨死他了！我來這兒幹嘛呀？只有更痛苦，更難受！」她聽見姊妹倆在隔壁商量。「如今叫我對陶麗說什麼好呢？讓吉娣看到我的不幸，我求她庇護，這樣來安慰她嗎？不，就連陶麗也不會理解的。我同她談也沒有用。我只要看看吉娣，讓她知道現在誰也不放在我眼裡，什麼事也不放在我心上，我什麼都不在乎，就行了。」

陶麗拿了信出來。安娜看完信，默默地交還給她。

「這些我全知道了，」她說，「我一點兒也不感興趣。」

「那是爲什麼呀？我倒抱著希望呢。」陶麗好奇地瞧著安娜說。她從沒見過安娜心情這樣煩躁。「你什麼時候動身？」她問。

安娜瞇縫起眼睛望著前方，沒有回答。

「吉娣怎麼躲著我呀？」她望著門口，漲紅了臉說。

「噯，別瞎說！她在餵奶，她弄不來，我在教她……她聽說你來很高興呢。她馬上就來。」陶麗不會撒謊，窘態畢露地說。「你看，她來了。」

吉娣知道安娜來了，本想不出來，但是陶麗把她說服了。吉娣鼓足勇氣，走進來，臉漲得通紅，走到安娜面前，伸出一隻手。

「看到您我眞高興。」她聲音哆嗦地說。

吉娣對這個不規矩的女人抱著敵意，但又想對她表示寬宏大量。在這種內心矛盾中，她心慌意亂，不知所措，但一看到安娜美麗可愛的臉，對她的敵意就完全消失了。

「您要是不願意同我見面，我也不會覺得奇怪的。什麼事我都習慣了。您害過病了嗎？是的，您的樣子變了。」安娜說。

吉娣發覺安娜望她的目光帶有幾分敵意。她認爲這是由於安娜以前庇護過她，如今自己卻落到這個境地，因而感到難堪。吉娣心裡替她難過。

她們談到吉娣的病、談到嬰兒、談到斯基華，但安娜對這些事顯然毫無興趣。

「我是來向你辭行的。」安娜站起來說。

「您什麼時候動身？」

安娜又沒有回答，轉身繼續同吉娣攀談。

「是的，看到您我眞高興。」安娜笑瞇瞇地說。「我從各方面聽到您的情況，甚至從您丈夫嘴裡聽到。他到我那裡去過了，我很喜歡他。」安娜說這話顯然不懷好意。「他現在在哪裡？」

「他到鄉下去了。」吉娣紅著臉說。

「請代我向他致意，一定向他致意。」

「一定！」吉娣天真地重複她的話，滿懷同情地注視著她的眼睛。

「那麼，別了，陶麗！」安娜吻了吻陶麗，握了握吉娣的手，匆匆地走了。

「還是同原來一樣，還是那麼迷人，真美！」又剩下姊妹倆時，吉娣說。「不過她有一種說不出的可憐相！真可憐！」

「可不是，今天她有點異樣。」陶麗說。「我送她到前廳，發覺她想哭呢。」

29

安娜上了馬車，情緒比離家時更壞。除了原來的痛苦，又加上了被侮辱、被唾棄的感覺，這是她在遇見吉娣時明顯地感覺到的。

「您上哪兒，夫人？回家嗎？」彼得問。

「是的，回家。」她說，現在根本不考慮她要到哪裡去。

「他們瞧著我，就像瞧著什麼稀奇古怪、神祕莫測的東西。他們那麼起勁地談些什麼呀？」她望著兩個步行的人想。「難道人能把自己的感受講給別人聽嗎？我原來也想給陶麗講講，幸虧沒有講。她看到我的不幸會高興的！表面上她會不動聲色，但看到我由於她所妒嫉的歡樂而受懲罰，她會感到高興。吉娣會更加高興。我可把她看透了！她知道我在她丈夫心目中特別有魔力，因此吃我的醋，恨我，瞧不起我。在她的眼裡，我是個道德敗壞的女人。我如果真是個道德敗壞的女人，只要我高興，早就把她的丈夫迷住了……我的確有過這樣的念頭……瞧這傢伙好神氣。」這時一個紅光滿面的胖子迎面而來，把她當作熟人，掀了掀他那亮光光的禿頭上的亮光光的大禮帽，接著發覺認錯了人。安娜看見他，這樣想。「他還以爲認識我呢。其實他並不認識我，天下沒有一個人認識我。連我自己都不認識我自己。正像法國人說的：我只認識我自己的胃口。你瞧，他們要吃那種骯髒的冰淇淋。他們就知道吃。」兩個男孩攔住賣冰淇淋的小販，那小販從頭上放下木桶，用手巾擦擦汗淋淋的臉，安娜望著他們，心裡想。「大家都喜歡吃可口的甜食。沒有糖果，就吃骯髒的冰淇淋。吉娣也是這樣：得不到伏倫斯基，就要列文。她還吃我的醋呢。她還恨我呢。我們彼此互相仇恨。我恨吉娣，吉娣恨我。這是事實。……理髮大師邱金。我總是請邱金替我梳頭的……等他來了，我要告訴他。」她想著微微一笑，但立刻想到如今可沒有人同她說笑話了。「其實也沒有什麼可笑的和好玩的。一切都叫人討厭。晚禱的鐘聲響了，那個商人多麼一本正經地畫著十字！彷彿怕失掉什麼。這些教堂、這些鐘聲、這些謊言，都有什麼用？無非是想掩蓋我們彼此的仇恨，像這些破口對罵的車夫一樣。雅希文說：『他想使我輸個精光，我對他也是這樣。』這倒是眞的！」

她在胡思亂想中暫時忘記了自己的處境，最後來到家門口。直到看見門房出來迎接她，才想起她發出的信和電報。

「有回信嗎？」她問。

「讓我看看。」門房回答。他朝桌上望了望，拿起一封薄薄的方形電報交給她。「十時前不能回來。伏倫斯基。」她唸道。

「那麼，送信的回來沒有？」

「還沒有，夫人。」門房回答。

「啊，既然如此，那我知道該怎麼辦。」她自言自語，心頭起了一股無名火和復仇的慾望，她跑上樓去。「我親自去找他。同他永別以前，我要把話同他說個明白。我從沒像恨他這樣恨過人！」她心裡想。一看見衣帽架上掛著他的帽子，她嫌惡得渾身打了個哆嗦。她沒想到他這個電報是回答她的電報的，他當時還沒有收到她的信。她滿心以爲這會兒他正悠閒地同母親和索羅金娜小姐聊天，拿她的痛苦取樂呢。「是的，得趕快走。」她對自己說，還不知道該到哪裡去。她想盡快擺脫她在這座可怕房子裡所產生的情緒。僕人、牆壁、房子裡的每樣東西好像幾座大山壓在她身上，引起她的嫌惡和憎恨。

「對了，我得到火車站去，要是找不到他，就到那邊去揭穿他的把戲。」安娜看了看報上的火車時刻表。晚上八點二十分有一班車。「是的，我趕得上的。」她吩咐換上兩匹馬，自己動手把幾天需用的東西收拾到行李袋裡。她知道再也不會回來了。在掠過頭腦的種種計畫中，她模模糊糊地選定了一種，也就是在火車站或者伯爵夫人莊院裡鬧了一場以後，她就乘下城鐵路的火車，在最先停靠的城裡住下來。

晚飯已經擺好。她走到桌旁，聞了聞麵包和奶酪，覺得樣樣食品都令人噁心，就吩咐僕人套好車，走出門去。房子已在整條街上投下陰影，天氣晴朗，在夕陽下還很暖和。不論拿著行李送她出來的安奴施卡，還是把行李放上馬車的彼得，或情緒不佳的車夫，個個都使她討厭，他們的言語和舉動都惹她生氣。

「我不需要你了，彼得。」

「那麼車票怎麼辦？」

「嗯，隨你的便吧，反正都一樣。」她不耐煩地回答。

彼得跳到馭座上，兩手叉腰，吩咐車夫上火車站。

30

「哦，又是那個姑娘！我什麼都明白了。」馬車剛走動，安娜就自言自語。馬車在石子路上搖搖晃晃，發出轆轆的響聲，一個個印象又接二連三地湧上她的腦海。

「嗯，我剛才想到一件什麼有趣的事啦？」她竭力回想。「是理髮大師邱金嗎？不，不是那個。噢，有了，就是雅希文說的：生存競爭和互相仇恨是人與人之間的唯一關係……哼，你們出去兜風也沒意思。」她在心裡對一群乘駟馬車到城外遊玩的人說。「你們帶著狗出去也沒用。你們逃避不了自己的良心。」她隨著彼得轉身的方向望去，看見一個喝得爛醉的工人，搖晃著腦袋，正被一個警察帶走。「哦，他這倒是個辦法。」她想。「我同伏倫斯基伯爵就沒有這樣開心過，儘管我們很想過這種開心的日子。」安娜這是第一次明白她同他的關係，這一點她以前總是避免去想的。「他在我身上追求的是什麼呀？與其說愛情，不如說是滿足他的虛榮心。」她回想起他們結合初期他說過的話和他那副很像馴順的獵狗似的神態。現在一切都證實了她的看法。「是的，他流露出虛榮心得到滿足的自豪。當然也有愛情，但多半是取得勝利時的得意。他原以得到我為榮。如今都已過去了。沒有什麼值得得意的了。沒有得意，只有羞恥。他從我身上得到了一切能得到的東西，如今再也不需要我了。他把我看作包袱，但又竭力裝作沒有忘恩負義。昨天他說溜了嘴，要我先離婚再結婚。他這是破釜沈舟，不讓自己有別的出路。他愛我，但愛得怎麼樣？熱情冷卻了①……那個人想出鋒頭，那麼得意洋洋的。」她望著那個騎一匹賽跑馬的面色紅潤的店員想。「唉，我已沒有迷住他的風韻了。我要是離開他，他會打心眼裡高興的。」

這倒不是推測，她看清了人生的意義和人與人之間的關係。

「我在愛情上越來越熱烈，越來越自私，他卻越來越冷淡，這就是我們分手的原因。」她繼續想。「眞是無可奈何。我把一切都寄託在他身上，我要求他也更多地爲我獻身，他卻越來越疏遠我。我們結合前心心相印，難捨難分；結合後卻分道揚鑣，各奔西東。這種局面又無法改變。他說我無緣無故吃醋，我自己也說我無緣無故吃醋，但這不是事實。我不是吃醋，而是感到不滿足。可是……」突然一個念頭湧上心來，她激動得張開了嘴，在馬車上挪動了一下身子。「我眞不該那麼死心塌地做他的情婦，可我又沒有辦法，我克制不了自己。我對他的熱情使他反感，他卻弄得我生氣，但是又毫無辦法。難道我不知道他不會欺騙我，他對索羅金娜沒有意思，他不愛吉娣，他不會對我變心嗎？這一切我全知道，但我並不因此覺得輕鬆。要是他並不愛我，只是出於責任心才對我曲意溫存，卻沒有我所渴望的愛情，那就比仇恨更壞一千倍！這簡直是地獄！事情就是這樣。他早就不愛我了。愛情一結束，仇恨就開始……這些街道我全不認識了。還有一座座小山，到處是房子、房子……房子裡全是人，數不清的人，個個都是冤家……嘜，讓我想想，怎樣才能幸福？好，只要准許離婚，卡列寧把謝遼查讓給我，我就同伏倫斯基結婚。」一想到卡列寧，她的眼前立刻鮮明地浮現出他的形象，他那雙毫無生氣的馴順而遲鈍的眼睛，他那皮膚白淨、青筋畢露的手，他說話的腔調，他扳手指的聲音。她又想到了他們之間也被稱爲愛情的感情，不禁嫌惡得打了個寒噤。「好吧，就算准許離婚，正式成了伏倫斯基的妻子。那麼，吉娣就不會像今天這樣看我嗎？不。謝遼查就不會再問到或者想到我有兩個丈夫嗎？在我和伏倫斯基之間又會出現什麼感情呢？我不要什麼幸福，只要能擺脫痛苦就行了。有沒有這樣的可能呢？不，不！」她毫不遲疑地回答自己。「絕對不可能！生活迫使我們分手，我使他不幸，他使我不幸；他不能改變，我也不能改變。一切辦法都試過了，螺絲壞了，擰不緊了……啊，那個抱著嬰兒的女叫花子，她以爲人家會可憐她。殊不知道我們投身塵世就是爲了相互仇恨、折磨自己、折磨別人嗎？有幾個中學生走過來，他們在笑，那麼謝遼查呢？」她想了起來。「我也以爲我很愛他，並且被自己對他的愛所感動。可我沒有他還不是照樣生活，我拿他去換取別人的愛，在愛情得到滿足的時候，我對這樣的交換並不感到後悔。」她嫌惡地回顧那種所謂愛情。如今她把自己的生活和別人的生活看得一清二楚，她感到高興。「我也罷，彼得也罷，車夫菲多爾也罷，那個商人也罷，凡是受廣告吸引到伏爾加河兩岸旅行的人，到處都是這樣，永遠都是這樣。」當她的馬車駛近下城車站的低矮建築物，幾個挑夫跑來迎接時，她這樣想。

「票買到奧比拉洛夫卡嗎？」彼得問。

她完全不記得她要到哪裡去，去做什麼，費了好大勁才聽懂他這個問題。

「是的。」她把錢包交給他說，手裡拿了一個紅色小提包，下了馬車。

她穿過人群往頭等車候車室走去，漸漸地想起了她處境的細節和她猶豫不決的計畫。於是，忽而希望，忽而絕望，又交替刺痛她那顆受盡折磨卜卜亂跳的心。她坐在星形沙發上等待火車，嫌惡地望著進進出出的人（她覺得他們都很討厭），忽而幻想她到了那個車站以後給他寫一封信，信裡寫些什麼，忽而幻想他不了解她的痛苦，反而向母親訴說他處境的苦惱，就在這當兒她走進屋子裡，對他說些什麼話。忽而她想，生活還是會幸福的，她是多麼愛他，又多麼恨他呀，還有，她的心跳得好厲害呀。

①原文為英文。

31

鈴聲響了。有幾個年輕人匆匆走過。他們相貌難看，態度蠻橫，卻裝出一副煞有介事的樣子。彼得穿著制服和半筒皮靴，他那張畜生般的臉現出呆笨的神情，也穿過候車室，來送她上車。她走過站台，旁邊幾個大聲說笑的男人安靜下來，其中一個低聲議論著她，說著下流話。她登上火車高高的踏階，獨自坐到車廂裡套有骯髒白套子的軟座上。手提包在彈簧座上晃了晃，不動了。彼得露出一臉傻笑，在車窗外掀了掀鑲金線的制帽，向她告別。一個態度粗暴的列車員砰的一聲關上車門，上了門。一位穿特大撐裙的畸形女人（安娜想像著她不穿裙子的殘廢身子的模樣，不禁毛骨悚然）和一個裝出笑臉的女孩子，跑下車去。

「卡吉琳娜·安德列夫娜什麼都有了，她什麼都有了，姨媽！」那女孩子大聲說。

「連這樣的孩子都裝腔作勢，變得不自然了。」安娜想。為了避免看見人，她迅速地站起來，坐到面對空車廂的窗口旁邊。一個骯髒難看、帽子下露出蓬亂頭髮的鄉下人在窗外走過，俯下身去察看火車輪子。「這個難看的鄉下人好面熟。」安娜想。她忽然記起那個噩夢，嚇得渾身發抖，連忙向對面門口走去。列車員打開車門，放一對夫婦進來。

「您要出去嗎，夫人？」

安娜沒有回答。列車員和上來的夫婦沒有發覺她面紗下驚惶的神色。她回到原來的角落坐下來。那對夫婦從對面偷偷地仔細打量她的衣著。安娜覺得這對夫妻都很討厭。那個男的問她可不可以吸煙，顯然不是真正為了要吸煙，而是找機會同她攀談。他取得了她的許可，就同妻子說起法國話來，他談的事顯然比吸煙更乏味。他們裝腔作勢地談著一些蠢話，存心要讓她聽見。安娜看得很清楚，他們彼此厭惡，彼此憎恨。是的，像這樣一對醜惡的可憐蟲不能不叫人嫌惡。

鈴響第二遍了，緊接著傳來搬動行李的聲音、喧鬧、叫喊和笑聲。安娜明白誰也沒有什麼值得高興的事，因此，這笑聲使她噁心，她眞想堵住耳朵。最後，鈴響第三遍，傳來了汽笛聲、機車放汽的尖叫聲，掛鉤鏈子猛地一牽動，做丈夫的慌忙畫了個十字。「倒想問問他爲什麼要這樣做。」安娜惡狠狠地盯了他一眼，心想。她越過女人的頭部從窗口望出去，看見站台上送行的人彷彿都在往後滑。安娜坐的那節車廂，遇到鐵軌接合處有節奏地震動著，在站台、石牆、信號塔和其他車廂旁邊開過；車輪在鐵軌上越滾越平穩，越滾越流暢，車窗上映著燦爛的夕陽，窗簾被微風輕輕吹拂著。安娜忘記了同車的旅客，在列車的輕微晃動中吸著新鮮空氣，又想起心事來。

「啊，我剛才想到哪兒了？對了，在生活中，我想不出哪種處境沒有痛苦，人人生下來都免不了吃苦受難，這一層大家都知道，可大家都千方百計哄騙自己。不過，一旦看清眞相又怎麼辦？」

「天賦人類理智就是爲了擺脫煩惱嘛。」那個女人裝腔作勢地用法語說，對這句話顯然很得意。

這句話彷彿解答了安娜心頭的問題。

「爲了擺脫煩惱。」安娜模仿那個女人說。她瞟了一眼面孔紅紅的丈夫和身子消瘦的妻子，明白這個病懨懨的妻子自以爲是個謎樣的女人，丈夫對她不忠實，使她起了這種念頭。安娜打量著他們，彷彿看穿了他們的關係和他們內心的全部祕密。不過這種事太無聊，她繼續想她的心事。

「是的，我很煩惱，但天賦理智就是爲了擺脫煩惱；因此一定要擺脫。既然再沒有什麼可看，既然什麼都叫人討厭，爲什麼不把蠟燭滅掉呢？可是怎麼滅掉？列車員沿著欄杆跑去做什麼？後面那節車廂裡的青年爲什麼嚷嚷啊？他們爲什麼又說又笑哇？一切都是虛假，一切都是謊言，一切都是欺騙，一切都是罪惡！……」

火車進站了，安娜夾在一群旅客中間下車，又像躲避痲瘋病人一樣躲開他們。她站在站台上，竭力思索她爲什麼到這裡來，打算做什麼。以前她認爲很容易辦的事，如今卻覺得很難應付，尤其是處在這群不讓她安寧的喧鬧討厭的人中間。一會兒，挑夫們奔過來搶著爲她效勞；一會兒，幾個年輕人在站台上把靴子後跟踩得咯咯直響，一面高聲說話，一面回頭向她張望；一會兒，對面過來的人笨拙地給她讓路。她想起要是沒有回信，準備再乘車往前走，她就攔住一個挑夫，向他打聽有沒有一個從伏倫斯基伯爵那裡帶信來的車夫。

「伏倫斯基伯爵嗎？剛剛有人從他那裡來。他們是接索羅金娜伯爵夫人和女兒來的。那個車夫長得怎麼樣？」

她正同挑夫說話的時候，那個臉色紅潤、喜氣洋洋的車夫米哈伊爾，穿著一件腰部打褶的漂亮外套，上面掛著一條錶鏈，顯然因爲那麼出色地完成使命而十分得意，走到她面前，交給她一封信。她拆開信，還沒有看，她的心就揪緊了。

「眞遺憾，我沒有接到那封信。我十點鐘回來。」伏倫斯基潦草地寫道。

「哼！不出所料！」她帶著惡意的微笑自言自語。

「好，你回家去吧。」她對米哈伊爾低聲說。她說話的聲音很低，因爲劇烈的心跳使她喘不過氣來。「不，我不再讓你折磨我了。」她心裡想，既不是威脅他，也不是威脅自己，而是威脅那個使她受罪的人。她沿著站台，經過車站向前走去。

站台上走著的兩個侍女，回過頭來打量她，評論她的服裝：「眞正是上等貨。」——她們在說她身上的花邊。幾個年輕人不讓她安寧。他們又盯住她的臉，怪聲怪氣地又笑又叫，在她旁邊走過。站長走過來，問她乘車不乘車。一個賣汽水的男孩目不轉睛地望著她。「天哪，我這是到哪裡去呀？」她一面想，一面沿著站台越走越遠。她在站台盡頭站住了。幾個女人和孩子來接一個戴眼鏡的紳士，他們高聲地有說有笑。當她在他們旁邊走過時，他們住了口，回過頭來打量她。她加快腳步，離開他們，走到站台邊上。一輛貨車開近了，站台被震得搖晃起來，她覺得她彷彿又在車上了。

她突然想起她同伏倫斯基初次相逢那天被火車軋死的人，她明白了她應該怎麼辦。她敏捷地從水塔那裡沿著台階走到鐵軌邊，在擦身而過的火車旁站住了。她察看著車廂的底部、螺旋推進器、鏈條和慢慢滾過來的第一節車廂的巨大鐵輪，竭力用肉眼測出前後輪之間的中心點，估計中心對準她的時間。

「那裡！」她自言自語，望望車廂的陰影，望望撒在枕木上的沙土和煤灰，「那裡，倒在正中心，我要懲罰他，擺脫一切人，也擺脫我自己！」

她想倒在開到她身邊的第一節車廂的中心。可是她從臂上取下紅色手提包時耽擱了一下，來不及了，車廂中心過去了。只好等下一節車廂。一種彷彿投身到河裡游泳的感覺攫住了她，她畫了十字。這種畫十字的習慣動作，在她心裡喚起了一系列少女時代和童年時代的回憶，周圍籠罩著的一片黑暗突然打破了，生命帶著它種種燦爛歡樂的往事剎那間又呈現在她面前，但她的目光沒有離開第二節車廂滾近攏來的車輪。就在前後車輪之間的中心對準她的一瞬間，她丟下紅色手提包，頭縮在肩膀裡，兩手著地撲到車廂下面，微微動了動，彷彿立刻想站起來，但又撲通一聲跪了下去。就在這一剎那，她對自己的行動大吃一驚。「我這是在那裡？我這是在做什麼？爲了什麼呀？」她想站起來，閃開身子，可是一個冷酷無情的龐然大物撞到她的腦袋上，從她背上軋過。「上帝呀，饒恕我的一切吧！」她說，覺得無力掙扎。一個矮小的鄉下人嘴裡嘟囔著什麼，在鐵軌上幹活，那支她曾經用來照著閱讀那本充滿憂慮、欺詐、悲哀和罪惡之書的蠟燭，閃出空前未有的光輝，把原來籠罩在黑暗中的一切都給她照個透亮，接著燭光發出輕微的嗶喇聲，昏暗下去，終於永遠熄滅了。

第八部

1

差不多過了兩個月。已經是盛夏時節，柯茲尼雪夫才準備離開莫斯科。

在這期間，他的生活中發生了一些重大事件。他花了六年心血寫成的著作《試論歐洲和俄國國家基礎和形式》，一年前完稿，其中一些章節和序言已在刊物上發表過，另一些章節柯茲尼雪夫也讀給朋友們聽過，因此這部著作的思想內容對公眾已不新鮮，但柯茲尼雪夫還是期望它的出版會在社會上造成重大影響，即使不是一場學術革命，也將轟動學術界。

這部著作經過仔細修訂，去年已正式出版，並且分發到書商手裡。

柯茲尼雪夫向任何人提到這本書，朋友們問起，他都回答得很淡漠，他從不向書商打聽書的銷路，其實他十分關心這部著作給社會和學術界的最初印象。

但是，過了一星期、兩星期、三星期，社會上沒有任何反應。他的朋友、專家和學者有時出於禮貌才提到它。那些對學術著作不感興趣的熟人根本沒有提到過它。目前社會上關心別的事，對它十分冷淡。學術期刊上整整一個月對這本書隻字不提。

柯茲尼雪夫精確估計寫書評需要的時間，可是過了一個月、兩個月，始終毫無反應。

只有在〈北方甲蟲〉一篇諷刺小品文裡，談到倒嗓歌唱家德拉班吉時，順便插了幾句話，批評柯茲尼雪夫的著作，說它早就受到大家的譴責和普遍的嘲笑。

到了第三個月，終於在一本嚴肅的雜誌上出現了一篇批判文章。柯茲尼雪夫認識文章作者，在高魯勃卓夫家見過他。

作者是個年輕有病的小品文作家，文筆潑辣，但教養極差，在私人交往上很膽怯。柯茲尼雪夫雖然很瞧不起這位作者，但還是認眞閱讀這篇文章。這篇文章實在太厲害了。寫小品的人顯然完全不理解這部著作，但巧妙地摘錄了片言隻語，使沒有看過這書的人（事實上幾乎誰也沒有看過它）覺得整部著作只是辭藻的堆砌，文字很不恰當（已用問號表出），作者是個不學無術的人。批評的手法十分巧妙，使柯茲尼雪夫自己都無法否認，厲害也就厲害在這裡。

柯茲尼雪夫分析這位評論家的論點是否正確，態度雖十分誠懇，但他從不認眞考慮人家所指責的缺點錯誤，認爲人家顯然是有意挑剔。不過，他立刻不由自主地仔細回憶他同這位作者見面和交談的情況。

「我有沒有什麼地方得罪了他？」柯茲尼雪夫問自己。

他記起上次見到這個年輕人，曾糾正他語言上的粗魯無禮，這樣就找到了對方寫這篇文章的動機。

這篇文章發表後，對他的著作沒有任何反應，不論文字的或者口頭的。柯茲尼雪夫看到他六年心血完全白費。

他覺得特別痛苦，因爲在完成這部作品以後，不再有佔據他大部分時間的著述工作了。

柯茲尼雪夫天資聰明，很有教養，身體健康，精力充沛，如今不知道該把精力往哪裡使。交際場所的談話，各種會議上的發言，花去了他一部分時間，但他是個城市居民，不願像他那個缺乏生活經驗的弟弟來到莫斯科那樣，把時間全部花在談話上，因此他還有許多空閒的時間和腦力活動的能力。

在他著作失敗後最痛苦的時期，幸虧原來不受人重視的斯拉夫問題，開始取代異教徒、歡迎美國朋友、薩瑪拉大饑荒、各種展覽會和招魂術等問題。柯茲尼雪夫原是提出斯拉夫問題的人之一，就全心全意投入這項活動。

柯茲尼雪夫所屬的圈子，除了斯拉夫問題和塞爾維亞戰爭外，什麼也不談，什麼文章也不寫。一向無所事事的人，如今都把全部時間用來爲斯拉夫人服務。跳舞會、音樂會、宴會、演講、婦女服裝、啤酒、小飯館——一切都證明大家是支持斯拉夫人的。

有關這問題的許多言論和文章，柯茲尼雪夫在細節上並不同意。他看到斯拉夫問題在社會上已成了時髦的談話資料——這種談話資料總是在不斷翻新。他看到許多人參與其事，懷有自私和虛榮的目的。他認爲報刊大量登載誇大其詞的東西，目的只是譁眾取寵，壓倒別人。他看到在這波瀾壯闊的社會浪潮中，衝得最前、叫得最響的都是些鬱鬱不得志的人：沒有軍隊的司令、沒有部的部長、沒有刊物的記者和沒有黨羽的黨魁。從這個問題上，他看到許多東西是輕率可笑的，但同時看到並且承認那種聯合社會上各階級、令人感動的日益高漲的熱情。屠殺同教教友和斯拉夫弟兄的事件，引起大家對受難者的同情和對壓迫者的憤恨。塞爾維亞人和門的內哥羅人爲崇高事業而英勇鬥爭，激發全體人民不是口頭上而是用行動來支援兄弟民族的願望。

此外，還有一件事使柯茲尼雪夫感到高興，那就是輿論的表現。整個社會明確表示它的願望。正如柯茲尼雪夫說的那樣，「表現了民族精神」。他越深入研究這個問題，就看得越清楚，這將是一個規模浩大的畫時代事件。

他全心全意投入這個偉大的運動，把著作也給忘了。

如今他忙得不可開交，連答覆來信和要求的時間都沒有。

他忙了一個春天和一部分夏天，直到七月才準備下鄉到弟弟那裡去。

他準備去休息兩個星期，同時在全民族最神聖的地方，在偏僻的鄉村，飽覽民族精神高漲的景象。對這種精神，他同全體首都居民都深信不疑。卡塔瓦索夫早就想實踐去列文家訪問的諾言，就和他同行。

2

柯茲尼雪夫同卡塔瓦索夫剛剛到達今天特別熱鬧的庫爾斯克車站，下了馬車，回頭望望押送行李的僕人，就看到一批批志願兵乘駟馬車馳來。婦女們手拿花束歡送他們，她們在一群蜂擁而來的人的護送下進入車站。

有一個前來歡送志願兵的貴夫人走出候車室，招呼柯茲尼雪夫。

「您也來送行嗎？」她用法語問。

「不，公爵夫人，我自己出門。到弟弟家去休息。您是給人家送行嗎？」柯茲尼雪夫似笑非笑地說。

「不能不送啊！」公爵夫人回答。「我們這裡已經送走了八百人，是嗎？馬爾文斯基不相信我的話呢。」

「超過八百了。如果加上不是直接從莫斯科出發的，已超過一千了。」柯茲尼雪夫說。

「可不是，我說嘛！」那位貴夫人快樂地響應說。「據說已經募捐了將近一百萬盧布，是嗎？」

「超過了，公爵夫人。」

「今天有什麼消息？又把土耳其軍擊敗了。」

「是的，我看到了。」柯茲尼雪夫回答。他們談到最新消息，證實連續三天土耳其軍在各個據點被擊敗，四下逃跑，明天將有一場決戰。

「嗯，想麻煩您一件事：有個很好的年輕人要求參軍。不知怎地遭到留難。我想請您給他寫個條子。我認識他，是李迪雅伯爵夫人介紹來的。」

柯茲尼雪夫詳細詢問公爵夫人那個要求參軍青年的情況，走進頭等車候車室，寫了一張條子，交給公爵夫人。

「您知道嗎，伏倫斯基伯爵，那位大名鼎鼎的……也坐這趟車。」當他找到公爵夫人，把條子交給她時，公爵夫人帶著得意和微妙的笑容說。

「我聽說他走，但不知道什麼時候。他坐這一趟車嗎？」

「我見到過他，他在這裡待了一陣。只有母親來給他送行。到頭來他也沒有別的出路了。」

「噢，那當然。」

他們談的時候，人群從他們旁邊向餐室湧去。他們也向那邊移動，看見一個紳士手拿酒杯，聲音洪亮地向志願兵講話。「爲信仰、爲人類和同胞效勞。」他越說越響。「莫斯科母親祝福你們去完成偉大的事業！萬歲！」他聲淚俱下地叫道。

人人都歡呼「萬歲」！又有一群人湧到候車室，險些把公爵夫人撞倒。

「嘿！公爵夫人，怎麼樣！」奧勃朗斯基突然出現在人群中，滿面春風地說。「說得漂亮、熱情，是嗎？太好了！還有謝爾蓋·伊凡諾維奇！您最好也講幾句鼓勵鼓勵。您是行家。」他又說，露出親切、尊敬和謹慎的微笑，輕輕地推推柯茲尼雪夫的手臂。

「不，我馬上就要走了。」

「上哪兒？」

「到鄉下弟弟那裡去。」柯茲尼雪夫回答。

「那您會見到我妻子的。我寫過信給她，但您可以更早見到她。請您告訴她，您見到我了，一切都好①。她會明白的。不過，麻煩您對她說一聲，我已當上聯合委員會理事了……喂，是的，她會明白的！您知道，這是人生的小小苦惱。」他彷彿道歉似地對公爵夫人說。「米雅赫基公爵夫人，不是麗莎，是比比施，送去一千支步槍和十二名護士。我跟您說過嗎？」

「是的，我聽說了。」柯茲尼雪夫不大樂意地回答。

「您要走了，眞可惜。」奧勃朗斯基說。「明天我們要設宴歡送兩個參戰的人：一個是彼得堡的迪米爾·巴特尼央斯基，另一個是我們的維斯洛夫斯基。兩人都要出發了。維斯洛夫斯基結婚才不久，眞是個好樣的！是不是，公爵夫人？」他對公爵夫人說。

公爵夫人沒有回答他，卻對柯茲尼雪夫望了望。柯茲尼雪夫和公爵夫人似乎想擺脫奧勃朗斯基，但這並沒使他感到狼狽。他笑嘻嘻地一會兒望望公爵夫人帽上的羽毛，一會兒左顧右盼，彷彿在回想什麼事。他看見一位太太拿著募捐箱走過，就叫她過來，塞進一張五盧布鈔票。

「只要口袋裡還有錢，我看見募捐箱就不能無動於衷。」奧勃朗斯基說。「今天有什麼消息？那些門的內哥羅人可眞了不起！」

「眞的嗎？」當公爵夫人告訴他伏倫斯基也搭這班車的時候，他叫道。奧勃朗斯基的臉刹那間顯得很哀傷，但稍微過了一會兒，當他撫摸著絡腮鬍子，微微搖晃著兩腿走進伏倫斯基房間時，他就完全忘記了

他看見一位太太拿著募捐箱走過，就叫她過來，塞進一張五盧布鈔票。

當時伏在妹妹屍體上失聲痛哭的情景，而把伏倫斯基看作一位英雄和老友。

「儘管他有許多缺點，也不能不為他說句公道話。」奧勃朗斯基一走開，公爵夫人對柯茲尼雪夫說。「您瞧，這是眞正的俄羅斯性格，斯拉夫性格！不過我怕伏倫斯基看到他會難過的。不論怎麼說，這個人的遭遇太使我感動了。路上您同他談談吧。」公爵夫人說。

「好的，要是有機會的話。」

「我一向不喜歡他，但這事改變了大家對他的看法。他不僅自己去，還出錢帶一連騎兵去。」

「是的，我聽說了。」

鈴響了。大家向門口湧去。

「這就是他！」公爵夫人指著身穿長外套、頭戴闊邊黑呢帽、挽著母親走去的伏倫斯基。奧勃朗斯基走在他旁邊，興奮地談著什麼。

伏倫斯基皺著眉頭，眼睛瞧著前方，彷彿不在聽他說話。

大概是奧勃朗斯基告訴了他，他朝公爵夫人和柯茲尼雪夫站著的方向望了望，默默地掀了掀帽子。他那張飽經滄桑而顯得蒼老的臉簡直像化石一樣。

走到站台上，伏倫斯基默默地讓母親走過去，自己也消失在單間車廂裡。

站台上奏起了國歌〈上帝保佑沙皇〉，然後是一片「萬歲」的喊聲。有一個志願兵身材很高，胸脯凹陷，年紀很輕，拿氈帽和花束在頭上揮著，特別顯眼地行著禮。接著兩個軍官和一個蓄大鬍子、戴油膩制帽的老人也探出頭來行禮。

①原文為英文。

3

柯茲尼雪夫向公爵夫人告別後，同卡塔瓦索夫一起走進擠得水洩不通的車廂。火車開動了。

在察里津車站，列車受到一群整齊地唱著〈頌歌〉的青年的歡迎。志願兵又伸出頭來，又行禮，但柯茲尼雪夫毫不在意，他同志願兵打交道打得多了，很了解他們，對他們不感興趣。但卡塔瓦索夫一向忙於學術活動，沒有機會觀察志願兵，因此對他們很感興趣，不斷向柯茲尼雪夫詢問他們的事。

柯茲尼雪夫勸他到二等車廂親自同他們談談。到了下一站，卡塔瓦索夫就照他的話去做。

車一停，他就走到二等車廂，同志願兵攀談起來。志願兵坐在車廂角落裡，高談闊論，顯然知道乘客們和進來的卡塔瓦索夫都在注意他們。說話聲音最響的是那個胸脯凹陷的高個子。看樣子他喝醉了，正在講他們學校裡發生過的一件事。坐在他對面的，是一個穿著奧地利近衛軍軍服的老軍官。他笑瞇瞇地聽著他講，偶爾打斷他的話。第三個穿砲兵軍服，坐在他們旁邊的手提箱上。第四個睡著了。

卡塔瓦索夫同那個青年談話，知道他原是莫斯科富商，不到二十二歲就把一大筆家產揮霍光了。卡塔瓦索夫不喜歡他，因爲他嬌生慣養，身體虛弱，毫無大丈夫氣概，但他卻以英雄自居，自吹自擂，叫人討厭，此刻喝多了酒，更是肆無忌憚。

第二個是個退伍軍官，也給卡塔瓦索夫留下不愉快的印象。這人看來閱歷豐富，曾在鐵路上工作，當過經理，辦過工廠，此刻講的話都毫無意義，而且濫用術語。

第三個是砲兵，同前面兩個不一樣，很得卡塔瓦索夫的喜歡。他是個謙遜文靜的人，顯然很崇拜那個退伍軍官的學問和那個商人的慷慨，卻隻字不提自己的事。卡塔瓦索夫問他去塞爾維亞的動機是什麼，他謙虛地回答說：

「沒什麼，大家都去嘛。應該幫幫塞爾維亞人。眞替他們難過。」

「是的，那邊特別缺少像您這樣的砲兵。」卡塔瓦索夫說。

「但我在砲兵隊裡幹了還沒多久，說不定會把我派到步兵或者騎兵隊裡去的。」

「現在最需要砲兵，怎麼會把您派到步兵裡去呢？」卡塔瓦索夫從這位砲兵的年齡推測，他的軍階一定相當高。

「我在砲兵裡沒幹過多久，我是個退伍的士官生。」他說著開始解釋，爲什麼軍官考試他沒有及格。

這一切都給了卡塔瓦索夫不愉快的印象。當志願兵下車到站上喝酒時，卡塔瓦索夫想同誰談談，來證實自己得到的不良印象。一個穿軍大衣的老年旅客，一直在傾聽卡塔瓦索夫同志願兵談話。等只剩下他們兩人時，卡塔瓦索夫就同他攀談起來。

「是的，動身去那邊的人，情況確實各各不同。」卡塔瓦索夫含糊其詞地說，他想發表意見，也想引出老頭兒的看法。

那老頭兒是個軍人，經歷過兩次戰爭。他知道怎樣才算個眞正的軍人，但從這些人的外表和談吐，從他們一路上抱住酒瓶不放的那份酒興看來，他認爲他們都是些該死的兵痞。他住在縣城裡，想講講他們那裡有個退伍軍人，又是酒鬼，又是小偷，因爲沒有人雇他做工就參了軍。不過，他憑經驗知道，在目前這種氣氛中，發表與眾不同的意見是危險的，尤其不能指摘志願兵，因此他窺察著卡塔瓦索夫的神色。

「是啊，那邊很需要人。」他眼睛裡含著笑意說。他們談論最新的戰爭消息，向對方掩飾著自己的疑慮，不知明天將同誰作戰——根據最新消息，土耳其軍已在各個據點被擊潰了。結果，直到分手，兩人都沒有發表意見。

卡塔瓦索夫回到他的車廂裡，不由得違心地對柯茲尼雪夫講了他觀察志願兵的印象，說他們都是出色的戰士。

在一個大城市的車站上，歡迎志願兵的又是一片歌聲和歡呼聲，又是拿著募捐箱的男男女女，本城的婦女們又向志願兵獻花，陪著他們走進餐廳。不過這一切比起莫斯科來可差得遠了。

4

列車停靠在省城車站，柯茲尼雪夫沒有到餐廳去，卻在站台上來回踱步。

他第一次經過伏倫斯基的房間，看見百葉窗關上了。但第二次經過時看見老伯爵夫人坐在窗口。她招手叫他過去。

「嗯，我現在送他到庫爾斯克去。」她說。

「是的，我聽說了。」柯茲尼雪夫說，站在她的窗口往裡張望。「他這次行動眞是太漂亮了！」他發覺伏倫斯基不在裡面。

「出了那件倒楣事以後，他還能做什麼呢？」

「那件事眞是太可怕了！」柯茲尼雪夫說。

「唉，我這是受的什麼罪！您請進來吧……唉，我這是受的什麼罪！」柯茲尼雪夫走進車廂，坐在她旁邊的軟座上，她重複說。「簡直沒法想像！整整六個禮拜，他跟誰也不說一句話，要不是我求他，什麼東西也不吃。簡直一分鐘也不能讓他獨個兒待著。我們把可以用來自殺的東西全拿走了，我們都住在樓下，誰也不能擔保他不出什麼事。您知道，他爲了她已經開槍自殺過一次了。」她說，一想到這事她那蒼老的前額又蹙了起來。「是的，她的下場正是她那種女人應得的下場。連死的方式都挑得那麼卑賤下流。」

「審判她可不是我們的事，伯爵夫人，」柯茲尼雪夫嘆息說，「但我懂得這事對您有多痛苦。」

「唉，甭提了！當時我住在我家莊院裡，他也在我那裡。有人送來一封信。他寫了回信，叫那人帶回去。我們根本不知道她就在車站上。晚上我剛回到屋裡，我的梅麗告訴我有位太太臥軌自殺了。眞是晴天霹靂！我知道就是她。我當時就關照：不要對他說。可他們已經告訴他了。當時他的車夫在場，什麼都看見了。我跑到他屋裡，看見他已經精神失常，那個模樣可嚇人啦！他一言不發，騎上馬往那裡直奔。我不知道那裡的情況究竟怎樣，但他被送回來時已經像死人一樣沒有知覺。我都快認不出他來了。醫生說是『完全虛脫』。後來就有點瘋瘋癲癲了。」

「唉，提他幹什麼！」伯爵夫人擺擺手說。「那日子太可怕了！哼，她怎麼說也是個壞女人。哎，這種不要命的熱情算什麼呀！無非讓人看出她這人不正常罷了。就是這麼一回事。她毀了自己，也毀了兩個好人：她的丈夫和我那可憐的兒子。」

「她丈夫怎麼了？」柯茲尼雪夫問。

「他帶走了她的女兒。阿歷克賽最初什麼都答應了。如今他可後悔把自己的女兒給了人家。可是話出了口，又不好收回。卡列寧來參加了葬禮，我們竭力不讓他同阿歷克賽見面。這樣對他，對做丈夫的，都要好些。她使他自由了，可我那個可憐的孩子完全被她給毀了。他拋棄了一切：他的前途和我，可是她還不肯放過他，存心把他徹底給毀掉。咳，不論怎麼說，她這種死法就是一個墮落的不信教的女人的死法。上帝饒恕我吧，我眼看兒子給毀了，沒法不恨她。」

「那他現在怎麼了？」

「上帝拯救了我們，發生了塞爾維亞戰爭。我老了，不懂這種事，但對他來說確是上帝的恩典。當然，我這個做母親的有點擔心；再者，據說彼得堡對這事也另有看法。可是有什麼辦法呢！這是唯一能使他振作起來的事。雅希文，他的朋友，把錢輸得精光，也要到塞爾維亞去。是雅希文來看他，把他動員去的。如今這事可引起了他的興致。您去同他談談吧，我希望能使他散散心。他太傷心了。倒楣的是他的牙又痛了。不過，他看見您一定會高興的。請您去同他談談，他就在那邊散步。」

柯茲尼雪夫說他很高興見他，說著就往站台那一頭走去。

5

月台上，貨物在夕照下投出的斜影裡，伏倫斯基身穿長外套，帽子壓得很低，雙手插在口袋裡，彷彿籠中的野獸，踱來踱去，每走二十步就猛地轉個身。柯茲尼雪夫發覺他走過去的時候，伏倫斯基看見他，卻假裝沒有看見。柯茲尼雪夫不在意。他不計較同伏倫斯基的個人恩怨。

這時候，在柯茲尼雪夫眼裡，伏倫斯基是個從事偉大事業的偉大人物，他覺得有責任鼓勵他、讚揚他。他就走到他面前。

伏倫斯基站住了，凝神細看，認出是柯茲尼雪夫，就上前幾步，使勁握住他的手。

「也許您並不希望同我見面，」柯茲尼雪夫說，「不過，我能不能爲您效點勞哇？」

「對我來說，同您見面比同誰見面都少些不愉快。」伏倫斯基說。「您不要見怪。人生對我已沒有什麼愉快的事了。」

「這我了解，我願意爲您效勞，」柯茲尼雪夫凝視著伏倫斯基痛苦不堪的臉，「要不要爲您給李斯基奇①或者米蘭②寫封信哪？」

「噢，不用了！」伏倫斯基彷彿好容易才聽懂他的話。「要是您不介意，那我們一起走走。車廂裡太氣悶了。寫信嗎？不，謝謝您，一個人去死是不用什麼介紹信的。除非寫給土耳其人……」他嘴角上微微一笑。他那雙眼睛依舊流露出憤恨和痛苦的神情。

「是的，不過您同有地位的人建立些關係還是需要的，這樣可以方便些。不過，當然隨您的便。我很願意知道您的決定。眼前對志願兵攻擊得太多了，因此像您這樣的人去一定可以改變輿論。」

「我這人，」伏倫斯基說，「好就好在對生死毫不在意。衝鋒也好，砍殺也好，倒下也好，我的力氣都是足夠的——這一點我知道。我高興的是有機會獻出我的生命——我覺得不僅多餘而且簡直討厭的生命。它對別人也許還有點用處。」他的下顎由於一刻不停的劇烈牙痛而抽搐著，使他說話時無法表現他想表現的感情。

「我敢擔保，您會重新振作起來的，」柯茲尼雪夫十分感動地說，「為了把同胞弟兄從壓迫下解放出來，出生入死也是值得的。但願上帝賜給您戰鬥的勝利和內心的平靜。」他又說，伸出手。

伏倫斯基緊緊握住柯茲尼雪夫的手。

「是的，作為一個工具，我還有些用處。可是，作為一個人，我已是個廢物了。」他一字一頓地說。

他那闊大牙齒的劇痛使他嘴裡充滿口水，妨礙他說話。他不作聲，凝視著那沿鐵軌緩慢而平穩地滾過來的煤水車的車輪。

突然，一種截然不同的感覺，不是身上的疼痛，而是揪心的難受，使他剎那間忘記了牙痛。一看到煤水車和鐵軌，再加上同那次事件以後沒見過面的朋友一談話，他頓時想起了她，想起了那天他像瘋子一樣衝進車站看見她所剩下的一切；一張長桌上，在一群陌生人的圍觀下，那不久前還充滿生命的血肉模糊的屍體，不知羞恥地橫陳著；那盤著濃密髮辮、鬢角上覆著幾綹鬈髮的完整的腦袋向後仰著，那張美麗的臉上，嘴唇半開半閉，凝聚著一種異樣的神情——嘴唇悲愴淒涼，那雙沒有閉上的凝然不動的眼睛動人心魄，彷彿在說他們吵嘴時她對他說的那句可怕的話：「你會後悔的！」

他竭力回憶第一次——也在車站上——見面時她的模樣；神祕，嫵媚，熱情，自己追求幸福，也賜給人幸福，不像她最後一次留給他的冷酷的復仇神氣。他竭力回憶同她在一起的幸福時刻，但這些時刻永遠被糟蹋了。他只記得，她曾威脅他將飲恨終生，她勝利了。他不再覺得牙疼。一陣抽泣使他扭歪了臉。

他默默地在貨物堆旁來回踱了兩次，才勉強控制感情，平靜地對柯茲尼雪夫說：

「今天沒有什麼消息嗎？是的，他們第三次被擊敗了，看來明天會有一場決戰。」

他們又議論一陣米蘭國王的宣言和它可能發生的巨大影響，聽見鈴響第二遍，就分手各自回車廂。

①李斯基奇，當時塞爾維亞外交部長。
②米蘭，當時塞爾維亞親王，後當塞爾維亞王。

6

柯茲尼雪夫不知自己什麼時候可以從莫斯科脫身，所以沒有打電報叫弟弟去接。當卡塔瓦索夫和柯茲尼雪夫坐著在車站上雇的四輪馬車，像阿拉伯人一樣風塵僕僕，正午到達波克羅夫斯克家門的時候，列文不在家裡。吉娣同父親和姊姊坐在陽台上，一認出大伯，就跑下去迎接。

「您怎麼好意思不通知一下！」她一面說，一面伸出手給柯茲尼雪夫，並且湊過去讓他吻吻前額。

「我們平安到達，沒有驚動你們。」柯茲尼雪夫回答。「我一身是灰，眞不敢碰你了。我近來很忙，不知道幾時可以脫身。你們還是老樣子，」他笑嘻嘻地說，「在幽靜的好地方，不受潮流衝擊，享享清福。你看，我們的朋友卡塔瓦索夫到底也來了。」

「不過，我不是黑人，只要一洗乾淨，又會像個人的。」卡塔瓦索夫習慣成自然地用戲謔的口吻說，微笑著伸出手。他的牙齒因爲臉黑而顯得格外潔白光亮。

「康斯坦京準會高興的。他到農場去，該回來了。」

「他一直在搞他的農業。眞是田園風光啊，」卡塔瓦索夫說，「可我們在城裡，除了塞爾維亞戰爭，什麼也看不見。那麼，我們那位朋友對時局有什麼看法？一定與眾不同吧？」

「哦，他嗎？沒什麼，同大家一樣。」吉娣窘態畢露地轉身望望柯茲尼雪夫，回答說。「我這就派人去找他，爸爸現在住在我們這裡。他剛從國外回來。」

吉娣派人去找列文，又叫僕人帶兩位風塵滿面的來客到屋裡梳洗；一個到書房裡，另一個到陶麗的大房間裡，又吩咐給客人備飯，自己就敏捷地——這在她懷孕期是不允許的——跑到陽台上。

「謝爾蓋・伊凡諾維奇和卡塔瓦索夫教授來了。」她說。

「啊呀，這麼大熱天，眞夠辛苦的了！」老公爵說。

「不，爸爸，他這人挺可愛，康斯坦京很喜歡他。」吉娣發覺父親臉上嘲弄的神氣，微笑著說，彷彿在向他懇求什麼似的。

「我倒沒什麼。」

「你去招待招待他們吧，好姊姊，」吉娣對姊姊說，「他們在車站上見到斯基華了，他身體很好。我要去看看米嘉。眞糟糕，自從吃茶點起還沒餵過他呢。這會兒他該醒了，一定在哭了。」她覺得乳房發脹，快步向育兒室走去。

不出所料（她同嬰兒生理上的聯繫還沒有斷），她憑自己乳房發脹知道他餓了。

她知道不等她走到育兒室，嬰兒已在哭了。果然他在嚷嚷。她聽見他的聲音，加快腳步，但她走得越快，他哭得也越響。哭聲很響亮健康，聽得出是餓了，等不及了。

「哭了好一陣子了嗎，保姆？」吉娣一面坐下來準備餵奶，一面急急地說。「快把他抱給我。唉，保姆，你怎麼這樣慢吞吞的，唁，帽子回頭再繫好了！」

嬰兒聲嘶力竭地啼哭著。

「總得弄弄好哇，少奶奶。」幾乎一直待在育兒室裡的阿加菲雅說。「總得把我們收拾得整整齊齊的。噢，噢！」她哄著嬰兒，卻不理做母親的。

保姆把嬰兒抱給母親。阿加菲雅跟著走過去，慈祥的微笑使她的臉都鬆開了。

「他認得人，認得人。千眞萬確，卡吉琳娜．阿歷山德羅夫娜少奶奶，他認得我呢！」阿加菲雅嗓門壓倒嬰兒的啼聲叫道。

但吉娣不聽她的。她同嬰兒一樣越來越急躁了。

由於急躁，好一陣子沒有餵上奶。嬰兒沒有吮到奶，生氣了。

經過一番劇烈的啼哭、打嗆以後，總算順當了，母子都定下心來，不再作聲。

「啊呀，可憐的寶貝渾身上下都是汗呢！」吉娣摸著嬰兒的身子，低聲說。「爲什麼你說他會認人了呢？」她又說，斜睨著她覺得調皮地從小帽子底下望著她的嬰兒的眼睛，又瞧瞧他那有節奏地一起一伏的小腮幫，以及他那在空中畫著圓圈的粉紅色小手。

「不可能！要是他認得人，那準認得我。」吉娣回答阿加菲雅，嫣然一笑。

她嫣然一笑，因爲她嘴裡雖說不可能認得人，心裡卻覺得他不僅認得阿加菲雅，而且什麼都知道，什麼都懂得，他還知道和懂得許多誰也不知道的事，她這個做母親的就是依靠他而知道和懂得許多東西的。對阿加菲雅、對保姆、對外祖父、對父親來說，米嘉只是一個需要物質照顧的生物，但對母親來說，他早就是個有精神生活的人，她同他早就有一系列精神上的聯繫了。

「等他醒來，上帝保佑，您準會看到的。只要我這樣一來，他就會高興得笑起來，那寶貝。簡直像明亮的太陽。」阿加菲雅說。

「嗯，好的，好的，我們回頭看吧。」吉娣喃喃地說。「現在你去吧，他睡著了。」

7

阿加菲雅踮著腳尖走了出去；保姆放下窗簾，從小床紗帳裡趕走蒼蠅和一隻在玻璃窗上亂撞的大胡蜂，這才坐下來，拿一把樺樹帚在母子頭上揮動著。

「熱死了！老天爺就是落幾滴小雨也好哇！」她說。

「是啊，是啊，噓……噓……」吉娣這樣回答，微微搖晃身子，親熱地握住米嘉那隻胖得手腕上彷彿有一根線束著的小手。米嘉那雙眼睛忽而閉上，忽而睜開，他那隻小手卻一直在輕輕揮動。這隻小手逗得吉娣心神不寧，她很想吻吻它，但又怕把孩子弄醒。那隻小手終於不動了，眼睛也閉上了。那嬰兒偶爾一面吃奶，一面揚起彎彎的長睫毛，在朦朧的光線中，用他那雙烏溜溜、水汪汪的眼睛盯住母親。保姆停止打扇，打起瞌睡來。可以聽見樓上老公爵洪亮的說話聲和卡塔瓦索夫哈哈大笑的聲音。

「我不在，他們一定談得很起勁，」吉娣想，「康斯坦京不在，總叫人惱火。他一定又到養蜂場去了。他常常到那裡去，雖然叫人寂寞，可我還是高興的。可以讓他散散心。現在他比春天快活多了，精神也好多了。要不然他老是那麼悶悶不樂，心裡煩惱，我眞替他擔心呢。他這人眞可笑！」她笑盈盈地自言自語著。

她知道什麼事使丈夫煩惱。就是他不信教。要是有人問她是不是認爲他不信教來世就要滅亡，她準會同意他將滅亡。雖然如此，他的不信教並沒使她覺得不幸。她承認一個不信教的人靈魂不能得救，而天下她最愛的就是丈夫的靈魂，但她想到他的不信教還是笑嘻嘻的，並且暗自說他這人眞可笑。

「他一年到頭盡讀那些哲學書做什麼？」她想。「要是這一切都寫在書裡，他會懂得的。要是書上的話都是胡扯，還讀它做什麼？他自己也說希望有信仰。那他又爲什麼不信教呢？大概是因爲想得太多吧？想得太多是由於孤獨。他老是一個人，一個人。他同我們又談不來。我想這兩個客人會使他高興的，特別是卡塔瓦索夫。他喜歡同他談天。」她想，接著又立刻考慮讓卡塔瓦索夫睡在哪裡好——讓他單獨住一間，還是和柯茲尼雪夫同住。這當兒，她突然想到一件事，激動得渾身打了個哆嗦，把米嘉都驚醒了。他睜開眼睛，不樂意地望了她一眼。「洗衣婦看來還沒把洗好的東西送來，客人用的乾淨床單一條也沒有了。要是我不去料理一下，阿加菲雅就會拿用過的床單給柯茲尼雪夫鋪床。」吉娣一想到這事，血就往臉上直湧。

「是的，我要去料理一下。」她下定決心，又回到原來的思路上，她記得還有一個重要的心靈問題沒有思考好，就又重新想起來。「是的，康斯坦京不是教徒。」她想到這裡又浮起了微笑。

「嗯，他不是教徒！但與其像施塔爾夫人或者我在國外想望做的那種人，還不如讓他永遠像現在這樣。是的，至少他不會裝腔作勢。」

前不久那件證明他心地善良的事，又歷歷在目地呈現在她眼前。兩星期前，陶麗接到奧勃朗斯基一封悔罪的信。他懇求她挽救他的名譽，賣掉她的地產來替他還債。陶麗絕望了，恨透丈夫，又蔑視他，又可憐他，決定同他離婚，拒絕他的要求，但臨了還是同意賣掉一部分產業。這事以後，吉娣不由得帶著柔情的微笑，回想丈夫當時那種羞澀的神態。他一再想解決這件他關心的事，終於想出了一種可以幫助陶麗而又不傷她自尊心的辦法，那就是讓吉娣把她的一份地產送給陶麗，這可是她怎麼也沒想到的。

「怎麼能說他是個沒有信仰的人呢？他生著這樣一副好心腸，總是唯恐人家難受，連小孩都不例外！總是替別人著想，就是不想到自己。謝爾蓋·伊凡諾維奇一直認為康斯坦京有義務當他的管家。姊姊也是這樣。現在陶麗和她的孩子就由他保護著。鄉下人都天天來找他，彷彿他就應該為他們做事。」

「啊，但願你能像你爸爸，像你爸爸就好了。」吉娣說著把米嘉交給保姆，吻了吻他的小腮幫。

8

在心愛的哥哥臨死那一刻，列文第一次用所謂新的信仰——在他二十到三十四歲期間逐漸形成，代替他童年和少年時代的信仰——來看待生死問題。自從那時起，使他驚異的主要不是死，而是生。他不知道生命從哪裡來，它的目的是什麼，它究竟是怎麼一回事。生物體和它的滅亡、物質不滅、能量不滅定律、進化——這些術語代替了舊的信仰。這些術語和有關的概念對科學很有用，但對生命本身卻毫無作用。列文忽然覺得，自己好像脫去暖和的皮襖，換上薄紗衣服，一到冰天雪地，不是憑理論而是通過切身感受，覺得自己簡直像赤身露體一樣，因此必將痛苦地滅亡。

自從那時起，列文對這個問題雖沒有多加思索，並且照往常那樣生活，他卻不住爲自己的愚昧無知感到害怕。

他還模模糊糊地感覺到，他所謂信仰不僅是無知，而且是一種缺乏知識的胡思亂想。

在他新婚的日子裡，新的歡樂和責任排除了這些思想；但在妻子生產以後，在莫斯科無所事事，他就越來越經常、越來越執拗地要求解決這樣一個問題：「我要是不接受基督教對生命問題的解答，那我接受什麼樣的解答呢？」在他的全部信仰裡，不僅找不到任何解答，就連類似解答的話都找不到。

他彷彿在玩具店和軍器店裡找尋食品。

如今他不自覺地在每本書裡，在每次談話中，在每個人身上找尋對這些問題的看法和答案。最使他驚奇和苦惱的是，多數同他地位和年齡相仿的人，都接受新的信仰來代替舊的信仰，卻看不出任何不幸，而是心安理得，十分滿足。因此，除了主要問題以外，還有一些問題使列文感到苦惱：這些人老實嗎？他們是不是在弄虛作假？還是他們比他更清楚地懂得他所關心的那些問題的科學答案？於是，他就竭力鑽研這些人的意見和解答這些問題的書籍。

他開始考慮這些問題以來，發現他少年和大學時代認爲宗教已經過時的想法是錯誤的。凡是同他親近的正派人，個個都信教。老公爵也好，他所喜愛的李伏夫也好，柯茲尼雪夫也好，還有婦女個個都信教，他的妻子同他童年時代一樣虔誠。百分之九十九的俄國人，凡是他十分尊敬的人，沒有一個不信教。

另外，讀了許多書以後，他確信和他持有同樣觀點的人並沒有什麼眞知灼見，也沒有做過任何解釋，只是摒棄他覺得不解決就活不下去的那些問題，卻拚命去解決一些他毫無興趣的問題，例如生物體的進化，機械地解釋靈魂等等。

此外，在他妻子分娩的時候，出了一件對他來說異乎尋常的事。他這個不信教的人開始祈禱，在祈禱時信起教來。但過了那個時候，他就再沒有那樣的心情了。

他不能承認當時認識了眞理，現在卻犯了錯誤，因爲只要平心靜氣地思索一下，一切便都不能成立；他也不能承認當時錯了，因爲他珍惜當時的心情，但他要是承認自己意志薄弱，那就會褻瀆那個時刻。他處在自相矛盾的痛苦之中，竭力想擺脫出來。

9

這些思想折磨著他，苦惱著他，時而輕微，時而強烈，但從不離開他。他讀書，思索，讀得越多，想得越多，覺得離追求的目標越遠。

最近，在莫斯科和鄉下，他確信從唯物主義者那裡找不到解答，就重新閱讀柏拉圖、斯賓諾沙、康德、謝林、黑格爾和叔本華的著作。這些哲學家都不用唯物主義來解釋人生。

他閱讀其他人的學說，特別是唯物主義理論，並試圖加以批駁，他覺得他們都言之成理；但當他一讀到或者自己思索問題的答案時，就會兜來兜去說不出一個所以然來。當他在精神、意志、自由、本質這些涵義不清的名詞上兜圈子，存心落入哲學家或者他自己所設下的文字陷阱時，他似乎有所領悟。但只要拋棄人爲的思想，從現實生活出發，回到他一向感到滿意的習慣的思路上來，這種空中樓閣立刻像紙屋一樣崩塌了。十分清楚，這種空中樓閣就是用顚來倒去的名詞術語砌成的，除了理智以外，完全脫離生活中的重大事物。

他一度閱讀叔本華，用「愛」這個字來代替「意志」。這種新的哲學在他還沒有拋棄以前，曾經給了他一兩天的慰藉；但當他從實際生活出發加以觀察時，它也就崩塌了，成爲一件不能禦寒的薄紗衣服。

柯茲尼雪夫哥哥勸他讀霍米亞科夫的神學著作。列文讀了霍米亞科夫作品第二卷，雖然開頭討厭他那種振振有詞、辭藻華麗和機智俏皮的風格，後來卻深爲他有關教會的論述所感動。最初使他感動的思想是，上帝的眞理不是個人所能領悟，只有由愛結合起來的團體——教會才能理解。使他高興的思想是，相信一個由一切人的信仰所組成、以上帝爲首因而神聖不可侵犯的教會，然後再信仰上帝、創世、墮落、贖罪，要比直接信仰上帝——遙遠而神祕的上帝，信仰創世等，容易得多。後來他閱讀天主教作家寫的教會史和東正教作家寫的教會史，發現這兩個本質上完全正確的教會互相排斥，他對霍米亞科夫的教會理論失望了，於是這座建築物也像哲學建築一樣崩塌了。

整個春天他都茫然若失，精神上十分痛苦。

「要是不知道我這人是什麼，我活著爲了什麼，那就無法活下去。可是我無法知道，因此無法活下去。」列文自言自語。

「在無限的時間裡，在無限的物質裡，在無限的空間裡，分離出一個生物體水泡，這水泡一刹那破滅了，我就是這樣的一個水泡。」

這是一個叫人痛苦的謬誤，但卻是人類幾世紀來在這方面冥思苦想的唯一成果。

這是一種最新的信仰，人類思想在各個領域的探索幾乎都是以它爲依據的。這是當前佔主導地位的信仰，在各種不同的解釋中，列文不由自主，也不知從什麼時候和怎樣開始，挑選了這種信仰，認爲它是最明確的。

但這不僅是一個謬誤，而且是一股惡勢力——人類不該向它屈服的邪惡可恨的勢力——的殘酷嘲弄。一定要擺脫這股惡勢力。而擺脫的方法就掌握在每人手裡。一定要擺脫這股惡勢力的控制。唯一的辦法就是死。

於是，列文這個身強力壯、家庭生活美滿的人，竟幾次想到自殺，他只得把繩子藏起來免得上吊，隨身不帶手槍免得開槍自殺。

不過，列文並沒有開槍自殺，也沒有上吊，而繼續生活著。

10

列文思考，他是個什麼人，他活著爲了什麼？他找不到答案，悲觀失望。但當他不再向自己提這問題時，彷彿知道他是個什麼人，他活著爲了什麼，因此就滿懷信心地生活著、行動著。近來，他生活的信心充足多了。

六月初他回到鄉下，又恢復他的日常活動。農活、同農民和鄰居交往、家務、姊姊和哥哥委託他代管家產、同妻子和親屬的關係、照顧嬰兒、從今春開始對養蜂的嗜好——這些活動佔去他的全部時間。

他從事這些活動，並不像以前那樣遵照什麼公認的理論覺得非這樣做不可；正好相反，現在他一方面由於過去辦公共福利事業失敗而感到灰心喪氣，另一方面因爲窮於思索和應付從四面八方壓到他身上來的種種事務，根本不再考慮公共福利。他關心這些事，只因爲覺得他應該這樣做，這些事非做不可。以前（幾乎從童年直到成人），當他想做些對大家、對全人類、對俄國、對全村有益的事時，他覺得很愉快，但做起來往往不能令人滿意，對活動是否必要也缺乏信心。再者，活動本身總是初看很有意義，越到後來就越無足輕重，最後竟顯得毫無意義了。婚後他越來越純粹爲自己而生活，雖然想到自己的事業並沒有什麼樂趣，卻堅信它是必要的，看到它比以前興旺發達，規模也越來越大。

現在，他好像一張犁，不由自主地在地裡越陷越深，不離開犁溝就拔不出來。

同祖祖輩輩一樣過家庭生活，就是說達到和他們同樣的文化教養，以同樣的方式教育孩子，這是天經地義。好比肚子餓了要吃飯，要吃飯就得做飯一樣，必須在波克羅夫斯克把農業經營得有利可圖。如同有債一定要還那樣，必須把祖傳的田產保管好，使兒子將來繼承產業時會感激父親，就像列文感激祖父慘淡經營的家業那樣。

不能袖手不管哥哥、姊姊和那些慣於向他請教的農民的事，就像不能把抱在懷裡的嬰兒拋棄一樣。不能不關心請來作客的大姨子和她孩子們的舒適，以及妻子和嬰兒的安寧，也不能不每天花一點時間來陪伴他們。

這一切再加上打獵和養蜂，就使列文的生活忙碌不堪，但當他冷靜地思索一下時，又覺得這樣的生活實在沒有意思。

列文不僅知道他必須做什麼，而且知道這一切他應該怎樣做，怎樣分清輕重緩急。

他認爲雇傭工人工資越少越好，但不該用預支工資的方式來廉價奴役工人，雖然這樣做很有利。在青黃不接的時候，可以向農民出售乾草，雖然他很憐憫他們。夜店和酒店必須取締，雖然都有利可圖。砍伐樹林一定要從嚴處分，但農民把牲口趕到他的莊稼地裡可不用罰款。而且不准扣留闖到莊稼地裡的牲口，雖然這使看守人生氣，使農民肆無忌憚。

彼得付給高利貸者月息一分的債款，那就必須借一筆錢給他，好讓他擺脫高利貸的盤剝，但對拖欠地租的農戶卻不准賴租或者宕帳。草地不割，草都浪費了，不能原諒管家；但種上樹苗的八十畝地不能割草。一個長工在農忙季節回家料理父親的喪事，雖然可憐，卻不能原諒他，在這種寶貴的時候曠工，工資必須照扣。對不能幹活的老僕，每月口糧必須照發。

列文知道，一回家首先必須去看望身體不適的妻子，那些農民雖已等了他三小時，可以讓他們再等一會。他也知道蒐集蜂群是一大樂事，但是既然有農民到養蜂場找他談話，他只得放棄這種樂趣，讓老頭兒獨自蒐集蜂群。他做得對不對，他不知道，也不打算估量，而且避免談論和思考這些問題。

反覆思考往往使他疑惑不決，反而看不清什麼該做，什麼不該做。當他渾渾噩噩地過日子的時候，他常覺得心裡有個英明的法官，能區別是非，分清好歹，他的行動稍有差錯，立刻就會發覺。

他就這樣活著，不知道，也無法知道，他是個怎樣的人，他活在世界上為了什麼，並且因為這樣的愚昧無知而痛苦得想自殺，同時卻又堅定不移地走著他獨特的人生道路。

11

柯茲尼雪夫來到波克羅夫斯克那天，列文正好十分苦惱。

正是一年中農活最緊張的季節，在勞動中人人表現出忘我的精神，這在別處是看不到的。要是表現這種精神的人對自己的勞動要價很高，或者這種情況不是年年如此，勞動的成果也不是那麼平凡，這種精神就會得到好評。

收割黑麥和燕麥、搬運麥捆、割草地、翻耕休閒地、打穀子、播種冬麥——這一切看來都很簡單，但要及時完成，就得全村男女老少不停地勞動三、四個星期，每天比平時多做三倍工作，只吃點克瓦斯、洋蔥和黑麵包，夜夜打穀和搬運麥捆，每晚最多只睡兩、三小時。全俄國年年都是這樣幹的。

列文在鄉下度過一生的大部分時間，經常同老百姓接觸，在幹活時，他總覺得受老百姓這種昂揚情緒的感染。

大清早，他騎馬到黑麥地，又去察看正在搬運和堆垛的燕麥。然後在妻子和大姨子起床時回家，同她們一起喝咖啡。這以後又去打穀場，那裡新裝的打穀機準備打穀了。

這天列文整天都同管家和農民談話，回到家裡同妻子、陶麗、她的孩子們和岳父談話，心裡老是想著近來除了農活一直盤踞在他頭腦裡的問題，並且到處找求答案：「我是個什麼人？我在什麼地方？我爲什麼在這裡？」

列文站在新蓋的穀倉——倉頂用剝皮的新鮮白楊做樑，葉子沒有落光還散發著香氣的榛樹釘在上面做桁條——的蔭處，從敞開的大門往裡張望，透過到處飛揚的乾燥而刺鼻的糠屑，時而望望驕陽照耀下打穀場上的青草和剛從倉房裡搬出來的新鮮乾草，時而望望花斑頭和白胸脯的燕子——它們啁啾地叫著飛到屋簷下，又鼓動翅膀棲在門口光亮的地方——時而望望在灰塵飛揚的陰暗穀倉裡忙碌的人們，頭腦裡出現了種種古怪的念頭。

「幹這一切都是爲了什麼呀？」他想。「爲什麼我站在這裡，強迫他們幹活？爲什麼他們都這樣忙忙碌碌，拚命在我面前表示賣力呢？我熟識的瑪特廖娜老婆子爲什麼這樣起勁哪？（上次火燒，一根大樑掉下來把她打傷了，我替她治過傷。）」他望著那個消瘦的老婆子，在高低不平的堅硬的打穀場上，緊張地挪動她那雙曬黑的光腳，使勁耙著穀子。「當時她的傷痊癒了，但不是今天就是明天，或者再過十年，人家就會把她埋葬，她身上什麼也不會留下。這個穿紅裙子的漂亮姑娘現在那麼乾淨俐落地簸穀，將來也什麼都不會留下，人家也會把她埋葬。還有那匹花斑騸馬也沒有剩下多少日子了。」他望著肚子一起一伏、張大鼻孔拚命喘氣的老馬，怎樣踩著轉動的斜輪子。「牠也會被埋葬的。還有那個費多爾，鬈曲的大鬍子上落滿糠屑，襯衫破了一大塊，露出雪白的肩膀，正把麥子送到打穀機上，他也會被人家埋葬的。可他現在還在解麥捆，發號施令，對娘兒們吆喝，利索地調整飛輪上的皮帶。最重要的是，不僅他們要被埋葬，連我也要被埋葬，我也什麼都不會留下。這都是爲什麼呀？」

他一面這樣想，一面看錶，好算出一小時能打多少麥子。他需要知道這個，好規定一天的工作定額。

「快一個鐘頭了，才開始打第三捆。」列文一面想，一面走到打穀人跟前，用壓倒機器轟隆聲的嗓門，要他每次往裡面少放一點。

「少放一點，費多爾！你瞧，都堵住了，所以轉不快。放得均勻些！」

費多爾滿頭大汗，臉上沾滿灰塵，顯得又髒又黑，大聲答應著，但還是做得不符合列文的要求。

列文走到鼓輪旁邊，把費多爾推開，親自動手把麥束放進去。

他差不多一直幹到農民吃午飯的時侯，才同費多爾一起離開倉庫。他們站在打穀場上一個整齊的留種用的黑麥堆旁，交談起來。

費多爾是從一個遙遠的村子，也就是列文出租土地讓農民搞合作經營的地方來的。那塊地現在租給原來看院子的人了。

列文同費多爾談起那塊地，還向他打聽，同村那個富裕而善良的農民普拉東明年會不會租那塊地。

「地租太貴，普拉東付不起，康斯坦京・德米特里奇。」費多爾從汗水淋漓的懷裡取出麥穗。

「那麼基里洛夫怎麼付得起呢？」

「米久哈那傢伙（費多爾這樣鄙稱看院子人），康斯坦京・德米特里奇，怎麼會付不起呢！那傢伙就會剝削人，自己佔便宜。他連同教弟兄都不憐憫。至於普拉東大叔會剝削人嗎？人家欠了他債，他一筆勾銷，自己卻弄得手頭很緊。全得看是什麼人哪。」

「那他何必一筆勾銷呢？」

「嘿，天下各種各樣的人都有：有人活著就是爲了滿足自己的慾望，譬如米久哈就是爲了塡飽他的大肚子，可是普拉東是個規矩的老頭兒。他活著是爲了靈魂，他記得上帝。」

「他怎麼記得上帝？怎麼爲靈魂而活著呢？」列文幾乎喊起來。

「怎麼樣嗎？服從眞理，服從上帝的意志。要知道人是各各不同的。拿您來說，您也不會欺負人……」

「好，好，再見！」列文說，激動得喘不過氣來。他轉過身，拿起手杖，快步走回家去。一聽到費多爾說普拉東活著是爲了靈魂，並且服從眞理，服從上帝的意志，一些模糊不清但意義重大的思想就湧上他的心頭，好像衝破閘門，奔向一個目標，弄得他暈頭轉向，眼花繚亂。

12

列文沿大路大踏步走去，他關心的與其說是他的思想（他還理不出個頭緒來），還不如說是他從未體驗過的心情。

費多爾說的那些話像電花一般在他心裡起了作用，把他心頭零星的模糊思想匯合在一起。這些思想，在他談論土地出租時，就不知不覺地盤踞在他的心頭了。

他覺得自己心裡有一種新東西，他愉快地捉摸著，但不知道究竟是什麼。

「活著不是為了慾望，是為了上帝。為了什麼樣的上帝？還有什麼比他的話更荒謬的？他說一個人不應為自己的慾望活著，也就是說，不應為我們所理解、所迷戀、所追求的東西活著，而應該為那種莫名其妙的東西，為誰也無法理解、無法確定的上帝活著。這算什麼話？我不理解費多爾這種謬論嗎？就算理解，我也懷疑它們的正確性嗎？我認為他的話愚蠢、曖昧、涵義不明嗎？

「不，我像他一樣充分理解他的話，比我理解生活中任何事更透徹。我在生活中從不懷疑什麼，因此也不可能懷疑他的話。不僅我一個人，世界上人人都理解，沒有人對此發生懷疑，大家都同意他的話。

「費多爾說看院子人基里洛夫活著為了吃飽肚子。這是當然的事。我們人是有理性的生物，要活命不能不吃飽肚子。可是費多爾說，為吃飽肚子活著是不對的，活著應該為眞理、為上帝。經他一提示，我才恍然大悟！我和千百萬古人和千百萬活著的人，心靈貧乏的農民和思想豐富、著作等身的賢人，都含糊其詞地談論這個問題，但我們大家都同意一點；活著為了什麼，什麼是善。我和大家都只有一個堅定不移的

列文沿大路大踏步走去。

信念，這個信念無法用理智解釋，它超越理智，超越因果關係。

「要是善有原因，它就不是善；要是善有結果——獎賞，它也不是善。因此善是超越因果關係的。

「這個道理我明白，人人都明白。

「我追求奇蹟，因爲看不到能使我信服的奇蹟而感到遺憾。嘿，原來奇蹟就在這裡，這是我周圍永存的唯一奇蹟，可是我沒有發現！

「天下還有什麼比這更大的奇蹟呢？

「難道我找到了一切答案，難道我的苦惱從此結束了？」列文一面想，一面邁步在灰沙飛揚的大路上走著，忘記了炎熱，忘記了疲勞，覺得已經從長期的苦惱中解脫出來。這種感覺太痛快了，簡直令人難以相信。他興奮得喘不過氣，再也走不動了，就離開大路來到樹林裡，坐在白楊樹蔭下沒有割過的草地上。他從汗淋淋的頭上摘下帽子，支著一個臂肘，側身躺在林間寬大多汁的野草上。

「是的，得好好思考一番，弄個明白。」他一面想，一面凝視著面前沒有被踐踏過的青草，看一隻綠色的甲蟲怎樣沿著一根冰草爬上去，但被茅草葉子擋住了。「一切得從頭開始。」他自言自語說，拉開茅草葉子，不讓它擋住甲蟲的路，又彎下另一片葉子，讓甲蟲爬過去。「什麼使我這樣高興啊？我發現什麼了？」

「以前我常常說，在我的身體裡，在這根青草裡和這隻甲蟲裡（瞧，牠不喜歡這根草，展翅飛走了），都按照物理、化學和生物規律，發生物質變化。我們每個人，還有白楊、雲彩和星雲都在進化中。從什麼進化而來？進化成什麼？進化和鬥爭是永無止境的嗎？……彷彿在無窮中會有什麼方向和鬥爭！我感到奇怪的是，儘管我沿著這條路冥思苦想，還是弄不懂人生的意義、我的慾望和衝動的意義。不過，我的衝動很明顯，我經常受它支配。因此，當費多爾對我說：『要爲上帝、爲靈魂而生活』時，我覺得又驚奇又高興。

「我什麼也沒有發現。我只是明確了我所知道的事。我懂得了那不僅過去而且現在賦予我生命的力量。我擺脫了欺騙，認識了我主。」

「是的，驕傲。」他自言自語，翻過身來趴在地上，動手拿一根草打了個結，竭力不把它折斷。

「不僅是理智的驕傲，而且是理智的愚蠢。主要是詐騙，理智的詐騙。確實是理智的詐騙行爲。」他重複說。

他扼要回顧最近兩年思想演變的過程，這種明顯關於死的思想是從看見他心愛的哥哥病危而產生的。他第一次清楚地懂得，在人人面前，在他面前，除了痛苦、死亡和永遠被忘卻以外別無他物。他決定再不能這樣活下去，或者把生命解釋清楚，使它不致成爲魔鬼的惡毒嘲笑，或者開槍自殺。

但是他既沒有這樣做，也沒有那樣做，而是照原來那樣地生活、思想和感覺，並且在這期間結了婚，體驗到許多快樂，當他不考慮生活的意義時，還能感到幸福。

這說明什麼問題？這說明他生活美滿，但思想貧乏。

他憑著隨同母奶一起吸進去的心靈的眞理過活（他自己沒有意識到這一點），可是思想上不僅不承認這些眞理，而且竭力迴避它們。

現在他明白了，他只能憑他從教養獲得的信仰生活。

「要是我沒有這種信仰，要是我不知道應該爲上帝而不是爲個人慾望而生活，那我會成爲一個什麼樣的人呢？我將怎樣度過我的一生呢？我會搶劫、撒謊、殺人。成爲我生活中主要歡樂的東西也就不再存在了。」要是他不知道活著爲了什麼，不論他怎樣苦苦思索，也無法想像他將成爲一種什麼樣的充滿獸性的東西。

「我尋求這些問題的解答。可是我的思想不能爲我找到答案，因爲它達不到這個水平。答案是生活本身給我的，是由於我知道什麼是善、什麼是惡。但這種知識我不是用什麼方式取得的，它是天賦的，就像每個人都是天賦的一樣，它是天賦的，因爲我從任何地方都得不到它。

「我這是怎樣得到它的呢？憑著理智我能做到愛人而不害人嗎？我從小聽人家對我這樣說，我就高高興興地相信了，因爲人家說的道理在我心靈裡本來就有了。是誰發現的呢？不是理智。理智發現了生存競爭，發現了凡是妨礙滿足我慾望的一切人理應被消滅的法則。這是理智做出的結論。但理智不會發現應該愛人這個原則，因爲它是違反理性的。」

13

列文回想起前不久跟陶麗和她孩子們的一幕。孩子們沒人照管，在蠟燭上煮草莓，用注射器把牛奶射到嘴裡。做母親的發現他們搗蛋，就當著列文的面訓斥他們說，大人費了多少力氣才取得的成果，被他們隨便糟蹋，這些力氣都是爲他們花的；如果打碎茶杯，他們就沒有茶喝；如果浪費牛奶，他們就沒有東西吃，他們就會餓死。

孩子們聽母親訓斥時，那種平靜、沮喪的不信任神氣，使列文感到驚奇。他們傷心的只是他們有趣的遊戲被打斷了，對母親的話隻字不信。他們無法相信她的話，因爲不能想像他們的遊戲會造成那麼嚴重的後果，也不能想像他們所毀壞的就是他們賴以生活的東西。

「這些都是自然而然的，」他們想，「沒有什麼了不起的，因爲一向如此，將來也是這樣。這都是老規矩，永遠不會變。這都是現成的，用不著我們操心，可是我們要想出些新鮮花樣來；所以，我們想出把草莓放在杯子裡，擱在蠟燭上煮，牛奶用注射器直接相互射到嘴裡。這很新鮮好玩，一點也不比用杯子喝差。」

「當我用理智探索自然力的作用和人生的意義時，難道不也是這樣做的嗎？」他繼續想。

「一切哲理，通過人所不習慣的奇怪思路，去探索早已懂得而且人類藉此生活的道理，不也是這樣的嗎？每個哲學家事先就像費多爾一樣明確知道——但也不比他更清楚——人生的主要意義，但爲了發揮他的理論，卻用靠不住的推理方式回到盡人皆知的道理上來，這一點難道還不明顯嗎？

「好吧，如果丟下孩子們不管，讓他們自己去做杯子，擠牛奶，以及諸如此類的事，他們還會淘氣嗎？不，他們都會餓死的。好吧，如果聽任我們放縱慾望和思想，拋棄上帝和造物主的概念，那將會怎麼樣！或者不懂得什麼是善，不解釋什麼是道德上的惡，那又會怎樣！

「好吧，不懂得這些道理，你們去建設建設什麼東西看！

「我們往往只會破壞，因爲我們精神上是滿足的，就像孩子一樣！

「那種使我精神平靜並同農民一致的、使人快樂的知識是從哪裡來的？這些東西我是從哪裡得來的？

「我從小受的教養要我信奉上帝，我是個基督徒，這輩子充滿基督教賜予我心靈的幸福，我的整個身心洋溢著這種幸福並且賴以生活。可是我像孩子一樣幼稚無知，不了解它，總是破壞它，也就是想摧毀賴以生活的東西。一旦遇到危急，就像孩子飢寒交迫一樣，去向他求教。而且我還不如孩子，他們因爲淘氣而馴順地挨母親的責罵，我卻認爲我那種幼稚的胡鬧對我並沒有什麼損害。

「是的，我懂得事情並不是憑理智，而是靠天賦，我是通過心靈，通過教堂所宣揚的主要東西而懂得道理的。」

「教堂嗎？是教堂！」列文自言自語，轉了個身，用另一個臂肘支著身子，眺望著遠處向河邊走去的一群牲口。

「可是我能相信教堂傳播的一切道理嗎？」他想，試圖用各種可能破壞他現在平靜心境的事來考驗自己。他故意回想一向使他覺得迷惑不解的那些教義。「創世的道理怎麼樣？我怎樣解釋生存？用生存來解釋生存嗎？沒有東西能解釋嗎？還有魔鬼和罪孽呢？我用什麼來解釋罪惡？……那麼救世主呢？……

「可是除了盡人皆知的道理，我什麼也不知道，什麼也無法知道。」

如今他覺得沒有一條教義違反它的主要信仰——作爲人類唯一天職的對上帝、對善的信仰。

每一條教義與其說是用來滿足個人的慾望，不如說是侍奉眞理。每一條教義不僅不會違反這個主要的信仰，而且是完成世上種種奇蹟所必不可少的。出現這種奇蹟，就是爲了使每個人，使千百萬形形色色的人，聖賢和白痴、兒童和老人、農民、李伏夫、吉娣、乞丐和國王懂得同一個道理，並且構成那種我們唯一重視和珍惜的精神生活。

他仰天躺著，遙望萬里無雲的高空。「難道我不知道這是無窮無盡的空間而不是圓圓的蒼穹嗎？但不管我怎樣瞇細眼睛極目遠望，我不能看到它不是圓的和不是有限的。我明明知道空間是無窮的，但當我看出它是堅實的蒼穹時，我無疑是正確的，並且比我竭盡目力妄想看得更遠要正確些。」

列文不再往下想，彷彿在傾聽快樂而專心地交談什麼的神祕聲音。

「這眞的就是信心嗎？」他想，簡直不敢相信自己的幸福。「我的上帝呀，我感謝你！」他喃喃地說，把喉嚨裡湧上來的嗚咽嚥下去，同時雙手擦著奪眶而出的淚水。

14

列文眼睛瞪著前方，看見一群牲口，接著看見他那輛套著「烏鴉」的馬車，還有那個駕車到牲口群旁同牧人說話的車夫。然後，他聽見近處的車輪聲和他那匹駿馬的噴鼻聲，但他沈浸在遐想中，根本沒想到車夫向他跑來有什麼事。

直到車夫離他很近，向他招呼，他才醒悟過來。

「夫人派我來接您。大伯帶著一位老爺來了。」

列文坐上馬車，接過韁繩。

列文彷彿從夢中醒來，好一陣還沒完全清醒。他打量著胯股間和被韁繩擦傷的脖子上汗沫淋漓的駿馬，又望望身邊的車夫伊凡，想到他一直在等待哥哥，想到妻子一定因他遲遲不歸而擔心，並且竭力猜想那個跟哥哥一起來的客人是誰。他的哥哥、妻子和未知的客人，此刻在他心目中都和以前不同。他覺得他同一切人的關係都起了變化。

「今後我同哥哥再不會像以前那樣疏遠，再不會爭吵了；我同吉娣再不會吵嘴了；不論來客是誰，我都要待他客客氣氣；我對僕人、對伊凡的態度也會兩樣了。」

列文用粗硬的韁繩勒住焦躁地噴著鼻息、要求奔馳的駿馬，轉身望望旁邊的伊凡。伊凡空著一雙手不知所措，就一直按住襯衫。列文想找個藉口同他談話。他想說伊凡把馬肚帶收得太緊，但這樣有點像責備，而他卻想說些親切的話。可是別的話又想不出來。

「您靠右邊走吧，那邊有個樹樁。」車夫替列文拉了拉韁繩說。

「你別來碰我，也別來教訓我！」列文由於車夫的干涉生氣地說。人家干涉他的行動總使他惱火，這次也是如此，但他立刻煩惱地想到，只要一接觸現實，他就無法保持良好的情緒。

在離家四分之一里的地方，列文看見格里沙和塔尼雅迎面跑來。

「康斯坦京姨父！媽媽也來，外公也來，謝爾蓋姨父也來了，另外還來了一個人。」他們爬上馬車說。

「是誰呀？」

「模樣可嚇人啦！瞧，兩隻手就是這個樣子。」塔尼雅在馬車裡站起身來，模仿卡塔瓦索夫的樣子。

「哦，是年老的、還是年輕的？」列文笑著問，塔尼雅模仿的姿勢使他想起了一個人。

「唔，但願不是一個叫人討厭的人！」列文想。

大路剛一轉彎，列文就看見那群迎面走來的人，並且認出那個戴草帽的就是卡塔瓦索夫——他走路時擺動雙手的姿勢，就像塔尼雅所模仿的那樣。

卡塔瓦索夫很喜歡談論哲學，他從那些對哲學一竅不通的自然科學家那裡聽來一些哲學見解。最近列文在莫斯科同他爭論過好多次。

列文一認出卡塔瓦索夫，首先想到那一次爭論，卡塔瓦索夫顯然認爲他佔了上風。

「不，我再也不爭論，再也不隨便發表意見了。」列文想。

他下了馬車，同哥哥和卡塔瓦索夫打過招呼，就問起妻子的情況。

「她把米嘉抱到柯洛克（一座離家很近的樹林）去了。她想讓他在那裡歇一會兒，家裡太熱了。」陶麗說。

列文一向勸妻子不要把嬰兒抱到樹林裡，認爲這很危險，因此這消息使他不快。

「她抱著他到處跑，」老公爵笑瞇瞇地說，「我勸她把他抱到冰窖裡去試試。」

「她想到養蜂場去。她以爲你在那邊。我們正往那裡走呢。」陶麗說。

「那麼，你在忙什麼呀？」柯茲尼雪夫落在眾人後面，同弟弟並肩走著問。

「哦，沒什麼。仍舊在搞農業。」列文回答。「你怎麼樣，可以待一陣嗎？我們早就盼望你來了。」

「大概可以待兩個禮拜。我在莫斯科還有一大堆事呢。」

說這話的時候，弟兄倆的目光相遇了。列文望著哥哥有點侷促不安，雖然他一向希望、現在特別強烈地希望同哥哥友好，首先做到開誠布公。他垂下眼睛，不知道說什麼好。

列文竭力搜索能使柯茲尼雪夫感興趣的話題，免得他談塞爾維亞戰爭和斯拉夫問題——他說到在莫斯科有一大堆事，已經做了暗示——就談起柯茲尼雪夫的著作來。

「你那部著作有什麼反應嗎？」列文問。

柯茲尼雪夫聽出他提這個問題的用意，微微一笑。

「對這事誰也不感興趣，我自己尤其不感興趣。」他說。「您瞧，達麗雅·阿歷山德羅夫娜，要下雨了。」他用傘指指白楊梢上的灰雲。

這樣的話，就足以使兄弟之間恢復即使不是敵對也是冷淡的關係——這是列文竭力想避免的。

列文走到卡塔瓦索夫跟前。

「承蒙光臨，眞是太榮幸了。」列文對他說。

「早就想來拜訪您了。現在讓我們好好談一談，交換交換看法，您讀過斯賓塞的作品嗎？」

「不，沒有讀過，」列文說，「不過，我現在用不著。」

「怎麼用不著？可有意思呢，爲什麼用不著？」

「因爲我完全相信，我關心的問題在他們那類人的著作裡是找不到答案的。現在……」

卡塔瓦索夫臉上安詳樂觀的表情使他覺得驚奇。這場談話顯然破壞了他的情緒，他感到惋惜，但一記起自己的決心，就不再談下去。

「好吧，我們以後再談吧。」列文說。「如果到養蜂場，那麼這兒走，走這條小路。」他對大家說。

他們沿著狹窄的小徑，來到一塊沒有割過的林中草地，草地的一邊長著一片色彩鮮艷的紫羅蘭，夾雜著一叢叢高高的暗綠色藜蘆。列文請客人們來到小白楊樹濃密的陰影裡，在專門爲參觀養蜂場而又害怕蜂群的客人設置的長凳和樹樁上坐下，自己走到小木屋裡去取麵包、黃瓜和新鮮蜂蜜，招待大人和孩子。

他傾聽越來越頻繁地在他旁邊飛過的蜂群，沿著小徑躡手躡腳走到木屋裡。在入口處，一隻蜜蜂鑽到他的鬍子裡，嗡嗡叫著。他小心翼翼地把牠放走。他走進陰涼的門廊，從牆上的衣架上摘下他的面罩，戴好了，兩手插在口袋裡，走進籬笆圍著的養蜂場。在這割去野草的養蜂場上，一排排整齊的老蜂房用樹皮繩子縛在木樁上。他認識每一個蜂房，知道它們的來歷。沿籬笆陳列著一排今年才入箱的新蜂群。在蜂房出口處，一群群工蜂和雄蜂麇集在一起盤旋遊戲，弄得人眼花繚亂，其中工蜂總是朝一個方向飛到鮮花盛開的菩提樹林裡，又飛回蜂房，這樣不斷地往返採蜜。

耳朵裡不斷地傳來嚶嚶嗡嗡的聲音，忽而是急急飛過的忙碌的工蜂，忽而是東遊西蕩的閒散的雄蜂，忽而是保護財物不受敵人侵犯、隨時準備螫人的守衛蜂。在籬笆的那一邊，有個老頭兒在做桶箍，沒有看到列文，列文站在養蜂場中央，沒有招呼他。

能有機會獨自待著，擺脫一下破壞他情緒的現實生活，他覺得很高興。

他想起他對伊凡又發了脾氣，對哥哥態度冷淡，同卡塔瓦索夫談話又很輕率。

「難道這樣的心情只是一剎那的事，它又會無影無蹤地消失嗎？」他想。

但就在恢復情緒的當兒，他愉快地感覺到，他身上發生了一種重大的新變化。現實生活只是暫時攪亂了他內心的平靜，他的心情其實還是很安寧的。

就像此刻在他周圍飛舞、威脅他、吸引他注意的蜜蜂，使他身體上不得安寧，迫使他退縮，避開牠們那樣，自從他上了馬車就騷擾他的種種憂慮，使他喪失了精神上的自由，但這種情況只是在他處身這些憂慮之中時才有。就像他的體力並沒有受蜜蜂的損傷一樣，他新近覺醒的精神力量也是完整無損的。

15

「啊，康斯坦京，你知道謝爾蓋・伊凡諾維奇跟誰同車嗎？」陶麗給孩子們分好黃瓜和蜂蜜。「跟伏倫斯基！他到塞爾維亞去。」

「他不光是自己去，還出錢帶一個騎兵連去！」卡塔瓦索夫說。

「這倒像他的爲人，」列文說，「難道一直還有志願兵出去嗎？」他瞧了一眼柯茲尼雪夫，又說。

柯茲尼雪夫沒有回答，用一把鈍刀小心翼翼地從盛有一個楔形白蜂窩和蜜汁的碗裡挑出一隻活蜂。

「可不是！您沒看到昨天車站上那個場面呢！」卡塔瓦索夫蘇蘇地吃著黃瓜。

「哦，怎麼回事？看在基督份上，謝爾蓋・伊凡諾維奇，您給我講講：這些志願兵都到哪兒去？他們同誰打仗啊？」老公爵問，顯然是繼續剛才列文不在時開了頭的談話。

「同土耳其人打仗。」柯茲尼雪夫把那隻拚命掙扎的被蜜浸得發黑的蜂挑出來，放在一張堅實的白楊樹葉上，這才定下心來笑著回答。

「那麼，究竟是誰向土耳其人宣戰的？是伊凡・伊凡諾奇・果佐夫和李迪雅伯爵夫人，以及施塔爾夫人嗎？」

「誰也沒有宣過戰，但大家同情兄弟民族的苦難，願意支援他們。」柯茲尼雪夫說。

「公爵說的不是支援，」列文幫岳父說話了，「他說的是打仗。公爵說，個人不得到政府許可是不能參戰的。」

「康斯坦京，當心哪，這裡有一隻蜜蜂！眞的，牠要螫我們了！」陶麗揮開一隻黃蜂說。

「這不是蜜蜂，這是黃蜂。」列文說。

「嗯，嗯，那麼照您的理論又該怎樣呢？」卡塔瓦索夫笑嘻嘻地問列文說，顯然想引他爭論。「爲什麼個人就沒有權利呢？」

「我認爲：一方面，戰爭是滅絕人性的殘酷行爲，任何個人，更不用說一個基督徒了，不能承擔發動戰爭的責任，只有政府才能擔負這種責任，它也無法避免捲入戰爭。另一方面，按照科學和常識來說，在國家大事上，特別是在戰爭這種事上，公民不得不放棄個人的意志。」

柯茲尼雪夫和卡塔瓦索夫同時用想好的道理反駁他。

「對了，問題就在這裡，老弟，有時政府不能執行公民的意志，社會就起來表示態度。」卡塔瓦索夫說。

不過，柯茲尼雪夫顯然不贊成這種反駁。他聽到卡塔瓦索夫的話，皺起眉頭，說出不同的意見：

「可不能這樣提問題，這裡談不上什麼宣戰不宣戰，只不過表現人情，表現基督徒的感情罷了。骨肉同胞和同教弟兄遭屠殺。唉，即使不是骨肉同胞和同教弟兄，而只是一般的兒童、婦女和老人，也不能見死不救哇。一旦動了公憤，俄羅斯人就會趕去制止暴行。譬如說，你走在街上，看見醉漢毆打婦女或孩子，我想你一定不會問有沒有向這人宣過戰，就會向他衝過去，保護受欺負的人。」

「但我不會把他打死。」列文說。

「不，你會把他打死的。」

「我說不上來。要是看到這樣的情景，我可能感情用事，但事先我可不敢說。遇到斯拉夫人受壓迫，那就不會有這樣的感情衝動了。」

「也許你沒有。別人可是有的。」柯茲尼雪夫不滿意地皺著眉頭說。「民間還流傳著正教徒受『瀆神的伊斯蘭教徒』壓迫的傳說。人民聽到骨肉同胞受苦難，就會起來說話。」

「也許是這樣，」列文含糊地回答，「可我沒有看到，我自己也是人民，我沒有感覺到這一層。」

「我也沒有，」老公爵回答，「我住在國外，看看報紙，老實說，在保加利亞慘案以前，我怎麼也不明白，爲什麼俄羅斯人忽然都那麼熱愛起他們的斯拉夫弟兄來，可我對他們卻毫無感情？當時我心裡很難過，想到我這人是個怪物呢，還是卡爾斯巴德礦泉在我身上起了作用。但一回來，我就放心了；我看到，只關心俄羅斯、不關心斯拉夫弟兄的，不止我一人，還有別的人。瞧，康斯坦京就是一個。」

「這裡個人意見無足輕重，」柯茲尼雪夫說，「當全體俄羅斯人民表示態度的時候，個人意見就不足道了。」

「對不起，這一點我可看不出來。人民根本不知道有這麼一回事。」老公爵說。

「不，爸爸……怎麼不知道？禮拜天教堂裡不是講過嗎？」陶麗聽著他們談話，插嘴說。「請你給我一塊手巾，」她笑瞇瞇地望著孩子們，對老頭兒說，「也不可能人人都……」

「禮拜天教堂裡有些什麼呢？牧師奉命宣讀，他就讀了。他們可什麼也不明白，只是嘆氣，就像平時傳道一樣。」老公爵又說。「後來說，教堂爲了拯救靈魂要募捐了，每人就掏出一個戈比獻上去。至於做什麼用，他們就不知道了。」

「人民不可能不知道，人民對自己的命運總是關心的，現在這種時候就表現出來了。」柯茲尼雪夫打量著養蜂老頭，肯定地說。

這個相貌堂堂的高個子老頭兒，長著花白大鬍子和一頭銀髮，手裡拿著一杯蜂蜜，一動不動地站著，親切而安詳地俯視著老爺們，顯然什麼也不明白，什麼也不想明白。

「確實就是這樣。」他聽了柯茲尼雪夫的話，煞有介事地搖搖頭說。

「咳，您問問他好了。他什麼也不知道，什麼也不想。」列文說。「米哈伊雷奇，你聽說打仗的事了嗎？」列文問他。「你說說，教堂裡唸過什麼了？你有什麼想法？我們應該爲基督徒打仗嗎？」

「我們有什麼可想的？皇上阿歷山大・尼古拉耶維奇在替我們考慮，樣樣事情他都會替我們考慮的。他比我們看得清楚。要再拿點麵包來嗎？再給這娃娃一點嗎？」他指指吃完麵包皮的格里沙，問陶麗。

「我不需要問，」柯茲尼雪夫說，「我們看到過，我現在也看到，成千上萬人犧牲一切，爲正義的事業出力，他們從俄國四面八方來，明確表示他們的思想和目的。他們捐出錢來，或者親自出發，直率地說出爲了什麼。這到底表明什麼呢？」

「這表明，照我看，」列文開始有點激動，「在八千萬人民中總會有幾百個，甚至像現在這樣幾萬個在社會上沒有地位的亡命之徒，他們隨時準備投奔普加喬夫一夥，奔往基發，奔往塞爾維亞……」

「我對你說，不是千百個亡命之徒，是最優秀的人民代表！」柯茲尼雪夫十分激動地說，彷彿在保護最後一點財產。「還有捐款呢？這可直接反映了全體人民的意志啊。」

「人民，這個詞的涵義太籠統了，」列文說，「鄉下文書、學校教師，再加上千分之一的農民，也許知道是怎麼一回事。至於其餘八千萬人，像米哈伊雷奇那樣，不僅沒有表示他們的意志，他們根本不懂爲什麼要表態。那麼，我們到底有什麼權利說這是人民的意志呢？」

16

柯茲尼雪夫在論戰上富有經驗，沒有立刻反駁，卻把話題一轉，說：

「不錯，你要是用算術方法去了解人民的精神，那當然是很困難的。我們這裡又不採用投票方式，事實上也不能採用，因爲它不能反映民意。不過有別的辦法。我們可以從氣氛中感覺到，可以用心來體會。且不說在表面平靜的人民海底裡流動的潛流——凡是不抱成見的人都能看見，你就觀察一下社會吧。世界上形形色色不同派別的知識份子以前都勢不兩立，如今卻聯合起來了。一切分歧都消除了，各種社會團體都有了共同語言，大家都感覺到有一種自然力量抓住他們，把他們往一個方向送。」

「是啊，所有的報紙都唱著同一個調子，」老公爵說，「這是事實。千篇一律，簡直像雷雨前的蛙鳴。它們叫得你什麼也聽不見。」

「是不是青蛙，我不辦報，不想替它們辯護；我是說，全體知識份子思想一致了。」柯茲尼雪夫對弟弟說。

列文想回答，可是老公爵打斷了他的話。

「咳，關於思想一致我還有些話說。」老公爵說。「我還有個女婿，叫斯吉邦·阿爾卡迪奇，你們都認識他的。現在他弄到一個什麼委員會理事的差事，叫什麼我記不清了。不過，那邊沒事可做——嗳，陶麗，這又不是什麼祕密！——薪俸卻有八千盧布。你們不妨問問他，這差事有沒有作用，他會說作用極其重要。他爲人誠懇，但我們也不能不相信這八千盧布是起作用的。」

「對了，他要我轉告達麗雅·阿歷山德羅夫娜他弄到這個差事了。」柯茲尼雪夫不滿意地說，認爲老公爵的話驢唇不對馬嘴。

「報刊上的思想一致也是這麼一回事。他們對我說，只要一打仗，他們的收入就會增加一倍。他們怎能不關心人民和斯拉夫人的命運……還有別的什麼呢？」

「有許多報紙我是不喜歡的，但這話未免有點不公平。」柯茲尼雪夫說。

「我只要提出一個條件來就行了，」老公爵繼續說，「阿爾方斯・卡爾在同普魯士開戰前發表的幾句話很有意思。他說：『你們認爲戰爭是不可避免的嗎？好！誰鼓吹戰爭，就讓誰參加特種先鋒隊，帶頭去衝鋒陷陣吧！』」

「這下就要當編輯的好看了。」卡塔瓦索夫想像他熟識的編輯參加這種先鋒隊的情景，放聲笑起來。

「我看他們準會臨陣脫逃的，」陶麗說，「這樣只會壞事。」

「如果臨陣脫逃，那可以用霰彈或者派拿鞭子的哥薩克押陣。」老公爵說。

「這可是個笑話，公爵，恕我不客氣說一句，還是個不體面的笑話呢。」柯茲尼雪夫說。

「我看並不是笑話，這是……」列文剛一開口，就被柯茲尼雪夫打斷了。

「每個社會成員都有他應盡的責任，」柯茲尼雪夫說，「腦力勞動者的責任就是反映輿論。報刊的責任就是使輿論一致並得到充分反映，這也是一種可喜的現象。要是在二十年前，我們會保持沈默，可是現在我們聽見了俄國人民的聲音，他們萬眾一心準備站起來，準備爲被壓迫人民做自我犧牲。這是一種壯舉，是力量的保證。」

「不過，這不光是自我犧牲，還要殺死土耳其人。」列文怯生生地說。「人民犧牲、或者準備犧牲，是爲了自己的靈魂，可不是爲了殺人。」他又說，不知不覺把這場談話同他念念不忘的思想聯繫起來。

「怎麼爲了靈魂？要知道這種話，一個自然科學家是很難理解的，靈魂到底是什麼？」卡塔瓦索夫笑嘻嘻地說。

「嗯，您知道的！」

「哈哈，我眞的一點也不知道！」卡塔瓦索夫放聲大笑說。

「基督說，『我來，並不是叫地上太平，乃是叫地上動刀兵。』①」柯茲尼雪夫也反駁說，他彷彿隨便引用《福音書》裡一句話，卻弄得列文發窘。

「這話一點不錯。」老頭兒站在他們旁邊，重複說，同時回答偶爾向他投來的目光。

「不，老弟，你被打垮了，打垮了，徹底打垮了！」卡塔瓦索夫得意洋洋地叫道。

列文惱火得臉紅耳赤，倒不是因爲他被打垮了，而是因爲他沈不住氣又爭論起來。

「不，我沒法同他們爭論，」他想，「他們穿著刀槍不入的盔甲，我可是光著身子。」

他看到不可能說服哥哥和卡塔瓦索夫，而要他同意他們的觀點則更不可能。他們宣揚的就是那種險些兒把他毀滅的智力上的妄自尊大。他不能同意，根據幾百名開到京城裡來夸夸其談的志願兵的高調，包括他哥哥在內的幾十個人就有權說，他們和報刊表達了人民的意志和思想，也就是復仇和屠殺的思想。他不能同意他們的意見，還因爲他同人民生活在一起，卻看不出有這種思想的表現，在他自己身上也找不到這樣的思想（他無法不把自己看成是俄國人民的一份子），但最主要的是因爲，他和人民都不知道，都無法知道什麼是公共福利，卻清楚地知道，只有嚴格遵守擺在人人面前的善的原則，才能得到這種公共福利，因此不論爲了什麼目的，都不要戰爭和鼓吹戰爭。他和米哈伊雷奇如同傳說中邀請北歐遊牧民族酋長到俄國來實行統治的斯拉夫人一樣：「您來做王，來統治我們吧。我們甘願唯命是從。一切勞役，一切屈辱，一切犧牲，都由我們承擔；我們不做判斷，不做決定。」可是現在的人民，照柯茲尼雪夫的說法，已放棄了用如此昂貴的代價買得的權利。

他本來還想說：既然輿論是公正的法官，爲什麼革命、公社並不像支援斯拉夫人運動那樣合法？但這一切只是些不能解決任何實際問題的空想而已。只有一點是明確的；當前這場爭論激怒了柯茲尼雪夫，因此爭論下去是不好的。列文不作聲，只提醒客人們，烏雲聚攏來了，還是趁沒下雨趕快回家吧。

①見《新約全書・馬太福音》第十章第三十四節。

17

老公爵和柯茲尼雪夫坐上馬車跑了；其餘的人也都疾步走回家去。

天上的陰雲忽而發白，忽而變黑，迅速地飄過來。他們必須再加快腳步，才能趕在下雨前回到家裡。前面的烏雲沈得低低的，黑得像煤煙，飛快地橫過天空。離家還有兩百步光景，可是颳風了，隨時都會下傾盆大雨。

孩子們又驚又喜地尖叫著，跑在前頭。陶麗吃力地掙脫貼住兩腿的裙子，眼睛盯著孩子們，已經不是在走路，而是在奔跑了。男人們按住帽子，大踏步走著。當大滴的雨點打著鐵皮水槽的邊緣時，他們已走到台階邊了。孩子們和跟在他們後面的大人快活地說笑著，跑到屋簷底下。

「卡吉琳娜・阿歷山德羅夫娜呢？」列文問阿加菲雅，她手裡拿著頭巾和披肩在前廳迎接他們。

「我們還以爲她同你們在一起呢。」她說。

「那麼米嘉呢？」

「一定在柯洛克樹林裡，保姆同他們在一起。」

列文抓起一件披肩，拔腳往柯洛克跑去。

剎那間，烏雲已把太陽完全遮住，天色黑得像日蝕一樣。狂風肆無忌憚地颳個不停，擋住列文的去路，吹落菩提樹上的葉子和花朵，把白樺樹枝上的樹皮剝得不成樣子，把洋槐、牛蒡、花草和樹梢都吹得倒向一邊。在花園裡幹活的姑娘們尖聲叫著跑到下房。白茫茫的雨簾吞噬了遠處的樹林和附近的一半田野，迅猛地向柯洛克推進。雨點碎成一個個小水珠，瀰漫在空中。

列文頭向前衝，同那要颳去他手裡頭巾的狂風搏鬥著，快跑到柯洛克了。這當兒，他看見一棵麻櫟樹後面有個白晃晃的東西，突然火光一閃，整個大地燃燒起來，頭上的天空彷彿爆裂了。列文睜開發花的眼睛，透過把他同柯洛克隔開的濃密雨簾，首先恐懼地看到，樹林中間那棵熟識的麻櫟樹的綠色梢頭已古怪地換了位置。「難道眞的被雷劈了？」列文剛一想到，那棵麻櫟樹的梢頭越來越快地倒下來，隱沒在其他樹木後面，接著就聽見轟隆一聲，一棵大樹倒在別的樹木上。

閃電、雷鳴和渾身上下的一陣寒意交集在一起，使列文感到極其恐怖。

「我的上帝！我的上帝，千萬別砸著他們哪！」他喃喃地說。

他立刻想到，祈求那棵已倒下的麻櫟不要砸著他們是多麼可笑，但他還是重複了一遍，因爲除了這種毫無意思的禱告外，他束手無策。

他跑到他們平時常去的地方，可是沒有找到。

他們在樹林另一頭一棵老菩提樹下，正在呼喚他。兩個穿深色衣服（他們出門時穿的是淺色衣服）的人彎腰站在什麼東西上。這是吉娣和保姆。雨已經停了。列文跑到他們身邊的時候，天亮起來了。保姆的下半截衣服是乾的，可是吉娣的衣服全濕透了，貼在她身上。雨雖然已經停了，可他們還是保持雷電交作時那個姿勢。兩人都彎下腰，俯在一輛遮著綠色陽傘的童車上面。

「都活著嗎？都平安無事嗎？讚美上帝！」他喃喃地說，踩著一隻灌滿了水快要脫落的靴子，啪噠啪噠地向他們跑去。

吉娣戴一頂被雨淋得走了樣的帽子，扭過她那張濕淋淋紅噴噴的臉對著他，羞怯地微笑著。

「咳，你怎麼不害臊哇！我眞不明白怎麼可以這樣魯莽！」他怒氣衝天地責備妻子。

「說實在的，這不能怪我。我們剛要走，他就哭起來。我們只得給他換尿布。我們剛要……」吉娣開始爲自己辯解。

米嘉身上一點沒濕，平平安安，一直睡得很香。

「啊，讚美上帝！我簡直不知道我這是在說什麼！」

他們收拾好濕尿布；保姆把嬰兒抱了起來。列文走在妻子旁邊，爲自己的發火感到悔恨，背著保姆，悄悄地握住吉娣的手。

18

那天一整天，列文只是心不在焉地參加人家的談話。他對心中發生的變化雖然感到失望，但還是一直很高興。

雨後地面太濕，不能出去散步；而且陰雲始終沒有離開地平線，忽而這裡，忽而那裡，雷聲隆隆，遮暗了天空。大家就在房子裡消磨那天剩下的時間。

大家不再爭論，午飯以後，個個情緒都很好。

卡塔瓦索夫起初用他那種別出心裁的笑話逗得太太們發笑，後來受柯茲尼雪夫的慫恿，就講了他對雌雄蒼蠅性格和外貌差異以及牠們生活習性的有趣觀察。柯茲尼雪夫也興致勃勃，喝茶時，應他弟弟的要求講了他對東方前途的看法，講得那麼通俗生動，使大家都很感興趣。

只有吉娣一人沒聽完他的話，因爲被叫去替米嘉洗澡了。

吉娣走了幾分鐘，列文也被叫到育兒室。

列文放下茶點，惋惜不能聽完這場有趣的談話，又擔心不要出了什麼事——因爲沒有要緊的事是不會請他去的——就向育兒室走去。

列文對哥哥關於獲得解放的四千萬斯拉夫人應該同俄國一起開闢歷史新紀元的新鮮理論雖然很感興趣，吉娣叫他去究竟有什麼事也使他不安，但當他一離開客廳，剩下自己一個人時，早晨所想的事又立刻浮上心頭。斯拉夫人在世界歷史上的作用問題，同他內心的感受相比，簡直微不足道，他一下子就把它置諸腦後，又恢復了早晨那種心情。

他不像以前那樣回顧思想的全過程（他不需要這樣做）。他立刻恢復了原來支配過他的心情——這種心情是同他的思想分不開的——並且發覺這種心情比以前更強烈、更明確了。現在他不像以前那樣爲了獲得這種心情，必須自我安慰並回顧思想的全過程。現在正好相反，快樂和寬慰的心情比以前強烈，但思想卻跟不上他的心情。

他穿過遊廊，望望蒼茫暮色中出現的兩顆星星，忽然想：「是的，我曾經望著天空想，我見到的蒼天並不是幻影，但有些事我沒有想透徹，有些東西我不敢正視。但不管怎樣，都沒有理由反對，只要好好想一想，一切都會清楚的！」

他踏進育兒室，突然明白他不敢正視的是什麼，那就是，如果上帝存在的主要證據是他啓示了什麼是善，那麼爲什麼這種種啓示只限於基督教一個教呢？佛教和伊斯蘭教也勸人爲善，它們同這種啓示又有什麼關係？

他覺得他已找到了這個問題的答案，但來不及向自己解釋清楚，就踏進了育兒室。

吉娣捲起袖子，站在嬰兒正在裡面玩水的澡盆旁邊，一聽見丈夫的腳步聲，就轉過臉來，笑盈盈地示意他走過去。她一隻手托著仰天浮在水面上、兩隻小腳亂踢的胖娃娃的頭，另一隻手拿著海綿往嬰兒身上擦，臂上的肌肉有節奏地跳動著。

「嘿，你瞧，你瞧！」當丈夫走到她身邊時，她說。「阿加菲雅說得對，他會認人了。」

從今天起，米嘉確實認得所有的親人了。

列文一走到澡盆旁，她們立刻試給他看，那娃娃果然認得他了。她們又特地把廚娘叫來試驗。她彎下腰，娃娃卻皺起眉頭，不高興地搖搖頭。吉娣向他俯下身去，他就滿臉笑容，小手抓住海綿，咂著嘴唇，發出滿意的怪聲，不但吉娣和保姆，連列文也頓時心花怒放了。

保姆用一隻手把嬰兒從澡盆裡抱出來，又用水把他沖了沖，拿大毛巾把他包起來，擦乾了，等他尖聲啼哭了一陣之後，把他抱給母親。

「哈，我眞高興，你開始喜歡他了。」吉娣安靜地在坐慣的位置上奶孩子的時候，對丈夫說。「我眞高興啊！要不我可爲這事擔憂呢：你說過你對他毫無感情。」

「不，難道我說過對他毫無感情嗎？我只是說我有點失望罷了。」

「怎麼，你對他覺得失望？」

「不是對他失望，是對我自己的感情覺得失望。我抱的希望還要大些。我原希望心裡會產生一種意外的歡樂，相反卻覺得厭惡和憐憫……」

她隔著嬰兒的身子聚精會神地聽著他說話，重新戴上替孩子洗澡時摘下的戒指。

「主要是憂慮和憐憫大大超過歡樂。可是今天經歷了這場驚心動魄的大雷雨，我明白我是多麼愛他呀。」

吉娣臉上洋溢著歡笑。

「你當時很害怕嗎？」她說。「我也是的，但現在我比當時更害怕。我要去看看那棵麻櫟樹。卡塔瓦索夫這人眞有趣！總的來說，今天這一天過得眞有意思。你心裡高興的時候，待謝爾蓋・伊凡諾維奇眞好……哦，到他們那裡去吧。這裡洗過澡，總是悶熱得很……」

19

列文走出育兒室，剩下自己一個人，又立刻想起了那個還沒有十分弄清楚的思想。

他沒有回到人聲嘈雜的客廳，卻站在遊廊裡，憑欄望著天空。

天色全黑了，在他眺望著的南方沒有烏雲。烏雲滯留在另一方，那裡電光閃閃，遠遠地傳來雷聲。列文傾聽花園裡菩提樹滴水的勻調聲音，仰望熟識的三角形星群和支流錯綜的銀河。閃電一亮，不僅銀河，就連那燦爛的星星也全無影蹤了，但等閃電熄滅，星星又彷彿被一隻魔手拋出來，立刻出現在原處。

「嗯，究竟什麼事使我惶惑不安哪？」列文暗暗自問，感到心裡已有了他的答案，雖然還不很清楚。「是的，神的明確無疑的表現之一，就是通過啟示向世人公布善的法則。這些法則我覺得存在我的心中，承認這些法則——不管我願不願意——我就和人家結成信徒的團體，就是教會，那麼，猶太人、伊斯蘭教徒、儒教徒、佛教徒，他們究竟是什麼人呢？」他向自己提出這個他自認為危險的問題。「難道這幾億人就被剝奪了生活中少了它就毫無意義的至高無上的幸福嗎？」他沈思起來，但立刻又糾正了自己。「但我究竟在探索什麼？」他自言自語。「我在探索人類各種信仰和神的關係。我在探索上帝對這充滿星雲的整個宇宙所做的普遍啟示。我究竟在做什麼？對我個人，對我的心，無疑已顯示了人的智慧所無法達到的認識，可是我卻固執地想用智慧和語言來表達這種認識。

「難道我不知道移動的不是星星嗎？」他仰望著一顆移動到白樺樹梢上的明亮的行星，自言自語。「可是我望著星星的運動，卻不能想像地球的旋轉。我說星星在運動是對的。

「天文學家要是估計到地球全部錯綜複雜的運動，他們還能理解和算出什麼來嗎？他們關於天體的距離、重量、運動和攝動的奇妙結論，都是根據看得出來的天體圍繞固定的地球的運動，根據目前我親眼目睹，過去曾出現在億萬人眼前的運動，這種運動過去是這樣，將來也是這樣，而且永遠可以得到證實。就像天文學家不根據子午線和地平線對看得見的天體進行觀察，所得的結論將是虛妄和不可靠一樣，我要是不以對人人都同樣永恆不變、基督教向我顯示並且在我心中永遠可以獲得證實的善惡觀爲基礎，我的結論同樣將是虛妄和不可靠的。其他信仰和它們對神的關係問題，我沒有權力也不可能去解決。」

「咦，你還沒有走嗎？」吉娣也從這裡到客廳去，看見他問。「怎麼，你沒有什麼不痛快吧？」她憑著星光仔細打量著他的臉。

不過，要不是又一次使群星黯然失色的閃電，她還是不能看清他的臉。憑著閃電的強光，她才看清了他的臉，看出他平靜快樂。她對他嫣然一笑。

「她一定知道，一定了解我在想什麼，」他想，「我要不要告訴她？好，讓我告訴她。」他正要開口，卻被她搶先了。

「聽我說，康斯坦京！你幫個忙，」她說，「到角房裡去看看，他們給謝爾蓋·伊凡諾維奇安排得怎樣了。我去不方便，他們有沒有放上新臉盆？」

「好的，我這就去。」列文站起來吻著她說。

「不，不用對她說了。」當她走到他前面時，他想。「這是一個祕密，只有我一個人需要，重大而無法用語言來表達。

「這種新的感情並沒有使我發生什麼變化，並沒使我感到幸福，並不像那夢想的那樣大徹大悟，而是像我對兒子的感情那樣。也沒有什麼意想不到的地方，是信仰或者不是信仰——我不知道究竟是什麼，但這種感情卻不知不覺痛苦地出現在我身上，並且牢固地扎根在我心裡。

「我依舊會對車夫伊凡發脾氣，依舊會同人爭吵，依舊會不得體地發表意見，依舊會在我心靈最奧秘的地方同別人隔著一道鴻溝，甚至同我的妻子也不例外，依舊會因自己的恐懼而責備她，並因此感到後悔，我的智慧依舊無法理解，我爲什麼要禱告，但我依舊會禱告——不過，現在我的生活，我的整個生活，不管遇到什麼情況，每分鐘不但不會像以前那樣空虛，而且我有權使生活具有明確的善的涵義！」